Episodios de una Guerra Interminable

LOS PACIENTES DEL DOCTOR GARCÍA

colección andanzas

EPISODIOS DE UNA GUERRA INTERMINABLE

PLAN DE LA OBRA

Hoy, cuando a tu tierra ya no necesitas,
Aún en estos libros te es querida y necesaria,
Más real y entresoñada que la otra;
No esa, mas aquella es hoy tu tierra.
La que Galdós a conocer te diese,
Como él tolerante de lealtad contraria,
Según la tradición generosa de Cervantes,
Heroica viviendo, heroica luchando
Por el futuro que era el suyo,
No el siniestro pasado donde a la otra han vuelto.

La real para ti no es esa España obscena y deprimente
En la que regentea hoy la canalla,
Sino esta España viva y siempre noble
Que Galdós en sus libros ha creado.
De aquella nos consuela y cura esta.

Luis Cernuda, «Díptico español»,
Desolación de la Quimera (1956-1962)

ALMUDENA GRANDES
LOS PACIENTES DEL DOCTOR GARCÍA

El fin de la esperanza y la red de evasión de criminales de guerra
y jerarcas nazis dirigida por Clara Stauffer,
Madrid-Buenos Aires, 1945-1955

TUSQUETS
EDITORES

Obra editada en colaboración con Editorial Tusquets - España

© 2017, Almudena Grandes

© 2017, Tusquets Editores, S.A. – Barcelona, España

Derechos reservados

© 2017, Editorial Planeta Mexicana, S.A. de C.V.
Bajo el sello editorial TUSQUETS M.R.
Avenida Presidente Masarik núm. 111, Piso 2
Colonia Polanco V Sección
Delegación Miguel Hidalgo
C.P. 11560, Ciudad de México
www.planetadelibros.com.mx

Diseño de la colección: Guillermot-Navares
Ilustración de portada: Luis Zori Martínez por la madrileña calle de Alcalá, a la altura de
la iglesia de San José, bajando desde la Gran Vía (1953). © Luis Zori Martínez
Fotografía del autor: © Daniel Mordzinski

Primera edición impresa en España: septiembre de 2017
ISBN: 978-84-9066-432-2

Primera edición impresa en México: septiembre de 2017
ISBN: 978-607-07-4329-0

Impreso en los talleres de Litográfica Ingramex, S.A. de C.V.
Centeno núm. 162-1, colonia Granjas Esmeralda, Ciudad de México
Impreso en México –*Printed in Mexico*

Índice

De todas las historias de la Historia
sin duda la más triste es la de España,
porque termina mal.

Jaime Gil de Biedma, «Apología y petición»,
Moralidades (1966)

El último domingo de marzo de 1947 fui al encuentro de una mujer que conocía mi verdadera identidad.

—A ver, a ver —la portera salió de su chiscón para estudiarme de arriba abajo—. ¿Qué ha estrenado usted hoy, don Rafael?

—Pues nada, Benigna. No están los tiempos como para estrenar.

—Y que lo diga, pero... —rebuscó en su delantal para enseñarme una moña diminuta, tejida con tiras de hoja de palma—. Esto sí me lo aceptará, ¿verdad? Así, por lo menos no se nos quedará manco.

Domingo de Ramos, al que no estrena se le caen las manos. Después de dos años de sequía, tantos radiantes días de sol en cielos tan azules como recién pintados, la mañana prometía más tristeza que lluvia. Hacía frío. Los niños que habían cumplido con la tradición caminaban encogidos, tiritando en sus primaverales calcetines de hilo, faldas livianas y pantalones cortos que parecían desgajarlos del invierno por el que transitaban los adultos, gabardinas, sombreros, guantes a los que se aferraban las manos desnudas de los niños vestidos de verano. Para equilibrar su desgracia, en la otra mano llevaban palmas labradas con flores, moñas y cintas de colores, el modelo que había inspirado la miniatura que Benigna me había encajado en el bolsillo de la americana. Niños más desgraciados, mejor abrigados porque no tenían nada que estrenar, las miraban con envidia.

Al llegar a la plaza de las Salesas entré en un bar, casi vacío entre misa y misa, pedí un café y me senté dando la espalda al camarero, para enfocar la puerta de la iglesia de Santa Bárbara a través de un ventanal pintado con letras blancas. Así, entre las dos mitades de un letrero que prometía los mejores bocadillos de calamares de Madrid, vi salir la cabecera de la procesión. Una escolta de monaguillos, armados con grandes palmas doradas o pequeños incensarios de metal, rodeaba a media docena de sacerdotes revestidos con casullas bordadas cuyos colores establecían una jerarquía que yo no era capaz de interpretar. Mientras empezaban a bajar la escalinata marcando el paso lento, solemne, que seguirían los fieles agolpados a su espalda, pagué el café y crucé la plaza. Cuando me aposté junto a la verja, el Santísimo aún no había descendido al nivel de la calle.

Había tanta gente, tantas palmas, tantas gabardinas, sombreros y mujeres de todas las edades con la cabeza cubierta, que temí que no me resultara fácil distinguirla. Entonces la vi, rubia como no había vuelto a ser desde los doce años, el pelo aún más dorado que cuando desprendía a su paso un intenso aroma a infusión de manzanilla, lo primero que me impresionó de ella. Por lo demás no había cambiado mucho. A medida que se acercaba, comprobé que seguía siendo guapa de la misma manera, siempre más de lejos que de cerca. A pesar de los tiempos y de que ningún hombre la acompañaba, seguía vistiéndose para gustar, imponente su cuerpo en un traje de chaqueta demasiado ceñido para los recatados cánones de la Victoria, vulgar el rostro de campesina, ancho y carnoso, que su elegancia jamás había logrado someter. El delicado festón de encaje negro, antiguo, del velo que enmarcaba su cabeza, la favorecía a costa de subrayar el violento contraste de sus cejas oscuras con el tinte amarillo de sus cabellos, una licencia sospechosa, de cabaretera camuflada, que la mayoría de las mujeres de su clase social no se habría permitido. Pero ella no era cualquiera, era Amparo Priego Martínez, y la osadía que la explicaba me emocionó más de lo que había calculado. Habíamos vivido juntos demasiadas cosas, demasiado tiempo, como para que yo pudiera salir indemne de aquel encuentro. Por eso ni siquiera me atreví a mirar al niño que caminaba de su mano.

La dejé pasar, como si abordarla por la espalda me resultara más fácil, y comprobé que no había ido a misa sola. La flanqueaban dos mujeres, otros niños, y no podría haber aspirado a una compañía más inofensiva pero aquella bastó para hacerme flaquear. Por un instante me pregunté qué estaba haciendo allí, y hasta llegué a pensar en renunciar a todo, darme la vuelta y volver derecho a casa. Esa debilidad duró sólo un instante. En el siguiente, me abrí paso entre las gabardinas y los velos, llegué a su altura y la cogí por el codo.

—Buenos días.

No dije nada más, no hizo falta. Esas dos palabras operaron una transformación radical en el rostro abrumadoramente saludable, de mofletes mullidos, colorados, del que la había oído quejarse tantas veces. Si en aquel momento hubiera podido mirarse en un espejo, habría contemplado una versión de sí misma que tal vez le habría gustado más, su piel pálida como una máscara de cera, tensa y repentinamente delicada, frágil en el pequeño temblor de sus labios, el brillo húmedo de sus ojos muy abiertos.

—Guillermo... —susurró mi nombre en un murmullo apenas perceptible y miró a su derecha, a su izquierda, para comprobar que sus amigas, indiferentes a nuestro encuentro, seguían cantando en el estridente falsete que las beatas españolas asociaban con la devoción—. ¿Qué haces tú aquí?

—¿Pues qué voy a hacer? Lo mismo que tú... —hablé en el tono normal de una conversación y ellas giraron la cabeza, me miraron, se adelantaron un poco, siguieron cantando—. Honrar el Día del Señor.

Aquel comentario la hizo sonreír a su pesar, y la tranquilizó lo suficiente como para animarla a reemprender la marcha. Me coloqué a su izquierda como si sólo pretendiera celebrar el Domingo de Ramos a su lado y durante unos segundos aspiré en silencio su olor, una exacta combinación de perfume y sudor que excitó mucho más que mi olfato. Cerré los ojos y me pareció mentira estar allí, tan cerca de Amparo, guardando la cautelosa distancia de los desconocidos, pero ella se encargó enseguida de deshacer cualquier equívoco.

—Vete de aquí —al mirarla no encontré sus ojos, fijos en la cúspide dorada de la custodia que abría la procesión—. Lárgate pero ya, ahora mismo.

—Enseguida —le aseguré en el mismo murmullo en el que se había dirigido a mí—. Sólo he venido para quedar contigo. Tenemos que hablar.

—No lo creo.

—Pues yo creo que te equivocas. Te conviene hablar conmigo, te lo digo en serio —por fin se volvió, me miró—. Sé que sigues viviendo en el barrio de Salamanca, en el número 45 de la calle Ayala. ¿Mañana por la tarde te viene bien? Estaré allí sobre las seis.

Nunca llegó a negarse, ni a decir que sí. Antes de que pudiera abrir los labios, sentí que algo tiraba de la manga de mi gabardina.

—¡Señor! —era la mano de una cría rubia de manzanilla, vestida y peinada como una muñeca de cinco años, tan parecida a Amparo cuando era niña que pensé que era hija suya—. ¡Oiga, señor! —insistió con tanto empeño que todos los tirabuzones de su cabeza se movieron a la vez—. Eso que lleva ahí es muy bonito. ¿Me lo da?

—¡Asun! —Amparo se volvió hacia ella a toda prisa y sentí que su cuerpo se aflojaba, la tensión que lo había sostenido como el rígido armazón de una estatua escapando en el suspiro que precedió a una regañina excesiva para tan poca culpa—. ¿Cuántas veces vamos a tener que decirte que no se piden las cosas? Se lo voy a contar a mamá.

Todavía lo recordaba todo, y que su hermana mayor se llamaba Asunción. Aquella niña, que debía de ser su hija, se encogió de hombros y siguió extendiendo hacia mí la palma de su mano, con tanto descaro que me hizo reír. Y mientras sacaba con cuidado el regalo de Benigna del bolsillo, la cabeza pequeña, morena, del niño al que había esquivado a conciencia durante aquel trayecto, se asomó desde el otro lado del cuerpo de su madre.

—¿Lo quieres? —intenté no mirarle mientras la misma estampa de la avidez asentía con la cabeza—. Pues toma, para ti, porque tú... —y el corazón me botó en el pecho cuando me volví hacia él— eres demasiado mayor para estas cosas, ¿no? Con ocho años...

—¿Cómo sabe usted que tengo ocho años? —alto para su edad, delgado, tenía la cara alargada, el pelo oscuro, fosco, y prometía convertirse en un hombre de cejas pobladas, nariz recta, más bien larga, suficiente quizás para sostener las gafas que corregirían una miopía precoz, y muy poco parecido con la única familia que había conocido.

—Porque soy muy listo —le sonreí y, como si pretendiera contrariar mis predicciones, me devolvió la sonrisa de su madre—. Sé que los cumpliste en septiembre, que vives en la calle Ayala, que eres hijo de Amparo, y sé...

La conocía tan bien que no necesité mirarla para oler su miedo y adiviné el resurgir de su palidez antes de verla. La conocía tan bien que anticipé su precipitación y su torpeza, las prisas con las que me interrumpió cuando estaba a punto de añadir, solamente, que sabía que a su hijo le gustaba jugar al fútbol porque tenía costras de heridas secas en las dos rodillas. Lo que no habría podido adivinar fueron las palabras que deslizó en mi oído mientras me clavaba las uñas en el antebrazo con tanta fuerza que me hizo daño.

—Ya no se llama Guillermo.

Aquella frase también me dolió. Había cumplido con mi misión y no necesitaba estar allí ni un minuto más, pero aún tenía cosas que hacer. Antes de marcharme le di la moña a la niña, moví la mano en el aire para despedirme del niño, y acerqué la boca al oído de su madre.

—Yo tampoco.

Avancé unos pasos y me giré para comprobar que Amparo seguía mirándome, tan quieta como un poste que partiera en dos un torrente de fieles con palmas en las manos. Entonces salió el sol. Habría sido una bella imagen para una despedida, pero yo aún no podía permitírmela.

El último domingo de marzo de 1947 fui al encuentro de una mujer que conocía mi verdadera identidad. Amparo sabía que yo no me llamaba Rafael Cuesta Sánchez, sino Guillermo García Medina. Y que era médico, aunque no tuviera título oficial y trabajara en una agencia de transportes.

Lo que ignoraba era que había ido a buscarla para ayudar a Manuel Arroyo Benítez, un amigo mío que había suplantado la identidad de Adrián Gallardo Ortega para infiltrarse en una organización de prófugos nazis y emigrar a la Argentina como uno de ellos.

Mientras tanto, el verdadero Adrián Gallardo mendigaba en Berlín, y cuando le paraba una patrulla, enseñaba la documentación de un hombre llamado Alfonso Navarro López.

Mi historia es la historia de tres impostores.

Hospital de sangre

Es 25 DE JULIO DE 1936 Y JOHANNES BERNHARDT ESTÁ EN BAYREUTH.

El compositor Richard Wagner, al que esta pequeña ciudad del este de Alemania debe su fama universal, tiene mucho que ver con la visita de Bernhardt. De hecho, el coche en el que ha viajado desde Múnich se detiene precisamente ante la fachada de Wahnfried, la hermosa villa que el músico edifica aquí gracias al patrocinio del Rey Loco, Luis II de Baviera.

En 1936, la dueña de Wahnfried es Winifred Wagner, viuda y heredera de Siegfried, único hijo varón del compositor, al que su cuerpo da cuatro hijos antes de que su alma se entregue a otro amor. El acontecimiento más importante de su vida sucede en 1923, cuando un enérgico joven de treinta y cuatro años se presenta a la familia Wagner tras asistir a una función del Festival de Bayreuth. Es el líder del Partido Nacionalsocialista Obrero Alemán, pero el motivo de su visita no es político. Está convencido de que no existe una obra comparable a la de Richard en toda la historia de la música y quiere dejar constancia de su fervor ante los herederos del compositor. La joven esposa de veintiséis años asiste en segundo plano a una apasionada declaración que inspira en ella una pasión aún más desmedida. Desde ese momento, Winifred vive exclusivamente por y para Adolf Hitler.

La íntima amistad del Führer con Winifred Wagner hace circular en Alemania toda clase de rumores durante más de una década. Johannes Bernhardt seguramente los conoce, y su ignorancia acerca de la dosis de verdad que puedan encerrar incrementa quizás su nerviosismo en la antesala donde espera la llegada de la pareja, que asiste en esos momentos a una impecable representación de *Sigfrido*. Desde allí no se escucha la orquesta, las voces de los intérpretes que han logrado arrancar a Hitler de Berlín para traerlo, una vez más, al Festival de Bayreuth y a la amorosa hospitalidad de Frau Wagner. Johannes Bernhardt ha hecho un viaje mucho más largo para estar aquí.

Hasta la mañana del 23 de julio de 1936, la trayectoria de este empresario alemán de treinta y nueve años es una anodina sucesión de fracasos. Sin perspectivas en su país, en la primera mitad de los años treinta emigra a España, pero tampoco tiene suerte en la Península. Va a buscarla en el Protectorado español de Marruecos y fija al fin su residencia en Tetuán, donde no consigue nada mejor que un empleo en una empresa alemana de importación y exportación. Pero Bernhardt, veterano miembro del Partido Nazi, actúa además como el hombre en Tetuán de la AO —*Auslandsorganisation der NSDAP*—, la organización exterior de su partido, y mantiene excelentes relaciones con el mariscal Hermann Göring. Así, el 17 de julio de 1936, la sublevación del Ejército español en Marruecos le ofrece la oportunidad que ha buscado durante años con mucho esfuerzo y poco éxito.

Bernhardt se apresura a ponerse en contacto con los militares rebeldes. No es, ni mucho menos, el único nazi que vive en España, ni siquiera el único del Marruecos español, pero sí el más rápido, el más audaz, el que obtendrá por ello el favor de la fortuna. Sin más argumentos, ninguna garantía más allá de su propia vehemencia, se ofrece para hacer de intermediario entre los militares golpistas y el mismísimo Führer, y ese alarde cambiará su vida para siempre.

El primer golpe de suerte de Bernhardt es que el comandante militar de Canarias sea, precisamente, Francisco Franco. El segundo, que cuando este todavía no es, ni mucho menos, la cabeza principal de una rebelión que dirige el general Mola por delegación del general Sanjurjo —jefe supremo de los rebeldes, muerto en un accidente de avión tres días antes—, acceda a reunirse con él en Tetuán, el 23 de julio por la mañana. El tercero, encontrar un avión de Lufthansa disponible y convencer a su piloto, Alfred Henke, de que le lleve a Berlín junto con el jefe del Partido Nazi en el Protectorado, Adolf Langenheim, y el capitán de avia-

24

ción Francisco Arranz Monasterio, jefe de las fuerzas aéreas suble-
vadas en Marruecos. Una vez completa la tripulación, sus miembros se hacen una foto ante el aparato en el que van a cruzar media
Europa. En ella, Bernhardt posa con una sonrisa y un sobre en la
mano.

A partir de ahí, la suerte, antaño esquiva, se alía descaradamente
con él. A las cinco de la tarde del mismo día 23, el Junkers JU-52
despega del aeródromo de Tetuán en dirección a Sevilla, donde
Henke se arriesga a un aterrizaje forzoso, porque la pista de Tabla-
da carece de luces de balizamiento y el motor del avión presenta
una avería. Reparada en el mismo aeródromo, prosigue el vuelo
hasta Marsella, donde está previsto repostar combustible. Los franceses exigen cobrarlo en francos, Bernhardt y sus compañeros no
consiguen cambiar dinero, parece que su viaje termina allí, pero
esos problemas también se resuelven, también de milagro, y logran
proseguir hasta Stuttgart pese a que Henke, en principio, se niega
a aterrizar en suelo alemán por miedo a las represalias que Lufthansa pueda ejercer contra él, un piloto civil que ha abandonado su
base sin permiso. Desde Stuttgart, el vuelo hasta la capital de Alemania es un paseo.

Rudolf Hess, máximo responsable del NSDAP en Berlín en
ausencia de Hitler, recibe a Bernhardt —autoproclamado jefe de
la expedición pese a que Langenheim ocupa un cargo superior en
el Partido— y decide apoyar su causa. Ofrece a los recién llegados su avioneta particular y los acompaña a Múnich, donde les espera un coche que les deposita en Wahnfried al atardecer del 25 de
julio, mientras Adolf Hitler disfruta de la música de Wagner en el
palco de su amiga Winifred.

Ella ha preparado una pequeña recepción para su invitado, pero
al Führer le interesa más la carta que Bernhardt le trae desde Tetuán. Escrita a mano por el propio Franco, su contenido no reba-
sa la mitad de una cuartilla, dejando un espacio libre para añadir
la traducción. Pero su portador, que se tomó el trabajo de copiarla,
nunca la vertió por escrito al alemán. En el momento culminante de
su existencia, prefirió leer directamente en su lengua materna estas
palabras de Francisco Franco.

Excelencia,

Nuestro movimiento nacional y militar tiene como objeto la lucha contra la democracia corrupta en nuestro país y contra las fuerzas destructivas del comunismo, organizadas bajo el mando de Rusia.

Me permito dirigirme a V.E. con esta carta, que le será entregada por dos señores alemanes, que comparten con nosotros los trágicos acontecimientos actuales.

Todos los buenos españoles se han decidido firmemente a empezar esta gran lucha, para el bien de España y de Europa.

Existen severas dificultades de transportar rápidamente a la Península las bien comprobadas fuerzas militares de Marruecos, por falta de lealtad de la Marina de Guerra Española.

En mi calidad de jefe superior de estas fuerzas ruego a V.E. me facilite los siguientes medios de transporte aéreo:

10 aviones de transporte de la mayor capacidad posible; además solicito:

20 piezas antiaéreas de 20 mm.

6 aviones de caza Heinkel.

La cantidad máxima de ametralladoras y de fusiles con sus municiones en abundancia.

Además bombas aéreas de varios tipos, hasta 500 kg.

Excelencia,

España ha cumplido en toda su historia con sus compromisos.

Junto con esta carta, Bernhardt entrega a Hitler un croquis de la situación de la guerra, dibujado también a mano por Franco. El Führer, muy impresionado, se guarda ambos documentos.

Al día siguiente, ordena que se trasladen a España no diez, sino veinte aviones de transporte con sus tripulaciones completas y todo el material bélico que se pueda cargar en ellos.

A lo largo de la siguiente semana, esos veinte Junkers alemanes llevan desde Marruecos hasta Sevilla a unos quince mil soldados.

Francisco Franco no olvidará jamás el favor que le ha hecho Johannes Bernhardt.

La verdadera matanza empezó el día 16. En la Puerta del Sol, una bomba alemana de quinientos kilos abrió un agujero que dejó a la vista los raíles del metro sembrados de cadáveres. Desde entonces hasta que mi jefe me mandó a casa a dormir, los bombardeos no habían cesado, ni de día ni de noche.

—No quiero verte por aquí hasta las ocho y media —cuando estaba a punto de replicar, levantó la mano en el aire—. Vete a tu casa y métete en la cama. Es una orden.

A las dos de la mañana del 19 de noviembre de 1936, llevaba casi cuarenta y dos horas encerrado en el hospital de San Carlos. Había dormido un rato en un catre de la sala de guardias y había bebido litros de café. Lo demás había sido el infierno.

Cuando me quité la bata húmeda y sucia, empapada de manchas de sangre de muchas personas distintas, había perdido ya todas las cuentas. No habría sabido calcular cuántos miembros había amputado, cuántas heridas había cosido, cuántas veces me había visto obligado a decidir entre dos cuerpos destrozados para regalarle a uno —vamos, que yo creo que a esta la sacamos adelante— la vida, para darle a otro —a este lo dejamos, que no hay nada que hacer— la muerte. Al final, ya ni siquiera me acordaba de bajar el volumen de mi voz antes de emitir el veredicto.

Estaba tan cansado que no llegaba a percibir mi propio agotamiento, pero no tenía sueño. Me sentía misteriosamente despierto, como si me hubieran brotado un par de sentidos de más, capaces de suplantar a mis antiguos nervios para sumergirme en una vigilia insana y amarilla. Mis ojos percibían un resplandor apagado, imposible, nimbando los contornos de todas las cosas, mis oídos distinguían un eco en cada sonido, mis pies avanzaban sobre el suelo como si flotaran, como si nadaran en un estanque turbio, entre vapores de agua caliente. Todo era lento y frenético a la vez mientras seguían llegando cuerpos, y más cuerpos, y otros cuerpos destrozados, sus dueños a veces conscientes, otras no, y casi todos lloraban, chillaban, se quejaban, pero algunos sólo miraban a su alrededor en silencio, con los ojos muy abiertos. Esos eran los peores, porque presentían que iban a morir, y eran pocos pero eran muchos, eran tantos para ser tan pocos, nosotros tan inútiles para salvarlos, que a veces se me olvidaba todo, quién era yo, qué hacía allí, qué nos estaba pasando. Hasta que veía una posibilidad, un cuerpo casi entero, un corte limpio, un rosario de heridas de metralla, aparatosas pero superficiales, y entonces, en un instante, me acordaba de todo, vamos, deprisa, que con este podemos...

—Te lo digo en serio, Guillermo, así no me sirves para nada. Lo único que nos falta es que te desplomes y te abras la crisma. Hazme caso, por favor.

El último de aquella noche era un niño grande, un muchacho de trece o catorce años que había llegado sin pies, la pierna derecha reventada justo debajo de la rodilla, la izquierda hacia la mitad del muslo.

—Muy bien —levanté la vista de aquel destrozo para mirar a mi jefe y asentí con la cabeza—. Termino con este chaval y me voy, te lo prometo.

Era muy guapo. Tenía la nariz pequeña, la boca carnosa, las pestañas largas, espesas, la frente ancha y una mandíbula cuadrada, varonil. Lo primero que pensé al verle fue que habría vuelto locas a las chicas de su calle si la puntería de un piloto que ni siquiera habría sabido pronunciar su nombre no le hubiera dejado tullido para siempre. Después me fijé en el papel que asomaba del bolsillo de su camisa, una hoja cuadriculada, arrancada de un bloc, doblada en cuatro, cinco líneas escritas a lápiz con una caligrafía picuda de colegio de monjas y una sola falta de ortografía. «1/4 de leche. 1/2 de arina. 1/2 de huevos. 2 huesos de jamón. Y el pan.» Después de leerla, volví a meter la nota en su bolsillo y mientras le cosía los muñones pensé sólo en su madre, la mujer que se torturaría durante el resto de su vida por haber mandado a su hijo a la calle a hacer los recados precisamente ese día, precisamente a esa hora, si es que no había muerto en el mismo bombardeo.

Después de haber respirado durante tantas horas la atmósfera viciada, caliente, del hospital, el aire de la calle me hizo casi daño y me sentó bien al mismo tiempo. Hacía mucho frío, aquella noche volvería a helar, pero el portero me ofreció un cigarrillo y se lo acepté. No tenía prisa, entre otras cosas porque no sabía cómo iba a arreglármelas para llegar a casa.

—En un taxi —pero Bernabé siempre lo sabía todo y me dio, junto con la solución, un informe abreviado de cómo se habían puesto las cosas durante mi encierro—. En el primero que llegue, no se preocupe. El Ayuntamiento ha tirado de ellos porque las ambulancias no dan abasto, y los coches fúnebres, ya no digamos. Llevan todo el día yendo y viniendo, trayendo heridos, llevándose cadáveres. En el cementerio han empezado a cavar fosas comunes, ¿sabe?, porque no pueden enterrar como es debido, de tantos muertos como hay...

Mientras terminaba de decirlo, avanzó unos pasos con el brazo en alto para parar un taxi que iba, en efecto, a la morgue del hospital, y convenció a su conductor de que era mucho más importante que me llevara a mí a la calle Hermosilla. Él aceptó sin rechistar y no quiso cobrarme la carrera.

—Fíjese en mi cara —dijo solamente, con una sonrisa—, y si me encuentra mañana encima de una camilla, tráteme bien.

—Ojalá no haga falta, muchas gracias.

La calle estaba desierta, pero su aspecto no parecía distinto al que habría ofrecido en la madrugada de cualquier otro jueves de otoño excepto por las detonaciones de las bombas que se oían muy lejos, los resplandores que iluminaban el cielo de otros barrios de la ciudad. En noviembre de 1936 todavía no sabíamos que los pilotos de la Legión Cóndor tenían instrucciones de no bombardear el barrio de Salamanca, donde residían las mejores familias de la ciudad y la de algún que otro advenedizo, como mi abuelo Guillermo, el respetabilísimo comisario de policía que había podido comprarse un buen piso en aquel barrio gracias a los secretos ingresos de su triple vida.

«Tengo un agujerito, aquí, aquí, que me habla por las noches y no me deja dormir...» Ningún vecino de Hermosilla 49 habría sospechado que la letra de aquel cuplé, y las de otros aún más picantes, fueran obra de don Guillermo Medina, policía a jornada completa y dramaturgo por vocación en sus ratos libres, que cada temporada tenía mucho gusto en invitarles al estreno de un dramón histórico, en verso o en prosa, que firmaba con su propio nombre. «Y me dice, ¿qué me dice?, pues me dice, chica, ocúpate de mí, que así no puedo seguir...» Pero aquellas obras tan serias representaban un porcentaje muy pequeño de los ingresos que mi abuelo percibía por otros textos que firmaba con seudónimo, vodeviles, libretos de revistas atrevidas y, sobre todo, letras de cuplés como aquel, que se había hecho célebre. «Y di que sí, y di que sí, tápame este agujerito que no me deja vivir...»

Aquella producción literaria clandestina, de calidad muy superior a la de su obra dramática y cuya escritura le divertía mucho más, aunque se sintiera culpable por ello, había pagado el bienestar de su familia, una casita en Zarauz, mi carrera de Medicina y el principal derecha de un edificio que parecía aquella noche tan tranquilo como si perteneciera a una realidad aparte, una ciudad distinta de la mía. Tardé muy poco tiempo en comprobar que no era así.

—¡Señorito Guillermo! ¡Señorito Guillermo!

Ni siquiera había tenido tiempo para quitarme los zapatos. Estaba colgando el abrigo en el perchero cuando escuché el eco amortiguado de unos nudillos que tanteaban la puerta como si no se atrevieran a golpearla, y un susurro entrecortado y desconcertante, casi llanto.

—¡Señorito Guillermo, ábrame, por Dios bendito!

Ni siquiera después de reconocer esa voz llegué a creer que estuviera reclamándome de verdad aquella noche, a las dos y media de la madrugada, pero estaba tan cansado que abrí la puerta sin pensar y comprobé que había acertado. El piso de enfrente estaba vacío desde que su dueño se marchó de veraneo con una puntualidad prodigiosa, tres días antes del golpe de Estado que había desencadenado la guerra. No se me ocurría ningún motivo para que su criada estuviera frente a mí con una crisis nerviosa, la cara bañada en llanto, pero así era.

—¿Qué te pasa, Experta?

Su manera de responder fue dejarse caer entre mis brazos mientras volvía a llorar con tantas ganas que los sollozos no le consintieron articular palabra. Cerré la puerta con el pie, la senté en una de las butacas del recibidor, le sujeté la cara con las manos, se lo pedí por favor y ni aun así logré que hablara. Cuando volví de la cocina con un vaso de agua y la obligué a bebérselo, tampoco progresé mucho.

—¡Ay, señorito Guillermo! ¡Ay, señorito! —me agarró de los brazos como si necesitara apoyarse en ellos para levantarse, y ya no me soltó—. Ayúdeme, por el amor de Dios, señorito Guillermo, venga conmigo, venga...

—Experta, llevo dos días sin dormir —pero ya me arrastraba consigo hacia la puerta—. Mañana...

—No, no puede ser mañana, señorito, no puede ser mañana, venga, venga conmigo, por lo que más quiera...

Hasta que la muerte le impidió darle la última revancha, mi abuelo había jugado una partida de ajedrez con don Fermín todos los domingos por la tarde, una semana en nuestra casa, otra en la suya, alternando las sedes igual que los equipos de fútbol. Como suele suceder con los rivales eternos, su nivel era muy parejo, aunque por lo general don Guillermo ganaba seis partidas de cada diez. Yo llegaría a mejorar ese porcentaje, pero mucho antes de que se le ocurriera enseñarme a mover las piezas, me aficioné a acompañar a mi abuelo en las partidas en campo contrario. Su criada no cocinaba tan bien como la nuestra y casi siempre se le quemaban los picatostes, pero la compañía de Amparito compensaba los desastres de la sartén de Experta. Aquella niña también vivía con sus abuelos, aunque no era huérfana. Su padre, ingeniero, trabajaba para una compañía alemana que explotaba unos yacimientos de mineral en la provincia de Huelva, y su mujer, que vivía con él en una casa levantada al borde de la mina, a kilómetros del pueblo más cercano, iba dejando a sus hijos en Madrid a medida que empezaban a ir al colegio. Amparo era la pequeña y la única persona de mi edad con la que podía encontrarme los días que no tenía clase. Estaba acostumbrado a jugar solo, pero me gustaba más jugar con ella.

En aquella época nos llevábamos muy bien e inventábamos juegos nuevos todas las semanas, aunque lo que más nos gustaba era escondernos, encerrarnos en un armario, en la despensa, detrás de los cestos del cuarto de la plancha, y quedarnos muy quietos, cogidos de la mano, hablando en susurros hasta que escuchábamos los gritos de los adultos que nos buscaban por toda la casa. Nuestro escondite favorito era la parte inferior de una gigantesca librería de madera que ocupaba por completo una de las paredes del despacho de don Fermín. Aquel mueble hecho a medida tenía un cuerpo inferior, de casi un metro de alto y otro de ancho, cuyo interior estaba hueco, porque los libros que había en aquella casa no bastaban para rellenar los estantes superiores que ascendían hasta el techo escalonadamente, como los perfiles de una pirámide azteca. Y mientras nuestros abuelos permanecían absortos en el tablero, los dos reptábamos por el suelo, abríamos la puerta central muy despacio para que no chirriaran los goznes, y después de cerrarla con el mismo sigilo, nos sentábamos dentro, a esperar.

Aquel juego que, como casi todos, se le había ocurrido a Amparo, tenía la virtud de reunir la emoción y la quietud, un hallazgo capaz de suspender el tiempo, que dejaba de pasar cuando nos apretábamos en un cajón de madera que me enseñó algo todavía más precioso. El olor de la cera se confundía con el de la infusión de manzanilla en la que ella se lavaba el pelo para perfumar una oscuridad compacta, que se tornaba ambigua, luminosa, mientras ambos respirábamos al unísono, compartiendo una complicidad aún más extraña, más grave también por la precariedad de la frontera que nos aislaba de todo lo demás. Mi abuelo, el suyo, Experta, la merienda y los balcones que se volcaban sobre una acera repleta de desconocidos, estaban al otro lado de una simple puerta de madera, y sin embargo, hasta que alguien la abría, era como si la realidad se hubiera desvanecido para dejarnos solos, para dejarme a solas con el cuerpo de Amparo y con mi propio cuerpo, nuestras manos entrelazadas, nuestros dedos apretándose como si pretendieran fundirse entre sí cuando alguien, fuera de aquel mundo que ya era el único que existía, pronunciaba nuestros nombres en voz alta. En aquel mueble del despacho de don Fermín, con Amparo, por Amparo, yo descubrí la naturaleza de la intimidad. Después, todo se acabó de repente.

Tenía un año menos que yo, pero era mucho más espabilada. Me lo demostró de una vez por todas un domingo de otoño de 1927, cuando yo iba camino de los catorce años y ella acababa de cumplir doce, y fue en mi casa, en un despacho abarrotado de libros desde el suelo hasta el techo. Para aquel entonces, los dos sabíamos ya jugar al ajedrez, y hasta echábamos una partida de vez en cuando aunque a ella no le gustaba, porque siempre acababa perdiendo pese a que hacía trampas todo el tiempo. Me pedía que le trajera algo de la cocina, unas galletas, un vaso de agua, una onza de chocolate, y me cambiaba la reina de sitio o me quitaba una torre. Al volver, yo recuperaba la pieza que me había quitado o devolvía a la reina a su lugar, para que ella protestara mucho, me llamara tramposo y tumbara a su rey para acabar antes.

Aquella tarde, sin embargo, se empeñó en que nos sentáramos a mirar la partida frente a frente, como dos escuderos, cada uno al lado de su abuelo. Y justo antes de que el mío diera el primer jaque, en un momento en el que nuestras miradas se cruzaron, se recostó en su silla, se subió la falda, abrió las piernas y me enseñó las bragas. Era un juego más, pero yo no conocía sus reglas e interpreté la visión de aquel inmaculado triángulo de algodón blanco como una agresión. Durante un instante, la vergüenza que ardía en mis mejillas contrastó con el estupor que había privado de color al rostro de Amparo, pero fue sólo un instante, y no pude invertirlo en descifrar su palidez porque lo necesité para levantarme de la silla e irme corriendo a mi cuarto. Luego, tumbado en la cama, boca abajo, repasé aquella escena, la entendí a medias, y una vergüenza distinta, la del pardillo torpe, ignorante, que acababa de consumar un ridículo espantoso, me torturó durante toda la semana. El domingo siguiente no fui con mi abuelo a casa de don Fermín. Luego se murió la abuela de Amparo y las partidas se interrumpieron durante una temporada para reanudarse sin mí. Desde entonces hasta la madrugada del 19 de noviembre de 1936, no había vuelto a traspasar el umbral de aquella casa.

Pero todavía me acordaba de todo, me acordaba muy bien, y cuando entré detrás de Experta en el despacho, estaba seguro de que nunca había habido un candado en la puerta. Aún recordaba mejor que la librería siempre había estado adosada a una pared que ahora parecía recién pintada, más blanca que el resto de la casa, y no detrás de la mesa de despacho, donde bloqueaba el acceso al dormitorio principal, pero Experta no se detuvo a explicarme aquellos cambios. Abrió la puerta central del cuerpo inferior de la librería tan sigilosamente como la había abierto yo muchas veces, se puso de rodillas, entró a gatas en mi escondite de antaño y llamó con los nudillos a otra puerta, la del dormitorio que, en efecto, estaba detrás del mueble. Alguien la abrió desde dentro y pasó. Entonces, cuando ya no la veía, volvió a dirigirse a mí.

—Pase, señorito Guillermo, pero tenga cuidado, no vaya a hacerse daño.

Cuando atravesé el hueco, me asombró el tamaño de mi cuerpo, la dificultad con la que me movía en aquel agujero donde había estado tan cómodo tantas veces. Pero antes de entrar en el dormitorio de don Fermín empecé a oler a cadáver, y esa pestilencia siempre urgente, inconfundible para mí en la madrugada del 19 de noviembre de 1936, desterró mis recuerdos infantiles al rincón de las cosas sin importancia.

Al asomar la cabeza vi a Experta con las manos tendidas hacia delante, igual que antes, cuando nos sacaba de aquel mueble como si tirara de dos arenques enroscados en un tonel, pero me levanté solo mientras mi nariz guiaba mi cabeza hacia la izquierda. Allí, en una solemne cama matrimonial de madera labrada, yacía don Fermín Martínez con los ojos cerrados, las manos cruzadas sobre el pecho y un rosario entre los dedos rígidos, las puntas de las yemas casi tan azules como la casaca del uniforme de diplomático con el que le habían amortajado. Para rematar la absurda extravagancia de su estampa, un sable reposaba en paralelo a su pierna derecha, mientras, al otro lado, un bicornio azul rematado con plumas blancas flanqueaba su cintura. ¿Pero esto qué es?, me pregunté al verle en aquel cuarto cerrado a cal y canto, mientras respiraba un aire venenoso, impregnado por los vapores de la descomposición.

Mi pregunta tenía más de un sentido, porque una mañana de julio, cuando iba al hospital, me había encontrado con Experta en el portal. Cargaba con una cesta llena de trapos, bayetas y productos de limpieza que parecía muy pesada y me ofrecí a subírsela hasta el principal, pero no me lo consintió. La dejó en el suelo mientras me explicaba, con mucho más detalle del que habría hecho falta, que don Fermín se había ido a San Rafael, que una hermana suya tenía una casa allí, que no hacía falta que me contara a mí lo bien que le sentaba el aire de la sierra y que, había que ver, qué fatalidad, el frente se había quedado precisamente en San Rafael, o sea, que don Fermín estaba en la otra zona, y aunque no sabía nada de él, había decidido recoger la casa, y que por eso... ¿Qué coño es todo esto?, volví a preguntarme, pero como la respuesta ya no corría prisa, dije lo que tenía que decir mientras me dirigía hacia la cama.

—Abre el balcón, Experta.

—No, señorito, es que...

—Abre el balcón ahora mismo —me saqué el pañuelo del bolsillo y me lo puse en la boca antes de examinar el cadáver—. Apaga la luz, si quieres, pero ábrelo o te vas a morir tú también. Hay que ventilar esta habitación cuanto antes...

Aunque dejó tres cuartas partes de la persiana bajada, el aire helado encontró una salida por el hueco de la librería y cruzó el cuarto como una bendición. Experta había apagado la lámpara del techo para que no se viera luz desde la calle, pero la lamparilla de lectura enganchada en el cabecero me bastó para comprobar que mi vecino llevaba muerto más de veinticuatro horas.

—¿Cuándo murió? —pregunté de todas formas, y sólo al escuchar una voz inesperada, recordé que, por fuerza, alguien había tenido que abrir la puerta antes, desde dentro.

—Ayer por la mañana —ese alguien era Amparo.

Apoyado en la pared opuesta a la que ocupaba la cama había un sillón de orejas, y desde allí, más derrengada que sentada, con la pierna derecha atravesada sobre el brazo del mueble y el cuerpo torcido, una mujer vestida con un pijama de hombre me miraba. En la espesa penumbra del dormitorio, la arrogante señorita en la que había desembocado mi vieja compañera de juegos se parecía más a una marioneta desvencijada, abandonada por un niño caprichoso, que a sí misma, aunque se enderezó tan pronto como si ella también se hubiera dado cuenta.

—¿Ayer, martes 18?

Se levantó despacio, cerró los ojos y se frotó la frente con una mano antes de acercarse a mí.

—Ayer... —la pobre luz de la lamparilla prestó a la amarillenta palidez de su piel una apariencia casi fantasmal—. No, espera, porque ya...

—Ya es miércoles —la ayudé, mientras calculaba que debía de hacer más de cuatro meses que no pisaba la calle—. Estamos a 19 de noviembre.

—Claro, entonces el lunes... El lunes por la mañana.

No había vuelto a cruzar tantas palabras con ella desde que una tarde de octubre de 1933 me la encontré sentada en el salón de mi casa. No estaba sola, pero entre las mujeres que la acompañaban reconocí a su hermana Asun, y creí que las dos señoras mayores que flanqueaban a mi abuela en el sofá eran amigas suyas. No tenía ninguna intención de intervenir en lo que parecía una merienda de vecinas, pero mientras meditaba una fórmula airosa para saludar y esfumarme sin más, la intervención de una de aquellas desconocidas activó el misterioso mecanismo que, de vez en cuando, instalaba una luz cegadora, despiadadamente blanca, entre mis cejas.

Conocía bien aquel síntoma, el preludio de la ira que estaba a punto de apoderarse de mí para desencadenar un fenómeno todavía más extraño. Yo era un hombre tranquilo. Antes había sido un niño prudente, incluso cobarde según los códigos del patio del colegio. Me había criado entre adultos, una madre enferma, dos ancianos, y rehuía las peleas por motivos más propios de mi abuelo que de un niño de mi edad. Era muy flaco, llevaba gafas y corría más deprisa que la mayoría de mis compañeros, así que no me ofendía con facilidad y me zafaba sin contratiempos de las provocaciones. Hasta que el matón oficial de mi curso se fijó en mí. Se llamaba Miguel Salcedo y no había vuelto a dirigirme la palabra desde nuestro primer día de colegio. Aquella mañana, mi abuelo se paró a saludar a su padre y entramos juntos en la clase de párvulos, pero los dos habíamos cumplido ya once años cuando volvió a prestarme atención.

Yo estaba solo, como casi siempre, mirando a los que jugaban al fútbol, cuando una piedrecita me alcanzó en el centro de la espalda. Era tan pequeña que no me hizo daño, pero cuando la segunda se estrelló contra mi pantorrilla, comprendí que no me estaban cayendo encima por casualidad. Antes de que me diera tiempo a planear una fuga, la tercera piedrecita me dio en la nuca y una desconocida blancura resplandeció entre mis cejas mientras sentía que todo mi cuerpo empezaba a temblar. No era cierto, porque antes de quitarme las gafas miré mis manos y las encontré firmes, tan seguras que seguí mirándolas, observé cómo doblaban mis dedos las patillas de mis gafas, cómo las dejaban en el suelo con cuidado, y comprobé que todo esto sucedía a una velocidad normal, aunque aquella luz blanca parecía imprimir una lentitud peculiar a todo cuanto me rodeaba. Y era fría. Durante el último instante en el que pude pensar, pensé que aquella sensación era tan fría como si una gota de agua helada se hubiera infiltrado en el hueco de cada uno de mis huesos, pero enseguida sucumbí al calor. Sin saber bien qué iba a hacer, ni por qué lo hacía, crucé el patio a toda velocidad, embestí a Salcedo con la cabeza y lo tiré al suelo. Cuando nos separaron, Miguel tenía sangre en el labio inferior y yo en ninguna parte, pero en el despacho del director, mi víctima tuvo la valentía de reconocer que había empezado él. Aquel gesto no evitó que nos castigaran a ambos por igual, pero nos dio la oportunidad de hacernos amigos. Miguel Salcedo inauguró una larga tradición. A partir de aquel día, mis mejores amigos siempre serían más bajos y más fuertes que yo. Todos sabrían desenvolverse mucho mejor en una pelea, y sin embargo, ninguno llegaría a tener jamás ni la mitad de la mala hostia que se apoderaba de mí cada vez que se encendía una luz blanca entre mis cejas.

—Pues claro que sí, Aurora, si es por una buena causa. Figúrese, comprar colchones para esa gente tan necesitada...

Al principio creí que mi reacción se debía a que la tercera piedra me había dado en la cabeza, pero pronto descubrí que el contacto físico no era imprescindible y, aquella tarde, unas pocas palabras bastaron para encender esa luz.

—Porque los tienen engañados, ¿o qué cree usted? ¿Que esas pobres mujeres que se desloman para sacar a sus hijos adelante no son buenas cristianas? Pero, claro, sus maridos, que son unos vagos, todo el día en la taberna, escuchando barbaridades...

En octubre de 1933 ya había aprendido a gobernar mis accesos de ira. El control no disminuía la cantidad ni la calidad de mi mala hostia, pero me ayudaba a no resolverla a cabezazos. Antes de entrar en el salón, conté despacio desde el uno hasta el cinco, e impuse a mis pasos una lentitud exagerada para contar desde el seis hasta el diez mientras atravesaba la habitación. Esa técnica alarmó a la única mujer que sabía interpretarla en la misma medida en que animó a las demás a recibirme con una sonrisa.

—Los colchones nos servirán para llegar hasta ellos, para hablarles y...

—Y para comprar sus votos —al escucharme, mi abuela se tapó la cara con las manos mientras las demás me miraban como si hubiera hablado en una lengua extranjera—. Para darles a elegir entre votar a la CEDA, que sólo les traerá más miseria, o seguir durmiendo en el suelo.

Yo era un hombre tranquilo, y había aprendido a seguir pareciéndolo mientras el calor y el frío luchaban a muerte en mi interior. Quizás por eso, Amparo se dirigió a mí con naturalidad, en un tono amable, desprevenido.

—Pero ¿por qué hablas así, Guillermo? Parece mentira, ni que nos conociéramos desde ayer... Eres muy injusto. Las izquierdas hacen de todo, ¿no?, ellos no se andan con chiquitas, y nosotras... Es una obra de caridad.

—¿Sí? —me acerqué tanto a ella que se levantó para encararme—. A mí me parece más bien una cabronada, y por eso voy a votar a cualquier partido que acabe para siempre con vuestra caridad —le di la espalda para dirigirme a la única persona con poder para disolver aquella reunión—. ¿Qué quieres, abuela, que tu marido se levante de su tumba para maldecirnos?

Aquella noche le pedí perdón de todas las formas que se me ocurrieron. Le prometí que nunca volvería a hacer nada parecido y cumplí mi promesa, pero antes, al comprobar que mi intervención la avergonzaba demasiado como para despedir a sus invitadas, asumí el papel del hombre de la casa con la única amiga de mi infancia.

—Largo de aquí. Habéis llamado a una puerta equivocada y tú lo sabías de sobra, Amparo. Porque tienes razón, no nos conocimos ayer, precisamente.

A partir de aquel día, dejamos de saludarnos cuando nos cruzábamos por la escalera. Luego, ella se radicalizó. Yo también, pero no llegué a apreciar completamente la intensidad de aquella mutua metamorfosis hasta que una tarde, poco antes de que terminara 1935, nos encontramos en el descansillo. Amparo salía de casa de sus abuelos, yo volvía a la de los míos y en la calle hacía mucho frío, pero se desabrochó el abrigo para dejarme ver que iba disfrazada aunque faltaran dos meses para Carnaval.

—¡Arriba España! —gritó mientras levantaba el brazo derecho.

Llevaba una camisa azul con el yugo y las flechas bordadas en rojo, una falda gris, muy ceñida, que le sentaba estupendamente y unos zapatos de tacón negro muy altos. La encontré tan guapa que cualquier otro día la habría piropeado. Cualquier otro, aquel no.

—Que te den, Amparito.

Al escucharme, soltó un bufido, se ató el cinturón del abrigo como si pretendiera privarse de respiración a sí misma y sólo me respondió cuando ya había descendido tres escalones.

—¡Hay que ver! —no se volvió a mirarme—. Qué ordinario te has vuelto, Guillermo.

Yo la miré desde arriba, disfrutando del movimiento que aquellos zancos imprimían a sus caderas, hasta que dio un traspié y tuvo que agarrarse a la barandilla con las dos manos para mantener el equilibrio y hacerme disfrutar todavía más. Mientras la miraba, pensé que era una pena que ya no quisiera enseñarme las bragas y me avergoncé de mí mismo por la ordinariez que se me acababa de ocurrir.

Casi un año después, mientras los dos respirábamos la muerte de su abuelo, le abrí los brazos y se refugió en ellos como si no hubiera pasado nada desde la última vez que nos escondimos en el hueco de la librería.

—Lo siento muchísimo, Amparo —y todavía me apretó más fuerte, porque sabía que le estaba diciendo la verdad.

Nuestros abuelos habían mantenido durante décadas una amistad profunda e incomprensible. Más allá del ajedrez, no tenían nada en común, y sin embargo, pese a las diferencias políticas, religiosas y morales que les animaban a militar en posiciones antagónicas, ambos cultivaban una afinidad recóndita, casi secreta, cuya naturaleza tal vez incluso desconocían. Ambos eran, cada uno a su manera, muy simpáticos, hombres amables, curiosos, aficionados a la conversación y a las discusiones. Yo siempre le había tenido cariño a don Fermín y no lamenté sólo su muerte. También me dolió la fealdad de su agonía, la angustia de aquel encierro, la soledad que habría compartido con su nieta en la tristeza de una habitación asfixiante, su sufrimiento callado y clandestino. Pero mi duelo, además de sincero, fue muy breve. Las sirenas que anunciaron a lo lejos un nuevo bombardeo me devolvieron de golpe a una realidad en la que no sobraba un segundo para los recuerdos, menos aún para las lamentaciones.

—Muy bien —dije en voz alta, mientras despegaba con suavidad a Amparo de mis brazos—, ahora vamos a salir los tres de esta habitación. Nos vamos a sentar en el despacho, tranquilamente, y me vais a contar lo que ha pasado. Necesito saberlo.

La versión que conté en el hospital unas horas después no era demasiado fiel al relato original, pero resultó mucho más eficaz.

—Tú no has dormido mucho —me espetó mi jefe como todo saludo.

—No, la verdad, pero es que anoche me pasó una cosa... —hice una pausa para levantarme las gafas y pellizcarme la nariz, como si necesitara encontrar el hilo de un discurso que había ensayado hasta aprendérmelo de memoria—. Al llegar a casa, me encontré con mi primera novia, una chica del barrio que me contó que su abuelo había muerto dos días antes, por lo que entendí de un infarto. Estaba desesperada, porque en la funeraria le habían dicho que no podían ocuparse de nada. Tienen el depósito lleno y no dan abasto —mi jefe asintió con la cabeza, no le estaba contando nada nuevo, y lo demás fue más fácil porque era verdad—. Ella estaba sola con él, sus padres se marcharon de veraneo antes del golpe, y cree que su familia tiene una sepultura en Madrid pero no ha encontrado los papeles. Total, que a la hora de comer, si no te parece mal, voy a llevarlo a la tumba de mi abuelo, para enterrarlo allí. Ya he rellenado el certificado de defunción, en la morgue me han dado un impreso para el cementerio y Bernabé ha quedado en avisar a un taxista.

—¿Has buscado a alguien para que te ayude a cavar? —asentí con la cabeza y él movió la mano para quitarle importancia a todo lo demás—. Pues muy bien, Guillermo, haz lo que tengas que hacer pero ahora ponte a trabajar, que nosotros estamos peor que las funerarias.

Eso era tan cierto que mientras cortaba, cosía y cauterizaba a destajo, apenas tuve tiempo para repasar mi plan. Ni siquiera recordé que Amparo me había obligado a contar hasta diez tantas veces en tan poco tiempo que, si no hubiera sido por Experta, la habría dejado a solas con el cadáver de don Fermín en medio de la calle.

—¿Y el cura?

Hasta aquel momento había alternado los accesos de llanto y los brotes de indignación para negarse, sucesivamente, a enterrar a su abuelo sin condecoraciones, sin sable, sin sombrero y sin ataúd. Mientras Experta y yo lo envolvíamos en una sábana blanca, después de transportarlo sin su ayuda hasta el recibidor de mi casa, se sentó en el suelo a mirarnos trabajar y me advirtió que jamás me lo perdonaría. Parecía exhausta de furia y de llanto, pero cuando me oyó quedar con Experta en el cementerio a las dos y media, se levantó de un salto y me agarró del abrigo con tanta fuerza como si hubiera desayunado huevos fritos con tocino después de dormir nueve horas.

—¿Cómo vamos a enterrarlo sin un cura?

—Al cura lo buscas tú, Amparo —eran las ocho y diez de la mañana, yo había dormido sólo cuatro y ya estaba de ella hasta los cojones—. A ver si lo encuentras...

—Pues yo no lo entierro sin cura, y además no pienso quedarme aquí sola con el abuelo —hizo un puchero mientras señalaba al cadáver— y con esto —su índice descendió hasta una bolsa de viaje que no había perdido de vista ni un instante, mientras la indignación reemplazaba al llanto una vez más—. A saber qué amigos tienes tú, y quién puede venir, y... Así no se hacen las cosas, Guillermo.

—¡Ah!, ¿no? —en ese instante dejé de contar, me volví hacia ella y estuve a punto de darle un bofetón.

—Déjela —pero Experta me agarró del brazo con las dos manos antes de que la mía llegara a su destino—, déjela, señorito Guillermo, ya hablo yo con ella, es que está muy nerviosa, no sabe lo que dice.

Esta ciudad está en guerra. Tus amigos nazis bombardean de día y de noche las casas, las calles, los colegios, los mercados. No sabemos qué hacer con los heridos, estamos enterrados en cadáveres, y yo, que hago muchísima falta en mi hospital, estoy dispuesto a perder el tiempo contigo, a firmar un certificado de defunción con un nombre inventado para no ponerte en peligro, a enterrar a tu abuelo con mis propias manos sin contarle a nadie la verdad. Que a finales de mayo empezó a comprar oro como un descosido porque sabía que en verano se iban a sublevar unos cuantos generales. Que el gilipollas de tu tío Ernesto le convenció de que no merecía la pena que se marchara de Madrid porque el golpe iba a triunfar. Que el 21 de julio, cuando el golpe ya había fracasado, alguien fue a veros de su parte para pediros que no salierais de casa y que esperarais allí a que vinieran a buscaros. Que nadie vino a buscaros jamás. Que el único contacto que habéis tenido con el mundo desde entonces ha sido una pobre mujer que cada dos o tres días venía desde Vallecas de madrugada, para traeros comida sin que la vieran ni el portero ni los vecinos. Todo eso me he callado y ni siquiera sé por qué hago esto. No sé por qué estoy colaborando contigo, que eres el enemigo, Amparo...

—Ya lo sé, señorito Guillermo, ya lo sé —Experta acertó a leerme el pensamiento y me cogió de las manos, las apretó con fuerza, me dirigió una mirada húmeda, implorante—. Es usted muy bueno, muy bueno, le agradecemos en el alma todo lo que está haciendo, figúrese, pero es que la señorita tiene un carácter... Perdónela, señorito Guillermo, por favor, perdónela...

Asentí con la cabeza y me marché a trabajar. Cuando volví, en el mismo taxi que Bernabé me había buscado la noche anterior, había logrado recuperar la paciencia acorazándome en un solo pensamiento. Una hora, me decía, a lo sumo dos. Dos horas, y adiós para siempre.

—Pase, por favor —volví a repetirlo para mis adentros mientras el chófer arrugaba la nariz al entrar en el recibidor—. Lo cogemos entre los dos y lo bajamos en el ascensor, no vamos a tardar...

—Guillermo —Amparo me reclamó desde la esquina del pasillo con su sonrisa más encantadora—. ¿Puedes venir un momento, por favor?

—Espéreme aquí —uno, dos tres, cuatro, cinco—. No tardo nada —seis, siete, ocho, nueve, diez.

Empecé a andar hacia ella y retrocedió unos pasos, como si estuviera jugando al escondite. Eso no me habría sorprendido más que lo que me dijo en un cuchicheo entrecortado, atropellado de puro frenético.

—La caja fuerte, Guillermo, la caja...

—¿Qué?

—La caja fuerte. ¿No tenéis una? —la teníamos, pero ni me molesté en confirmárselo—. Dame la clave, corre, pero que no se entere el hombre ese, que no tiene buena pinta. ¡Mira que meterlo aquí! Hay que ver, qué cosas se te ocurren. ¿No has pensado en el oro de mi abuelo? ¿Y ahora qué hacemos con él? No sé dónde dejarlo, lo he metido en el armario del...

—Cállate, Amparo —uno, dos, tres, cuatro, cinco.

—... cuarto de servicio, pero no podemos dejarlo ahí. ¿Dónde está la caja? ¿En el despacho? Si pasamos por el gabinete...

—¡Que te calles! —la cogí por los hombros, la zarandeé un par de veces, la aplasté contra la pared—. Cierra esa boca de una puta vez —y probé un placer desconocido, malsano, mucho más intenso que el que jamás había hallado en los números—. Cállate y no me jodas, si no quieres que tire a tu abuelo por el balcón. ¿Está claro?

—Pero...

—¡Que si está claro! —apretó los labios y asintió con la cabeza—. Muy bien, pues vamos a tener el entierro en paz.

La explosión me procuró un descanso instantáneo, como si toda la tensión que había ido acumulando desde que empezaron los bombardeos se disolviera en el aire igual que una burbuja de jabón. Solté a Amparo, disfruté de su silencio, me arreglé la ropa, y en el breve trayecto que me separaba del recibidor, sentí que todas mis vísceras se expandían para recuperar su lugar original dentro de un cuerpo que volvía a ser húmedo y templado, confortable para mí.

—Perdóneme —el taxista miró discretamente por encima de mi hombro para comprobar que Amparo me seguía, arrastrando los pies por el pasillo—. Vamos a levantarlo entre los dos. A la de tres, una, dos... Y tres, muy bien.

Antes de meter a don Fermín en el ascensor, le pedí a su nieta que bajara hasta el portal para comprobar que la portería estaba cerrada y me obedeció sin rechistar. Después lo colocamos sobre el banco y ella misma llamó al ascensor desde abajo. No vimos a ningún conocido mientras acomodábamos el cadáver en el asiento trasero, pero nada resultó tan afortunado, tampoco tan extraño, como los efectos de la bronca sobre los nervios de una mujer que parecía de pronto tan tranquila, tan a gusto en su cuerpo como yo. La princesa malcriada, caprichosa e histérica, que me había sacado de quicio tantas veces en unas pocas horas, se había esfumado cuando Amparo se sentó a mi lado en el asiento delantero, para dedicarse a mirar por la ventanilla sin hacer comentarios. En aquel momento pensé que se parecía a esos niños pequeños que sólo se curan de los berrinches con un azote, como si no fueran capaces de dejar de llorar por sí mismos, pero no fui capaz de anticipar las consecuencias de aquella analogía. Tenía demasiadas cosas en las que pensar.

—Vamos a pasar un momento por la oficina, si no le importa —el taxista, que era un santo, asintió con la cabeza y condujo hasta allí sin poner pegas, aunque la atmósfera de su coche se volvía irrespirable por momentos—. Déjame salir, Amparo, y espérame aquí.

—No, yo...

—Sí —cuando me volví a mirarla ya había empezado a seguirme, pero se quedó tan quieta como si mi voz clavara sus pies en el suelo—. Espérame aquí.

Tenía un buen motivo para arreglar los papeles sin su ayuda, porque presentía que la situación de la tumba de mi abuelo desencadenaría un nuevo conflicto y quería ahorrármelo antes de tiempo. Me abrí paso entre el tumulto de gente que hacía cola ante el mostrador gritando que era médico, que venía del San Carlos y que tenía que resolver una urgencia para volver a mi hospital lo antes posible. La chica que me atendió estaba tan desbordada que plantó un sello en el impreso que le tendí antes de que me diera tiempo a explicárselo todo. Y cuando volví a salir, encontré a Amparo en el mismo lugar donde la había dejado, ni un centímetro más cerca, ni uno más lejos.

—¿Y esta puerta?

Experta no era buena cocinera, pero al verla junto a la verja con un hombre mayor, dos chicos jóvenes y una carretilla, celebré que no existiera en el mundo otra mujer más digna de su nombre.

—Mire, señorito Guillermo, este es mi hijo pequeño, que se ha traído a un amigo, y aquí, Marcial —señaló al hombre mayor—, es un vecino que trabaja en el cementerio y se ha ofrecido a ayudarnos. Ya está la fosa abierta y en esta carretilla vamos a llevar a don Fermín tan ricamente...

—¿Y esta puerta? —volvió a preguntar Amparo para no obtener respuesta alguna—. Nunca la había visto.

Después de pedirle al taxista que me esperara, pasé a su lado sin mirarla y forcé el paso hasta colocarme al lado de su criada.

—¿Ya le ha contado...? —susurró, sin atreverse a mirarme.

Ni ella llegó a terminar la pregunta ni yo tuve tiempo de contestarla. Amparo la respondió por mí, lanzando un alarido justo antes de caer de bruces y estrellar los puños en el suelo delante del mausoleo de Pablo Iglesias.

—¡Ay, mi madre! —Experta hizo ademán de ir hacia ella, pero la detuve a tiempo.

—No, déjame a mí. Tú encárgate de lo demás, pero que no lo metan en la fosa hasta que lleguemos, ¿de acuerdo?

Amparo seguía machacándose las manos contra el suelo y yo no estaba muy seguro de que mi intervención fuera a dar resultado, pero había que enterrar a su abuelo de una vez, resolver esa emergencia que estaba resultando una pesadilla demasiado larga para demasiada gente. Eso me dije, y que cualquier intento valdría la pena, pero no era verdad, al menos no del todo. La oportunidad de contrastar el grado de acierto de mi descubrimiento, de comprobar si era cierto que mi vecina respondía mucho mejor a la firmeza que a la amabilidad, me interesaba a aquellas alturas tanto o más que el definitivo descanso del pobre don Fermín.

—¡Amparo! —grité su nombre como si estuviera enfadado con ella, y sus manos dejaron de moverse—. ¡Amparo, mírame!

Cuando alzó la cabeza hacia mí, le ofrecí una mano y la aceptó para levantarse. Después, mirándola de frente, le dije lo que sentía en un tono seco, autoritario, que me sorprendió a mí mismo más que a ella.

—Lo siento mucho —nadie lo habría creído al escucharme—. Te juro que lo siento muchísimo. Pero la tumba de mi abuelo está en el Cementerio Civil y no tengo otro que ofrecerte. Esto no es más que tierra, igual que la que hay al otro lado de la calle. Cuando acabe la guerra, te ayudaré a sacar a tu abuelo de aquí, a llevarlo al cementerio de enfrente, te firmaré todos los papeles que me pidas, pero ahora vamos a enterrarlo aquí y se acabó.

Ella me miró, intentó decir algo y volvió a echarse a llorar.

—He dicho que se acabó, Amparo.

Asintió con la cabeza, se limpió los ojos con las manos y se quedó quieta. Yo la cogí con suavidad por el brazo y la guié hasta la fosa, donde Experta me miraba con los ojos tan abiertos como dos signos de interrogación. A un lado estaba la lápida de mi abuelo, con el epitafio que él escogió y yo mandé grabar en granito la víspera de su entierro.

GUILLERMO MEDINA ACERO
(1855-1932)
REPUBLICANO Y LIBREPENSADOR
SU ÚNICA PATRIA FUE LA HUMANIDAD

En aquella ceremonia tampoco hubo cura, pero fue un acto hermoso, hasta solemne, engalanado con discursos conmovedores, ninguno tanto como la carta de despedida que no habría podido terminar de leer si Miguel Salcedo no me la hubiera quitado de las manos para reemplazarme en los párrafos centrales y dejarme llorar, y recuperarme, antes de devolvérmela al final. Antes, un organillero había tocado *La Marsellesa*. Después tocó el *Himno de Riego* y todos volvimos a llorar, a abrazarnos, mientras aquella inscripción se cubría de coronas de flores con cintas tricolores. Mi abuela no vino al cementerio. Se quedó en casa, porque los entierros no le parecían propios de las señoras decentes, pero cuando le conté la ceremonia, se arrepintió de no haberme acompañado. ¿Tú crees que será pecado que me entierren con el abuelo habiendo estado siempre tan enamorada de él?, me preguntó, y aunque sabía que sí, le contesté que sería mejor que lo consultara con su confesor. Después se justificó diciendo que parecía mentira, pero saber que a su marido le había querido tanto toda aquella gente la había consolado mucho.

Amparo, aparte de falangista, era una mujer moderna y se había negado a quedarse en casa. Un instante antes de que su abuelo acompañara al mío en la eternidad, recordé el entierro del comisario Medina y me estremeció la soledad de otra nieta, una tristeza que no cedería ante nada que pudiéramos hacer o decir quienes la acompañábamos aquel día, un recuerdo desdichado que sólo podría crecer, hacerse cada día más grande, más amargo, a partir de aquel instante. Por eso miré a mi alrededor, busqué manchas de color y no hallé ninguna. No había una sola flor en las tumbas civiles de la ciudad asediada, pero Experta abrió una bolsa que llevaba colgada del brazo y sacó tres manojos de geranios rojos, frescos y apretados, que había cortado de las macetas que ya no adornarían los balcones de su casa. Le dio uno a su señorita, otro a mí, el tercero se lo quedó ella, y aquellas flores domésticas, alegres, tan baratas siempre, tan valiosas de repente, me emocionaron a costa de hacer más ancha, más profunda, la tristeza de una fosa abierta, el peso de las palabras inscritas en aquella lápida de granito, tan emocionantes para mí, tan odiosas para ella que pesarían por siempre sobre su conciencia como una irreparable ignominia. Por eso, sin pensar en lo que hacía, rodeé con mis brazos a la mujer que lloraba delante de mí, los crucé alrededor de su cintura y la besé en el pelo.

—Reza, Amparo. Reza todo lo que quieras. Si tu Dios existe, te está viendo. Él no echará de menos a un cura.

Se giró entre mis brazos, me miró, abrió la boca y no pudo hablar.

—Padre Nuestro, que estás en los cielos...

Fue Experta quien empezó a rezar y Amparo sólo alcanzó a unirse a ella al final de la oración. Después, las dos rezaron juntas un avemaría y por fin el bendito cadáver de don Fermín descansó en la tierra. Después de echar los geranios en la fosa, le di una buena propina al sepulturero y seguí a Experta, que sostenía a Amparo entre sus brazos como si temiera que fuera a deshacerse, hasta la puerta del cementerio. Ya eran casi las tres y cuarto y tenía que volver corriendo al hospital, pero tampoco podía marcharme sin más.

—Toma, Experta, las llaves de mi casa. Tengo otras en el hospital. Podéis ir allí, comer algo, descansar un rato... Yo hoy no volveré a dormir, no sé si podré volver mañana. Que Amparo recoja lo que le haga falta y después... Échame el llavero en el buzón, ¿de acuerdo? Y por lo que pueda pasar, ya sabes dónde estoy —miré a Amparo para incluirla en la oferta—. Para lo que sea.

El taxi seguía oliendo a la muerte de don Fermín pero, al acomodarme en el asiento trasero, me abandoné a una sensación más parecida a la alegría que a la tranquilidad. La agotadora jornada de sangre, dolor y cuerpos despedazados que me esperaba parecía un horizonte casi agradable en comparación con lo que había vivido durante las últimas horas. Sabía que pronto me arrepentiría de ese pensamiento, pero lo disfruté en silencio mientras el taxi avanzaba por la calle Alcalá. Unos minutos después me puse una bata blanca, lo único limpio que habría en mi vida durante muchas horas, y todo lo demás fue cortar, coser, cauterizar y maldecir entre dientes a los aviones que pasaban, a los que seguían pasando, a los que nunca dejaban de pasar.

Ya había empezado el 20 de noviembre cuando me desplomé en un catre de la sala de guardias. Unos minutos después comenzó un bombardeo masivo, tan brutal que todo el mundo se olvidó de mí. Cuando me despertó una enfermera, había dormido casi cinco horas y me encontraba como nuevo. Desde aquel momento hasta que mi jefe me mandó a casa otra vez, estuve más de veintidós horas trabajando sin apenas interrupción.

—Pero si son las siete de la mañana, ¿cómo me voy a ir ahora?

—Con los dos pies, poniendo uno delante del otro, sabes, ¿no? —hizo una pausa para que le riera la gracia antes de levantar el dedo índice para señalar al techo—. Mientras esos hijos de puta no distingan el día de la noche, nosotros tampoco podremos hacerlo. Vete a casa, métete en la cama, duerme siete horas, desayuna como un señor y vuelve por la tarde —ya se había dado la vuelta cuando giró sobre sus talones—. Es una orden.

—Mira que te gusta decir eso...

El doctor Quintanilla era un cirujano excelente y el mejor profesor que había tenido en la facultad, no sólo por la calidad de sus conocimientos, sino también, y sobre todo, por su capacidad para seducir a los alumnos con su sabiduría. Yo había escogido la especialidad sólo por hacer las prácticas en su equipo, y cuando estalló la guerra había desarrollado ya tal autoridad sobre mí que ni siquiera tuvo que esforzarse para hacerme desistir de mis propósitos.

—¿Que vas a alistarte? ¡Ah, muy bien! ¿Y para qué, para que te maten? ¿Para que la República gane un héroe y pierda un médico? ¡Joder, qué buen negocio íbamos a hacer!

—Pero yo todavía estoy en prácticas —intenté alegar—. Todavía no soy...

—Cuéntame eso dentro de tres meses —afirmó con tanta seguridad como si pudiera ver el futuro—. En prácticas o no, donde tú haces falta es aquí, Guillermo. Deja que se alisten los que no pueden salvar vidas, no arriesgues la tuya, que vale mucho más en un quirófano que en el frente y, de momento, baja a la sala de curas. Han llegado un montón de enfermeras voluntarias que no saben hacer la o con un canuto, a ver qué sacas de ellas —asentí con la cabeza y sonrió—. Algunas son monísimas, te advierto...

El curso de la guerra no sólo le daría la razón muy pronto. También sacó a la luz la más relevante de las capacidades del doctor Quintanilla, un organizador tan extraordinario que no necesitaba consultar ningún papel para llevar la cuenta de las altas y las bajas, los cirujanos disponibles, los quirófanos libres, los ocupados, y el número de horas que cada miembro de su equipo llevaba trabajando sin descanso. Más adelante, cuando nos empezaran a faltar medicamentos, instrumental, hasta provisiones para alimentar a los enfermos, el talento de Fortunato Quintanilla mantendría en funcionamiento la planta de Cirugía del San Carlos en condiciones casi milagrosas. En noviembre de 1936, cuando los suministros aún no eran un problema, ninguno de sus subordinados podía pasar más de cuarenta y ocho horas en el hospital sin que él lo advirtiera, lo encontrara y lo mandara a casa a dormir, añadiendo siempre, al final, que era una orden.

—Para eso soy el jefe, no te jode —me respondió con una sonrisa cuando se lo recordé.

Y por eso le obedecí, me fui derecho a la morgue, pregunté por el primer taxi que saliera hacia el cementerio del Este y le pedí a su conductor que me dejara en la esquina de Hermosilla con Núñez de Balboa. Dos días antes, al ponerme la bata, me había acordado de coger las llaves de repuesto que guardaba en un cajón de mi mesa, pero cuando llegué al portal y las saqué del bolsillo del pantalón, no reconocí el aro que las sujetaba. El entierro de don Fermín me parecía ya tan lejano, tan borroso como si hubiera sucedido en otra vida, pero en el buzón encontré el llavero que le había prestado a Experta.

Al entrar en casa sentí una presencia extraña, como si el aire hubiera cambiado desde que salí de allí. Al encender la luz, descubrí la razón. Todo estaba reluciente, el suelo, los muebles, los espejos. Al marcharse a veranear a Zarauz, mi abuela le había encomendado a su asistenta que viniera a limpiar todos los días, pero desde que empezaron los bombardeos, aparecía sólo de vez en cuando. Pensé que aquella había sido una de esas veces, me fui a la cama y me quedé dormido en el instante en que cerré los ojos.

Cuando volví a abrirlos, la esfera del despertador me asustó. Eran las dos y cinco, así que me levanté, me duché, me afeité y me vestí a toda prisa antes de despeñarme escaleras abajo. A las tres en punto del 22 de noviembre me puse una bata blanca que iría reemplazando por otras limpias hasta que, a la una de la tarde del 24, mi jefe volvió a mandarme a casa.

—Esto está ya más tranquilo —tenía razón, porque los bombardeos no habían cesado, pero los madrileños habían aprendido a interpretar las alarmas tan bien como nosotros a gestionar el flujo de heridos—. Vente a medianoche. Yo creo que la semana que viene, con un poco de suerte, podremos empezar ya a hacer turnos normales.

Una semana más tarde todo habría sido distinto, pero el 24 de noviembre de 1936 llegué a mi casa a la hora de comer. Había echado una siesta de madrugada y estaba muy despierto, pero ni siquiera muerto de sueño habría dejado de percibir la corriente de aire que me dio la bienvenida. En el salón vi un balcón abierto y un cenicero con dos colillas. Antes de que tuviera tiempo de comprobar que eran de mi marca favorita, una puerta se cerró en la otra punta del pasillo y entendí muchas cosas, todas excepto la espontánea, ingobernable euforia que abultó de pronto la bragueta de mis pantalones. La asistenta de mi abuela no fumaba y era una limpiadora mucho menos concienzuda que la criada de nuestro vecino, pero mi bragueta y yo sabíamos que no era Experta la que se me había metido en casa.

Avancé por el pasillo pisando fuerte, para hacer ruido, y al pasar por la cocina vi una cacerola en el fogón. Al poner la mano encima, comprobé que aún estaba caliente. Sólo había escuchado el ruido de una puerta, y eso reducía mis opciones a dos. En la despensa no había nadie. Al entrar en el cuarto de servicio me paré un momento a pensar y escogí la acción directa.

—¿Qué haces ahí?

Estaba dentro del armario, de pie, con los brazos pegados al cuerpo, muy quieta. No pude verle los ojos porque aunque el mueble era más alto que ella, el marco de la puerta le llegaba a la altura de la nariz, pero vi cómo temblaban sus labios antes de moverse.

—¿Y tú?

—¿Cómo que y yo? —su reacción me pareció tan absurda que no me quedó más remedio que reírme—. Esta es mi casa, Amparo, aquí las preguntas las hago yo.

—Ya, pero... —su cuerpo se encogió como si la sacudiera un escalofrío y cruzó las manos sobre su falda—. No creía que fueras a venir a esta hora.

—Pues aquí estoy —hice una pausa que no rellenó—. Sal de ahí.

—No puedo.

—¿Cómo que no puedes? —y detecté en mi voz, repentinamente ronca, una excitación de la que ella parecía más consciente que yo.

—Pues que no puedo... —porque la hacía crecer en cada una de sus respuestas—. Es que me da vergüenza.

—¿Que te da vergüenza? Mira, Amparo, o sales de ahí ahora mismo o te saco yo.

—Bueno, pero déjame ir al baño, porque... —sus labios se fruncieron en un puchero que dio paso a un liviano lloriqueo y a algo más—. Antes me he hecho pis encima, del susto.

—Muy bien —no era más que un accidente, un acto involuntario, y yo lo sabía de sobra, conocía el mecanismo que lo había provocado, me encontraba a diario con el mismo resultado en pacientes de ambos sexos y todas las edades, pero lo que sabía no me explicó lo que me estaba pasando—. Sal de ahí y ve al baño, luego hablamos.

—Ya, pero antes vete tú... Es que me da mucha vergüenza.

—Vale, pues me voy. Te espero en el salón.

Si hubiera estado en condiciones de percibirla, quizás yo también habría sentido vergüenza. Pero la escena del armario, la confesión de Amparo, la desconcertante combinación de impudor y fragilidad que palpitaba en su voz, y aquel lloriqueo fingido, tan falso como el de un niño al que un adulto acaba de pillar en un renuncio, habían incrementado la curva de mi excitación desde el nivel básico, manejable, de una travesura, hasta un grado en el que me resultaba imposible discernir mi propia identidad de la erección a la que me había visto reducido. Mi sexo latía mucho más fuerte que mi corazón, no dejaba espacio alguno para el entendimiento, menos para la conciencia, y no tenía ninguna gana de marcharse al salón. Acaté su voluntad sin resistencia y, sin llegar a doblar la esquina del pasillo, me apoyé en la pared para verla salir. El baño no estaba lejos de la cocina y ella recorrió aquellos metros a pasitos cortos, con las piernas juntas y la cabeza baja. Pero un instante antes de entrar, la levantó y me miró como si supiera exactamente dónde encontrarme. Fue una mirada larga, lenta y cargada de sentido. Una mirada mansa y curiosa, sin rastro de reproche. Una mirada calculada y calculadora, que presagiaba todo lo que sucedería después, aunque yo no supe, o no quise, darme cuenta a tiempo.

Tardó casi media hora en reunirse conmigo. Cuando apareció por fin, yo me había serenado lo bastante como para fijarme en que se había puesto un vestido que la favorecía, se había peinado y llevaba colorete en las mejillas. Había preparado lo que iba a decirle, pero ella volvió a tomar la iniciativa con una propuesta desconcertante.

—Estaba a punto de comer —anunció, a mitad del camino entre la puerta y la butaca donde me había sentado—. Si quieres acompañarme...

—¡Hombre, muchas gracias! —pero me levanté—. Es la primera vez que me invitan a comer en mi propia casa.

—No, quería decir... —cerró los ojos y se puso colorada—. He calentado una carne guisada que ha traído Experta.

En otras circunstancias, el plato que me sirvió Amparo me habría parecido un estofado mediocre, pero aquel día, aparte de curiosidad, tenía tanta hambre que sólo me ocupé de la primera después de satisfacer la segunda.

—El pan es de hoy. ¿Lo has comprado tú? —negó con la cabeza mientras yo terminaba de rebañar el plato—. Ya, Experta, ¿no?

—Sí, ella... Ha venido esta mañana, antes de que abrieran el portal.

—Muy bien, pues ahora que hemos comido... ¿Puedo saber qué coño estás haciendo en mi casa, Amparo?

Improvisó un mohín de fastidio tan genuino como si hubiera pensado que, después de compartir su comida conmigo, iba a librarse de las explicaciones. Pero enseguida se estiró en la silla, apoyó los brazos en la mesa, me miró y empezó a hablarme en un tono directo, sincero, con una naturalidad que yo no había percibido todavía desde que la muerte de su abuelo volvió a reunirnos.

—Es que no tengo adónde ir, Guillermo. Me he quedado sola en Madrid y no puedo vivir en la casa de Experta, no por ella, que es muy buena y me quiere mucho, sino porque... Bueno —entonces se paró a escoger las palabras por primera vez—. En Vallecas todos son de izquierdas. Sus hijos, sus hermanos, sus vecinos, y todos me conocen. Allí yo llamaría demasiado la atención, y antes o después... —hizo una segunda pausa para esquivar cualquier término, cualquier verbo que pudiera molestarme—. No sería un lugar seguro para mí. Experta fue la primera que lo dijo, y eso que ella también es roja, o sea, de izquierdas, quiero decir... Y podría haber vuelto al piso del abuelo, pero lo pasé tan mal allí, estaba tan sola, tenía tanto miedo... Cada vez que el ascensor se ponía en marcha, pensaba que venían a por nosotros.

—¿Quiénes, Amparo?

—¿Quiénes? Cualquiera. Los que registran las casas, los que detienen a la gente que no vuelve a aparecer, no me digas que no sabes lo que está pasando, Guillermo.

—Claro que sé lo que pasa —la miré con dureza y me preparé para ser injusto—. De momento, que los bombardeos alemanes han matado ya a miles de personas y siguen matando gente todos los días —porque ella no se refería a esa clase de violencia—. La que no lo sabe eres tú, que no has pisado la calle desde el 19 de julio.

—Pero me lo ha contado Experta —mi respuesta la había enfurecido y celebré su fiereza, su forma de inclinarse sobre la mesa, las chispas que brillaron en sus ojos, porque necesitaba razones para echarla de mi casa—. ¿Quién te crees que me prohibió bajar a la calle? Ni asomarme a las ventanas del patio me dejaba. Que no te vea Quintín, por lo que más quieras, que no te vea...

—¿Quintín? —aquel nombre me desconcertó, porque el portero de Hermosilla 49, casi un anciano, siempre había sido amable, apacible, incapaz de hacerle mal a nadie—. ¿Pero cómo se os ocurre...? ¡Pobre Quintín!

Que sospecharan del portero no me dolió tanto por lo que tenía de ofensa inmerecida, como por el hecho de que hubiera sido Experta quien la había infligido. En Amparo me habría parecido natural, porque ella, como todos los conspiradores que habían apoyado el golpe, necesitaba justificarlo, acumular ofensas a cualquier precio, defender la acción que había desencadenado la tragedia afirmando que la guerra había sido imprescindible, una intervención sagrada y salvadora, una orden directa de Dios. Al reconocer los saqueos, los asesinatos, la criminal venganza que ejercía a diario gente de su propio bando, del mío, Experta demostraba que era más honrada que yo, pero esa cualidad, admirable en sí misma, me pareció turbia, miserable, porque estaba impregnada de servilismo. Ni siquiera en una situación revolucionaria como la que vivíamos, la criada de don Fermín había logrado desembarazarse de sus amos de toda la vida, y hasta había renunciado a dormir dos, tres noches cada semana, para venir andando desde su barrio y alimentar a un anciano, a una señorita inútil que habría sido incapaz de hacer lo mismo por ella. La mansedumbre infiltrada en su bondad, otra virtud admirable que yo no podía admirar en aquel momento, me dio más pena que rabia, porque se situaba exactamente en el extremo opuesto de la venganza, como si los españoles nunca fuéramos a ser capaces de hallar un punto justo, intermedio.

—Quintín ya no vive aquí —dije de todas formas—. Hay un portero nuevo que se llama Paco, un refugiado que se vino andando desde Córdoba con su familia después de que mataran a sus hermanos. No te conoce, Amparo.

—Ya, pero es que... —volvió a reclinarse sobre la silla, a abandonar sus manos en el regazo, a mirarme con ojos de cordero degollado—. Es que al tipo que vino de parte del tío Ernesto tampoco le conocíamos de nada. Él decía que era falangista, sí, pero... —me estudió con el rabillo del ojo y no sacó nada en claro de mi expresión—. No sé, no me dio buena espina. Y cada vez que escuchaba el motor del ascensor pensaba, ya está. Este ya le ha contado a alguien que conoce a un viejo que está solo en su casa con un dineral, y vienen a robarnos. Ahora dirán que nos van a sacar de aquí, y luego nos llevarán a un descampado, nos pegarán dos tiros, y adiós, muy buenas.

—O sea, que no te fías ni de los tuyos —y lo dije en serio, porque su miedo me pareció auténtico.

—Mientras estaba sola con el abuelo en aquella casa, no. Y si tengo que volver sola ahora, tampoco. Si tengo que volver ahora... —sus ojos se humedecieron sólo de pensarlo—. Me muero, Guillermo. Es que prefiero echarme a la calle y que me pase lo que me tenga que pasar, te lo digo de verdad. Pero de ti sí me fío, aunque seas rojo, me fío, y por eso pensé... —hizo una pausa para recomponerse, y logró pasar en un instante del papel de doncella desconsolada al de adolescente traviesa—. Tú casi nunca estás en casa. Lo sé porque me he pasado muchas noches en vela, pegada a la mirilla de la puerta de enfrente, vigilando la escalera. Tú sólo vienes a dormir. Hace dos días llegaste a las siete de la mañana y yo estaba despierta, y al rato me levanté, fui a la cocina, desayuné, sólo leche, eso sí, porque no quería que la casa oliera a café, pero desayuné, fregué el vaso, me volví a mi cuarto y tú ni te enteraste. ¿A que no te enteraste?

A aquellas alturas, ya no sabía quién era la mujer que tenía delante, si era una o varias a la vez, ni cuáles eran falsas, cuáles auténticas. Aquella repentina ingenuidad me parecía incompatible con su astucia, y esta a su vez con la soberbia que había desplegado en nuestro reencuentro, una altivez impropia de su cobardía, y más contradictoria aún con el método al que había tenido que recurrir para tranquilizarla. Pero nada me asombraba tanto como la imposible mezcla de descaro y desvalimiento que había exhibido antes, en el armario, y que acababa de inspirar un alarde que no estaba dispuesto a pasar por alto.

—¿Tu cuarto? —ella asintió con un atisbo de sonrisa—. Tú no tienes ningún cuarto en esta casa, Amparo.

—Ya, pero me he dado cuenta de que tú ahora duermes en la habitación de tu madre, ¿no? Y me he instalado en tu dormitorio de cuando eras pequeño. Lo conozco porque jugamos juntos allí muchas veces. Esta casa es muy grande, Guillermo. Si hubieras venido de trabajar a una hora normal, no me habrías pillado. Pensaba encerrarme todos los días a oscuras, a las seis de la tarde, y quedarme allí, con la lamparita de la cama encendida y las contraventanas cerradas. Eso pensaba hacer. Me llevaría un bocadillo o unas galletas, por si me entraba hambre, no haría ningún ruido, me metería en la cama, muy quieta, y esperaría a que tú te durmieras antes de dormirme. Así, habría aguantado mucho tiempo, estoy segura. Si no hubieras venido hoy, claro, aunque...

En ese momento, vio algo en mis ojos que la hizo sonreír, pero yo, abstraído como estaba en la imagen de Amparo encerrándose a oscuras, todas las tardes, en el cuarto de mi infancia, nunca sabría qué fue exactamente.

—Todavía podemos hacerlo, ¿no?

Me miró como si supiera mejor que yo hasta qué punto me tentaba un plan tan inocente en apariencia.

—No.

56

Negué con la cabeza para reforzar el sentido de mi respuesta, pero ella siguió sonriendo, como si hubiera calculado con mucha antelación que alguna oscura potencia de mi cerebro sabría elaborar su oferta para extraer de ella una conclusión perturbadora, fascinante.

—¿Y por qué no?

—Porque no quiero vivir contigo, no quiero vivir con nadie, estoy muy bien así. Me gusta vivir solo y tengo demasiado trabajo como para cuidar de ti —eso era lo que había pensado decirle y lo solté como un niño que recita una lección de carrerilla, pero tuve que renunciar a mirarla para conseguirlo—. Entiendo que no quieras volver sola a casa de tu abuelo, pero puedo ayudarte a encontrar otro sitio —en ese punto, conseguí empezar a hablar como si creyera completamente en lo que estaba diciendo, y volví a mirarla para afrontar una sonrisa casi burlona—. Podemos ir a la parroquia anglicana que está aquí al lado. Ellos te conseguirían asilo en la embajada británica, sé que lo han hecho con otras personas. O puedo buscarte un trabajo de enfermera en mi hospital. Hay un pabellón con dormitorios para residentes y no existe un sitio más seguro en todo Madrid. A nadie se le ocurriría que vives allí. Y si no quieres trabajar, podríamos...

—Será como un juego —me interrumpió y siguió hablando como si yo no hubiera dicho nada—, de esos que nos gustaban tanto cuando éramos pequeños. Seré un duende, un hada que aparece y desaparece en un pestañeo. Nunca me verás, y si algún día me ves...

Dejó el final de aquella frase suspendido en el aire y casi pude ver el hilo dorado, transparente, del que colgaba. Presentí que era peligroso, que si cometía el error de preguntar, se multiplicaría hasta tejer una red que me atraparía igual que un cepo, pero no resistí la tentación.

—Si algún día te veo, ¿qué pasará?

—¡Uf! Pues...

Ladeó la cabeza, sonrió y cerró los ojos. Cuando volvió a abrirlos, brillaban más que los míos.

—Si algún día me ves, pagaré una prenda. Lo que tú quieras, lo que me pidas, cualquier cosa. Igual que antes, ¿te acuerdas?

Asentí despacio, la miré aún más despacio, y me rendí muy deprisa.

—Pero no quiero verte, Amparo —envolví esa mentira en una sonrisa.

—Claro que no —y ella sonrió para pagarme con la misma moneda.

Porque los dos nos acordábamos de todo.

Los dos sabíamos que ella había sido siempre muy tramposa, y que yo jugaba mucho mejor al ajedrez.

Es 14 de diciembre de 1936 y Norman Bethune está en Madrid.

Para este médico e investigador canadiense, nacido en la otra punta del mundo —Gravenhurst, estado de Ontario, Canadá— en 1890, la capital de España representa un objetivo largamente acariciado. No le ha resultado fácil llegar hasta aquí. Tras semanas de frenéticas gestiones ante el gobierno de su país y campañas de recogida de fondos a todos los niveles, desde oficinas gubernamentales hasta colectas populares, el doctor Bethune ha tenido que cruzar el Atlántico, atravesar Francia por carretera en un viaje de etapas extenuantes, sin apenas descanso, y completar un accidentado recorrido por una España partida en dos, para cumplir su deseo. La satisfacción que siente al bajarse de un camión ante el portal del número 36 de la calle Príncipe de Vergara compensa con creces todos sus esfuerzos.

El doctor Bethune llega a Madrid, como tantos otros miles de voluntarios extranjeros, para ponerse al servicio de la Junta de Defensa y del gobierno de la República. Pero su voluntad es extremadamente ambiciosa, su colaboración tan importante que las autoridades le instalan en un suntuoso piso de quince habitaciones, antiguo hogar de un diplomático alemán que, tras el golpe de Estado, ha decidido prolongar indefinidamente sus vacaciones. En el piso de arriba se encuentra la sede principal del Socorro Rojo Internacional, cuyos trabajadores acogen con los brazos abiertos a esta entusiasta representación del pueblo de Canadá.

En unas pocas horas, Bethune y sus colaboradores retiran muebles, cuadros y alfombras para convertir la lujosa residencia en un laboratorio de instalaciones desconocidas en la España de la época. Un misterioso armario, que resulta ser un frigorífico de la marca Electrolux, un autoclave de grandes dimensiones y un par de enormes esterilizadores acaparan la mayor parte del espacio de los amplios salones. Donde antes había camas, ahora hay camillas, y en las paredes, estantes y vitrinas exhiben una exhaustiva colección de piezas de cristal. Botellas de vacío, frascos de sangre, goteros y contenedores comparten los estantes con jeringas, microscopios, instrumentales completos de cirugía torácica, hematímetros, una gran provisión de suero y máscaras de gas. Con todo, el verdadero tesoro de Bethune son quince mochilas que contienen otros tantos equipos portátiles provistos de botellas adicionales, envases de suero fisiológico y solución de glucosa, junto con una caja esterilizada que contiene una toalla, un fórceps, un cuchillo, una jeringa e hilo de sutura. El personal asignado al mantenimiento de la casa —un cocinero, dos criadas y un hombre encargado de la lavandería— nunca ha visto nada igual. Seguramente ignoran que nadie ha visto tampoco, en ningún lugar del mundo, lo que ellos están viendo en Madrid.

El Instituto Canadiense de Transfusión de Sangre acaba de ponerse en marcha y sus responsables no tienen tiempo que perder. Al día siguiente de su llegada insertan anuncios en los periódicos con el mismo mensaje que se difunde en todas las radios durante tres días. Piden donantes de sangre voluntarios para socorrer a los soldados que están en el frente, pero no saben qué respuesta obtendrá su llamada. Hasta este momento, sólo son posibles las transfusiones directas de cuerpo a cuerpo, de brazo a brazo. Lo que ellos se proponen implica un avance gigantesco respecto a ese procedimiento, pero su llamamiento no se realiza desde un hospital y les inquieta el resultado.

El 18 de diciembre, los nervios apenas consienten a Norman Bethune conciliar el sueño. El 19, sábado, día señalado para el comienzo de las donaciones, se levanta muy temprano y descorre el visillo para mirar la calle desde el balcón. Aún faltan horas para que el Instituto abra sus puertas y la cola de voluntarios ya le da la vuelta a la esquina. La respuesta de los madrileños agranda y respalda la fe de este canadiense, que empieza a sentirse como en casa aunque no entiende ni una palabra del idioma que hablan los pacientes que están a punto de abarrotar su consultorio. Su llamada atrae a un grupo heterogéneo de civiles y militares de todas las edades, oficio y condición, aunque siempre habrá más mujeres que hombres ocupando las camillas.

Después de confirmar que están en ayunas, requisito imprescindible en el que la publicidad ha insistido machaconamente, los voluntarios se disponen a donar medio litro de sangre a la causa de la República. Su precioso regalo fluye a una botella a la que se ha agregado una pequeña cantidad de citrato de sodio y que se identifica, cuando está llena, con una etiqueta en la que consta el tipo de sangre, la fecha de la extracción y la identidad del donante. Cada uno de ellos recibe, junto con una invitación a dar un trago de la botella de brandy preparada para la ocasión, un vale para comprar comida. Más adelante, a medida que el cerco vaya endureciendo las condiciones de vida en la ciudad sitiada, se entregará una lata de carne de ternera por cada donación.

El Instituto Canadiense de Transfusión de Sangre atrae a tal número de madrileños que, en poco más de tres días, las botellas colman la capacidad del frigorífico más grande que existe en el mercado mientras los donantes siguen haciendo cola cada mañana en la acera de los pares de la calle Príncipe de Vergara. «No estamos seguros de por cuánto tiempo se conservará la sangre citratada en buen estado en el frigorífico, pero esperamos que dure varias semanas», escribe Norman Bethune en su primer informe a Benjamin Spence, presidente del Comité de Ayuda a la Democracia Española en Toronto y, ante todo, su amigo, además de protector y patrocinador de su misión.

El 23 de diciembre de 1936 llega la hora de la verdad. Por la mañana, muy temprano, el equipo de Bethune rellena las botellas de los equipos portátiles con sangre de todos los grupos, carga sus mochilas en el camión y se dirige al Hospital de Sangre de la Casa de Campo. Allí, en la misma línea del frente, el investigador canadiense estudia los cuerpos de los soldados desahuciados que agonizan en el suelo. Busca un candidato ideal y tiene mucho donde escoger, pero se decide enseguida por un chaval que, hasta ese momento, está condenado a morir por un shock hipovolémico, una masiva pérdida de sangre.

El médico español que se ocupa de él lo da por perdido, como a tantos otros que han llegado antes en las mismas condiciones. Respira muy débilmente, pero tiene la piel pálida, húmeda y fría, tensa sobre las mejillas hundidas de un cadáver, ni rastro de color en los labios. Sin embargo, el intérprete del recién llegado se acerca al director del hospital para explicarle que ese señor calvo que no habla castellano quiere pedirle permiso para intentar resucitarlo. El español frunce los labios en una mueca escéptica. En su vida ha escuchado un disparate semejante, pero autoriza la intervención porque está seguro de que el soldado se va a morir igual. Sin embargo, y por si acaso, se queda a mirar.

Bethune pincha al soldado en un dedo y recoge la muestra con un bastoncillo de cristal. Dos minutos después, identificado su grupo sanguíneo, le inyecta una aguja para transfundir la primera botella de sangre. En ese instante sucede lo imposible. El cadáver se mueve, el muerto abre los ojos, pero aún no es suficiente. Ha perdido tanta sangre que el canadiense le transfunde una segunda botella. Antes de que pase del todo, su paciente le mira y sonríe.

Norman Bethune lo ha conseguido. Por primera vez en la historia, una transfusión de sangre conservada en frigorífico le devuelve la vida a un desahuciado. A partir de ahora ya no es necesario que el donante esté junto al receptor, conectado con él por dos agujas y una goma. Esta nueva técnica hace mucho más fáciles, más cómodas, prácticas y eficaces las transfusiones.

El hallazgo de Bethune salva miles de vidas de soldados del Ejército Popular de la República durante la guerra civil española. Después, serán incontables los millones de beneficiarios de este hallazgo que un investigador comunista, internacionalista y canadiense ha querido regalarle a la capital del NO PASARÁN, a los hombres que resisten en ella, que por ella seguirán resistiendo durante casi tres años. Sólo en el Hospital de Sangre de la Casa de Campo, sólo aquella mañana, su intervención revive a doce soldados.

No se conoce el nombre del primer superviviente. Pero se sabe que, para celebrar su regreso a la vida, sus compañeros le ponen, antes que nada, un cigarrillo encendido en la boca. El soldado chupa con ansia mientras, a su alrededor, una inesperada oleada de alegría, de esperanza, inunda el tristísimo recinto del hospital de campaña. Los asistentes estallan en vivas al Canadá, vivas a ese médico de apellido impronunciable, vivas a la República, a la lucha de la clase obrera y a la solidaridad internacional. Entonces, el resucitado hace su propia aportación a la fiesta, reivindicando su imprescindible participación en un acontecimiento histórico.

¡Viva yo!, exclama.

Norman Bethune no entiende lo que ha dicho, pero esas palabras le convierten en el hombre más feliz del mundo.

MADRID, 5 DE ENERO DE 1937

El chófer de los canadienses llamó al timbre de mi puerta a las cinco y media de la mañana.

—Que dice el doctor que si quiere venir a Majadahonda con nosotros. Aquí sigue estando todo muy tranquilo, pero parece que por allí ha habido tomate...

Tomate, en la jerga que había impuesto la guerra, era sangre, una oportunidad excelente para practicar cuando los frentes más próximos a la ciudad se habían estabilizado en una calma tensa, que parecía duradera.

—Pase, por favor, y espéreme un momento —le había abierto descalzo, desnudo excepto por el pantalón del pijama—. Me visto y vuelvo enseguida.

Desde que la noticia del milagro de la Casa de Campo llegó al hospital de San Carlos, mi jefe consagró todas sus energías a un único objetivo. Nunca le había visto tan entregado a nada como al empeño de conseguir para nuestra planta una unidad de transfusiones que reprodujera en pequeña escala la que los canadienses habían montado en la calle Príncipe de Vergara.

—Me han dicho que ya no hace falta, ¿te lo puedes creer? Pero cuando los boches vuelvan a apretar, que apretarán... Imagínate que hubiéramos podido aplicar esa técnica en noviembre, la cantidad de vidas que habríamos salvado. Parece mentira que estos carcamales no quieran entenderlo, yo no sé qué coño hacen aquí. Deberían estar dirigiendo un hospital en Burgos, joder...

Todo el prestigio del doctor Quintanilla no había bastado para

64

convencer a la conservadora dirección del San Carlos, pero una negativa nunca había sido suficiente para que diera su brazo a torcer.

—Te vas a encargar tú, Guillermo. Bethune no entiende ni papa de español y yo sólo hablo alemán, que no es el idioma de moda, precisamente.

—Pero como se sepa, se nos va a caer el pelo. No tenemos permiso.

—Claro que lo tenemos —sonrió—. Yo te lo estoy dando a ti, y a mí me lo ha dado Andrés, que es el superior jerárquico de este hatajo de gilís, así que...

A principios de los años veinte, Andrés Velázquez había sido becado por la Junta de Ampliación de Estudios para hacer la especialidad en la Universidad de Heidelberg. En el mismo curso, Fortunato Quintanilla obtuvo la misma beca y solicitó el mismo destino. Desde que coincidieron en el vagón del tren que les llevaría a Alemania habían sido inseparables, sus vidas paralelas hasta que estalló la guerra. Entonces el doctor Quintanilla siguió en su puesto, pero el doctor Velázquez abandonó la cátedra de Psiquiatría de la Universidad Central para incorporarse al Comité de Dirección de la Junta de Defensa de Madrid. Lo único que no cambió fue la frecuencia con la que cualquiera de los dos invocaba la amistad del otro para saltarse las reglas.

—Total —prosiguió mi jefe, muy ufano—, que el Instituto Canadiense ya ha recibido una solicitud llena de sellos oficiales. Esta misma tarde te presentas allí y aprendes todo lo que te enseñen lo más rápido que puedas, ¿entendido? —me miró por encima de las gafas— Es... ¿cómo te diría yo?

—¿Una orden?

—Eso mismo.

Todas las que me había dado desde que empezó la guerra habían redundado en mi favor, pero ninguna me deparó tantos beneficios como aquella. Una sola tarde en el Instituto Canadiense incrementó mis conocimientos sobre la sangre tanto como la fortaleza de mi espíritu. Lo que Bethune estaba haciendo por Madrid me conmovió tanto que, de vez en cuando, tenía que mantener a raya la emoción para comprender las explicaciones que me daba en francés. Formar parte, aunque fuera provisionalmente, de su equipo me devolvió las certezas fervorosas, inocentes, que me habían sostenido en los días durísimos de los bombardeos de noviembre, antes de que mi vida se convirtiera en un territorio inexplorado por el que avanzaba con la misma confianza que me habría inspirado un campo de minas. Por eso, cuando me preguntó si conocía a alguna persona de confianza dispuesta a ofrecerse voluntaria para que yo realizara mi primera extracción, respondí que sí.

Al volver a casa llamé con los nudillos al que ya era el cuarto de Amparo y le dije en un tono neutro, firme pero amable, que a las ocho de la mañana tenía que estar preparada para salir y que no podía comer nada antes. Eso bastó para que le brillaran los ojos.

—¿Es una prenda?

—No, es un favor —y mi respuesta no bastó para apagarlos—. ¿No quieres hacerme un favor?

—Claro. Pero si no me dices nada más, los nervios no me van a dejar dormir.

—Eso da lo mismo. Lo único que importa es que estés en ayunas.

Apoyé la mano en el picaporte y la miré. Me costó trabajo gobernar a mis dedos, pero le di las buenas noches, cerré la puerta y me fui a la cama. A la mañana siguiente, cuando me levanté, ya me estaba esperando en el salón.

—¿Me he vestido bien?

Llevaba un traje de chaqueta de color burdeos, zapatos negros de medio tacón y un bolso del mismo color que parecía nuevo. Se había puesto unos discretos pendientes de oro en las orejas y un pañuelo de seda multicolor alrededor del cuello, la elegancia sin estridencias, calculé, por la que habría optado para asistir a la boda de un hijo de Experta, o a una reunión matutina de cualquiera de los comités católicos de caridad de los que formaba parte antes de la guerra.

—Supongo que sí —aprobé al fin—, pero la ropa es lo de menos.

Aunque llevábamos más de un mes viviendo en la misma casa, su afición a los malentendidos era tan desmesurada que aún no había aprendido a anticiparme a ella. Aquella mañana tampoco entendí por qué, tan temprano y en ayunas, abría los ojos, tragaba saliva y suspiraba mirando al techo, como una mártir a punto de entregarse a los leones.

—¿Voy a tener que desnudarme?

—No, tranquila —una expresión de alivio fingido que ya conocía me hizo sonreír—. Lo siento, pero vas a tener que hacerlo completamente vestida.

Mi comentario, tan ambiguo como todo lo que sucedía entre nosotros, alimentó su malentendido predilecto, pero me absolví a mí mismo con la excusa de que, de lo contrario, no se habría dejado conducir tan mansamente a su destino. No era cierto, pero yo ya le había perdido el respeto a la verdad y la interpretaba como mejor me convenía. El juego que se había inventado Amparo producía en mi ánimo, también en mi cuerpo, los mismos efectos que las letras de cuplés picantes desencadenaban en el ánimo de mi abuelo. Me divertía muchísimo y me sentía culpable después. Ni siquiera podía invocar el capricho del azar, la inocencia que me había amparado mientras lo arreglaba todo para enviar a don Fermín a hacer compañía a su vecino para toda la eternidad. Era tan responsable como ella desde que, al día siguiente de su propuesta, me la encontré sentada en una butaca del recibidor a las siete y cinco de la tarde.

—¡Uy! —me recibió con una sonrisa—. Me has pillado.

—Claro que sí, ya lo sabía —yo también sonreí—. Siempre has sido una tramposa, Amparo. Vete ahora mismo a tu cuarto.

Se levantó muy despacio, me miró como si supiera que llevaba tres horas empalmado y cruzó el recibidor con parsimonia.

—Pero tú vienes ahora, ¿no? —sugirió en el umbral de la puerta.

—No.

—¿Y la prenda?

—La prenda —volví a sonreír— es que te vayas a tu cuarto y no salgas hasta mañana, cuando yo ya me haya marchado al hospital.

—¿Estás hablando en serio?

—Desde luego.

—Pues vaya prenda más aburrida...

—Bueno, nunca prometí que fueran a ser divertidas.

Pero lo fueron pronto. Lo fueron tanto como para justificar el estado de placentera, chispeante ansiedad, que entrecortaba su respiración mientras recorría, colgada de mi brazo, un breve trayecto a pie.

—¿Adónde vamos? —todo su cuerpo se tensó en el portal—. ¿No me lo vas a decir? —insistió mientras subíamos por la escalera—. Dímelo —y me apretó el brazo cuando toqué el timbre—. ¿Ni siquiera vas a darme una pista?

—No.

Mi última negativa provocó un estallido de risa nerviosa que cesó muy pronto, cuando una chica joven, sonriente e inequívocamente vestida de enfermera, abrió la puerta y se dirigió a mí como si hubiera llegado solo.

—Buenos días, doctor García. Tiene la sala dos preparada, le estábamos esperando. El doctor Bethune irá enseguida.

—¿Un consultorio? —susurró Amparo en mi oído, y percibí la hebra de miedo auténtico que crecía en su asombro a toda prisa—. ¿Por qué me has traído aquí?

No despegué los labios hasta que abrí la puerta, porque las mejores reglas de aquel juego eran las que no habíamos pactado y ninguna me gustaba tanto como manejar a Amparo sin necesidad de tocarla, comprobar que mis palabras tenían un poder superior al de mis actos, que una sola frase bastaba para excitarla o desanimarla según mi voluntad.

—Porque te voy a hacer una cosa tremenda —aquella vez no fue una excepción—. Entra y quítate la chaqueta.

Una sonrisa tan grande que pareció desentenderse de la boca que la sostenía para flotar en el aire me respondió antes que su voz.

—Te advierto que sólo llevo una combinación debajo.

—Mejor —aquel comentario la animó más de la cuenta—. La falda no, Amparo, sólo la chaqueta —volvió a subirse la cremallera y me miró—. Así, muy bien, túmbate en la camilla, por favor.

Antes de subir se quitó los zapatos. Después se estiró la falda, colocó los brazos estirados, pegados al cuerpo, y volvió a mirarme.

A aquellas alturas, 2 de enero de 1937, yo conocía muy bien esa mirada de pretendida pasividad, el truco al que recurría para justificarse ante mí, quizás también ante sí misma, por haber roto el freno. Ella era la única autora del argumento, las condiciones y el ritmo de su aparente perdición, un proceso que intentaba gobernar meticulosamente porque tenía mucho más tiempo que yo para pensar. La guerra le aportaba una coartada inmejorable, el escenario ideal para la perpetua función teatral en la que había convertido su vida y aspiraba a convertir la mía. Atrapada en una ciudad enemiga, en una casa hostil, se había asignado a sí misma el personaje de víctima indefensa, pero aunque ese papel la hacía muy deseable, la excitaba demasiado, tanto que su propio deseo le impedía representarlo con convicción. Cuando llegaba al punto de saturación, perdía los papeles y acababa suplicando lo que al principio había declarado temer. Esa era mi parte favorita de la representación, y para provocarla recopilé el instrumental, lo ordené sobre una bandeja y le anuncié lo que la esperaba sin volverme a mirarla.

—Voy a sacarte medio litro de sangre, Amparo.

—¿Qué? —cuando lo hice, me la encontré sentada, con una expresión muy distinta en los ojos.

—Pórtate bien —le puse una mano sobre el estómago y empujé hacia abajo con suavidad—. Tienes que estar tumbada y tranquila, muy quieta, ¿entendido? Te voy a sacar sangre, nada más. No te va a doler, te lo prometo —sonreí entre dientes mientras la puerta se abría a nuestra espalda—. Te he hecho cosas peores.

—*Bonjour, Guillaume.*

—*Bonjour, docteur* —le di la mano y señalé hacia la camilla—. *C'est mon amie Amparo* —entonces me volví hacia ella—. Te presento al doctor Bethune, el director del Instituto —los dos se estrecharon la mano—. *Amparo ne parle pas français.*

—*Cela n'est pas nécessaire* —el canadiense sonrió y ella me tiró de la manga.

—Pero me la vas a sacar tú, ¿verdad? —asentí con la cabeza y ella lo aprobó acariciándose el filo de los dientes con la lengua, primero el de abajo, después el de arriba—. Como el conde Drácula...

—Igual —afirmé mientras Bethune se echaba a reír.

Era la primera extracción de sangre que hacía en mi vida, la primera vez que intervenía a un paciente recibiendo instrucciones en una lengua que no era la mía y, descontando las aspirinas que le daba a mi abuela cuando le dolía algo, la primera vez que atendía a una persona con la que tenía una relación íntima, pero aquella sencilla e inocua intervención resultó más difícil de lo que había calculado por razones ajenas a la medicina.

—¡Uy, y encima en francés! —porque Amparo se atrincheró en nuestra lengua materna para hacer la guerra por su cuenta—. Me voy a poner cachonda, Guillermo, tú sabrás...

Opté por ignorarla mientras el canadiense me explicaba la función del citrato de sodio que esperaba a la sangre en la botella, cómo afectaba a su densidad, la velocidad a la que era normal que fluyera, los contratiempos que podrían surgir y sus motivos, pero Amparo siguió a lo suyo, mientras Bethune la miraba como si no necesitara entender el español para intuir el tipo de relación que me unía con mi paciente. Tampoco para divertirse.

—Fíjate cómo se me han puesto los pezones... El calvo ese lleva mirándolos media hora, y todo por tu culpa.

En ese momento, la botella alcanzó su nivel óptimo de llenado. Un instante después, retiré la aguja, le di a Amparo un algodón empapado en alcohol y le expliqué lo que tenía que hacer con él. Mi maestro aprobó con la cabeza, me felicitó por ser tan buen alumno y me preguntó si me animaría a seguir yo solo con las extracciones de aquella sala. Le agradecí su confianza y se despidió de Amparo con un apretón de manos. Añadió que la acompañara a la cocina para que la invitaran a desayunar, y nos dejó solos.

—¿Y qué escribes ahora?

—Tu nombre —le expliqué, mientras rellenaba la etiqueta—, tu grupo sanguíneo, la fecha de hoy, y una advertencia, ojo, sangre de fascista, muy peligrosa.

—No te atreverás...

—Claro que no. Imagínate que esta sangre le salva la vida a Líster, o al general Miaja —y por fin la miré—. Eso sí que te pondría cachonda, ¿eh?

—Eres muy gracioso, ¿sabes? —pero al mismo tiempo intentó deslizar un dedo de la mano derecha, el brazo que yo había escogido para la extracción, en el interior de la bragueta de mis pantalones.

—Estate quieta, Amparo —lo saqué, le doblé el brazo, puse el algodón sobre la cara interna del codo y llevé hasta allí su mano izquierda—, y apriétate bien, que si no, te va a salir un hematoma.

Llevé la botella al frigorífico y fuimos juntos a la cocina.

—¿Y dais de desayunar a todo el mundo?

—No, sólo a los enchufados.

—¡Uy! Ya me gustaría a mí estar enchufada.

—¡Joder, Amparo! —volví a reírme—. Qué ordinaria te has vuelto desde que vives en zona roja.

Le di un beso en la mejilla para despedirme y volví a la sala 2. Todo fue mucho mejor sin ella en la camilla, pero cuando acababa de terminar la segunda extracción, la cocinera tocó la puerta con los nudillos.

—Doctor García, ¿puede ir un momento al baño, por favor? La señorita no se encuentra bien.

Le pedí a la enfermera que acomodara al siguiente voluntario, le prometí que tardaría lo menos posible y, como si me hubiera oído, Amparo abrió la puerta del baño antes de que me diera tiempo a llamar.

—¿Qué pasa, te has mareado?

—No, eso no —me agarró por la manga, tiró de mí hacia dentro, cerró la puerta y echó el pestillo—. Pero estoy muy mal —me cogió por la cintura, me empujó para dejarme sentado encima del retrete y empezó a levantarse la falda—. Estoy fatal, fatal...

—Amparo —intenté levantarme y me volvió a empujar—. Amparo, estoy trabajando...

—Pero si no vamos a tardar nada, tonto —se sentó a horcajadas encima de mí y empezó a manipular los botones de mi pantalón con una pericia asombrosa—. Ni tres minutos, te lo prometo, a lo mejor ni dos. Si hubiera vomitado de verdad, tardaríamos más, ya verás... —antes de terminar la frase, ya había logrado sacarme la polla y sentarse encima—. Yo he hecho algo por la República, ¿no? —y sólo me miró antes de empezar a moverse—. Ahora, que la República haga algo por mí.

Cuando empecé a poner los estudios como excusa para no acompañarle a casa de don Fermín, mi abuelo empezó a mirarme con más preocupación que de costumbre. Siempre estaba preocupado por mí, como antes lo había estado por mi madre, una niña atada a una enfermedad en la que parecía culminar una maldición del destino. Mi abuela había parido antes tres hijos y ninguno había llegado a cumplir un año. Que Rosa, la pequeña, la única que había crecido sana, tuviera su primer ataque epiléptico a los siete recién cumplidos, representó una tragedia de la que no parecía fácil recuperarse. Pero la epilepsia nunca logró arruinar la fortaleza interior de una niña que aprendió a convivir con ella para llegar a la edad adulta en condiciones mucho mejores que las previstas. No lo habría logrado sin un médico excelente, un neurólogo que convirtió su bienestar en una cuestión personal, con tanto éxito que murió antes que ella. Para aquel entonces, ya la había asignado a su discípulo predilecto, un joven de su misma edad que se llamaba Guillermo, igual que el padre de su paciente.

Mis abuelos habían perdido toda esperanza de llegar algún día a merecer ese nombre cuando su hija les anunció que iba a casarse. Un terremoto les habría sorprendido menos. No tuvieron tiempo para ponerse de acuerdo, así que mi abuela lloró de alegría mientras su marido se oponía enérgicamente al matrimonio. Rosa sonrió, negó con la cabeza y les dijo que no la habían entendido. Ya había cumplido treinta años y no les estaba pidiendo permiso. Iba a casarse porque estaba embarazada, también enamorada, de su médico, y ese segundo anuncio provocó la reacción estrictamente opuesta. Mi abuelo, contrario al matrimonio por las consecuencias que el sexo pudiera tener sobre la salud de su hija, la abrazó tras asegurarle que aquel era el día más feliz de su vida. Su mujer, mientras tanto, negaba con la cabeza mientras se despedía de una larguísima lista de invitados. Siete meses después de la boda, en la primavera de 1914, nací yo. El embarazo fue bueno, pero el parto y la crianza debilitaron mucho a la primeriza. Los ataques que padeció en el puerperio, y su edad, bastaron para que mi padre se propusiera no volver a dejarla embarazada.

El instinto de supervivencia de Rosa Medina no le ahorró la amargura de quedarse viuda en 1919. Su marido contrajo en el hospital el virus de una gripe mortal que había provocado dos grandes epidemias seguidas en muy poco tiempo, y murió a los treinta y seis años. Durante los últimos meses había dormido solo y siempre que se acercaba a su mujer llevaba una mascarilla encima de la boca, para no contagiar a la que parecía la más débil de los dos. Cuando enfermó, mi madre se metió en su cama todas las noches. Le cuidaba, le lavaba, le daba de comer, pero no se contagió. Nadie lo entendió, ni siquiera ella, que quiso morirse con él y le sobrevivió, que siguió deseando la muerte y acabó sobreponiéndose a la viudedad, que volvió a disfrutar de la vida y de repente, siete años más tarde, sintió los síntomas de un catarro leve, que fue fortaleciéndose, cambiando de forma, para desembocar en una neumonía que la mató un día de invierno de 1926. Con ella, volví a perder a mi padre.

Casi todas las tardes nos encerrábamos en su cuarto y ella siempre colocaba una foto de su marido entre los dos. Hablaba con él como si estuviera vivo, en un tono cómplice, risueño, haciéndome partícipe de lo que no era sino un juego más. ¿Has visto cómo le gusta a tu hijo que le hagan cosquillas?, decía a veces, cuando la encontraba en la cama al volver del colegio y me tumbaba a su lado para dejarme acariciar. No había nada triste, nada macabro en la constante presencia de un muerto en nuestras vidas, al contrario. Aquel hombre al que llamé papá muchas más veces entonces que cuando estaba vivo, era la contraseña de un amor mutuo, tan grande que mi madre y yo no éramos bastantes para sostenerlo. Y yo la amaba tanto, estaba tan orgulloso de ella, de su fuerza, esa perpetua sonrisa que podía más que el dolor y siempre estaba lista para recibirme, que sentí que su muerte apagaba el mundo.

A los doce años me convertí en un niño triste, pero era hijo de mi madre y aprendí a convivir con la pena, luego a sobrevivirla, por fin a sobreponerme a ella. A mis abuelos les costó más trabajo. Yo no podía estornudar, decir que me dolía la cabeza o hacerme una herida en la rodilla, sin que llamaran inmediatamente a un médico que a mí solía recetarme paciencia y a ellos tranquilidad. Como nunca enfermé de nada más grave que un constipado, mi abuela acabó resignándose a mi buena salud, pero mi adolescencia infiltró en el ánimo de su marido una preocupación distinta.

—¿Vas a salir esta tarde, Aurora?

Estaba a punto de cumplir dieciséis años y había estofado para comer.

—Sí —mi abuela contestó sin mirar, concentrada en la proeza de servirle un plato sin zanahorias—, tengo que ir a la modista, y si me da tiempo... —antes de abordar la hazaña de extirpar de mi plato todos los guisantes—. Me gustaría pasar por casa de mi hermana.

—Así que nos quedamos solos, Guillermo —mi abuelo se volvió hacia mí y, mientras su mujer se servía a sí misma una ración con verduras de todas clases, sonrió—. Podemos hacer un plan de hombres, ¿te parece?

Yo intuía que la principal preocupación de mi abuelo se había desplazado desde la salud de mi cuerpo hacia la de mi espíritu, y creía saber cuál era el motivo de su inquietud. Aunque nunca habíamos hablado de eso, percibía un ingrediente húmedo y turbio, como un velo blancuzco sobre sus ojos, cada vez que me miraba, y creía que era tristeza, angustia por la soledad de un muchacho embutido entre dos ancianos. Aún no había encontrado una manera de tranquilizarle, de asegurarle que no podía echar de menos lo que nunca había tenido, pero aquel día tampoco entendí la alarma de su mujer, que me apretó la mano mientras miraba a su marido con los ojos muy abiertos, los hombros muy erguidos, todo el cuerpo en tensión.

—¡Guillermo! —por su forma de decirlo, supe a cuál de los dos se refería—. ¿No se te habrá ocurrido...?

—Pues claro que no, mujer —él fingió escandalizarse, pero no le salió demasiado bien—. ¡Qué cosas tienes!

Mi abuela conocía a su marido mucho mejor que yo, pero jamás habría podido adivinar la naturaleza del rito que ofició para mí aquella tarde.

—¿Tú sabes guardar un secreto?

Yo creía que íbamos a jugar al ajedrez. Sin embargo, cuando le respondí que sí, abrió con llave un cajón de su despacho que siempre estaba cerrado, sacó una carpeta de cartón repleta de hojas mecanografiadas y me la tendió. No, por Dios, me dije a mí mismo pensando en lo que me esperaba, otra vez Inés de Castro, Juana la Loca, los Comuneros, el Cid... Sin embargo, en la portadilla leí un título asombroso, *Orgía en Constantinopla,* y un nombre desconocido, Federico Ramos, de quien constaba que era el mismo autor de *El capricho del serrallo* y *La molinera traviesa.*

—¿Y esto? —le miré y se echó a reír—. ¿Lo has escrito tú?

—Sí, pero que no se entere tu abuela.

Años después, comprendí que lo que le angustiaba no era mi soledad, sino la sospecha de que mi carácter, mi solitaria seriedad de niño único, estuviera asociado a mis preferencias sexuales. Tenía miedo de que no me gustaran las mujeres y el entusiasmo con el que le aseguré que me había reído con todos los chistes, que las letras de las canciones me habían parecido divertidísimas, que me había leído la obra de un tirón, le supo a poco. Cuando yo sólo aspiraba a leer las obras completas de Federico Ramos, él decidió dar un paso más que aceleraría muy pronto el ritmo de mi vida.

—A mí, aquí, no me conoce nadie —me advirtió cuando nos bajamos de un taxi ante la fachada del Teatro Eslava—. Así que lo mejor es que te estés callado y que no se te ocurra pronunciar mi nombre, no vayas a meter la pata.

No era la primera vez que mi abuelo me llevaba a ver un ensayo de una obra suya, pero aquella tarde, de principio a fin, fue única, distinta a todas las demás. Porque no entramos por la puerta principal, sino por la de artistas. Porque no vimos el espectáculo desde el patio de butacas, sino desde un lateral del escenario. Pero sobre todo porque, aunque fuera un ensayo general con vestuario, quien nos dio la bienvenida entre bastidores fue una chica muy joven, muy guapa y completamente desnuda de cintura para arriba. Para abajo, sólo llevaba una braga minúscula de lentejuelas doradas, rematada con una gran cola de plumas de pavo real. Yo nunca había visto a una mujer así, y por un instante sentí sólo asombro, una sensación helada que albergaba un germen de calor que explotó enseguida para arder en mis mejillas. Era vergüenza, pero no se parecía a ninguna otra que antes hubiera conseguido sonrojarme. Era una vergüenza íntima y al mismo tiempo ajena, intensa pero templada, agradable y desagradable a la vez, una sensación nueva y tan rara que a mí mismo me pareció dudosa, quizás porque nadie llegó a advertirla.

—¡Ay, don Federico! —aquella chica se comportó como si yo fuera invisible—. ¡Qué revista tan bonita ha escrito usted! —y mi abuelo asintió sin quitarle los ojos de encima, sonriendo como un bobo—. Así da gusto trabajar.

Avanzó hacia él sobre sus tacones mientras le dirigía una mirada incendiaria, atizada por los reflejos de un maquillaje dorado, rematado con pequeñas plumas sobre las sienes, que prestaba a sus ojos una apariencia imposible, animal y metálica al mismo tiempo. Sus ojos eran tan poderosos que atraían a los míos como un imán, y aunque me daba cuenta de que debería aprovechar la ocasión para concentrarme en sus pechos, que botaban elásticamente en cada paso, no podía dejar de mirarlos. Así, clavado en el suelo, como un cazador desarmado esperando al tigre que va a devorarlo, la vi venir, tan salvaje, tan guapa, tan peligrosa que daba miedo.

—Susi —mi abuelo le tendió los brazos y eso me asustó más todavía—. Me alegro de que al final te hayan dado un papel.

—¡Ay, sí! —y al abrazarle le aplastó las tetas contra la pechera de la camisa con una naturalidad terrorífica—. Si viera lo contenta que estoy...

—Sí, sí, pero no me beses, que me manchas.

Aquella tarde, entre los bastidores del Teatro Eslava, aprendí más cosas juntas que en ningún otro momento de los que había vivido hasta entonces. Que las mujeres de las estampas que circulaban por el patio del colegio existían en realidad. Que aunque estuvieran desnudas, se comportaban igual que si estuvieran vestidas. Que las erecciones podían llegar a doler. Que ese dolor, sin dejar de serlo, no dolía en realidad. Pero la más importante, que la vida era muy simple y mucho más complicada a la vez de lo que yo pensaba, me la enseñó, como tantas otras cosas, mi abuelo.

Jamás habría creído que el padre abnegado, el incorruptible funcionario, el marido cariñoso, el ejemplar republicano, el patriótico dramaturgo, el hombre admirable que siempre había sido y seguiría siendo don Guillermo Medina hasta su muerte, fuera tan sensible a un par de buenas tetas como un crío que las veía por primera vez. Cuando me recuperé del estupor y pude volver a pensar, a ordenar todo lo que había descubierto en una secuencia lógica, comprendí que aquella debilidad tan acusada tenía la virtud de explicarle, de iluminar el insólito carácter del comisario de policía en cuyo despacho se entregaban todos los rateros de Madrid, para que los despachara con un discurso sobre la responsabilidad de la oligarquía en su triste destino de miserables analfabetos y los mandara a casa cuando podía, cuando no, al juzgado del padre de Miguel Salcedo, que les trataría con idéntica benevolencia. Ese mismo hombre, cuya única patria era la Humanidad, le había puesto los cuernos a su mujer con la mitad de las coristas de la ciudad. Eso no le hacía ni más ni menos progresista, pero no sólo abría una fisura inesperada, casi consoladora, en su monolítica integridad, sino que le asociaba con los comportamientos de los españoles a quienes más detestaba, sus propios vecinos de Hermosilla 49, cerrando el círculo de una contradicción que me pareció insoluble. Él convivía muy armoniosamente con ella, sin embargo. Porque cuando Susi le soltó y levantó en el aire un extraño artefacto recubierto de plumas que parecía un sostén hueco, diseñado para mostrar los pechos en lugar de cubrirlos, lo único que le faltó fue relamerse igual que un gato.

—Póngame usted esto, ande, que no sé dónde se habrá metido Candi... —y al darse la vuelta, me vio al fin—. ¡Uy! —exclamó mientras mi abuelo se peleaba con los corchetes—. ¿Y esta monada?

—Es mi nieto, así que pórtate bien con él.

—¿Y por qué iba a portarme mal?

Nunca llegó a contestar a esa pregunta, porque en aquel momento resonó un estrépito de tacones que se movían a la vez. Sobre ellos avanzaba una manada de pavos reales con las tetas al aire que le rodeó en un instante.

—¡Don Federico!

—¡Qué gusto verle!

—¡Qué bien que haya venido!

La visión de tantas mujeres desnudas que parecían iguales, todas perfectas, estuvo a punto de marearme. Susi lo evitó acercándose a mí para acariciarme la cara con sus uñas rojas, larguísimas.

—¿Y tú cómo te llamas?

—¿Yo? —me di cuenta de que no debería decir mi verdadero nombre, pero estaba tan nervioso que no fui capaz de improvisar—. Pues... Guillermo.

—¡Uy, qué rico! —se echó a reír—. Igual que su abuelo.

Pero las chicas del Eslava, que sabían de sobra quién era el autor de su revista, me cambiaron el nombre muy pronto. Porque aunque él se dio por satisfecho con el placentero aturdimiento que me acompañó en el camino de vuelta a casa, lo único que yo sabía era que con una tarde no iba a tener bastante. Le pregunté si podía volver al día siguiente y me contestó que no, que lo que tenía que hacer era dedicarme a estudiar si quería ir a la universidad en septiembre, aunque me ofreció dos entradas para invitar a Miguel al estreno. Le agradecí con un abrazo aquel premio de consolación y al día siguiente, a media tarde, le anuncié a mi abuela que me iba a estudiar a la biblioteca y me planté en la puerta de artistas del Eslava.

Cuando se celebró la última función de *Orgía en Constantinopla,* hasta los tramoyistas me llamaban Meri, de Meritorio. El mote que me había puesto Maruja, la vedette de la compañía, tuvo tanto éxito porque todo el personal del teatro daba por sentado que yo me ofrecía para lo que fuera, abrochar sostenes, apretar corsés, salir a la calle a comprar tabaco, a traer cafés, bocadillos, lo que hiciera falta, para hacer méritos. La recompensa que estuviera a la altura de tanta diligencia inspiraba a diario chistes, bromas y promesas equívocas, risueñas, que nunca me tomé en serio. Habría sido más justo que me llamaran Mascota, porque en eso me convertí durante la larga temporada que la revista aguantó en cartel, algo menos que un hermano pequeño, algo más que un admirador. Alguien lo suficientemente íntimo como para abrirle la puerta del camerino por el que andaban medio desnudas y reírse con él de los viejos verdes que mandaban flores y estuches con sortijas de bisutería muy bien hechas que nunca colaban. Alguien lo suficientemente inofensivo como para sentarse en sus rodillas y mover un poco el culo antes de pedirle que les abrochara una liga. Afortunadamente para mí, mi abuelo se había negado a llevarme a un colegio religioso. De lo contrario, la simiesca frecuencia con la que llegué a masturbarme durante aquellos meses me habría provocado pesadillas horrendas y una crisis de conciencia de imprevisibles consecuencias. Como era un alumno de la Institución, los fines de semana me apuntaba a extenuantes marchas por la sierra de Guadarrama, que me cansaban lo suficiente como para llegar molido al teatro por la noche. Entre semana, me dedicaba a estudiar por las tardes con el mismo deliberado ahínco.

Las coristas del Eslava eran astutas, ingeniosas, divertidas, perfectamente capaces de defenderse solas y muy conscientes de lo que querían. Por eso nunca me hice ilusiones. Mi abuelo, que lo sabía todo y las conocía mejor que yo, se limitó a sonreír cuando nos encontramos en la fiesta que se celebró en el escenario después de la última representación. Pero cuando Candi se colgó de mi brazo, me llevó a una esquina del escenario y me anunció que la perseverancia era la clave del éxito, me temblaron las piernas.

—Dime una cosa, Meri... ¿Tú te has fijado en lo buena que está la gallega?

—Sí —reconocí, porque la gallega era Susi y la primera impresión aún imborrable—. La verdad es que está buenísima.

—Claro que sí —asintió con la cabeza y acercó un poco más sus labios a mi oreja—. ¿A que te gustaría acostarte con ella?

Me quedé tan pasmado que ni siquiera fui capaz de decir la verdad.

—Pues... No sé...

—¡Ah! ¿No sabes? Me he debido equivocar, entonces.

Se apartó un poco de mí, me miró como si estuviera enfadada, y en aquel momento, aunque todavía no tenía ni idea de por dónde iba, me di cuenta de que iba en serio, de que me daba muchísimo miedo y de que iba a dejarla hacer conmigo lo que quisiera.

—No, no, no... —la cogí de un brazo para impedir que se marchara—. Que no te has equivocado, digo. Que claro que sí, que quiero, que quiero...

—Eso está mejor, ¿ves? Porque a mí también me gustaría acostarme con ella, y como conmigo se hace la estrecha pero sé que tú le haces mucha gracia... Se me ha ocurrido una idea buenísima, ya verás.

Después de tomar las uvas con las que le dimos la bienvenida a 1931, mi abuelo había levantado su copa solemnemente para brindar por el año del milagro. Cuando el 14 de abril le concedió el que esperaba, yo ya era el único de mis amigos que conservaba la virginidad. No tenía hermanos mayores, ni padrinos, ni tíos que me llevaran de putas, y sabía que mi abuelo les aplicaba a las que declaraban en su comisaría el mismo discurso que a los rateros, así que no me atreví a pedírselo. Pensé que con el teatro tenía bastante, pero nunca imaginé con qué facilidad ese bastante desembocaría en un demasiado durante una noche de mayo. Esto sí que es un milagro y no la República, concluí de madrugada, mientras volvía andando a casa. Era muy inexperto, pero no era tonto. Me había dado cuenta desde el principio de que mi papel en aquella función consistía en servir de coartada para que Susi no se asustara de estar en la cama con Candi, pero me dio igual porque me las había follado a las dos.

1931 fue verdaderamente el año de los milagros. Desde aquella noche hasta que me encontré a Amparo encerrada en el armario del cuarto de servicio, España había cambiado tanto que nadie habría logrado reconocerla. A mí tampoco. Cuando ella reformuló para mí las reglas del escondite, apenas conservaba el recuerdo del torpe pardillo que fui una vez. A finales de 1936, algunos de mis amigos ya estaban casados y yo aún no había tenido una novia formal, pero aunque a veces me inquietaba que las buenas chicas se me dieran tan mal, las malas me habían enseñado a jugar a casi todo.

—Pero, tú... —Amparo no entendía nada—. ¿Dónde has aprendido todas estas cosas?

—¿Y tú? —aunque yo entendía todavía menos.

—¿Yo? —entonces se ponía una mano en el escote y me miraba, haciéndose la sorprendida—. ¡Pero si eres tú el que decide siempre!

—No. Empezaste tú. Tú tomaste la decisión más importante.

—Ya, pero nunca pensé que íbamos a llegar tan lejos.

Eso seguramente era verdad. Tanto que, al escucharla, pensé que yo también había ido ya más lejos de lo que me convenía. No me gustó el sonido de aquel pensamiento, porque Amparo me gustaba demasiado, y aunque habría pagado cualquier precio para que no fuera así, no podía hacer nada por evitarlo. Era injusto, absurdo, irritante, y un mal augurio, pero el último día de 1936, cuando sostuvimos aquella conversación, ya había descubierto que, si yo había venido al mundo para algo, era para follar con Amparo Priego Martínez. Y si recuperé mi bienintencionado, inocente discurso del primer día, no fue para contrariar esa convicción, sino para obtener una respuesta que la confirmara.

—Puedes irte cuando quieras, Amparo —al escucharme, bajó la cabeza—. Estoy dispuesto a ayudarte, ya lo sabes. Puedo acompañarte a la parroquia anglicana, llevarte a mi hospital, a una casa segura... No tienes más que decirlo —y cuando terminé, aún no la había levantado.

—Está bien —respondió al rato, con los ojos fijos todavía en el suelo.

—¿Qué está bien?

—Pues esto, que... —me miró y volvió a bajarlos—. Está bien.

—No te entiendo, Amparo.

—Claro que me entiendes —sonrió—. Lo que pasa es que quieres que lo diga.

—¿Qué es lo que quiero que digas?

—Quieres que diga... —ladeó la cabeza y me miró con el rabillo del ojo— que me gusta esto.

—¿Y qué es esto?

—Pues... Lo que me haces... Lo que hacemos. Vivir contigo.

—¿Y te gusta?

—Sí —por fin me miró—. Me gusta.

—Muy bien. Pues te voy a decir una cosa. Aún no hemos ido a ningún sitio.

—¿No?

—No. Podemos llegar mucho más lejos todavía...

Eso también era verdad, aunque yo me había propuesto ejercer sobre mi imaginación un control férreo, al que sólo renunciaba muy de tarde en tarde. Mientras tanto, mi relación con Amparo encajaba en el molde de la que podrían mantener unos amantes poco convencionales. Ella me provocaba constantemente y yo respondía mandándola a su cuarto, para cebar su deseo, y el mío, hasta que la cuerda imaginaria que nos unía a ambos lados del pasillo se rompía, incapaz de aguantar tanta tensión. Todo lo que sucedía entre nosotros se ajustaba a esa pauta, y lo que pasó en el cuarto de baño del Instituto Canadiense no fue una excepción.

—No deberías haber hecho esto, Amparo.

Había cumplido su palabra. No habíamos tardado ni tres minutos, porque su simple voluntad de echar un polvo había bastado para activar una reacción fulminante, incomprensible, más fuerte que mi propia voluntad de oponerse a la suya.

—¡Ah!, ¿no? Pues parece que te ha gustado.

Yo no sabía dónde estaba su poder, pero intuía que a ella nadie le había enseñado nada, que se movía por impulsos, una predisposición natural que la hacía aún más poderosa. Cuando se instaló en mi casa no era virgen, pero habría adivinado eso sin mucha dificultad antes de comprobarlo. Todo lo demás seguía siendo un misterio impenetrable para mí.

—Me ha gustado, pero eso no quiere decir que no esté enfadado.

Dejó de arreglarse el pelo ante el espejo, se dio la vuelta, me miró, y eso bastó para desencadenar, como si fuera la primera vez, un frenético festival de hormonas, enzimas y fluidos que no se parecía ni por asomo a lo que yo había estudiado en mi manual de fisiología.

—¿Estoy castigada?

Yo me había acostado con algunas mujeres más guapas que Amparo. Había conocido piernas más largas, cinturas más estrechas, pechos más rotundos, rostros hermosos de ojos más grandes y labios más llenos. Algunas se habían acercado al nieto de mi abuelo con la intención de lograr un papel en un reparto o un cuplé que estrenar, otras sólo querían divertirse con la mascota del Teatro Eslava. Todas tenían más experiencia que yo. Todas sabían usar su cuerpo, y el mío, mejor que Amparo. Lo que me pasaba con ella jamás me había pasado con ninguna.

—Desde luego —la empujé suavemente hacia la puerta—. Vámonos ya.

Antes de salir, me echó los brazos al cuello y me besó en la boca como si lo nuestro fuera una historia de amor, aunque lo único que yo sabía con certeza era que no estaba enamorado de aquella mujer. No la amaba, porque lo que me estaba pasando no tenía que ver con ella, sino conmigo.

—Sigues estando castigada.

Amparo había despertado una parte de mí que yo ignoraba y eso la había convertido en mi doble, un molde en el que yo encajaba perfectamente porque no era sino un complemento de mí mismo.

—¿Y cuál va a ser el castigo?

No podía saber si existía en alguna parte una mujer semejante, con el mismo talento, la misma intuición, pero sabía que Amparo no era imprescindible, que otra, con otros talentos, otras intuiciones, podría haber provocado el mismo fenómeno, y que todo seguiría teniendo que ver conmigo, no con ella.

—No lo sé todavía, ya lo pensaré.

Eso significaba que lo que sentía por Amparo, por muy fuerte, poderosa, a menudo irresistible que fuera la atracción que ejercía sobre mí, no era amor, aunque a veces cedía a la vanidad de pensar que ella sí estaba enamorada.

—¡Uy, qué miedo!

Y además, estábamos en guerra, qué cojones.

—Más te vale tener miedo, porque te has portado fatal.

Eso, que estábamos en guerra, que cualquiera de los dos podría morir al día siguiente, que una bomba resolvería todos sus problemas, y los míos, en un instante, era lo único a lo que podía aferrarme cuando ya no sabía qué pensar.

—*Ça va?*

Bethune nos interceptó en medio del pasillo, miró a Amparo y me sonrió. Supuse que se había dado cuenta de todo y crucé los dedos para conjurar la mala suerte de haber caído en desgracia. Tres días después, cuando me invitó a acompañarle a Majadahonda, comprendí que había sucedido más bien lo contrario.

Al acomodarme en el camión, me di cuenta de que los canadienses iban vestidos con un mono, el uniforme de los milicianos, una exhibición pública de su compromiso con la causa de la República. El azul mahón asomaba bajo los jerséis gruesos y las zamarras de pastor con las que se protegían, para contrastar con la ropa corriente del único verdadero republicano español que viajaba en aquel vehículo. Aquel detalle, lejos de hacerme sentir incómodo, me reconfortó mientras les escuchaba quejarse del jodido frío que hacía en el país de las naranjas. Estaba a punto de amanecer, y en la penumbra que la helada había dejado atrás, las calles de la ciudad conformaban un escenario desierto y familiar. Pero al traspasar la frontera de la Moncloa, la primera luz del día iluminó la devastación de la carretera de La Coruña, aquel amable paisaje de casitas de veraneo y merenderos con jardín, reducido a humeantes montañas de escombros que se prolongaban hasta donde alcanzaba mi vista.

Por los arcenes de la carretera, dos hileras de refugiados avanzaban despacio. Iban cargados con lo que habían podido llevarse de sus casas, toda su ropa encima, vestidos sobre vestidos, chaquetas sobre chaquetas, lo demás en cestos, maletas, sacos, colchones doblados sobre las espaldas de los hombres, niños pequeños agarrados a las faldas de las mujeres que llevaban en los brazos a niños más pequeños todavía. Creía estar familiarizado con ellos, porque su tristeza, su cansancio, habían ido colonizando poco a poco los portales y los patios, los bancos y las aceras de Madrid, pero mientras el camión pasaba por su lado, recordé los bombardeos de noviembre y pensé que, desde el cielo, esa constante procesión de desplazados se asemejaría a una hilera de hormigas que transportaran esforzadamente las migas esparcidas por la hierba después de una merienda campestre, y al llegar al Hospital de Sangre de Aravaca, no me había recuperado aún de aquella imagen.

Quizás, si Bethune me hubiera invitado a acompañarle al atardecer, cuando el flujo de refugiados ya hubiera cesado, mi elección habría sido distinta, pero al enfrentarme a la hilera de moribundos que bordeaba el patio trasero como un festón sangriento, me propuse salvar a una hormiga de campo, cualquier soldado nacido en una familia semejante a las que llegaban a Madrid con lo puesto, y tardé algún tiempo en encontrarlo.

Estaba en un extremo, desahuciado entre los desahuciados, respirando ruidosamente en los estertores de la muerte. Me arrodillé a su lado, tomé una muestra, y le miré. Era más joven que yo, que era muy joven, y tenía cara de crío, la piel curtida, hebras rubias de sol en el pelo castaño y una ramita de olivo, como una insignia, enganchada en el ojal del segundo botón. Por eso le elegí, y temí haberme equivocado porque el primer frasco que le transfundí apenas le hizo efecto. El segundo estaba ya más vacío que lleno cuando abrió al mismo tiempo los ojos y los labios. Los primeros eran castaños con reflejos dorados, igual que su pelo, pero me llamaron más la atención sus dientes, regulares, blanquísimos, una de las paletas partida, quebrada en diagonal como la hoja de un cuchillo. Eso fue lo que pude ver antes de que me mirara. Después me dejé arrebatar por una sensación nueva y muy dulce, una euforia tan compacta que se podía masticar, tan violenta como una borrachera seca. Me habían contado que Bethune se echaba a reír cada vez que revivía a un soldado, pero no lo recordé en ese momento, mientras reía como si me hubiera vuelto loco.

—¿Qué me ha pasado? —hablaba con un acento muy cerrado, andaluz del interior, calculé, quizás manchego—. ¿Por qué te ríes?

Negué con la cabeza porque no podía darle una respuesta que ni siquiera yo conocía. Él miró a su izquierda, a su derecha, comprendió que había sido uno más entre los moribundos que le rodeaban y un acceso de tos le impidió reírse conmigo. En ese momento escuché un ruido pequeño y metálico, que se repitió un par de veces, y comprendí que un canadiense nos estaba haciendo fotos.

—*Maintenant, tu es Dieu aussi.*

Norman Bethune consagró mi divinidad con un epílogo solemne, tan fugaz que cuando volvimos a Madrid tenía la sensación de llevar media vida haciendo transfusiones a soldados desahuciados. Habíamos salvado a dieciséis y cinco habían corrido de mi cuenta pero, como ya me ocurrió una vez con una chica de pechos desnudos y cola de pavo real, ninguno me había impresionado tanto como el primero. Por eso, antes de irme, me acerqué a hablar con él.

—Los salvajes creen que cuando alguien les salva la vida, se la deben a su salvador, que es como una deuda que dura para siempre —seguía estando pálido, cansado, pero no paraba de sonreír—. Lo sabe, ¿no?

—¿Qué salvajes?

—No sé, unos, ahora no me acuerdo, pero lo que importa... Si alguna vez necesita algo de mí, lo que sea, pues... Ya sabe.

Se llamaba José Moya Aguilera y había venido a defender Madrid desde Torreperogil, un pueblo de Jaén. Me obligó a aprenderlo de memoria antes de dejarme marchar y me prometió que volveríamos a vernos. No había pasado ni una semana cuando me lo encontré en la puerta del quirófano, exhibiendo un ejemplar de *El Heraldo de Madrid* que había reproducido en portada una foto en la que aparecíamos los dos bajo un titular muy aparatoso, pura propaganda, que me identificaba como el Bethune español.

—Si estuviera en mi pueblo le habría traído aceite, que lo hacemos buenísimo, pero aquí... He pensado que le gustaría tenerlo.

—Claro que sí —le di un abrazo después de agradecerle su regalo como si no tuviera otros seis números de aquel periódico en el cajón de la mesa—. Muchas gracias, hombre.

Desde entonces, Pepe Moya venía a verme de vez en cuando, casi nunca con las manos vacías, como los salvajes que, según él, merodeaban alrededor de sus salvadores para velar por su bienestar. Intenté prohibírselo, porque el trabajo que debía costarle conseguir un par de manzanas, una cajetilla de tabaco o una lata de carne rusa era mucho más grande que mi necesidad, pero no encontré la forma de frenar una hemorragia de gratitud que no fue la única consecuencia de mi excursión a Aravaca. El titular de *El Heraldo* desarmó a la dirección del hospital, que terminó cediendo a las presiones del doctor Quintanilla, sobre todo después de que, el 11 de enero, Bethune se presentara en el San Carlos para despedirse de mí. Quería salir de gira con su equipo por otros frentes, y aunque el Instituto Canadiense iba a seguir funcionando con personal español, me pidió que me hiciera cargo del servicio ambulante. Aquella reunión, que volvió a alimentar al día siguiente la maquinaria propagandística republicana, me concedió un protagonismo que no merecía. El procedimiento creado por Bethune había sido una genialidad, pero su aplicación era tan sencilla que no tardé ni un mes en formar media docena de unidades móviles sin abandonar mi puesto en el hospital. Cuando empezaron a recorrer los frentes de Madrid, el doctor Quintanilla me ordenó aceptar la jefatura del Servicio de Transfusiones que logramos montar en el

San Carlos gracias a un donativo del bendito pueblo de Canadá en forma de frigorífico.

Mi vida recuperó a partir de entonces la relativa rutina de un médico atrapado en una doble espiral catastrófica, que la guerra y mi relación con Amparo fueron retorciendo poco a poco en direcciones opuestas, hasta llegar a compensarse entre sí. Los bombardeos cotidianos, las casas en ruinas, las ejecuciones sumarias, el miedo y el racionamiento, sostenían una realidad en la que cabía cualquier relación exótica, tan desequilibrada y extraña, tan azarosa y necesaria al mismo tiempo como la que establecían los pactos de nuestra convivencia.

—¿Estoy castigada?

—Sí.

Pero ni siquiera aquel elaborado ritual de castigos y recompensas era inmune al paso del tiempo en medio de una guerra. No lo fue para mí, que muchas noches, al volver a casa, echaba de menos una mujer a la que abrazar, con la que sentarme en un sofá a descansar sin hablar siquiera, y no lo fue para ella, que empezó a venir de vez en cuando al hospital a traerme la comida, para sentarse conmigo en el comedor del personal sin atreverse a confesar que había tenido miedo o que no soportaba estar más tiempo sola. Algunos días, en mitad de la comida me anunciaba que acababa de darse cuenta de que había salido de casa sin bragas, pero otras veces nos cogíamos de la mano sin decir nada después del postre, y la acompañaba a la puerta para despedirla con un beso, como hacían los demás con sus mujeres. Esas veces eran las peores, porque me hacían sentir doblemente fracasado, en la ficción amorosa que recubría una historia de sexo a secas y en el papel que había aceptado representar en ese juego. Y cuando se volvía a decirme adiós con la mano, me sentía preso en una ratonera cuya salida había cerrado yo mismo antes de tirar la llave.

Así, mi relación con Amparo, ese raro fruto del azar y de la guerra, se fue complicando tanto como la silueta de cualquiera de aquellos refugiados que llevaban encima, capa sobre capa, toda la ropa que tenían, hasta relegar la condición de su propia piel a un puesto dudoso, indiscernible de la última camiseta. Pero antes de que terminara aquel invierno, sucedió algo que me demostró que todo podía llegar a complicarse todavía más.

A primeros de marzo, preparé a toda prisa dos unidades móviles para el frente de Guadalajara, y como no tenía tiempo para clases teóricas, me llevé a la Casa de Campo a un grupo heterogéneo de estudiantes de medicina y enfermeros sin experiencia previa. Fue una buena decisión, porque aprendieron deprisa, pero un chico al que sólo le faltaban tres asignaturas para terminar la carrera se puso tan nervioso que un frasco de sangre se le resbaló entre las manos para caer justo delante del lugar donde yo estaba arrodillado. Me había acostumbrado a oler a sangre, pero aquel accidente me empapó los pantalones de tal forma que decidí ir a casa para cambiarme antes de volver al hospital.

Me lo crucé en la escalera, y aunque era un hombre corriente, sin ninguna seña especial, me llamó la atención porque se me quedó mirando como si me reconociera. Un instante después, apartó los ojos de mí y apretó el paso. Me detuve entre dos peldaños, volví la cabeza, vi que salía a la calle casi corriendo, y tuve el presentimiento de que venía de mi casa. Al entrar en el portal, no había escuchado pisadas. El eco de sus pies sobre los peldaños parecía haber arrancado después, cuando yo ya estaba a punto de empezar a subir, pero no podía calibrar la distancia precisa para que mis oídos captaran el ruido de unos zapatos en la escalera, y el portal era bastante grande. Podía venir del segundo, del tercero, haberse detenido en el descansillo del primero para atarse un zapato, para arreglarse la ropa, y sin embargo, después de decirme todo eso, seguí teniendo el presentimiento de que venía de mi casa y corrí más que él. Sólo me detuve ante la puerta, para pararme a pensar si sería mejor abrir con mi llave o llamar al timbre, pero Amparo me ahorró esa decisión.

—¡Guillermo! —al escuchar mi nombre, comprendí que estaba pegada a la mirilla—. Gracias a Dios...

Abrió la puerta, me cogió por los hombros, me metió dentro, cerró con un pie y me abrazó como si se abrazara a un saco, porque no supe responder a su abrazo.

—Ese hombre... —separó la cabeza para mirarme y comprobé que tenía la cara desencajada—. ¿Te lo has encontrado al subir?

—asentí con la cabeza y su expresión de miedo se hizo más intensa—. Era él, Guillermo, era él...

Sabía que hablaba del hombre que había visitado a don Fermín de parte de su hijo Ernesto al principio de la guerra, aquel individuo sospechoso, malencarado, al que había declarado temer tanto durante los meses que pasó escondida con su abuelo. Eso sabía y era lo mismo que no saber nada.

—He escuchado sus pasos en la escalera. Cuando me quedo sola, siempre estoy pendiente de quién sube y quién baja, ya es como una costumbre. Porque yo sabía que iba a venir, lo sabía y te lo dije, Guillermo, ¿o no lo dije?

La había llevado a la cocina, la había sentado en una silla y había hecho una manzanilla para ella pero sobre todo para mí, para poder darle la espalda, para dejar de mirarla, para intentar decidir si me estaba diciendo la verdad o me estaba mintiendo.

—Lo sabía, y he abierto la mirilla sin hacer ruido, le he visto llamar con los nudillos a la puerta del piso de mi abuelo, y después tocar al timbre sólo una vez antes de volver a llamar con los nudillos. Nos dijo que esa sería la señal. Ha estado allí un rato y después, al ver que nadie abría, ha venido aquí, se ha parado delante de la puerta como si dudara entre llamar o no, y yo he estado todo el tiempo delante de él, sin hacer ningún ruido, sin atreverme a respirar siquiera... —en ese momento dejó de mirarme, estudió la taza que sostenía con las dos manos, se la llevó a la boca, dio un sorbo y cerró los ojos—. ¡Qué miedo he pasado, Guillermo, qué miedo!

Era evidente que estaba muy asustada, a punto de echarse a llorar, pero si las cosas hubieran sucedido de otra manera, su miedo, sus lágrimas, habrían resultado igual de verosímiles. Si ella se hubiera citado con aquel hombre, si después de despedirse de él hubiera escuchado pasos en la escalera, si hubiera adivinado que quien subía era yo, aunque no me esperara, aunque no supiera por qué volvía, aunque no existiera ningún motivo para que lo hiciera a las once de la mañana, se habría asustado igual, habría llorado igual y, sobre todo, me habría contado exactamente lo que acababa de contarme. Aquel hombre me había mirado como si me reconociera, pero después de pensarlo dos veces, eso tampoco me pareció muy relevante. Si era un quintacolumnista, dispuesto a sacar clandestinamente a dos camaradas de Madrid, habría investigado a los vecinos del edificio. Si era un delincuente dispuesto a llevarse el oro de don Fermín por la fuerza, con su nieta o sin ella, nos habría investigado igual. En ambos casos, lo último que le convenía era que yo pudiera recordar su cara, y por eso había cometido la torpeza sólo aparente de salir corriendo.

—No me crees, ¿verdad?

Amparo me miró como si leyera en mi frente la enrevesada secuencia de sumas y restas a la que me había entregado, y empalideció de pronto, tan deprisa como si mis dudas la estuvieran desangrando. Tras un instante de inmovilidad, dejó la taza sobre la mesa, se levantó y vino hacia mí.

—Tienes que creerme, Guillermo —su cara estaba tan cerca de la mía como si fuera a besarme—. Tienes que creerme...

Sus labios se fruncieron en un puchero casi infantil, sus lágrimas se convirtieron en verdadero llanto, su voz engordó, se humedeció como si trepara desde el fondo de una caverna, y sus manos aferraron las solapas de mi chaqueta para zarandearme con una fuerza impropia de la fragilidad que transmitía todo lo demás.

—Tienes que creerme, dime que me crees, dímelo, por lo que más quieras... —hasta que se cansó, y dejó caer los brazos, y se apoyó en mi pecho como si se apoyara en una pared—. Dímelo, por favor, dímelo...

Parecía tan triste, tan sola, tan desamparada, que la rodeé con los brazos sin pensar en lo que hacía.

—Ya está —y hasta la mecí con suavidad, como a una niña asustada—. Ya pasó, Amparo, tranquilízate —ella escondió la cabeza en mi cuello y la dejé llorar—. Te creo, tranquila, de verdad que te creo.

No era cierto, pero lo contrario también habría sido mentira. De todo lo que sabía, lo único que se aproximaba vagamente a la condición de una certeza era que Amparo temía a aquel hombre y yo no le daba miedo, o al menos así había sido hasta aquella mañana. Mientras la dejaba llorar entre mis brazos, analicé el tablero tan deprisa como pude y comprendí que sólo tenía una opción.

—Vamos a hacer una cosa —propuse mientras le acariciaba la cabeza—. Vamos a guardar el oro en la caja fuerte, ¿quieres?, por lo que pueda pasar...

Enmascaré mis verdaderos propósitos con una larga serie de instrucciones de seguridad. Le recordé que aquella casa tenía dos puertas, que ante el menor peligro, lo único que tenía que hacer era salir por la de servicio y entrar en la casa de su abuelo por una puerta idéntica. Como el escondite que había fabricado Experta seguía estando allí, bastaría con que se encerrara detrás de la librería y esperara a que fuera a buscarla.

—Pero tú... —me miró como si acabara de decir un disparate—. Tú no tienes llaves de la casa de mi abuelo.

—Pero Experta sí las tiene —al escucharlo sonrió, volvió a abrazarme, pareció tan aliviada que pensé que creer en ella era mi mejor jugada—. Puedo ir a su casa a buscarlas, no te preocupes. Ahora, lo importante es guardar bien el oro, ¿dónde está?

«Mi nombre es Aniceto», decía el actor cómico, vestido de fontanero, y las coristas, que rodeaban a la dueña de la casa, un delantal blanco y una cofia en la cabeza por todo uniforme, cantaban, «¿con qué rima?, ¿con qué rima?». Esa era la clave de la caja fuerte, los números que correspondían a la posición alfabética de las letras de la palabra «Aniceto». Yo me los sabía de memoria y Amparo jamás adivinaría aquel código. Tampoco quiso acercarse a mí mientras abría y cerraba la caja, tapando la rueda con mi cuerpo. Cuando volví a colocar un cuadro encima, estaba casi seguro de que no me había mentido, pero lo que me tranquilizó definitivamente fue que, hubiera pasado lo que hubiera pasado aquella mañana, el oro de don Fermín no iba a contribuir a que los enemigos de la República ganaran la guerra. En marzo de 1937, aún no había descubierto que los de dentro eran tan peligrosos como los de fuera.

—Perdóneme, doctor, pero ahí fuera hay un soldado que le busca. Se llama Pepe y dice que es muy urgente. Ya le he dicho que está usted a punto de empezar una operación pero se ha puesto como una fiera, ha dicho que es una prioridad militar...

A primeros de noviembre, cuando aquella enfermera irrumpió en el quirófano, Norman Bethune ya no estaba en España. En mayo había venido a despedirse de mí y no había querido contarme las razones de su marcha. Me dijo solamente que iba a hacer campaña a favor de la República por el mundo, pero parecía tan hundido que recordé algunos rumores más feos que tristes, más miserables que feos. Se decía que la Sanidad de la República Española debía estar en manos de republicanos españoles, que no se podía tolerar que un extranjero que ni siquiera hablaba nuestro idioma mandara tanto. Una tarde había llegado a las manos con un imbécil que había logrado encender una luz blanca entre mis cejas a fuerza de repetir este último argumento. Nos separaron a tiempo, y desde entonces algunos de mis colegas me miraban mal, aunque la mayoría estaba de mi parte. Bethune debía de haberse enterado, porque antes de marcharse me dio las llaves del consultorio de Príncipe de Vergara, donde quedaba todavía mucho material que podíamos aprovechar, y un gran abrazo. Pero lo que había podido deducir de su misteriosa partida era muy poco en comparación con lo que me esperaba cuando me despedí del paciente que aguardaba en la camilla.

—Lo siento, Ignacio, pero tengo que salir a ver qué pasa. Voy a llamar a un compañero para que se ocupe de ti, ¿de acuerdo?

Aunque no hubiéramos ido al mismo colegio, aunque no hubiera jugado en el mismo equipo de fútbol que su hermano Mateo, aunque no me hubiera enamorado en secreto, como todos, de su hermana Paloma, que era la chica más guapa de Madrid, a aquellas alturas Ignacio Fernández Muñoz y yo habríamos sido amigos íntimos. En el último año le había operado siete veces, las siete de heridas muy aparatosas en apariencia, que nunca habían afectado a un órgano vital. Ignacio, un simple estudiante de Derecho que se había presentado voluntario cuando las cosas se pusieron feas, se había convertido en uno de esos héroes populares, legendarios, asociados a la defensa de Madrid, y era tan valiente en un quirófano como en una trinchera.

—Claro, que venga Arenillas —aparte de eso, conocía el hospital como su propia casa—. Si esto no es nada, menos que lo del otro día, te lo digo yo, que ya me lo sé... ¡Arenillas!

La ocurrencia de que escogiera a su propio cirujano me hizo reír, pero cuando salí del quirófano y vi a Pepe Moya, la expresión de su rostro me paralizó en medio de una carcajada.

—Lo siento —Pepe se acercó a mí, me cogió del brazo, y siguió hablando en un susurro—. Es una emergencia, yo... No conozco a otro médico.

—¿Pero qué...?

—No te lo puedo contar, es un secreto y además no tenemos tiempo —entonces me di cuenta de que el bulto que llevaba entre las manos era mi abrigo—. Toma, déjate la bata y póntelo encima. Tenemos que irnos ya, pero antes coge algunas de esas botellas milagrosas, porque nos van a hacer falta.

—¿Pero qué pasa, Pepe? Yo no puedo...

—Sí puedes —se paró, me miró a los ojos y comprendí que, aparte de prisa, tenía miedo—. Te juro que puedes. En mi cuartel, en El Pardo, hay un hombre medio muerto que no se puede morir. No puedo contarte más, pero es uno de esos que no se pueden morir, ¿lo entiendes?

Lo entendí. Hice lo que me dijo tan deprisa como pude, corrí tras él hasta la puerta del hospital y me monté en un coche que nos esperaba con el motor encendido.

—¡Arranca! —le ordenó al conductor antes de cerrar la puerta—. ¡Ahora!

—¡Joder, Pepe! —protesté, mientras comprobaba que me había pillado un pico del abrigo—. Como salvaje agradecido eres un desastre. Se supone que tendrías que hacerme la vida agradable, no complicármela de esta manera...

—Ya —dijo solamente, y me miró.

Aquella noche, ninguno de los dos sabíamos hasta qué punto iba a complicarme la vida el paciente que me esperaba en El Pardo.

Es 6 DE ENERO DE 1937 Y CLARA STAUFFER ESTÁ EN SALAMANCA.

Hoy, la Sección Femenina de Falange Española celebra su primer Congreso Nacional. Más que un bautizo, es una puesta de largo.

La rama femenina de Falange se funda en junio de 1934 con fines muy modestos, más asistenciales que políticos. Antes de la guerra, sus militantes se dedican tan sólo a visitar a presos del Partido y a acompañar a sus familias, de acuerdo con el principio rector del pensamiento de su creadora, Pilar Primo de Rivera, que repetirá durante toda su vida que *la función de la mujer es servir*. Sin embargo, el conflicto armado otorga a la Sección Femenina una relevancia que justifica un Congreso al que acuden delegadas de todas las provincias situadas en zona franquista. La única excepción es la dirección madrileña, presidida por la propia Pilar, primera, última y única Jefa Nacional. A su derecha, Marichu de la Mora desempeña el cargo de Secretaria Nacional. En el peldaño inmediatamente inferior, Clara Stauffer, Delegada de Prensa y Propaganda, ocupa el tercer lugar en la cúpula de la organización.

Ninguna de las tres es una mujer corriente. Pilar es la hija menor del general Miguel Primo de Rivera, que ejerció una dictadura militar entre 1923 y 1930, y la hermana predilecta del Gran Ausente, José Antonio, fundador de Falange, elevado al rango de mártir de la Cruzada tras su fusilamiento en la prisión de Alicante el 20 de noviembre de 1936. Marichu, la única casada de las tres, es nieta de don Antonio Maura, prohombre de la derecha española, presidente de cinco gobiernos del Partido Conservador entre 1903 y 1922. En comparación con las aristocráticas estirpes de sus dos camaradas, los burgueses orígenes de Clara resultan poco ilustres, pero desarrollarán una importancia decisiva para el auge de su partido y, sobre todo, para los intereses del ejército franquista.

Clara, o Clarita, como la sigue llamando todo el mundo aunque este año cumple treinta y tres años, es hija de Konrad Stauffer y Julia Loewe. Su padre es un prestigioso maestro cervecero de Núremberg al que la familia Mahou contrata, a finales del siglo XIX, para dirigir la moderna fábrica de cervezas que funciona en la calle Amaniel desde 1891. Su madre, madrileña que siempre conservará la nacionalidad de sus padres, pertenece a una de las grandes familias que sustentan el poder económico alemán en España. Clarita, como antes Julia, nace en Madrid en 1904 pero se educa en Alemania, y el día de Reyes de 1937 aún no posee otra nacionalidad que la alemana.

La condición de extranjera no supone un obstáculo para su brillante carrera en el reducidísimo ámbito del deporte femenino español de la época, donde destaca tanto en la práctica de la natación como en la del esquí. Tampoco perjudica su carrera política. Aunque resulte paradójico, su apellido no es, ni mucho menos, el único extranjero —ahí están Marjorie Munden, Carmen Werner, Josefina Veglison— entre las *camisas viejas,* militantes femeninas de primera hora en la ultranacionalista Falange Española. Al contrario, su nacionalidad la convierte muy pronto en una pieza clave en las relaciones entre el gobierno de Burgos y el Tercer Reich. Clara, franquista en España, nazi en Alemania, sabe mirar muy lejos y entiende lo que ve. Inteligente, capaz, sumamente enérgica y muy simpática, el 6 de enero de 1937 da un paso atrás para lanzar su influencia hacia delante.

Descontando a la inmarcesible Pilar, Marichu de la Mora parece a simple vista la gran triunfadora del I Congreso Nacional de la Sección Femenina. Stauffer se relega a sí misma al puesto de Auxiliar Central de Prensa y Propaganda para dejar a Marichu la plaza de Delegada Nacional, en lo que puede interpretarse como un acto propagandístico en sí mismo. De la Mora pasa por haber sido la única novia conocida de José Antonio, aunque no existen indicios que avalen esta relación, más allá del testimonio de la dirigente falangista. En cualquier caso, muy pronto se hace evidente que la propaganda de la organización sigue estando en manos de Clara Stauffer. Ella es la autora de todos los textos sin firma, y la editora de todos los firmados, del libro oficial de la Sección Femenina que se publica por primera vez, sin pie de imprenta —Madrid dolorosamente aún en manos de los rojos—, en 1938, y se reeditará a menudo en los primeros años cuarenta. Además, desde el mismo enero del 37, colabora en el diario *El Adelanto* de Salamanca, como portavoz de las falangistas. Pero como ya se sabe que las mujeres somos capaces de hacer varias cosas a la vez, poco después su labor desborda las fronteras de su país natal para enfocarse en la patria de su padre.

Clara Stauffer viaja con frecuencia a Alemania, donde se llama Klara, para ejercer de guía e intérprete de diversos enviados de Falange y del gobierno franquista, hasta el final de la guerra civil y aun después. La creadora del Auxilio Social, Mercedes Sanz Bachiller, y su colaboradora más próxima, la aristócrata y novelista Carmen de Icaza, viajan bajo su tutela en varias ocasiones, casi siempre a Hamburgo, con el objeto de conocer los programas asistenciales del Partido Nazi y más específicamente el Auxilio de Invierno —*Winterhilfe*—, que toman como modelo para su propia organización. Pero desde fechas incluso anteriores, Clara interviene también en otra clase de misiones, embajadas más discretas o directamente secretas, en las que representantes del ejército franquista negocian la ayuda militar que les proporciona el Tercer Reich y su contrapartida en wolframio y otras materias primas.

Mientras tanto, su figura se hace muy popular entre los miembros de la nutrida colonia nazi que se mueve alrededor del gobierno de Burgos. Para ellos, Klara Stauffer es de los suyos, ni más ni menos camarada que para Pilar o para Marichu. Así, en la primavera de 1939, cuando vuelve a instalarse en Madrid, continúa ejerciendo sin contratiempos una doble militancia, franquista en España, nazi en Alemania, que le permite facilitar el contacto de la embajada de Berlín con el nuevo gobierno. Su casa, en el número 14 de la calle Galileo, se convierte muy pronto en un armonioso e imprescindible punto de encuentro entre los seguidores de Hitler y los de Franco, con quienes se siente unida por lazos indistintos, equitativamente fraternales.

Entre sus invitados más asiduos se cuenta Johannes Bernhardt, ahora brillante y todopoderoso empresario, presidente de la Hispano-Marroquí de Transportes (HISMA), empresa fantasma que el Tercer Reich ha utilizado como pantalla para canalizar la ayuda económica y armamentística prestada al bando de Franco durante la guerra civil. Bernhardt, lejos de detener su actividad tras la victoria franquista, fundará en diciembre de 1939 la Sociedad Financiera Industrial (SOFINDUS), un gigantesco consorcio de empresas alemanas, que llega a monopolizar el comercio exterior español, encargándose asimismo de canalizar ayuda en dirección contraria, materias primas de España para el ejército alemán, desde el inicio de la Segunda Guerra Mundial.

Si la victoria de Franco convierte a Clara Stauffer y Johannes Bernhardt en grandes amigos, la derrota de Hitler estrechará decisivamente sus vínculos de hermandad y camaradería, sobre todo a partir del verano de 1945, cuando la primera Delegada Nacional de Prensa y Propaganda de la Sección Femenina se anima a renunciar al fin a la nacionalidad de sus padres para solicitar la del país donde ha nacido y vivido desde su adolescencia.

Pero el color de su pasaporte no cambia las cosas.

Clara Stauffer seguirá siendo falangista y nazi, española y alemana, hasta el día de su muerte.

—Me duele mucho la cabeza, Manolo...

Ni siquiera aquella mañana, en su despacho del Palacio de Benicarló, el presidente del gobierno le pareció tan imponente, tan elegante y distinguido como la primera vez que le vio. Su primer encuentro también había sucedido en un despacho, el del director del Colegio Sierra Pambley de Villablino. Entonces, Manolo tenía solamente doce años y Juan Negrín era un joven investigador, catedrático de Fisiología.

—No me extraña, señor.

Manuel Arroyo Benítez siempre había tenido muy mala y mucha suerte.

Había nacido en Robles de Laciana, una aldea de León que Dios había bendecido con el don de la belleza antes de dejarla irremediablemente de su mano. Si en un pueblo diminuto pueden existir afueras, en las afueras de Robles, ante un horizonte de majestuosas montañas festoneadas por suaves lomas y prados altos que presentaban una gama casi infinita de tonos del color verde, estaba la casa de Juan Arroyo y Gertrudis Benítez. Allí había nacido Manolo, sexto en una familia de ocho hermanos, los tres mayores varones, las dos menores, niñas. Su madre, que se ocupaba de la casa y del huerto, siempre estaba cansada. Su padre no estaba. Sus vacas le veían más que sus hijos. Hasta que cumplió siete años, nadie prestó mucha atención a aquel crío curioso, despierto y solitario a su pesar, porque en la aldea no había otros niños, sólo niñas, de su edad, y con los pequeños se aburría, y los mayores le aceptaban muy de vez en cuando. Nadie le impidió tampoco vivir a su aire.

Después, cuando su mala y buena suerte le consintieron prosperar más que ninguno de sus hermanos, mucho más que sus padres y sus abuelos, descubriría que las mujeres educadas, las que hablaban francés y tocaban el piano, no hacían distingos entre sus hijos. Interpretó la naturalidad con la que parecían querer a todos por igual, a cada uno a su manera, como una admirable consecuencia de la formación que su madre no había tenido. Ella nunca le había pegado, pero nunca le había abrazado. Le alimentaba, le vestía, le cuidaba cuando estaba enfermo y acercaba la cara a sus labios para recibir un beso protocolario cada mañana y cada noche, pero le había besado muy pocas veces. Nunca se había colgado de su cuello al verle entrar por la puerta, ni le había apretado fuerte entre sus brazos, ni había bailado con él en la cocina, como hacía con Juan y con Toribio. Nunca le había sentado sobre sus rodillas mientras limpiaba judías verdes, ni le había hecho muñecos con palitos y retales de trapo, ni le había mecido cantando para él, como hacía con Tula y con Asunción. Él había sido siempre de los otros, y por eso, Hermene, María y Leocadia eran para él más hermanos que los favoritos de su madre. Los cuatro se querían muchísimo, se cuidaban, se protegían y se ayudaban en lo que podían. La mala suerte de Manolo, y la buena, compensaron la desgracia de pertenecer al grupo de los hijos poco queridos con el privilegio de ser el menor, el más mimado de los niños desgraciados de su casa.

Hasta que una mañana, poco después de hacer la primera comunión, su madre le lavó, le peinó, le puso la ropa de los domingos y lo llevó a ver al cura.

—Verá usted, que me he enterado de que el hijo de la Juana ha cumplido catorce años, igual que mi Hermenegildo, y claro, los dos se van a colocar en la mina. Así que he pensado que podría quedarse usted con Manolín. Ya sabe lo despejado que es este hijo mío. Ve crecer la hierba, y si usted le enseña, puede ayudarle a misa y todo...

Aunque ninguno de los dos le preguntó su opinión, don Marcos fue el único que se dio cuenta de que el niño estaba a punto de echarse a llorar. Su llanto no tenía que ver con el asunto que se ventilaba en la sacristía, sino con la noticia de que su hermano predilecto, su apoyo, su protector, iba a trabajar en las minas de Villablino. Manolo sólo tenía siete años, pero veía todos los días a Juan, que era dos años mayor y más alto, más fuerte que el hijo que le seguía. Lo lógico, lo justo habría sido que él, que tenía ya cuerpo de hombre, fuese a la mina y Hermene se quedara en Robles, pero su madre no los quería a todos igual y nunca arriesgaría a su favorito. Aunque Manolo tenía ganas de llorar por el destino de su hermano, se dio cuenta a tiempo de algo más importante. Entre Hermene y él estaba Toribio, el otro niño mimado de su madre, y la sacristía era mucho mejor que la mina. Por eso apretó los dientes y no lloró.

Gertrudis Benítez nunca había empleado tantas palabras para hablar de su hijo Manuel como el día en que le colocó de criado en casa del cura. Él tampoco recordaba que lo hubiera elogiado nunca antes, y quizás por eso, para que no se confiara, al salir a la calle le cogió del brazo y le zarandeó varias veces, como si estuviera enfadada con él aunque se hubiera salido con la suya.

—Y a ver cómo te portas. Que no me entere yo, ¿eh? Más te vale...

Después, volvió a comportarse como si no existiera.

Don Marcos, un sacerdote joven y enérgico, de orígenes tan humildes como la parroquia que le había caído en desgracia, conocía a Manolín mejor que su madre. Durante los años que había durado su catequesis, no sólo le había enseñado doctrina, sino también a leer y a escribir. Nunca había tenido un pupilo tan espabilado, y decidió seguir educándolo con la esperanza de poder enviarle al Seminario y obtener, a cambio de la aportación de un alumno brillante, cualquier destino mejor que aquel hermosísimo agujero de Robles de Laciana.

—Pues el caso es que Dios no me llama, padre.

—Ya te llamará. No seas impaciente, hombre.

Durante casi tres años, además de trabajo, cama y comida, don Marcos le dio lecciones de Gramática y de Historia, de Aritmética y de Geografía, de Latín y hasta de Griego. Le inició en el estudio de los Evangelios, en los principios de la Filosofía y la Teología, en los laberintos de la liturgia católica, y Manolín lo aprendió todo muy bien, muy deprisa, pero ni siquiera el Álgebra se le resistió tanto como la vocación.

—Que no me llama, padre, que no me llama.

—¿Y cómo te va a llamar, si tú no quieres escucharle?

—¿Que no le escucho? Si es que no me habla, padre, y si no me habla, será porque Él no quiere, ¿o no? —el niño hacía un gesto de impotencia, dejando caer los brazos—. A ver si voy a mandar yo más que Dios.

El cura de Robles luchó contra la evidencia a brazo partido, pero no perdió la esperanza de mandar a Manolo, con vocación o sin ella, al Seminario de Gijón, porque le recordaba mucho a sí mismo. Él también había sido un niño inteligente, pobre, desamparado, que sólo había podido elegir entre la sotana y la miseria, y nunca se había arrepentido de su elección. Pero don Marcos era de un pueblo de Zamora donde, antes que él, no había nacido nadie parecido a don Francisco Fernández Blanco y Sierra-Pambley.

—¿Y a ti qué te pasa hoy, que no haces una a derechas?

En la misa de aquella mañana, Manolín, que no se equivocaba nunca, se había equivocado tres veces. No le había acercado las vinajeras a tiempo, no había tocado la campana durante la consagración, y se había quedado quieto como un pasmarote con el cesto de las limosnas en medio del pasillo, como si no recordara en qué dirección tenía que seguir ofreciéndolo a los fieles.

—Pero bueno... —cuando comprobó que tampoco parecía dispuesto a ayudarle a desvestirse, don Marcos agitó la estola en su dirección y el niño al fin reaccionó.

—Es que... —dobló la prenda con cuidado, fue hacia la cómoda, abrió un cajón y, de espaldas a su patrón, siguió hablando—. Se va a enfadar usted conmigo, padre. Se va a enfadar porque... Me ha dicho mi hermano Hermene que en Villablino hay un colegio para niños pobres de los pueblos de por aquí, y como Dios no me llama... —se volvió muy despacio, se apoyó en la cómoda y afrontó una mirada de granito—. Yo solo no puedo ir. Si usted quisiera acompañarme, padre, hablar por mí...

Don Marcos no le respondió, ni siquiera le dirigió la palabra en todo el día, pero aquella noche su conciencia no le consintió dormir.

—¿Y tus padres? —preguntó al niño al día siguiente, en el desayuno—. Tendrán que opinar, ¿no?, decidir qué prefieren, si el Seminario o...

Manolo terminó de llenar el tazón de leche, dejó la jarra sobre la mesa y le dirigió una sonrisa cargada de amargura.

—A mi padre hace casi un mes que sólo le veo en misa, de domingo en domingo. Y mi madre... A mi madre, con tal de perderme de vista cualquier cosa le parecerá bien —el cura no comentó nada y él fue un poco más allá—. Usted sabe cómo son las cosas en mi casa, padre. ¿O no lo sabe?

Hágase tu voluntad, pensó don Marcos entonces. Y la voluntad de Dios matriculó a Manuel Arroyo Benítez en el Colegio Sierra Pambley con diez años recién cumplidos. Cuando se enteró de que unos señores de Villablino iban a educar a su hijo gratis, dándole de almorzar y de comer, su madre no se opuso. Su padre sólo se enteró de que había vuelto a dormir en casa cuando ya llevaba casi dos meses levantándose antes del amanecer para caminar con Hermene hasta el cruce donde paraba el camión de la mina. Por la noche, volvía a Robles en el que transportaba a los mineros del turno de tarde, después de hacer los deberes en la biblioteca del colegio, y cenaba a solas, en la cocina, lo que su hermana María había podido guardar para él. Pero mientras vivía en su propia casa como un huésped incómodo, procurando dejarse ver lo menos posible, siguió ayudando a misa a don Marcos todos los domingos, hasta que él quiso.

Manolo habría sido un buen estudiante en el Seminario de Gijón. En el Colegio Sierra Pambley fue, desde el principio, un alumno sobresaliente, porque la vocación que le faltaba para el sacerdocio le sobraba para el estudio, sobre todo desde que comprendió que la educación era la única vía posible para escapar de Robles, de su casa, de la trampa de su vida. Cuando se enteró de que había tres becas disponibles para hacer el bachiller en León, se mató a estudiar y sacó la mejor nota de todos los que se habían presentado al examen. Su madre se dio por enterada y le advirtió que en aquella casa no sobraba el dinero para comprarle mudas, que tendría que apañarse con lo que había porque aquel invierno se habían muerto dos vacas. Pero sus profesores estaban tan orgullosos de él que cuando los miembros del Patronato hicieron su visita anual a Villablino, le citaron en el despacho del director para que le conocieran.

Los otros dos becarios se habían puesto la ropa de los domingos. Él lo había intentado, pero su mejor camisa tenía tantos rotos en el cuello que le pidió prestada a Hermene una que le quedaba enorme. Los pantalones podían pasar, pero llevaba unos zapatos muy viejos, reventados por los lados, que eran los únicos que tenía. Aunque intentó esconderse detrás de sus compañeros, el director del colegio le obligó a destacarse, y así dio la mano por primera vez a dos hombres que serían fundamentales en su vida, los únicos jóvenes de aquella comisión de barbas blancas y gestos venerables.

—Enhorabuena, Manolín —le dijo el más delgado, que estaba casi completamente calvo aunque sólo tenía treinta y dos años.

—Gracias, pero... Prefiero que me llamen Manolo, porque ya soy muy mayor.

Y el otro, que aún tenía pelo sobre una frente muy despejada y llevaba gafas redondas, igual que su amigo, soltó una carcajada. Los dos estuvieron muy simpáticos, y aunque a la fuerza tuvieron que ver sus zapatos, él se dio cuenta de que no les importaba su aspecto.

En septiembre de 1922, Manuel Arroyo Benítez se marchó de Robles de Laciana. Al principio escribía a casa dos veces al mes, siempre por duplicado, una carta para su madre y otra para su hermana María, dirigida también a Hermenegildo y a Leocadia. Sus hermanos le contestaban siempre. María, que tenía la mejor letra de los tres, rellenaba una cuartilla y media con las últimas noticias, dejando espacio para que Leo le mandara muchos besos y abrazos en un párrafo aparte, y Hermene, que escribía a duras penas, garrapateara una frase cariñosa y su firma. Debajo, en letra pequeñita, María añadía que madre le enviaba recuerdos. Ella apenas le escribió dos cartas el primer año, ninguna en el siguiente, así que empezó a espaciar las que le dirigía antes de suprimirlas del todo, limitándose él también a enviar recuerdos a través de sus hermanos, hasta que en 1926 se fue a estudiar Derecho a Madrid desde León, sin pasar por su pueblo. Aunque la beca que le permitió acabar la carrera tan deprisa como había hecho el bachiller corrió a cargo del gobierno, la familia Azcárate, vinculada al colegio de Villablino desde que el tío Gumersindo inspiró a su amigo Paco Fernández Blanco y Sierra-Pambley el proyecto de su fundación, le amparó desde su primer día en la capital. Así, su vida cambió tan deprisa que su casa, Robles, la sacristía de la parroquia, se convirtieron en piezas sueltas de un recuerdo imposible, un pasado tan dudoso para el joven abogado que trabajaba en un bufete mientras hacía los cursos de la Escuela Diplomática, como si se lo hubiera inventado él mismo. Hasta que un día, don Marcos llamó por teléfono a casa de los Azcárate. En septiembre de 1931, cuando estaba a punto de hacer la maleta para irse a vivir a Ginebra, Manolo volvió a Robles para asistir al entierro de su padre.

Llevaba años preparándose para un viaje muy distinto. Pablo de Azcárate, el más calvo y delgado de los dos hombres jóvenes a quienes conoció en 1922, había dirigido su carrera a distancia para ofrecerle un puesto en la Sociedad de Naciones. Para poder aceptarlo, Manolo había perfeccionado su francés, había aprendido alemán y empezaba a hablar inglés con soltura. El Derecho Internacional ocupaba todo el tiempo que el trabajo y los idiomas le dejaban libre. Su programa era tan exigente, tan exhaustivo, que apenas le había permitido disfrutar de Madrid, cortejar a las muchachas, frecuentar las verbenas, ir al teatro o hacer amigos más allá de sus compañeros de estudios. Cuando salía con ellos a divertirse alguna noche, la resaca le resultaba mucho más llevadera que la tentación de repetir con la que despertaba al día siguiente. Por eso salía muy poco. El recuerdo de su infancia le ataba al estudio más que cualquier ambición.

En Madrid, Manuel Arroyo Benítez se obligaba a recordar a diario de dónde venía, y sin embargo, cuando se bajó de un tren en la estación de Villablino, todo le pareció distinto, los colores más vivos, el aire más amable, la gente más risueña. Hermene, en cambio, ya era un joven avejentado, un viejo precoz de veintisiete años.

—¡Ay, Manolín, pero mírate! —antes de abrazarle, le cogió por los brazos y él percibió la fuerza de sus manos mientras contemplaba su rostro curtido, la piel seca, surcada por arrugas profundas como los tajos de un cuchillo—. Si estás hecho un señor, pero un señor, madre mía...

Después los dos lloraron, abrazados como niños en el mismo andén donde habían llorado abrazados ocho años antes. Los abrazos y las lágrimas se repitieron en la parada del coche de línea donde se encontraron con Leo, que servía en casa del director del colegio mientras ahorraba lo poco que le faltaba para casarse con su novio minero, y apenas cesaron, porque María, casada ya, y embarazada de cinco meses, les esperaba en la esquina donde el conductor paró el vehículo. Allí se abrazaron todos como cuando eran pequeños, e igual que entonces, fueron andando a su casa cogidos del brazo, las niñas en el centro, los niños en los extremos, los cuatro juntos, tapando la calle.

No aspiraba a mucho más, y tampoco lo obtuvo. Las pequeñas se alegraron de volver a verle, pero los varones le saludaron con el cariño frío, seco, con el que se habían tratado siempre, aunque aquella vez hubo algo más y fue a favor de Manolín. Su aspecto, su traje, el sombrero que llevaba en la cabeza con la soltura de quien lo usaba a diario, apagaron la secreta alegría de Juan y de Toribio, a quienes su madre acababa de confirmar como únicos herederos de las vacas de su padre, pero a nadie le amargaron el entierro más que a ella.

Gertrudis Benítez no podría consolarse en los años que le quedaban por vivir de que unos malditos ateos de Madrid le hubieran ganado la partida. Miraba a su hijo y no se lo creía, nunca entendería por qué esos señorones habían decidido invertir su esfuerzo y su dinero en contrariar sus planes, el orden que había impuesto con tanto empeño en el pequeño mundo de su casa. Jamás se le ocurrió pensar que Manolo tuviera algún mérito en su mudanza, que fuera el más inteligente de sus hijos, que Juan o Toribio pudieran haber fracasado si ella no hubiera sido tan tonta y los hubiera mandado al mismo colegio que el cura escogió para su criado. Tampoco se planteó jamás que su conducta no fuera justa, o natural, porque ella también provenía de una familia con muchos hijos, y había padecido las consecuencias de no ser una niña deseada. Las cosas eran como habían sido siempre. La obligación de los padres consistía en cuidar y alimentar a sus hijos, la de los hijos, en respetar y obedecer a sus padres, y la predilección, los mimos, el amor, eran otra cosa, una elección libre de cada padre y de cada madre. Gertrudis Benítez no había inventado nada. Se había limitado a poner en práctica la norma que había aprendido en su casa, unos hijos heredaban y otros se fastidiaban, pero allí nadie había osado oponerse a la voluntad de sus padres, ni siquiera ella, cuando la casaron con un hombre al que no quería. Por eso no celebró la prosperidad de su hijo pródigo, el monaguillo destinado a ser minero que ya había llegado mucho más lejos de lo que nunca llegarían los dueños de las vacas, y después de acercar la cara a sus labios para que le besara, sólo se dirigió a él en favor de una de sus favoritas.

—Ahora que la Leo se va a casar —le dijo mientras caminaban hasta el cementerio—, podrías colocar a Tula en la casa del director de tu colegio.

Él siguió andando a su lado sin decir nada y, al rato, ella insistió.

—No es mucho pedir, creo yo.

En ese momento, Manolo se acordó más que nunca de las mujeres cultivadas que hablaban francés y tocaban el piano, y tuvo ganas de echarse a llorar, por él mismo y por su madre, por su madre y por sus hermanos, por la dureza de corazón que brotaba en el centro exacto de la mezquindad, por la mezquindad que nacía de la costumbre de la pobreza, por la pobreza que hacía duras y mezquinas a madres como la suya. Muchos años después, igual que aquel día en que su madre le colocó en casa de don Marcos, volvió a apretar los dientes y no lloró, pero al volver del cementerio, decidió marcharse de Robles aquella misma tarde y dormir en la fonda de Villablino.

—Me vuelvo con Leo, y no se preocupe usted, que voy a hablar con el director para que llame a Tula cuando se quede el puesto libre —ella le miró como si adivinara que había algo más, y él no la defraudó—. Porque tiene usted razón, madre, no es mucho pedir. Todo lo que tengo, todo lo que soy, se lo debo a usted —ella acercó la cara a sus labios pero aquella vez su hijo ya no la besó—. Todo. Por no quererme.

Aquella fue la última vez que Manuel Arroyo Benítez vio a su madre. Al día siguiente, volvió a Madrid, y cuarenta y ocho horas más tarde emprendió viaje hacia Ginebra. Vivió en Suiza durante casi seis años, y aunque no dejó de mandar dinero a sus hermanos, no volvió a España hasta diciembre de 1936, ya desde Londres. Tres meses antes, Pablo de Azcárate había renunciado a su cargo en la Sociedad de Naciones para aceptar la embajada de la República Española en el Reino Unido, y se había llevado a su asistente consigo.

Manolo recordaría siempre sus años de Ginebra como una larga, placentera y monótona convalecencia. Allí, *Monsieur Agoyo* fue siempre un joven y prometedor diplomático, políglota, encantador y exquisitamente educado, que sólo tenía un inconveniente para las esposas de altos funcionarios de medio mundo que mataban el aburrimiento buscando maridos para sus hijas. Su problema no era que le faltaran tres centímetros para llegar al metro setenta, ni que su cara, demasiado cuadrada, estuviera permanentemente velada por la sombra de una barba negra, tan cerrada que se resistía al mejor afeitado. Tampoco su cuerpo macizo, sin un gramo de grasa pero de miembros más cortos que largos, porque la tosquedad de esos rasgos contrastaba con la dulzura de sus ojos castaños y el encanto de una sonrisa que iluminaba su rostro como si accionara un foco oculto en su interior. Manolo no era un hombre guapo aunque, en su caso, eso no implicaba que careciera de atractivo. Pero en Ginebra abundaban ya los conspiradores españoles que se dedicaban a propagar el rumor de que los enemigos de la República estaban dispuestos a tumbarla a cualquier precio, y Manolo, por desgracia para las madres de muchas jóvenes casaderas, era republicano y español. Su nacionalidad le libró de la implacable cacería a la que eran sometidos otros colegas de su edad, pero no impidió que fuera recibido con mucha simpatía en los cócteles y recepciones que se celebraban a diario.

—Ya te cansarás, ya...

Al principio, Azcárate se reía de su entusiasmo, su preocupación por no aparecer con el mismo traje en dos fiestas seguidas, el placentero nerviosismo con el que abría las invitaciones que llegaban cada mañana a su oficina. Para el antiguo monaguillo del cura de Robles, aquella intensa vida social representaba más que un regalo, todo un premio a su esfuerzo, la culminación de tantas horas de estudio robadas al sueño en el cuarto más barato de una cochambrosa pensión de Madrid. Todo le fascinaba, las fuentes de champán, la elegancia de las mujeres, las joyas que lucían, y el poder de los hombres a quienes acompañaban en aquella deliciosa Babel donde el Manolín de antaño saltaba de un idioma a otro para que sus interlocutores le rieran los chistes en cuatro lenguas distintas. Pero, desde que le conocía, don Pablo siempre había tenido razón.

—Pues ahora te fastidias y vas. Lo siento, hijo, pero yo tengo que cenar con los húngaros y, tal y como se están poniendo las cosas en Madrid, no podemos quedar mal con los americanos...

En diciembre de 1932, cuatro meses después del fallido golpe de Estado del general Sanjurjo, Manolo ya estaba harto de cócteles, de fuentes de champán, de mujeres elegantes, de joyas valiosas y de hombres poderosos. Había descubierto que en Ginebra, más allá de la Sociedad de Naciones, había vida, aunque fuera pequeña, provinciana y no muy lucida. Procuraba aprovechar su tiempo libre para remar en el lago, dar largos paseos con su perro, jugar al ajedrez en una taberna donde servían una cerveza excelente o escapar a las montañas. No había mucho más que hacer, pero habría cambiado con gusto por cualquiera de estas modestas diversiones la fiesta de Navidad de la delegación de Washington, a la que acudió con el propósito de detectar la presencia de posibles enemigos de la República y estrechar sus lazos de amistad con el personal norteamericano. Cuando ya se había aburrido de dar vueltas y repartir sonrisas, logró ambos propósitos de una sola tacada.

—Es aquel.

Giró la cabeza sin despegar la espalda de la columna en la que se había recostado, y asignó aquel fuerte acento mexicano a una mujer poco mayor que él, muy alta, muy rubia, de ojos muy azules, nariz larga, hombros muy anchos y un levísimo, casi inaprensible aire masculino. Después buscó algo que decir, y no encontró nada ingenioso.

—¿Perdón?

Ella sonrió antes de tenderle la mano.

—Margaret C. Williams, la nueva auxiliar del Departamento del Mediterráneo. La C es de Carpani, porque mi madre es nieta de italianos. Y no más hablo español con este acento porque soy de Texas y me crió una mamita de Monterrey.

En aquel instante, Manolo se echó a reír y comprendió que iba a llevarse muy bien con aquella mujer.

—Encantado. Yo soy...

—Ya sé quién es usted. Y el pinche pendejo que anda buscando es aquel de ahí, ¿lo ve? —lo señaló con su copa para chocarla enseguida con la del español y disfrazar su confidencia con un brindis—. El del traje gris que está platicando con el militar alemán. Ha venido con una chamaca, pero ella ha debido marcharse ya, porque hace un tiempito que no la veo...

Meg era hija de Hank Williams, un congresista del Partido Demócrata que obligó a sus dos hijos a seguir viviendo en Dallas, para quedar bien con sus electores y mantener abierta su casa de Texas, hasta que llegó el momento de que fueran a la universidad. Entonces, su primogénito se mudó a Washington, para estar cerca de sus padres. Meg se quedó sola con su mamita durante cuatro años más, hasta que aceptaron su solicitud en Barnard College y se fue a vivir a Nueva York. Muy cerca de su facultad, en la esquina de Broadway con la 120 Oeste, había un pequeño café que hacía rebaja a las universitarias. Regentaban el local dos inmigrantes, uno polaco y otro gallego que era el padre de la camarera, una chica dulce y sonrosada, de piel clara, pelo castaño, labios abultados y grandes pechos.

El padre de Celsa había emigrado cuando ella era muy pequeña. Su mujer le siguió poco después. La niña se quedó con su abuela en Mouruás, la aldea de Orense donde había nacido, y no vio el mar hasta los catorce años, al embarcar en el puerto de Vigo con una hermana de su madre. Cuando fueron juntas a arreglar los papeles, El Barco de Valdeorras le pareció una ciudad inmensa.

Eso fue lo primero que le contó a Meg, su clienta más simpática y la única que siempre estaba dispuesta a hablar con ella en español. Cuando se conocieron, Celsa tenía dieciocho años y hablaba inglés en infinitivo, como los indios de las películas. Meg la corregía, le enseñaba palabras, tiempos verbales, y se ofreció a darle clases de conversación a cambio de que ella le ayudara a mejorar su español. Pero si lo hablas casi mejor que yo, objetó Celsa. Ni modo, replicó su nueva amiga, tú me haces mucha falta...

—Tenía las tetas de mi vida —fue la conclusión que escogió para Manolo—. Pero me dejó para casarse con un albañil polaco.

—Vaya por Dios...

—Sí, ella también decía mucho eso.

Meg había estado muy enamorada de Celsa, más incluso que del amigo de su hermano con el que había estado a punto de casarse.

—Pos unos días me gustan los hombres y otros las mujeres. ¿Qué le voy a hacer? No es culpa mía, no más que Perry no lo entendió.

—No tendrías que habérselo contado.

—Ya, pero... Soy una gringa loca, no un español juicioso.

Sin embargo, ambos tenían muchas cosas en común, y antes que ninguna, haber echado de menos durante toda su infancia a su padre y a su madre. Meg encontró además en Manolo una fuente preciosa sobre la vida que su amante española había vivido antes de conocerla. Su nuevo amigo le habló de su infancia en una aldea de León, frío húmedo y bruma sobre tejados de pizarra que parecían calcados de los que recordaba, envueltos siempre en la misma bruma húmeda y fría, una muchacha criada en una aldea de Orense. La injusticia, la tristeza, la miseria que impregnaban cada detalle de la historia de Celsa como señales de un destino irremediable, habían convertido a Margaret C. Williams en una decidida partidaria de la República antes de conocer a Manolo Arroyo. Él evocó un destino idéntico en un relato muy distinto gracias a la cálida, luminosa variante que aportaron la Fundación Sierra Pambley, su colegio de Villablino y la familia Azcárate. La historia de aquel joven diplomático español, producto perfecto de la Institución Libre de Enseñanza, convirtió las simpatías de la norteamericana en una pasión ferviente, que desembocaría en una feliz y estrecha colaboración profesional. Pero más feliz, y más estrecha aún, resultó su amistad.

—Esta pinche ciudad no es muy divertida, ¿verdad? —le preguntó dos días después de conocerle, cuando se reencontraron en un cóctel de la delegación francesa.

—No. Esta ciudad es un puto coñazo —ella se echó a reír como siempre que escuchaba alguna frase que le recordaba a Celsa—, pero aparte de las fiestas, tiene sus rincones, no creas. Si quieres, puedo enseñarte alguno.

—Órale.

A ninguno de los dos les convenía que Meg se identificara públicamente como partidaria de la República, así que nunca entraban juntos en los cócteles ni salían de los salones al mismo tiempo, aunque quedaban para tomarse la última copa en alguno de los pocos tugurios nocturnos que no frecuentaba el cuerpo diplomático. Allí bebían como dos camaradas, miraban a las mujeres, comentaban sus virtudes, sus defectos, e intercambiaban información.

—Y el pinche traductor de Hegel, facha también.

—No me digas.

—¡A tomar por culo! Me ha contado Jack que lleva en la cartera una cartita de Alfonso XIII. Y cuando se la mostró a la embajadora de Italia, lloró y todo, el muy joto.

—¡Joder! No damos abasto... Y a tomar por culo no se dice en ese contexto, por cierto.

—¿A poco no?

Gracias a Miss Williams, la delegación española rechazó, protestó y recusó con toda la frecuencia y energía necesarias a los enviados de golpistas y monárquicos que pretendían asentarse en la Sociedad de Naciones. Más allá del valor de esa colaboración, Meg se convirtió al mismo tiempo en el mejor amigo y la mejor amiga de Manolo Arroyo, su única familia ginebrina.

Él no había tratado mucho con mujeres. Cuando era niño, su hermana María había intentado suplir los mimos, la atención que su madre le escamoteaba, y Leo jugaba mucho con él, pero a los siete años, cuando se fue a vivir con don Marcos, las perdió a la vez. Después, en la sacristía, en el colegio, en el instituto, en la universidad, había estado siempre rodeado de varones. Durante muchos años, las chicas habían sido para él como los pasteles que miraba en los escaparates de León cuando salía de paseo los domingos sin un céntimo en el bolsillo. Las admiraba, las deseaba, las codiciaba, pero eran completamente inaccesibles para él. Su aprendizaje amoroso había sido tardío y deficiente, aunque al terminar la carrera, emprendió una relación parecida a un noviazgo con la hija de uno de los socios del bufete donde trabajaba. Ella había sido quien le había buscado, pero no pudo soportar durante más de tres meses el exhaustivo programa académico que absorbía el tiempo que Manolo habría necesitado para comportarse como un novio atento. A él le gustaba bastante, pero no lo suficiente como para cambiar de planes, así que tampoco le dolió mucho perderla. Esa era toda la experiencia que había acumulado al llegar a Ginebra, y ni sus esporádicas aventuras con señoras casadas, aburridas de estar solas en casa mientras sus maridos viajaban sin parar, ni sus inconcretos coqueteos con jovencitas casaderas, le habían preparado para tratar con una mujer tan especial como Meg Williams.

—Dígame una cosa, Manolo... ¿Yo le gusto?

Hacía exactamente un año que se conocían. Estaban en las estribaciones del macizo del Jura, en un pequeño y encantador hotel de montaña situado en territorio francés, donde los muros de piedra, los techos de pizarra, la bruma y el frío no eran tristes ni miserables, sino hermosos, pintorescos. Habían ido allí otras veces a pasar un fin de semana con sus perros, para dar largos paseos de día y emborracharse de noche ante la chimenea, y a los dos les gustaba tanto aquel lugar que cuando Meg se lo propuso para estrenar 1934, él accedió enseguida. Aquella vez no llevaron a los perros. Uno de los principales atractivos del hotel era un restaurante espléndido, que requería que los comensales acudieran vestidos de etiqueta a su espléndida cena de Nochevieja.

—Pues claro que me gustas —Manolo sonrió, porque estaba convencido de que a continuación iba a preguntarle si creía que también le gustaría al camarero que estaba sirviendo el vino tinto o a una muchacha vestida de blanco que parecía muy aburrida de despedir el año con su abuela—. Ya lo sabes.

—No, no, chamaquito... —Meg había bebido bastante, pero después de negar moviendo su copa de un lado a otro, la vació de un trago—. Ya sé que somos cuates, pero no es eso... Quiero que me digas si yo te gusto a ti, o mejor dicho... Si te gusto para ti.

Él también había bebido bastante, y quizás por eso la miró como si acabara de conocerla. Vio a una mujer muy alta y con muy buen tipo, sobre todo dentro del traje de seda color berenjena que se había puesto aquella noche. El óvalo de la cara era quizás demasiado largo, la nariz sin duda, pero la boca era bonita, la piel impecable, y en conjunto, su rostro transmitía una personalidad poderosa que no era frecuente entre las mujeres de pelo tan rubio y ojos tan claros. Antes de responder, Manolo admitió para sí mismo que, si la estuviera viendo por primera vez, le habría parecido una mujer atractiva. Un instante después, sacudió la cabeza y se echó a reír.

—Margaret Carpani Williams —pronunció con acento solemne—. ¿No me estarás proponiendo lo que me ha parecido entender que me estás proponiendo?

—¿Echar unos polvos? —preguntó ella a su vez.

—¿Así, en plural...?

—¡Órale! —se echó a reír y levantó su copa como si acabara de hacer un brindis—, ya que nos ponemos...

Él la miró despacio, durante un instante, y tuvo miedo. De equivocarse, de estropearlo, de echar a perder su relación, de perderla a ella en definitiva. Todavía se sentía como un impostor, un chico de pueblo que se movía con torpeza en un traje que le quedaba demasiado grande, y entre todas las virtudes de Meg, la más valiosa consistía en una misteriosa capacidad para neutralizar esa sensación. Cuando estaban juntos él podía mostrarse tal y como era, sin sentirse obligado a fingir la soltura, la experiencia mundana de la que en realidad carecía. Por eso su proposición le dio tanto miedo, pero cuando se detuvo un instante a pensar en lo peor, intuyó que si aquel experimento salía mal, si no se excitaba, si no se empalmaba, si no era capaz de hacerla disfrutar, los dos se reirían mucho y decidirían a la vez que no había pasado nada. Entonces sonrió.

—¿Eso es un sí o un no?

Faltaban treinta y cinco minutos para que terminara la última noche de 1933 cuando Manuel Arroyo Benítez se levantó de su silla, se acercó a Meg y le tendió la mano. Ella soltó una carcajada, la aceptó, se levantó y salieron juntos del comedor. Cuando el *maître* apareció en la sala con un gong, dispuesto a marcar las campanadas con las que comenzaría el año nuevo, la gringa loca y el español juicioso estaban pasando del singular al plural.

—Así no podíamos seguir —confesó ella después—. Necesitaba saber qué pasaría, si podía hacerlo contigo o no... Ya sabes que la mitad de los días me gustan los hombres. Y algunos de esos días, me gustas tú.

Meg nunca se enamoró de Manolo. Manolo nunca se enamoró de Meg. Se acostaron juntos muchas veces, y más veces aún, no lo hicieron. El sexo les hizo más felices sin enrarecer su relación, porque follaban igual que hablaban, bebían y se trataban, como dos camaradas, pero reforzó un misterioso vínculo que prosperó extraordinariamente en la tierra de nadie donde ambos habían conseguido sembrarlo. Ella jamás habría creído que algo así fuera posible, él, aún menos. Ambos sospechaban que a Meg le gustaban más las mujeres que los hombres, y sin embargo, ella era tan femenina en la cama como le gustaba que fueran las mujeres con las que se acostaba, y jamás se les ocurrió compartir a ninguna. Al principio, ambos dedicaban mucho tiempo a pensar en todo esto. Después, los dos dejaron de pensar a la vez.

Algunas noches, en ciertos cócteles elegantes o tugurios infames, Manolo le señalaba a Meg con el dedo a alguna mujer que se había llevado a la cama para que ella se echara a reír y le diera un codazo.

—¡Hijo de la chingada!

Y otras noches, era Meg la que movía la copa en el aire como si estuviera brindando para exhibir ante Manolo a alguna de sus últimas conquistas, y entonces era él quien se reía.

—¡Qué cabrona!

Pero otras veces, ninguno de los dos abría la boca, por muy buena o muy cerca que estuviera la última mujer que ella, o él, hubieran conquistado, y no sabían por qué se callaban, y tampoco procuraban averiguarlo. Así llegaron a ser imprescindibles el uno para el otro, una auténtica y excéntrica pareja, aunque ninguno de los dos fue muy consciente de eso hasta que, en el verano de 1936,

Manolo anunció que se iba a Londres y Meg estuvo llorando una noche entera.

—Te quiero, pinche gachupín —le dijo por la mañana.

—Y yo te quiero a ti, gringa loca.

Cuando él le dijo adiós con la mano desde la escalerilla del avión, ambos sabían que aquello se había terminado pero su amistad, a cambio, viviría hasta que el último de los dos muriera. También sabían que Manolo no había tenido elección.

En la embajada de Londres le esperaba toda la emoción y la intensidad que tanto había echado de menos en Ginebra. En septiembre de 1936, Pablo de Azcárate no era tanto el embajador de la República en el Reino Unido como su representante ante el Comité de No Intervención en España que funcionaba en la capital británica desde el mes anterior, y que no había reaccionado, ni reaccionaría en lo que quedaba de guerra, ante las constantes y descaradas violaciones del acuerdo que representaban las ayudas de Berlín y Roma al bando golpista. El trabajo de Manolo consistía en señalar estos incumplimientos una y otra vez, aportando pruebas sobre Bernhardt y la HISMA, sobre Ciano y los voluntarios italianos, sobre envíos de aviones, de tropas, de munición, que Lord Windsor-Clive, director del Comité y el mejor de los aliados con el que Franco habría podido soñar, nunca consideraba fiables, suficientes ni definitivas.

En la práctica, sentía que le habían arrancado de un plácido balneario de lujo para dejarlo caer en uno de los círculos del Infierno, donde le habían entregado un cubo no muy grande y la misión de usarlo para vaciar el mar, procurando de paso la diversión de un indolente auditorio. Eso sentía al devolver las sonrisas y estrechar las manos de todos aquellos laboristas, socialistas y socialdemócratas que se conmovían al escucharle, y hasta dejaban caer alguna lágrima de emoción entre solemnes promesas de solidaridad, para no mover después ni un dedo por su causa. Y ni siquiera eso era lo peor. En Londres, hasta los cócteles eran campos minados para los diplomáticos republicanos, que tenían que medir cada palabra que pronunciaban sin revelar en ningún momento su indignación, el desaliento o la cólera que se apoderaba de ellos mientras sonreían con una copa en la mano. Manuel Arroyo Benítez jamás había asignado tantas veces a una cara la expresión hijo de puta, pero esas palabras nunca salieron de sus labios mientras charlaba con su destinatario.

Sin dejar de añorar a Meg por ella misma, echaba mucho de menos su pasión y su complicidad, el apoyo incondicional que habría hecho más llevadera su abrumadora e infructuosa tarea. Le escribía cartas larguísimas en las que no podía contarle nada importante, y ella le respondía con cartas igual de largas y tan triviales como las que recibía de Londres. La única información relevante que pudo proporcionarle fue la constatación de algo que él ya había adivinado por su cuenta. «Siento que te aburras tanto», escribió, «pero no tengo ningún amigo en Inglaterra que pueda hacerte compañía, así que vas a tener que emborracharte solo...» Él ya había intuido que no podía contar con nadie en la embajada norteamericana, donde la República cosechaba más simpatías verbales que en ninguna otra, con las mismas, nulas, consecuencias prácticas que en todas las demás. Ese era uno de los asuntos que despachaba a diario con el embajador, y en diciembre, cuando le citó para cenar anunciándole que iba a proponerle una misión especial, no esperaba nada muy distinto. El gesto con el que le recibió Azcárate le anticipó que estaba equivocado antes de que su jefe se lo confirmara con dos adjetivos muy bien escogidos.

—Es delicado —hizo una pausa para mirarle—, y puede ser peligroso.

Y sin embargo, viajar a Valencia una vez al mes para actuar como enlace entre Pablo de Azcárate y su amigo Juan Negrín, ministro de Hacienda del gobierno de Largo Caballero, fue lo más parecido a unas vacaciones que Manuel Arroyo pudo disfrutar mientras perteneció al personal de la embajada de Londres.

Su misión era delicada y peligrosa por la misma razón. El único motivo de que Azcárate quisiera informar directamente a Negrín y estar al tanto de sus impresiones, la única razón de que el ministro de Hacienda estuviera interesado en sostener esa vía de comunicación al margen de la oficial, consistía en que ambos se fiaban ciegamente del otro y ninguno de su superior común. Largo Caballero, presidente del gobierno y ministro de la Guerra, les parecía igual de incapaz en ambos cargos, pero si alguien llegaba a enterarse de que el enviado del embajador en Londres que despachaba periódicamente con el gobierno intercambiaba información en paralelo con uno de sus miembros, la cadena se rompería por el eslabón más débil, que era, desde luego, Manolo.

—En ese caso —le confesó Azcárate—, tendríamos que dejarte caer, y necesito que lo sepas. Si Largo llega a enterarse, diremos que tú estabas conspirando por tu cuenta y que no sabemos por qué ni para quién, porque yo nunca te he encargado nada y el ministro de Hacienda te recibía simplemente por amistad conmigo. Por eso quiero que te lo pienses bien antes de responder. No tengo que explicarte las consecuencias que acarrearía tu fracaso, así que no te reprocharé nada si te niegas.

Manolo aceptó la misión y disfrutó de la luz, del sabor casi olvidado de las naranjas. Del placer incomparable de sentarse a la una de la tarde en una terraza para tomarse una cerveza y unas aceitunas al sol, mientras miraba a las mujeres que taconeaban por la acera. De la felicidad de no tener que hablar en ningún idioma que no fuera el suyo y del plácido color del Mediterráneo. Mientras tanto, descubrió que tenía unas aptitudes que nunca había sospechado para esa clase de trabajos, y nunca se arrepintió de haber aceptado un encargo que sólo cesó con la ascensión del ministro de Hacienda a la presidencia del gobierno. Sin embargo, volvió a Valencia el 29 de mayo de 1937, porque cuando Negrín no había cumplido aún quince días en el cargo, le citó en su despacho del Palacio de Benicarló para decirle que le dolía mucho la cabeza.

Al sentarse frente a él, el joven diplomático descubrió que la responsabilidad no le había sentado bien. Estaba contemplando a un hombre más viejo, más cansado que el ministro de cuarenta y cinco años cuyos ojos, sólo un mes y medio antes, alcanzaban aún a reflejar el último resplandor del científico al que conoció siendo niño. Ese rastro se había apagado ya en el gesto grave, la piel mate, los párpados hinchados de un hombre que dormía menos de lo que debía, que no descansaba ni siquiera dormido y que había ganado peso por comer mal, a veces poco, a veces demasiado, siempre a destiempo. Ese era el precio de su coraje. Manolo había aprendido en Londres que hacía falta mucho valor, un arrojo temerario, más que heroico, casi suicida, para echarse a los hombros el gobierno de la República en mayo de 1937.

—No me des la enhorabuena —Negrín leyó en sus ojos lo que estaba pensando y él, que siempre le había admirado, le admiró todavía más—, porque no están las cosas para que me felicite nadie. Y menos tú, cuando escuches lo que voy a pedirte...

El 28 de junio de 1937, Manuel Arroyo Benítez se registró en un hotel de Madrid con una documentación impecable, porque provenía de la Dirección General de Seguridad de la República, y al mismo tiempo tan falsa que le identificaba como Rafael Cuesta Sánchez, funcionario del Ministerio de Gobernación, nacido en Talavera de la Reina el 12 de enero de 1904, afiliado a la UGT desde 1929, casado y residente en Valencia. Ninguno de los datos que configuraban esa identidad, la primera de las muchas que usaría en su vida, era auténtico.

—Te he llamado porque me fío de ti, Manolo, y eso te convierte, para tu desgracia, en un hombre excepcional. La verdad es que no me fío de casi nadie. No podré hacerlo hasta que no imponga orden en mi propia zona. La sublevación de Barcelona ha sido gravísima, y no podemos permitirnos ni una más. Si seguimos matándonos entre nosotros, estamos apañados...

El nombramiento de Rafael Cuesta Sánchez como Delegado Auxiliar del Gobierno ante la Junta de Defensa de Madrid, cargo de naturaleza inconcreta, que no había existido antes ni existiría después de que él lo ocupara, se había publicado en el Boletín el lunes 21 de junio. Ese día, Manolo aún estaba en Londres, recogiendo su despacho y preparando el equipaje. Sabía que, a primeros de mayo, trotskistas y anarquistas se habían enfrentado a tiros, en Barcelona, con las fuerzas del orden de la Generalitat y del gobierno republicano. Sabía que habían proclamado la revolución y que habían sido derrotados después de seis días de lucha que dejaron en las calles de la ciudad más de doscientos cadáveres, todos antifascistas. Sabía que esta crisis había provocado la caída de Largo Caballero y el ascenso de Negrín a la presidencia del gobierno. Pero nadie le había contado que la cúpula del Partido Obrero de Unificación Marxista había sido detenida unos días antes de su viaje como represalia, aunque nadie se había atrevido a expresarlo así en público, ni que Andrés Nin, líder del POUM, estaba desaparecido, incluso para los organismos civiles de inteligencia del gobierno republicano, desde el día 18.

—No te voy a engañar. Lo que te ofrezco es una putada. Nuestro Servicio de Inteligencia Militar es un nido de víboras. Los rusos lo mangonean todo, los comunistas hacen la vista gorda, mis compañeros del PSOE se entretienen poniéndose zancadillas entre sí y claro, así las cosas, los anarquistas y los trotskistas siguen haciendo su puta revolución por su cuenta, aunque nos cueste perder la guerra. La Junta de Defensa cerró las checas de Madrid a finales del año pasado, pero nos consta que sigue habiendo centros de detención ilegales, sin ningún control. Cuando les cerramos uno, abren otro...

El sombrío panorama que el presidente del gobierno había pintado a finales de mayo era más amable que el paisaje que Manolo encontró en Madrid un mes más tarde. La desaparición de Nin había enfurecido a los poumistas de la capital, que eran muy pocos pero contaban con el apoyo de gran parte de los anarquistas madrileños. Estos eran muchos, aunque no tantos como los socialistas, que estaban muy divididos entre sí, y muchos menos que la suma de socialistas y comunistas, aliados en el apoyo al gobierno de Valencia y a la Junta de Defensa, gobierno paralelo en la ciudad sitiada, aunque esto era prácticamente lo único en lo que estaban de acuerdo, y ni siquiera todos.

—A mí nadie me ha informado de lo que están haciendo los rusos, pero lo sé, y lo que no sé, me lo imagino. Tú me conoces, así que no hace falta que te diga que no me gusta nada. Daría cualquier cosa por perderlos de vista, pero no puedo. Expulsar a los asesores soviéticos es lo mismo que renunciar a la ayuda de la URSS, la única que tenemos. Y si rompemos con la URSS, ¿qué haremos? ¿Seguir luchando sin aviones, sin tanques, sin armamento pesado, sólo con el cariño de los brigadistas y los fusiles que nos mandan los benditos mexicanos? Sería lo mismo que regalarle España a Franco, y al aceptar la presidencia, dejé muy claro que para eso nadie podrá contar nunca conmigo. Antes me pego un tiro, no te digo más.

—¿Y por eso le duele tanto la cabeza, señor?

—Pues sí, sobre todo por eso.

—¿Y qué puedo hacer yo por usted?

Manuel Arroyo Benítez conocía bien Madrid, pero era muy poco conocido en una ciudad en la que había vivido casi seis años, porque apenas había salido del cuarto donde estudiaba excepto para ir a la Facultad de Derecho. Nunca había militado en ningún partido, no había hecho deporte en ningún equipo, no había formado parte de club o asociación alguna cuyos socios pudieran identificarle. No había tenido ningún amigo íntimo, y los pocos conocidos con los que pudiera cruzarse por la calle no eran peligrosos. Cuando Manolo se marchó de Madrid, aún era un paleto con traje y sombrero. El hombre que volvería a vivir allí se había convertido en un ciudadano del mundo, políglota, cosmopolita, experimentado y difícil de relacionar con el torpe protegido de los Azcárate. A pesar de eso, Negrín le contó que había mandado investigar a sus compañeros de promoción y a los abogados del bufete donde había trabajado, y le contó, de paso, que su efímera novia madrileña vivía en Valladolid con toda su familia.

—Antes de nada, quiero pedirte un favor. Olvídate de Villablino, Manolo. Olvídate de tu pueblo, del colegio, olvídate de Pablo y de mí. No tienes nada que agradecernos. Todo lo que has hecho es mérito tuyo. No pienses que me debes algo, eso lo primero, y después, sólo después, piensa muy bien tu respuesta.

De todas formas, un mes antes de volver a Madrid, se dejó crecer el bigote, la barba negrísima cuya sombra le había torturado desde que era un adolescente, y eso bastó para echarle encima los seis años que le sacaba Rafael Cuesta. Además encargó en Londres unas gafas redondas, con cristales neutros, que no le favorecían pero le hacían parecer todavía mayor. La última vez que había estado en Madrid no tenía ninguna cicatriz. En el verano de 1934, un accidente de automóvil le dejó como recuerdo una pequeña señal, menos perceptible en sí misma que la calva que surcaba su ceja derecha como un trazo alargado. Al escoger las gafas, descartó todas las monturas que la ocultaran.

—Y si a pesar de todo decides ayudarme, lo que voy a pedirte es que vuelvas a Madrid y te integres en la Consejería de Orden Público con una identidad falsa. La única cobertura que puedo ofrecerte es un cargo de representante del gobierno ante la Junta de Defensa. No es gran cosa, sobre todo en comparación con lo que espero de ti, si es que aceptas. Porque lo que espero es que te enteres de la verdad, Manolo, y que me la cuentes. Que me expliques qué está pasando, cuántas brigadas incontroladas siguen en funcionamiento, quién está limpiando la retaguardia por su cuenta, hasta qué punto el SIM ha dejado de ser un servicio español para convertirse en una delegación de la policía secreta soviética, y sobre todo, sobre todo, si es posible que se repita allí lo que ha pasado en Barcelona. Ya te he dicho que no iba a engañarte. Te estoy pidiendo que te juegues la vida por la República, porque este encargo, te lo advierto, es mucho más peligroso que luchar en cualquier frente. Por eso quiero que pienses muy bien lo que vas a responder.

El 1 de julio de 1937, Rafael Cuesta Sánchez tomó posesión de un despacho en la Consejería de Orden Público de la Junta de Defensa de Madrid. Lo primero que hizo fue ir a saludar al comisario Rodríguez, que agradeció su ayuda, se ofreció a su vez a ayudarle, y no le hizo preguntas.

—Te hemos buscado un enlace útil por la información que puede proporcionarte, un comisario de policía con fama de hombre íntegro. Yo le presupongo lealtad y honradez, como a todo el personal de la Junta, pero en la situación en la que estamos, la calidad personal es menos importante que nunca. Entre los sublevados de Barcelona había personas excelentes, de honestidad intachable, con convicciones revolucionarias purísimas, y fíjate la que liaron. En Madrid creen que te mandamos allí para inspeccionar las cárceles y hacer informes que sirvan para aplacar la campaña contra la República lanzada en el extranjero. A partir de ahí, tendrás que confiar en tu instinto.

Basilio Rodríguez llevaba más de veinte años siendo policía, igual que su padre, su abuelo y el padre de este. Ninguno de sus antepasados había llegado a dirigir una comisaría, y ese habría sido también su destino si el golpe de Estado del 18 de julio no hubiera aligerado extraordinariamente el escalafón. La deserción de buena parte de sus superiores y la firmeza con la que tomó las riendas de una comisaría donde no quedaba un solo mando, encadenó varios ascensos en un cuarto de hora hasta convertirle en comisario. Rodríguez nunca había militado en un partido pero en noviembre del 36 se afilió al PCE, como muchos otros madrileños. No le había movido la admiración por el Quinto Regimiento ni la gratitud hacia los aviadores soviéticos que plantaron cara a los alemanes en el cielo de la ciudad, sino la convicción de que los comunistas eran los únicos capaces de poner orden. Era un hombre serio tirando a huraño, que estaba siempre a la defensiva porque al ejercer el mando luchaba constantemente con su complejo de inferioridad, la sensación de no estar ocupando el lugar que le correspondía. No le gustaban los señoritos, y para regocijo íntimo del monaguillo de Robles, esa fue la categoría que asignó al recién llegado. Al poco tiempo de conocerle, se cruzó una noche con él y se fijó en la mujer, joven, guapa y sonriente, que llevaba del brazo. Uno de sus subordinados se apresuró a contarle que había sido puta y que el comisario la había retirado. Le habría encantado darle más detalles, pero la mirada de Manolo le disuadió a tiempo. Y Rodríguez, que ya le gustaba, le gustó todavía más.

—Tendrás también un contacto militar, un capitán afiliado al Partido Socialista, desde hace muy poco, eso sí, que trabaja como enlace de Rojo con el SIM. Este también tiene muy buena fama, pero no puedo garantizarlo. Tampoco hace falta que te diga que eres libre de actuar por tu cuenta. El único jefe que tienes en esta misión soy yo.

Jesús Romero, más joven que Rafael pero algo mayor que Manolo, era militar de carrera, apuesto, culto, de una buena familia burguesa de militares liberales, republicanos durante generaciones, y mucho más simpático que el comisario Rodríguez. Desde el primer momento, Manolo decidió que no le caía bien y que esa sensación era mutua. El capitán se ofreció con mucha más insistencia que el comisario para acompañarle a comer, a cenar, a hacer gestiones, porque el recién llegado le desconcertaba. Romero era un verdadero señorito, y la fluidez con la que Manolo hablaba varias lenguas, sus modales de diplomático, su airosa manera de comportarse, no lograron engañarle del todo, aunque le hicieron dudar muchas veces. El hombre de Negrín también dudaba, pero si hubiera tenido que jugárselo todo a una carta, la habría apostado a que el capitán Romero trabajaba para la Quinta Columna. El militar nunca dio un paso en falso. Aparentaba llevarse muy bien con los asesores militares soviéticos, a quienes presentó al recién llegado con una cordialidad casi íntima, pero ni siquiera eso evitó que Manolo recelara de él.

—Si aceptas, te comunicarás directamente conmigo. Elaboraremos un código cifrado y tendrás acceso a una cámara de seguridad en la Telefónica, vigilada por hombres armados. Para mayor seguridad, no habrá operador. Tú compondrás y enviarás tus propios mensajes, que llegarán directamente a este despacho. Piénsalo bien y dame una respuesta antes de pasado mañana. Me gustaría darte más tiempo, pero no puedo porque no lo tengo.

Sus dos contactos oficiales le mantuvieron bajo vigilancia desde el primer día. Rodríguez le facilitó una asistenta que iba todos los días a limpiar el piso de la calle Infantas donde le habían instalado, y Romero puso a su disposición un coche con chófer para sus desplazamientos por la ciudad. Él tuvo en cuenta tanto una cosa como la otra, nunca dejó en su casa nada que pudiera comprometerle, limitó sus conversaciones con el conductor de su coche al fútbol y a las mujeres, y trabajó bien, sin contratiempos, durante todo el verano. En septiembre ya estaba completamente seguro de que en Madrid, que seguía siendo una ciudad sitiada y rodeada de frentes activos, jamás se produciría ningún episodio semejante a la sublevación de Barcelona. Esa certeza podría haber puesto fin a su misión, pero había llegado a manejar demasiada información, y esa información era demasiado valiosa, como para abandonar sin más.

—Gracias, Manolo —cuando volvió al Palacio de Benicarló para aceptar el encargo, poco más de doce horas después de haberlo recibido, Juan Negrín le dirigió una mirada cargada a partes iguales de emoción, preocupación y orgullo, que a Manuel Arroyo Benítez seguramente le habría parecido paternal si su padre se hubiera molestado en mirarle alguna vez—. Nunca lo olvidaré, te lo prometo. Y ahora voy a pedirte otro favor. No te pongas en peligro, no lo hagas. A la menor señal de riesgo, sal corriendo y vuelve aquí. Eres demasiado valioso para morir, recuérdalo siempre.

En octubre, Manolo se dio cuenta de que se estaba embalando. Hasta aquel momento se había sentido seguro porque había aprovechado al máximo los canales oficiales para sacar partido de lo que iba descubriendo. Había contactado con muchas personas que se dedicaban a albergar a refugiados políticos, diplomáticos, periodistas extranjeros, representantes de iglesias protestantes y hasta fascistas emboscados que le obligaron a mantener a raya las náuseas. Él nunca había militado en ningún partido, porque una adscripción política concreta habría sido contraproducente para su trabajo en Ginebra y en Londres, pero se identificaba con Azcárate y sobre todo con Negrín. Lo único importante era resistir, salvar a la República y ganar la guerra. A esa convicción se aferraba en los momentos difíciles y a eso dedicó todo su esfuerzo. Con la información que él enviaba a Valencia, el gobierno no sólo descartó una hipotética sublevación madrileña. También empezó a presionar, con buenos resultados, a las direcciones de los partidos, al Ministerio de Gobernación, a la Consejería de Orden Público de la Junta y a la delegación soviética, hasta que se hizo evidente que alguien trabajaba en Madrid para Negrín.

—¿Puedo hacerle una pregunta, señor? —la víspera de su viaje, cenó con el presidente en la sede del gobierno.

—Claro, las que tú quieras.

Por las mañanas, al llegar a la oficina, respiraba un aire cada vez más turbio. No tenía indicios de que nadie sospechara de él, pero se dio cuenta de que todos sospechaban de todos cuando se acabaron las conversaciones en los pasillos, los cafés en compañía, las órdenes dadas a gritos, las bromas. Él redobló sus cautelas, y no se sintió en peligro hasta que el 7 de noviembre se sentó al lado del comisario Rodríguez en un acto de conmemoración del primer aniversario del día más glorioso de la defensa de Madrid. No sé si me equivoco, le susurró el policía antes de que empezaran los discursos, pero quien esté haciendo lo que está haciendo no tiene bastantes dientes para el mordisco que quiere pegar... Manolo le miró y comentó que estaba de acuerdo sin darse por aludido. Rodríguez le puso una mano en el hombro y no quiso ir más allá. En ese momento, Manuel Arroyo comprendió tres cosas. La primera fue que el comisario era un policía excelente, porque había sabido relacionar el celo con el que se había dedicado a denunciar a las brigadas trotskistas y anarquistas, sin interesarse jamás por la represión ejercida por otros partidos, con el caudal de información que estaba llegando a Valencia sobre esas organizaciones que en apariencia no le interesaban. La segunda fue que, aunque hubiera descubierto que era imposible que dos hombres distintos estuvieran realizando a la vez dos investigaciones diferentes pero admirablemente complementarias entre sí, Rodríguez no le denunciaría. La tercera, y la más importante, fue que había llegado el momento de que Rafael Cuesta Sánchez saliera pitando de Madrid.

—¿Quién fue Rafael Cuesta Sánchez?

—Nadie.

No tuvo tiempo. Cuando terminó el acto, todavía no eran las siete de la tarde, pero ya había anochecido. Se marchó de la sede de la Junta después de despedirse con naturalidad, hasta el día siguiente, de todo el mundo, y dudó un instante entre ir a su casa o marcharse inmediatamente. La segunda opción era la mejor, pero en la mesilla de su dormitorio estaba la edición en rústica de *Bailén* que había publicado el Quinto Regimiento, el texto que usaba para cifrar sus mensajes. Si la huida se le complicaba, ese libro podría ser su salvación, y por eso, al final, decidió correr el riesgo de ir a recogerlo. Fue andando hasta la calle Infantas y comprobó que nadie le seguía, pero no logró pasar del portal.

—Nos lo hemos inventado de cabo a rabo, porque nos ha parecido lo mejor, lo más seguro para ti.

Cuando cerró la puerta, alguien le dio un golpe en la cabeza que le dejó inconsciente. Antes, sólo tuvo tiempo de pensar que le estaban esperando. Después, que le iban a matar.

—Hemos creado un personaje al que en este momento es imposible investigar. Talavera de la Reina está en la otra zona, y nuestra propia aviación la bombardeó en septiembre.

Al recobrar el sentido, tenía las manos atadas y un saco le cubría la cabeza. Notó un contacto húmedo, pegajoso, en la esquina derecha de la frente, justo en la frontera de la piel con el cuero cabelludo, y supuso que la sangre se había adherido a la tela. Podría haberlo comprobado levantando las manos atadas hasta la altura de su cabeza, pero prefirió seguir pareciendo inconsciente.

—Hemos escogido una parroquia que se incendió con todo su contenido, así que no existe ningún libro de bautismo disponible, y ya sabes que en los pueblos la gente no tiene mucho en cuenta el Registro Civil.

Sus captores eran como mínimo tres, todos españoles. Cuando pudo prestarles atención, escuchó el final de una conversación, que no, coño, que no vamos a llevarle a ninguna parte, pues yo sigo creyendo que habría que interrogarle, ¿pero no has oído a Paco?, ¡joder, niño, qué pesado eres!

—Los únicos que podrían desenmascararte son los franquistas, porque toda la vida del supuesto Cuesta ha transcurrido en la otra zona.

Por pura deformación profesional, se concentró en averiguar a qué organización pertenecían, hasta que comprendió que iba a morir y que los muertos no pueden compartir información. Luego, el coche se detuvo y uno de sus ocupantes protestó. ¿Pero estáis locos? ¿Cómo vamos a hacerlo aquí? ¡Que te calles ya, joder! El que le sacó de un brazo no era ni el que protestaba ni el que le respondió. El motor del coche seguía en marcha cuando le tiraron al suelo. Escuchó el ruido del primer tiro, notó el fuego en un costado, y pensó que estaba muriendo. Después, nada.

Pero Manuel Arroyo Benítez siempre había tenido muy mala y mucha suerte, porque los muertos no oyen.

—Tiene que tener un nombre...

Los muertos no abren los ojos y él no podía abrirlos. Los muertos no sienten, y él no sentía. Los muertos no se mueven, y él no se movía.

—¿Cómo se llama aquel? No, ese no, el que está en la otra camilla...

Los muertos no oyen, pero él escuchó un nombre, Felipe Ballesteros Sánchez, antes de que sus oídos se cerraran muy despacio. Luchó contra ellos, les ordenó que siguieran oyendo, y al fracasar, sintió que los perdía como si el último hilo de la soga que le aferraba a la vida se deshiciera lentamente entre sus yemas. Luego no pasó nada, oscuridad, quietud, de nuevo la muerte. Hasta que una voz se atrevió a llevarle la contraria.

—Que no, coño. Le digo yo que va a vivir.

Antes de ser consciente de haber vuelto a oír, de haber escuchado esas palabras, sintió un misterioso calor en las venas y abrió los ojos sin darse cuenta.

Los de un hombre envuelto en una bata blanca, repleta de manchas de sangre, le estudiaban con la concentración que habría dedicado a resolver un problema muy difícil. Era alto, delgado, tenía el pelo negro, la cara larga y estrecha. Parecía el modelo de un retrato de El Greco, pero los Caballeros de Santiago que posaron para el griego eran tristes, severos, serios. Este, en cambio, se echó a reír de repente, sin venir a cuento, en el instante en que Manuel Arroyo Benítez sintió que volvía a estar vivo.

PORTUGALETE, 18 DE JULIO DE 1937

Antonio Ochoa Gorostiza se aburría.

Todavía no se había cumplido un mes desde que su brigada ocupó Portugalete y ya estaba harto de no hacer nada. Los primeros días después de la victoria habían sido intensos, sí, emocionantes, una semana frenética de destrucción, restauración, detenciones, juicios sumarios, ejecuciones, misas solemnes y homenajes a los caídos por Dios y por España, pero la actividad había durado poco. La margen izquierda del Nervión siempre había sido un fortín rojo, uno de los pocos donde los comunistas tenían importancia antes de la guerra, pero a pesar de eso, y de su valor estratégico, Portugalete era un pueblo no demasiado grande que apenas había opuesto resistencia. La compañía bajo su mando se había encargado de cerrar sedes, arrancar carteles, y poco más. El capitán Ochoa tampoco esperaba gran cosa de la celebración del primer aniversario del golpe de Estado, pero aquel día se levantó con un humor de perros por otra razón.

—¿A ti qué te parece? —inquirió a su asistente cuando entró en su habitación para anunciarle que el desayuno estaba listo—. ¿Es que se ha acabado la guerra, acaso? ¿Hemos liberado toda España? Pues no. ¿Se sigue luchando en Madrid, en La Mancha, en Aragón? Pues sí. ¿Y qué coño pintamos nosotros aquí, entonces? Desfile militar y misa solemne, no te jode... ¡Hasta los cojones de misas estoy! ¿Qué pretende el mando, que ganemos la guerra rezando?

El verdadero motivo de aquella explosión tenía que ver con el misterioso hormigueo que había empezado a sentir un par de años antes, casi siempre a partir del omóplato derecho. No era una sensación dolorosa, ni siquiera violenta, sólo una transitoria sensibilidad de la piel, como una caricia traidora que con el tiempo se había ido agravando, cambiando de forma para desmentirse a sí misma hasta insensibilizar por completo un cuarto de su espalda antes de desaparecer. La frecuencia de su reaparición era caprichosa y a veces le dejaba en paz más de tres meses, aunque últimamente los plazos habían empezado a acortarse. En cualquier caso, nadie que no se hubiera apellidado Ochoa Gorostiza le habría dado importancia. Nadie que no hubiera perdido un hermano a los ocho años, que no hubiera visto a otro sentado en una silla de ruedas desde que cumplió doce, que no hubiera tenido una hermana que, antes de perder el control de la mano derecha, se suicidara tragándose un tubo entero de calmantes, como hizo la pobre Carmencita cuando Antonio tenía diecinueve. Aquel hormigueo no parecía grave, iba, venía, otorgaba relevancia a cada poro de su piel antes de convertirla en piedra, en cartón, una versión defectuosa de sí misma, pero luego pasaba, desaparecía. Nadie que no hubiera creído escapar a la maldición de su familia para sentir el primer síntoma como una puñalada por la espalda cuando ya había cumplido veintiocho años y estaba a punto de casarse, se habría puesto de tan mal humor aquella mañana.

Antonio siempre había sido el niño sano, el hijo fuerte, la gran esperanza de unos padres atormentados por la enfermedad sin nombre, sin reglas ni cura, que había ido acabando con todos los demás. Su madre estaba segura de que iba a salvarse porque había rezado mucho a la Virgen del Carmen, su padre lo daba por hecho porque una gitana se lo había leído en la palma de la mano, y él pensaba, igual que ellos, que el mal le había pillado de refilón, tan debilitado por su crueldad como un tirano aburrido de presenciar ejecuciones. Mientras sólo afectara al omóplato, incluso a la espalda, los tres podían estar tranquilos y eso parecía, así había ocurrido hasta aquella mañana, cuando el aniversario del Alzamiento trajo consigo la inesperada novedad de una columna de hormigas todavía leves, lentas pero tenaces, que descendió por su brazo derecho para instalarse en su codo y despertarle en plena madrugada. Allí seguían, bailando al ritmo de una música que sólo ellas escuchaban, moviendo sin cesar sus pequeñas patitas bajo la piel de Antonio Ochoa, mientras su amigo José Luis intentaba animarle de camino a la iglesia.

—¡Pero no te pongas así, hombre! Aparte de misa, esta noche va a haber baile, y un campeonato de boxeo. Las eliminatorias empezarán a mediodía, y después de la cena será la gran final.

—¡Anda! —las pequeñas invasoras empezaron a retroceder, a emprender el regreso hacia su espalda justo en aquel momento—. ¿Y eso?

—Pues nada, que en mi compañía tenemos a un chico, Adrián se llama, ahora no me acuerdo del apellido, espera, sí... —el teniente Barrios hizo una pausa para encender un cigarrillo—. ¿Garrido? No, Gallardo, Adrián Gallardo, eso es. Yo no le he visto boxear, pero dicen que es muy bueno. Y como en la V Brigada Navarra hay otro boxeador que se llama Navarro, que llegó a pelear en combates oficiales antes de alistarse, hemos decidido organizarle peleas al nuestro, a ver si puede competir con el suyo...

Los médicos sólo sabían que el mal de los hermanos Ochoa era una enfermedad degenerativa que afectaba a la musculatura. Eran los músculos, no los nervios, ni los huesos, los que iban perdiendo fuerza, elasticidad, hasta inutilizar poco a poco, uno por uno, todos los miembros del cuerpo, como si un pez mantuviera sana e intacta su espina, su piel, pero entre una y otra la carne se hubiera convertido en una masa gelatinosa, blanda y amorfa, inservible. Eso era lo único que sabían, y que los manuales que habían estudiado en la universidad estaban llenos de nombres propios, enfermedades degenerativas que habían afectado a una única familia, a tres personas, a dos, a un solo individuo, sin dejar de parecerse a muchas otras y de ser distintas al mismo tiempo. Don Vicente Ochoa interpretó esa información a su manera. Si el mal estaba en los músculos, se dijo, la solución consistiría en fortalecerlos. Algunos especialistas le advirtieron que sería inútil, pero hubo otros que pensaron que el ejercicio físico no le haría mal a Antoñito. Su padre no escuchó con demasiada atención ni a unos ni a otros, y su hijo pequeño empezó a ir al gimnasio a los diez años. A los quince escogió el boxeo, y sin pensar nunca en hacerse profesional, siguió practicándolo durante más de diez años.

—No es tan bueno como dices —susurró en el oído de José Luis tras el primero de los cuatro combates que Adrián Gallardo ganó por KO aquel día—. Lo que quiero decir es que tiene mucho potencial pero muy mala técnica.

—¿En serio? —Barrios se echó a reír—. Pues ya ves cómo los tumba a todos...

—Porque les pasa lo mismo que a él. Boxean como si se pegaran en un descampado de su barrio, pero el boxeo no es eso. Este chico tiene dos mazas en las manos, pero es lento, no sabe mover los pies, no tiene cintura... Si el de la V Navarra está bien preparado, no le va a durar ni dos asaltos.

—No me jodas, Antonio. Está en juego el honor de la Brigada.

—Eso nunca —el capitán Ochoa sonrió—. Tú mándalo mañana a verme y deja lo demás de mi cuenta.

Aquella noche, cuando se metió en la cama, Antonio Ochoa Gorostiza sabía que las hormigas no le visitarían de madrugada, porque tenía un proyecto, un plan, una misión que cumplir. La guerra le producía el mismo efecto. En plena ofensiva, comiendo poco y de pie, viviendo a la intemperie, se olvidaba de todo, de sus padres, de sus hermanos, de la pobre Carmencita. El frío y la lluvia, el barro de las trincheras, la humedad que calaba la suela de sus botas, sus calcetines, su piel y sus huesos mientras dormía mal, sentado en el suelo, con la espalda apoyada en la pared de la chabola, eran la mejor medicina que había probado jamás. Cuando despertaba, entumecido y helado, no sabía si las hormigas bailaban o se estaban quietas porque le dolía todo, ni más ni menos que a los demás, y las órdenes que le ponían en marcha antes de que pudiera digerir el desayuno le mantenían en una tensión que vibraba en cada uno de sus nervios, sin dejar espacio para nada más. Por eso la paz le sentaba tan mal.

—Vamos a ver, chaval... Adrián te llamas, ¿no?

—Sí, mi capitán.

—Muy bien, Adrián, pues voy a hacerte una pregunta. ¿Tú quieres ser boxeador?

Era un buen chico, un muchacho sano, inocente, que no bebía, que ni siquiera fumaba, y cada dos por tres se sacaba de debajo de la camisa un escapulario que le había dado su madre para besarlo muchas veces. Entre los voluntarios de su ejército abundaban esa clase de hombres, casi niños, criados en familias ultracatólicas de tradición carlista. A Ochoa nunca le habían gustado, y sin embargo, los soldados con quienes más confraternizaba, antiguos legionarios, señoritos canallas que habían pasado directamente de un cabaret al frente, sargentos reenganchados tras las campañas africanas, nunca le habrían dado tanto como Adrián Gallardo.

El mismo día que le recibió en su despacho, estuvo entretenido haciendo el programa de entrenamiento que desarrollarían juntos durante los próximos meses. En los días siguientes, incautó un sótano amplio y bien ventilado para convertirlo en un gimnasio, sacó a dos carpinteros rojos de la cárcel para que le construyeran un ring, aparatos y espalderas, y se fue con Adrián a Bilbao para conseguir, siempre por la vía de la incautación forzosa, un par de buenos sacos, guantes y material de entrenamiento. Al regresar a Portugalete, seleccionó a los *sparrings* de su campeón entre los presos y los soldados disponibles, y les impuso la misma disciplina que a su pupilo.

Todas las mañanas, lloviera, nevara o hiciera sol, corrían dos horas campo a través. Luego se trasladaban al campo de fútbol del pueblo y celebraban pruebas de velocidad para que Adrián ganara todas las carreras. Ochoa se daba cuenta de que era el único estimulado para rendir al máximo, pero aun así, le asombraba su fortaleza tanto como a sus compañeros oficiales, que empezaron a congregarse cada mañana en las gradas para asistir al entrenamiento de la estrella de la Brigada y seguirle después al gimnasio. Allí, Gallardo hacía sombras, saco y ejercicio hasta la hora de comer. Al atardecer, después de una comida equilibrada, dos horas de descanso y otras dos de ejercicio, se celebraban los combates que se convirtieron en el pasatiempo favorito de las tropas estacionadas en Portugalete.

—¿Puedo hablar un momento con usted, mi capitán? —algunas tardes, al ver a su oponente, una sombra de pesadumbre se instalaba entre las cejas de Gallardo—. Verá, yo quería preguntarle... ¿A este le atizo bien, o sólo por encima? Es que pegar a un rojo no me importa, pero este es de los nuestros, mi capitán, muy buen chaval, ya lo sabe, y yo...

—¡Pues claro que le atizas, joder, claro que le atizas! —y Antonio Ochoa Gorostiza descubría que la furia era tan eficaz como la satisfacción para mantener a raya a las hormigas—. Es tu enemigo, Adrián, ¿lo entiendes?, tu enemigo —y le cogía por los hombros, le zarandeaba por no meterle una hostia—. Tienes que tumbarle por KO en el menor tiempo posible, ¿estamos? Deja ya de sobar ese escapulario y saca tu instinto asesino, coño.

—Pues eso es, mi capitán... Que yo no sé si tengo instinto asesino.

Y sin embargo, al final subía al ring y lo despachaba tan deprisa como al preso ugetista al que había tumbado la tarde anterior, aunque después le ayudaba a levantarse, le pedía perdón y le invitaba a unas cervezas en la cantina de la tropa. A Ochoa le bastó con eso hasta que decidió ir a Pamplona para conocer al campeón de la V Brigada Navarra.

—Usted es el que está entrenando a ese pobre palurdo que quiere combatir conmigo, ¿no?

Porque Alfonso Navarro López no era un buen chico.

Guapo, fino, sevillano, vástago de la rama empobrecida de una rancia familia de aristócratas que había perdido el título porque no tenía dinero para mantenerlo, seguro de sí mismo, chistoso y muy chulo, Navarro boxeaba por diversión, porque aunque al acabar la guerra no tuviera dónde caerse muerto, nunca soportaría la humillación de ganarse la vida con un guante de boxeo en cada mano. Aparte de eso, no era exactamente el campeón de su brigada, sino el de Falange Española. Niño mimado de Sancho Dávila, el primo sevillano de José Antonio Primo de Rivera, su primer protector en Pamplona había sido Fernando Villa Ruiz, abanderado en Navarra de la pureza falangista hasta que por eso mismo había sido detenido en el mes de abril, tras oponerse al decreto de Unificación con el que Franco había fundido en un solo Movimiento Nacional a todos los partidos legales en su zona. Unos meses después, cuando el capitán Ochoa le conoció en Pamplona, la unificación seguía levantando ampollas entre los falangistas, los carlistas y los monárquicos para gran satisfacción de los militares, únicos triunfadores de aquella operación.

Antonio Ochoa Gorostiza, que habría hecho muy buenas migas con Alfonso Navarro en una noche de juerga, comprendió desde el primer momento que cualquier combate entre Adrián y él se convertiría en una representación simbólica del enfrentamiento entre el Ejército y la Falange. Y no le gustó. No le gustaban los políticos y no le gustaban los falangistas, que se pasaban la vida conspirando mientras los militares ganaban la guerra. No le gustaban los ingratos, los cobardes incapaces de mover un dedo cuando un amigo caía en desgracia, como había hecho Navarro cuando detuvieron a Fernando Villa. Pero lo que menos le gustó fue contemplar en sus ojos la chispa de fiereza que había buscado tantas veces en vano en los ojos de Adrián. Porque Alfonso Navarro López, que no era un buen chico, sí tenía instinto asesino.

—¿Qué tal, mi capitán? ¿Cómo es el Navarro ese?

Cuando volvió a ver el rostro mofletudo y colorado de Adrián Gallardo, sus toscos modales de campesino, el cordón del escapulario alrededor del cuello y esa mirada limpia que a veces le parecía una marca de inocencia, a veces una señal de estupidez, el capitán Ochoa recordó las palabras de Navarro y su campeón le pareció, más que nunca, un pobre palurdo.

—Nada —quizás porque en el viaje de regreso a Portugalete, las hormigas habían vuelto a visitarle, y de nuevo habían llegado hasta el codo, y allí se habían quedado—, una mierda. Te lo vas a merendar, chavalote...

Y mientras Adrián se reía como si fuera tonto, y las hormigas aceleraban el ritmo de su baile hasta llegar al frenesí, lo repitió más para convencerse a sí mismo que para enardecer a su campeón.

—Te lo vas a merendar —y mientras repasaba la lista de generales a los que tendría que invitar a comer antes de que se fijara la fecha del combate, añadió algo más en un susurro—. De eso me encargo yo.

Después de instalar al paciente en el que había sido mi dormitorio antes de convertirse en el de Amparo, apagué la luz para dejarle descansar y me dirigí a la puerta, pero su voz me detuvo cuando tenía ya la mano en el picaporte.

—Espera un momento... —me miró, cerró los ojos, volvió a abrirlos y resopló, como si necesitara darse ánimos antes de seguir—. No me llamo Rafael, ¿sabes?

—No —sonreí—. Te llamas Felipe Ballesteros Sánchez, acuérdate.

—Ya, ya, pero... —él también sonrió—. La verdad es que me llamo Manuel. Manuel Arroyo Benítez, Manolo para los amigos. Aunque me sigas llamando Felipe, me has salvado la vida y mereces saberlo.

Aún no sabía quién era. No sabía a qué se dedicaba, para quién trabajaba, por qué no usaba su verdadero nombre ni qué hacía su vida tan valiosa, pero doce días antes, cuando lo encontré al borde de la muerte en la enfermería del cuartel de El Pardo, lo primero que descubrí fue que su identidad era un problema.

—¿Cómo se llama?

Antes de formular esa pregunta, le había examinado por encima, había contado tres balazos, uno en el costado, otro en la zona derecha del pecho y otro un poco más arriba, justo debajo de la clavícula, había calculado las trayectorias a ojo y había comprobado que la primera bala no tenía agujero de salida, que las otras dos habían abandonado su cuerpo después de atravesarlo y que, aunque pareciera mentira, ninguna de las tres había afectado a un órgano vital. Pero había perdido mucha sangre, tanta que le transfundí una botella de donante universal antes de agruparle, para no perder ni siquiera los dos minutos que me llevaba esa operación. Al comprobar que era B positivo, pregunté cómo se llamaba y nadie me contestó.

—Necesito saber su nombre para anotarlo en una ficha junto con su grupo sanguíneo. Si le transfundimos una sangre incompatible con la suya podría morir.

Ni siquiera después de esa aclaración conseguí una respuesta, aunque un comandante, el militar de graduación más alta entre los que me rodeaban, se acercó a mí con paso vacilante.

—Bueno... Eso usted ya lo sabe, ¿no? —no me tomé la molestia de responderle y se explicó mejor—. Quiero decir que ya le está poniendo la sangre de la botella esa...

—Sí, lo sé —admití de mala gana—. Lo sé yo, lo sé aquí, y lo sé ahora. Pero este hombre ha recibido tres balazos. Habrá que trasladarle a un hospital, operarle seguramente más de una vez, y está muy débil, ha perdido mucha sangre. Necesitará más transfusiones y yo no estaré siempre a su lado para acordarme del grupo al que pertenece, ¿lo entiende?

Era muy fácil de entender, y sin embargo tuve la sensación de que no lo había logrado. El comandante Cuadrado miró al suelo, luego al techo, después, uno por uno, a los hombres que nos acompañaban. Parecía perdido en su propio desconcierto, porque abrió la boca un par de veces, pero no llegó a decir una sola palabra hasta que avanzó una propuesta sorprendente.

—¿Puede salir conmigo un momento, doctor?

—Evidentemente no. Tengo que estar aquí —señalé a mi paciente—, por si surge algún problema.

—Pues entonces... —se volvió hacia el médico del cuartel—. Salga usted, por favor —se paró a pensar un poco más—. Y vosotros, todos fuera.

—No —volví a oponerme, señalando a la única persona de la que me fiaba en aquella habitación—. Pepe se queda.

El comandante accedió porque mi buen salvaje, uno de los soldados que habían estado de guardia aquella tarde, ya sabía casi todo lo que iba a contarme. A las ocho menos cuarto, un coche negro que circulaba a gran velocidad había frenado bruscamente ante la puerta del cuartel, manteniendo el motor en marcha. Pepe había declarado que no llevaba matrícula ni tenía marcas de ninguna clase. Cuando iba a acercarse a preguntar qué hacían allí parados, uno de los ocupantes del asiento trasero bajó muy deprisa, sacó del brazo a un hombre que llevaba un saco en la cabeza, le descerrajó tres tiros, volvió a subirse al coche y antes de cerrar la puerta gritó, ahí tenéis vuestra basura, hijos de puta.

—¿Y eso qué significa? —sólo en ese momento interrumpí su relato.

—Yo qué sé... —el militar se encogió de hombros—. Cualquier cosa.

Los soldados de guardia habían avisado a los sanitarios, que transportaron a la enfermería lo que creían que era un cadáver. Mientras el médico comprobaba que estaban equivocados, el comandante encontró en la cartera del herido una credencial de la Consejería de Orden Público de la Junta de Defensa. Llamó por teléfono y le pidieron que no se retirara para colgar inmediatamente después. Un par de minutos más tarde sonó el teléfono y un comisario de policía, que se identificó como Basilio Rodríguez, le dio muchas instrucciones y ninguna explicación. Si Rafael Cuesta Sánchez estaba muerto, debía enterrarle como a un desconocido, sin inscribirle en ningún registro. Si estaba herido, tenía que salvarle la vida a cualquier precio, asegurándose de que no ingresara con su nombre en ningún hospital, para evitar que intentaran matarle otra vez. Cuando el comandante quiso saber por qué, el comisario supuso en voz alta que si su interlocutor estaba destinado en El Pardo, sería comunista. Yo también lo soy, añadió y empezó a tutearle para reforzar su vínculo, así que cumple mis órdenes y no hagas más preguntas. Ese hombre es vital para los intereses de la República. Eso es todo lo que necesitas saber.

—No —le corregí—, sabemos algo más.

—¿Usted le conoce?

—No, no le conozco —volví a negar mientras reemplazaba la primera botella de sangre, ya vacía, con otra de un donante B negativo—, pero sé que, si lo que pretendían era matarle, deberían haberle disparado en la cabeza. Eso habría sido lo más rápido, lo más seguro, y les habría bastado con un solo tiro.

—Quizás no se les ocurrió —el comandante me llevó la contraria con tan poca convicción que él mismo rectificó enseguida—, aunque, claro, si eran pistoleros...

—Lo sabrían, ¿no? —yo completé su razonamiento—. Eso es lo primero que aprenden, que para matar con garantías hay que tirar a la cabeza.

—Pero igual no eran profesionales —Pepe se coló en la conversación tímidamente, en un murmullo que parecía destinado sobre todo a ordenar su pensamiento—. Si esto ha sido una acción política contra el gobierno, igual sólo eran militantes armados, incluso milicianos de permiso. Alguien, en alguna sede de algún partido, pensó en voz alta, ellos se ofrecieron y cumplieron la orden como pudieron... —se detuvo, nos miró, negó con la cabeza—. Vamos, que se me acaba de ocurrir.

—Y puede ser —Cuadrado asintió despacio—. Puede ser...

—De todas formas, eso ya da igual. Lo que importa —señalé a un cuerpo que aún no había dado señales de vida— es que tiene que tener un nombre.

—Pues no sé...

Pero yo sí sabía. La guerra me había convertido en un experto de especialidades que nunca había estudiado, y la insospechada utilidad de los cadáveres era una de ellas. Me acerqué al rincón donde reposaban los cuerpos de tres soldados que habían caído aquel día y los miré, uno por uno. Después volví a estudiar con atención el rostro de mi paciente y me pareció más joven de lo que había calculado a simple vista. Treinta años, me dije, quizás hasta menos.

—¿Cómo se llama aquel? No, ese no, el que está en la otra camilla...

Pepe se acercó al cadáver que por edad, estatura y complexión me había parecido más semejante al hombre que luchaba contra la muerte, y miró el papel que tenía prendido en la camisa con un alfiler.

—Felipe Ballesteros Sánchez, nacido en...

—No, eso me da igual —Felipe Ballesteros Sánchez, escribí en

138

la ficha, grupo B negativo—, pero copia los datos en un papel y guárdalo, ¿quieres? Y quítale el que lleva en la camisa y guárdalo también.

—La verdad es que no entiendo por qué hay que montar este follón —el comandante parecía, más que perplejo, casi ofendido por la facilidad con la que yo había asumido el mando—, si ya, total...

—Que no, coño —le desmentí sin mirarle, atento al leve movimiento que se insinuaba en los párpados de mi paciente—. Le digo yo que va a vivir.

En ese instante el moribundo abrió los ojos para darme la razón, afianzar mi autoridad y precipitarme en el acceso de risa eufórica que coronaba las resurrecciones más difíciles. Mientras le daba su segunda bienvenida al mundo me acordé, como siempre, del doctor Bethune, aunque aquella tarde comprobé que tal vez había aprendido más de mi maestro.

—No intentes moverte, haz sólo lo que yo te diga, ¿de acuerdo? —porque si el gran organizador Fortunato Quintanilla hubiera podido verme, habría estado muy orgulloso de mí—. Voy a taponarte las heridas, te voy a preparar para trasladarte a un quirófano en las mejores condiciones posibles, tú lo único que tienes que hacer es estar tranquilo. ¿Puedes hablar?

—Sí —me contestó en un susurro débil, pero más audible de lo que esperaba.

—Bueno, pues cállate. No hables salvo que de repente sientas dolor o cualquier otro síntoma que te alarme. Y no te preocupes, que vas a salir de esta —asintió con la cabeza y me volví hacia el comandante—. Necesito agua, jabón y toallas limpias, ya.

—Pepe...

—No, Pepe no. Pepe se va a ir ahora mismo a Hermosilla 49 —me volví a mirarles y les encontré inmóviles, parados como pasmarotes—. Comandante, necesito agua, jabón y toallas limpias. Pepe, muévete, ven aquí a que te lo explique, joder...

A las ocho y media de la tarde le mandé a mi casa en una moto con una nota para Amparo. Ella había venido a buscarme a Príncipe de Vergara 36 alguna vez y me había acompañado a la cena de despedida de los canadienses. Isidro y Gloria, que vivían en el

Instituto y cuidaban de las instalaciones, se fiarían de ella porque la conocían y siempre me daban recuerdos para mi novia cuando iba a visitarles. Aunque me había llevado a mi servicio del San Carlos todo el material útil para las unidades móviles de transfusión, no había tocado nada más. En Príncipe de Vergara seguía habiendo un quirófano, instrumental y uno de los esterilizadores originales. No conocía un lugar mejor para intervenir a un paciente al que no podía llevar a mi hospital.

—Le dices a Amparo que te acompañe a Príncipe de Vergara, explicáis lo que ha pasado y me esperáis los dos allí. Supongo que no habrán cortado el teléfono, así que, cuando llegues, llamas para confirmar que todo está en orden. Si no hay línea, que vuelva el motorista a informarme, ¿de acuerdo? Tú te bajas a esperarme al portal con Isidro —y antes de que saliera de la enfermería, me volví hacia el comandante—. Si no podemos ingresarle en un hospital, tampoco deberíamos trasladarle en ambulancia a un edificio donde en teoría no se le puede atender. El Instituto Canadiense está en desuso desde mayo, y la sede del Socorro Rojo está en el piso de arriba, así que no podemos llamar la atención. Supongo que tienen ustedes una ambulancia.

—Sí, pero si usted dice...

—Dígale al conductor que venga a hablar conmigo, por favor.

Cuando me quedé a solas con mi paciente, me pregunté qué estaba haciendo. Me había dejado arrastrar a una situación en la que había tomado un montón de decisiones por puro instinto, sin ninguna información fiable, y a favor de un comisario de policía comunista al que no conocía de nada. En realidad, ni siquiera sabía exactamente qué clase de hombre era Pepe Moya, aunque me fiara de él, aunque fuéramos amigos. Yo nunca había militado en ningún partido. Por tradición familiar debería haber sido republicano, pero antes de la guerra, los compañeros de mi abuelo me parecían demasiado blandos, y desde el golpe de Estado, mi trabajo y Amparo me habían mantenido lo suficientemente ocupado como para preocuparme de detalles accesorios. Mi trabajo era esencial para la victoria de la República y eso era lo único importante para mí.

En el hospital nunca me había interesado por la afiliación política de mis pacientes. Entraba en un quirófano, me encontraba con un cuerpo tan frágil, tan esencialmente humano, tan semejante a todos los demás como el de cualquier herido grave, y procuraba repararlo lo mejor posible. Jamás había indagado en la identidad, en las virtudes y defectos de las personas a las que había logrado salvar, pero aquello era distinto. Había asumido la responsabilidad de rescatar de la muerte a un hombre que había sido víctima de un crimen político y me había puesto de su parte sin conocer los motivos que me habían llevado hasta él. Todos los pistoleros me parecían repugnantes, pero quizás mi paciente no era otra cosa que un pistolero de un partido rival, o incluso de un sector que le hubiera convertido en enemigo de sus frustrados asesinos sin que hubieran dejado de ser compañeros de partido. Todo eso pensé, y sin embargo no dejé de trabajar mientras me recordaba a mí mismo que era médico, mi única obligación salvar vidas. Y después de apreciar hasta qué punto el ejemplo del doctor Quintanilla me había enseñado a enfriar mi sangre, a pensar deprisa, a organizar los recursos en momentos de crisis, comprendí también por qué se había convertido en un director tan extraordinario.

En una retaguardia mucho más sucia que el frente, nuestro hospital representaba un oasis moral, un reducto de la vida civil donde un hombre honrado podía actuar con serenidad, sin más conflictos que los derivados de su profesión. Mientras trabajábamos con una bata blanca, hacer cosas positivas no sólo no comprometía nuestra libertad, también nos absolvía de las consecuencias que pudieran desarrollar nuestros actos. Por eso, el doctor Quintanilla dedicaba tanto tiempo a pensar, a racionalizar los horarios, a distribuir el trabajo de la manera más eficaz sin darse jamás por satisfecho, corrigiendo sus propias medidas una y otra vez para perseguir sin descanso la perfección. Tomar decisiones le relajaba, porque le eximía de preguntarse lo que me estaba preguntando yo aquella noche. En el fondo, y en la medida en la que curábamos a culpables e inocentes por igual y sin hacer preguntas, los dos éramos unos cobardes. Eso pensé, y enseguida, que había pensado mal. La inmensa mayoría de nuestros pacientes civiles provenían de los bombardeos, y un porcentaje aún mayor de los militares, directamente del frente. Nosotros sólo éramos médicos, nuestra obligación era salvar vidas, no juzgar a los heridos en una guerra que había desencadenado la voluntad de los golpistas del 18 de julio de 1936. Ellos habían empezado y eran los responsables últimos de todo. Mientras repasaba la tranquilizadora conclusión que me rescataba en los momentos de crisis, miré a mi paciente y descubrí que me estaba mirando. En sus ojos oscuros había miedo, pero no pánico, y mucho menos resignación, pero lo que más me gustó fue descubrir que él también estaba intentando calcular qué clase de hombre era yo. Le sonreí, asintió con la cabeza y en ese instante intuí que había acertado, que estaba salvando a un hombre que merecía seguir viviendo. Entonces llegó el conductor de la ambulancia y ya no tuve que pensar en nada más.

—Quiero que escojas un camión, el más nuevo de los que haya, el que menos botes dé. Traslada a la caja el contenido de tu ambulancia, una camilla, un botiquín completo y material para taponar heridas. Que le quiten la matrícula y cualquier otra señal que pueda identificarlo, quiero un camión militar que se confunda con cualquier otro camión militar, ¿entendido? —después de solucionar el aspecto sanitario, me paré a pensar un instante—. Pídele al comandante que nos asigne a dos hombres armados. Uno irá sentado a tu lado y otro detrás, con nosotros. Que venga un enfermero también, el mejor, porque voy a necesitar que me ayude en el quirófano. Ve pensando en la ruta más tranquila y con menos baches desde aquí hasta el barrio de Salamanca, y que te den un salvoconducto, lo que sea, para que no tengan que inspeccionarnos si encontramos un control, o no, mejor que te den el salvoconducto y que además busquen unas cajas de armas, o de munición, para que nos tapen cuando estemos dentro, pero que las aseguren bien, a ver si se nos van a caer encima... El caso es que nadie se entere de que vamos a trasladar a un enfermo, y que hagas todo esto lo antes posible, ¿de acuerdo?

—Gracias —me dijo mi paciente cuando volvimos a estar solos, con un acento seco, neutro, que no logré identificar.

—De nada —volví a sonreír—. Es mi trabajo.

A partir de ese momento, todo se desarrolló con tanta facilidad como si el destino premiara mi eficacia. En poco más de media hora, empecé a operar al nuevo Felipe Ballesteros Sánchez en un quirófano pequeño, pero bien equipado y primorosamente limpio. La única complicación del traslado había consistido en subir la camilla a pulso hasta el primer piso. Pepe, Isidro, el enfermero y el conductor se ocuparon de eso mientras Amparo hacía guardia en el portal, Gloria mantenía la puerta abierta y yo entretenía al personal del Socorro Rojo para que nadie saliera de allí hasta que mi paciente hubiera llegado a las instalaciones del Instituto. La intervención fue larga pero tranquila, porque logré extirpar la bala alojada en el costado con facilidad y sin causar destrozos. A la una y media de la mañana, después de instalar al que para mí ya era Felipe en una de las antiguas salas de extracciones, fui a hablar con el comandante Cuadrado, que había llegado un rato antes.

—¿Cómo está?

Tenía la angustia pintada en la cara, pero eso me preocupó menos que los dos hombres armados y vestidos de civil que le acompañaban.

—Vivo. Muy débil por la operación, que ha sido muy larga, pero fuera de peligro —y me volví para señalar a sus acompañantes, que me inquietaban más que el estado de mi paciente—. ¿Y estos hombres?

—Son su escolta. Se quedan aquí, por si alguien intenta matarle otra vez.

Eso no me gustó. Me sentía responsable de aquel piso, de la buena reputación del comité de ayuda canadiense, de la seguridad de Isidro y Gloria, de su relación con quienes trabajaban en la planta de arriba, y en aquella situación, los hombres armados creaban más peligro del que evitaban. Intenté disuadir al comandante, pero lo único que logré fue que aceptara apostarlos en el recibidor y no en el descansillo, como pretendía al principio. Desde aquel momento, comprendí que tendría que llevarme al convaleciente de allí cuanto antes, porque el trasiego en la escalera, los desconocidos entrando y saliendo de un piso vacío, llamarían la atención de los vecinos y, antes o después, alguien tocaría el timbre para curiosear o avisaría directamente a la policía. Esa posibilidad me mantuvo en vilo hasta que, doce días más tarde, pude llevármelo a casa en la misma ambulancia camuflada que le había trasladado desde El Pardo, aunque el conductor y yo pudimos ya subirle en el ascensor sentado en la sillita de la reina, asiento que le hizo tanta gracia que tuve que advertirle que no se riera para que no se le abrieran los puntos.

Para aquel entonces, ya éramos amigos. Cada tarde, antes de volver a casa, me pasaba a verle, y durante un rato los dos nos estudiábamos mutuamente mientras sosteníamos una conversación inofensiva. Le preguntaba cómo se encontraba y él me respondía. Luego se interesaba por mi trabajo en el hospital y yo le contaba cómo me había ido el día. Por último solíamos comentar el curso de la guerra, pero jamás hablábamos de política. Mi paciente tenía mucho cuidado en no decir nada que me permitiera establecer su verdadera identidad y yo no hacía nada por averiguarla. De esa manera, nuestras charlas llegaban a un punto muerto antes de lo que a los dos nos habría gustado, porque Felipe se aburría mucho durante el día y yo, que no podía interrumpir mis visitas porque me sentía responsable de su estado, me encontraba muy incómodo en el papel de perpetuo sospechoso. Sin embargo, tras cuatro veladas de tanteos, palabras huecas y largos silencios, él acertó a hacer un comentario que desbloqueó la situación.

—Esto parece una partida de ajedrez —me miró, sonrió—. Lo digo porque en las aperturas los malos jugadores nunca saben qué hacer con los peones.

—Lo sé —yo también sonreí—, porque soy un buen jugador.

—No me digas...

A partir de entonces, todo fue más fácil. Con un tablero de por medio, no sólo teníamos algo que hacer. El ajedrez nos permitió conocernos con una naturalidad, una precisión que no habíamos sabido conquistar con palabras.

Felipe jugaba muy bien, mejor con las negras que con las blancas. Eso significaba que nadie le había enseñado las reglas con el método, la dedicación que mi abuelo había invertido en mi aprendizaje, y que cuando empezó no tenía un ajedrez propio. Había aprendido a jugar en los tableros de los demás y sus dueños solían reservarse la ventaja del color. Por eso había estudiado muy bien todos los desarrollos de la defensa Alekhine, que los ajedrecistas corrientes apenas sabían ejecutar más allá del décimo movimiento. Por lo demás, era más lento que yo pero muy cuidadoso, tan cauto que apenas cometía errores.

—No pretenderás que juguemos con eso —me dijo la tarde en la que aparecí con mi reloj—. Soy un pobre convaleciente...

Pero el reloj que había heredado de mi abuelo, una caja de madera de cerezo con dos esferas de números romanos y pulsadores de latón, era muy bonito y él nunca había visto ninguno parecido. Así empecé a contarle la historia de don Guillermo y don Fermín, sus partidas de los domingos, la extraña amistad que había unido a un policía republicano con un notario de derechas, la mía con Amparito, y por fin, la curiosa biografía del comisario que había destacado como dramaturgo y, aún más, como autor clandestino de revistas y cuplés, una historia que le entusiasmó porque había visto *Orgía en Constantinopla* desde el gallinero del Eslava, cuando era un simple estudiante de Derecho.

—Ni me imagino lo que sería ver esa revista desde una esquina del escenario —y se echó a reír—. Qué mareo de mujeres, ¿no?, y de plumas... Te pasarías la función estornudando.

—Pues... No exactamente —le di tiempo para volver a reírse antes de atreverme a aventurar una modesta conclusión—. Así que eres abogado.

—Bueno, tampoco exactamente —una mirada aún risueña me advirtió que por ahí no le iba a pillar—. Hice Derecho pero luego seguí estudiando y... Sólo ejercí un par de años, al terminar la carrera.

A cambio me habló de su pueblo, de sus años de monaguillo, del colegio de Villablino y las becas que le permitieron seguir estudiando, datos sueltos de un destino vulgar que su talento, seguramente también algún golpe de suerte, habían convertido en una vida excepcional. Su historia personal me tranquilizó por un mecanismo que al principio ni siquiera yo habría sabido explicar. Mi paciente era un hombre muy culto, un viajero experimentado que había vivido en el extranjero y sabía pronunciar apellidos y nombres propios con un acento impecable en tres o cuatro lenguas. A medida que iba conociéndole, pensé que el hecho de que alguien como él, que había empezado muy abajo para llegar muy arriba, se hubiera comprometido con la causa republicana hasta el punto de arriesgar su vida, le favorecía tanto como a los principios que defendía. Esa idea me reconfortó porque, en realidad, me reflejaba igual que un espejo, y me consolaba de la desconfianza con la que muchos milicianos, e incluso sus familias, me trataban todos los días, como si el simple hecho de que fuera médico, de que hubiera estudiado en una universidad en lugar de trabajar en el campo o en una fábrica, me convirtiera en un traidor potencial, un fascista que aún no había descubierto que lo era. En realidad, estaba sucumbiendo a un prejuicio de clase tan intenso, tan injusto también, como el que padecía, pero sus efectos me permitieron identificarme con el hombre al que todavía llamaba Felipe, para crear un vínculo que no se rompería nunca.

—¿A ese, en mi cuarto...? —el día de su traslado, le pedí a Amparo en el desayuno que recogiera sus cosas y cambiara las sábanas de su cama—. Pero cómo se te ocurre traerle aquí a vivir si ni siquiera le conoces, de verdad, yo no entiendo... ¿Y ahora me lo dices? Me podías haber preguntado.

—Refréscame la memoria, Amparo. ¿Cuándo nos casamos tú y yo? Porque no me acuerdo.

—Pero una cosa es que no estemos casados, y otra... Otra... —se quedó un rato pensando y no encontró ningún final para la frase que había empezado—. ¿Y dónde voy a dormir yo?

—Pues conmigo, me temo, porque cualquier otra cosa llamaría mucho la atención.

Había calculado que la presencia de un extraño en casa cambiaría las reglas de nuestro juego del escondite, y esa certeza provocó en mi ánimo una extraña mezcla de alivio y melancolía. Mientras echaba de menos por adelantado las posibilidades de las habitaciones que ya no podríamos usar, me sentí al mismo tiempo liberado del deber de imaginar constantemente sus usos, y del contradictorio malestar que alentaba bajo los placeres que había descubierto con mi vecina. Pero los sanatorios para convalecientes no eran más seguros que los hospitales, Felipe no estaba en condiciones de vivir solo, y tampoco podía pedirle a nadie que lo albergara sin contar por qué lo hacía y reconocer, en consecuencia, que era un huésped peligroso. Nuestra rutina era ya lo suficientemente rara en sí misma como para absorber cualquier nueva rareza sin grandes dificultades. Eso me preocupaba menos que las consecuencias que pudiera desarrollar nuestra futura vida conyugal, en el horizonte de convivencia forzosa que la guerra nos había impuesto.

—Si no fueras una señorita tan bien educada —le advertí a Amparo, para que se diera cuenta de que había pensado en todo—, podría ponerte un uniforme y mandarte a dormir al cuarto de servicio, pero como criada serías un desastre.

—¿Tú crees? —por su forma de mirarme, me di cuenta de que esa idea no le disgustaba pero acabó por darme la razón—. Sí, la verdad es que... No creo que diera el pego.

Quizás por eso se arregló para recibir a Felipe, al que sólo había visto una vez, inconsciente en una camilla, como si esperara una visita formal, y le tendió la mano con una sonrisa encantadora para presentarse a sí misma como si su presencia en mi casa no requiriera ninguna explicación. Después se ofreció a arreglarle las almohadas, dejó una campanita sobre su mesilla para que la llamara si necesitaba cualquier cosa, anunció que se iba a la compra y se disculpó por no preguntarle qué le apetecía comer.

—Porque comeremos lentejas, como todos los días. Pero Guillermo dice —añadió con ironía— que son muy buenas porque tienen mucho hierro...

—Desde luego —corroboré—, pero mira a ver si encuentras algo de fruta, manzanas, o naranjas, mejor.

—Sí, señor —esbozó una pequeña reverencia—. Lo intentaré.

Cuando nos dejó solos, mi paciente me miró, sonriendo como si la despedida de Amparo le hubiera hecho mucha gracia.

—La nieta de don Fermín —supuso en voz alta, y no le desmentí—. No me habías contado que se había convertido en tu mujer.

—Es que no es mi mujer. Es... —pero las definiciones no eran para mí menos problemáticas que para ella—. Vive aquí porque se quedó sola cuando estalló la guerra, pero... Bueno, es complicado.

—Claro —el desconocido que estaba a punto de dejar de serlo sonrió—, pero te la follas.

—Sí —me reí porque no pude evitarlo—, eso sí.

—Ya —él también se rió—. Me había parecido...

Justo después, Manuel Arroyo Benítez me reveló su verdadero

nombre, un secreto que no tenía ninguna relevancia para mí pero debía de ser muy importante para el militar que me esperaba cómodamente sentado en el salón, como una advertencia muda de que el control sobre mis actos, mi casa, mi vida, estaba empezando a escaparse de mis manos.

—¿Quién es usted? —joven, guapo y desenvuelto, llevaba insignias de capitán y no se dejó intimidar por mi presencia—. ¿Cómo ha entrado aquí?

—Su mujer ha tenido la amabilidad de dejarme pasar —me respondió mientras se levantaba, y justo entonces escuché pasos a mi espalda—. Salía para ir a la compra y...

—Guillermo —Pepe Moya me puso la mano en la espalda a modo de saludo—, Guillermo, soy yo, lo siento, es que he ido al baño. El capitán viene conmigo. Mi comandante me ha pedido que le trajera a ver a tu paciente. Es...

—Me llamo Jesús Romero, soy capitán de Infantería, destinado en el Servicio de Información Militar —avanzó hacia mí y me tendió la mano sin dejar de sonreír—. He venido a hablar con Rafael Cuesta. Trabajábamos juntos cuando le hirieron. Estoy investigando el atentado y necesito conocer su versión. El comandante Cuadrado me ha explicado que usted le salvó la vida y le ha acogido ahora en su casa.

—Sí... —hice una pausa para ganar tiempo—. Así es.

Necesitaba tiempo para pensar porque Pepe había desplazado su mano desde el centro de mi espalda hasta mi hombro y lo apretaba con las yemas de los dedos. Le miré y levantó un instante las cejas como si quisiera subrayar esa advertencia. Deduje que no se fiaba del capitán y por un instante me sentí tan cansado de participar en aquel perpetuo juego de desconfianzas que estuve a punto de preguntarle en voz alta qué pasaba. Pero no lo hice, porque en ese instante Romero echó a andar hacia el pasillo como si estuviera en su casa.

—Espere aquí un momento —le pedí, sonriéndole por primera vez—. Voy a ver si está despierto.

Me dio la sensación de que no le había gustado que le detuviera, pero no se atrevió a desobedecerme. Tampoco retrocedió. Se quedó delante de la puerta, mirando hacia el pasillo, sin esconder que pretendía identificar la habitación a la que me dirigía. Cuando Felipe, o Rafael, o Manolo, me vio entrar, se dio cuenta de que había pasado algo, pero no habló. Yo cerré la puerta con cuidado y le anuncié la visita de Romero en voz baja.

—Si no quieres verle, puedo decirle que estás durmiendo.

—No, no, si... —hizo una pausa, se mordió el labio inferior, cerró un momento los ojos—. Es verdad que le conozco, y que trabajábamos juntos, pero... Es raro que no haya venido a verme hasta ahora y que venga precisamente hoy, ¿no? —me encogí de hombros, porque no podía confirmar o negar aquella suposición—. Bueno, que entre, pero... ¿Te importaría volver en unos cinco minutos? Igual me conviene tener una recaída.

Cuando se marchó de Madrid, Manolo Arroyo ya me lo había contado todo, quién era, para quién trabajaba y en qué consistía su trabajo. Lo hizo porque quiso. Yo no volví a hacerle preguntas desde que aquella mañana, antes de volver a su habitación, le pregunté a Pepe por qué no le gustaba el capitán Romero. Tú no haces la guerra, Guillermo, me respondió. Si estuvieras acostumbrado a no tener ni un segundo para decidir algo que puede costarte la vida, pensarías menos y te fiarías más de lo que te da en la nariz. Y a mí me da que el capitán este no es trigo limpio... Tres minutos después, al abrir la puerta del dormitorio, mi nariz percibió una tensión inmune a la serenidad con la que mi paciente anunció que le había subido la fiebre, pero muy patente en el gesto contrariado de su visitante, y se puso de parte de la nariz de Pepe. Amparo, por la noche, llegó mucho más lejos.

—Este tío es un espía, te lo digo yo.

Su comentario tuvo la virtud de romper la equívoca atmósfera matrimonial de aquella escena, ella en combinación, cepillándose el pelo, yo mirándola desde la cama, con el pantalón del pijama puesto.

—Claro —asentí en tono burlón—, y tú has visto demasiadas películas.

—Que no, Guillermo... —dejó el cepillo en la mesilla, se sentó en el borde de la cama, se inclinó hacia mí para hablar en un susurro—. ¿Es que no te das cuenta? A ver, un civil en plena guerra, que no puede usar su nombre, que no puede ir a un hospital porque han intentado matarle, que no se puede saber que está vivo porque intentarían matarle otra vez... ¿Qué va a ser, si no? Tiene que ser un espía. Todos los gobiernos tienen espías, Guillermo, hasta el vuestro, aunque sea una calamidad.

—No deberías haber dicho eso, Amparo.

—¿Por qué? —pero sonrió—. ¿Estoy castigada?

—Desde luego.

—Pues menos mal —y volvió a sonreír—. Ya me estaba preocupando, con tanta novedad...

Pero las cosas no volvieron a ser como antes. A partir del día siguiente, mi vida empezó a encajar en un molde nuevo y antiguo a la vez, que me devolvió a una época remota. De repente tenía una familia, una mujer, una especie de hermano, y como si quisiera sancionar, certificar aquel cambio, el tiempo se acomodó sin extrañeza, con una naturalidad casi indolente, al ritmo lento, rutinario, que había marcado el paso de las horas mientras vivía con mi madre y mis abuelos. Tan acostumbrado como estaba a la soledad, tuve que adaptarme a la experiencia de no hacer nada solo. Los tres desayunábamos juntos, algunos días volvíamos a encontrarnos en la mesa a la hora de comer, o a la de cenar, y hasta cuando mi horario de trabajo me impedía volver a casa a mediodía o antes de medianoche, mi rutina diaria incluía un par de partidas de ajedrez con Manolo; la de mis noches, el cuerpo de Amparo entre mis sábanas.

—Creía que estaba castigada.

—Y lo estás, pero...

A veces estaba demasiado cansado. A veces, Manolo estaba despierto en el cuarto de al lado. Pero casi siempre me parecía demasiado ridículo entregarme al juego que tanto me había entusiasmado apenas unas semanas antes para afrontar por la mañana la sonriente estampa de una muchacha que calentaba leche para tres envuelta en una bata rosa, con un pañuelo de flores alrededor de la cabeza. Los castigos de Amparo no resistieron la ficción familiar en la que se había convertido nuestra vida, y casi nunca rebasaban las fronteras de la noche, de mi cama. Al cambiar el juego, cambiaron las reglas, y la abstinencia dejó de ser excitante, divertida, para convertirse en un propósito muy difícil de cumplir. Poco a poco, aunque nunca llegué a comportarme como un marido ni dejé de practicar los ataques por sorpresa, nuestras noches se fueron asimilando a la naturaleza de nuestros días, y la frecuencia, las repeticiones de un sexo que nunca llegó a ser convencional, compensaron el barroquismo perdido sin perder intensidad, porque nuestro vínculo era tan peculiar, y estaba tan bien definido, que hasta un polvo soso, en la postura más inocente, representaba un acto irremediablemente perverso. Así, los dos nos acomodamos tan deprisa como el tiempo a la novedad que había impuesto la presencia de mi huésped, y acabó pasando lo que tenía que pasar, pero antes pasaron muchas cosas más.

—Pepe, qué bien que hayas venido, porque esta mañana hemos estado hablando de ti...

Mi relación con él también había cambiado, porque la irrupción de Manolo en nuestras vidas le había dado al fin la mejor oportunidad para pagar la deuda de los buenos salvajes. En lugar de traerme el aceite, el tabaco que no necesitaba, Pepe me relevó siempre que pudo en la cabecera del enfermo mientras permaneció en el Instituto Canadiense, y después se aficionó a venir a casa, a hacerle compañía, en todos sus permisos. Antes de que nos diéramos cuenta, ya se había asimilado a nuestra flamante familia postiza con la naturalidad, y la pizca de desvergüenza, de un primo lejano que acabara de llegar del pueblo y no conociera a nadie más en la capital.

El don de Pepe Moya, su facilidad innata para caerle bien a todo el mundo, desarrolló un efecto benéfico, incluso balsámico, sobre la extraña atmósfera del principal izquierda de Hermosilla 49, donde siempre era bienvenido. Manolo renunció a enseñarle a jugar al ajedrez desde que el andaluz le confesó que al principio de la partida se apañaba bien, pero después nunca sabía qué hacer con los peones. Sin embargo, se divertía mucho hablando de política con él. Pepe tenía un sentido del humor muy fino que impregnaba todas sus opiniones, y la virtud de poner unos motes buenísimos a todo el mundo, porque es que en mi pueblo, se justificaba, si no tienes un mote, no eres nadie.

—Yo, por ejemplo, en Torreperogil soy el Portugués para mucha gente que ni siquiera sabe cómo me llamo.

—¡Ah!, ¿sí? —ni siquiera Amparo era inmune a su encanto—. Pues atrévete a ponerme uno a mí, anda.

—Ya te lo tengo puesto, ¿sabes? Yo, para mí, te llamo «el semáforo», como el cacharro ese que han puesto en la Puerta del Sol. Porque cuando te enfadas y te oigo taconear por el pasillo, moviendo los brazos como si estuvieras desfilando, siempre pienso, ¡qué barbaridad! Si esta mujer, con el poderío que tiene, cruzara así la Gran Vía... Paraba el tráfico ella sola.

Aquel mote hizo fortuna, y no sólo porque a su destinataria le encantó, sino porque, a partir del día siguiente, nos acostumbramos a emplearlo para referirnos a ella. Según su humor, Amparo estaba en verde o en rojo. La confidencia que me hizo Manolo poco después la pintó sin embargo de otro color, un tono indefinido, absolutamente suyo.

—Esta tarde he estado más de dos horas hablando con ella...

Le tocaba jugar con blancas. Yo había esperado una apertura española, su favorita, pero escogió una italiana, menos agresiva, más tranquila. Interpreté que la partida no le interesaba demasiado, y enseguida comprendí por qué.

—Y después de dar muchos rodeos, me ha preguntado si trabajo para la Quinta Columna.

Me miró, sonrió, le devolví la sonrisa.

—No me extraña. Está convencida de que eres un espía.

—Ya... —movió la reina automáticamente, con una rapidez impropia de un jugador tan cauto como él—. Es fascista, pero no es tonta.

Después de escuchar eso, ni siquiera fui capaz de posar mi caballo de rey en el tablero. Me quedé suspendido con él en la mano, enarbolándolo en el aire como si no supiera qué significaba, ni qué pintaba entre mis dedos.

—No me estarás diciendo que trabajas para la Quinta Columna, ¿verdad?

—Por supuesto que no, pero sí soy una especie de espía.

Aquella fue la peor partida de ajedrez que había jugado en mi vida. Mientras me contaba lo que no había querido contarle a Amparo, Manolo me dio mate en veintidós movimientos. Podría haberme tumbado mucho antes si su relato no le hubiera afectado, pero me confesó que la curiosidad de mi amante le había inquietado, que al principio incluso había tenido miedo.

—Hablaba con tanto aplomo que por un momento pensé que la quintacolumnista era ella. Por eso no he confirmado ni he negado nada. Le he dicho que si trabajara para la Quinta Columna no podría decírselo sin una garantía, una prueba de que ella es de los míos. Después la he dejado hablar y al final lo he descartado. Amparo es facha, pero inofensiva. De todas formas, lo único que sabe de mí es que oficialmente trabajo para el gobierno y eso no la ha desanimado. Debe de escuchar la radio de Burgos cuando tú no estás, porque me ha dicho que está al corriente de que nos tienen infiltrados de arriba abajo, usando frases calcadas de las que retransmiten a diario esos hijos de puta... —en ese punto hizo una pausa, y su voz descendió hasta el volumen de las confidencias—. Pero cuando le he preguntado por el motivo de su interés, no me ha dado una respuesta concreta. Yo suponía que buscaba ayuda para pasarse a la otra zona, pero no quiere marcharse de Madrid. Me ha dicho que tú eres un rojo auténtico sin ninguna necesidad, eso sí, porque tu familia tenía dinero y siempre has vivido como un señorito. Para ella, tus ideas son un misterio, pero aparte de eso está muy bien contigo, aunque no ha querido decirme más. Sólo que yo nunca podría entenderlo, porque vuestra historia es muy especial y única en el mundo.

Aquella conclusión me hizo sonreír por fin.

—Recuérdame que algún día te hable de Meg Williams —añadió.

—Lo haré, pero ahora preferiría que me hablaras de ti, que me expliques por qué estás en mi casa, quién ha querido matarte, en fin...

A partir de aquella noche, en sesiones que nunca rebasaron la duración habitual de nuestras partidas para que Amparo no sospechara que nos dedicábamos a otra cosa, Manolo me fue contando la verdad. En primer lugar, que no tenía ni idea de quién le había disparado, y ni siquiera sabía si habían querido matarlo o sólo había sido un aviso para asustarle y quitarle de en medio. A él también le extrañaba que no le hubieran apuntado a la cabeza, pero tampoco descartaba la torpeza de un pistolero aficionado. Mientras trabajaba como delegado del gobierno en la Junta de Defensa, le había tocado los cojones a demasiada gente. Sus agresores podrían haber sido anarquistas, o trotskistas, miembros de alguna de las brigadas de retaguardia desarticuladas gracias a la información que él había transmitido. Por los mismos motivos, podría haberse tratado de una operación de los servicios secretos soviéticos, con la colaboración de un grupo de comunistas locales. Él había informado con frecuencia de las actividades de la policía secreta de Stalin en Madrid, pero quienes le secuestraron, tres de ellos al menos, eran españoles. Le parecía sumamente improbable que los atacantes obedecieran órdenes directas de la dirección del PSOE, mucho menos de la del PCE, partidos que apoyaban a Negrín, pero no estaba en condiciones de descartar ni siquiera eso. Tampoco la hipótesis de una maniobra de contrainteligencia que su supervivencia había hecho fracasar. Si hubiera muerto, alguien habría podido usar su cadáver como arma arrojadiza contra una facción rival, y en ese punto, el abanico de posibilidades se abría aún más, para incluir a la mismísima Quinta Columna. No era inverosímil que el gobierno de Burgos hubiera organizado una acción como esa para difundir después que los soviéticos habían ordenado eliminar en Madrid a un agente del gobierno de Valencia. Él suponía que el capitán Romero trabajaba para el enemigo y le había sorprendido mucho que fuera a visitarle precisamente el día de su traslado, el primero en el que no iba a encontrar una escolta de hombres armados en la casa donde vivía. Pero no estaba seguro de nada. Su única certeza era que su vida corría peligro, y correría todavía más si recurría a sus contactos madrileños para salir de la ciudad. Romero se había ofrecido a sacarlo de Madrid y su respuesta había sido simular una recaída.

—¿Y qué vamos a hacer?

No llegó a responderme, porque en ese instante sonó el timbre. Ya habían dado las once de la noche del 16 de diciembre de 1937, y la lluvia entonaba una canción frenética sobre las tablas de la persiana, en el dormitorio donde Manolo y yo hablábamos ante un tablero de ajedrez, moviendo una pieza al azar, de vez en cuando. Un repiqueteo aún más frenético, el de los tacones de Amparo sobre el suelo del pasillo, se superpuso enseguida al eco del agua.

154

—¿Habéis oído eso? —se nos quedó mirando sin llegar a entrar, la cara desencajada, la mano aferrando el picaporte de la puerta entreabierta.

—Sí —contesté yo, y me levanté sin mirar a Manolo, una versión morena y masculina de la misma palidez—. Voy a abrir.

A las once de la noche, Madrid era una ciudad desierta, con todas las luces apagadas, todas las ventanas cerradas, todas las persianas echadas. En diciembre del 37, ningún visitante de buena voluntad llamaba a la puerta a esas horas para pedir un poco de sal o invitarse a la última copa. La noche era el territorio de los enemigos de Manolo, y él lo sabía.

—No, voy yo —me cogió del brazo—. Seguramente vienen a por mí...

—No, tú te quedas ahí —señalé la silla donde había estado sentado—. A ver si no nos ponemos histéricos. Son las once de la noche, no las tres de la mañana... —el timbre volvió a sonar—. Voy yo, que soy el dueño de la casa.

Cuando salí al pasillo, Amparo ya se había marchado corriendo a esconderse en el armario del cuarto de servicio. Yo me dirigí a la puerta andando deprisa, para que las piernas me temblaran menos.

Si Manolo no me hubiera contado todo lo que yo había querido saber, habría estado tranquilo, seguro de que al otro lado de la puerta encontraría a alguien que venía a buscarme para que asistiera un parto, para que curara una herida o examinara a un enfermo. No habría sido la primera vez y sin embargo, desde que empezó la guerra, nunca había tenido tanto miedo como el que agarrotó las yemas de mis dedos mientras abría la mirilla con los ojos cerrados. Al abrirlos, mi corazón latía como si quisiera romperme el pecho, pero el pánico duró sólo un instante, el que tardé en reconocer entre las rendijas la cara de Pepe Moya, siempre bienvenido en el principal izquierda de Hermosilla 49, nunca tanto como aquella noche.

—¡Pepe! —abrí la puerta y le di un abrazo absolutamente desproporcionado, antes de anunciarle que aquella misma mañana Amparo había decidido invitarle a cenar en Nochebuena.

—Ojalá, pero... —sólo entonces advertí que tenía el ceño fruncido, una sombra de preocupación suspendida en las cejas—. He venido a despedirme.

Su aparición me había alegrado tanto que no procesé muy bien las palabras que acababa de oír, así que le invité a sentarse, le ofrecí una copa de coñac y fui a buscar a los demás, que celebraron su visita tanto o más que yo, aunque su alegría tampoco duró mucho.

—Me mandan al frente, a Teruel, salgo dentro de seis horas.

Hablaba mirando a Manolo, que para él aún se llamaba Felipe, como si quisiera sugerir que el súbito traslado de su unidad podría estar relacionado con él. Mi paciente se dio cuenta, y empezó a hacer una serie de preguntas breves, directas, que yo interrumpí mandando a Amparo a la cocina.

—¿No tendremos nada por ahí para hacerle un paquete? —mientras hablaba, me acerqué a ella, la enlacé por la cintura, le di un beso en la mejilla y me di cuenta de que estaba empezando a comportarme como un espía—. ¡Con el frío que hace en Teruel! Mira a ver, anda.

—Claro —Amparo sonrió—. Algo habrá. ¡Qué pena, Pepe!

—Ya, más lo siento yo —sonrió con la admirable cara de tonto que sabía poner algunas veces, y esperó a que Amparo doblara la esquina del pasillo para empezar a hablar más deprisa, mucho más bajo y en un tono muy distinto—. Me huelo que el traslado tiene que ver contigo, Felipe, porque al enterarse, mi comandante ha dicho que en qué hora me mandaría él a buscar un médico. Y lo normal sería que mandaran al frente a toda la división, ¿no?, pero sólo vamos nosotros, y ni siquiera el batallón completo, sólo algunas unidades, pero con él a la cabeza, claro. Me da en la nariz que ha sido Romero, y no sé qué pasa, qué has hecho para ser tan importante, pero yo que tú empezaría a pensar en largarme.

—¿Meto también una botella de coñac de las que tenía escondidas tu abuelo?

El grito de Amparo atravesó el pasillo para estallar sobre las palabras de Pepe, el gesto de Manolo, como una inesperada agresión de la realidad.

—Claro —grité sin moverme del sitio—. Cógela tú misma... —mientras Manolo le pedía a Pepe un último favor—. Están en el despacho, en un mueble bajo —y él se lo concedía—, justo detrás de la mesa.

Cuando Amparo volvió de la cocina, ya habíamos averiguado que en el cuartel de El Pardo había un par de colecciones completas de la primera serie de los Episodios Nacionales de Galdós que había editado el Quinto Regimiento. Pepe se comprometió a coger un ejemplar de *Bailén* y dárselo a algún soldado de confianza para que nos lo trajera a casa en la primera oportunidad. Después, apuró su copa y nos despedimos a toda prisa, porque el motorista que iba a devolverle al cuartel debía de estar ya esperando en el portal.

—No me digáis nada —dijo solamente mientras nos abrazaba, uno por uno—. No me digáis nada, que da mal fario... Nos veremos pronto, salud.

Bajó corriendo por la escalera y los tres nos quedamos mirándolo sin decir nada. Después, Amparo anunció que se iba a la cama, y en el sonido hueco de su voz percibí un presagio de llanto que me cogió por sorpresa. Quizás nos habíamos habituado a vivir como si la guerra fuera una catástrofe lejana, que apenas tuviera capacidad para rozarnos, pensé. Quizás, en aquel momento, ella sintió que la partida de Pepe había destruido esa ilusión, como si una fiera hubiera brotado de pronto en el recibidor de nuestra casa para rasgar con una sola uña el telón que nos preservaba del frente. Quizás era eso lo que había pasado pero, a pesar de todo, yo jamás habría logrado anticipar su reacción.

—Ojalá que no le maten, porque... —se recostó contra mí y le pasé un brazo por los hombros—. Le tengo mucho cariño, la verdad.

—Yo también —Manolo se puso a su altura con una voz tan compungida que me costó asociarla con la extraña frase que pronunció a continuación—. Ayúdame a recoger el tablero, Guillermo, no me encuentro bien —y como si a él mismo le hubiera sonado demasiado raro, se inventó los síntomas sobre la marcha—. Estoy muy mareado, yo creo que ha sido el susto.

No me creí una palabra, pero le seguí sin decir nada y cerré muy bien la puerta de su cuarto antes de hablar en un susurro.

—¿Quieres que vuelva a pedirte una escolta?

—No —se sacó del bolsillo una pistola automática que yo no

había visto nunca y sonrió a la expresión de mi cara—. No te asustes, se la pedí a Fermín... —levanté las cejas y añadió un apellido—, a Cuadrado, cuando estaba en Príncipe de Vergara. Si las cosas se ponen feas, puedo defenderme solo. Cuanta menos gente intervenga, mucho mejor, pero necesito que hagas algo por mí.

En ese momento asumí, con una naturalidad que a mí mismo me pareció pasmosa, que yo sería el único que estaría al tanto de sus planes. Al día siguiente salí de casa media hora antes de lo habitual. Manolo me había advertido que el comisario Rodríguez era muy madrugador. A las ocho en punto comprobé que, además, era buen fisonomista y tenía una memoria excelente.

—¿No será usted familia de don Guillermo Medina?

La cara alargada, el pelo oscuro, los ojos tristes que solían asociarme con los modelos de El Greco en la memoria de quienes me habían conocido antes de verme reír, eran herencia directa de mi padre. Pero la miopía, la nariz, la forma de la boca y la sonrisa, las había heredado de mi madre, que era un calco de mi abuelo Guillermo. Con eso, mi nombre propio y mi segundo apellido, conseguí caerle en gracia a Basilio Rodríguez.

—Sí, soy su nieto.

—Un policía excelente, su abuelo. Inteligente, bondadoso, progresista... Algún día deberíamos hacer un homenaje a hombres como él, porque ahora parece que no ha habido en España republicanos, ni socialistas, ni revolucionarios hasta antes de ayer. Estos niñatos de veinte años se creen que se lo han inventado todo ellos, joder.

Así, el comisario Rodríguez no sólo me cayó en gracia también a mí, sino que sedujo a mi nariz, que decidió que era de fiar. Todo lo demás fue más fácil de lo que esperaba. Al fin y al cabo, mi misión se limitaba a contarle la verdad, que el hombre a quien él conocía como Rafael Cuesta Sánchez estaba bien, que vivía en mi casa, que tenía motivos para temer por su vida, que necesitaba salir de Madrid y que sólo lo lograría si él le echaba una mano. Al conocer la naturaleza de su petición, el comisario se echó a reír.

—¿Y por qué tiene que ser la tercera semana de enero? —me preguntó mientras consultaba el calendario.

—¡Ah! Eso no lo sé.

—Te pareces mucho más a tu abuelo cuando sonríes —observó después de anotar un par de palabras en su agenda, y le agradecí el tuteo como una muestra de confianza—. Muy bien, dile a Rafa que el lunes de la tercera semana de enero aparecerá un cadáver con documentación a nombre de Felipe Ballesteros Sánchez —me sonrió—. Yo me encargo, aunque no sé si todos los interesados se lo creerán...

Mi paciente había calculado muy bien los tiempos. El 22 de diciembre de 1937, antes de que el ejemplar de *Bailén* que nos había prometido Pepe llegara a nuestras manos, envié un telegrama —NOVIO MEG MADRID STOP UN EPISODIO VIAJAR VALENCIA STOP SALUD STOP— desde la central de Correos a una dirección particular de Kensington, la casa que Manolo había cedido al secretario de la embajada cuando volvió a España. El día 26, al volver a la mía, Amparo me anunció que había llegado un telegrama de Londres para mí.

—Lo he abierto —me confesó—, pero no entiendo nada.

—¿Y por qué lo has abierto? —leí DOCTOR ESPERA ENVÍO STOP BUEN VIAJE STOP, y celebré que Negrín fuera colega mío—. Es un mensaje para Quintanilla, que está pidiendo dinero en medio mundo para las unidades de transfusión... —mantuve los ojos en el telegrama como si hubiera algo más que leer mientras completaba mentalmente la excusa—. Como se ha mudado a vivir al hospital y allí es un lío recibir correspondencia, dio mi dirección, pero... No deberías haberlo abierto, Amparo —y la miré para comprobar que esa advertencia había bastado para ruborizarla—. Está muy feo leer telegramas destinados a los demás.

—Ya.

—Voy a tener que castigarte...

Esa promesa resultó tan eficaz que ni siquiera se paró a preguntarme por qué le deseaban buen viaje a mi jefe desde Londres si lo que quería era recaudar dinero. Mientras el color de sus mejillas trepaba desde el rosa hasta el rojo, se rascó el escote con las dos manos, sonrió y se fue corriendo. Al girar la cabeza, me encontré con Manolo apoyado en el pasillo. Seguramente lo había oído todo, pero no comentó nada, más allá del contenido del telegrama.

Felipe Ballesteros Sánchez murió por segunda vez, para hacer desaparecer con él al hombre que había suplantado su identidad, el 17 de enero de 1938, lunes, aunque no nos enteramos hasta el día siguiente, cuando el comisario Rodríguez me hizo llegar su partida de defunción al hospital. Tres o cuatro días más tarde, en la Secretaría de la Presidencia del Gobierno recibieron una carta con un extraño remite, «Servicio de Transfusiones del Hospital de San Carlos, Fundación Sierra Pambley, Villablino-Madrid». El texto, compuesto según un código basado en la edición de *Bailén* que nos había conseguido Pepe, era un completo galimatías en el que, una vez descifrado, constarían mi apellido y el nombre de mi hospital.

Esa carta viajó hasta Valencia en el correo especial del que disponía la Junta de Defensa, gracias a un golpe de audacia que tuvo éxito. Yo había conocido al doctor Velázquez, amigo de mi jefe y uno de los máximos responsables de la sanidad del Madrid en guerra, en una recepción que la Junta ofreció a la delegación canadiense. Después nos habíamos visto un par de veces, la primera cuando inauguramos nuestro propio servicio en el San Carlos, la segunda cuando yo mismo le mostré las unidades móviles que había preparado. Contaba con que se acordaría de mí, pero no esperaba que me recibiera enseguida. Al escuchar que la carta era un informe sobre el servicio móvil de transfusiones, la dejó caer en la bandeja del correo saliente sin leer el remite y me ahorró la trabajosa explicación que había preparado para justificarlo.

A partir de entonces, lo único que podíamos hacer era esperar. Manolo me advirtió que, en cualquier momento, aparecería alguien en el hospital preguntando por mí y que lo más probable era que esa persona fuera a casa a buscarlo y se lo llevara de Madrid el mismo día. Aunque no será demasiado pronto, añadió. Calculaba que, entre unas cosas y otras, necesitarían una semana, como mínimo cinco días, y no esperé ni uno más hasta que un hombre vestido de civil vino al hospital, preguntó por mí, y me dijo que había conocido a Meg en Ginebra. Al escuchar la contraseña, me quité la bata y le acompañé a casa. Tras cruzar unas pocas palabras con él, Manolo fue un momento a su cuarto y, un instante después, abrazó a Amparo y se despidió de mí.

—Acuérdate de que me debes una revancha. Vamos dos a uno y todavía remonto, porque me toca jugar con negras.

—Claro —le respondí—, no se me olvida. Cuídate mucho.

—Vosotros más, sobre todo tú, Amparo.

No entendí su insistencia, pero cuando me volví a mirarla, distinguí de nuevo un asombroso brillo húmedo en sus ojos.

—Ten mucho cuidado, Felipe... O como te llames.

Asintió con la cabeza y empezó a bajar la escalera trotando, sin decir nada, mientras Amparo y yo le mirábamos en silencio.

—Para que luego me digas que no es un espía... —ella fue la primera en romperlo—. Más de dos meses aquí encerrado, que si estaba convaleciente, que si no le convenía salir a la calle, que si esto, que si lo otro, y de repente... Viene un tío a buscarle y se va sin llevarse nada, ni siquiera la ropa que le compramos cuando se levantó de la cama. ¿Qué te crees, que soy tonta? Es un espía, lo he sabido desde el principio.

—Tú te crees muy lista, ¿no? —repliqué—. Pues vete preparando porque por fin nos hemos quedado solos.

Me miró con una expresión distinta de la que yo esperaba. Se había sonrojado, pero mis palabras no la habían excitado, al contrario. Parecía preocupada, casi avergonzada, y no fui capaz de entender por qué hasta que se llevó una mano al abdomen para acariciarlo en un movimiento lento, circular.

—Bueno... —y al fin comprendí por qué lloraba tanto últimamente—. Solos, lo que se dice solos, no vamos a estar mucho tiempo, ¿sabes?

BILBAO, 4 DE MARZO DE 1938

Cuando se quitó el escapulario que le había dado su madre, Adrián Gallardo Ortega se sintió desnudo.

—En tus puños está el honor del Ejército Nacional.

—No lo olvides.

—¡Adelante, campeón!

Mientras Ochoa acompañaba a los mandos militares que se habían empeñado en saludarle hasta las localidades que tenían reservadas en primera fila, Adrián se sacó el escapulario del calzón. Le habría gustado llevarlo encima durante el combate, pero su capitán había visto un bucle del cordón azul celeste asomando por la cinturilla y le había echado una bronca tremenda. ¿Qué pensabas, pelear con el Sagrado Corazón de Jesús metido en los huevos? ¡Vamos, no me jodas, Gallardo! Lo último que el soldado quería en este mundo era enfadar a su protector, y a solas en el vestuario que el Gobierno Militar había improvisado para él en un almacén de mineral de hierro, besó el escapulario muchas veces, dobló la cinta con cuidado y la metió entre la guerrera y el pantalón de su uniforme. Estaba muerto de miedo. De repente no entendía qué estaba haciendo allí medio desnudo, con los puños vendados, a punto de partírselos contra los de un falangista a quien no conocía de nada en una gabarra anclada en el puerto de Bilbao, ante una grada abarrotada de gente que gritaba su nombre. No lo entendía y sin embargo, nadie le había obligado a participar en aquella pelea. Estaba en el lugar que le correspondía porque, sencillamente, no habría podido estar en ningún otro.

El 19 de julio de 1936, Adrián Gallardo Ortega había sido el segundo mozo de su pueblo en presentarse ante el oficial de reclutamiento. Cuando llegó a la plaza, aún no habían terminado de instalar la mesa plegable que haría las veces de caja de reclutas en La Puebla de Arganzón, pero el cabrón del Misitas, el nieto del sacristán, se le había adelantado. Por fortuna, don Carlos Garrote nunca llegó a enterarse. Su nieto Adrián se había criado bajo la sombra de un árbol legendario, la mítica genealogía que se desbordaba de grandeza en las palabras con las que su abuelo le saludaba todas las mañanas y le arropaba en su cama todas las noches, tú eres un Garrote, hijo, no lo olvides nunca. El niño no lo olvidó, pero tampoco probó el sabor de la decepción hasta que el maestro le enseñó a consultar una enciclopedia. A los nueve años, el pequeño Garrote se enfrentó por primera vez a los significados de su nombre, palo fuerte y grueso que se usa como bastón, procedimiento de ejecución de los condenados a muerte, torniquete para evitar que sangren las heridas, plantón de un olivo... Había otras definiciones, más palabras, más ejemplos y hasta dibujos, pero en ninguna línea se mencionaba a la célebre dinastía de guerreros de La Puebla de Arganzón, sus antepasados por parte de madre, célebres por luchar contra el francés primero, a favor y en contra de Fernando VII después, y en el bando de don Carlos al fin durante tres guerras distintas, siempre a favor de Dios, de la patria y del Rey absoluto. Buscando en la enciclopedia de la escuela, Adrián descubrió que, por muy bien que sonara su lema, los carlistas habían perdido todas esas guerras. Don Carlos Garrote nunca se lo había contado. El brote más tierno del árbol familiar tampoco se atrevió a confesarle que lo sabía, y se acomodó a aquel remoto fracaso hasta reconciliarlo con el orgullo que vibraba en las palabras de su abuelo cada vez que pronunciaba esa palabra, Garrote, con el tono rotundo, solemne, de un juramento. Porque, además, aunque los autores de las enciclopedias no lo supieran, los Garrotes eran muy famosos en La Puebla de Arganzón. Tanto que, cuando se proclamó la República, los hijos de los rojos del pueblo le pusieron la coletilla de moda al venerable nombre que sus antepasados habían hecho célebre en toda la comarca.

—¡Garrote, facha!

La primera vez que lo escuchó, Adrián tenía catorce años. Nunca había jugado con aquellos niños, apenas les conocía, y al volver a casa le preguntó a su abuelo qué significaba el mote que acababa de estrenar.

—Significa —le contestó don Carlos, muy despacio— que esos chicos son unos hijos de puta.

—¡Padre, por favor, no le diga esas cosas al niño!

María, la madre de Adrián, era la hija menor y más mimada de don Carlos, pero no había heredado ni una pizca del ardor guerrero que abrillantaba sus apellidos, y siempre estaba temiendo por las consecuencias de los cuentos con los que el abuelo le calentaba la cabeza. A cambio, su marido, nacido en una familia de nuevos ricos sin historia, orgulloso de sostener con las rentas de sus tierras los blasones de la estirpe de su mujer, se puso de parte de su suegro.

—Déjale —y asintió para sí mismo—. Ya es mayor para saber la verdad.

—¡Teodoro, por Dios!

—Ni por Dios ni por la Virgen. Unos hijos de puta, eso es lo que son.

Así que el 19 de julio de 1936, el último Garrote corrió por las calles de La Puebla para alistarse como miliciano en el único ejército posible para él, el que se había rebelado contra el gobierno de Madrid, como de costumbre, al grito de Dios, Patria y Rey, también como de costumbre, y al amparo de las banderas de sus antepasados. Llevaba toda la vida preparándose para ser un Garrote y sin embargo la guerra no se le dio bien.

No era cobarde, pero descubrió enseguida que lo que su abuelo le había enseñado no servía para lograr medallas, ni siquiera una mención de honor en el parte del día. Los Garrotes de antaño, ricos y poderosos, caudillos naturales del condado de Treviño, reclutaban en unas pocas horas una cuadrilla entre sus sirvientes y arrendatarios, galopaban por su cuenta para imponer el orden en las tierras que conocían, y tomaban pueblos, aldeas, villas, sin rendirle cuentas a nadie por debajo de su rey. Pero los mandos de las tropas rebeldes compartían la ignorancia de los enciclopedistas escolares, y se echaban a reír cuando aquel soldado de diecinueve años, que insistía puntillosamente en que él en realidad no era de Álava, sino burgalés, exigía el empleo de oficial que le correspondía como postrero ejemplar de una célebre estirpe de guerreros. Ninguno le escuchó, ni le ascendió, ni le dio el mando de tropa alguna por ser un Garrote. En el ejército de Franco, Adrián Gallardo no fue nada, ni siquiera eso, hasta que Antonio Ochoa le convirtió en el campeón de su brigada. Entonces creyó que aún tenía una oportunidad.

—Necesitamos un apodo, Adrián, un nombre artístico, como si dijéramos, para anunciarte en los carteles del combate —y al escuchar a su protector, vio el cielo abierto—. ¿Qué te parece El Tigre de Treviño? Suena bien, ¿no?

—Sí, mi capitán, pero con su permiso, yo ya tengo un nombre, el mote de mi familia —sonrió como un bobo antes de pronunciarlo—. En La Puebla somos los Garrote, así que...

—¿Garrote? —pero al capitán no le gustó—. ¡Eso tendría que darte yo, garrote! Vamos, no me jodas, Adrián, ¿cómo vas a llamarte así? ¿Se podrá ser más bruto? Si es que pareces tonto, coño.

La reacción del capitán le hizo daño, pero enseguida pensó que quizás fuera mejor así. Boxear no era combatir y se parecía más a ganarse la vida con las manos, como los destripaterrones a quienes despreciaba su abuelo, que a labrarse la gloria con las armas. La admiración de sus compañeros, los halagos de sus jefes, el menú especial que le servían tres veces al día en el comedor de oficiales del cuartel de Portugalete, le habían hecho destacar en el ejército, pero no le elevaban a la altura de los grandes Garrotes absolutistas y apostólicos del siglo pasado. O quizás sí. Adrián estaba muy confundido, pero por si acaso no mencionó el boxeo en las cartas que escribió a casa para explicar que le habían suspendido los permisos, pero no por una cosa mala, sino por una muy buena que no podía contarles todavía, porque estaba en juego el honor del Ejército Nacional. Esas cartas preocuparon tanto a su madre que empezó a hacer indagaciones, y acudió a todos los despachos, exigió todas las audiencias, hizo todas las antesalas precisas para enterarse de la verdad. Después, un domingo de febrero de 1938, a dos semanas escasas de su gran combate con Navarro, toda la familia se plantó en Portugalete.

—¡Adrián!

Su nieto acababa de correr veinte kilómetros cuando le distinguió en la cabecera de la pista con los brazos abiertos. Así, con un bastón colgado en el izquierdo y un puro encendido entre dos dedos de la mano derecha, parecía un árbol viejo, recio, tan temible que, agotado como estaba, el boxeador llegó a pensar en darse la vuelta y seguir corriendo.

—¡Adrián, hijo mío! —pero su abuelo nunca decía eso cuando estaba enfadado—. Dame un abrazo, anda... ¡Si supieras lo orgulloso que estoy de ti!

En ese instante, mientras empapaba de manchas de sudor la americana y la camisa de don Carlos Garrote, el Tigre de Treviño sintió una paz incomparable, la sensación de estar haciendo lo correcto, de estar llegando a alguna parte, una seguridad que se esfumó, como el humo de los puros que fumaba su abuelo, el día que se marchó de Portugalete.

—Es un placer.

En la ceremonia del pesaje, Alfonso Navarro le estrechó la mano ante los fotógrafos con una sonrisa radiante, e inmediatamente después, mientras se abrazaban para las cámaras, deslizó en su oído palabras más sinceras.

—No me vas a aguantar ni dos asaltos —Adrián no le veía la cara, pero tuvo la sensación de que hablaba sin dejar de sonreír—, palurdo de mierda...

Cuando se separaron, su rival seguía sonriendo. A partir de entonces, como si aquella baladronada fuera una profecía, la promesa de una derrota inevitable, el Tigre de Treviño empezó a tener miedo. Media hora antes del combate, a solas en el vestuario, sin su escapulario, sabiendo que su abuelo esperaba en la primera fila de la grada a que se comportara como un auténtico Garrote de una vez por todas, su miedo evolucionó hasta convertirse en pánico. Por fortuna, ese fue el momento que escogió el capitán Ochoa para darle sus últimas instrucciones.

—Vamos a ver, chaval... —se sentó a su lado, rodeó sus hombros con un brazo, le dedicó una sonrisa afectuosa y siguió hablando casi en un susurro—. Tú ya sabes que vas a ganar este combate, ¿verdad?

—Yo voy a hacer todo lo que pueda, mi capitán, se lo prometo.

—Sí, lo sé, pero no estoy hablando de eso. Tú tienes que ganar, ¿lo entiendes, Tigre? Y vas a ganar, porque ya me he encargado yo de eso. La grada está en el muelle, las dos esquinas le dan la espalda al público, y desde los barquitos fondeados en la ría no se verá bien el ring porque la gabarra es más alta. Así que sólo hace falta que hagas lo que yo te diga, ¿de acuerdo?

Fue en el quinto asalto. En los cuatro primeros, el Tigre de Treviño se defendió bien, mejor de lo que su protector esperaba, aunque Navarro le estaba dando una buena paliza. El falangista boxeaba mejor que Adrián. No era tan fuerte pero sí mucho más rápido, más elástico, y su dominio de la técnica le daba una superioridad que ya habría mandado a la lona a cualquier boxeador que no tuviera la fortaleza de un buey. Si el resultado de la pelea dependiera de los jueces, ganaría por puntos con toda seguridad. Pero eso no iba a pasar.

Después del cuarto asalto, mientras le ponían vaselina en una ceja y en el labio inferior, Gorostiza enmarcó la cara de Gallardo entre sus manos, le miró a los ojos y pronunció una sola palabra.

—Ahora.

Al sonar la campana, Adrián se levantó, bailó un poco y se pegó al lado del cuadrilátero que daba a la ría. Navarro fue tras él, intentó ponerle contra las cuerdas y no lo consiguió. Su enemigo se zafó bien, le abrazó y, cuando el árbitro les separó, se dio la vuelta a toda prisa. El falangista, sin saber que estaba ni más ni menos que donde Ochoa había querido colocarle, las cuerdas a su espalda, lanzó el puño derecho y Adrián lo esquivó con la cabeza. Después, Garrote dio un paso hacia delante y, procurando taparle con su cuerpo, le golpeó donde le había ordenado su capitán, justo en los huevos, para verle caer a plomo, en un instante, igual que un árbol recién talado.

—Uno... Dos... Tres...

No iba a levantarse. El Tigre de Treviño sabía que no iba a levantarse y el árbitro lo sabía tan bien como él, pero hizo el teatro de contar hasta diez, alejó con una mano al entrenador de Navarro cuando pretendió acercarse a preguntar qué había pasado, cogió el brazo derecho de su rival y lo levantó en el aire.

Ese fue el instante culminante de la existencia de Adrián Gallardo Ortega. Mientras avanzaba hacia el centro del ring con los brazos en alto y centenares de voces gritaban su nombre, fue tan feliz como si todos sus antepasados le estuvieran aplaudiendo desde el cielo. Después, una barca le llevó a tierra firme y, al poner el pie en el muelle, el rugido del público le ensordeció mientras todos los generales le felicitaban, y un Antonio Ochoa tan exultante como su abuelo permanecía a su lado, compartiendo discretamente su éxito.

En aquel momento, Adrián no se acordó de lo que habían hablado antes, en el vestuario. No se acordó de que el capitán le había contado que iba a arbitrar el combate un alférez provisional, hijo de un general de Artillería que tenía tanto interés como ellos mismos en que el campeón del Ejército tumbara al de la Falange. No se acordó de que le había garantizado que aquel árbitro no vería su último golpe por muy cerca que estuviera, que los jueces también eran militares y estaban en el ajo, que Navarro ni siquiera tendría una oportunidad de reclamar. Ni siquiera se acordó de que había ganado la pelea gracias a un golpe bajo.

En aquel momento, Adrián Gallardo Ortega sintió que aquel triunfo era suyo y que nadie podría quitárselo jamás.

Eso era lo único que estaría dispuesto a recordar durante el resto de su vida.

MADRID, 9 DE FEBRERO DE 1939

Ya no sabía si mi trabajo seguía teniendo sentido.

—Déjeme morir, doctor. Cure a otro, ande...

No era el primero que me lo había pedido pero sí el más joven, un muchacho de la última hornada de voluntarios que había llegado sin pies, una pierna reventada por encima del tobillo, la otra ausente casi por completo, como aquel crío del primer noviembre que estaba cruzando la Puerta del Sol cuando los alemanes nos regalaron su primera bomba de quinientos kilos.

—No digas tonterías —le respondí sin pensar, absorto en el dilema de cauterizar sus heridas sin anestesia, sin cloroformo, sin analgésicos.

—No son tonterías —estiró el brazo derecho para sujetarme la muñeca y me miró—. Así no puedo marcharme a ninguna parte y, si vuelvo al pueblo, me fusilan seguro. Prefiero morirme aquí, se lo digo de verdad.

—¿Puedes ir a buscar la botella de coñac? —me volví hacia la enfermera que me asistía, una de aquellas voluntarias monísimas del verano de 1936, que en los últimos meses había envejecido tan deprisa como todos los demás—. Tráemela, por favor.

—Me va a hacer usted una putada, ¿sabe? —cuando salió del quirófano, mi paciente redobló sus peticiones—. Mi padre es el alcalde del Frente Popular de Fuentidueña, y para que me fusilen los fascistas...

—Nadie te va a fusilar por ser hijo de un alcalde —intenté tranquilizarle mientras estudiaba sus heridas—. Puede que él tenga que ir a la cárcel, pero tú no eres más que un soldado y te queda mucha vida por delante.

—Doctor...

La enfermera me entregó una botella casi vacía junto con un recado al que en ese momento no le di importancia. Vertí un poco de coñac en un vaso y lo acerqué a los labios del soldado mientras ella rodeaba la camilla para situarse detrás de su cabeza. Cuando terminó de beber, escogí uno de los tacos de madera que desde hacía unos meses representaban un elemento imprescindible de mi instrumental y se lo encajé entre los dientes.

—Muerde.

Volví a mirar a mi ayudante y ella inmovilizó al paciente con las dos manos mientras yo le aplicaba el cauterizador con la fuerza y la rapidez imprescindibles para provocarle un dolor brutal. Pretendía dejarlo inconsciente y lo conseguí sin dificultad, porque la falta de suministros que padecíamos desde hacía meses me había convertido en un experto torturador. No contaba con otra anestesia que el dolor que pudiera procurar a mis pacientes, y para optimizarla, había aprendido a coser muñones a una velocidad que sólo un año antes me habría parecido inverosímil. Cuando terminé, rebusqué en mis bolsillos hasta encontrar dos aspirinas que tenía muy bien guardadas y se las di a la enfermera.

—No le van a servir de mucho, pero no tengo otra cosa.

—De acuerdo. El niño le está esperando fuera.

—¿El niño? —la miré, y la perplejidad que leí en sus ojos me hizo reaccionar—. Ah, sí, que antes me has dicho no sé qué de un niño...

Debía de tener siete u ocho años aunque aparentaba menos, como casi todos los de Madrid en aquel invierno. No estaba desnutrido pero sí muy delgado, y después de muchos meses sin probar la fruta, la carne, el azúcar, nuestra dieta forzosa de arroz y lentejas había apagado su piel y ralentizado su crecimiento. A pesar de todo era un niño sano, despierto, y se alegró mucho de verme.

—Ya era hora —me reprochó como único saludo—. Ha tardado usted mucho, igual el hombre se ha marchado y todo.

Mientras le seguía hacia la puerta, me contó que hacía un buen rato que un señor moreno y bien vestido había llegado al hospital en un coche negro. Él estaba sentado en las escaleras con sus amigos, y después de escogerle, le había prometido una perra chica si entraba a buscarme y salía conmigo.

—Me ha dicho que le diga que se llama Manolo.

El sonido de ese nombre inyectó en mi ánimo una inexplicable dosis de buen humor. Arroyo no era el único Manolo que conocía, pero en aquel momento, sin ningún motivo, tuve la certeza de que él era mi visitante. Sin embargo, al salir a la calle dudé, y si no hubiera venido a mi encuentro a toda prisa, habría tenido que mirarle dos veces para identificarlo.

Me había acostumbrado a verle en pijama, pero no era sólo eso, ni que al afeitarse se hubiera quitado cinco o seis años de encima. El cambio era más profundo, porque apenas reconocí al hombre que se había despedido de mí en enero de 1938 en el que me abrazó antes de darme tiempo para apreciar su metamorfosis. Parecía haber prosperado mucho durante el último año, el plazo que había marcado mi deterioro y el de los demás, todos más viejos, más flacos, más encogidos por la preocupación día tras día. No había ganado muchos kilos, porque el sobrepeso había dejado de ser un problema para todos los españoles que vivíamos en zona republicana, pero vestía de forma impecable, un abrigo de pelo de camello bien cepillado y un sombrero de excelente calidad, aunque el indicio más obvio de su mudanza era la piel lustrosa, brillante y relajada, que sugería una dieta variada, rica en productos frescos, la fruta y la verdura de las que en Madrid ya ni nos acordábamos.

—Me alegro mucho de verte —le dije cuando conseguí imponerme al enfermizo interés por la comida que hermanaba a todos los habitantes de la ciudad sitiada, una obsesión colectiva que nos acompañaría durante muchos años—. Tienes muy buen aspecto.

—Sí... —me miró como si se avergonzara de su suerte—. Es que en Valencia estamos mucho mejor que aquí, pero ven conmigo, corre, no tenemos mucho tiempo.

Después de darle la recompensa prometida al mensajero que seguía pegado a mis pantalones, señaló hacia el único coche aparcado frente al hospital. Eso me extrañó, pero no tanto como las instrucciones que le dio al conductor cuando nos acomodamos en el asiento trasero.

—Llévanos de paseo, Paco —y antes de cerrar la misteriosa ventanilla que le aislaba de nosotros, añadió algo más—. No tenemos prisa.

—¿Pero no acabas de decirme que teníamos poco tiempo? —le pregunté en un tono risueño que iba a durar muy poco—. ¿Y esa ventana? Nunca había visto un coche así.

—Es del gobierno —contestó sin mirarme mientras abría un maletín—, lo he pedido prestado para que nadie se entere de lo que voy a contarte.

—¿Un coche del gobierno?

—Sí. He venido con Negrín.

—¿Con Negrín? Pero...

—Ya está bien, Guillermo —antes de que pudiera preguntarle qué pintaba el presidente del gobierno en Madrid, cerró el maletín y me miró—. Cállate y no me hagas más preguntas —sólo entonces me di cuenta de que nunca le había visto tan serio—. Esto se acaba.

—¿Esto? —me arriesgué una vez más.

—La guerra. Se acaba, y la hemos perdido —frunció los labios como si el sonido de aquellas palabras le torturara—. Hemos perdido la guerra y no va a ser igual para todos. Yo vivo en Valencia, trabajo en la oficina del presidente del gobierno, podré exiliarme, pero tú... —me miró y no moví un músculo, aunque presentía lo que iba a escuchar—. Los que vivís en la zona centro no vais a poder huir, estáis demasiado lejos de todas las fronteras. La carretera de Levante estará abierta hasta el final, pero una vez allí... —levantó las cejas y tampoco me sorprendió su escepticismo—. No quiero engañarte. Para salir de España haría falta que las democracias mandaran barcos a Valencia o a Alicante, que lograran superar el bloqueo de los franquistas, y ni eso porque... Me temo que nadie nos va a ayudar.

—Como de costumbre —musité.

—Pues sí, como de costumbre —asintió para darme la razón pero enseguida se estiró en el asiento, irguió los hombros, logró insuflarse a sí mismo un resto de energía—. Pero tú me tienes a mí, Guillermo. Sin ti no habría sobrevivido, no estaría aquí, dándote malas noticias, no podría pensar en el exilio porque estaría muerto. Te debo la vida y voy a pagártela.

Aquel anuncio me dejó definitivamente sin palabras. Él aprovechó mi silencio para entregarme un sobre blanco, cerrado.

—Aquí dentro hay una cédula de identidad a nombre de Rafael Cuesta Sánchez, ¿te acuerdas? —ni siquiera aquel nombre me animó a mover los labios, aunque asentí con la cabeza porque nunca habría podido olvidarlo—. Es una identidad ficticia, inventada de cabo a rabo. Cuando Negrín me mandó a Madrid, se aseguró de que nadie pudiera comprobarla jamás. A partir de ahora es tuya. Tú serás Rafael Cuesta Sánchez, hijo único de padres muertos, nacido en un pueblo de Toledo cuya iglesia ardió en un bombardeo junto con su libro de bautismos. Cuando yo fui Cuesta Sánchez, era seis años más viejo que yo mismo, estaba casado, afiliado a la UGT y vivía en Valencia. Tú estarás soltero, nunca habrás pertenecido a ningún partido ni sindicato de izquierdas, habrás vivido siempre en Madrid, aunque tu último domicilio habrá estado en Salamanca, y tendrás tu edad verdadera, veinticinco años. Tu ficha de ugetista la rompí yo mismo antes de ayer y nadie podrá distinguir tu cédula de una franquista. Como sabía que si la pedía no me la iban a dar, la cogí prestada, pero nadie la va a echar de menos porque tenemos bastantes, las fabricamos con un papel idéntico. Esta la rellené yo mismo, imité la firma de un funcionario real y le planté un sello copiado de los de Burgos. Lo único que tienes que hacer es poner una foto tuya y no meterte en líos. Si no te detiene la policía, todo irá bien. Dentro de unos meses canjearán estas documentaciones por otras definitivas. Procura ir a por la tuya un día que haya mucha gente y no tendrás problemas.

—Ya, pero... —mientras le escuchaba, había abierto el sobre, había sacado la cédula, había comprobado todo lo que me iba diciendo, pero seguía sin entenderle—. ¿Y qué hago yo con esto?

—Vivir, Guillermo, o mejor dicho, Rafa... —Manolo se recostó en el asiento y sonrió como si ya hubiera pasado lo peor, porque para él así era—. O al menos, sobrevivir. En el sobre más pequeño hay francos suizos y libras esterlinas. No es mucho, la mitad de mis ahorros, pero a ti te van a hacer más falta que a mí y también te harán más rico. En la nueva España se va a disparar el cambio de divisas, ya lo verás.

En ese momento, en lugar de pensar en el futuro que Manolo me estaba ofreciendo, recuperé mi pasado más reciente, la mirada de aquel muchacho al que acababa de condenar a vivir, su deseo de morir encima de una camilla, su convicción de que mi trabajo no valía la pena porque en el instante en que volviera a pisar su pueblo lo fusilarían por ser hijo del alcalde del Frente Popular. Al escucharle, no lo había creído. Aún no lo creía, no podía hacerlo, y sin embargo, su miedo daba consistencia al episodio que estaba viviendo, a la visita de Manolo, al sobre que tenía entre las manos.

—Pero... —intenté convertir mi pensamiento en palabras y el fruto fue peor que mediocre—. ¿Qué pasa conmigo? Quiero decir... Yo no he hecho nada.

—¿No? —Manolo volvió a sonreír, pero esta vez una tristeza sucia, como una sombra pequeña, amarga, encontró un hueco en la curva de sus labios—. ¿No eras tú el Bethune español, no apareció tu foto en la portada de *El Heraldo,* no montaste un servicio de transfusiones que salvó a miles de soldados rojos, enemigos de España, no abandonaste tu hospital una noche para auxiliar a un agente del gobierno de la República, no lo instalaste en tu casa y cuidaste de él hasta que se recuperó, no hay docenas de personas que podrían testificar que todo lo que digo es verdad?

—Sí, claro, pero... No me pueden acusar. Yo soy médico y mi trabajo...

—Eras, Guillermo —y la última sonrisa de Manolo se extinguió—. Tú eras médico. Si quieres seguir vivo, dejarás de serlo en el momento en que los franquistas entren en Madrid. No se te ocurra aparecer por tu hospital, reclamar tu título, nada de eso. Usa el dinero que hay en ese sobre para esconderte un par de meses y luego conviértete en Cuesta Sánchez, búscate un trabajo, el que sea, que no tenga nada que ver con la medicina. Con uno solo de los hechos que te acabo de recordar, un fiscal de Franco tendría de sobra para pedir que te condenen a muerte. Y el juez se lo concedería de mil amores, no lo dudes.

174

Sus instrucciones me hundieron más que la noticia de que el gobierno daba la guerra por perdida, y él se dio cuenta. Antes de que tuviera tiempo para calcular lo que se me venía encima, se inclinó hacia mí, me cogió del brazo y siguió hablando en un tono distinto, impregnado de compasión.

—A lo mejor me equivoco —sus ojos decían que estaba mintiendo—. A lo mejor es verdad que no pasa nada, que puedes seguir ejerciendo, que... Y vete a saber lo que puede pasar ahora. Igual nos invaden los alemanes o Franco entra en guerra con el Eje. Igual, él pierde esa guerra y la ganamos nosotros, o volvemos a perderla, quién sabe... Pero no corres ningún riesgo por hacerme caso. Si me equivoco no habrás perdido nada, unos meses de vacaciones, y si acierto seguirás estando vivo. Merece la pena, creo yo.

Hizo una pausa que no supe rellenar y añadió un colofón sombrío.

—No hablo por hablar. Yo sé lo que ha ido pasando en las zonas que han caído. Y además... ¿Qué ha sido, niño o niña?

Sonreí, porque desde la última vez que le vi le había dado muchas vueltas a las palabras que escogió para despedirse, cuídate sobre todo tú, Amparo.

—Ha sido niño, pero no entiendo cómo te enteraste antes que yo.

—Porque soy espía —se echó a reír y negó suavemente con la cabeza—. Yo estaba en casa por las mañanas, oyendo cómo vomitaba Amparo el desayuno. Un día, justo después de vomitar, me pidió permiso para entrar en mi cuarto y la vi revolver en el maletero del armario hasta que encontró una caja llena de juguetes, así que... No fue muy difícil, la verdad.

Aquella tarde, al volver a casa, me asusté. En el recibidor apenas se percibía, pero al doblar la esquina del pasillo, un aroma fuerte, químico, me golpeó como un puñetazo. Era amoniaco y algo más, un olor familiar que habría identificado sin dificultad si no hubiera desatado una alarma instantánea, que se apoderó de mis piernas para obligarlas a correr hacia la cocina. Allí, sobre la mesa donde desayunábamos, el tablero forrado con papel de periódico y mucho cuidado, volví a ver un trenecito de madera que recordaba vagamente, aunque habría jurado que en sus buenos tiempos tenía un vagón de cada color. Ahora la locomotora era negra y los tres vagones rojos, cada uno de un tono distinto, aunque el verde original se transparentaba sobre el más claro, pintado, como los otros dos, con esmalte de uñas. El resultado era una clamorosa, y quizás por eso conmovedora, chapuza que me tranquilizó por motivos ajenos a su calidad.

Hacía casi dos semanas que Amparo y yo no nos dirigíamos la palabra. La noticia de su embarazo, que me confesó en el tono risueño de las cosas sin importancia cuando Manolo Arroyo aún no había bajado del todo las escaleras, había desencadenado una bronca monumental, el primer mutuo y auténtico estallido de cólera tras un año y medio de extraña convivencia. Hasta aquel momento, todos los enfados, las amenazas, los desafíos que habían jalonado nuestra relación formaban parte de un artificio elaborado, un simulacro de violencia pactado por los dos y provechoso para ambos. En ese terreno ficticio, la ventaja era mía. En la realidad que acabábamos de estrenar, Amparo tenía todo el poder, pero eso no me enfureció tanto como su descabellada voluntad de tener un niño en la sucursal del infierno donde jamás habría querido engendrarlo.

—Bueno, son cosas que pasan... ¿Cuándo tuviste la última regla?

—¡Uy, ya no me acuerdo! —la manera en que giró la cabeza para no mirarme a los ojos mientras hablaba me reveló que no estaba diciendo la verdad—. Hace un mes y medio, o así.

—No —negué con la cabeza antes de ir al grano—. Tanto no, pero no importa, todavía estamos a tiempo. Si te vienes mañana conmigo al hospital...

—¿Para qué? —avanzó hacia mí, me miró de frente y me dirigió una sonrisa tan burlona como la que no había vuelto a ver desde la remota tarde en la que me enseñó unas bragas blancas—. ¿Para abortar? Eso ni lo sueñes, Guillermo. No estoy dispuesta a cometer un pecado tan horroroso para que tú te quedes con la conciencia tranquila.

Aquella respuesta, la postura, el aplomo con el que sostuvo una decisión que nuestras circunstancias convertían en un desafío brutal, me desconcertó tanto como si hubiera olvidado quién era la mujer que tenía delante, Amparo Priego Martínez, la misma que antes de abrirse de piernas al ritmo de mi voluntad había encarnado un paradigma ejemplar del enemigo. La señorita que dirigía el rosario de las criadas y recolectaba dinero para comprar votos con colchones en los barrios más pobres de Madrid, la joven fascista que levantaba el brazo en el descansillo con el uniforme que Experta había cosido, bordado y planchado el día anterior, la niña mimada que arrugaba la nariz ante cualquier expresión que le recordara la ordinariez de la gente corriente que andaba por la calle, había retornado en un instante para ajustarse, con la flexible precisión de un guante hecho a medida, al cuerpo y al espíritu de mi amante ideal. La muñeca dócil, complaciente, que sabía anticiparse a todos mis caprichos se había evaporado en un instante, sin dejar rastro en la prematura matriarca que se atrevía a mirarme desde un improvisado pedestal de dignidad, como si los pasatiempos a los que se había entregado en los últimos tiempos apenas hubieran representado para ella una diversión superficial, un vértigo pasajero, tan excitante e inocuo como un viaje en una noria de feria. Al comprobar que todo lo que habíamos vivido juntos resbalaba sobre su verdadera piel como un débil chaparrón de primavera, me sentí, de nuevo y más que nunca, un pobre pardillo, y sin embargo, perseveré en mi papel por una pura e inconmovible convicción.

—Es una locura, Amparo —yo sabía que era una locura, aunque ella no dejara de sonreír—. No te hablo como culpable de lo que ha pasado. No me siento culpable porque puedo remediarlo, y tengo la conciencia muy tranquila, te lo aseguro. Yo no creo en Dios, ni en el pecado, pero quiero que sepas que la única culpable de lo que pueda pasar a partir de ahora serás tú, y que no tendrá remedio. Dejando a un lado la guerra, los bombardeos, la metralla y todo lo demás, tus condiciones de vida son muy insuficientes para llevar adelante un embarazo con garantías. Para que el niño nazca sano sería imprescindible que estuvieras tranquila y relajada, lo que en estos momentos ya es difícil, pero además tendrías que alimentarte bien, comer fruta, verdura, huevos, azúcar, carne y pescado, y ya me contarás de dónde vamos a sacarlos.

Y si el embarazo presenta alguna complicación, que en tiempos normales se resolvería con facilidad, ahora podría no tener solución. Los hospitales están abarrotados, faltan suministros de todas clases, no hay camas, ni personal, ni horas de trabajo suficientes para atender las emergencias graves, así que...

—¿Y las mujeres pobres? —antes y después de lo que nos había pasado, Amparo había sido, era y sería muchas cosas, tonta jamás—. Las mujeres pobres nunca comen carne, ni huevos, ni dulces, sólo legumbres y patatas, todos los días lo mismo, y no van nunca al médico pero tienen hijos sanos.

—La mitad de la mitad de la mitad —aunque tampoco era tan lista como creía—. La mitad de esas mujeres pierden al niño en el embarazo, la mitad de los que nacen, mueren unas horas después del parto, y de los que sobreviven, la mitad nace con bocio, con avitaminosis, con raquitismo, a menudo llevándose a sus madres por delante. Lo veo todos los días, Amparo.

—Ya, pero a mí no tiene por qué pasarme eso. Mi madre nunca perdió un hijo, mi abuela tampoco, y yo estoy tranquila, Guillermo, porque he pensado en todo. Con dinero se puede comprar cualquier cosa, tengo un médico en casa, y la guerra... Este niño tendrá suerte, porque sólo pueden ganarla los de su padre o los de su madre, así que no le pasará nada malo.

—Este niño no tendrá padre, Amparo.

No dije esa frase para ofenderla. Ni siquiera estaba pensando en ella cuando la dejé escapar. Sólo pensaba en mí, en la paternidad que acababa de caerme encima a traición, en que no estaba en condiciones de asumirla, en que no quería que naciera aquel niño. La actitud de Amparo, la suficiencia con la que hablaba de lo que no sabía, la soberbia con la que lo había dispuesto todo por su cuenta, invocando su conciencia sin vacilar un instante, ni pararse a considerar que yo pudiera tener otra, mía y distinta de la suya, había vuelto a encender una luz blanca entre mis cejas. Estaba hasta los cojones de la conciencia de la gente como Amparo, esa conciencia que había provocado una guerra y pretendía disfrazar su culpa con la piel de cordero de las víctimas escogidas por su dios. No había nada en el mundo que me indignara más, que me enfureciera tanto como la invocación a la propia conciencia para situarse por encima de los demás, para obligar a los otros a pasar por el aro. Por eso dejé que mi rabia hablara por mí y para mí.

—¿Qué has dicho?

La vi venir con el puño cerrado, el brazo en alto, y aunque no fui capaz de interpretar el sentido de aquella revolucionaria estampa, me levanté de la butaca para esperarla.

—¿Quién te has creído que eres?

Comprendí que pretendía darme un puñetazo un instante antes de que fuera demasiado tarde y la sujeté por las muñecas después de detener el golpe. No pretendía hacerle daño pero, mientras volvía a gritar, me dio una patada en la espinilla que me dolió.

—¿Cómo te atreves a hablarme así, como si fuera una mujerzuela, una corista de esas que mantenía tu abuelo? ¿Es que no sabes tratar a otra clase de mujeres?

—¿Y tú? —no quise soltarla porque sabía que con las manos libres me iba a costar trabajo no darle una hostia—. ¿Quién te crees que eres tú? ¿Cómo te atreves a pedirme cuentas? Estás viva gracias a mí, Amparo. Me lo debes todo, la casa en la que vives, la comida que comes, el aire que respiras, así que no tienes derecho a exigirme nada, y mucho menos a decidir por mí.

—¡Eres un hijo de puta! Un malnacido sin entrañas, un cabrón. Eres, eres... Un asesino de mierda.

La aparté a un lado, con la violencia justa para desplazarla sin tirarla al suelo y me marché.

—¡Un hijo de puta! —escuché al abrir la puerta—. ¡Un hijo de la gran...!

Estuve casi una hora andando sin ir a ninguna parte, hasta que el sonido de las sirenas me dio un pretexto para refugiarme del frío en la estación de metro de Goya. A aquellas alturas de la guerra, los vecinos del barrio de Salamanca ignoraban las alarmas y sólo algún desprevenido peatón, habitante de otras zonas de la ciudad, corría a protegerse de las bombas que jamás rozaban nuestro distrito. Pero en las estaciones de mi barrio había bancos, como en todas, y estuve sentado en uno de ellos hasta mucho después de que las sirenas dejaran de sonar. Cuando me cansé de descansar, seguí vagabundeando sin rumbo fijo hasta que noté que se me estaba helando la nariz, y al volver a casa encontré todas las luces apagadas. Todavía no eran las diez de la noche, pero al entrar en mi dormitorio vi a Amparo acostada, de espaldas a la puerta. Recalenté las sobras de las lentejas de la comida y después de cenar me acosté yo también, pero no a su lado. Por la mañana, el ruido de su llanto traspasó sin dificultad la pared que nos separaba.

Durante casi dos semanas, viví en mi propia casa como un huésped indeseable. Mientras tanto, Amparo lloraba para devolverme a la perplejidad de los primeros días que vivimos juntos, porque su tristeza me desconcertó tanto como el impudor de entonces. Al principio pensé que era una estrategia, una treta para ablandarme, pero cuando me cruzaba con ella por el pasillo, la hinchazón de sus ojos, el abatimiento que encogía sus hombros, el temblor de sus labios al mirarme y una evidente pérdida de peso que era lo último que le convenía, me convencieron de que lloraba con la misma intensidad cuando yo no estaba delante. No la entendía, pero eso no era nuevo. Nunca la había entendido.

Tampoco estaba satisfecho conmigo mismo. Seguía sin sentirme culpable pero eso no me consolaba, porque era muy consciente de que Amparo y yo, cada uno a nuestra manera, estábamos prolongando una situación insostenible a base de llantos, silencios y fingida indiferencia. Yo jamás la echaría de casa y los dos lo sabíamos, como sabíamos que ese niño nunca tendría otro padre que yo, por más que hubiera preferido que no llegara a nacer. En la paz, todo habría sido distinto, pero la guerra no iba a darnos ninguna oportunidad. Estaba en su derecho a disponer de nosotros, puesto que ambos le pertenecíamos. A aquellas alturas de nuestra insensatez, Amparo y yo no éramos más que un fruto de la guerra, una brizna de su botín, dos rehenes demasiado débiles para oponer resistencia a un amo tan poderoso. El ser que habíamos creado era la prueba más evidente de nuestra esclavitud, pero también el único elemento capaz de cambiar, día tras día, en una situación tan estancada que empezaba a oler mal, y el único inocente de todos nosotros. Así, sin llegar nunca a sentirme culpable, empecé a experimentar el peso de la responsabilidad, una carga más grave pero menos amarga. No me había acostumbrado aún a llevarla sobre mis hombros cuando el olor del aguarrás me asustó tanto que ni siquiera me paré a repasar lo que sabía, y que Amparo no cumplía ningún requisito que pudiera hacerla candidata al suicidio.

—No me ha quedado bien, ¿verdad?

Cuando escuché su voz, después de tantos días de silencio, aún tenía el tren de madera entre las manos.

—No, te ha quedado fatal.

Al levantar la vista comprobé que se acercaba muy despacio, como si quisiera tantear mi humor en cada paso, y que tenía muy mala cara aunque no se hubiera suicidado.

—Lo siento, Guillermo —aquellas palabras me sorprendieron tanto que aparté mis ojos de los suyos para seguir examinando los defectos de la madera coloreada—. Lo siento mucho.

—No es para tanto —respondí, mientras pensaba que más le habría valido empezar por ahí—. Tendrías que haber lijado bien...

—No me refiero al tren, sino al niño, a lo que ha pasado. Lo siento —siguió repitiéndolo hasta que los sollozos le impidieron hablar—. No hemos tenido suerte. Si las cosas hubieran sido distintas, habríamos podido ser felices, ¿no? Yo podría haber sido muy feliz contigo, si tú... Si la guerra... Lo siento, Guillermo. Yo no quería que pasara esto, de verdad. Lo siento, lo siento, lo siento...

Al día siguiente fui a ver al hombre mejor informado del hospital. No tenía muchas esperanzas, pero la suerte de la que tanto se quejaba Amparo me sonrió por una vez.

—Claro que sí, doctor, venga conmigo —Bernabé me guió hasta un armario que yo siempre había visto cerrado y me ofreció su contenido con la mano abierta—. Lijas, brochas, pintura, coja lo que quiera. Es lo único que tenemos de sobra. Como aquí nadie arregla nada ya...

Al lijar la madera descubrí bajo el esmalte vestigios de la pintura original y devolví a cada vagón su color, rojo, verde, amarillo. A los veinticinco años, aquel viejo tren de juguete me resultó mucho más útil, más divertido también, que el día que me lo regalaron, porque mientras lijaba, y pintaba, y acoplaba unos pedacitos de goma negra en el exterior de las ruedas, no tenía la cabeza libre para pensar en otra cosa. Amparo se sentaba a mi lado y a veces lloraba, a veces no, pero alababa siempre la calidad de mi trabajo. Cuando lo terminé y lo hice rodar por el pasillo para probarlo, iba tan deprisa que me eché a reír. Habían pasado por lo menos quince días desde que me había reído por última vez, y ella lo celebró sollozando con un súbito, profundo desconsuelo.

—Y ahora ¿qué pasa?

—Nada, es que, al verte con el tren, y eso... —se limpió los ojos, se sonó la nariz con fuerza, me miró, cerró los ojos, volvió a abrirlos—. Si te pregunto si vas a querer al niño, ¿te enfadarás conmigo?

—Sí —dejé de reírme, recogí el tren del suelo y ella volvió a llorar—. ¡Joder, Amparo, para ya! Te vas a consumir de tanto llorar, eso no puede sentarte bien. Vamos a dejar de hablar de eso.

Pero me acerqué a ella, le pasé un brazo por los hombros y dejé que apoyara la cabeza en mi cuello. En ese mismo instante, empecé a echar de menos el trabajo que acababa de terminar, la oportunidad de evadirme de mi rabia, de su llanto, con papel de lija, unos pinceles y unos tarros de pintura.

—Oye, ¿y si es niña?

—Va a ser niño, lo sé, pero si es niña...

Amparo también había traído de la casa de su abuelo dos cajas de juguetes suyos y de sus hermanas. Ellas habían sido mucho más cuidadosas que yo y los peluches, los muñecos, estaban solamente sucios. Sin embargo, en un paquete aparte encontré una casa de muñecas, mucho más grande que mi tren, que necesitaba varias reparaciones y una buena capa de pintura.

—Pero... —cuando la puse encima de la mesa de la cocina para valorar más atentamente su estado, Amparo se asombró tanto que dejó de llorar—. ¿Y no sería mejor empezar por los sonajeros? Sea niño o niña, no podrá jugar con eso hasta que tenga cinco o seis años.

—Ya, pero... Tú déjame —sólo el tejado, donde faltaban varias tejas de madera roja, diminutas, y bailaban más de la mitad de las supervivientes, me iba a tener entretenido una semana—. Y otra cosa. Avisa a Experta, ¿quieres? Que venga a vernos una tarde de estas. Cuanto antes, mejor.

Cuando se instaló en mi casa, Amparo pretendía que Experta viniera a limpiar y a hacer la compra un día sí y otro no, pero me negué en redondo. Yo no necesito criada, le dije, ni que tú estés aquí descansando desde que te levantas hasta que te acuestas, así que vas a ocuparte de todo tú misma, ¿está claro? Lo estuvo porque en aquella época todas mis palabras parecían órdenes, y a mí me excitaba tanto dictarlas como a Amparo cumplirlas. Enseguida comprobamos que todos habíamos salido ganando con el cambio. La señorita Priego jamás se había enfrentado a un fogón, pero la necesidad y los recetarios de mi abuela la convirtieron en una cocinera mucho mejor que la de don Fermín, y sus nuevas habilidades enriquecieron los escenarios, las reglas de nuestro código de premios y castigos. A partir de entonces, Experta venía sólo de visita de vez en cuando, aunque cuando la reclamé ya había pasado más de un mes desde la última vez. Su ausencia no nos alarmó, porque sabíamos que la guerra había sido muy cruel con ella. De sus cuatro hijos varones, uno había muerto en el frente y otro había caído prisionero tras el hundimiento del frente norte. Eso, y que lo más seguro era que hubiera compartido el destino de su hermano mayor, era todo lo que su madre había llegado a saber de él. Quizás por eso, la mujer que vino a vernos dos días después de recibir nuestro recado a través del chico de la lechería de la calle Ayala, que iba todos los domingos a Vallecas a ver a sus padres, me pareció una versión defectuosa, apagada y lenta, de la eficacísima Experta de otros tiempos. Pronto descubrí que no había cambiado tanto como parecía.

—¿Pero cómo va a tener usted un niño ahora, señorita? —porque su reacción fue exactamente la que yo esperaba—. ¿Se ha vuelto loca? ¿Es que no anda usted por la calle? Pues sí, después de lo que pasamos cuando se murió su abuelo, ahora que están ustedes tan ricamente... —y como la respuesta de Amparo consistió en echarse a llorar, se volvió hacia mí—. Dígaselo usted, señorito, usted, que es médico, dígale...

—No te canses, Experta, porque no hay manera —y en el momento de mi definitiva claudicación, decidí que aquel era el último gimoteo que estaba dispuesto a aguantar—. ¡Y tú cállate ya, por favor! No quiero ver ni una lágrima más, ni una, ¿te enteras?

—Pero es que yo... —balbuceó hasta donde se lo consintieron los pucheros—. No me entendéis, nadie me entiende. Guillermo, bueno, qué se puede esperar de... Pero tú, Experta, tú vas a misa, tú crees en Dios...

—Yo ya no sé en qué creo, señorita —su mirada bastó para recordarme que todavía tenía dos hijos en el frente, y debería haber bastado para que Amparo descubriera quién era la que más estaba sufriendo de las dos.

—Es que estoy tan sola —pero no fue así—, tan sola...

—Amparo, cállate, por favor —contar hasta cinco me ayudó a hablar sin chillar, sin alterarme, mientras me atrevía a ser completamente sincero—. Vamos a dejarlo, Experta, porque esta discusión no nos lleva a ninguna parte. Quería hablar contigo porque sigo estando todo el día en el hospital y no me atrevo a preguntarle a nadie cómo se puede comprar comida fuera del racionamiento. Amparo se ha empeñado en tener el niño, y yo no tengo cojones para dormirla con cloroformo y hacerle un aborto a traición —me paré a mirarla y comprobé que no se le había movido ni un músculo de la cara—. Lo he pensado, no creas.

—No me extraña —Experta asintió con la cabeza para que su señorita se tapara la cara con las manos y saliera corriendo del salón—, se lo digo de verdad.

—Ya, pero no puedo. Le he dado muchas vueltas y no valgo para eso, así que este niño va a nacer. Y ya que va a nacer, lo importante es que nazca sano. Para eso es fundamental que Amparo deje de llorar y sobre todo que se alimente mucho mejor que ahora. Con arroz y lentejas no es suficiente. Tendría que tomar leche, huevos, carne, en fin... No tengo ni idea de dónde podríamos conseguir eso, y para pagar... Todavía tengo el oro de don Fermín en la caja fuerte, pero si intentara vender un lingote en cualquier banco, iría derecho a la cárcel y con razón, así que tendremos que tirar de otras cosas. Tampoco sé cómo se hace eso, Experta, y por lo demás... Amparo es una inútil, ya lo sabes. Por eso he pensado que tú podrías ayudarnos.

—Claro que sí, señorito, lo del dinero no es problema. Los ricos siempre son ricos, hasta cuando se vuelven pobres, mire lo que le digo. En esta casa, y en la de don Fermín, hay muchas cosas

184

de valor. Ahora no pagan mucho por nada, pero seguro que nos apañamos. Y lo de comprar comida, pues no sé, pero es cuestión de ponerse a mirarlo.

—Pues ponte lo antes posible, Experta, por favor, pero no corras riesgos. Comprar en el mercado negro también es un delito, y...

—¡Buah! A cualquier cosa le llama usted delito —y sonrió por fin—. Eso ahora es tan corriente como beber agua, no se preocupe por tan poca cosa.

Lo primero que cayó fue la cubertería de plata de la abuela de Amparo. Experta fue vendiendo las piezas de una en una para obtener un precio mejor, y contactó con varias mujeres que cruzaban el frente todas las semanas para comprar víveres en la otra zona. El cazo, el cucharón y la paleta para postres produjeron media docena de huevos, tres naranjas, un paquetito de harina y unas lonchas de tocino. Experta decía que sus proveedoras eran unas ladronas, porque habíamos pagado con plata maciza, pero a mí me pareció un milagro.

—No tengo hambre...

Al entrar en la cocina, la futura madre hizo un mohín de desgana que se desvaneció en el instante en que contempló dos huevos fritos con tocino.

—Pero me lo voy a acabar, ¿eh? —y se lanzó sobre el plato como una loba hambrienta para acabar la frase con la boca llena—. Lo hago por el niño.

Yo suponía que uno de los motivos de su tristeza era el hambre, y enseguida comprobé que había acertado. Aunque no dejamos de consumir los productos del racionamiento que nos correspondía, y yo seguía comiendo a diario las lentejas con arroz en las que obligaba a Amparo a acompañarme tres días a la semana, mi dieta también mejoró, porque de vez en cuando, en la olla caía algún chorizo, una costilla de cerdo o un poco de la carne que Experta seguía consiguiendo con los cubiertos de su señora. Cuando se terminaron, ella misma propuso reservar la cubertería de mi abuela para más adelante.

—¿Y entonces? —pregunté—. ¿Vamos a vender las bandejas de plata?

—Ni hablar, déjeme echar un vistazo, a ver qué encuentro. Resulta que ahora, en proporción, las cosas más inútiles son las que más valen.

Los perfumes de mi abuela, enteros o empezados. Los sombreros. Las plumas, los broches, los collares, incluso de bisutería. La asombrosa colección de cosméticos de Amparo y sus propios perfumes. Los mantones de Manila de ambas casas. Las figuritas de porcelana que acumulaban polvo en las vitrinas. Joyeros, cajas de música, encajes, chales, vestidos de noche, abrigos de pieles, cuadros y alfombras se fueron transformando en comida gracias a transacciones asombrosamente ventajosas.

—A ver, esto es lo que les gusta a las queridas de los estraperlistas, y de dónde lo van a sacar si no...

Experta tenía tanta razón que una polvera de nácar nos alimentó una semana, un bolso de malla de plata lleno de rotos, dos o tres días, y las levitas de don Fermín sirvieron para comprar tres litros de leche. La mejora de la alimentación de Amparo aparejó la de su sueño y entre ambas lograron derrotar al llanto, hasta que el semáforo empezó a estar siempre en verde. Su embarazo dejó de preocuparme, pero cuando su cara recuperó el color, sus sonrosados y rollizos mofletes de campesina brillando como la piel de una manzana después de un chaparrón, a ella empezaron a preocuparle otras cosas.

—¿Y si empiezo a tener antojos?

—Ni se te ocurra.

—De comer no, pero de lo otro sí que tengo... —me miró como si no tuviera la menor duda de que yo podría identificar al instante la clase de antojos de los que hablaba.

—Eso son las hormonas.

—Pues serán, pero... Este nerviosismo que tengo a todas horas tampoco puede ser bueno para el niño.

Amparo y yo volvimos a dormir juntos para que nuestra relación cambiara una vez más, encajando al fin en la normalidad que ambos habíamos esquivado desde el principio. Los seis últimos meses de su embarazo sostuvieron una época de convivencia plácida y risueña a la que ambos nos acomodamos más deprisa de lo que yo habría podido imaginar, quizás porque sin ser exactamente la mejor, era la única opción que teníamos.

Los dos estábamos demasiado cansados de pelear simultáneamente contra el otro y contra sí mismo. Cada uno tenía sus propios motivos para preocuparse y lo más fácil era dejarse llevar desde un presente del que sólo éramos responsables en parte, hasta un futuro que ignorábamos por igual. Así, como si estuviéramos ejecutando las etapas de un plan común, previamente trazado, ambos descansamos en el niño que iba a nacer, delegamos en él nuestros conflictos. Tuvimos que escoger nuevos personajes y no fuimos capaces de inventar nada original, comparable a la creatividad que habíamos derrochado en los antiguos. A Amparo le convenía hacer un poco de ejercicio, y con la primera insinuación de la primavera, si las sirenas no sonaban, nos atrevíamos a salir de paseo. Ella se colgaba de mi brazo, se llevaba una mano al vientre de pronto, como todas las embarazadas, y me miraba para invitarme al escenario en el que se había convertido nuestra vida. Entonces yo representaba el papel que un apuntador imaginario me dictaba a espaldas del público, y me detenía, me volvía hacia ella, estudiaba la mano posada en su vientre con un repentino gesto de inquietud. En aquella época circulaba poca gente por las calles, pero nuestros accidentales espectadores jamás habrían podido sospechar que estaban viendo una representación. Tal vez ni siquiera nosotros estábamos seguros de que aquellas escenas fueran ficticias, pero los dos sabíamos que bajo su sonrosado envoltorio palpitaban dos versiones antagónicas de la misma angustia. La de una guerra que parecía que no iba a acabarse nunca pero se estaba acabando y no pintaba bien para los míos. La de una guerra que estaba durando demasiado para que una victoria de los suyos llegara a tiempo de solucionar todos los problemas de Amparo en un instante.

—Guillermo, yo... Ya sé que te pido demasiado, pero...

El sexo, incentivado por el cóctel de hormonas en el que se había convertido su cuerpo y por el deseo que despertaba en el mío como si su voluntad supiera pulsar un botón que ni siquiera yo conocía, seguía siendo pavorosamente auténtico, la única verdad indiscutible, impermeable a la guerra, al embarazo, a los presagios de su victoria, de mi derrota, y un vínculo tan poderoso que rellenaba todos los huecos. Por eso, una noche de abril, Amparo no esperó a que me recuperara para volver a la carga.

—La verdad es que me preocupa mucho el niño.

—O la niña —fue todo lo que se me ocurrió añadir.

—El niño —insistió, con la misma certeza que había demostrado desde el primer momento—. Va a ser un niño, pero si al final tú tienes razón, si se tuerce algo... Yo sé que mis hermanas lo criarían como si fuera suyo, que no le faltaría de nada, pero ellas no saben que me he quedado embarazada y... Si un hijo de madre soltera se quedara solo, por lo que fuera, en plena guerra o después, si yo muriera en el parto, por ejemplo, y a ti te fusilaran o fueras a la cárcel... —aquel pronóstico me sorprendió tanto que me incorporé para mirarla—. Es sólo un decir, vete a saber lo que puede pasar, ¿no? Tú sabes cómo son las cosas, Guillermo. No es que un libro de familia lo arregle todo, pero si el niño acaba en una inclusa, como hijo de madre soltera, a lo peor se pierde su rastro y mis hermanas no saben dar con él, y... —no había dejado de mirarla, y vi que las lágrimas que se asomaban a sus ojos eran auténticas—. Igual, después de tanto trabajo para comprar comida y que nazca sano y todo eso, al pobre le toca ser un desgraciado toda su vida.

Amparo y yo nos casamos el 6 de mayo de 1938. De eso también se ocupó Experta, que después de hacer todo el papeleo actuó como uno de los dos testigos imprescindibles. Lo único que yo hice fue aportar al otro, mi jefe, que me llevó al Ayuntamiento en su propio coche, con un gesto tan risueño como si no le hubiera avisado de que aquella boda era un puro trámite, o como si supiera de antemano que el aspecto de la novia iba a darle la razón.

—¿Pero qué haces con esas flores, Amparo?

Aún no había cumplido el quinto mes y su tripa no abultaba demasiado, pero Experta le había hecho un traje nuevo combinando las telas de dos distintos, ambos negros, con un pliegue delantero que la estilizaba sin ocultar su embarazo. Estaba muy elegante, tan guapa que ni siquiera lo entendí, pero aún entendí menos el ramo de tres hortensias de color malva que la destacaban, más que el vestido, del resto de las novias que guardaban turno en la sala de espera.

—¿Pues qué voy a hacer? Vamos a casarnos, ¿no? —y me dedicó una sonrisa tan radiante como si aquel fuera el día más feliz de su vida.

—¿Cuánto te han costado esas flores, Experta?

Nunca me enteré, porque alguien gritó nuestros apellidos en ese instante. La ceremonia duró lo que un funcionario tarda en leer tres artículos del Código Civil y cuatro personas en firmar un papel, pero antes de que tuviera tiempo para levantar la pluma, mi flamante esposa me pidió que mirara al fotógrafo.

—¿Pero qué cojones...?

Era un soldado muy joven, que se sacaba unas pesetas cuando estaba de permiso con la cámara que le había regalado un brigadista, una flamante máquina extranjera montada sobre un trípode viejo, tan desvencijado que tenía que sujetarlo con la mano izquierda mientras pulsaba el botón.

—No jures, que vas a salir fatal.

—Pero... ¿A qué viene todo esto, Amparo?

—Pues, ¿a qué va a venir? —pero ella respondió en voz alta—. A nuestro hijo le gustará saber que sus padres estaban casados, ¿no?

Me callé, miré a la cámara y sonreí para acabar antes. Luego, cuando el juez nos felicitó y nos pidió que ahuecáramos, porque tenía a muchas parejas esperando, vi a Experta hablando con él y no quise calcular cuántas chuletas habríamos podido comprar con lo que nos había costado aquella boda.

—Bueno, pues ya está —resumí en la puerta, con el libro de familia en el bolsillo—. Nosotros tenemos que volver al hospital.

—Nada de eso —Amparo sonrió y miró a mi jefe—. Ahora vamos a casa a tomar un aperitivo que hemos preparado. Para banquete no había, pero...

—Pues claro que sí —aquella mañana, el doctor Quintanilla tenía ganas de juerga—. Tendremos que brindar, ¿no? —y me miró—. Es una orden.

Cuando le pedí que fuera mi testigo, estaba seguro de que percibiría que aquella no había sido una boda normal, entre novios normales, pero si fue así, se guardó sus percepciones para sí mismo. Estuvo muy cariñoso con Amparo, agradeció de corazón el vino que le sirvió Experta y, mientras me llevaba de vuelta al hospital, se comportó conmigo igual que un padre.

—¿Tú sabes lo que vamos a hacer? Dentro de un par de días, a la hora de comer, te vas a Maternidad y hablas con ellos. Que te dejen asistir a varios partos, y si puede ser, que te dejen hacer alguno.

—No hace falta, no es tan difícil —protesté—. En la carrera, ya...

—En la carrera, la mujer que paría no era la tuya, Guillermo, y el niño no era tu hijo. Hazme caso, anda. Los cirujanos estamos acostumbrados a trabajar con los pacientes dormidos, pero las parturientas no son tan educadas. Yo he traído a mis tres hijos al mundo y no te puedes imaginar lo que soltaba mi mujer por la boca, con lo modosita que parece...

El 11 de septiembre de 1938, Amparo abrió la suya para despertarme de un grito a las tres menos cuarto de la mañana.

—¿Han empezado los dolores? —le pregunté medio dormido.

—¿Los dolores? —el segundo grito fue ya un alarido—. Qué hijo de puta eres... Y lo peor es que me he meado.

Había roto la bolsa, pero no perdí el tiempo en explicárselo. Me levanté para ir al baño y en el tercer rugido me agarró de la muñeca y me preguntó adónde coño creía que iba. En ese instante, Experta, que vivía con nosotros desde que Amparo entró en el octavo mes, hizo honor a su nombre una vez más.

—Vaya usted a donde tenga que ir, señorito, que ya me quedo yo con ella.

Lo que pasó después fue normal y extraordinario, luminoso y sangriento, pero sobre todo emocionante. Nunca había vivido una emoción semejante, tan esencial y definitiva, tan profunda. El parto fue largo, pero fácil. El nacimiento del niño, un acontecimiento diferente, ajeno a la sangre, al sufrimiento, a los gritos de su madre y a mi propio nerviosismo. Al sacarlo a la luz de este mundo, yo todavía era un médico que estaba trabajando, un hombre preocupado por los riesgos del proceso que dirigía, dos manos concentradas en ejercer la fuerza justa, ni poca ni demasiada, dos ojos entrenados para examinar al recién nacido. Pero después de comprobar que no le faltaba ni le sobraba nada, después de calcular a

190

ojo que su peso, su tamaño, su vitalidad, eran normales, le envolví en un paño, le cogí en brazos, miré su rostro, sus ojos cerrados, sus puños apretados, y comprendí con una abrumadora claridad que siempre, para siempre, yo sería el padre de aquel niño, del muchacho, del joven, del hombre en el que se convertiría. Y que siempre, para siempre, él sería mi hijo.

—Ha sido niño, ¿a que sí? —la voz de Amparo me extrañó tanto como si de repente hubiera olvidado quién era, qué hacía allí, por qué se inmiscuía en aquel momento trascendental para mí y para mi hijo.

—Sí —pero me recobré enseguida de aquel olvido—, es un niño.

—Te lo dije —sonrió mientras levantaba los brazos abiertos—. Estáis muy guapos, pero dámelo, anda, que no le conozco todavía.

Cinco meses más tarde, en el asiento trasero de un coche que circulaba con pereza por el Paseo del Prado, dando vueltas y más vueltas entre Atocha y Cibeles, Manolo Arroyo me miró y frunció el ceño.

—Iba a recomendarte que no te encariñaras mucho con él, pero por lo que veo, llego tarde.

—Tú no tienes hijos, Manolo —fue lo único que se me ocurrió decir, pero él asintió como si no necesitara oír nada más.

—No, no tengo. Supongo que será muy bonito, muy importante y todo eso, pero... Y te has casado con la madre, claro.

—Sí —y a pesar de todo, sonreí—. ¿Me has investigado?

—No necesito investigarte, Guillermo —él también sonrió—. Me basta con conocerte.

Hizo una pausa más larga, le echó un vistazo al reloj y se giró en el asiento para mirarme de frente.

—Voy a tener que marcharme, pero antes voy a decirte una cosa que no te va a gustar. No te fíes de Amparo, Guillermo. No le cuentes que me has visto, no le enseñes la documentación que te he dado, ni el dinero, nada. No te fíes de nadie pero, sobre todo, ten cuidado con ella —y cuando estaba a punto de preguntarle por qué, le pidió al conductor que nos llevara al hospital y negó con la cabeza—. No vayas a pensar que la he investigado, es sólo una intuición pero... No sé si te haces una idea de lo que se nos viene encima. Y si tuviera que jugarme algo, me apostaría cualquier cosa a que Amparo no es de fiar.

Mi hijo se llamaba Guillermo, igual que yo, igual que mi padre y que mi abuelo. Era un bebé redondo, sonrosado y muy bueno, que mamaba, dormía, y no hacía otra cosa excepto existir. Pero su simple existencia era tan poderosa que yo me pasaba las horas muertas mirándole. Tal vez, si hubiera nacido en tiempo de paz, en cualquier otro momento que no hubiera convertido su presencia en un hecho casi milagroso, mi vínculo con él habría sido más débil, como el que había escuchado que los hombres mantenían con sus hijos. Tal vez, si hubiera estado enamorado de su madre, si mi relación con ella hubiera nacido de mi voluntad y no de la de los generales golpistas que habían provocado una guerra, mi hijo no me habría importado tanto. Pero yo estaba solo, mis padres no vivían, mi abuelo tampoco, no tenía noticias de mi abuela desde hacía más de dos años y, en aquel momento, Amparo y el niño eran para mí una sola cosa. Por eso no me gustó escuchar la advertencia de Manolo, aunque el disgusto no bastó para disipar el presentimiento de que seguramente tenía razón.

—Te digo lo mismo que antes —insistió—. Hazme caso, y si me equivoco, no habrás perdido nada. Porque van a pasar cosas muy feas, Guillermo, mujeres que entregan a sus maridos, hermanos que se denuncian entre sí, o a sus suegros, o a sus novias... Todo eso está pasando ya, y pasará aquí también, estoy seguro.

—Ojalá que no —fue todo lo que alcancé a decir y me sonó tan hueco, tan falso, que me asusté.

—Tengo que irme, ya llego tarde —estábamos delante de mi hospital—. Aparca aquí un momento, Paco, por favor.

Nos despedimos sin palabras, con un largo abrazo, pero antes de que volviera a meterse en el coche, bajé los escalones que acababa de subir.

—¿Puedo pedirte un favor, Manolo? El último.

—Claro.

—Verás, es que... —me acerqué a él y bajé la voz—. Aquí ya no tenemos de nada. Acabo de amputarle las dos piernas a un chaval sin anestesia, sin morfina, no he podido dormirle, y como has venido con el presidente, se me ha ocurrido... ¿Tú podrías conseguirme calmantes? Lo que sea, ahora mismo una caja de aspirinas sería un tesoro, no te digo más.

—Lo intentaré.

Tres cuartos de hora más tarde, me encontré al mismo niño que había venido antes sentado en el mismo banco, esperándome con un paquete encima de las piernas. Mientras le inyectaba una ampolla de morfina al hijo del alcalde de Fuentidueña, pensé que los dos habíamos tenido mucha suerte cuando me hice amigo de Manolo Arroyo. El 28 de marzo de 1939, aprendí qué significaba eso exactamente.

—Doctor García, ¿puede usted venir a hablar un momento conmigo?

Aquella mañana me tocaba visitar dos salas y cuando Quintanilla me interrumpió no había terminado con la primera, pero sus prisas no me alarmaron tanto como la protocolaria manera que escogió para dirigirse a mí.

—Claro —asentí con la cabeza y le seguí sin decir nada hasta el cuarto de baño de la primera planta—. ¿Vamos a hablar aquí? ¿Por qué no vamos a tu despacho, mejor?

—Porque... —abrió las puertas de los tres cubículos para comprobar que nadie podía escucharnos— yo ya no tengo despacho, Guillermo. Hace media hora se ha presentado un comité presidido por Francisco Arrieta. Han abierto la puerta sin llamar, me han dicho que tomaban posesión del hospital en nombre del glorioso Ejército Nacional y ni siquiera me han dejado recoger mis cosas. Todos llevaban una camisa azul debajo de la bata, y Arrieta, una pistola enganchada en el cinturón.

—Arrieta...

—Sí —mi jefe asintió—. Yo tampoco lo esperaba. No tenía ni idea de que tuviéramos a tantos aquí dentro.

Al día siguiente del golpe del coronel Casado, los franquistas empezaron a bombardearnos con pan casi a diario. No era la primera vez que lo hacían, pero lo que había llovido del cielo hasta entonces eran chuscos de pan negro, cuartelero. El 7 de marzo de 1939 empezaron a tirarnos panecillos tiernos y crujientes, cocidos con la harina blanca que ni siquiera Experta había podido comprar con cubiertos de plata. La primera vez que los vi, mi hijo llevaba tres días con décimas, una febrícula vespertina que no me preocupaba demasiado porque reflejaba la fiebre de su madre. Amparo tenía bronquitis, y en otras circunstancias le habría quitado el pecho al niño, pero no me decidí a hacerlo porque no teníamos otra forma de alimentarlo. Me concentré en curarla y crucé los dedos, pero al salir del hospital, coincidí con Paco Arrieta y se lo comenté, porque habíamos hecho juntos la carrera, siempre nos habíamos llevado bien y era uno de los mejores pediatras del hospital.

—Pues sí, has hecho bien, porque el remedio puede ser peor que la enfermedad. Mientras la fiebre no le suba de treinta y siete...

Mi colega se calló al contemplar un pequeño tumulto de hombres y mujeres que se disputaban unos bultos que caían del cielo, y avanzó unos pasos para recoger un paquete que había rodado hacia nosotros. El envoltorio de papel blanco llevaba impreso un retrato del jefe de los rebeldes, una bandera monárquica y una leyenda, EN LA ESPAÑA DE FRANCO, NO HAY UN HOGAR SIN LUMBRE NI UN ESPAÑOL SIN PAN.

—¡Qué cabrones! —exclamé, mientras Arrieta sacaba el panecillo y lo partía por la mitad.

—En fin, por lo menos, volveremos a comer —comentó mientras se llevaba un pedazo a la boca con una mano y me ofrecía el otro.

—No, gracias —rehusé—. No tengo hambre.

Cuando llegué a casa, una Amparo exultante, que había dejado al niño solo para bajar a la acera y recoger media docena de panecillos, me hizo el mismo ofrecimiento.

—No quiero —repetí—. ¿Y Experta?

—Se ha ido a su casa esta mañana. Como los comunistas andan a tiros con todos los demás, y ella tiene dos hijos luchando aquí mismo... ¡Qué estupidez!, ¿no? Que tenga que morir más gente ahora que todo está perdido.

En ese momento, se me ocurrió una idea absurda, la misma que reconquistó mi cabeza veinte días más tarde para que el doctor Quintanilla la descifrara con tanta claridad como si mi frente fuera un escaparate de cristal.

—Yo también lo he pensado —y me sonrió con amargura antes de ofrecerme una versión más sofisticada, mejor elaborada, del mismo descabellado razonamiento—. Acercarme al frente, conseguir un fusil, una buena cantidad de municiones, escoger una casa abandonada, un piso alto, una ventana, y dedicarme a matar fascistas según vayan entrando por la calle, hasta que me maten a mí. Es eso, ¿no?

—Sí —reconocí—. Cada vez tengo más ganas.

—Ya, pero es una gilipollez, Guillermo —se acercó a mí, me puso una mano en el hombro, me lo apretó—. Lo que tienes que hacer tú ahora es irte a casa y quedarte allí hasta que veamos en qué queda esto. En este hospital, aparte de los fascistas emboscados, hay bastantes médicos y enfermeras que nunca se han comprometido. Ellos se bastarán para gestionarlo todo durante unos días. A los demás os estoy mandando a casa, que es lo que voy a hacer yo ahora mismo, así que... Quítate esa bata —y él se quitó la suya—. Es una orden.

No me dejó pasar por mi mesa, recoger mis cosas, ni siquiera el abrigo. Vete a saber si no habrá alguno allí ya, me dijo, tomando posesión... Salimos por la puerta de las ambulancias a una ciudad distinta de aquella en la que nos habíamos despertado aquel día. En la acera de enfrente, habían florecido las banderas monárquicas en balcones donde nunca había habido ninguna, pero también en otros que habían ostentado la tricolor sólo unos meses antes. Las aceras, a cambio, estaban casi desiertas, y los pocos peatones que circulaban por ellas iban solos, caminando muy deprisa y mirando al suelo. Antes de sumarnos a ellos, Fortunato Quintanilla me dio un abrazo, y yo le correspondí con la emoción de ignorar si sería el último. Luego nos despedimos con pocas y las mismas palabras.

—Mucha suerte, Guillermo.

—Mucha suerte, jefe, y gracias por todo.

—Gracias a ti.

Después echamos a andar en direcciones opuestas, él hacia Legazpi y yo hacia Cibeles, para tomar luego Alcalá y subir, bordeando El Retiro, hasta la calle Velázquez. En esa esquina, Madrid volvió a transformarse ante mis ojos.

En mi barrio, la gente sí se había echado a la calle. El júbilo ruidoso de los franquistas que se asomaban a los balcones y se reunían en las aceras para levantar el brazo derecho, contrastaba con las siluetas oscuras de los fugitivos, todas esas familias de refugiados que habían ocupado los pisos de aquel distrito que se habían quedado vacíos en el verano del 36 y se marchaban ahora en dirección a ninguna parte, cargados con todo lo que tenían. Mientras esquivaba a los primeros, que ya me gritaban ¡Arriba España!, pero aún no me increpaban por no responderles, procuré parapetarme tras los segundos para avanzar pegado a las fachadas de los edificios. Mi casa estaba muy cerca, pero en la esquina de Hermosilla con Núñez de Balboa dejé de tener prisa.

Primero reconocí la bolsa de viaje de cuero tostado, ablandado por el uso, que un hombre metía en el asiento trasero de un coche. Sólo después reconocí a ese hombre, que me sonrió un instante antes de reunirse con su botín. Cuando quise fijarme en la persona que ocupaba el asiento delantero, contiguo al del conductor, ya habían desaparecido. En ese instante, antes de que mis enemigos proclamaran oficialmente su victoria, yo sentí que había perdido la guerra.

Amparo ni siquiera me había concedido el alivio de dejar la casa en orden. Después de abrirla con mi llave, tuve que empujar la puerta con el hombro para poder entrar, desplazando un montón de ropa tirada en el recibidor. Las superficies disponibles en el salón estaban llenas de objetos, como si hubiera vaciado todos los armarios para examinar su contenido antes de seleccionar lo que iba a llevarse. En el suelo del pasillo había cascotes, pero eso no me sorprendió. Yo había salido de mi casa a las ocho de la mañana y todavía no eran las dos. No habían tenido tiempo para hacer las cosas bien, y ya habían destrozado con un mazo la pared del despacho de mi abuelo para llevarse la caja fuerte entera cuando alguien trajo un soplete que no logró desprender la cerradura, aunque dejó en la habitación un espantoso tufo a pintura quemada. Finalmente debió de llegar un cerrajero que supo abrirla, porque así, abierta y vacía, me la encontré. Sólo se habían llevado el oro de don Fermín, pero las copias de los testamentos de mis abuelos, la escritura de la casa y otros documentos de mi familia estaban tirados en el suelo. Las huellas oscuras de los zapatos que los habían pisoteado me dolieron como una afrenta superflua, innecesaria, aunque en aquel momento no podía detenerme en ella.

Antes de acercarme al escritorio respiré hondo, pero al estudiarlo por encima, comprobé que no habían forzado la cerradura del único cajón que me interesaba. Había guardado esa llave en el llavero que llevaba siempre en el bolsillo, como solía hacer mi abuelo para preservar su obra literaria clandestina de la curiosidad de su mujer, y la usé para comprobar que el sobre que me había entregado Manolo un mes y medio antes estaba cerrado e intacto. A pesar de eso, lo abrí y revisé con cuidado su contenido para quedarme tranquilo. Después, volví a meterlo en el cajón, volví a cerrarlo con llave, y me pregunté qué iba a hacer. Durante tres días, estuve en casa con las persianas bajadas, no encendí ninguna luz y no fui capaz de responderme.

El cuarto, empecé a hacer una maleta pequeña, pero antes de llenarla, renuncié. Un hombre con una maleta siempre parece un fugitivo, y los fugitivos llaman demasiado la atención, así que rescaté del maletero de mi armario un maletín de médico que mi abuela me regaló cuando acabé la carrera y no había usado todavía. No quise pensar en la ironía que implicaba estrenarlo precisamente el primer día de mi vida en el que iba a dejar de ser médico, y metí en el fondo los cubiertos de plata que Experta no había tenido tiempo de vender. Deslicé la cédula de Rafael Cuesta Sánchez en el bolsillo de la americana donde había llevado siempre mi documentación, pero conservé el dinero republicano que había en mi cartera y guardé las divisas en un compartimento del maletín. Allí fueron a parar también algunas fotos de mis padres, de mis abuelos, y los documentos que habían pisoteado los asaltantes de su casa. Añadí un par de mudas, y por fin, pensé en mi hijo.

Todos los pronósticos de Manolo Arroyo se habían ido cumpliendo, incluso su convicción de que había llegado demasiado tarde para convencerme de que no me encariñara con el niño. Sólo había vivido con él seis meses y medio, pero con ese plazo sobraba para que jamás pudiera olvidar que existía, que era mi hijo, que yo era su padre. Al emprender camino hacia la nueva España, su madre había despreciado todas las pruebas que atestiguaban nuestra relación. El libro de familia, la partida de nacimiento y la foto de nuestra boda seguían estando en el mismo cajón donde yo los había ido dejando. Cuando decidí llevármelos, pensaba sólo en el futuro de un niño llamado Guillermo García Priego, en el papel que yo podría o no representar en él. En aquel momento no podía saber que mi hijo no iba a crecer con mi nombre ni con mi apellido, y mucho menos calcular que mi destino, el de otras personas, llegaría a depender algún día de que esos simples, inocentes documentos estuvieran en mi poder. Sólo me preocupaba encontrar el tren de madera que había lijado, pintado y reparado, pero eso, precisamente eso, era el único objeto relacionado conmigo que Amparo había decidido llevarse.

Esa elección, que garantizaba que su destinatario llegaría a recibirlo y a jugar con él, me reconfortó más que el papel arrugado que encontré debajo de mi cama mientras lo buscaba. «Madrid, 28 de marzo de 1939. Lo siento mucho, Guillermo», había escrito Amparo. «Yo no quería...» La última letra estaba deformada. La pluma había saltado sobre el papel y había hecho un borrón, como si alguien hubiera interrumpido a su autora antes de que tuviera tiempo de terminar la frase. Aunque no significaba nada, aquella nota acompañó en mi maletín a los documentos que probaban mi relación con la madre de mi hijo.

Antes de marcharme, me cagué en Dios y en todos sus muertos. Luego me comí los dos panecillos de Franco que seguían intactos, sobre la mesa de la cocina, desde que Amparo se marchó, porque llevaba un día y medio en ayunas y no había nada más en la despensa. El pan estaba duro, pero me supo mucho mejor de lo que me habría gustado. Cuando lo terminé, me puse un abrigo de mi abuelo que me quedaba ancho y corto, mucho peor que el que había perdido, cogí el maletín, salí al descansillo, tiré de la puerta sin echar la llave y tuve la suerte de no cruzarme con nadie mientras bajaba las escaleras sin mirar atrás.

En la lechería de la calle Ayala, me dijeron que el chaval que solía darle nuestros recados a Experta llevaba tres días sin ir a trabajar, pero me dieron la dirección de su casa.

Cuando pasé de nuevo por la que nunca volvería a ser la mía, vi a cuatro falangistas parados delante del portal. Uno de ellos llevaba un papel escrito a máquina. Cambié de acera y seguí andando, sin pararme a averiguar si mi nombre estaba en su lista.

Dos minutos después de entrar en aquel despacho, María Eugenia León descubrió que su innata elegancia le había jugado una mala pasada.

—¡Geni! —Pilar Primo de Rivera se levantó de la silla con una sonrisa que se desvaneció casi al instante—. ¿Cómo estás? ¿Y en casa? ¿Todos bien?

—Sí, todos muy bien —sólo entonces, mientras besaba las mejillas de la mujer más poderosa de España, se dio cuenta de que había escogido el color menos adecuado al propósito de su visita.

—Chica, como vas de luto...

—¿De luto? —María Eugenia miró la gardenia de seda rosa que llevaba prendida en la solapa de la chaqueta, los zapatos rojos, a juego con el bolso—. No voy de luto, sólo llevo un traje negro, Pilar.

—¡Ah!, bueno, me había asustado —pero la hermana del Ausente no esperó más para ofrecerle el esbozo de una sonrisa astuta y rígida, elocuente de que ya sabía ella por qué el negro entonaba tan bien con su ánimo—. ¿Y Esteban, ha vuelto de París? Pero siéntate, por favor.

Esteban Maroto era viudo, tenía treinta y tres años, y más dinero del que podría gastarse en su vida, cuando los padres de María Eugenia le entregaron la mano de su hija. Ella tenía dieciocho y medio, y antes de cumplir veinte tuvo un hijo varón, a los veintiuno, una niña, a los veintitrés, otro niño. Esteban, muy satisfecho de su rendimiento, que disipaba todas las dudas propias y ajenas sobre la esterilidad de su primer matrimonio, no esperó a que destetara al pequeño para explicarle cómo iban a ser las cosas en lo sucesivo. Lo nuestro no ha sido un matrimonio por amor, afirmó, y su mujer estuvo de acuerdo en eso, pero los dos estamos muy bien educados y tenemos la suerte de llevarnos bien, así que a ver si no lo estropeamos... A los veintitrés años, María Eugenia León volvió a dormir sola, a vivir sola con sus hijos en el ala derecha de un enorme piso de la calle Almagro, más de cuatrocientos metros cuadrados de los que su marido ocupaba el ala izquierda, aunque cuando quería compañía se instalaba en el ático, una vivienda que limpiaba una asistenta a la que su mujer no conocía y de la que sólo sabía que contaba con una terraza espectacular. María Eugenia lo veía solamente en las comidas, y eso los días en que no tenía una cita de negocios. Incluso cuando se quedaba a dormir en su mitad de la casa familiar, Esteban prefería cenar solo, aunque casi todas las semanas llevaba a María Eugenia a alguna fiesta de la alta sociedad madrileña, donde casi siempre había alguien interesado en cortejar su cuenta corriente. Los Primo de Rivera habían sido unos enamorados fieles, constantes, del dinero de Esteban, pero no por su interés, decían, sino por el de España.

—No, sigue allí todavía —María Eugenia se sentó y se esforzó en sonreír—. He vuelto yo, con los niños. Sus empresas francesas le tienen muy ocupado, no sé cuándo podrá volver.

—Bueno, tu marido le ha hecho un inmenso servicio a la causa nacional —al recordarlo, Pilar Primo sonrió de verdad, con toda la boca—. Ahora que hemos ganado la guerra, bien se merece unas vacaciones.

El 1 de julio de 1936, Esteban Maroto obligó a su mujer a irse con los niños a Haro. Allí, sus padres tenían una casa de campo rodeada de viñedos, cerca de la empresa familiar cuya expansión había provocado el matrimonio de su única hija con un socio dispuesto a invertir todo el dinero necesario para situarla a la cabeza de las bodegas de La Rioja. María Eugenia nunca discutía con su marido, pero le preguntó por qué no podían ir a Pamplona, como todos los años. Ella había nacido y se había criado en aquella ciudad. Allí tenía muchos amigos, una libertad casi ilimitada para entrar y salir mientras sus padres mimaban a los nietos. Allí, seguía siendo María Eugenia León, y no la señora de Maroto. En Haro también se sentía libre, pero su vida era más aburrida. Esteban lo sabía y nunca había limitado la libertad ni las diversiones de su mujer, pero en aquella ocasión no cedió, aunque a cambio le hizo una enigmática promesa. Si todo va bien, este año vas a poder pasar mucho tiempo en Pamplona, no te preocupes. Ella quiso saber por qué y su marido no quiso ser más explícito. Unos días más tarde les acompañó a la estación, les ayudó a acomodar el equipaje y les dio muchos besos a los niños, a ella los justos. No se habían vuelto a ver.

—Claro. Y precisamente por eso, porque nadie puede dudar de nuestra lealtad a la causa nacional, me he animado a venir a verte.

—Pues tú dirás...

Quince días después del golpe de Estado, cuando se mudó a la casa que sus padres tenían en Pamplona, María Eugenia León estaba satisfecha con su vida. Tenía tres hijos guapos, buenos, sanos, una vida repleta de lujos, toda clase de comodidades y el ánimo sereno. Sin haber sido nunca feliz con Esteban, tampoco había sido nunca desgraciada, y no conocía la clase de felicidad que debería haber echado de menos. Todo eso cambió de golpe una tarde de agosto de 1936, cuando su amiga Pili se levantó de la mesa en la que tomaban el aperitivo para saludar a dos falangistas uniformados que cruzaban la plaza del Castillo. Uno era su primo Arturo, al que María Eugenia conocía de toda la vida. El otro no era tan alto, ni tan corpulento como su camarada, pero tenía el pelo muy negro, la piel muy blanca, los ojos azules, del color del acero, y unos labios gruesos, sonrosados, que sabían curvarse en una sonrisa difícil de resistir. Se llamaba Fernando Villa Ruiz, era de Tudela, y al principio, Pili no pudo creer que su amiga no le conociera. Tuvo que hacer cuentas en alto para concluir que ella ya se había marchado de Pamplona para casarse cuando la familia de él se instaló en la ciudad. Aquel cálculo hizo evidente que en el verano de 1936, Fernando acababa de cumplir veinticinco años, cuatro y medio menos de los que tenía María Eugenia. A ella le sentó mal que su amiga fuera tan indiscreta, pero a él, que se sentó sin preguntar en la silla que estaba libre a su lado, la diferencia de edad le trajo sin cuidado de aquella tarde en adelante.

—Vengo a hablarte de Fernando Villa Ruiz —y aunque no le convenía que se notara, María Eugenia sintió una dulzura instantánea en el paladar al pronunciar ese nombre—. No sé si le conoces.

—Claro que le conozco —Pilar asintió con la cabeza como, si aparte de conocerle, supiera todo lo que había pasado, lo que estaba pasando, y lo que estaba a punto de pasar—. El camarada más guapo de Navarra.

María Eugenia no habría sabido decir si era el más guapo o no, y tampoco le importaba. La belleza era un detalle insignificante para definir al único hombre que existía en el mundo. Si Fernando, dulce y ácido, afilado y puro, risueño y grave, candoroso y maduro, merecía ese nombre, Esteban era apenas una sombra, un boceto tosco y descuidado, un intento fallido del modelo que su amante encarnaba. Al principio, ella no se lo podía creer, no lo entendía. No comprendía nada de lo que ocurría dentro de su cuerpo, que había sido capaz de concebir tres hijos sin haber llegado a ser nunca completamente un cuerpo, ni sobre su piel, que sólo empezó a existir cuando los dedos de Fernando la hicieron brotar de las cenizas del cuero insensible que la había suplantado hasta entonces, ni en su corazón, que latía con una fuerza torrencial e insospechada para llevárselo todo por delante. Fue su propio corazón quien la arrancó de la comodidad, de la serenidad del metrónomo frío, mecánico y exacto, que había marcado los días y las noches de lo que apenas había sido un simulacro de existencia, un indeseable sucedáneo de la vida verdadera que Fernando había sembrado, había cultivado y madurado, para regalarle una plenitud con la que ni siquiera había podido soñar. María Eugenia León sentía que había nacido la noche que Fernando Villa escogió para llevarla a su casa, para quitarle la ropa, para abrazarla y besarla antes de poseerla con una jubilosa emoción que nunca jamás había sentido nadie en este mundo. En ese instante, Fernando la había creado de la nada, porque antes no había existido.

—Bueno —¿y qué sabrás tú?, si a ti no te gustan los hombres, hija de puta—, eso no importa ahora...

María Eugenia cerró los ojos, apretó los dientes, desterró de su cabeza el pensamiento que se había apoderado de ella hacía un instante y recitó de un tirón la intervención que había escrito previamente, que se había aprendido de memoria y había ensayado durante días, antes de pedirle aquella cita a Pilar.

—Fernando es un falangista íntegro y honrado, tú lo sabes. Un camarada auténtico, de los que se afiliaron antes del 18 de julio, que sería capaz de dar la vida por la memoria de José Antonio. Sé que cometió un error, pero lo hizo con la mejor voluntad, por lealtad a la figura y a la doctrina de tu hermano. No debería haberse opuesto al decreto de Unificación en plena guerra, pero en aquel momento sintió que estaba haciendo lo mejor para Falange, que debía luchar para preservar su pureza, para impedir que se disolviera en esa unión con los monárquicos y los requetés. Ahora sabemos que el Movimiento Nacional ha hecho crecer la figura de José Antonio, pero en aquella época, él lo veía como un peligro para su obra, para su legado, y actuó de buena fe. Fue tan íntegro y honrado como siempre. Yo lo sé, porque en aquellos días lo veía con frecuencia.

—Ya lo sé —Pilar volvió a sonreír con una esquina de la boca—. En Pamplona no debía de hablarse de otra cosa, porque me enteré hasta yo, que estaba en Salamanca...

A María Eugenia León nunca le había interesado la política. En Madrid tampoco había sentido simpatía por los falangistas, porque aunque algunos le caían bien, en las reuniones a las que iba con Esteban siempre acababa en el corrillo de las mujeres, una marcial brigada de monjas alféreces que hacía equilibrios en una imposible cuerda floja, oscilando con primorosa habilidad entre la masculinidad y la ñoñería, su aristocrática cuna y su manía de servir. Desde sus caras lavadas con agua y jabón, sus trajes oscuros, sus moños apretados, Pilar y sus amigas miraban desde muy arriba las joyas y los vestidos, el maquillaje y los peinados con los que María Eugenia sólo buscaba estar guapa y complacer a su marido, una coquetería que les perdonaban de mil amores a algunas de sus camaradas, a ella jamás. Sin embargo, en la primavera de 1937, ella amó a Fernando también por su pasión, por el fervor que encendía sus ojos, las palabras incendiarias que estallaban en las reuniones clandestinas a las que le acompañaba para jugar un papel muy distinto al que solía reservarle Esteban. Fernando le explicaba lo que estaba pasando, le pedía su opinión, la abrazaba con fuerza cuando le daba la razón. Le pidió que le acompañara a Salamanca a entrevistarse con Manuel Hedilla, y ella no vaciló. Cuando le detuvieron, estaban juntos. Intentó que la detuvieran con él, pero los policías no se la tomaron en serio. Desde entonces, no había hecho otra cosa que luchar por Fernando, peregrinar de cárcel en cárcel, acudir a todos sus conocidos, presionar a todos sus amigos, llamar a todas las puertas, pedir, implorar, mendigar la ayuda que nadie había querido prestarle.

—¿Se puede? —María Eugenia identificó esa voz al mismo tiempo que Pilar.

—Pasa, Clarita.

—Es que quería enseñarte... —le recién llegada se paró en seco al verla—. ¡Geni! ¿Cómo estás?

—Muy bien —ella volvió a mentir, volvió a besar en las mejillas a una mujer que no le gustaba, volvió a afrontar el gesto de alarma fingida que agrandó sus ojos al fijarse en ella.

—¿Y Esteban? No le habrá pasado nada, ¿verdad? Como vas de luto...

—No voy de luto. Sólo llevo un vestido negro.

—Ya, en fin... —y Clarita Stauffer, mucho más ingeniosa, más graciosa y desenvuelta que Pilar, se atrevió a llegar más lejos que su jefa, para demostrar que en el glorioso esplendor de la Victoria, ni siquiera el dinero por el que tanto habían adulado y perseguido a Esteban en el pasado, tenía importancia ya—. Tu marido también podía haberse muerto de un atracón de *foie*.

Pilar estuvo a punto de atragantarse de risa al escuchar aquel comentario, y ya no volvió a sentarse. De pie, junto a Clarita, dirigió a María Eugenia una mirada aún risueña antes de despedirla.

—Geni ya se iba. Ha venido a interesarse por Fernando Villa, sabes, ¿no? —la señorita Stauffer asintió con la cabeza, porque ella también sabía—. Pero no podemos hacer nada por él. Como solía decir Manuel Hedilla, tan buen amigo suyo, por cierto, en Falange, las equivocaciones se pagan.

—No —su amiga la corrigió con suavidad—, lo que decía Manolo es que en Falange, las rebeliones se castigan.

—Bueno —sentenció Pilar—, lo mismo da.

María Eugenia León se levantó de la silla y salió de aquel despacho sin decir nada, cerrando la puerta cuidadosamente a su espalda. Al salir del edificio donde había quemado en vano su último cartucho, sintió que el mundo se hundía bajo sus pies, pero no era así. Al llegar a casa, intentó escribir una carta a Fernando y no fue capaz. Le amaba tanto que se prohibió a sí misma el consuelo de la autocompasión, pero sabía muy bien lo que la esperaba.

El 15 de julio, Esteban al fin volvió de París. Estuvo más cariñoso que de costumbre, y no le preguntó por qué estaba sola en Madrid y no en casa de sus padres, con los niños, aunque le pidió que le acompañara a Pamplona al día siguiente porque tenía muchas ganas de verlos. Era una forma de anunciarle que la fiesta se había terminado, pero también una garantía de que no iba a hacerle reproches. Ella agradeció su elegancia más que cualquier regalo, y no pudo oponerse a aquel viaje. La cárcel de Alicante estaba demasiado lejos de Navarra como para que María Eugenia intentara ir a ver a Fernando. Cuando volvió a Madrid, le habían trasladado ya al destacamento penal de Formentera.

Allí no duró mucho. En el invierno de 1941 murió de una neumonía, fruto del hambre, de los trabajos forzados, de la insalubridad del campo donde vivía. Tenía treinta años. Su padre reclamó su cuerpo para enterrarlo en el panteón familiar de Tudela, y las autoridades le comunicaron que ya le habían dado sepultura en la isla. Su amante nunca pudo llevar flores a su tumba.

Mientras María Eugenia volvía a la muerte en vida de la calle Almagro, a las fiestas y recepciones donde ahora eran los generales, y no los falangistas, quienes cortejaban a Esteban por su dinero, mientras su cuerpo dejó de ser completamente un cuerpo, y su piel recuperó la condición del cuero, y su corazón se encerró por su propia voluntad en la caja de madera de un metrónomo, sólo una idea mantuvo la temperatura de su sangre estable, su cabeza despejada.

María Eugenia León vivía esperando una ocasión para vengarse.

II
Procesos infecciosos

El oficial encargado del reclutamiento le dio la bienvenida con una sonrisa.

—¿Nombre?

—Jan Schmitt de Wandaleer.

Para él era importante alistarse con su nombre completo, porque esas cuatro palabras le definían completamente. Se llamaba Jan porque su madre se había reservado el derecho a escoger el nombre de su primogénito. Se apellidaba Schmitt porque su padre era alemán. Y no se reconocía sin su apellido materno porque siempre había usado los dos detrás de su nombre.

—¿Es compuesto? —le preguntó el teniente con un gesto de extrañeza.

—No. Schmitt es el apellido de mi padre. De Wandaleer es el de mi madre.

Marijke de Wandaleer había nacido en un cuarto pequeño e interior del barrio porteño de La Boca. Sus padres, que la esperaban ya al abordar el barco en el que partieron de Amberes en 1891, sólo encontraron hueco en un piso donde vivían otras dos familias, ambas italianas, católicas, ruidosas y cargadas de hijos. Hartos de las canciones de las mujeres, de los gritos de los hombres, del llanto de los niños y del perpetuo olor a tomate frito que impregnaba hasta el último rincón de aquella casa, los De Wandaleer, protestantes, puritanos, austeros y muy serios, se mudaron tan pronto como pudieron a un conventillo del barrio de San Telmo. Allí contaban al menos con una vivienda propia, aunque siguieron compartiendo patio con inmigrantes italianos y, por si eso fuera poco, con españoles no menos católicos, ni cantarines, ni prolíficos, ni ruidosos. En aquel caos de la calle Defensa creció Marijke, la mayor de sus tres hijos, una niña pálida, de pelo rojizo, que siempre estaba sola porque a sus padres no les gustaba que jugara con los niños meridionales, morenos y descalzos, que chillaban, y corrían, y bailaban, y se peleaban a todas horas en el patio de su casa. Cuando su hija ya se había aprendido de memoria *O sole mio* y *Asturias, patria querida,* canciones que jamás se atrevería a cantar en voz alta, Peter de Wandaleer había prosperado lo suficiente como para alquilar un piso de tres habitaciones en la calle Perú, con un pie en San Telmo y otro en el reconfortante barrio Centro, no demasiado lejos de la plaza de Mayo. El almacén de exportación de grano que había montado con otros tres socios, dos alemanes y un belga de Lovaina, ya daba para eso y daría para mucho más, hasta convertirse en una referencia fundamental para los inmigrantes que llegaban a Buenos Aires desde el norte y el centro de Europa.

—¿Tu padre es alemán? —el oficial, que conocía de vista a Jan porque ambos militaban en el mismo partido, la Unión Nacional Flamenca, intentó encontrar una explicación para el capricho que iba a obligarle a añadir un apellido a mano en la ficha de aquel recluta.

—Era alemán. Murió hace siete años, pero lo de usar los dos apellidos no es por eso. Yo nací en Buenos Aires y allí siempre me he llamado Schmitt de Wandaleer —al declararlo, irguió los hombros y levantó la barbilla como si estuviera a punto de cuadrarse—. Soy alemán y flamenco a partes iguales. Estoy afiliado a las Juventudes Hitlerianas y podría haberme alistado en cualquier otra división de las SS, pero he escogido la Legión Flamenca porque me siento orgulloso de mis dos estirpes.

—Por supuesto —el oficial miró a aquel joven flaco de pelo rojizo, el rostro redondo, lampiño y sembrado de pecas que le habría dado un aire todavía infantil si un brillo fanático no alumbrara sus ojos, y se avergonzó de haberle hecho tantas preguntas—. No hay problema.

Klaus Schmitt escapó de milagro a la Gran Guerra que hizo pedazos a su familia. Hijo menor de un próspero joyero de Hamburgo que murió en 1913 sin haber logrado hacer carrera de él, decidió emigrar a los veinticuatro años, cuando su hermano mayor, Johann, se hizo cargo del negocio familiar y se negó a darle su parte de la herencia, con el pretexto de que la empresa necesitaba inversiones constantes para mantenerse a flote. Klaus, el niño mimado de la casa, que siempre había recibido más y había rendido mucho menos que los demás, se llevaba muy mal con Johann y no quiso aceptar su oferta de empezar como aprendiz e ir subiendo poco a poco, como había hecho Martin, que ya era jefe de taller. El mellizo de Martin, Josef, se había librado de la joyería gracias a su título de abogado. Klaus había dejado el colegio antes de tiempo y no tenía oficio ni ganas de aprenderlo, pero contaba con su propio capital, un tesoro congénito y gratuito que ya le había sacado de apuros otras veces. Cuando desembarcó en Buenos Aires, alto, apuesto, corpulento, con el pelo muy rubio y los ojos tan azules como cualquier muchacha porteña pudiera soñar en un hombre alemán, llevaba en el bolsillo la dirección de la Exportadora Europea de Granos y Semillas. La secretaria que le recibió, una chica coqueta y alegre, se llamaba Helga. Era hija de uno de los socios alemanes de la empresa y Klaus tonteó con ella durante unos meses pero, decidido a obtener la máxima rentabilidad de su belleza física, acabó escogiendo a la pálida y delicada Marijke, que no era demasiado atractiva y, precisamente por eso, recompensó su elección con una entrega sin condiciones, la perruna devoción de una esposa que nunca tuvo otra ambición que hacerle la vida agradable.

—Entonces... —cuando el oficial consiguió anotar su nombre completo a mano, se quedó pensando y miró a Jan—. Hablas alemán. Y español, claro.

—Perfectamente. También hablo italiano más o menos, como todos los argentinos —y el recluta al fin sonrió—. No lo he estudiado nunca, pero puedo defenderme.

Martin Schmitt murió en Verdún pocos días después de que Jan cumpliera seis meses. Marijke volvió a quedarse embarazada enseguida, y cuando Klaus honró la memoria de su hermano muerto bautizando con su nombre a su segundo hijo varón, el mellizo de Martin, Josef, vivía ya en una silla de ruedas. Johann se había librado de ir al frente, pero la derrota alemana le arruinó. En 1921, cuando su sobrina Josefine tenía tres años, tuvo que cerrar el taller y la tienda, porque no podía pagar los intereses que le reclamaban los dos prestamistas judíos a quienes había recurrido para liquidar los créditos que había contraído previamente con diversos bancos. Recurrir a aquellos préstamos privados, de interés muy elevado, había sido un suicidio. Johann debería haber vendido la empresa para cancelar sus deudas y empezar de nuevo, pero ni él, ni su hermano menor, pensaron por un momento que los culpables de su ruina fueran sus propios errores, y no los judíos que acabaron quedándose con el negocio por impago. El mayor de los Schmitt se ahorcó dos meses después de perderlo todo y Klaus no tuvo más hijos. Los tres que ya vivían se criaron escuchando los lamentos de su padre, la amargura con la que se preguntaba a todas horas para qué había muerto Martin, para qué había perdido las piernas Josef, para qué se había suicidado Johann, y la furia con la que se respondía que su desgracia sólo había servido para enriquecer a los judíos. Los tres lo escucharon muchas veces, los tres aprendieron sus palabras de memoria, pero sólo Jan heredó las deudas de Klaus Schmitt. Sólo en él prosperó su odio.

—¡Vaya! Pues sí que eres políglota... —el oficial giró el carro de la máquina de escribir para avanzar hasta el apartado de observaciones—. Voy a incluirlo en tu ficha, no tenemos a muchos como tú por aquí.

—Bueno, lo que yo quiero es ir a luchar al frente ruso —objetó Jan—. No sé para qué me van a servir los idiomas allí.

Cuando Adolf Hitler conquistó el poder, Klaus Schmitt rejuveneció como si hubiera bebido una pócima milagrosa. Su rostro recordó que era bello, su cuerpo recuperó su apostura, su espíritu, el orgullo que había perdido. Todavía era un hombre joven, pero en marzo de 1933 le confesó a su hijo mayor que no aspiraba a experimentar una alegría semejante en lo que le quedaba de vida, que ya podía morir tranquilo. Al escucharle, Jan se echó a reír. ¿Cómo vas a morirte precisamente ahora que vamos a volver a Alemania? Ese era el anhelo secreto que ambos compartían, pero Klaus no tuvo tiempo de cumplirlo. Contra todo pronóstico, murió en 1935, a los cuarenta y seis años, de una dolencia cardíaca que le fulminó una mañana, en la puerta del almacén, aunque él mismo ignorara su existencia. Jan le lloró más que sus hermanos, pero menos que Marijke, que durante muchos meses se comportó como si el mundo hubiera muerto con Klaus y estuviera enterrado en su misma tumba. Sin embargo, en 1936 empezó a prestar atención a su hijo mayor. Tenía mucho dinero, estaba triste, cansada, los socios de su marido le habían hecho una oferta muy generosa para comprar su parte del negocio y en Buenos Aires todo le recordaba que era viuda. Por eso se dejó convencer por Jan, pero no del todo. Sin recordar que ella había nacido en La Boca, anunció que estaba dispuesta a volver a Europa, pero no a Alemania, un país donde carecía de amigos, de familia, sino a Flandes, donde vivía desde hacía años su hermano Geert. Jan protestó, invocó la memoria de su padre y se conformó muy deprisa, porque Amberes, pensó, estaba mucho más cerca de sus primos de Hamburgo que de Buenos Aires. Sin embargo, y en contra de todo lo que a él le parecía natural, sensato y razonable, sus hermanos no le pusieron fácil aquel viaje.

—Eso nunca se sabe. Yo tengo la obligación de hacer constar en la ficha cualquier habilidad especial de cada soldado. Cuando llegues al frente, ya decidirán los mandos qué hacen contigo.

—Pero iré a Rusia, ¿no? —el oficial asintió con la cabeza—. Tengo entendido que nos van a enviar al frente de Leningrado —y volvió a asentir.

Jan Schmitt de Wandaleer estaba muy orgulloso de sus dos estirpes, pero sentía que la genética no había sido justa con él. Podría considerarse que no era bajo, aunque su estatura apenas sobrepasaba la media en dos o tres centímetros, y tenía los ojos muy azules, pero por lo demás era una réplica casi exacta de su abuelo Peter, el padre de su madre. El pelo del color de las zanahorias y las pecas del mismo tono imprimían a la blancura de su piel una pátina levemente anaranjada, distinta del rostro de porcelana, el esplendor blanco y sonrosado que Martin había heredado de Klaus Schmitt. Jan envidiaba la perfección genuinamente aria del rostro y el cuerpo de su hermano, que a los veinte años no se distinguía de los retratos juveniles del padre de ambos. Y sin embargo, Martin, que había empezado a acentuar la i de su nombre en la escuela, y había instalado una parrilla en el jardín de su casa, y llamaba pebetas a las muchachas, y salía de noche con la camisa abierta, sin corbata, para bailar tango con mujeres desconocidas, mayores que él, en locales oscuros de calles que su madre no había pisado jamás, se echó a reír cuando Jan le dijo que se iban a vivir a Bélgica. Che, dejame tranquilo, no me rompás las bolas, pelotudo... A Josefine, que acababa de cumplir dieciocho años, no le quedó más remedio que acompañarles, pero no les dirigió la palabra en toda la travesía, que pasó encerrada en su camarote, escuchando discos de Gardel para llorar al mismo tiempo por su destino y por la muerte de su cantante favorito.

—Pues esto ya está —el oficial sacó el formulario de la máquina de escribir, lo firmó, lo selló, se quedó con el original y entregó la copia a Jan—. Ya eres un soldado de la Legión Flamenca, y con todos tus apellidos. Enhorabuena.

—Gracias —el recluta se cuadró, hizo el saludo fascista y se acordó de Klaus—. A mi padre le habría encantado estar hoy aquí, conmigo.

A Marijke, en cambio, no le hizo ninguna gracia. Jan era su consuelo, su única compañía tras el abandono de Josefine, que al poner un pie en Amberes volvió a hablar, pero sólo para quejarse del frío, de la humedad, de la oscuridad, del tamaño de las calles, de la escasez de teatros y del aburrimiento de una ciudad que compensó con creces, a cambio, la pasión del único Schmitt de Wandaleer que jamás se había sentido porteño. En mayo de 1936, cuando apenas llevaba veinte días viviendo en Europa, la Unión Nacional Flamenca, ultranacionalista y filonazi, obtuvo dieciséis escaños en las elecciones generales donde el Partido Rex, la rama valona y aún más poderosa del mismo movimiento, logró veintiuno. Eran unos resultados apabullantes para dos partidos recién nacidos, una promesa de glorias venideras y la señal que Jan esperaba para sentirse en casa. Pronto comprendió que Amberes era un lugar tan bueno como cualquier otro para luchar por una Europa unida bajo la autoridad del Führer y abandonó la idea de mudarse a Hamburgo. En 1939, su hermana aprovechó ese fervor para fugarse dejando una nota escrita en español. «No te preocupés por mí, vieja, que voy a estar muy bien. Martín cuidará de mí. Os quiero mucho, pero acá no puedo vivir, Josefina.» Al leerla, Jan montó en cólera, pero su madre le prohibió recurrir a la policía. Prefería la distancia al odio de dos de sus hijos.

—Ya está, madre, ya soy un soldado de Europa —al volver a casa, abrazó a Marijke, la besó muchas veces, sonrió—. Papá habría estado muy orgulloso de mí. Dime que estás orgullosa tú también.

Marijke miró a Jan, le devolvió el abrazo, los besos, y no dijo nada. Temía por la suerte de su primogénito, pero lo que estaba viendo en sus ojos le inspiraba un temor más profundo.

En ese momento, empezó a preguntarse por qué se le habría ocurrido a ella abandonar Buenos Aires, la ciudad donde había nacido y había crecido, donde se había casado y había sido feliz.

La respuesta fue tan sencilla como comprar un pasaje de primera clase en el primer transatlántico que zarpó de Amberes en dirección al Río de la Plata, de donde jamás volvió.

Palacio de Pokrovskaya, frente de Leningrado, Nochebuena de 1942

A las cuatro de la tarde, Adrián Gallardo Ortega se encerró en el antiguo tocador de la zarina, la estancia que le habían asignado como vestuario en el palacio donde la División Azul había instalado su cuartel general.

Estaba solo. El capitán Junquera y el teniente Gutiérrez, lo más parecido a un equipo que había logrado reunir en Rusia, habían bajado al despacho del coronel para intentar aplacar al padre Arribas. El capellán de la brigada había puesto el grito en el cielo al enterarse de que aquella noche, justo antes de la cena de Nochebuena, la tropa iba a disfrutar de un espectáculo tan poco navideño como un combate de boxeo. Mientras masticaba lentamente uno de los dos polvorones que contenía el paquete que la Sección Femenina había enviado a cada divisionario como regalo de Navidad, Adrián sólo deseaba que se saliera con la suya.

Bilbao estaba muy lejos. Los carteles que habían anunciado aquel combate en todos los cuarteles de Vizcaya, la gabarra engalanada, los generales sentados en primera fila, las lágrimas de orgullo en los ojos de su abuelo, parecían escenas de una vida inventada, tan falsa como un combate amañado, entre aquellas paredes forradas de seda púrpura que brillaban como la piel de las cerezas escarchadas, no crujientes de azúcar, sino de hielo. La estufa que un furriel había instalado unas horas antes ardía como una caldera de Satanás, pero apenas era capaz de entibiar una esquina de la estancia. Allí, sentado en un banco, Adrián paladeaba despacio la dulzura de las almendras y la miel, un sabor incapaz de compensar la amargura de su espíritu.

Todo había salido tan mal como si la condición de la victoria de Franco hubiera sido la derrota del Tigre de Treviño. La diminuta y traicionera semilla del fracaso había acechado en cada uno de sus movimientos desde los risueños días posteriores a su triunfo. En la primavera de 1938 se emboscó entre aplausos y halagos para espiarle en Bilbao, donde el campeón del Ejército Nacional no podía entrar en ningún restaurante sin que los comensales se levantaran para corear su nombre. En el verano de la Victoria, compartió con él el fastuoso recibimiento que le ofreció su pueblo, el apeadero de La Puebla de Arganzón abarrotado de gente, la banda municipal tocando el himno franquista, el alcalde esperándole con todos sus concejales. Pero no estrechó el cerco hasta el siguiente invierno, en un Madrid que estrenó 1940 sin haber oído hablar jamás del joven Garrote, y donde el capitán Ochoa había vuelto a ser simplemente don Antonio en el suntuoso edificio de la calle Velázquez cuyo portero le obligó a subir por la escalera de servicio.

—¡Qué sorpresa, chico! ¿Qué haces tú por aquí?

Luego le ofreció un café, le presentó a su mujer, le advirtió que tenía que marcharse en diez minutos y levantó las cejas por primera vez.

—Y por cierto, ¿cómo has conseguido mi dirección?

—Me la han dado en el Ministerio del Ejército —su antiguo protegido respondió con cierto temor—. No querían, pero he visto por el pasillo a un alférez que estuvo en el combate de Bilbao, me ha reconocido y...

—Claro, hombre —Ochoa se relajó—. Si es que te hiciste muy famoso. Lo pasamos bien, ¿eh?

—Sí, y por eso he venido. En mi pueblo no tengo nada que hacer, ¿sabe usted? Mi familia está bien situada, pero mi padre se basta y se sobra para llevar las fincas, y a mí no me tira el campo, mi capitán. Yo lo que quiero es ser boxeador. Tengo algunos ahorrillos y si usted me echara una mano...

Ochoa levantó de nuevo las cejas, abrió la boca, volvió a cerrarla. A Adrián nunca le había sobrado inteligencia, pero la que tenía le bastó para adivinar que su anfitrión había estado a punto de mencionar un golpe bajo, aquella trampa que él apenas recordaba como una imagen dudosa, tanto se había esforzado en olvidarla. Sin embargo, las cejas de su protector volvieron pronto a su sitio, la sonrisa a sus labios y, con ella, la serenidad al ánimo de Adrián.

—Pues sí, por supuesto, veré qué puedo hacer... —porque don Antonio se acordó a tiempo de que las hormigas habían conquistado ya su brazo izquierdo y a veces enviaban una avanzadilla que llegaba hasta la mitad de su espalda—. Un poco de diversión no nos vendrá mal. Lo primero será encontrar un buen gimnasio, ¿no? Haré algunas llamadas, a ver qué encontramos...

La Gimnástica Ferroviaria no era sólo un buen gimnasio. Aquel bajo de la calle Barbieri, donde entrenaban boxeadores profesionales y aficionados, era el mejor de Madrid y el escenario donde Gallardo y Ochoa revivieron los buenos tiempos de Portugalete durante una larga temporada, aunque esta vez don Antonio no llegó a pisar el ring. Escogió para Adrián un entrenador con prestigio y experiencia, un ex legionario de aspecto tan siniestro que podía permitirse un mote infantil con la certeza de que nadie se atrevería jamás a tomarle el pelo.

Juan Manuel Suárez, más conocido como Pirulo, estaba al borde de los cuarenta años, había boxeado como profesional antes de la guerra, y en noviembre de 1939 había hecho guantes con Max Schmeling, campeón del mundo de los pesos pesados, que había venido a Madrid con su esposa, la actriz Anny Ondra, en una gira de propaganda organizada por la embajada nazi. Cuando el alemán visitó la Gimnástica Ferroviaria, Pirulo posó con él para los fotógrafos, y aunque no había sido un verdadero combate, ni siquiera un entrenamiento, atesoraba aquel recuerdo como uno de los más preciosos de su vida. Llevaba siempre encima, en la cartera, las fotos que lo atestiguaban, Schmeling y él con calzones y guantes, amenazándose mutuamente mientras fingían tantearse, y posando después abrazados, muy sonrientes.

—¡Qué tío! —recordaba en voz alta mientras las iba sacando de una en una, con mucho cuidado, de sus envoltorios de papel de seda—. ¡Qué fuerza, qué potencia, qué inteligencia! Un caballero, y su mujer... Rubia, blanca, con un cuerpazo y dos ojos azules que no le cabían en la cara. Una sirena, mira lo que te digo, una princesa. La que se merece Max, ni más ni menos.

Cuando Pirulo lo aceptó como discípulo, Adrián se pateó El Rastro de domingo en domingo hasta que encontró un cromo con el retrato de Schmeling coloreado a mano. Al principio, dudó de que el púgil de aquella fotografía fuera el ídolo de su entrenador, porque esperaba a un hombre rubio de ojos claros y encontró a uno moreno de ojos oscuros, pero el reverso lo identificaba como Campeón Mundial de los Pesos Pesados en 1930. El dueño del cromo le pidió un precio exorbitante y Adrián, que no sabía regatear ni que eso era lo que el vendedor esperaba que hiciera, lo pagó sin rechistar para volver corriendo a la pensión y colocarlo bajo un barrote de la cabecera de su cama. Max Schmeling veló los sueños del Tigre de Treviño durante los dos años que vivió en Madrid, pero no consiguió convertirle en un campeón.

—¡Muy bien, chaval, muy bien! Dale ahí, dale... —Pirulo tampoco—. Pero eso no, hombre, ¿qué te tengo dicho? ¡Mueve esos pies, coño!

Adrián hacía todo lo que su entrenador le ordenaba. Se levantaba de madrugada, desayunaba lo que correspondía, se iba a correr, luego al gimnasio, dormía una siesta, volvía al gimnasio, cenaba como un fraile y se metía en la cama a las nueve en punto. No cedió a la tentación de una caloría más, ni de un metro menos, ni siquiera cuando Pirulo decidió cambiarle de categoría, no tanto para sacarle el máximo partido a su potencia como para minimizar los efectos de su falta de agilidad. Pasar de los semipesados a los pesados representó un esfuerzo adicional y un cambio acelerado de todas las pautas, pero Gallardo lo cumplió a rajatabla para granjearse la admiración de algunos de sus compañeros de gimnasio, la burla de la mayoría.

—Pero ¿tú qué te has creído, que esto es un Seminario?

Adrián encajaba las bromas tan bien como los golpes y no vacilaba. Tampoco se apartó un milímetro de su programa hasta que consiguió el título de campeón provincial de los pesos pesados en el circo Price, a mediados de mayo de 1940, con don Antonio Ochoa y sus amigos aplaudiendo en la primera fila.

—Vamos a ver, Adrián —le había insistido Pirulo—. Tú eres

una bestia, una máquina, ¿entendido? Ninguno de tus contrincantes es tan fuerte como tú, así que no pierdas el tiempo en pensar. Tú sales ahí, te vas derecho a por ellos y los noqueas en el primer asalto, sin más tonterías. ¿Está claro?

Adrián no receló de los consejos de su entrenador, que ya había descubierto que pensando nunca llegaría muy lejos. Le resultó bastante fácil noquear al campeón anterior en el minuto dos, y cuando el árbitro levantó su brazo derecho, se dio cuenta de que aquel combate no estaba amañado. Quizás por eso, la victoria de Madrid le supo mejor que la de Bilbao, aunque esta vez sólo hizo dos entrevistas y nadie le reconoció, ni le aplaudió por la calle. Pirulo le felicitó lo justo, pero le invitó a comer antes de mandarle a su pueblo a pasar el verano.

—Hoy come lo que quieras, Tigre, te lo has ganado. Puedes descansar unos días, pero sin pasarte, ¿eh? Aquí —le tendió una carpeta por encima de la mesa— te he apuntado lo que tienes que hacer, dieta, ejercicio, comba, carreras, todo... El 25 de agosto te quiero en Madrid y en forma, para preparar el Campeonato de Castilla, porque ese título no se nos puede escapar. En tu pueblo no habrá gimnasio, ¿no?

—No, señor. Yo creo que el más cercano estará en Miranda de Ebro, pero son trece kilómetros.

—Bueno, si los haces corriendo... —y cuando Adrián estaba a punto de preguntar si sólo la ida, o la ida y la vuelta, sonrió—. Era una broma, Gallardo.

En aquella comida, el campeón de Madrid apenas probó el vino, pero su entrenador se emborrachó, porque él también se lo había ganado. Por eso, después del postre, se atrevió a hacerle una pregunta que le rondaba por la cabeza desde que Ochoa se lo presentó.

—Y ahora que estamos en confianza... Dime una cosa, Tigre —se inclinó hacia delante y miró los ojos limpios, inocentes, de un buen chico de veintitrés años que no parecía haberse despedido aún de la adolescencia—. ¿De verdad tumbaste a Navarro en Bilbao? —Adrián se limitó a asentir y Pirulo fue un poco más allá—. No te ofendas, pero... ¿Fue un golpe limpio, o...?

—Lo tumbé —Gallardo contestó con voz firme, pero rehuyó

la mirada de su entrenador—. En el quinto asalto. El puerto de Bilbao estaba lleno de gente, pregúntele a quien quiera.

—Ya, ya. No, si... —Pirulo se frotó la frente con una mano, buscó una salida, no la encontró, se sirvió otra copa—. No te ofendas, Adrián, yo no tenía intención... —y la apuró antes de seguir hablando—. Me alegro de que lo tumbaras. Conozco a Navarro desde antes de la guerra. Es un buen boxeador, pero un mal tipo, un señorito hijo de puta y un atravesado. Eso es lo que le mueve cuando se sube al ring, la mala hostia que lleva dentro, pero no hace falta ser malo para llegar a campeón. Schmeling es muy buena persona, igual que tú.

La última copa en la que buscó consuelo para su atrevimiento emborrachó definitivamente al antiguo legionario, que se lanzó a hablar sin ser muy consciente de las consecuencias de lo que estaba diciendo.

—Yo lo sé porque cuando vino al gimnasio, con su mujer... Ella es muy guapa, ya sabes, y el caso... —levantó la mano, llamó a un camarero, le pidió una copa de coñac con la voz empastada por el alcohol—. Esto no se lo he contado nunca a nadie, chaval.

Adrián no prestó demasiada atención a aquel relato. Mientras lo escuchaba, rígido en la silla, las manos ocultas bajo el mantel para esconder sus puños cerrados, las uñas clavándose en las palmas, sólo pensaba en Alfonso Navarro, en su pelo engominado, en sus dientes blanquísimos, en el agudo acento con el que le había llamado palurdo de mierda.

Hacía mucho tiempo que lo esperaba. Presentía que aquella historia no había terminado, que Navarro volvería a cobrarse su deuda algún día. Ochoa le había quitado importancia, tranquilo, hombre, a ese ya no lo vuelves a ver, y durante algunas semanas, mientras el éxito parecía sólido como una manzana que se dejaba comer a mordiscos, logró creer que así sería. Pero aquella luz se apagó muy deprisa, y después de la guerra, a solas con las pequeñas rutinas de su vida cotidiana, Adrián empezó a pensar en Navarro, a temer y desear por igual su retorno. Por él había decidido seguir boxeando, por él se había hecho profesional, y no sabía si buscaba redimirse con un combate limpio o conquistar una serenidad definitiva, pero jamás habría imaginado que pudiera resucitar en la voz de Pirulo, su entrenador, su apoyo, el hombre cuya obligación consistía en estar siempre de su parte. Mientras sentía que Navarro acababa de sentarse en aquella mesa, a su lado, Adrián no apreció la prueba de confianza que estaba recibiendo, pero su sombra no le estorbó para enterarse de que Max Schmeling había visitado la Gimnástica Ferroviaria entre una nube de uniformes de las SS, como si, más que un símbolo de la superioridad de la raza aria, fuese un individuo peligroso, o un preso sometido a vigilancia.

—Con los nazis también vinieron unos cuantos policías españoles de la comisaría de aquí al lado, y como hay dos que vienen al gimnasio a entrenar, una tarde saqué el tema. Los dos se pusieron blancos al mismo tiempo y ninguno de los dos dijo ni mu. Pero a la salida, el que es más amigo mío me contó...

Miró a su izquierda, a su derecha, y se inclinó sobre la mesa mientras Adrián sólo esperaba que acabara de una vez, que terminara de contar esa historia absurda en aquel restaurante donde los hombres sentados en todas las mesas tenían ya la cara de Alfonso Navarro. Pero Pirulo tenía ganas de hablar, y su discípulo no se atrevió a impedírselo.

—Anny es judía, ¿te lo puedes creer? Una judía polaca, aunque haya triunfado como estrella de cine en Alemania. Por eso les vigilaban tanto. Max logró mandarla a Estados Unidos junto con su entrenador, que también es judío, cuando los nazis se volvieron locos, aquella noche que se liaron a romper escaparates y le pegaron fuego a la mitad de las tiendas de Alemania. Yo no sé lo que les pasa a esos gilipollas con los judíos, te lo digo en serio. No digo que no hagan cosas bien, pero eso... No lo entiendo. El caso es que Max les dijo que, o dejaban volver a su mujer a Alemania, a vivir con él, o se quedaban sin campeón del mundo. Estaba dispuesto a largarse a América para seguir boxeando como norteamericano, y lo dijo, fíjate qué cojones tiene el tío, a mí se me pone la piel de gallina sólo de pensarlo. Así que no hace falta ser un hijo de puta para llegar a campeón. Se puede ser una bella persona, cuidar de los demás, arriesgarse por ellos, y llegar a lo más alto. No lo olvides nunca, chaval.

Adrián Gallardo Ortega no llegó a olvidar aquella historia, pero la relegó a un polvoriento desván de su memoria en el instante en

224

que consiguió levantarse de la mesa y salir a la calle, a respirar aire fresco. Al día siguiente, en el tren que le llevaba a Miranda, lo único que le inquietaba era no tener una foto de Navarro ni manera de encontrarla. Y al llegar a La Puebla, desobedeció a su entrenador por primera vez.

—¿Dónde podría arreglarme yo un gimnasio, padre?

Pirulo le había ordenado descansar hasta el primer día de julio, pero antes de entrar en casa para besar a su madre, Adrián fue a echarle un vistazo al granero viejo, que estaba abandonado y lleno de trastos. Tardó una semana en vaciarlo, en ventilarlo bien y eliminar la paja para dejar a la vista el suelo de cemento. Después se reunió con el herrero del pueblo para encargarle unas espalderas, un banco de abdominales y un sistema de sujeción para el saco que quería colgar del techo. Hubo que reforzar la techumbre con dos vigas de hierro, pero los Garrotes no repararon en gastos, porque Adrián ya les había hablado de Juan Manuel Suárez y de su íntima amistad con Schmeling y, ya puestos, con Jack Dempsey, a quien su entrenador no había visto nunca pero que les sonaba a todos mucho más.

Cuando el gancho del techo estuvo preparado, colgó el saco que había fabricado. En un almacén de pieles de Vitoria había comprado a buen precio más de un centenar de retales de cuero que unió entre sí con la máquina de coser de su madre, y en esa funda introdujo una docena de costales de arpillera rellenos de arena de río. El resultado fue espectacular, porque el joven Garrote tenía mucho más talento para diseñar y confeccionar objetos que para llegar a campeón del mundo de los pesados. Todos los vecinos de La Puebla desfilaron por el granero para admirar su obra, y un par de jovencitas empezaron a frecuentarlo también por las tardes, para verle boxear con su sombra y con un saco que para él nunca fue tal, sino la encarnación de Alfonso Navarro López.

—Pues la Rosario es muy buena chica —doña María fue la única que comprendió que en la cabeza de su hijo algo estaba dejando de funcionar como debería—. Acuérdate de cuánto te gustaba hace unos años.

—Déjeme, madre, que no estoy yo ahora para pensar en novias.

—Pues si a tu edad no estás, no sé yo cuándo...

Cada vez que su madre le hablaba de las mozas, Adrián esquivaba su mirada porque en su confusión, el humo rojizo que nublaba su entendimiento, presentía que llevaba razón. Rosario no había dejado de gustarle, pero no podía pensar en ella, no podía pensar en nada desde que Pirulo le hizo aquella maldita pregunta. En la última noche que pasó en Madrid, soñó con Navarro y el sevillano no dejó ya de torturar sus sueños, ni siquiera cuando empezó a verlo también de día, sobre la piel del saco, en las calles del pueblo, escondido a veces entre los árboles, otras pintado nítidamente en el cielo.

Deja de engañar al pobre viejo con el honor de los Garrotes, aquel fantasma sabía hablar y su acento resonaba en la cabeza de su rival a todas horas, porque tú eres el culpable de su deshonra. Tú arrastraste su fama por el suelo cuando me diste un golpe bajo, porque sabías que el árbitro iba a fingir que no lo había visto, porque sólo podías vencerme haciendo trampas, porque si el cabrón de Ochoa no hubiera amañado el combate, te habría tumbado yo a ti y los dos lo sabemos... Adrián intentaba acallar esa voz golpeando el saco por arriba, por abajo, por los lados, directos con la izquierda, con la derecha, ganchos, *uppercuts, crochets,* una y otra vez, vaciándose en el esfuerzo hasta que se ahogaba y tenía que parar para tomar aliento, pero Navarro nunca callaba, su voz no se extinguía, no dejó de atormentarle en todo el verano.

—¡Joder, Tigre! —Pirulo alabó su progreso cuando se reencontraron en Madrid, a finales de agosto—. Sí que has entrenado. Estás mejor que nunca, te lo digo en serio... No me gustaría nada subirme a un ring contigo.

Aquel elogio llegó tarde, porque quien coronó al Tigre de Treviño como campeón de Castilla en octubre de 1940 fue el espectro vivo de Alfonso Navarro, y no su esfuerzo, ni los consejos de su entrenador.

—Ya sabes lo que te digo siempre, Adrián. Si le gusta bailar, que baile, pero tú no pierdas el tiempo. Tú a por él, sin posturitas, sin tanteos y sin gilipolleces. Tienes una maza en cada puño, chaval, así que no necesitas pensar. En el primer golpe bueno que caces, lo tumbas, y sanseacabó...

El nuevo título inauguró una etapa que habría sido risueña y relajada para cualquier otro, veladas con una buena bolsa, en las Ventas, en el Price, carteles por las calles, halagos en el gimnasio, entrevistas y fotógrafos. Adrián apenas lo disfrutó. Se entrenaba, peleaba, noqueaba, seguía entrenándose cada día con más ahínco que el anterior, y dejó la pensión, alquiló un piso, se compró ropa nueva, se acostumbró a moverse por la ciudad en taxi y a que los camareros le trataran de usted, pero no descansó. Nunca logró sacudirse una obsesión que no era tal, sino la firme promesa de un fracaso ineludible. Seguía pegando al saco como si estuviera loco, pero ya no combatía con Navarro, sino con su propio miedo, el pánico de volver a encontrarse con él entre cuatro cuerdas, el deber de pagar por fin su deuda. Cuando ese día llegara, quería tener una oportunidad de vencer limpiamente, y para lograrlo se mataba a diario en el gimnasio. Así logró convertirse en una máquina, un prodigio de furia, técnica y músculos, un buen boxeador. Mejor que muchos, igual que demasiados.

Su potencia le permitió llegar con cierto desahogo a la final del Campeonato de España. Ninguno de los rivales a quienes eliminó antes del penúltimo combate le aguantó más de un asalto. Noquear al campeón canario, el semifinalista que le había tocado en el sorteo, le costó cuatro, porque no era tan fuerte ni tan potente como él, pero sabía fintar, esquivar, doblar la cintura y mover las piernas a una velocidad inalcanzable para el Tigre de Treviño.

—Es pan comido, Gallardo —le animaba Pirulo desde su esquina, fingiendo el aplomo que no tenía—, pan comido. Una lagartija, sí, pero nada más, y cuando lanza directos con la derecha, baja la guardia más de la cuenta. Sólo tienes que encajar y esperar una oportunidad, hazme caso.

Adrián encajó, esperó, y lo tumbó. A cambio, recibió el mayor castigo de su carrera como profesional, aunque Pirulo se quedó muy satisfecho con el combate. El Tigre se recuperaba muy deprisa. Tenían casi una semana por delante y ya habían llegado lo bastante lejos como para considerar que la final de Barcelona sería un éxito con independencia del resultado. El entrenador se dedicó a mimar y a cuidar a su pupilo durante un par de días para intensificar el entrenamiento en los tres últimos. Los paseos y los masajes les dieron muchas oportunidades para hablar, y así, hablando, fue como Pirulo empezó a sospechar que todo iba a venirse abajo.

—Mucho cuidado con Oñate, Tigre, porque es el mejor con el que has boxeado hasta ahora.

—¿Mejor que Navarro?

Habían subido hasta Montjuich para pasear por los alrededores del castillo y Pirulo, concentrado en la difícil misión de revelar a Adrián que el guipuzcoano era tan fuerte como él pero mucho más rápido, tuvo que pararse a pensar un par de segundos para identificar al hombre del que le estaba hablando.

—¿Hidalgo? —antes que con la voz, respondió con una mueca indecisa entre el asombro y la burla—. Pues, claro, hombre, mucho mejor. Estamos hablando de profesionales, ¿no?

—Ya, pero... —Adrián insistió con la vista clavada en el horizonte—. ¿Tú crees que vendrá a ver el combate?

—¿Quién?

—¿Pues quién va a ser? —y al volver la cabeza hacia su entrenador, los ojos le brillaban como si tuviera fiebre—. Navarro. Si yo fuera él, vendría.

Pirulo sabía desde hacía mucho tiempo que el combate de Bilbao había estado amañado. No se lo había contado nadie, pero conocía a Antonio Ochoa desde que era un chavalín que luchaba contra su enfermedad, conocía a Alfonso Navarro y, sobre todo, conocía a Adrián Gallardo mejor que nadie, incluido él mismo. Sabía que, en las condiciones en las que el Tigre había llegado a sus manos, aquel KO no era sólo un misterio, sino un milagro tan imposible como que un bebé de seis meses se arrancara a leer un buen día. Adrián nunca lo habría logrado solo, y desde el principio se imaginó quién le había echado una mano. Sus años en Marruecos le habían familiarizado con el ambiente de los cuarteles, y tres años de guerra en el bando franquista le habían enseñado lo que necesitaba saber sobre la mortal enemistad entre los militares y los falangistas. Cuando Adrián no quiso confirmar lo que intuía, no necesitó hacer demasiadas preguntas para averiguarlo. Le bastó con saber que el árbitro era un alférez provisional, que los jueces eran oficiales de Infantería y que, cuando noqueó a Navarro, Adrián lo tenía contra las cuerdas del lado de la ría. Pero hasta aquella mañana en la que se le ocurrió dar un paseo por Montjuich, no había descubierto que aquella trampa estaba en el fondo de su obsesión.

—¿Qué? —le preguntó después de un rato—. ¿No dices nada?

Pirulo no sabía qué decir. Hablar de Navarro sólo debilitaría el ánimo de Adrián ante el combate más importante de su vida. Prolongar el silencio alimentaría la sombra del sevillano, la haría más grande, más compacta, más peligrosa. Y lo peor era que, en el fondo, todo daba igual, porque lo que pudiera decirle no iba a servir de nada.

—Vamos a ver, Tigre —a pesar de todo lo intentó, porque le había cogido mucho cariño—. Si no me equivoco, tu combate con Navarro fue en el invierno de 1938, y ahora estamos en la primavera de 1941, ¿no? Han pasado más de tres años pero no es sólo eso. Entonces tú eras un simple aficionado, y ahora aspiras al Campeonato de España. Entonces, Navarro boxeaba por diversión pero había aprendido técnicas y trucos entrenando con profesionales, y tú no sabías nada de este oficio. Si os enfrentarais ahora, lo tumbarías en el primer asalto, de eso estoy tan seguro como de que algún día moriré, y él debe saberlo también, porque es cualquier cosa menos tonto. No va a dejar de montar a caballo en las fincas de su padre para venir a buscarte.

—Su padre ya no tiene fincas —eso fue lo único que pareció haber retenido Adrián de todo lo que le había dicho Pirulo—. Ochoa me dijo que está arruinado.

—¿Y qué? —el entrenador tuvo que dominarse para conservar la calma—. ¿Qué cojones quieres decirme con eso? En quien tienes que pensar ahora es en Oñate, Tigre, y sólo en él, porque puedes ser campeón de España, coño. ¿Es que no te das cuenta? En tu segundo año como profesional, campeón de España, así que no me jodas. Concéntrate de una vez, y déjate de tonterías...

Adrián no volvió a sacar el tema, pero a medida que se acercaba la final, su ánimo se fue apagando poco a poco. Pirulo se desgañitaba, le mimaba, le regañaba, alternaba el palo y la zanahoria para intentar levantarle de una postración ficticia, tan imaginaria como la sombra que le atormentaba. Pero descubrió que en la pasión de Adrián el miedo pesaba tanto como la culpa y no sabía cómo entrenarle para derrotar a ese enemigo, cómo prepararle para combatir a un rival cuyo poder radicaba en su inexistencia, el fantasma sin puños, sin piernas, sin cuerpo, que estaba poniendo en peligro el descomunal esfuerzo que aquel chaval había invertido en la superación de sus limitaciones. Pirulo conocía bien a Adrián. Sabía que no era muy listo pero que era bueno, un chico de buen corazón, incapaz de hacerle daño a nadie excepto a sí mismo. Por eso le quería como a un hermano menor, un niño grande, tan temible como inofensivo, pero no pudo hacer nada por salvarle.

—Oñate, Tigre, Oñate —en la puerta del vestuario cogió su cara entre las manos, le besó en la mejilla, le abrazó—. A por él, sin pensar, porque te lo vas a comer, puedes comértelo, que no se te olvide —y, de haber podido, habría subido al ring por él—. Vamos, campeón. Recuerda esa palabra, campeón, porque está hecha para ti.

Adrián asintió con la cabeza sin fijar la mirada, y mientras bajaba las escaleras y después, en los preliminares del combate, la paseó por la grada sin cesar, buscando a Navarro. Estuvo más pendiente de él que de su rival durante siete asaltos, y en el octavo se desplomó en la lona. La final del Campeonato de España fue la primera derrota por KO del Tigre de Treviño. No sería la última.

—A ver, lucero, ¿qué quieres saber? Las cartas lo dicen todo...

Pirulo intentó convencerle de que no había pasado nada grave. Volvió a hablarle de Schmeling, de Dempsey, de Joe Louis. Todos los campeones han perdido alguna vez por KO, le decía, y tú eres el subcampeón de España, te esperan muchos combates, muchas victorias, el dinero y la gloria... Pero Adrián ya no hablaba con él. Se gastó el dinero que había ganado en Barcelona en videntes, echadoras de cartas, sortilegios milagrosos y rituales de protección contra el influjo de Navarro. Se acostumbró a salir de noche, a beber solo, empezó a fumar, engordó, perdió forma, fuerza, reflejos, hasta que se derrumbó del todo cuando descubrió los placeres del fracaso, la serenidad de la abulia absoluta, la venenosa satisfacción de estar todo el día en la cama, sin otro compromiso que esperar la llegada de un nuevo día de pasividad, de estricta indolencia. Cuando dejó de aparecer por el gimnasio, Pirulo fue a su casa muchas veces, pero nunca quiso abrirle la puerta. Así, de mal en peor, aguantó casi un año, y en la primavera de 1942 no buscó su ayuda, sino la de Ochoa.

Don Antonio tampoco era ya su capitán de Portugalete. La enfermedad que hasta entonces le había tratado con guante blanco se aceleró de pronto, sin avisar, para transformar las hormigas en pinchazos, luego en placas de hielo, después en piedra, por fin en nada. Ochoa sentía que se estaba quedando sin cuerpo, y tuvo la tentación de mandar directamente a la mierda al hombre más musculoso que había conocido en su vida. No contaba con que al verle, arruinado, gordo, fofo, sentiría que estaba mirando su propia imagen en un espejo. Sólo así fue consciente de que nadie más que él había dado cuerda a ese juguete pasado de rosca, que estaba roto y ya no se podía arreglar.

—Si yo fuera tú, me iría a Rusia, de voluntario. Sería feliz matando a esos canallas comunistas, pero ya me ves... —andaba con un bastón y tenía la mitad del cuerpo encogida, un hombro más alto que otro, la mano derecha casi inútil—. Ve tú por mí, Adrián. Tu abuelo estará muy orgulloso.

Don Carlos Garrote había muerto hacía unos meses. Su nieto no habría sabido decir la fecha con exactitud, porque se enteró tarde, una mañana en la que se levantó lo bastante sobrio como para revisar el correo que se amontonaba en la mesita del recibidor. Allí encontró tres cartas de su madre, la primera preocupada, pidiendo noticias, la segunda angustiada, comunicándole la muerte de su abuelo, la tercera desesperada, preguntándole por qué no había ido al entierro. Cuando las leyó, se sentó en una butaca y estuvo llorando durante horas, pero no fue capaz de contestar, aún no lo había hecho cuando Ochoa le ofreció un camino inesperado para expiar sus culpas. Entonces sí escribió, para contarle a sus padres que había dejado el boxeo, que se había alistado en la División Azul para honrar la memoria de su abuelo. Y a mediados de julio de 1942, al presentarse en el cuartel general de Pokrovskaya, a veinticinco kilómetros de Leningrado, muy lejos de Madrid, de Sevilla, de Bilbao, descubrió que allí le esperaba su destino.

—¡Vaya, todo un subcampeón de España de los pesos pesados, qué honor! —el capitán Junquera se levantó de su mesa para darle un abrazo—. Pues no eres el primero que ha llegado hasta aquí, no creas. El teniente Navarro también es boxeador, así que ya tenemos diversión para el invierno.

En ese instante, Adrián descansó. La certeza de que había llegado la hora que esperaba desde hacía tanto tiempo le relajó más que un buen masaje, pero aquella sensación no duró mucho. Navarro estaba en un sector distinto del que le habían asignado y la ofensiva que los alemanes habían lanzado sobre Leningrado pocos días antes de su llegada mantenía aquel frente en una tensión constante. La ansiedad por un desenlace que se haría esperar meses enteros torturó a Adrián durante algún tiempo, para convertirse después en una fuente constante de insatisfacción, un telón negro que lo habría envuelto todo si lo hubiera permitido la intensidad del fuego de artillería, la vida en las trincheras de una campaña que el Tigre de Treviño empezó como alférez, rango con el que había terminado la guerra en España, y acabó como teniente, sin haber acumulado más méritos que su fama de boxeador profesional. Su ascenso precedió en pocos días al fracaso del asalto a Stalingrado, el primer revés importante que las tropas alemanas sufrían en la Unión Soviética, un fracaso suficiente para que Hitler suspendiera la ofensiva de Leningrado, renunciando a avanzar para mantener la presión sobre la ciudad. Entonces, con el frente ya estabilizado, Adrián regresó a Pokrovskaya para pasar una semana de permiso en el cuartel general. Y allí, al entrar en el comedor de oficiales, dos ojos negros como carbones le interpelaron desde un rostro que no reconoció.

—Vení, Tigre, sentate acá...

Una semana después de que Adrián llegara al frente de Kolpino, una bala perdida mató al intérprete de su compañía. Tras varios días de desconcierto, sin contacto posible con el mando de la Wehrmacht ni con otras divisiones de voluntarios extranjeros que operaban en el mismo frente, apareció por allí un chico con el pelo de color zanahoria, la cara llena de pecas y la extraña condición de hablar varias lenguas a la perfección, cada una de ellas en una variedad equidistantemente alejada de la que los ultranacionalistas consideraban la norma culta. Jan Schmitt se presentó con sus dos apellidos, pero el segundo era tan impronunciable que los divisionarios decidieron ahorrárselo. Hablaba el español de Buenos Aires y un alemán con acento flamenco, salpicado de palabras en neerlandés. Ambos registros lograron disgustar a todos sus interlocutores por igual, pero en la Wehrmacht no había ningún hombre disponible que hablara castellano y en Pokrovskaya tampoco encontraron nada mejor, así que el soldado Schmitt dejó de formar parte de la Legión Flamenca para quedar provisionalmente asignado a la División Azul. Lo primero que aprendió al llegar allí fue que el brigada Gallardo había sido subcampeón de España de boxeo, pero eso no le impresionó.

—Fíjate que a mí no me interesa mucho el box —le confesó con mucho desparpajo en la primera oportunidad—. En Buenos Aires, Firpo es un ídolo, ¿viste? Muchas minas, mucha plata... Ganó dos peleas por *knock out* con más de cuarenta años, pero yo prefiero el futbol. Siempre fui de River. Lo que más añoro de allá es la cancha, con mi viejo, los domingos... ¿Y vos? ¿Sos fanático, vos?

—No he entendido nada, chaval —Gallardo se echó a reír—. Bueno, he entendido la mitad, poco más o menos...

Jan era dos años mayor que Adrián y media más o menos lo mismo, pero parecía más joven porque no abultaba ni la tercera parte. Formaban una extraña pareja, pero se hicieron amigos muy deprisa, porque los dos tenían motivos para acercarse al otro. En vísperas de su encuentro con Navarro, Adrián se sentía un impostor, un falso ídolo. Le molestaban los halagos de los aduladores, todos esos soldados que se movían de noche, molestando a quienes intentaban dormir en la trinchera, para sentarse a su lado y pedirle un autógrafo. A Jan, en cambio, sólo le interesaba la política. Era capaz de hablar durante horas de la genialidad de Hitler, de las ideologías macho y las ideologías hembra, de la tara genética de los marxistas, y ni siquiera le molestaba que el español no despegara los labios mientras se suponía que estaba charlando con él. Gallardo no atendía mucho a lo que decía, pero sus peroratas le hacían compañía y, a fuerza de oírlo, le empezó a gustar aquella manera de hablar español que la mayoría de los españoles detestaban. Cuando empezaron a ir juntos a todas partes, Schmitt descubrió que mientras los músculos del teniente estuvieran de su parte, nadie se atrevería a meterse con él, a imitarle, a reírse de su forma de hablar, como había ocurrido durante sus primeros días en Kolpino.

—Che, es macanudo, pibe, cómo te temen todos...

Hasta que un día, en el comedor de oficiales, Jan descubrió que existía un español al que Adrián Gallardo no le daba miedo.

Alfonso Navarro había cambiado tanto como el resto de los actores de su derrota. En la cabeza de pelo oscuro, reluciente de brillantina, que su rival recordaba, brillaba ahora la piel desnuda, y la calvicie no era la única novedad. El sevillano acababa de cumplir treinta años, pero el paso del tiempo le había maltratado tanto como a Gallardo, aunque en otra dirección. En la primavera de 1940, su mujer había muerto asesinada en una operación de represalia de la guerrilla de Sierra Morena, mientras se recuperaba de un aborto en el cortijo de su familia. Desde entonces, su viudo había perdido mucho peso y había ganado un tic nervioso que le obligaba a guiñar constantemente el ojo derecho. Su mala hostia, a cambio, seguía intacta.

—¡Hombre! —el capitán Ernesto Junquera, que presumía de haber visto el combate que le valió a Paulino Uzcudun el título mundial de los pesados en 1933, se levantó de la silla cuando Alfonso Navarro cruzó el comedor muy despacio para plantarse delante de la mesa donde comía Adrián—. Por fin ha llegado el momento que todos esperábamos...

Junquera miró a su izquierda, luego al frente, vio unos ojos que ardían, otros que se helaban, detectó que algo no iba bien y terminó de meter la pata.

—Pero daros un abrazo, ¿no? El boxeo es un deporte de caballeros.

—Precisamente por eso —Hidalgo no había perdido la afilada finura de su acento—. Yo no me abrazo con tramposos.

Aquella palabra cayó como una bomba en el comedor y en el ánimo de Adrián, pero aunque él no prestara atención a los discursos de Jan, el flamenco conocía bien sus triunfos.

—¿Qué decís, loco? Sos un perdedor, Navarro. ¿Cómo te atrevés...?

—Tú te callas —pero el sevillano no sabía cuánto le gustaba hablar al intérprete que en ese momento ofreció al Tigre de Treviño una protección muy superior a la que nunca había recibido de él.

—¿Qué dice este boludo?

234

Schmitt se levantó, abandonó su mesa, se acercó a Junquera.

—El puerto de Bilbao lleno de gente, tres mil personas, una docena de generales, mi capitán, todos vieron cómo el teniente Gallardo vencía la pelea por *knock out* en el quinto asalto. ¿O no?

La mención a los generales que habían aplaudido y vitoreado aquel fraude hizo enmudecer a Navarro, que se sintió de repente en territorio enemigo, y no presintió cómo envalentonaría su silencio al charlatán que fue derecho a por él.

—Oíme, pelotudo, te estoy hablando a vos.

—Quita de ahí, maricón.

Alfonso Navarro movió el brazo izquierdo para empujar a Jan y le tiró al suelo. En ese instante, Adrián Gallardo Ortega vio el cielo abierto. Salió de detrás de la mesa, corrió hacia su rival y, sin mediar palabra, le atizó en la cabeza un directo con la derecha que le tumbó por segunda vez desde que se conocían.

Todos los presentes interpretaron aquel puñetazo como una reacción instintiva, visceral, de un hombre muy fuerte, que no había controlado bien la potencia de sus puños al salir en defensa de un amigo. Esa fue también la versión que repitió Adrián, pero no era la verdad. Aunque Pirulo le había aconsejado muchas veces que no pensara, aquella vez lo hizo, y le salió tan bien que las consecuencias de su pensamiento desbordaron con creces la intención que lo había puesto en marcha. El Tigre de Treviño sólo pretendía escapar a cualquier precio, incluido el calabozo, de aquel comedor. Si se hubiera encontrado a solas con Navarro, su posición habría sido distinta. En ese caso habría propiciado una pelea para boxear con el alma tanto o más que con los puños, pero en el comedor de Pokrovskaya, ante la mitad de los oficiales de la División, pegarle fue la única solución que se le ocurrió para hacerle callar. Sus compañeros sacaron sus propias conclusiones. Casi todos dieron por buena la versión de Schmitt, interpretaron que Navarro no sabía perder y se pusieron de parte del subcampeón de España.

—Te ha caído un mes de arresto, Gallardo, pero no te preocupes porque vamos a sacarte de aquí —Junquera le informó de todo al atardecer, cuando fue a visitarle al calabozo—. Hemos formado un comité para ir a hablar con el coronel y contarle la ver-

dad, que sólo pretendías defender el honor de un camarada indefenso al que Navarro había agredido sin motivo, después de in-
sultarle con menos motivo todavía. ¡Qué hijo de puta! La verdad
es que ese argentino es muy empachoso, con tanto vos por aquí
y tanto vos por allí, pero ¿llamarle maricón? ¿De qué? Por lo que
me han contado, en la Argentina todos hablan igual que él.

Al escuchar a Junquera, Adrián sonrió y se vino arriba. Se había
acostumbrado a pensar, que no era lo suyo, y no fue capaz de parar
a tiempo.

—No me perdona el combate de Bilbao, mi capitán —y por
un instante, hasta se lo creyó—. Schmitt tiene razón, es un mal
perdedor.

—Pues eso tiene fácil arreglo. Con organizar otro combate para
que vuelvas a tumbarlo, todo arreglado.

Esa había sido la última curva del largo, sinuoso camino que
había llevado a Adrián Gallardo Ortega desde La Puebla de Arganzón hasta el tocador de la zarina del palacio de Pokrovskaya. No
le habría pesado tanto si las señoritas de la Sección Femenina no le
hubieran enviado un paquete navideño en el que habían tenido la
ocurrencia de incluir un mazapán de Soto, precisamente un mazapán de Soto, el dulce favorito de doña María Ortega.

No se atrevió a comérselo. Escogió un mantecado de canela,
pero le hizo el mismo efecto. Solo, semidesnudo y aterido de frío,
imaginó lo que estaría pasando en aquel momento en su casa de
La Puebla, la madre atareada en la cocina, las hermanas revolotean-
do a su alrededor, el padre en la bodega, escogiendo el mejor vino
para la cena mientras el aroma de la hierbabuena perfumaba el
caldo y un lechazo se doraba despacio en el horno. Un poco más
allá, en la plaza, unos cuantos vecinos proclamarían que, como el
año anterior, como el siguiente, los peces bebían en el río, tragan-
do sin pausa el agua que jamás saciaba su sed. Ellos tampoco se
cansarían de cantar, aunque en su pueblo siempre hacía mucho
frío en Navidad y, tal vez, hasta habría nevado. Adrián recordó las
nevadas navideñas de su infancia como un regalo, una compañía
mansa y confortable, casi cálida en comparación con la que le
abrumaba desde el otro lado de los cristales empañados, escarcha-
dos de hielo, de un palacio de los zares de Rusia. En su pueblo,

la nieve caía despacio, decoraba los árboles, ribeteaba los tejados y prometía un año de bienes. Empezaba cerrando la escuela para dejarse manejar por los críos que jugaban con ella, y terminaba en el calor de una chimenea encendida, en la cocina de su casa, donde aquella noche estarían todos juntos y echándole de menos, su madre la que más, porque habría llorado mucho y aún lloraría mucho más por el hijo ausente, el que no había ido a verla antes de marcharse, el que apenas le había mandado dos cartas desde la otra punta del mundo, unas pocas palabras que jamás compensarían los besos que se pudrirían lentamente en su interior. Ella, tan aficionada a las promesas, le habría prometido quizás a la Virgen no probar ni un solo mazapán de Soto en toda la Navidad, a cambio de que protegiera a su hijo perdido en otras nieves. En su marido, prefería no pensar.

¿Qué has hecho, Adrián? Con esa pregunta empezaba don Teodoro Gallardo todas las regañinas, los pequeños castigos que le imponía de niño. ¿Qué has hecho, Adrián?, le preguntó también aquella noche y él sólo acertó a contestar lo mismo que entonces, no lo sé, padre. Cuando era pequeño, eso era mentira porque sabía que le había tirado del rabo al gato del vecino, que se había llevado un puñado de caramelos de la tienda sin pagarlos, que se había pegado con algún compañero en el recreo. ¿Qué has hecho, Adrián? En Pokrovskaya, a punto de boxear con un hombre que tenía motivos para destrozarle, sólo sabía que iba a perder aquel combate porque no merecía ganarlo. Pero no era eso, sino el recuerdo de una chimenea encendida, el sabor de un mantecado de canela, la cara de doña María, lo que empezaba a llenarle los ojos de lágrimas cuando, justo a tiempo, se abrió la puerta.

—¿Qué tal, campeón? —Junquera traía las vendas en las manos.

—Dispuesto a machacar a ese cabrón —Gutiérrez venía tras él, exultante, con todo lo demás—, ¿no lo ves?

—¿Y el padre Arribas? —preguntó Adrián, sacando de alguna parte una voz firme que no logró explicarse—. ¿Se ha conformado?

—¡Qué va! Se ha puesto como una fiera. Dice que va a ir a hablar con el alto mando para parar el combate...

—Pero ya nos hemos asegurado de que no encuentre ningún coche disponible, así que tú, tranquilo.

La compañía de sus improvisados entrenadores le hizo bien. El entusiasmo de Jan, que se reunió con ellos enseguida, le animó todavía más. Los tres iban a estar en su esquina y su optimismo le devolvió a Montjuich, a la vieja certeza de Pirulo, la seguridad con la que había pronosticado que, si algún día volviera a enfrentarse con Navarro, lo tumbaría por segunda vez. Aquella tarde, en Barcelona, Adrián tenía el título de campeón de España al alcance de la mano y un futuro dorado en el horizonte. Desde entonces, todo se había derrumbado, pero a su rival las cosas no le habían ido mucho mejor.

En el último mes y medio, el teniente Gallardo, liberado de servicio, había entrenado como en los viejos tiempos, al principio solo, haciendo sombras con la pared del calabozo donde cumplía su arresto, enseguida en el gimnasio donde se celebraría el combate, en un horario distinto al del sevillano. Había hecho dieta, había perdido peso, había dejado de fumar, había incrementado la distancia de sus carreras, había recuperado musculatura, elasticidad, y por fuera casi parecía el mismo de antes. Él sabía que no era así. Seguía sintiéndose roto, derrotado por dentro, por más que su equipo le asegurara que Navarro no estaba entrenando al mismo nivel. Esta vez, el Tigre de Treviño iba muy por delante en todas las apuestas, pero eso no significaba nada para él, porque los apostadores no tenían ni idea de lo que iba a ventilarse aquella noche. Sin embargo, cuando asumió que la revancha que había temido y deseado por igual durante tantos años había llegado al fin, que media hora más tarde estaría encima de un ring, pegándose con el hombre que le había atormentado hasta hundirle, Adrián Gallardo Ortega tuvo un instante de lucidez.

No era muy inteligente, pero una lámpara imprevista se encendió entre sus cejas para brillar como la única estrella de una noche sin luna mientras Junquera terminaba de ponerle los guantes. A su luz, Adrián comprendió que no era culpable, porque nunca había tenido otra opción que cumplir las órdenes de Ochoa. Que lo hubiera hecho sin cuestionarlas no cambiaba las cosas. Si se hubiera negado a vencer en un combate amañado, tal vez ni siquiera habría sobrevivido a su dignidad. Ochoa le habría buscado la ruina, le habría encarcelado, le habría acusado de cualquier cosa,

238

le habría enviado incluso al paredón. En la guerra, esas cosas pasaban todos los días, y lo único que lamentó Adrián en la Nochebuena de 1942 fue no haberlo pensado antes. Cuando ya era tarde, tan lenta su cabeza como sus piernas, comprendió que no habría tenido por qué abandonarse, dejarse caer, sucumbir a una culpa que no le pertenecía. El pasado no tenía remedio, pero al aferrarse a esa idea se sintió otra vez poderoso, seguro de sus puños, de sí mismo.

—¡Dale, Tigre, cagalo a trompadas!

—Vamos, que nos lo merendamos...

—¡Ánimo, campeón! Estamos todos contigo.

Él les miró, asintió con la cabeza, levantó los guantes y no dijo nada, pero su gesto incrementó la euforia de los hombres que salieron tras él del vestuario. La promesa del triunfo brillaba en sus ojos cuando salió por la puerta que le habían asignado, y mientras Alfonso Navarro atravesaba el gimnasio en dirección contraria, Adrián se dio cuenta de que había dejado de temerle. Acababa de firmar la paz consigo mismo y sentía una serenidad que no experimentaba desde hacía mucho tiempo. Si se hubiera parado a pensar, tal vez habría dudado de su autenticidad, pero no se le ocurrió, y con los hombros erguidos, el cuerpo en tensión, la concentración que Pirulo no había logrado inculcarle expandiéndose despacio, desde el centro de su estómago hasta el último extremo de su cuerpo, con pasos lentos, solemnes, subió al cuadrilátero.

Los jueces ocuparon su sitio, los púgiles sus esquinas y un comandante desconocido, micrófono en mano, presentó el combate mientras la tropa rugía como si pretendiera tirar abajo las paredes. En la grada, los oficiales de mayor graduación guardaban silencio. Su obligación era mostrar ecuanimidad, pero Gallardo sabía que casi todos estaban de su parte, como los soldados que coreaban rítmicamente su apellido. Él no les veía, como no veía a Navarro. Los ojos fijos en las cuerdas, el ánimo más firme en cada segundo, sólo se puso en movimiento cuando el árbitro le reclamó. Se limitó a asentir con la cabeza mientras escuchaba unas instrucciones que habría podido repetir de memoria hasta que llegó el momento de chocar los guantes. Entonces fijó sus ojos en los de su rival y ya no los apartó. Sin dejar de mirarle, retrocedió unos pasos, esperó a que el árbitro levantara el brazo y, por primera vez en su vida, probó el instinto asesino que Ochoa le había reclamado tantas veces en vano. Estaba seguro de que iba a ganar por KO, pero antes de que el árbitro tuviera tiempo de dar comienzo a la pelea, sucedió algo inesperado.

—¡Paso! ¡Paso! —Adrián miró hacia delante y no fue capaz de distinguir el origen de aquella voz—. ¡Abrid paso!

El árbitro extendió las manos en el aire para imponer una pausa mientras los soldados situados al borde del ring seguían gritando, cantando, como si no estuvieran dispuestos a renunciar a la diversión. Hasta que sonó un tiro, luego otro, otro más, y mientras una llovizna de partículas de yeso caía del techo, la tropa se dividió en dos mitades, tan deprisa como las aguas del mar Rojo bajo el dedo de Dios. Por el pasillo central apareció el padre Arribas, con el rostro congestionado de cólera y la pistola en la mano, avanzando hacia el ring sin dejar de disparar, de vez en cuando, a las ninfas semidesnudas que banqueteaban en lo que antes había sido el salón de baile del palacio.

—¿Así celebráis el nacimiento del Niño Jesús? —miró un instante al techo, apuntó y dejó tuerta a otra ninfa—. ¡Desalmados, herejes! ¿No os da vergüenza?

Los jueces del combate intentaron acercarse a él, pero el capellán, escoltado por otros sacerdotes armados, les encañonó antes de que pudieran dar tres pasos.

—¿Y vosotros, adónde creéis que vais? ¡Quietos ahí, me cago en Judas! A cantar villancicos, vamos, quiero oír a todo el mundo cantando. Por mis cojones que este circo pagano se ha acabado ya.

El padre Arribas entonó *Hacia Belén va una burra*, y antes de que los cantores se remendaran por segunda vez, el Tigre de Treviño cayó a la lona como un peso muerto. En el desconcierto provocado por los tiros y los villancicos, Alfonso Navarro había soltado el brazo izquierdo para atizar a su rival un directo semejante al que le había tumbado dos meses antes en el comedor de oficiales.

—Y con esto todavía no estamos en paz, cabrón —murmuró aunque su enemigo, inconsciente, no podía oírle.

El árbitro, sin dejar de cantar, le sujetó por un brazo y levantó la otra mano para reclamar a la policía militar. Navarro se dejó detener con la misma docilidad que había mostrado Adrián en aquella ocasión, y mientras una burra cargada de chocolate nunca terminaba de llegar hasta Belén, el oficial jurídico de mayor graduación, futuro presidente del tribunal disciplinario, se prometió a sí mismo que su arresto iba a durar por lo menos tres meses, aunque él le impondría el doble muy a gusto. Adrián sólo se enteró de todo esto cuando despertó en la cama de la enfermería donde los médicos decretaron que pasara veinticuatro horas en observación.

—¿Sabés que el cura ni siquiera tenía permiso del general para parar la pelea? ¿Pero qué clase de fascistas del orto son ustedes, los gallegos? Aparece un capellán con una pistola y de a una se ponen todos a cantar como corderitos, ¿viste? Decime una cosa, flaco, ¿cómo pudieron ganar una guerra cantando villancicos?

Mientras escuchaba a Jan, Adrián no sabía si celebrar que el padre Arribas hubiera suspendido el combate a tiros o dolerse de la interrupción que le había privado de una victoria segura y de la cena de Nochebuena, la mejor comida del año. Las seguridades que lo habían fortificado mientras subía al ring no se habían disipado del todo, pero permanecían en un segundo plano, como un decorado ante el que su pensamiento no decidía qué dirección tomar. Él todavía era muy joven. En el año que iba a empezar cumpliría veintiséis años, y Firpo, según Jan, había seguido ganando por KO con más de cuarenta. No sabía qué clase de boxeador era el campeón argentino, porque Pirulo nunca le había hablado de él, pero confiaba en su propia fortaleza, la capacidad de recuperación que había llegado a ser legendaria en un gimnasio de Madrid, y eso le animó a trazar un plan que contemplaba todos los elementos de su situación con una sola excepción. En su fervor por ganarse a sí mismo de una vez y para siempre, el Tigre de Treviño olvidó que estaba en una guerra.

—Ni lo sueñes, Gallardo —Junquera negó con la cabeza cuando le preguntó si podría pedir una prórroga de su baja de servicio para dedicarse a entrenar hasta que pudiera volver a España—. Al alto mando ha dejado de gustarle el boxeo. Muñoz Grandes no quiere problemas con los capellanes, ni con los meapilas que los apoyan, ni con los falangistas, que están de parte de Navarro. Y por lo visto, en Stalingrado las cosas no andan bien, así que...

—¿Y si renuncio para volver a España? —aquella pregunta convirtió las cejas del capitán Junquera en dos acentos circunflejos—. Es que me gustaría volver a boxear como profesional.

—Ya, pero... Esto es una guerra, chaval. Has venido como voluntario y no puedes renunciar así como así. Volverás cuando te toque, igual que todos, aunque si me guardas el secreto, no creo que falte mucho.

Adrián Gallardo digirió aquel contratiempo como si fuera un golpe más de los muchos que había encajado en su vida. Cuando cumplió la semana de convalecencia prescrita por los médicos, se reincorporó a su destino con buen ánimo. Antes, escribió una larga carta para Pirulo, pidiéndole perdón por sus errores, contándole su reencuentro con Navarro, el combate, su suspensión y, sobre todo, su redescubrimiento de sí mismo como boxeador, su voluntad de regresar a la disciplina, de volver a pelear como profesional. Dirigió la carta a la Gimnástica Ferroviaria de la calle Barbieri, en Madrid, y se marchó al frente con la convicción de que ya había hecho lo más difícil. Se equivocaba. Tenía por delante la batalla de Krasny Bor.

Detener la ofensiva soviética y mantener el cerco sobre Leningrado le costó a la División Azul unas bajas equivalentes a la mitad de las tropas que intervinieron en la batalla y un millar de prisioneros en sólo once días de febrero de 1943. Adrián fue uno de los afortunados que lograron regresar a Pokrovskaya para ser recibidos como héroes, aunque hasta los más optimistas consideraban que la derrota era una cuestión de tiempo. Agotado y hambriento, helado y sucio, lo primero que hizo al llegar al palacio fue visitar la estafeta. Allí le esperaban dos cartas, la que él mismo había enviado a principios de enero, con un sello que indicaba que su destinatario estaba ausente de, o era desconocido en, la dirección a la que iba dirigida, y otra con el membrete de la Gimnástica Ferroviaria, que justificaba la devolución de la anterior. En ella, don Fernando, el dueño del gimnasio, le informaba de que Pirulo estaba en la cárcel. ¿Quién lo habría pensado de un hombre como él, un legionario que hizo la guerra con Franco?, añadía a continuación, para concluir diciendo que el entrenador había alegado que sólo pretendía hacerle un favor a un amigo al guardar en su casa la propaganda que había encontrado la policía. Como ves, en estos tiempos hay que tener cuidado con las amistades, Tigre, aunque cuando vuelvas a Madrid procuraremos encontrar otro buen entrenador para ti...

Al leer estas líneas, Adrián se vino abajo. La noticia que acababa de recibir le hizo repentinamente consciente de lo que había vivido en Krasny Bor, esa batalla en la que su cuerpo había luchado casi sin darse cuenta, como una máquina despojada de espíritu, un pequeño engranaje en un mecanismo superior e insensible. Una voz interior le había persuadido de que estaba atrapado en una pesadilla, un decorado, un infierno ficticio, desconectado de la vida verdadera, la realidad que le aguardaba en la calle Barbieri, y acababa de descubrir que aquella voz mentía. Al despertar bruscamente de su sueño, los ojos de Adrián se colmaron con toda la sangre que habían visto, sus oídos reventaron bajo la presión de todos los gritos que habían oído, su cuerpo se estremeció en el hielo al que había logrado sobrevivir. Todo eso, los muertos, el miedo, los cuerpos destrozados, la desesperación de combatir a veinticinco grados bajo cero, regresó de pronto y le hizo prisionero. Él había atravesado ese infierno, lo había recorrido, había escapado de sus garras pensando en el futuro que acababa de esfumarse para dejarle a solas con una guerra que, sin haberle importado nunca mucho, se había convertido en lo único que tenía.

En la penumbra opaca, mortecina, de la desesperanza, Adrián Gallardo Ortega recapituló, recontó sus errores, reconoció su vida como una equivocación tan gigantesca que no sabía por dónde agarrarla, de dónde tirar para abrir una grieta que le consintiera deslizarse en su interior, ocuparla para volver a sentir que vivía en ella. ¿Qué has hecho, Adrián? No lo sé, padre. Mientras las cosas se ponían cada vez más feas, él no sabía, no entendía dónde se había metido, pero muy pronto hasta eso dejó de tener importancia. Muy pronto, el Tigre de Treviño no sería más que otro español perdido, exhausto, hambriento, que ya no luchaba por la civilización cristiana, ni por la gloria del Reich, ni por la extinción del comunismo, sino por salvar la vida en una guerra perdida. Eso fue, un residuo de sí mismo, una borrosa silueta en un ejército de sombras, hasta que el 12 de octubre de 1943 volvió a ver a Alfonso Navarro en el patio de Pokrovskaya.

Francisco Franco escogió una fecha rutilante, repleta de ecos de glorias pasadas, para firmar el decreto de disolución de la División Azul. La efemérides de la conquista de Granada y del descubrimiento de América no matizó la derrota. El anuncio de la creación de un nuevo cuerpo de voluntarios españoles, la Legión Azul, integrado en la Wehrmacht bajo mando alemán, se atravesó en la garganta de los divisionarios como un caramelo amargo, que apenas oponía al sabor del fracaso la dudosa dulzura del martirio, una resistencia tan heroica como inservible a miles de kilómetros de sus casas. Todos los que tenían algún motivo, amor, nostalgia, dinero, una familia, una vocación, un futuro por el que merecía la pena conservar la vida, se quedaron en el sitio cuando el coronel pidió voluntarios. Adrián no estaba entre ellos, pero no era el único. Alfonso Navarro fue el primero en dar un paso al frente.

Al verle allí, destacado de la tropa, tan arrogante como la primera vez, la piel definitivamente oscura, teñida del color sombrío, mate, de quienes no tienen nada que perder, Adrián vaciló. Él no se sentía identificado con el nazismo ni tenía vínculos sentimentales con Alemania. Odiaba a Stalin por lo que le había hecho sufrir y porque era enemigo del Dios al que su madre le había enseñado a rezar de pequeño, pero tampoco tenía motivos para volver a España, donde no le esperaba otra cosa que la insípida vida de labriego que ya había rechazado una vez. Nunca había sido muy inteligente, pero ante aquella encrucijada comprendió que la guerra le había dejado secuelas con las que no contaba, golpes que no había sabido encajar. Ya no le apetecía volver a entrenar, recuperarse a sí mismo, regresar a los rings como profesional sin la tutela de Pirulo. Se daba cuenta de que la desgracia de su entrenador no era una razón suficiente para justificar su renuncia, pero no tenía ganas de discutir consigo mismo. No tenía ganas de nada y, una vez más, la excepción era Alfonso Navarro López.

Lo único que Adrián sabía era que no quería volver a coincidir con él nunca más, que no quería estar en ninguna parte donde pudiera encontrárselo. Por eso se quedó en su sitio, aunque le costó trabajo dominar a sus piernas, llevarle la contraria a su propio cuerpo mientras le pedía que diera un paso hacia delante para seguir cayendo y cayendo sin pausa, hasta besar el suelo de la muerte.

—Maldito Navarro —murmuró, y cuando estaba a punto de lamentar en voz alta que los putos comunistas, que habían sabido matar a tantos, no hubieran sabido acabar con él, la solución brotó al borde de su oreja.

—Dale, Tigre, venite conmigo a la Legión Flamenca —Jan estaba a su lado, como siempre—. Vámonos juntos a Ucrania, a seguir matando rusos, dale... Estaremos bien allá. Esto no se ha acabado todavía, ¿viste?

La guerra había ganado el primer asalto sin que Adrián se diera cuenta de la desigualdad del combate en el que se enfrentaban, pero en aquel momento no pensó en la revancha.

Aceptó la oferta de Jan porque creyó que era una oportunidad de oro para escapar de su destino, del hombre que le perseguía sin tregua desde que se subió a una gabarra en el puerto de Bilbao.

Se equivocaba.

Es 2 de febrero de 1943 y Josef Hans Lazar está en Madrid.

El agregado de prensa de la embajada del Tercer Reich en España lo sabe todo. Que el 30 de enero, al ascenderlo al grado supremo de la escala de mando del ejército alemán, el Führer recuerda a Friedrich Paulus que ningún mariscal de campo de su país se ha rendido jamás. Que ese nombramiento significa que Hitler espera que se suicide antes de dejarse capturar. Que el mariscal de campo Paulus acaba de rendirse en Stalingrado, entregando a la Unión Soviética lo que queda del VI Ejército después de haber perdido cerca de doscientos mil hombres, de los que casi dos terceras partes han muerto.

Lazar siempre lo sabe todo y que lo más probable es que en Stalingrado se haya perdido la guerra, pero lo único que le preocupa hoy es conseguir que los españoles no se enteren. Lo hace admirablemente, como de costumbre. En la portada del *ABC* del 3 de febrero aparece una dramática foto en blanco y negro de las ruinas de la ciudad soviética y, en un recuadro titulado sólo con su nombre, Stalingrado, un breve texto equipara la resistencia de los últimos soldados alemanes con la hazaña del desfiladero de las Termópilas y, cómo no, la gloria patria del Alcázar de Toledo. En ninguna parte aparecen palabras como rendición o capitulación, y mucho menos el nombre de Paulus. El 4 de febrero, *ABC* miente airosamente a sus lectores en páginas interiores, asegurando que el VI Ejército se recompone a gran velocidad tras el revés de Stalingrado. Y el día 5 abre con tres fotografías que ilustran lo que un titular califica como triunfal campaña submarina en el Atlántico de las armadas del Eje. La prensa española, una vez más, se ha comportado como un coro de inocentes párvulos bajo la dirección de Hans Lazar.

Los diplomáticos aliados, que en ningún momento logran contrarrestar el descarado trato de favor que el Eje recibe en España —teóricamente un país neutral—, propagan tras el fin de la contienda que todo ha sido una operación de compraventa, pero esto sólo es una parte de la verdad. Es cierto que Lazar, el único diplomático alemán en Madrid que se mantiene impertérrito en su puesto, actuando con idéntica eficacia a las órdenes de tres embajadores sucesivos, sabe gratificar con generosidad a los periodistas más influyentes de todas las redacciones. Pero que los medios que él ha comprado no se vendan después al mejor postor, mientras una abultada lista de generales franquistas cobra ya sobresueldos en libras esterlinas, es un mérito exclusivo de un hombre fuera de lo común.

Josef Hans Lazar nace en 1895 en Estambul, hijo de un diplomático destinado en la embajada austríaca ante el Imperio turco y de una albanesa de origen, al menos en parte, judío. Hans se traslada a Austria en la adolescencia para completar su formación, bruscamente interrumpida en 1914 por el estallido de la Primera Guerra Mundial. Las graves heridas que recibe mientras combate en las filas del ejército imperial austrohúngaro le provocan dolores crónicos y una crónica adicción a la morfina. Reintegrado a la vida civil, en 1927 acepta el cargo de corresponsal de la Deutsches Nachrichtenbüro, agencia oficial alemana de noticias, en Bucarest. Allí conoce a una joven aristócrata rumana, la baronesa Elena Petrino Borkowska, con quien contrae matrimonio en 1937. En 1938 se traslada con ella a Berlín para convertirse en el agregado de prensa de la embajada de Austria ante Hitler. El gobierno de su país le escoge para este cargo por sus públicas simpatías hacia el nazismo, confiando en que sus contactos le permitan trabajar eficazmente para preservar la independencia austríaca, pero desde que llega a la capital alemana, Herr Lazar se dedica a hacer exactamente lo contrario.

Bajo, regordete y con la piel muy oscura, el flamante diplomático está afiliado desde hace años al partido de Hitler aunque su genealogía infrinja todas las leyes raciales. Sus orígenes jamás le acarrearán problema alguno. El Tercer Reich contrae una deuda impagable con él mientras trabaja a las órdenes de Goebbels desde su oficina de la embajada austríaca, como el más apasionado propagandista de la anexión, *Anschluss,* de su nación por el Reich alemán. Cuando este proceso se consuma, él mismo comunica en Viena a los corresponsales extranjeros que el país de sus antepasados es ya una región más de la Alemania de Hitler. Tras el éxito obtenido en esa misión, el Führer decide enviarle a España, donde vivirá durante el resto de su vida.

En junio de 1938, Hans Lazar se acredita ante el gobierno de Burgos como corresponsal de la agencia de noticias Transocean, fundada pocos años antes para propagar los ideales de la nueva Alemania en España y Latinoamérica. Tras la victoria de Franco, ocupa el cargo de agregado de prensa de la embajada, en la que, a juzgar por los comentarios que circulan por la ciudad, pronto llega a tener más poder que el propio embajador, el estilizado, apuesto, altísimo y perfectamente ario Eberhard von Stohrer.

A pesar de su marcado aspecto de judío del Este y del agitanado color de su piel, Hans Lazar se convierte en una estrella rutilante en la vida social del Madrid de posguerra. Cosmopolita, políglota, cultísimo, vestido siempre con una elegancia extrema y un monóculo de oro en el ojo derecho, destaca en cualquier salón por sus maneras imperiales y su exquisita cortesía. Es un hombre sumamente astuto, y tan inteligente que comprende los entresijos del régimen mejor que ningún otro diplomático de cualquier nacionalidad. Además, Hans —*Bam* para los amigos— Lazar es muy simpático, ingenioso, divertido. Y su esposa, la baronesa Petrino —*Lenta* en la intimidad—, una gran cocinera que triunfa en las selectas cenas que el agregado alemán ofrece con frecuencia en su domicilio. Allí, unos pocos periodistas escogidos entre los oscuros redactores madrileños que malviven de sus sueldos, no sólo disfrutan de la exquisita cocina de Frau Lazar mientras beben los mejores vinos, sino que tienen la oportunidad de alternar de igual a igual con altos cargos del gobierno franquista y con otros diplomáticos nazis, invitados habituales de la casa, en cuya compañía se sienten seres superiores, seleccionados para rozar con los dedos el verdadero poder.

Así, las habilidades sociales de los Lazar compran más voluntades, y más lealtad, que los sobres que reparte Hans, y le permiten realizar auténticas proezas, como infiltrar la recién fundada agencia EFE para difundir la opinión de Berlín en Latinoamérica o apoyarse en otras organizaciones españolas sin que nadie pueda probar jamás que la embajada, y mucho menos su gobierno, están detrás de esas operaciones. Mientras crea la opinión pública más favorable al Eje que existirá en un país neutral, Lazar trabaja también en su propio beneficio. La miseria de los españoles en los años más duros de la posguerra le ofrece inmejorables oportunidades para reunir una gran colección de obras de arte.

Hans Lazar es la pieza clave e insustituible de la embajada del Tercer Reich en Madrid mientras dura la guerra, y aún después. Porque, tal vez, el servicio más valioso, el más importante que presta en su vida a la Alemania nazi, se consuma el 5 de junio de 1945.

Ese día, casi un mes después de la capitulación de Berlín, los representantes aliados logran entrar al fin en la sede de la embajada alemana, tras superar los incontables obstáculos burocráticos con los que las autoridades franquistas han postergado ese momento hasta el último plazo posible, y lo que encuentran es un edificio que parece haber sido saqueado. Allí no queda nada. Ni documentos, ni registros de ninguna clase, ni dinero, ni oro, ni antigüedades, ni las obras de arte que decoraban las estancias sólo unos días antes. Las cajas fuertes están vacías, las paredes desnudas, y ni siquiera los muebles han sobrevivido a la derrota.

Lo único que los aliados encuentran allí es a un señor muy moreno, envuelto en un batín de seda, que sale a su encuentro en un pasillo.

Cuando le preguntan quién es y qué hace allí, Hans Lazar sonríe, se identifica, y aclara que no hace nada de particular, puesto que su residencia privada se encuentra en ese edificio.

Y su sonrisa es todo el botín que los aliados obtienen de la embajada alemana en Madrid.

Madrid, 16 de julio de 1943

La casa estaba situada en un punto equidistante entre dos paradas del tranvía de Ciudad Lineal. No era tan grande como las villas señoriales de aquel barrio, ni tan pequeña como las que, casi siempre en las esquinas, levantaban sólo un piso sobre el ultramarinos o el bar que ocupaban su planta baja. Era un chalet discreto pero bonito, con un jardín tan frondoso que su fachada apenas se adivinaba desde la acera, y tan silencioso que al acercarnos a la verja me pareció que los ruidos de la calle, los juegos de los niños, los ecos de las radios de los vecinos, chocaban como proyectiles enemigos contra la inmovilidad de un estanque de calma. Si hubiera llegado solo hasta allí, habría pensado que estaba ante una casa cerrada, abandonada incluso, desierta desde luego.

—Es aquí —pero Pepe Moya agarró con decisión el tirador de metal, consultó su reloj, abrió la puerta del jardín—. Vamos.

Avancé tras él por un camino de gravilla tan bien cuidado que ni un solo guijarro escapaba de las dos líneas perfectamente rectas que lo delimitaban, hasta alcanzar una escalera de tres peldaños. Por ella se accedía a un porche que se destacaba, como un pequeño pabellón, de los muros cubiertos por rosales trepadores. No era una casa lujosa, pero sí cara, tanto como cualquier chalet con jardín en una ciudad como Madrid, y el último lugar al que habría esperado que Pepe me llevara cuando me preguntó si tenía planes para el día del Carmen. Antes de que llegáramos hasta la puerta, esta se abrió sola, como si alguien hubiera espiado nuestra llegada desde el interior.

—Bienvenido —un hombre me tendió la mano—. Pasa, por favor.

Era alto, corpulento, estaba casi completamente calvo y hablaba con un acento del norte de España, vasco quizás, modulado con la suavidad que distingue las voces de las personas bien educadas. Le situé cerca de los cuarenta años hasta que sus labios se curvaron para componer un gesto de niño travieso que me reveló que no debía de ser mucho mayor que yo, que aún no había cumplido treinta. Pero nada me desconcertó tanto como su aspecto sano, relajado, un aire tranquilo que no transparentaba dolor alguno y descartaba la angustia que solía recibirme en las casas a las que Pepe me había llevado antes. Me había anunciado que tenía un enfermo grave para mí, pero en el vestíbulo donde nos encontrábamos, el silencio del jardín se había hecho más denso, tan compacto como si aquella casa fuera un decorado en el que no vivía nadie, ni siquiera el hombre que nos guió a través de un pasillo oscuro hacia la luz que se adivinaba al final.

—Vamos a la sala, fuera hace demasiado calor todavía.

Le seguí sin decir nada y pese a la brevedad del trayecto tuve tiempo de corregir mi primera impresión. Todo estaba muy limpio y en el aire flotaba el aroma impreciso, rastros de olor a café, a jabón, a colonia, propio de las casas habitadas. El pasillo culminaba en un salón amplio, amueblado de forma dispar. Dos sofás confortables, modernos, ante una mesa baja de cristal a un lado, y un comedor antiguo de madera al otro, dejaban el paso libre hacia la cristalera que se abría al jardín vedado por el calor. En una butaca, junto a una mesa auxiliar sobre la que reposaba un jarrón de cristal lleno de clavellinas multicolores, estaba sentada una mujer joven, morena, que se levantó al vernos llegar.

—Hola —me saludó sin levantar la voz, avanzó hacia mí y me tendió la mano—. Soy Elena, encantada de conocerte.

—Lo mismo digo —repetí por pura fórmula, mientras reparaba en que parecía gozar de tan buena salud como el hombre que nos había recibido.

—Y tú, ¿qué? —se volvió hacia Pepe y le besó en la mejilla—. ¿Cómo andas?

—Sudando, ya me ves.

—Claro, con este calor...

—¿Qué te apetece tomar? —el que parecía el dueño de la casa se dirigió a mí mientras me invitaba a sentarme en un sofá—. ¿Una cerveza?

Cuando la acepté, Elena y Pepe desaparecieron por una puerta lateral, aunque ella regresó enseguida con una bandeja que debía de haber preparado de antemano, dos vasos, un cuenco de aceitunas, unas servilletas y dos botellas de cerveza heladas, un velo blanco escarchando el cristal del color de la miel oscura. Cuando volvió a marcharse, el hombre calvo se sentó frente a mí y abrió las dos antes de ofrecerme una.

—Mahou, la mejor que hay —dio un sorbo a su vaso y me miró—. Tenía muchas ganas de conocerte.

—Sí, pues antes de seguir... Explíqueme qué síntomas tiene exactamente.

Al escucharme, explotó en una risa franca y ruidosa, la primera reacción espontánea a la que asistía desde que llegué a aquella casa donde todos hablaban sin decir nada. Aquella risa disipó mi inquietud, el desasosiego sin nombre ni forma que se había sentado conmigo en aquel sofá, y me gustó. En mi breve experiencia clínica de la clandestinidad, no había observado en ninguna parte tanto sigilo como en aquel chalet de Ciudad Lineal, pero tampoco había conocido a nadie capaz de reírse así.

—¡Qué jodido, Pepe! Mira que se lo dije, pero nada, él tiene que hacer siempre lo que le sale de los cojones... —y por fin me miró, se dirigió a mí—. No estoy enfermo. Ya sé que eres médico, que has curado a muchos camaradas, que has salvado la vida de bastantes, pero puedes guardarte esa libreta, porque no le he pedido a nuestro amigo que te trajera para hablar de mi salud...

En el invierno de 1941, cuando pude alquilar una casa propia, me hice socio de un club de ajedrez situado en un primer piso de la calle Bordadores, cerca de la Puerta del Sol. Para aquel entonces, ya me había acostumbrado a llamarme Rafael Cuesta Sánchez y ni siquiera me ponía nervioso cuando me cruzaba por la calle con un policía.

—Aquí no puede quedarse mucho tiempo, señorito Guillermo, porque llamaría demasiado la atención —el primer día de abril de 1939, después de acogerme con un abrazo, Experta bajó la persiana de la única ventana de su cocina, me acomodó en su única butaca, me ofreció un vaso de agua y se excusó por no invitarme a otra cosa—. Pero no se preocupe, que yo me encargo de todo.

Y una vez más, eso fue lo que hizo.

Ella, la más lista de los dos, decidió que no podía moverme por la ciudad sin equipaje. Yo ya había empezado a fabricarme una biografía ficticia a partir de mi nueva cédula de identidad, pero no se me había ocurrido pensar que nadie creería que había vuelto a Madrid con dos mudas en un maletín de médico. Experta seguía teniendo las llaves de la casa de Amparo, y con eso y las dos cucharas de plata que invirtió en convencer a un trapero de su barrio de que hiciera dos paradas en la calle Hermosilla, una al atardecer y otra de madrugada, de vuelta a Vallecas, me trajo en dos baúles que habían pertenecido a don Fermín todo lo que pudo recoger en mi casa, y una maleta con ropa y útiles de aseo en cantidades razonables para un viaje no muy largo. Intenté impedírselo porque me daba miedo que la pararan en algún control, pero me aseguró que una mujer como ella nunca tendría problemas para moverse por la ciudad.

—A usted le pararían, pero ¿a mí? Yo tengo pinta de chacha, señorito, de lo que soy... Si me preguntan, con decir que la señorita Amparo me ha pedido que le haga dos baúles para mandárselos a Galicia, arreglado.

—Qué lista eres, Experta.

—¿Sí? Pues para lo que me ha servido, en esta vida...

A mí sí me sirvió. Después de dormir tres noches en su casa, me acompañó hasta una pensión situada en el primer tramo de la avenida de la Albufera. La había escogido porque conocía al dueño de toda la vida y sabía que era un vallecano excepcional, facha perdido. Los dos estábamos de acuerdo en que sería mejor esperar algún tiempo antes de buscar un alojamiento más próximo a los barrios que yo conocía.

La mañana del día anterior a mi traslado, me lavé, me afeité, no del todo, porque había decidido dejarme el bigote de los vencedores, y salí muy temprano para caminar durante más de una hora, el insólito plazo que transcurrió antes de que encontrara un taxi libre. El conductor me miró por el retrovisor y, después de darme los buenos días, mantuvo la boca cerrada hasta que le pregunté el precio de la carrera. En un banco de la calle Alcalá cambié un billete de cinco libras esterlinas por pesetas republicanas, idénticas a las que llevaba en la cartera. Después de escuchar que me había quedado sin dinero de Burgos, el empleado me aseguró que, en una buena temporada, no circularían otras en la ciudad. Luego me pidió la documentación, le di la cédula que me había regalado Manolo Arroyo, la miró, anotó el número en un registro y me la devolvió sin mostrar más interés. Al despedirme de él, las piernas me temblaban tanto que creí que no iba a ser capaz de llegar hasta la puerta. El aire de la calle me despejó pero no me devolvió la fortaleza, así que entré en un café, escogí una mesa apartada y pedí un desayuno completo. Allí me enfrenté a una realidad para la que no estaba preparado. No buscaba otra cosa cuando me dejé el bigote, pero comprender que todos los que me estaban viendo me habrían descrito como un fascista, la única clase de hombre que se habría atrevido a entrar tranquilamente en un café del centro de Madrid para desayunar en un día como aquel, me amargó la mañana. Al día siguiente sería peor.

—¡Arriba España! —Facundo ni siquiera me dio los buenos días antes de levantar el brazo y Experta me clavo un codo en las costillas sin necesidad.

—¡Arriba! —porque yo había levantado el mío como si un mecanismo autónomo hubiera tirado del hilo que alzara el brazo de una marioneta.

Ella no me imitó. Seguía a mi lado, con los brazos cruzados bajo el pecho, paseando sus ojos por el vestíbulo del hostal Moderno como una espectadora ajena a lo que sucedía a su alrededor. Facundo no se había extrañado de que su vecina no respondiera a su saludo, no le había exigido que lo hiciera. La había reconocido como lo que era, el enemigo, y su entereza me avergonzó. En ese momento yo ya sabía que había perdido la guerra, pero sólo entonces empecé a vislumbrar el precio que debería pagar por sobrevivir a la derrota.

Antes de seguir a Facundo por el pasillo, me despedí de Experta con dos besos, como cuando era niño. Ella me los devolvió, y me acarició la cara con la yema de los dedos, igual que entonces. Sus ojos me despidieron con más calor que las palabras que pronunció antes de marcharse, y al verla salir por la puerta, sentí que me había quedado solo en el mundo. En la sombría habitación donde me instalé, mi única compañía era un enorme crucifijo colgado sobre la cama.

Jamás había dormido bajo la custodia de un crucifijo. Mi primer impulso fue descolgarlo, y hasta busqué un cajón donde esconderlo, pero mientras daba vueltas por la habitación con él en la mano, me di cuenta de que no podía hacer eso y volví a colocarlo en su lugar. Después, intenté arrepentirme de haberle hecho caso al doctor Quintanilla en la mañana que consumó nuestra derrota y no lo logré. Me había salvado porque quería vivir, pero en aquel momento la vida me pareció un bien despreciable, un mezquino atributo de mi cobardía. Así, se fue abriendo paso en mi interior una fantasía semejante a la que no me había atrevido a cumplir mientras los soldados de Franco entraban en mi ciudad. Era tan sencillo como presentarme en el hospital al día siguiente, ir a ver a Paco Arrieta, dejarme detener y acabar en una cárcel, disfrutando de la compañía de miles de hombres con quienes lo había compartido casi todo, con los que podría empezar a compartir todo en absoluto y la promesa de la muerte, gracias a un único gesto de coherencia, de dignidad, de coraje. Hoy no lo haré, me dije a mí mismo, hoy no, porque estoy cansado, pero no corre prisa. Mañana o pasado, el resultado será el mismo...

La primera noche de mi salvación fue la peor que recordaría en mi vida. Debería haber conciliado el sueño pacífico de los privilegiados, pero no pegué ojo. La imagen de mi abuelo veló mi insomnio para contraponer su soberbia integridad a mi miedo pobre, pequeño, la válvula que gobernaba el instinto de supervivencia que me avergonzaba como un vicio abominable. A oscuras en una cama ajena, Jesucristo crucificado sobre mi cabeza, repasé todo lo que había perdido. Tenía una vocación a la que había renunciado, un buen trabajo al que no podía volver, una casa que ya no me pertenecía, una amante que me había traicionado, un hijo que jamás sabría que yo era su padre. No existían motivos que me impulsaran a seguir huyendo, no poseía ningún bien que conservar, pero tenía veinticinco años y quería vivir. Quería vivir, prefería arrastrar una vida de impostura con un nombre falso a reivindicar mi propio nombre y afrontar las consecuencias. Sabía que quería vivir, y esa certeza me torturaba como una prueba de mi debilidad, de la indignidad del nieto que mi abuelo no se merecía. Aquella noche no me acordé de las profecías de Manolo Arroyo, de la naturalidad con la que Experta me había escondido, de la petición del hijo del alcalde de Fuentidueña, ni de mi propia inocencia. Me sentía culpable de querer vivir, y esa culpa absorbía todos mis recuerdos, envilecía mi vida de principio a fin, me convirtió, en la espesa oscuridad de la noche, en un ser despreciable.

La luz del día alivió mi angustia, pero no logró extirpar aquella pesadilla de mi conciencia. Y sin embargo, aprendí a vivir como un impostor. Cada noche, antes de acostarme, descolgaba el crucifijo y lo escondía bajo mi cama para devolverlo a su lugar al día siguiente. Cada mañana me levantaba pronto, como si tuviera algo que hacer, y caminaba por la ciudad durante horas sin ir a ninguna parte. Jamás me detenía antes de haber cruzado la Castellana, como si ya intuyera que esa avenida ancha y profunda, caudalosa como un río, trazaría la frontera entre la vida de Guillermo García Medina y la de Rafael Cuesta Sánchez.

—Ya puede ir haciendo las maletas porque le he encontrado un sitio mucho mejor donde vivir —aunque nunca lo habría conseguido sin Experta—. Una habitación grande, con dos balcones, en la calle Españoleto, en Chamberí. La dueña, doña Enriqueta, es viuda de un abogado, muy monárquica pero nada más. La conozco desde hace años, porque mi hermana asistía en su casa antes de la guerra. Vive con una criada muy mayor y una sobrina que se llama María Aránzazu y está como una cabra, pero con ellas estará usted mucho mejor que con este animal de Facundo...

Doña Enriqueta me recibió con una cortesía antigua y maternal que me reconfortó al precio de añadir un nuevo motivo a mis desvelos nocturnos, porque se parecía tanto a mi abuela que me obligó a recordar que no sabía nada de ella desde julio de 1936. La razón de que no hubiera procurado remediarlo no tenía tanto que ver con mi situación como con el cariz de mis presentimientos. Confirmarlos fue la primera gestión que realicé al instalarme en Españoleto 24, y la carta que envié a mi tía abuela Mercedes, el primer documento que firmé como Rafael Cuesta Sánchez.

No me hice ilusiones, e hice bien. Si me hubiera respetado como médico, que nunca lo hizo, mi abuela no se habría marchado a Zarauz en junio de 1936. Cuando la vi por última vez, después de acomodar su equipaje en un vagón de primera clase del tren que la llevaría al norte, estaba a punto de cumplir ochenta y seis años. Aquel invierno había tenido un síncope cerebral tan grave que sus médicos pronosticaron que no recuperaría el habla. Ella se empeñó en llevarles la contraria, pero aunque volvió a hablar como una cotorra, a menudo era incapaz de encontrar la palabra que quería decir y pronunciaba otra que convertía sus frases en una amalgama de sílabas sin sentido. Su cuerpo no estaba mucho más sano, y temí que no superara el viaje, pero una de sus doncellas llamó por teléfono al hospital al día siguiente para dejar recado de que estaban todas bien. Como a mi abuela se le había olvidado escribir, ese fue el sistema al que recurrió para tranquilizarme, hasta que el golpe de Estado interrumpió toda comunicación entre la República y la zona rebelde.

Mercedes Fernández Sarmiento, la hija menor de la única hermana de mi abuela, respondió a Rafael Cuesta Sánchez, que se había presentado como auxiliar del administrador de la finca situada en el número 49 de la calle Hermosilla de la capital, en una carta fechada en Valladolid el 24 de abril de 1939. Con una caligrafía esmerada y las palabras justas, le informaba de que doña Aurora Sarmiento Gutiérrez había muerto en Zarauz, Guipúzcoa, en enero de 1937, apenas dos meses antes de que su hermana Mercedes falleciera en Valladolid. A continuación, le pedía información acerca del paradero de su sobrino segundo, Guillermo García Medina, sin ocultar que le resultaría muy valiosa para hacerse cargo de las propiedades de su tía en el caso de que hubiera muerto o, considerando sus ideas políticas, se hallara preso, huido o en circunstancias que le hicieran imposible heredarlas.

Cuando leí aquellas palabras, ya había llorado. Por mi abuela, por mi abuelo, por mis padres, por todos nosotros. En el hostal Moderno no había llegado a abrir los baúles que me había traído Experta, pero en la calle Españoleto lo hice para que la memoria de Hermosilla 49, el olor, los colores, los sonidos de aquella casa propia, se desplegaran a mi alrededor en los objetos dolorosamente familiares que usurparon de pronto un espacio ajeno. Experta había vuelto a hacer honor a su nombre al seleccionar las cosas que seguían teniendo algún valor material —libros encuadernados en piel, plumas estilográficas, el reloj que siempre había estado sobre la chimenea del despacho de mi abuelo y el que solía llevar en el bolsillo del chaleco, el juego de tocador de plata y cristal de su mujer, algunas piezas sueltas de plata y figuras de porcelana que habían sobrevivido al embarazo de Amparo— para llenar uno de los baúles. En el otro había guardado otra clase de objetos, mucho más valiosos para mí que para el mercado negro. Un reloj de ajedrez, el tablero arañado y las piezas sucias, mates por el uso, que recibí como regalo al cumplir quince años, los cuentos infantiles que nunca había quitado de la estantería de mi antiguo cuarto, los manuales de Medicina con los que hice la carrera, las placas de estaño que don Guillermo Medina había recibido de sus subordinados en sucesivos homenajes, el instrumental de repuesto que guardaba en mi armario, un ejemplar de la Constitución de 1931, manojos de cartas, de fotos, tarjetas postales guardadas en mis cajones... Además encontré mantas, sábanas, toallas que olían a mi abuela, a mi madre, a mi infancia. Y algunos juguetes viejos, que volvían a mí por si alguna vez mi hijo pudiera jugar con ellos. El tren eléctrico fue la palanca que desató mi llanto. Lloré hasta vaciarme y me sentó bien. Llorar era un desahogo propio de cobardes, y durante mucho tiempo sentiría que ninguna palabra me definía mejor. En el desierto sentimental donde me hallaba, que mi herencia fuera a parar a manos de una pariente lejana a la que ni siquiera recordaba haber conocido, no mereció ni una sola de mis lágrimas.

El único legado familiar que había logrado conservar cabía en dos baúles, y me hacía tanto daño que lo devolví a ellos. Hice pocas excepciones, las suficientes para que el hombre sin horarios, sin amigos, sin verdades, conocido como Rafael Cuesta Sánchez, consiguiera emprender una vida nueva.

—Llámame cotilla si quieres, me da igual, pero ayer por la tarde, cuando saliste de tu habitación, dejaste la puerta abierta y... ¿Eso que tienes ahí dentro es un reloj de ajedrez?

Experta me había anunciado que estaba como una cabra, pero María Aránzazu superaba con creces esa definición. Cuando la conocí, aparentaba unos cuarenta y cinco años y sólo tenía tres menos. Le sobraban kilos, aunque no estaba exactamente gorda. Su cuerpo ancho y robusto, como el tronco de un árbol del que apenas brotan hojas verdes pero aún conserva el vigor, la fortaleza de su juventud, la asemejaba mucho más a las madres campesinas que cavan huertos con sus propias manos que a las señoritas solteras del barrio donde vivía, sobre todo porque se vestía al azar, con lo primero que sacaba del armario. Su atuendo consistía en un número limitado de variantes del mismo uniforme, una falda ancha, larga hasta media pierna, de color gris o azul marino, combinada con blusas casi siempre blancas, sin más adornos que alguna mancha de comida en la pechera, cuyos picos asomaban por debajo de una chaqueta de punto de algún color liso. Era una mujer muy fea, y no sólo lo sabía, sino que se complacía en convivir armoniosamente con su fealdad. Muy de vez en cuando, se cubría con una capa de polvos las venillas rojas que tapizaban la base de su nariz y ese era todo el maquillaje que usaba. Tenía los ojos muy grandes, pero saltones, en una cara ancha hasta sus dos terceras partes que se afilaba de pronto para confluir en una barbilla picuda, mínima, que llamaba la atención sobre su papada y la desproporción de un cuello demasiado corto para el tamaño de su cabeza. Tenía el pelo castaño, lo bastante oscuro para que se vieran bien las canas que lo salpicaban, y lo llevaba a su aire, tal y como se quedaba después de lavárselo, más o menos a la altura de los hombros, porque ella misma se iba cortando a ojo los mechones que sobresalían con las tijeras de la cocina. El día que la conocí, doña Enriqueta frunció los labios en una involuntaria mueca de desagrado, como si se avergonzara de presentármela.

—Ni se te ocurra llamarme Arancha —pero ella estrechó mi mano con energía antes de señalarse a sí misma—. No me faltaba más, con este tipazo que me ha dado Dios.

Hasta principios de junio, la vida que hice en casa de doña Enriqueta no fue muy distinta de la que había llevado en el hostal de Facundo. Como había vuelto al centro, andaba menos, sin rebasar jamás la orilla oeste de la Castellana, pero mis caminatas no tenían otro propósito que convencerme a mí mismo, y sobre todo a mi patrona, de que hacía algo. Todas las mañanas salía pronto, desayunaba en un café y caminaba durante un periodo de tiempo indeterminado, que a menudo concluía de forma abrupta cuando veía a una mujer llorando en un portal o divisaba en el horizonte un grupo numeroso de soldados o policías armados. Mi fantasía de entregarme a Paco Arrieta había ido perdiendo fuelle, pero en esos momentos me tentaba la idea de avanzar hacia ellos y acabar de una vez. La certeza de que no lo haría nunca me torturó tanto como en la mañana que elegí para presentarme en una comisaría abarrotada de gente.

—Documentación —me ladró el guardia de puerta, y al verla, su gesto y su voz se ablandaron por igual, como si fuera un perro que acabara de cambiar de raza—. Vaya directamente a la ventanilla 7, señor. Allí es donde canjean los documentos de la zona nacional, no tendrá que esperar mucho.

Sólo tenía tres personas delante, pero hasta que llegó mi turno tuve tiempo de sobra para contemplar a la multitud de madrileños que se apiñaban en las seis primeras filas. Aquellos hombres nerviosos que no levantaban la vista del suelo, aquellas mujeres agotadas de cansancio, habían defendido la ciudad conmigo en casi tres años de carestía, bombardeos y desesperanza que se habían hecho eternos. Ellos eran mis iguales, mis compañeros, los habitantes del verdadero Madrid, el único que yo reconocía, el único que me pertenecía, y verlos sometidos, aplastados por mi misma derrota, desde la fila de la ventanilla 7, me puso a prueba una vez más. Nadie lo habría dicho cuando llegó mi turno y con una sonrisa que desmentía mi tumulto interior, todas mis vísceras compitiendo ferozmente por escapar de mi boca, entregue la cédula de Rafael Cuesta Sánchez a un funcionario que no me prestó demasiada atención mientras rellenaba un volante con mis datos.

—Aquí tiene un justificante provisional. Puede venir a recoger su documentación en ocho días.

Salí a la calle sin contratiempo alguno, tan hundido que ni siquiera reparé en que la escena que acababa de vivir representaba un éxito rotundo de los servicios de inteligencia de la República, que habían colado a un enemigo en la capital de Franco sin la menor dificultad. En ese momento no podía imaginar cuántos antifascistas se beneficiarían durante décadas de la astucia de mi amigo Manolo, pero tal vez, ni siquiera eso me habría consolado.

—Es que eres muy joven, Rafa..., o como te llames —María Aránzazu, que nunca supo la verdad pero había empezado a sospecharla unas horas antes, atribuía todos mis cambios de humor a la misma causa—. Pero no te preocupes, hijo, que se te pasará en un suspiro. Antes de que te des cuenta.

Aquel día, en la comida, doña Enriqueta me llamó en vano un par de veces, y su otra huésped, Milagritos San Sebastián, una soprano relegada por la edad al coro de una compañía de teatro lírico que había pasado la guerra girando por la zona de Franco y acababa de volver a Madrid, tuvo que sacudirme con suavidad para que prestara atención a nuestra patrona. Mientras le pedía disculpas, alegando que estaba distraído pero que me encantaría repetir estofado, María Aránzazu me miró con un interés que nunca antes había despertado en ella. Se había dado cuenta de que no había respondido porque su tía me había llamado Rafael, pero no dijo nada. Aquella noche no pude dormir, y el insomnio acentuó el dolor de cabeza con el que había salido de la comisaría. Harto de dar vueltas en la cama, me levanté, atravesé el pasillo sin hacer ruido y fui a la cocina a buscar una aspirina. La luz estaba apagada y al pulsar el interruptor escuché un grito.

—¡Ay, leche, qué susto me has dado!

María Aránzazu, vestida con un camisón de corte infantil y color rosa claro, cubierto a medias por una bata del mismo color, estaba sentada a la mesa de la cocina con un cigarrillo entre los labios, una botella de anís y una copa pequeña de cristal tallado, que apuró de un sorbo para curarse del susto.

—Yo... Lo siento... —balbuceé—. Como la luz estaba apagada...

—¿Y qué quieres? —movió su pequeña y picuda barbilla para señalar hacia la puerta del cuarto de servicio—. Severina está sorda, pero no está ciega. Y de Milagritos no me fío ni un pelo.

—Ya, yo... Venía a por una aspirina, porque me duele mucho la cabeza.

—Ahora mismo te la doy, pero... —se levantó de la silla, me miró—. ¿Y no te apetece más una copita?

—Pues... —acertó a leer en mis ojos que sí me apetecía.

—Claro, hombre —y sacó de un armario una copa de cristal igual que la suya—. Algo habrá que hacer para soportar esta mierda de vida, ¿no?

Aquella noche estuvimos hablando, fumando y bebiendo en la cocina hasta que empezó a amanecer.

—Ya me gustaría invitarte a algo mejor, pero este anís cochambroso es lo único que puedo comprar con el dinero que me da la rácana de mi tía. Te habrás dado cuenta de que soy una pariente pobre, ¿no? Mi madre, la única hermana de mi tío, se quedó embarazada de nunca he sabido quién cuando tenía casi cuarenta años. Yo siempre he pensado que mi padre sería vasco, más que nada por este nombre tan raro que me puso mi madre, bueno, raro en Burgo de Osma, porque aquí en Madrid hay de todo, ya se sabe...

En un susurro rítmico y entrecortado, que daba una consistencia aterciopelada, casi dulce, a su ronca voz de fumadora, María Aránzazu me invitó a formar parte de su vida sin exigirme que le contara nada de la mía.

—Yo me crié en el pueblo, en casa de mis abuelos, con mi madre. Pero todos se fueron muriendo y a los dieciséis años mi tío me trajo a vivir con él. Era un buen hombre, mucho mejor que esta, pero no sabía qué hacer conmigo. En Burgo de Osma había ido a la escuela de pequeña, pero sólo aprendí a leer, a escribir y las cuatro reglas. Con eso habría podido colocarme de dependienta en una tienda, pero a mi tía no le parecía un trabajo decoroso, así que tuve que fastidiarme y quedarme en casa, aguantándola. Mi tío quería casarme, pero yo... —se detenía de vez en cuando para encender un pitillo con otro—. A mí no me daba la gana de vivir con un imbécil que se creyera con derecho a darme órdenes, yo siempre he sido muy desobediente, ¿sabes?, desde pequeñita. El único pretendiente que me salió era un carnicero que no tenía ni media hostia y estaba todo el día metiéndose en mis cosas, que si ponte sombrero para salir conmigo, que si no me gusta que lleves pantalones ni en casa, que si hazme caso, chatita... Chatita, me llamaba el tío, a mí, chatita... Vamos, no me jodas.

—¡Qué hijo de puta! —comenté con una sonrisa—. Mira que llamarte chatita... —y mi ironía la hizo reír.

—¿A que sí? Pero no te equivoques conmigo, ¿eh? Porque yo no soy feminista, ni moderna, ni nada de eso. A mí, los rojos no me gustaban un pelo. Tampoco me gustan los curas, pero de ahí a ver las iglesias ardiendo... Me daban miedo, fíjate, a mí, que nunca he tenido miedo de nada, pero esa manía de acabar con todo, tanto tío malencarado con pistola por la calle y gritando que venía la revolución... Aunque de todas formas, para ser sincera, reconozco que yo hasta en la guerra estaba mejor que ahora. Mi tía y Severina se tiraban todo el santo día encerradas, rezando el rosario, pero yo salía, entraba, me tomaba una copa en un café si me daba la gana, andaba por la calle con pantalones, fumaba en público, iba al cine sola... En la gloria estaba yo, esa es la verdad, aunque en este puto país ya se sabe que nunca podemos tener un término medio. Aquí, o la revolución o el convento, no hay más cáscaras.

Al día siguiente me desperté más tarde que de costumbre y salí a la calle con un auténtico propósito. A la hora de comer, cuando María Aránzazu me contó que sabía jugar al ajedrez, en el armario de mi dormitorio reposaban ya dos botellas, una de oporto y otra de coñac, que había comprado para ella.

—¡Ay, qué alegría! —exclamó cuando vino a jugar una partida—. Un santo eres, un ángel del cielo... Voy a buscar una mesa, no tardo nada.

A partir de aquel día, aquella mujer insólita, áspera hasta en su forma de mostrar cariño, dulcísima en su constancia, se convirtió en el primer ingrediente auténtico de la verdadera vida de Rafael Cuesta Sánchez, un hombre que gracias a ella empezó a existir al margen de un desaparecido llamado Guillermo García Medina, y a creer en su propia existencia.

—¡Uy! Perdónenme, no sabía que estaban aquí.

Antes de que los alfiles salieran a campo abierto, Milagritos San Sebastián apareció en el umbral de mi dormitorio, cuya puerta habíamos tenido la precaución de dejar abierta para disipar cualquier equívoco.

—Guarda esto —mi cómplice apuró su copa y me la pasó por debajo de la mesa—, porque como hay Dios que esta se está chivando.

En efecto, doña Enriqueta vino enseguida para expresar tibiamente su desaprobación, pero su sobrina se anticipó a todas sus objeciones.

—Pero, tía, si sólo estamos jugando al ajedrez, igual que cuando jugaba yo con el tío, ¿no te acuerdas? Si nos sentamos en el salón, dentro de un cuarto de hora vendrá el novio de Milagritos...

—Su prometido, querrás decir.

—Bueno, pues su prometido. El caso es que él se sentará al piano, ella se liará a cantar romanzas, y ya no habrá quien se concentre. Y además, tía Enriqueta... —la miró, me miró, se echó a reír—. ¡Si don Rafael podría ser mi hijo! ¿Qué iba a querer él con una vieja como yo? Ya me gustaría a mí...

—¡María Aránzazu! —doña Enriqueta concentró en un instante todo el sonrojo que jamás había visitado las mejillas de su sobrina.

—Pero, tía, si es un decir...

Todas las tardes, mi nueva compañera se sentaba ante el tablero en una mesa donde había sólo una copa, de la que bebíamos los dos, y un paquete de tabaco que consumíamos a medias, pendientes siempre del ruido de pasos que anunciaran la presencia de intrusos en el pasillo. María Aránzazu no jugaba tan bien como Manolo, pero se defendía, y aunque yo me dejaba ganar alguna vez, sobre todo cuando desarrollaba un juego más brillante que de costumbre, de vez en cuando me arrancaba unas tablas legítimas que celebraba como una victoria. En Españoleto 24, igual que antes en Hermosilla 49, el ajedrez volvió a ser más que un juego. Por eso, porque funcionó como un pretexto para estrechar una amistad secreta y benéfica para ambos, de vez en cuando María Aránzazu renunciaba a pedir la revancha.

—Esta noche, a las diez y media, echan una de estreno en el Capitol, *La voz irresistible,* se llama. El título parece de película de monjas, pero lo he estado mirando y no, porque es americana.

Y como, casualmente, en las Trinitarias hay una novena de la Inmaculada...

Siempre salíamos antes, sobre las nueve menos cuarto, para ajustarnos al horario de la iglesia que le sirviera de coartada a María Aránzazu.

—Como don Rafael ha quedado con unos amigos suyos, pues me acompaña a la ida y luego me recoge.

—Ya, ya —al principio, doña Enriqueta tardaba en morder el anzuelo—, pues muy bien, hija, pero vamos, no sé yo cuándo te has vuelto tan religiosa.

—Bueno —aunque su sobrina sabía manejarla—, pues me quedo a hacerte compañía, si lo prefieres. Eso que sale ganando don Rafael.

—No, no, no —y cuando ya había salido al pasillo para volver a su cuarto con los zapatos en una mano y el bolso en la otra, la voz de su tía la detenía a tiempo—. Vete a la novena, hija, vete...

La primera vez que representé un papel en esta escena, no la entendí, porque habríamos podido ir al cine por la tarde sin ningún pretexto tan elaborado como la súbita devoción de María Aránzazu. Sin embargo, al volver a casa, por la noche, me di cuenta de que había algo más.

—Tú sube, que ya voy yo luego —me dijo ante el ascensor, mientras sacaba de su bolso una llave grande, antigua—. No me esperes levantado porque voy a tardar un rato.

Siguió andando por el pasillo que comunicaba el portal con el patio al que daban las antiguas cocheras y abrió con esa llave un portillo de hierro que desembocaba en el patio del edificio contiguo. Antes de entrar se giró, me miró y pronunció en un susurro una frase que entendí perfectamente en el compacto silencio de la noche.

—Algo habrá que hacer para soportar esta mierda de vida, ¿no?

Así me convertí en cómplice y encubridor de los amores clandestinos de María Aránzazu con Matías, el portero del número 26, un borrachín menudo y calvo, mayor y más bajo que ella, pero muy gracioso, que había aprovechado la guerra para dejarse olvidada a su mujer en un pueblo de Alicante. Nuestras noches de cine garantizaban a mi compinche encuentros tranquilos y seguros, sin necesidad de quedarse despierta durante horas para salir de puntillas, arriesgándose a que la descubrieran y, sobre todo, a que su amante se hubiera quedado frito antes de recibirla. Pero ella no fue la única que salió ganando.

—Espera un momento...

Una noche de agosto, mientras prolongábamos el camino de vuelta a casa por la calle Alcalá para escapar del calor, vi un cartel pegado en un portal. AGENCIA DE TRANSPORTES LA MERIDIANA, leí, PRÓXIMA REAPERTURA TRAS LA VICTORIA DE NUESTRO GLORIOSO EJÉRCITO NACIONAL. SE NECESITAN AGENTES PARA LOS DEPARTAMENTOS DE TRANSPORTES NACIONALES E INTERNACIONALES. IMPRESCINDIBLE IDIOMAS.

El primer día de septiembre de 1939, me presenté allí a las ocho de la mañana. Había madrugado para ser de los primeros, pero más de treinta personas, casi todos hombres, habían llegado antes que yo. Era la primera vez que cruzaba la Castellana desde que acabó la guerra, pero no me arrepentí.

—Por favor, que se adelanten los candidatos que hablan una lengua extranjera —sólo seis personas dimos un paso al frente—. Muy bien, ahora que se adelanten los que hablan dos.

Yo fui el único que avanzó un paso más, y el primero en entrar en el despacho de don Gabino de la Fuente, dueño de la agencia.

—Muy bien —me dijo este, después de rellenar un formulario con mis datos—, y ahora, hábleme usted en todo lo que sepa.

—*La cigale, ayant chanté tout l'été, se trouva fort dépourvue quand la bise fut venue, pas un seul petit morceau de mouche ou de vermisseau...*

—¿Eso qué es? —me miró con el ceño fruncido—. Francés, ¿no?

—Sí, es una fábula de La Fontaine que aprendí de pequeño.

—Bueno, pues ahora dígame algo en inglés, y que no sea un poemita.

Mi inglés era mucho peor que mi francés. Por eso había escogido esta lengua para comunicarme con el doctor Bethune, y sin embargo, mientras su Instituto estuvo en funcionamiento, había practicado conversación con algunos canadienses. Mi acento era bastante horrible, pero tuve la sensación de que mi interlocutor no estaba en condiciones de apreciar sus deficiencias.

—Pues... —había pensado en recitarle Humpty Dumpty pero, por fortuna, tenía otra frase preparada—. *The first sentence that Spanish students usually learn when they begin to speak English is my tailor is rich.*

—Suficiente —juzgó aquel hombre que, en efecto, no había entendido ni una sola palabra de las que le había dicho, antes de levantar la cabeza como si acabara de picarle una avispa en la nuca—. No será usted rojo, ¿verdad?

—¿Qué? —me asusté tanto que se me desencajó la cara, pero él confundió mi pavor con la indignación—. Pero ¿por qué me dice eso?

—Perdón, no quería ofenderle, pero como me ha dicho que aprendió francés de pequeño y lo habla usted tan bien... —me dedicó una sonrisa suspicaz—. Los rojos eran los únicos a los que les importaban los idiomas, en sus colegios era donde mejor se aprendían, y como alemán no habla usted...

—Ya, pues... —jamás se me había ocurrido que alguien pudiera pensar de esa manera y no tenía ninguna respuesta preparada, pero en ese instante sonó el teléfono—. Si quiere le cuento mi vida —propuse cuando colgó, después de regalarme unos minutos preciosos—. Verá usted, mi padre era profesor...

—No, por favor, no hace falta —me tendió la mano por encima de la mesa—. El puesto es suyo. Necesitamos políglotas más que comer.

Al día siguiente empecé a trabajar en La Meridiana como agente de transportes internacionales, un trabajo de oficina monótono, aburrido y muy poco exigente, en el que no me costó demasiado destacar. Aunque me permitió matricularme en una academia para perfeccionar mi inglés, mi primer sueldo no era muy alto, pero mi jefe estaba tan contento conmigo que en febrero de 1940 me concedió una comisión por cada tonelada de mercancía gestionada, y mi vida desembarcó en la plácida orilla de una existencia tan vulgar y tranquila como los asuntos de los que me ocupaba en la oficina. Echaba de menos a Guillermo, eso sí. Echaba de menos su vida, sus amigos, su trabajo en el hospital. Echaba de menos el sexo con Amparo, y a un niño que en septiembre de 1940 cumplió dos años y al que no podría reconocer si me lo encontrara por la calle.

—Pues es clavado a usted, señorito Guillermo.

Ella seguía siendo el único puente entre mis dos vidas, la única persona que conocía dos identidades distintas de un hombre que siempre había sido yo.

—Llámame Rafael, Experta, por lo que más quieras.

—¡Ay, si es que no me sale! A ver, le conozco desde que nació, y ahora... Pero por eso sé que el niño es igual que usted, pero igual igual. Es lo que dice siempre la señorita Amparo. ¡Hay que ver! Con lo poquito que puso y es como si lo hubiera escupido.

—Yo no puse poco, Experta. Tú lo sabes.

—Sí, pero también sabe usted cómo es ella, señorito. Y como ha vuelto a vivir con su familia, que se creen todos que descienden del sobaco de Cristo...

Casi todos los domingos, a mediodía, iba a verla a Vallecas y solía invitarla a comer en algún ventorro cercano con sus hijas, si se apuntaban. Ya no tenía en casa a ningún hijo varón, porque los dos que habían sobrevivido estaban redimiendo pena en el mismo batallón penitenciario, y cuando podía ir a verlos, faltaba a nuestra cita. Yo no falté nunca, porque sin Experta no habría ido a ninguna parte, y sólo podía paliar con el bien más barato, el dinero, una deuda que jamás podría saldar.

—Y tú... ¿adónde vas todos los domingos, si puede saberse? —me preguntaba María Aránzazu de vez en cuando.

—Imagínatelo —contestaba yo con una sonrisita—. ¿O es que los demás no podemos hacer algo para soportar esta mierda de vida?

En 1940 estuve a punto de morirme de aburrimiento. La primaveral boda de Milagritos San Sebastián con su prometido pianista fue lo más interesante que sucedió en la primera parte del año. A finales de agosto, la llegada de un nuevo huésped provocó, sin embargo, cambios relevantes, que se fueron acelerando a medida que nos acercábamos a 1941.

—Quiero que lo sepas antes que nadie, Rafa —el primero se desarrolló en la cabeza de María Aránzazu, que aquel otoño fue todas las semanas a la peluquería y no sólo a teñirse las canas—.

Voy a casarme con Amador —después, empezó a dejarme plantado ante el tablero por las tardes—. Él está empeñado, y yo al principio no quería, pero a ti no te voy a mentir —hasta que una noche de diciembre me la encontré hablando con él de madrugada, en una cocina limpia de copas y de ceniceros—. La verdad es que tengo miedo. Soy vieja, soy fea, estoy sola, y mi tía no va a vivir mucho más. Hoy tampoco ha querido levantarse de la cama, y cuando se muera, yo no sé... Ella tiene otros sobrinos, ¿sabes? A mí me dice que va a dejármelo todo, pero no me fío y me da miedo quedarme en la calle, sin oficio ni beneficio, de un día para otro. No soy tan valiente como me gusta aparentar, esa es la verdad.

Amador Fernández rondaba los sesenta años y su aspecto no difería mucho del de Matías, pero no era gracioso en absoluto. Compensaba su carácter seco, adusto, con una cortesía meliflua que no ocultaba su educación de seminarista. Aunque había renunciado al sacerdocio, practicaba el catolicismo riguroso y adornado con ribetes de virilidad, en una mano la Biblia y en la otra el fusil, tan de moda en la época. Viudo sin hijos, su predilección por María Aránzazu era uno de esos desconcertantes misterios del alma humana contra los que se estrellan por igual la razón y la intuición. Para mí, que en aquella casa la conocía mejor que nadie, era difícil imaginar una mujer menos compatible con él que la sobrina de doña Enriqueta, y sin embargo fui testigo de las atenciones y halagos que le prodigó desde el primer día.

—Pues vas a tener que empezar a ir a las novenas de verdad —fue todo lo que se me ocurrió decir cuando me informó de la noticia.

—Hasta que me case, porque luego, ya... —los dos nos echamos a reír a la vez, pero su buen humor se extinguió enseguida—. Es un buen hombre, ¿sabes? Voy a tener que volver a hacerlo todo a escondidas, como cuando tenía catorce años, pero lo soportaré. Tú, sin embargo... Mira, Rafa, yo no sé quién eres. No sé de dónde has salido y nunca me ha importado, pero por lo que te conozco... Amador hizo la guerra de asistente de un coronel de Artillería. Se pasa la vida diciendo que aquí no se han hecho las cosas bien, que hay que limpiar España, desenmascarar a los rojos que siguen emboscados, y ya me ha preguntado un par de veces por ti. Dice que un hombre de su posición tiene que estar seguro de la honestidad de las personas con las que vive, que cuando te pregunta dónde hiciste la guerra no le hablas claro, que si esto, que si lo otro... Mientras yo esté en esta casa no te va a pasar nada, ya lo sabes. Eres mi único amigo y ni te imaginas cuánto voy a echarte de menos, pero lo he estado pensando y creo que lo mejor es que te marches. Quien evita la tentación...

No terminó de decir aquel refrán porque los ojos se le habían llenado de lágrimas. Yo sabía que no lloraba por mí, sino por ella misma, por la derrota que suponía un matrimonio en el que expiraban sus pequeños vicios, la mezquina libertad de su vida de soltera. Yo conocía muy bien el significado del verbo claudicar, pagaba su precio a diario, y en aquel momento me sentí tan cerca de María Aránzazu como no lo había estado de nadie desde que acabó la guerra. Para un fugitivo que creía haber renunciado a tener sentimientos, esa emoción nostálgica, caliente, era un bien precioso. Así me di cuenta de cuánto le debía a aquella mujer, de cómo la quería.

—Yo también te voy a echar mucho de menos, pero no te preocupes —le dije al oído mientras la abrazaba, meciéndola como a una niña—. Tenemos muchos días por delante para volver a jugar y emborracharnos juntos.

—No te hagas ilusiones —murmuró—. Eso podría pasar en otra época, en otro país, pero aquí, ahora... Esta vida es una mierda, Rafa. Y lo peor es que no tenemos otra.

El 1 de febrero de 1941 me mudé a un piso que había encontrado gracias a Matías. Le pagué una mensualidad y media de alquiler como comisión y él se la repartió con la portera del número 5 de la calle Apodaca. No me pesó, porque si la señora Benigna no hubiera retenido durante unas horas el cartel de SE ALQUILA que le había dado el administrador para que lo colocara en el portal, habría tardado meses en encontrar una casa peor que aquel segundo exterior, que hacía esquina y tenía mucha luz. Para amueblarlo, tuve que vaciar lo que Experta llamaba el baúl de las cosas caras, pero no me importó. Con mi sueldo y sin una familia que mantener, tenía de sobra para vivir sin estrecheces, y la sensación de volver a tener una casa propia me tranquilizó tanto como si tocara puerto después de una larga travesía. En Apodaca 5, me desprendí definitivamente del rastro de Guillermo García Medina, una identidad que para mí apenas era una funda, un abrigo que podía colgar en una percha y guardar en un armario, para ponérmelo sólo cuando nadie podía verme. Y sin embargo, justo entonces, en un club de ajedrez de la calle Bordadores, mi pasado me alcanzó.

—Negras o blancas, lo mismo me da. Vas a ganarme de todas formas.

Había hecho tablas en la última partida de aquella tarde, y estaba furioso conmigo mismo porque un segundo después de sacrificar una torre, me había dado cuenta de que era un error irremediable. Al terminar, le eché las culpas a la primavera, fui a lavarme la cara al baño, y al volver a la mesa para recoger mis cosas, me encontré con un nuevo oponente. Ese no era el procedimiento normal en aquel lugar, donde las partidas se programaban de antemano, pero mi torpeza me había disgustado tanto que decidí aceptar el desafío de aquel espontáneo. Antes de verle la cara escuché su voz, soleada y juvenil como un eco de tiempos mejores. Después, me emocioné tanto que tuve que sentarme.

—¡Pepe Moya! Pero, bueno, ¿qué haces tú aquí?

Mi primer resucitado tenía buen aspecto. Estaba muy flaco, como todos, pero le sentaba bien la ropa de civil, el flequillo ladeado sobre la frente, la sonrisa con la que respondió a mi asombro y en la que no me detuve mucho tiempo.

—Dame un abrazo, hombre —dije mientras me levantaba, y cuando me obedeció, le hablé en un susurro—. No me llames Guillermo —percibí que asentía con la cabeza—. Ahora me llamo Rafa.

—Ya me lo imaginaba —murmuró en mi oído, y después levantó la voz—. Bueno, pues si no quieres ganarme, vamos a tomar algo, ¿no?

Salimos juntos sin hablar a una esplendorosa tarde de abril y sólo al desembocar en el bullicio de la calle Arenal nos abrazamos de nuevo, sin más propósito que celebrar nuestro encuentro. Después, en una mesa apartada de un café medio vacío, me contó que llevaba tres meses buscándome.

—En los balcones de tu casa hay un cartel de SE VENDE. El portero, que sólo lleva unos meses trabajando allí, me dijo que la dueña, doña Milagros, cuenta cosas horribles del dueño anterior, aunque fuera primo suyo. Ya habían dado una señal, pero insistí en verlo, como si me interesara muchísimo, y le tiré de la lengua. Me contó que casi la mitad de los vecinos son nuevos, que después de la guerra se vendieron muchos pisos, pero de todas formas...

—No te preocupes —sonreí—. Ya sólo cruzo la Castellana para ir al trabajo, y no llego ni a la altura de la Puerta de Alcalá.

—Mejor —él me devolvió la sonrisa—, aunque no creo que corras mucho peligro. Tu prima ha ido contando que te marchaste a Francia, o a América, pero yo estaba casi seguro de que, si seguías vivo, tenías que estar aquí. No apareces en ninguna lista de ningún barco, en ningún comité del exilio, nuestros presos tampoco te conocen, desde Madrid nadie pudo salir al extranjero y en una ciudad más pequeña llamarías demasiado la atención, así que no he parado de buscarte. Me acordé de Felipe, pero nunca he sabido su verdadero nombre y con su descripción no logré identificarlo, así que... Probé en los hospitales. Fui preguntando por ti con mucho cuidado y encontré mucha gente que te conocía. ¡Sí, hombre, ese hijo de puta que resucitaba rojos!, me dijo el director de tu hospital, pero los que no te daban por muerto suponían que estabas en la cárcel. Lo intenté en los dispensarios, en las Casas de Socorro, y nada... La Universidad Complutense anuló tu título en el verano del 39, y el Colegio de Médicos te dio de baja un mes después. Oficialmente ya no eres médico, no sé si lo sabes.

—No —negué con la cabeza mientras la amargura tiraba de mis labios hacia abajo—, no lo sabía. Felipe vino a verme un mes y medio antes de que los fascistas entraran en Madrid y me advirtió que no se me ocurriera reclamar el título, pero... No me imaginaba que las cosas estuvieran así.

—No están así, están peor —Pepe levantó la mano, tan sonriente como si acabara de contarle un chiste, reclamó al camarero, pidió dos cervezas—. Están purgando profesiones enteras, médicos, profesores de universidad, ferroviarios, maestros de escuela, jueces, abogados, no dejan títere con cabeza. La buena noticia es que te has escondido de puta madre, no hay forma de dar contigo. Menos mal que me acordé del ajedrez, que si no...

—Pues sí, porque me alegro mucho de verte. Lo que no entiendo... —me paré a escoger bien las palabras—. ¿Por qué me has buscado tanto?

—Porque soy un salvaje de mierda, ya lo sabes —se echó a reír y sentí el impulso de cerrar los ojos para que el sonido de su risa me devolviera al principal izquierda de Hermosilla 49, al olor de Amparo, a la compañía de Manolo Arroyo, a la esperanza de ganar la guerra—. Tendría que hacerte la vida agradable, pero lo único que hago es jodértela. Cuando me piden que encuentre un médico sólo puedo tirar de ti, porque eres el único que conozco... —miró a un lado, luego al otro, se inclinó hacia delante, bajó la voz, y una luz antigua, conocida, tembló en sus ojos—. Necesitamos médicos porque nosotros no nos hemos rendido. Tenemos gente luchando en el monte y aquí, en la ciudad. Aparte de las heridas de bala, los guerrilleros se ponen enfermos y no pueden ir a un hospital para que los curen. Se nos mueren camaradas que podrían seguir vivos porque no sabemos qué hacer con ellos, y luego están las familias de los presos, que no tienen un céntimo, que no saben a quién acudir, que sólo tienen al Partido... Tú eres un médico muy bueno, yo lo sé porque estoy vivo gracias a ti. Siempre has sido valiente y ahora, además, no existes, así que no podríamos encontrar a nadie mejor. Para nosotros sería maravilloso, para ti... No te voy a engañar. No tenemos dinero para pagarte y tampoco te puedo garantizar que sea un trabajo seguro. No tiene por qué pasar nada, no expondríamos a alguien tan valioso para nosotros, pero si algún día hacen una redada en un piso franco y resulta que tú estás allí, curando a alguien... —en ese momento, dejé de verle bien—. ¿Qué te pasa? —agaché la cabeza y sentí su mano sobre mi antebrazo—. ¿Estás llorando?

—No, qué va —claro que estaba llorando—. Voy un momento al baño.

Después lo hablé muchas veces con él. Intenté explicarle lo que su oferta había representado para mí, lo que sentía cuando me encerré en el baño para aceptar un golpe de suerte que me redimía ante mí mismo, que me devolvía lo más valioso que tenía, y a la vida de Guillermo García Medina cuando ya creía que la había perdido para siempre. Volver a ejercer la medicina era un premio, un regalo de valor incalculable que significaba muy poco, casi nada, en comparación con la dignidad recobrada, con la posibilidad de volver a ser uno más y ser útil, de correr riesgos por los demás y sentirme otra vez orgulloso del nieto de mi abuelo. La luz que brillaba en los ojos de Pepe había disuelto en un instante la sombra de mi egoísmo, el espejismo de mi cobardía y mi soledad, la sensación de haber cambiado de bando para jugar con ventaja en un tablero que no me correspondía. En el lavabo de aquel café, mientras lloraba y dejaba de llorar, me reconcilié conmigo mismo por no haber vuelto a mi hospital, por no haberme entregado a Arrieta, por no haber avanzado con las muñecas juntas, por delante, hacia cualquiera de los policías con los que me había cruzado por la calle. El viejo argumento del doctor Quintanilla irradió una luz aún más potente desde un desvencijado rincón de mi memoria, para recordarme que yo habría sido tan inútil en la cárcel como antes en el frente, que mi lugar estaba en un quirófano o en cualquier sitio que se le pareciera. Aquella tarde, Pepe Moya saldó con creces la deuda que nunca había tenido conmigo, y se comportó como el más espléndido de los salvajes que haya existido jamás.

El hombre que salió de aquel café andando como si su cuerpo no pesara, como si flotara en una senda de espuma ingrávida y rosada, parecía el mismo que había entrado allí media hora antes, pero no lo era, jamás volvería a serlo. En mi interior se había operado una transformación fundamental que me apliqué a acrecentar con todas mis fuerzas, todas mis capacidades. Aquella tarde volví a sentirme satisfecho, a encajar en mi cuerpo y en mi espíritu por primera vez en dos años, y la conciencia de que acababa de integrarme en una organización clandestina no sólo no menoscabó mi alegría, sino que la agigantó. En el sitio donde yo sentía que tenía que estar, trabajé tanto y tan bien como pude por mí y por los demás, por mi propio bienestar y por el de mis pacientes.

¡Qué exagerado eres!, protestaba Pepe cuando me escuchaba. Luego me daba la dirección de un herido, de una parturienta, de un albañil que se había caído de un andamio, de un niño al que no le bajaba la fiebre. Al principio venía a buscarme a la salida del trabajo o me esperaba en el portal de mi casa, pero con el tiempo perfeccionamos tanto el procedimiento que a veces hasta me llamaba por teléfono al trabajo, como si pretendiera encargar un envío, y yo anotaba la dirección en la que se suponía que había que recogerlo. Llevaba mi instrumental a la oficina todos los días en un maletín de oficinista, y cuando recibía un aviso iba directamente a atenderlo. En la dirección indicada aparecía, antes o después, una persona que recibía la receta con los medicamentos que necesitaba y los traía de vuelta muy deprisa. Nunca supe en qué farmacia atendían mis pedidos. Ningún farmacéutico conoció jamás mi identidad.

—Buenas tardes —saludaba a quien me abriera la puerta y comentaba el tiempo que hiciera aquel día—. Parece que está refrescando.

Si no te responden con algo que tenga que ver con el tiempo que hace, te largas, me había dicho Pepe, pero la única vez que pasó, me quedé.

—¿Le manda el Partido? —tenía doce años, los ojos hinchados de llorar y mucho miedo—. Venga, por favor, mi padre se está muriendo...

Aquella tarde operé de apendicitis a un hombre de treinta y cinco años en una casita baja que se caía a trozos por la humedad, al borde del río. Fue la primera vez que incumplí las normas de seguridad, y no me arrepentí. La segunda la propició el propio Pepe, aquella tarde de julio de 1943 en la que me llevó a un chalet de Ciudad Lineal donde no había ningún enfermo grave por más que todos hubieran empezado hablando del tiempo.

—Me interesa mucho conocer tu opinión sobre la situación actual —hasta que el hombre grande, calvo y risueño, que me había invitado a una cerveza, empezó a hablar de otras cosas como si lo supiera todo de mí, como si diera por sentado de antemano que yo no sabía nada de él—. Estoy hablando con mucha gente, no necesariamente comunistas o afines, algunos ni siquiera de izquierdas. El curso de la guerra ha cambiado. Después de Stalingrado todo será distinto, y cuando los aliados derroten al Eje, la suerte de Franco estará echada. Conviene ir preparando ese momento, entablar alianzas entre las diversas fuerzas democráticas, meditar con cuidado los pasos necesarios para restaurar lo antes posible la República y las libertades. Estoy trabajando en un proyecto de unidad de todos los demócratas, desde nacionalistas vascos hasta anarquistas de la CNT, incluyendo a sectores no fascistas de círculos monárquicos y conservadores. Yo soy comunista, claro, pero ahora el interés del país está por encima del interés del Partido. La Unión Nacional Española trabajará desde la clandestinidad contra la dictadura hasta que llegue el momento de que las fuerzas democráticas vuelvan a asumir el poder. Le he pedido a Pepe que te trajera esta tarde porque quiero proponerte que te unas a nosotros.

Aquel hombre debía de estar acostumbrado a hablar en público porque lo hacía muy bien, y ni siquiera necesitaba levantar la voz para convencer. Le bastaba con mirar a la gente a los ojos, porque sabía transmitir sinceridad, honestidad, con la mirada. Estaba además tan seguro de su causa que me emocionó identificarla con la mía. Me impresionó tanto que ni siquiera me paré a pensar que mi entusiasmo podía deberse a que llevaba mucho tiempo deseando, casi con desesperación, que alguien pronunciara esas palabras en mi presencia, aunque enseguida tendría la ocasión de descubrir que no sonaban igual cuando no las decía él.

—¿Yo? —su petición me desconcertó a pesar de todo—. ¿Y qué puedo aportar? Yo no soy nadie.

—¿No? —me sonrió—. Claro que eres alguien, un hombre capaz de salvar vidas, ¿te parece poco? Pero además trabajas en una agencia de transportes. En tu puesto, tratas a diario con muchas personas, ricas, pobres, bien relacionadas con el régimen o perseguidas... Eres muy valioso para mí, porque yo no puedo moverme con la libertad que me gustaría, necesito más ojos, más oídos, la ayuda de personas inteligentes que sean capaces de interpretar lo que no se dice, que respiren el aire de la calle y saquen sus propias conclusiones. Tú eres muy útil, para mí y para la Unión Nacional.

—Pues cuenta conmigo —acepté sin pensarlo—. Para lo que sea.

Cuando me despedí de él con un abrazo, no sabía que acababa de ser reclutado por Jesús Monzón, secretario general del Partido Comunista de España en Francia y en el interior. Si lo hubiera sabido, habría actuado exactamente igual. Después de oírle hablar, no habría dudado de que los intereses de mi país estaban en aquel momento muy por encima de mis intereses personales, porque él era capaz de eso y de mucho más.

A partir de aquella tarde, volví a aquel chalet de Ciudad Lineal muchas veces, siempre al atardecer. Recibía una cita con tres o cuatro días de antelación y acudía puntualmente a la hora indicada para que la puerta se abriera desde dentro con la misma puntualidad. Allí me encontraba con diez o doce personas como máximo, que no decían su nombre ni esperaban escuchar el mío. Hablábamos durante un par de horas, aportábamos puntos de vista distintos, los discutíamos en un ambiente cordial, aunque no exactamente amistoso, y salíamos de uno en uno, tan escalonadamente como habíamos llegado. Aquellas convocatorias se prolongaron más de un año. Yo no sabía cuántas se celebraban ni con quién, porque los invitados variaban mucho entre una y otra reunión. En la primera a la que asistí, Elena era la única mujer presente. Más adelante coincidí con otras, nunca muchas, algunas mayores, con aspecto de funcionarias o profesoras, y otras muy jóvenes, los ojos relucientes de fervor militante. En febrero de 1944, una distinta, tan poderosa y elegante que su simple aspecto representaba un misterio en aquel círculo, hizo una aparición espectacular.

—¡Sito!

Llevaba un traje de chaqueta azul cobalto con una piel de zorro plateado alrededor del cuello, una pulsera de oro en la muñeca derecha, guantes de piel y pendientes largos. A juzgar por el aspecto del moño que lucía, muy elaborado y con un tupé sobre la frente, acababa de salir de la peluquería, y dejaba un rastro delicioso de perfume caro a su paso. Llevaba zapatos de tacón alto y poco maquillaje, aunque se había pintado los labios con un carmín rojo muy intenso. Casi cualquiera de las cosas que llevaba encima costaba más que un mes del sueldo que cobrábamos los hombres que asistimos, atónitos, al encuentro del presidente de la Unión Nacional con la única persona que se había atrevido a llamarle, si no por su nombre, sí por un apodo tan significativo que lo reducía a uno entre cinco o seis posibles.

—¡Geni! —pero a él no sólo no le molestó, sino que se levantó de su butaca para ir a abrazarla y besarla en las dos mejillas—.

¡Qué alegría verte! Estás estupenda, por cierto —mientras ella se reía, le indicó una silla vacía a mi lado—. Siéntate por favor, pero no hace falta que te presentes, ¿eh? Aquí estamos en confianza.

Ella asintió, sonrió, se sentó a mi lado y me pidió fuego. Aquella noche salimos juntos y me ofreció su coche para acercarme al centro. Éramos casi vecinos y coincidimos otras veces a lo largo de 1944. A finales de septiembre, el dueño de la casa nos habló por primera vez de la posibilidad de desplazar tropas desde el otro lado de los Pirineos para invadir parte del territorio español.

Veinte días más tarde, el ejército de la Unión Nacional ocupó el valle de Arán.

Nunca volví a ver a Jesús Monzón.

Es verano de 1943 y se inaugura el campo de concentración de Klooga, en el norte de Estonia.

Este recinto, situado junto a la pequeña aldea de la que toma su nombre, es un subcampo, o instalación satélite, del campo de Vaivara, núcleo principal del sistema concentracionario gestionado por las SS en Estonia. Vaivara, el municipio más grande del condado de Ida-Virumaa, solamente dista 27 kilómetros de Narva, ciudad fronteriza con la Unión Soviética donde el ejército alemán del Este, muy mermado, resiste con creciente desesperación el avance de las tropas de Stalin.

Durante el año que permanece en funcionamiento, la población del campo de Klooga oscila entre las dos mil y las tres mil personas. La mayor parte de los prisioneros son ciudadanos judíos procedentes del gueto de Vilna, capital de la vecina Lituania, transportados hasta aquí en trenes de mercancías a lo largo de los meses de agosto y septiembre de 1943. Más tarde se incorporan a Klooga otros dos contingentes considerables, aunque menos numerosos, de judíos evacuados respectivamente de los guetos de Kaunas, ciudad de la Lituania central, y de Salaspils, en Letonia. El campo alberga también a judíos y gitanos de otras procedencias, originarios de Rumanía, Rusia y la propia Estonia, y a un centenar de prisioneros de guerra soviéticos.

El Reichskommissariat Ostland, división administrativa civil alemana que gobierna los países bálticos y el oeste de Bielorrusia, implanta hasta veinte campos de trabajo en Estonia para explotar las materias primas del país. Algunos funcionan sólo unos meses, los que los ocupantes tardan en esquilmar las riquezas naturales de la zona donde se encuentran. Otros, como el de Klooga, son permanentes, pero todos funcionan bajo la autoridad del mismo hombre, el Hauptsturmführer de las SS Hans Aumeier, comandante en jefe del sistema concentracionario estonio, que llega hasta aquí en el verano de 1943 para supervisar la construcción del campo de Vaivara y sus numerosos satélites, y continúa en el cargo hasta que las tropas del Tercer Reich se retiran de las orillas del mar Báltico. Antes de recibir este nombramiento, Aumeier sirve durante un año y medio en Auschwitz-Birkenau, donde debuta como jefe del Departamento III para alcanzar con posterioridad el cargo de Schutzhaftlagerführer, jefe del Cuerpo de Prisioneros de Auschwitz I, en el que su eficacia criminal le convierte en una figura legendaria.

Los presos de Klooga trabajan en las fortificaciones destinadas a detener el avance soviético y en fábricas creadas para sostener el esfuerzo de guerra alemán. Las industrias principales del campo son los aserraderos donde se procesa la madera de los bosques circundantes, y varias plantas de producción de materiales de construcción, sobre todo ladrillos y cemento. También funciona durante algún tiempo una pequeña fábrica artesanal de zuecos de madera.

Las condiciones de vida de los internos son semejantes por su brutalidad a las de otros campos de trabajo nazis. Tienen que cumplir unas jornadas extenuantes, reciben raciones de comida muy exiguas y, cuando enferman, están obligados a trabajar las mismas horas y en las mismas condiciones que sus compañeros sanos. Estas normas impulsan la mortalidad hasta cifras elevadísimas. La corta esperanza de vida de los prisioneros y la frecuencia con la que son asignados a destacamentos que trabajan en los bosques y duermen al raso, fuera del campo, impiden que prospere una pequeña organización clandestina que llega a contar con unas 75 personas pero no logra liderar una rebelión.

En el mes de julio de 1944, el ejército soviético empieza a avanzar a través de la Estonia ocupada. En agosto, las SS se disponen a evacuar el campo. No es una operación fácil porque las tropas alemanas retroceden sin cesar, el frente se mueve casi a diario y las posibilidades de transporte se reducen en la misma proporción, pero unos quinientos presos de Klooga son trasladados por mar al oeste para ser confinados en otros campos de concentración. Parte de ellos van a parar a Stutthof, cerca de Danzig, y el resto a un campo situado en una ciudad entonces alemana y conocida como Freiburg in Schlesien, actualmente la polaca Świebodzice.

La evacuación se detiene a mediados de septiembre, con los soviéticos ya muy cerca de Narva. En ese momento, Aumeier decide exterminar a los prisioneros, en lugar de liberarlos o abandonarlos a su suerte, como se hace en otros lugares. El 19 de septiembre, todo el perímetro del campo de Klooga amanece rodeado por guardias armados. A continuación, los internos son conducidos por grupos a los bosques cercanos y asesinados indiscriminadamente. La matanza dura cuatro días. En los primeros, las tropas de las SS obligan a los propios presos a amontonar los cadáveres de sus compañeros en piras que se queman a continuación. El día 23 les da tiempo a hacer algunas, pero no a quemarlas. Inmediatamente después de matar a los últimos, se incorporan a las fuerzas alemanas que se retiran hacia el oeste a toda prisa.

El 28 de septiembre de 1944, el Ejército Rojo llega a Klooga y sólo encuentra allí a ochenta y cinco personas vivas, en lugar de las dos mil cuatrocientas que esperan, puesto que les consta que esa ha sido la población del campo después de la última evacuación. Los supervivientes, que han logrado esconderse en sus barracones o huir durante su traslado, guían a las tropas soviéticas por los escenarios de la masacre.

En un bosque, los recién llegados encuentran algunas piras preparadas para el fuego. Perfectamente dispuestas, las hileras de cadáveres colocados boca abajo alternan con troncos cortados a la medida y distribuidos entre los cuerpos en capas regulares, alternando a su vez las horizontales y las verticales. Las fotografías que los soldados rusos toman al descubrirlas, y que hoy pueden localizarse fácilmente en internet, muestran el procedimiento de eficacia industrial al que las SS recurren para producir las montañas de cenizas y huesos carbonizados que colman, como una siembra macabra, los bosques cercanos al campo de Klooga.

Tras la retirada del Báltico, Hans Aumeier regresa a Alemania. En enero de 1945, recibe un nuevo destino como comandante del campo de concentración de Mysen, en Noruega. Su actuación en los últimos meses de la guerra es completamente distinta a la que le hace famoso en Polonia y en Estonia, hasta el punto de que el 7 de mayo, día de la capitulación del Tercer Reich, abre las puertas y libera a todos sus prisioneros.

El 11 de junio de 1945, prisionero él a su vez en el campo de Terningmoen, Aumeier es detenido como consecuencia de la captura de los archivos de la Gestapo por el Servicio Secreto de Inteligencia británico MI6. Extraditado a Polonia en 1946, es juzgado como criminal de guerra entre noviembre y diciembre de 1947 por su actuación en Auschwitz. En el juicio se declara inocente, niega la existencia de cámaras de gas en el campo y afirma que se considera un chivo expiatorio de la derrota de Alemania. Condenado a muerte el 22 de diciembre, es ahorcado el 28 de enero de 1948 en una prisión de Cracovia.

Los crímenes que comete en Auschwitz impiden que Hans Aumeier sea juzgado por la matanza de Klooga.

En el emplazamiento del antiguo campo, un monolito recuerda que allí fueron asesinadas más de dos mil personas inocentes por el simple hecho de haber nacido.

FRENTE DE NARVA, ESTONIA, 20 DE SEPTIEMBRE DE 1944

Adrián Gallardo Ortega no comprendía.

Apenas había reconocido media docena de las palabras que acababa de soltar el comandante flamenco que les había obligado a formar en el patio. Al Hauptsturmführer Ernst Kleiber, el capitán ajeno a su unidad que acababa de llegar en un camión, le había entendido mejor porque Jan le estaba enseñando alemán. Había pedido voluntarios, de eso estaba seguro, pero no había explicado para qué, o él no se había enterado. Por eso se quedó en su sitio hasta que su amigo le dio un codazo.

—Vení, Tigre, vamos a darles una mano a los muchachos.

—Pero ¿para qué? —avanzó un pie sin pensarlo mucho.

—No lo sé —reconoció Schmitt—. No lo han dicho.

El III Panzerkorps de las SS era ya, a aquellas alturas de la guerra, un ejército de aluvión al que se habían ido uniendo grupos dispersos de voluntarios europeos de distintas nacionalidades, reforzados por reclutas de los últimos, agónicos reemplazos del Reich. Adrián no era el único divisionario que había ido a parar allí, pero no había otros españoles en su compañía. Rodeado de alemanes, flamencos, valones, fineses, húngaros y bálticos, no le había quedado más remedio que aprender un alemán básico, imprescindible para comprender las órdenes que recibía. Después, Jan se había empeñado en perfeccionar su dominio de la lengua para que pudiera manejarse solo si algún día le mataban. Adrián no quería ni oír hablar de eso y ponía voluntad, aunque le costaba.

—¿Pero cómo voy a hablar bien, si lo decís todo al revés? La sol y el luna, chúpate esa... Yo así no puedo.

Y sin embargo, iba pudiendo. Había pasado casi un año desde que abandonó Pokrovskaya para trasladarse primero a Ucrania, después a Estonia, con lo que quedaba de la Legión Flamenca, y al principio el intérprete porteño no había sido sólo su único amigo, sino también la única persona con la que pudo comunicarse. Pero cuando se lanzó a hablar alemán como los indios de las películas, sin conjugar los verbos y equivocándose en casi todos los artículos, descubrió que las putas ucranianas le entendían, las estonias también, y que los demás extranjeros del III Panzerkorps, con la excepción de holandeses y flamencos, cuya lengua materna era muy parecida, no hablaban la lengua del Führer mucho mejor que él. Aquella mañana habían tenido que entender aproximadamente lo mismo, pero los hombres que se ofrecieron voluntarios en el patio del cuartel no superaron la veintena.

Adrián lo entendió. Estaban todos hartos de guerra, de misiones suicidas, de cruces de hierro simbólicas, porque ya ni siquiera quedaban suficientes condecoraciones de metal en el pecho de los cadáveres, pero cuando el oficial alemán volvió a pedir, casi a exigir, voluntarios con una energía que bordeaba la cólera, convenció a menos de una docena y eso ya le extrañó un poco más. Entre sus antiguos compañeros de la División Azul y los hombres que le rodeaban en aquel momento había una diferencia fundamental. Los extranjeros que resistían en el frente de Narva habían sido sin excepción voluntarios de las SS, nazis convencidos que luchaban por la supremacía aria, por una Europa unida y racialmente homogénea, limpia de judíos, de gitanos, incluso de eslavos, bajo el poder de Hitler, unos ideales que muchos españoles apenas conocían de oídas. Ellos habían ido a Rusia para matar a todos los comunistas que pudieran mientras daban vivas a Cristo Rey, a Santiago Matamoros y a la Virgen del Pilar, por eso Jan los llamaba fascistas del orto, y cosechaba entusiastas ovaciones cuando contaba la historia de aquel cura que había suspendido un combate de boxeo para obligar a tres mil hombres a cantar villancicos con una pistola en la mano. Al escucharle, Adrián se reía tanto como los demás, porque en el norte de Estonia aquel episodio parecía un lance de comedia, una caricatura ridícula, incomprensible. No tanto, sin embargo, como que un oficial de las SS exigiera la colaboración de esos mismos hombres y no corrieran a ofrecérsela por su propia voluntad. Adrián Gallardo Ortega no fue capaz de imaginar los motivos de su indolencia. Nunca había sido demasiado inteligente.

El Hauptsturmführer Kleiber miró el reloj, dio un pisotón en el suelo y se volvió hacia sus compatriotas, los muchachos muy jóvenes, casi niños, y hombres muy mayores, casi viejos, que habían llegado en la última remesa de tropas de refresco. Escogió a dedo, entre ellos, a los que faltaban para completar el medio centenar de soldados que necesitaba y Adrián reconoció a tres de los elegidos. Aquellos chicos siempre iban juntos porque eran de la misma zona del sur de Baviera y le habían llamado la atención porque el más bajo llevaba un escapulario colgado del cuello con un cordón carmesí. Un día, mientras arreciaba el fuego de artillería, Adrián vio cómo lo sacaba de su camisa y se lo llevaba a la boca para besarlo. Después, en una pausa, se acercó a él y escuchó una versión ajena de su propia historia.

Se llamaba Heinrich Beyer y había nacido en una granja aislada, en pleno campo, cerca de la ciudad de Bad Tölz. Era el hijo menor de una familia de terratenientes medianos, acomodada y católica, donde por fortuna, precisó con una sonrisa, habían nacido más niñas que niños. Tenía dos hermanos varones, ambos movilizados, uno en el norte de Italia y el otro, ingeniero químico, a salvo en Berlín, porque le habían nombrado director de una fábrica militarizada en las afueras de la capital. Él era el pequeño, y su madre se había hecho la ilusión de conservarlo porque tenía diecisiete años, porque aún estaba estudiando, y porque su granja quedaba lejos de cualquier vía principal, escondida entre campos de cebada y árboles frutales. Desde que empezó la guerra, Frau Beyer daba un paseo hasta la carretera todas las tardes para ver su casa desde allí y comprobar que las pilas de heno, de leña, y los escombros de un viejo establo abandonado seguían ocultando la fachada. Su hijo sonrió al recordar aquella amorosa e ingenua estratagema antes de añadir que, por supuesto, cuando quisieron buscarle, lo encontraron. Luego le dieron un fusil, un uniforme, dos semanas escasas de instrucción y lo mandaron al frente del Este.

Adrián le preguntó por el escapulario y Heinrich lo sacó de su camisa, y lo besó antes de enseñárselo. Era un pedacito de seda blanca, amarillenta ya por el contacto con el sudor y el polvo del frente, en el que estaba impreso un Sagrado Corazón de Jesús, bordado por encima con hilo rojo y dorado. Él tenía uno muy parecido y lo había besado en España muchas veces desde que su madre se lo colgó del cuello al despedirlo en el apeadero de La Puebla de Arganzón, en julio de 1936. Pero no se había acordado de llevárselo a Rusia y ni siquiera sabía ya dónde estaba. No recordaba haberlo metido en las maletas que dejó en depósito en la Gimnástica Ferroviaria, así que alguien lo habría encontrado entre los trastos de su piso de la calle Almirante y lo habría tirado a la basura antes de que llegara el nuevo inquilino. Mientras Beyer volvía a guardar el suyo, lo echó tanto de menos como en aquella época en la que se sentía desnudo, desarmado, si no lo notaba sobre el pecho.

—¿Quieres rezar? —Heinrich le miró con sus ojos verdosos, muy claros, casi transparentes, y Adrián percibió un gusto amargo, podrido, que trepaba a toda prisa desde sus tripas hasta la garganta para secarle la boca.

Le habría gustado hablar bien alemán para explicarle que él ya no rezaba, que en la guerra de España había perdido la costumbre y en Krasny Bor, la fe. Allí había dejado de creer que pudiera existir un Dios capaz de contemplar aquella carnicería sin detenerla, y había pensado después que, si existía, no era digno de la adoración de nadie. Habría necesitado hablar un alemán casi perfecto para aclarar que, a pesar de todo, le gustaría acompañarle, susurrar en español al ritmo de una oración que podría reconocer aunque no la entendiera, pero que no se atrevía porque todo sería mentira y ya llevaba a cuestas demasiadas, demasiados fraudes para una sola vida. Algo así no se podía decir de cualquier manera y por eso se limitó a negar despacio, con la cabeza. Su respuesta no desalentó a Heinrich Beyer.

—Yo sí voy a rezar. Me sienta bien.

Adrián se quedó un momento a su lado, mirando sus manos juntas, sus ojos cerrados, la velocidad a la que se movían sus labios mudos, y se marchó tan deprisa como si aquella oración encarnara una terrible amenaza, una profecía cruel y destinada a cumplirse antes o después. Al perder la fe, el Tigre de Treviño había incrementado su ya abundante colección de supersticiones y una de ellas, sin nombre, sin forma, le impulsó a esquivar desde aquel día al soldado Beyer. No volvió a verle hasta que, el 20 de septiembre de 1944, el bávaro levantó la mano para saludarle desde un extremo de la caja del camión al que le habían subido a la fuerza. El español le devolvió el saludo sin reparar en que él había emprendido aquel viaje por su propia voluntad.

El trayecto no fue largo, poco más de veinticinco kilómetros por una carretera extraña, demasiado transitada media hora antes del amanecer. El camión tuvo que pararse varias veces, para permitir que lo adelantaran diversos convoyes, siempre en dirección al oeste. Sólo se cruzó con dos vehículos que circulaban en sentido opuesto, Mercedes limpios y bien cuidados que debían de transportar a oficiales o correos del Estado Mayor. La lechosa claridad del día que comenzaba iluminó un cruel paisaje de troncos talados, un bosque mutilado, despojado de árboles, sin más verde que el de la hierba rala que había tenido el capricho de brotar entre los tocones. Adrián, que había nacido entre hayedos y robledales, amaba los bosques de Estonia, espesos, vigorosos, poblados de pinos y abetos gigantescos, tan altos que sus invisibles copas parecían penetrar en las nubes, tan robustos que su simple existencia le consolaba como una promesa de la vida que seguiría existiendo cuando todos los ejércitos se retiraran, una garantía del futuro que sobreviviría a la desolación de los campos arrasados, sembrados de cadáveres. Aunque hubiera perdido por el camino el rastro de un niño que salía con su abuelo a recoger setas, a pescar truchas y a buscar ramitas para encender el fuego, la ruina de los bosques de Klooga, tan lejos de Treviño, le dolió como una herida abierta.

Su destrucción incrementó el aire apresurado, de mudanza, de los convoyes que pasaban sin cesar, acentuando el sombrío humor de los hombres que viajaban en silencio, absortos en sus negros presentimientos. Después, Adrián se preguntaría durante meses, casi a diario, si sabían lo que les aguardaba, si al menos podían imaginarlo. Él no fue capaz, ni siquiera entendió por qué les ordenaron bajar del camión en un claro ocupado por dos centenares de cadáveres prematuros, doscientos muertos en vida que aún se tenían milagrosamente en pie, doscientos pares de ojos enormes en doscientos cráneos recubiertos de piel seca, tirante, los sexos de los hombres tan relevantemente obscenos en el huesudo hueco de su vientre como los pechos de las mujeres, pellejos exhaustos, vacíos, que se adivinaban bajo los harapos que apenas los cubrían. Eran cien hombres, cien mujeres que tiritaban de frío en una mañana templada del final del verano, y esperaban.

El Hauptsturmführer Kleiber les ordenó esperar a ellos también a un lado del camión. Mientras se alejaba, Adrián pensó que era demasiado joven para el cargo que desempeñaba. Su estatura le había impresionado, porque medía más de un metro noventa, pero no era un hombre guapo. Tenía la cabeza alargada, demasiado pequeña en relación con el tamaño de su cuerpo, y unos ojos menudos, redondos como botones, que tampoco armonizaban con su mandíbula poderosa, de perfiles caballunos. Su piel era tan pálida que no llegaba a ocultar la sombra violácea de sus venas, pero, pese a eso y sobre todo, era muy elegante, extremadamente apuesto en su impoluto uniforme de campaña de paño gris recién cepillado, ni una mancha, ni un pelo, ni un solo descuido en una guerrera cuyos botones relucían por igual. Cuando se reunió con el jefe de los guardias que custodiaban a los prisioneros, el primer rayo de sol hizo brillar el hilo de sus galones como si su portador fuera un ser escogido, superior, de una especie distinta a la que pertenecían sus víctimas. ¿Qué has hecho, Adrián? No lo sé, padre.

No sabía porque no había querido saber, pero en aquel momento empezó a sospechar que la ignorancia no le eximiría de la culpa. Un par de horas antes, al ofrecerse voluntario, ignoraba la existencia de un campo de concentración escondido entre los bosques, su nombre, el número de sus pobladores, pero desde que coincidieron en Kolpino, Jan le había hablado muchas veces de la tragedia de su familia, la muerte de Martin, la silla de ruedas de Josef, el suicidio de Johann y la rabiosa, perpetua amargura con la que Klaus les había llorado mientras sembraba en su primogénito un odio incondicional, la herencia que este reivindicaba con orgullo. Mientras le escuchaba como si oyera llover, Adrián pensaba en otras cosas, pero aunque la lluvia fina de las palabras del joven

Schmitt no había empapado su conciencia, sí se había fijado en su memoria.

—Pero ¿cómo van a ser infrahumanos los eslavos —al principio se lo tomaba a broma— si estos rusos nos están pegando una paliza de puta madre?

—Oíme, Tigre, sos elemental vos, ¿eh? —pero para Jan no existía un asunto más serio—. Pensá, pibe, una manada de leones también puede asesinar a muchos humanos. Y obviamente son animales, seres inferiores, ¿viste? Te hablo de ciencia, una verdad científica, no me rompás las pelotas.

Con el tiempo, Adrián dejó de sacar el tema porque la vehemencia de su amigo le daba miedo. Él sabía que era un buen chico, radicalmente ateo, más porteño de lo que le gustaba declarar y de una variedad distinta a la bondad que había reconocido en Beyer, pero bueno al cabo. Leal, valiente, solidario en la batalla, incapaz de dejar atrás a un compañero y generoso también en las trincheras. Jan tenía un sentido del humor tan singular como su manera de hablar español y era muy divertido, pero jamás le había gastado a nadie una broma pesada. Le gustaba mucho reírse, pero era capaz de derramar lágrimas de compasión por sus camaradas moribundos, y hasta de arriesgar su vida para ayudar a los más débiles. Bienhumorado y optimista, compartía lo que tenía, pagaba sus deudas y no gorroneaba ni siquiera tabaco, pero en una zona oscura, remota, de su cabeza, alentaba un odio salvaje, una pasión feroz, de raíces tan hondas que resultaba inexplicable para el boxeador.

En su largo viaje, del frente de Leningrado hasta Ucrania, desde allí hasta el mar Báltico, se habían cruzado con trenes abarrotados, parados en las estaciones, con larguísimas vallas de alambre de espino y barracones al fondo, con los muros que delimitaban los guetos de las ciudades. Allí, Jan nunca parecía ver lo que Adrián veía. Para él, la silueta encogida, borrosa, de los judíos marcados con una estrella amarilla, el miedo que deformaba sus rostros, la arbitrariedad con la que cualquier soldado podía golpear, violar o desnudar en plena calle a cualquier habitante de cualquier gueto sólo para divertirse viéndolo tiritar, tenían otro significado. No son seres humanos, decía solamente, son mamíferos bípedos, sí, pero no son humanos. No se molestaba en argumentar esa afirmación porque para él era una verdad científica, y el odio que le inspiraban un sentimiento tan justo, tan evidente, que no requería justificación. Aunque era capaz de contemplar sin inmutarse cualquier humillación, nunca tomó parte activa en ellas. Decía que no estaba dispuesto a mancharse las manos pero su amigo, que le necesitaba para no perderse en aquel ejército nórdico y extraño, acabó acomodándose a sus excesos verbales y se tranquilizaba pensando que sus teorías no eran más que eso, ideas crueles, perversas y absurdas al mismo tiempo, un fruto podrido de la guerra que nunca se encarnaría en una realidad que él no pudiera eludir. Cuando tuvo que afrontarla, estaba de pie al lado de un camión, en un bosque del norte de Estonia, vistiendo el uniforme de un país ajeno y muy lejos de casa. ¿Qué has hecho, Adrián? No lo sé, padre.

—¿Qué está pasando aquí? —un miedo que nunca había sentido hasta aquel momento tembló en su voz.

—No lo sé —también en la de Jan pese a su gesto arrogante, la barbilla levantada, alzada hacia el cielo, como si estuviera posando para un cartel de la Luftwaffe.

El capitán Kleiber se acercó a ellos andando muy despacio, como si necesitara tiempo para mirarles a los ojos. Después, las piernas abiertas en un compás perfecto, encendió un cigarrillo, inhaló el humo y, sin volverse, movió un brazo hacia atrás para señalar a los prisioneros. Hasta que su ademán desató un rumor espeso, compacto, entre la tropa, estaba muy tranquilo. Después, apenas se alteró.

Es preciso eliminarlos, dijo, y eso fue todo. No los llamó prisioneros, ni presos, ni hebreos, ni judíos, ni no humanos. No recurrió a ningún sustantivo, ningún adjetivo, para referirse a los cien hombres, las cien mujeres que se apiñaban en aquel claro. Sus palabras apagaron el murmullo inquieto de los soldados para crear un silencio absoluto, casi litúrgico, en el que su voz adquirió una solemnidad impropia del tecnicismo de las instrucciones que impartía. Los guardias del campo no son suficientes y vamos a ayudarles a terminar el trabajo a tiempo. Voy a formar dos pelotones de veinticinco tiradores cada uno para proceder por turnos, y de nuevo omitió los sustantivos, los adjetivos. Será limpio, fácil y rápido. Por la tarde repetiremos la operación y volveremos a dormir al cuartel. Apuró el cigarrillo, tiró la colilla al suelo y la aplastó cuidadosamente con el pie. Ese es el plan de operaciones. ¿Alguna pregunta?

Volvió a mirarlos despacio, uno por uno, y nadie preguntó. Adrián ni siquiera se atrevió a sostenerle la mirada. Estudió sus zapatos un buen rato y no se dio cuenta de que era la primera vez que entendía un discurso en alemán sin duda alguna, de principio a fin. Luego miró a Jan, que tenía los ojos fijos en los guardias que estaban seleccionando a los judíos, separando a los hombres de las mujeres que iban a morir primero. Su amigo no se volvió hacia él, pero percibió que le estaba mirando porque respondió a una pregunta que no había escuchado.

—No son humanos —murmuró en español—. Ya sé que lo parecen. Son mamíferos, bípedos, pero no...

—¿No? —Adrián no se atrevió a levantar la voz—. Los cojones.

Él ya había fusilado a personas. Uno era ancho y bajo, como un tentetieso, y le llamó la atención porque se parecía al panadero de su pueblo. Otro se llamaba Enrique. Un amigo suyo, que también era un muchacho, que tampoco era vasco, le abrazó en el último momento, ¡ay, Quique, que nos matan!, ¡ay, que nos van a matar! Quique no dijo nada. No lloró, no se volvió hacia él, pero le pasó un brazo sobre los hombros y lo estrechó contra sí sin dejar de mirar al pelotón. Una mujer fea y desgreñada, vestida de aldeana, hablaba con su madre. Pobrecita mía, que te vas a quedar sola, perdóname, ama, perdóname... También había un hombre joven, vestido con un trajecillo barato, que en el último momento se sacó del bolsillo un libro que apoyó sobre su pecho como si fuera un escudo. Las balas lo deshicieron en pedacitos tan pequeños que ni siquiera lograron identificar el título. Al día siguiente, un cura les bendijo desde el paredón, mientras pronunciaba una frase incomprensible en aquella maldita lengua del demonio, pero la mayoría eran tan parecidos entre sí que resultaba imposible recordarlos de uno en uno, hombres jóvenes, delgados, mal vestidos, con el pelo oscuro, los ojos marrones, más bajos que altos... Todos eran seres humanos, ni más ni menos que los que quizás le habrían fusilado a él si las cosas hubieran ido de otro modo. Nadie se habría atrevido jamás a sugerir, ni en la zona roja ni en la suya, que los condenados a muerte fueran otra cosa que personas, por más que los condujeran a punta de pistola hasta una pared para liquidarlos. El tentetieso, Quique y su amigo, la mujer fea, el hombre de las gafas, el cura vasco y los demás eran humanos y eran sus muertos, el premio que le había tocado en la rifa de la muerte que fue la guerra de España, pero muy pocos días después de fusilarlos, cuando Ochoa se empeñó en convertirlo en boxeador, exigió muchas veces de Adrián una condición que él no creía tener. Pues eso es, mi capitán, que yo no sé si tengo instinto asesino...

El claro de aquel bosque le pareció tan distinto del frontón que Ochoa había escogido para los fusilamientos, como si Klooga y Portugalete no estuvieran en el mismo planeta. En la margen izquierda del Nervión, él nunca había dudado de que sus víctimas fueran personas, tampoco de que fueran culpables, porque eran todos rojos, enemigos de Dios, de la Patria y del Rey, descendientes directos de los liberales a quienes habían combatido los Garrotes absolutistas, legendarios luchadores de su estirpe. Jamás se le ocurrió que su delito no fuera lo suficientemente grave como para pagarlo con la vida, y no porque sus enemigos, de uno en uno, fueran peores que sus camaradas. La cuestión no era la bondad o la maldad de las personas, sino la naturaleza de sus ideas. Él se había limitado a ser leal a la fe de su madre, a los principios que le había inculcado su abuelo, a la causa de sus antepasados, y nunca había dudado de estar obrando bien. Por eso había matado sin sentirse un asesino.

En España, los presos republicanos llegaban hasta los paredones esposados y encadenados entre sí, porque todos sabían que a la menor oportunidad habrían desarmado al guardia que tuvieran más cerca y ni siquiera para suicidarse, sino para llevárselo por delante. Casi todos gritaban camino del patíbulo, y en el último instante de sus vidas, muchos insultaban a sus verdugos, los amenazaban con la venganza que consumarían sus compañeros, cantaban himnos o daban vivas a la República, al Frente Popular, a la Internacional, a la anarquía o a la lucha de la clase obrera. En España, los miembros de los pelotones siempre doblaban en número a las víctimas, porque ni esposados y encadenados se fiaban de ellos. En Rusia, Adrián había aprendido que aquella falta de respeto por la muerte no era una especialidad española. Aunque la limpieza del territorio era asunto de los alemanes, una vez le tocó mandar un pelotón y ordenó la muerte de siete civiles, cinco hombres y dos mujeres, declarados culpables de sabotaje y terrorismo por hostigar a los ocupantes de su propia tierra para ayudar a sus compatriotas a recuperarla. El teniente Gallardo comprendió que al otro lado del frente serían héroes, y leyó esa certeza en los ojos que le miraban con una mezcla perfecta de odio y de orgullo, unos ojos que sólo lamentaban no haber contemplado la muerte de sus asesinos antes de afrontar la propia. Ellos también gritaron, levantaron el puño, le insultaron en una lengua indescifrable y sin embargo universal, la misma que había escuchado en Portugalete. Pero en el norte de Estonia todo era diferente.

Él no tenía ninguna cuenta pendiente con los condenados de Klooga. No sabía quiénes eran, qué habían hecho, qué ideas tenían, si eran buenos o malos, ateos o creyentes No entendía por qué no intentaban huir, por qué no salían corriendo para procurarse un tiro por la espalda, una muerte más cómoda, más rápida, que el fusilamiento que les esperaba. Aquellos condenados no gritaban, no blasfemaban, no les insultaban, no reivindicaban su condición a gritos ni les cubrían de violentas amenazas. Adrián no comprendía su resignación, la mansedumbre con la que acataron su suerte cuando el Hauptsturmführer Kleiber seleccionó a los hombres que no habían querido presentarse voluntarios para integrar el primer pelotón, y ordenó a los demás que se situaran a un lado, en un lugar desde el que podían contemplar tan bien a los verdugos como a las víctimas, a las que los guardias del campo colocaron ante una larga fila de troncos de un metro y medio de longitud.

En el primer grupo distinguió a una mujer a quien una de sus compañeras llamó Esther. Debía de ser extremadamente joven, porque lo parecía. A su alrededor había dos muchachas muy bajas, seguramente niñas cuyo crecimiento se había truncado antes de tiempo, y diecisiete viejas, algunas con rasgos juveniles, ancianas que tal vez no superaran los treinta años, pero ella aparentaba su edad, poco más de veinte. Era alta, aunque sus hombros estaban encorvados. Era guapa, si un cráneo recubierto de piel podía serlo. Tenía el pelo tan claro que apenas se distinguía sobre su cabeza rapada, y la cara ovalada, la nariz pequeña, recta, los labios gruesos, unos ojos enormes, de un azul muy intenso. Sus pechos grandes, redondos, se habían aflojado pero aún existían, y a ambos lados de una cintura famélica, los huesos de sus caderas dibujaban dos curvas armoniosas de las que partían dos piernas muy largas, que tal vez sólo unos meses antes aún habrían sido hermosas. Adrián no fue el único que se fijó en ella. Dos de los guardias también la miraban, bromeaban, hacían gestos obscenos con las manos. No podía escuchar lo que decían. Jamás habrían podido adivinar lo que estaba pensando él.

Muy lejos de Klooga, en otro tiempo, en otra vida, Pirulo le había descrito a una mujer muy parecida a la que giró la cabeza para mirarle. Un segundo antes de hablar de ella, estaba borracho. Él había visto cómo vaciaba su copa una y otra vez, había escuchado una versión irreconocible de su voz, el acento blando, pastoso, que alargaba el final de cada sílaba como si fuera un chicle, pero todo eso había cesado de repente. En los ojos acuáticos, limpios de lágrimas, de la desconocida que le miraba, Adrián vio la misma sobriedad, la misma entereza con la que su entrenador le había revelado un secreto que en aquella remota cena madrileña le había parecido una tontería. Porque Anny era judía, Tigre, una judía polaca... La mujer que iba a morir en Klooga levantó la cabeza, miró al cielo, y Adrián comprendió que se estaba despidiendo del mundo, de los árboles, de los pájaros, porque se tapó la cara con las manos para preservar de los ojos de sus verdugos la triste ceremonia de su adiós. Para ser un campeón no hace falta tener mala hostia, se puede ser buena persona y llegar a lo más alto, no lo olvides nunca. La bella judía de Klooga, las manos firmes contra la cara, se agitaba, movía la cabeza adelante y atrás, sollozaba y rezaba al mismo ritmo. Max Schmeling, el mejor boxeador europeo de todos los tiempos, la leyenda que había tumbado a Joe Louis, un ídolo que lo tenía todo a favor y ninguna razón para buscarse problemas, había metido a su mujer en un avión, había sentado a su entrenador al lado y se había ido derecho a plantarle cara al Tercer Reich. ¿Qué has hecho, Adrián? No lo sé, padre.

Max Schmeling, las piernas abiertas, los puños levantados, el rostro sereno y fiero a la vez, estaba con él, tras él, tan cerca como cuando velaba su sueño desde el cabecero de la cama de una pensión de Madrid. Y entonces les dijo que si no dejaban a Anny volver a Alemania, a vivir con él, se quedaban sin campeón del mundo, fíjate, qué cojones tiene el tío... La voz de Pirulo, fresca y despierta, sonaba en sus oídos, susurraba, hablaba, gritaba al final, y el Tigre de Treviño la escuchaba. ¿Qué estás haciendo, Adrián? No lo sé, Max. Y Max se reía con una risa hueca, ácida y amarga al mismo tiempo, y le hablaba con acento sevillano, claro que lo sabes, cabrón, con la voz de Alfonso Navarro, sabes de sobra lo que eres, un cobarde, un fraude, un campeón de pega, pero eso no es nada en comparación con lo que vas a ser...

Al distinguir a Heinrich Beyer en el centro del pelotón, frente a las exhaustas, consumidas figuras de piel y huesos que iban a morir, Adrián vio la cara de su madre, su silueta rechoncha, doméstica, bajo el delantal que llevaba siempre, esa sonrisa apacible con la que doña María solía quejarse de que le engordaba hasta el aire que respiraba. La señora Gallardo no podía ser muy distinta de Frau Beyer, pensó el hijo de una al ver al de la otra, erguido como un poste, con el fusil entre las manos y los ojos fijos en el horizonte, entre veinticinco siluetas idénticas. Al mirarle, Adrián volvió a pensar que era un doble casi exacto de sí mismo, un buen chico criado en el campo, capaz de sentir el dolor de los bosques que le rodeaban, inocente de la matanza en la que iba a tomar parte a la fuerza, traidor al escapulario que llevaba colgado del cuello. Aquel cordón de color carmesí le había salvado de la muerte propia pero no iba a librarle de la ajena, las cien muertes de las cien mujeres a las que iba a asesinar a sangre fría antes de que a él le tocara asesinar a los cien hombres que esperaban turno sin gritar, sin llorar, sin moverse del sitio donde les habían ordenado quedarse. Eso era lo que iba a pasar, lo que tenía que pasar, una escena escrita de antemano en el argumento de las vidas de ambos, y Adrián sintió un misterioso calor al pensarlo, al compararse con él, como si la presencia de Heinrich en aquel claro le absolviera del horrible pecado que iba a contemplar el Dios en el que el alemán seguía creyendo, el Dios en el que había creído él durante tantos años, el Dios al que rezaban su madre y la madre de aquel buen chico que estaba a punto de convertirse en un asesino, que tenía que convertirse en un asesino, que no hallaría una solución para escapar de su destino porque no existía, y que por eso lloraba. Mientras los guardias corregían las posiciones de veinte mujeres desarmadas hasta situarlas en una fila perfectamente recta, Heinrich Beyer lloraba sin hacer ruido. Adrián distinguía sus lágrimas gruesas, mudas, las veía resbalar sobre sus pómulos, surcar sus tersas mejillas de adolescente, estancarse en las comisuras de sus labios. Él no se molestaba en limpiarse la cara. Tenía las manos en el fusil, los hombros erguidos, la mirada clavada en el horizonte, los ojos firmes. Demasiado firmes en aquella hilera de miradas nerviosas, huidizas, que no hallaban ningún lugar donde posarse.

Adrián no lo entendió. Nunca había sido demasiado inteligente, pero no lo entendió porque no quiso, porque no estaba dispuesto a aceptar lo que estaba a punto de ver, porque se negó a admitir que Heinrich Beyer hubiera encontrado una puerta abierta en su propia conciencia. Tendría que haberlo leído en sus ojos, en aquella mirada imperturbable, un gesto tan impasible como un relieve labrado en granito, pero no quiso ver, no quiso saber, no quiso entender hasta que Kleiber dio la orden y todos los miembros del pelotón levantaron su fusil, abrieron ligeramente las piernas, afianzaron la culata sobre el hombro y acercaron la cara al visor. Eso hicieron todos menos uno, todos menos el soldado Beyer, que siguió formado, erguido, sujetando con las manos el fusil apoyado en el suelo mientras movía los labios tan deprisa como las mujeres que le miraban rezando a otro Dios, quizás al mismo. Ya no lloraba. Adrián se dio cuenta de que estaba rezando y de que había dejado de llorar, como si la oración hubiera privado a su llanto de sentido.

Kleiber ordenó a sus compañeros que descansaran mientras se acercaba a él por detrás. Después sacó su pistola de la funda, la levantó en el aire y apuntó a la cabeza del muchacho que seguía mirando hacia delante.

—Nombre y unidad.

Heinrich respondió sin alterarse, como si ya lo hubiera dado todo por perdido y estuviera satisfecho del balance.

—Dese la vuelta, soldado Beyer, quiero verle.

Y volvió a complacerle sin vacilar.

—He dado una orden. ¿No la ha oído?

—Sí, mi capitán, la he oído.

—¿Y por qué no la ha cumplido?

—Porque no puedo cumplirla, mi capitán. Mi conciencia no me permite disparar sobre esas mujeres.

—Usted comprende el significado de lo que acaba de decir, ¿verdad?

—Sí, mi capitán —y asintió con la cabeza para despejar cualquier duda—. He cometido un delito de insubordinación al no obedecer la orden de un superior.

—Muy bien, soldado —el oficial sonrió—. Y como es usted tan listo, seguro que conoce el castigo previsto para ese delito.

—Lo conozco, mi capitán.

Kleiber posó la pistola en la frente de Beyer, disparó, y su víctima se vino abajo en un instante, como una marioneta a la que acabaran de cortarle los hilos que la sostenían. Después se volvió hacia las tropas que esperaban a un lado.

—Tú —escogió a un alemán—, ven a ocupar su hueco. Y vosotros dos —señaló a dos voluntarios estonios mientras empujaba el cadáver con el pie—, llevaos esta mierda de aquí.

Mientras trasladaban el cadáver, Adrián contempló la mano derecha de Heinrich Beyer cerrada a la altura del cuello. Le había dado tiempo a agarrar el cordón del escapulario. No le había dado tiempo a besarlo.

—No son seres humanos —Jan lo repitió en un susurro rítmico, tan monocorde como el murmullo casi musical de las mujeres y los hombres que rezaban en hebreo—. No son humanos. Lo parecen, pero no lo son...

Entonces resonó la primera descarga y una belleza judía, digna de pasear del brazo de un campeón del mundo por las alfombras de los casinos más lujosos del planeta, cayó desplomada, amontonada entre las demás, mientras las piernas del Tigre de Treviño se doblaban solas y su piel se deshacía en una marea de sudor frío, que empapó su camisa como si acabara de sacarla de un barreño. Los guardias del campo colocaron los cadáveres boca abajo sobre los troncos, condujeron a veinte mujeres más, las situaron en una fila desplazada de la anterior, ante un segmento de troncos que aún estaba vacío, se aseguraron de que formaran una línea perfectamente recta, Kleiber dio la orden, los soldados cargaron, apuntaron, dispararon y todo volvió a empezar. En menos de una hora, las cien mujeres estaban muertas, sus cadáveres apilados en una pira alargada de dos capas de cuerpos, rematada por una última capa de troncos de un metro y medio de longitud. Y llegó el turno de los hombres.

Aquella noche, cuando volvió a montarse en el camión que lo devolvería al frente de Narva, Adrián Gallardo Ortega había participado en la matanza de doscientas personas desarmadas, cien hombres por la mañana, cien mujeres por la tarde. Al mediodía les habían llevado a un claro limpio de troncos y prisioneros, y les habían entregado unas raciones más abundantes que las de costumbre, carne guisada con patatas, una tableta de chocolate para cada dos hombres, una botella de vodka para cada cuatro. Todos empezaron a comer en silencio, pero el vodka soltó la lengua de un cabo que celebró en voz alta el bien que le habían hecho los judíos de Klooga, para hacer reír a algunos de sus compañeros, no a todos.

En ese momento, Adrián se levantó y echó a andar por el bosque arrasado hasta que empezó a oler a carne quemada. Vomitó la comida, se sentó en un tocón y procuró concentrarse en su malestar, el sabor amargo de la bilis, pero las imágenes de su vida surcaron su pensamiento en orden, a una velocidad tan vertiginosa como si la muerte acechara detrás de la última. Pensó que no le importaría morir, pero se dio cuenta de que quería seguir viviendo. Pensó que le encantaría suicidarse o, mejor, provocar su muerte, como había hecho Beyer aquella mañana, pero Max Schmeling se rió de él, y Pirulo le recordó que para eso le harían falta unos cojones que no tenía. La señora Gallardo precisó que el suicidio era un pecado, pero Heinrich no se había suicidado. Heinrich había preferido morir como un inocente antes que vivir como un asesino y eso era otra cosa, un gesto admirable, digno, valiente, que no se lo devolvería vivo a su madre, pero la consolaría tal vez durante el resto de su vida.

—Menudo gilipollas —murmuró Adrián aunque nadie podía escucharle—, un tonto del culo, meapilas de mierda, un memo de los cojones que ha muerto para nada porque se creía mejor que los demás...

Cuando se cansó de hablar solo, se levantó y volvió al claro. Jan fumaba, sentado en un tronco donde también había espacio para él.

—¿Qué haces?

—Nada —pero le tendió una botella de vodka—. Bebé, yo no quiero más.

La remató de un trago y no le sentó bien. ¿Qué has hecho, Adrián? He matado a unos pocos hombres, padre, tampoco tantos, en Kolpino maté a más rusos, en Krasny Bor a muchos más, si no lo hubiera hecho, ellos me habrían matado a mí, esto es una guerra, así es la guerra... Nunca había sido demasiado inteligente, pero las luces que tenía le bastaron para iluminar la verdad, para privarle del injusto consuelo de la mentira. Quizás por eso no pudo llorar.

Aquella tarde, cuando formó en el primer pelotón frente a veinte mujeres muertas en vida, el aire seguía oliendo a carne quemada y Adrián estaba borracho. Quizás por eso fantaseó durante unos segundos con la posibilidad de seguir el ejemplo de Heinrich. Tenía el fusil entre las manos, la culata apoyada en el suelo, y cuando Kleiber diera la orden, se quedaría inmóvil como una estatua, mirando al frente, y el capitán iría a buscarle, le preguntaría si no le había oído antes, y él diría que sí, pero que no iba a disparar porque ya había matado a demasiados inocentes aquella mañana... Imaginar esa escena le calentó el corazón, le ablandó los ojos, devolvió a sus labios el primer verso del padrenuestro, pero cuando Kleiber dio la orden, el soldado Gallardo cargó, apuntó y abrió fuego sobre veinte mujeres, luego sobre otras veinte, y después veinte, y veinte más, hasta llegar a cien, sin llorar, sin rezar, sin arriesgar su vida. ¿Qué has hecho, Adrián? ¿Qué has hecho, hijo mío? ¿Qué has hecho? Aquella voz se fue apagando poco a poco, hasta enmudecer por completo. Adrián Gallardo Ortega no respondió y nunca volvió a escucharla. En algún momento de aquella tarde había conseguido fabricar una teoría propia que alumbró su mente con la luz que más le convenía, un lubricante poderosísimo que engrasó todas las piezas del rompecabezas para hacerlas encajar a la perfección.

De un momento a otro, Adrián se convenció de que lo comprendía todo y pagó sin rechistar el precio del conocimiento.

Mientras disparaba sobre aquellas mujeres, le asaltó la certeza de que los judíos de Klooga eran los enemigos más feroces, más despiadados y odiosos a quienes había combatido jamás. Ellos le estaban convirtiendo en un asesino, sólo ellos, con su pasividad, con su indolencia, esa inconcebible conformidad con el martirio que no tenía otro objeto, otro fin, que afirmar en su inocencia la culpabilidad de sus verdugos. En la desordenada turbulencia que desató aquella idea, su cabeza hirviendo como una olla a punto de explotar, Adrián decidió que Jan estaba doblemente equivocado. Las mujeres que caían bajo sus balas, los hombres que las habían precedido y los que las sucederían en la muerte, eran seres humanos, y en absoluto inferiores. Al contrario, su superioridad era tal que se arrogaban el privilegio de convertir su muerte en un acto supremo de desprecio, de condena y rencor hacia sus verdugos.

Juan Manuel Suárez, más conocido en los gimnasios de España como Pirulo, había predicho que el Tigre de Treviño nunca llegaría muy lejos pensando, pero aquel día su pensamiento le condujo a una velocidad vertiginosa desde la compasión más intensa que había probado hasta el odio más extremo que sentiría en su vida. El soldado Gallardo, que carecía del coraje, de la inteligencia precisa para aceptar su condición y convivir con ella en lo sucesivo, nunca había querido convertirse en un asesino, no lo había elegido, no lo había buscado, pero se dijo que si aquellos judíos querían morir, desde luego iban a salirse con la suya. La pirueta que le permitió transferir su culpabilidad a sus víctimas le deparó una inesperada recompensa. Una alegría salvaje, rayana en el placer, le recorrió como una corriente eléctrica mientras participaba en una masacre que le igualaba con Jan, que le identificaba con él, con los compañeros que algún día tendrían que pagar por lo que estaban haciendo. Adrián sabía que algún día les reclamarían aquellas muertes, y sin embargo no volvió a tener miedo ni siquiera de sí mismo. Borracho de vodka y enajenado por su propio pensamiento, cargó, apuntó y disparó, una vez, y otra, y otra más, sobre aquellos cadáveres andantes, aquellas mujeres que habían muerto mucho antes de que él las rematara, porque querían morir, porque morían sólo para convertirle en un asesino. Formó esa palabra con cuidado, sílaba a sílaba, se la aplicó a sí mismo, y no pasó nada. Comprendió que ya nunca sería otra cosa que un asesino y esa idea no le extrañó, no le asustó, no le repugnó. Ahí se terminó todo. Pirulo, Max, Heinrich, Frau Beyer, la señora Gallardo y su marido se desvanecieron como los personajes de un mal sueño, un cuento de terror que no volvería a repetirse. El sueño y la vigilia habían intercambiado sus posiciones, y la vida de Adrián se había convertido en una pesadilla en la que ningún sueño, ningún recuerdo, ningún remordimiento tendría poder suficiente para inquietarle nunca más. Al montarse en el camión que le devolvería al cuartel, se dio cuenta de que no era el único que había sido traspasado por aquel entusiasmo feroz e inaudito, esa turbia alegría que contrastaba con el ominoso silencio que todos habían compartido en el viaje de ida.

—Dejame, boludo, ¿qué te pasa? —cuando se echó encima de él para abrazarlo, porque necesitaba decirle que le quería, que nunca le abandonaría, que ya eran iguales y estarían unidos para siempre, Jan le apartó enseguida, pero sonreía—. ¿Te volviste maricón, vos?

Y el vodka siguió corriendo, no dejó de correr mientras regresaban al frente y después, como corrió al día siguiente. Durante tres días, el 20, el 21 y el 22 de septiembre de 1944, los hombres de Kleiber, como empezaron a llamarles en el III Panzerkorps de las SS, desayunaron vodka, comieron con vodka y se echaron a dormir borrachos de vodka. Entretanto, auxiliaron a los guardianes del campo de Klooga en la tarea de asesinar a una cantidad aproximada de quinientos cincuenta prisioneros al día, entre los que les correspondieron cuatrocientos diarios, mil doscientos en total. Jan Schmitt de Wandaleer dejó de sentir la necesidad de afirmar que no eran humanos en cada descarga. Adrián Gallardo Ortega seguía estando seguro de que nunca habían sido otra cosa, pero le daba igual.

El día 23, con la última resaca a cuestas y el olor de la carne quemada suplantando a cualquier otro aroma en el interior de cada nariz, los hombres de Kleiber, junto con lo que quedaba del ejército del Este, abandonaron a toda prisa el frente de Narva. Fue una retirada ordenada, que se anticipó a la desbandada en apenas tres días. Los soviéticos les pisaban los talones, pero cuando el ejército de Stalin entró en Estonia, el III Panzerkorps acababa de penetrar en Letonia. Desde que Adrián llegó al frente de Leningrado, las unidades en las que había combatido no habían hecho otra cosa que retroceder, pero aquella retirada era distinta, porque todos sabían que sólo podría terminar en Berlín.

El fantasma de Klooga viajaba con ellos. La repentina euforia de los asesinos borrachos y felices que habían derrochado abrazos y carcajadas en el camión que iba y venía del campo se disolvió en la frontera, como si no pudiera sobrevivir fuera del país en el que todo había sucedido. Los hombres de Kleiber no volvieron a hablar con naturalidad de lo que había pasado en aquel bosque, pero de vez en cuando alguno se preguntaba en voz alta si los rusos habrían llegado a Klooga, si habrían encontrado los cadáveres, si aquellos guardias tan perfeccionistas, obsesionados por la eficacia de su trabajo, habrían dejado algún superviviente a sus espaldas. De vez en cuando, otro le respondía que incluso si los rusos hubieran encontrado supervivientes, tampoco habrían sabido identificar a los culpables, porque los judíos bálticos no distinguían las insignias, los símbolos del ejército alemán. Esa respuesta les tranquilizaba al principio unos días, después sólo unas horas, y todo volvía a empezar.

El soldado Gallardo jamás participaba en aquellas conversaciones, aunque a veces tenía que morderse la lengua para no preguntar a sus compañeros qué les daba tanto miedo, si antes estaban tan seguros de que los judíos no eran seres humanos. Escuchaba en silencio las preguntas, las respuestas, detectaba el temor que las impulsaba, comprendía que el fantasma de la derrota final lo acrecentaba de día en día, pero se sentía al margen de cualquier inquietud, cualquier amenaza que hubiera retorcido hasta las lágrimas al otro Adrián, el ingenuo nieto de don Carlos Garrote que apenas recordaba haber sido una vez.

El soldado Gallardo nunca hablaba de Klooga, porque hablar era de imbéciles. Algún día tendrían que pagar por lo que habían hecho, de eso estaba tan seguro como de que iba a morir, porque Alemania iba a perder la guerra y eso significaba que, mucho antes de que los pinos y los abetos volvieran a crecer, alguien descubriría las piras de huesos carbonizados o algún prisionero hablaría. Cualquiera de ellos, tal vez el propio Kleiber, se lanzaría a recitar números, nombres, apellidos, y a él no le iban a confundir con nadie, porque era el único español del grupo.

Con una agudeza, una serenidad que aquel pobre palurdo conocido como el Tigre de Treviño no había poseído jamás, el soldado Gallardo comprendía de repente todas las cosas y que, sin haber muerto nunca, era ya un muerto en vida, como los hombres, las mujeres a las que había fusilado a finales de septiembre. Ya no tenía ningún país, ningún pueblo, ninguna casa a la que volver, porque había vuelto a nacer, completamente solo y empapado en sangre, en los bosques de Klooga.

Tampoco contaba con sobrevivir a aquella guerra. Merecía la muerte y lo sabía, pero en los últimos meses de 1944, y en los primeros de 1945, luchó como una máquina en Letonia, en Lituania, en Polonia, al fin en Alemania, para retrasarla el mayor tiempo posible.

Había decidido morir en Berlín para completar el camino, para retroceder hasta el último límite posible, el punto óptimo en el que su cuerpo alcanzaría por fin el estado de su espíritu, muertos ambos y uno solo, de una vez y para siempre.

Sólo esperaba eso cuando arribó al fin, el 2 de abril de 1945, a una inmensa escombrera, un gigantesco decorado de edificios huecos, desplomados, calles desaparecidas bajo los cascotes, cascotes convertidos en trincheras, la vida ausente, ni un solo árbol, ni un solo perro, ni un solo niño.

No existía un lugar mejor para despedirse del mundo que la capital del Reich en aquella primavera de la derrota absoluta.

Pero Adrián Gallardo Ortega no era el único que había decidido morir en Berlín.

BERLÍN, 25 DE ABRIL DE 1945

Aquella mañana, Agneta Müller se despertó una hora y media antes de que sonara el despertador.

Al otro lado de la ventana de su dormitorio aún era de noche. Hacía frío. Inmóvil bajo las mantas, apurando el calor de su cama en el dormitorio infantil que nunca se había atrevido a renovar, esperó a oír la tos de su padre. Todos los días, Rudolf Müller estallaba en un acceso de tos seca, nerviosa, a las seis menos cuarto de la mañana. Antes no tosía, pero tampoco ocupaba la portería del Ayuntamiento de Schöneberg, ni entraba a trabajar a las seis y media. Antes era el jefe de prensa, pero un puesto como aquel, tan delicado, no podía confiarse a un hombre de lealtad dudosa. Eso le dijo su mujer en el verano de 1934, después de que un concejal amigo suyo le advirtiera que corrían demasiados rumores sobre la resistencia del jefe de prensa a afiliarse al NSDAP. Beate Müller pertenecía al círculo de fundadores del Partido en aquel distrito, y encontró muy razonable la degradación de Rudi. Demasiada suerte tienes de que no te echen a la calle, viniendo de la familia de la que vienes... Aquel día, Agneta se asustó y le preguntó a su madre si los Müller eran judíos. Beate le respondió que no, pero que dos de sus tíos, arios purísimos, habían estado afiliados a partidos de izquierdas, socialdemócrata uno, comunista la otra.

Antes de que los aliados desembarcaran en Normandía mientras los soviéticos avanzaban sobre Alemania a marchas forzadas, Rudolf Müller, un hombre culto, sociable, que conservaba los hábitos noctámbulos, razonablemente bohemios, del cronista de espectáculos del *Berliner Morgenpost* que había sido en su juventud, constituía la principal preocupación de su única hija. Agneta siempre le había querido más que a su madre pero habría dado cualquier cosa por tener otro padre, incluso menos digno de su amor.

—Buenos días, ratoncita.

El 25 de abril de 1945, Rudolf abrió la puerta del dormitorio de Agneta a las seis y cuarto de la mañana, como todos los días. Cuando encontraba a su hija dormida, volvía a cerrarla sin hacer ruido, pero si la encontraba despierta, le gustaba darle un beso antes de irse a trabajar.

—Buenos días, papi —cuando se sentó en el borde de la cama, a su lado, ella agradeció el calor de su cuerpo—. Te quiero mucho, ¿sabes?

Agneta aprovechaba los momentos en los que estaba a solas con él para decirle que le quería, pero aquella mañana, esas palabras tenían un significado especial. Rudolf Müller lo ignoraba, y se limitó a sonreír antes de asegurarle a su hija que él la quería mucho más. Después se marchó. Sólo al oír el ruido de la puerta de la calle, Agneta se levantó sin hacer ruido, fue descalza hacia el armario y lo abrió para descolgar la percha con el viejo uniforme de la Liga de Muchachas Alemanas que había cepillado y planchado el día anterior.

Aquella ropa sostenía la memoria de la época más feliz de su vida. Por eso, cuando el estado de su madre la obligó a abandonar la organización antes de tiempo, no quiso desprenderse de ella. Mintió a Beate, que la había instado a depositar su uniforme en la sede y lo escondió en el maletero de su armario, entre los pliegues de una manta vieja. La tarde anterior, al volver a verlo, la emoción le llenó los ojos de lágrimas. Si no hubiera tenido tan mala suerte, no habría dejado de ponérselo todos los días que habían transcurrido desde que a Beate la atropelló un tranvía.

—¡Agneta! —aquella mañana, ella también madrugó.

—Voy, mamá.

Mientras ejecutaba la ceremonia que inauguraba cada día en el estricto orden impuesto por la inválida, levantando en primer lugar la persiana de la ventana situada a la derecha de su cama, acercándose después a ella para besarla, preguntar qué tal había dormido y escuchar, invariablemente, que muy mal, ayudarla a incorporarse, mullir sus almohadas, levantar la persiana de la otra ventana, y averiguar por último qué le apetecía desayunar, Agneta Müller sospechó, como todas las mañanas, que su madre se había atravesado aposta en la trayectoria de aquel tranvía para amargar la vida de todos cuantos la rodeaban. Un instante después, también como cada mañana, se arrepintió de haber sido capaz de albergar esa sospecha.

Beate Spitzer estaba a punto de cumplir cuarenta años cuando Rudi Müller, ligeramente mayor, más atractivo y mucho más pobre, se casó con ella. Ninguno de los dos contaba con tener descendencia, pero Agneta nació en el verano de 1925, tres días antes de que su matrimonio cumpliera nueve meses. Hija inesperada, casi milagrosa, luminosa y perfecta, su primera infancia apenas traspasó los muros de su casa, la amorosa prisión en la que su madre pretendía protegerla de los turbios peligros que torturaban su imaginación. Su obsesión por preservar a Agneta del contacto con los hijos de extranjeros, comunistas y judíos, todos igualmente sucios e inmorales, portadores de atroces enfermedades del cuerpo y del espíritu, abrió la puerta a un cambio que transformaría la vida de ambas. A principios de los años treinta, Beate Müller descubrió una doctrina concebida expresamente para ella, y se entregó al Führer sin condiciones, por el porvenir de la suya y de todas las niñas de Alemania.

—Hazme un huevo pasado por agua, pero ten cuidado de no cuajarlo demasiado. Tráeme dos rebanadas de pan blanco...

—Ya no hay pan blanco en ninguna parte, mamá. Te lo dije ayer. Sólo se encuentra pan de centeno.

—Bueno, pues tráeme pan de centeno con mantequilla, y...

—No hay mantequilla, mamá. Sólo queda un poco de la mermelada que nos regaló Roswitha. El huevo también he tenido que pedírselo a ella. Te traigo el pan, la mermelada, el huevo y un café, ¿no?

Tampoco era café, sino un mal sucedáneo, pero no perdió el tiempo en explicárselo, ni en contarle que el día anterior no había leche en ninguna tienda. El mundo, su mundo, se estaba resquebrajando. En cada minuto se agrandaban las grietas por las que ascendía el magma ardiente, rojizo e infernal, que iba a devorarlo, y tenía prisa por incorporarse a su final desde el lugar que le correspondía, el que se había ganado desde el día en que cumplió diez años.

Aquella tarde, en vez de organizarle una fiesta con globos y una tarta, Beate la inscribió en la Jungmädelbund, la Liga de Niñas, organización infantil de la rama femenina de las Juventudes Hitlerianas. Allí, la anhelante criatura que miraba hacia la jungla prohibida de la calle desde la ventana de su habitación, encontró algo más que un local donde entretenerse por las tardes. La Jungmädelbund se convirtió pronto en su verdadero hogar, la casa de una gran familia que le proporcionó otras madres, abuelas, tías y todas las hermanas que nunca había tenido. Agneta destacó pronto entre ellas por su capacidad para trabajar sin descanso y asumir responsabilidades. A los catorce años, cuando pasó a militar con sus compañeras en la Bund Deutscher Mädel, la Liga de Muchachas Alemanas, esas cualidades la ayudarían a ascender muy deprisa.

—¿Y la leche? Pase que lo que me das no sea café, pero sabes muy bien que no soporto este brebaje sin leche. Yo no sé...

—Ayer no pude comprar leche, mamá. Salí por la mañana y por la tarde, varias veces, pero no había leche en todo Schöneberg.

—¡Qué tontería! ¿Cómo no va a haber leche en Berlín? Si me dijeras otra cosa, pero ¿leche? Las granjas de los alrededores...

—Los camiones no han podido entrar en la ciudad, madre. Nadie puede entrar ni salir. Los rusos ya están aquí. Estamos cercados.

El 3 de febrero de 1942, cuando un tranvía descarriló para triturar las piernas de Beate Müller, Agneta ocupaba el cargo de Untergauführerin de Schöneberg y, en el cuarto peldaño del organigrama de la BDM, estaba al mando de tres mil muchachas que vivían en su mismo distrito. Desde que la guerra la obligó a dejar los estudios, se había consagrado al Partido para convertir su sede en un modelo de unión, actividad y eficacia, la sección favorita de su jefa directa, la Hauptmädelführerin a quien soñaba con suceder algún día.

Agneta mantenía sus ambiciones políticas en secreto porque sabía que su madre no las aprobaba. Frau Müller era partidaria de que su hija escogiera otro camino para servir a la patria, la vía preferida por el Führer para garantizar el Reich de los Mil Años. Pero la Untergauführerin Müller, que lucía con mucho orgullo los distintivos e insignias propios de su condición de dirigente, no sentía el menor deseo de encadenarse a un matrimonio temprano para producir en el menor tiempo posible una docena de niños a los que cuidar y educar en la fe nacionalsocialista. Ese era el destino que esperaba a las muchachas a quienes se obligaba a abandonar la militancia a los dieciocho años. Su partido carecía de una organización específica para mujeres adultas, pero Agneta tenía la esperanza de que su dedicación y la precoz excelencia de su trabajo le franquearan el acceso a la dirección de la BDM. El accidente destruyó por igual sus sueños y los de su madre. Frau Müller, que tras un año de rehabilitación logró moverse por la casa con dos muletas pero sólo volvió a salir a la calle en silla de ruedas, no vaciló en convertir a su hija en su enfermera, masajista, recadera y criada para todo. Agneta intentó compatibilizar su nueva situación con la militancia, pero descubrió enseguida que sus ausencias provocaban súbitos e inexplicables agravamientos de la enferma. La admiración que Beate, nazi de primera hora, suscitaba entre sus compañeras, y el desprestigio que le acarreaban sus supuestas desatenciones, la persuadió de que lo más conveniente para su carrera política era plegarse a los deseos de su madre. Desde entonces, estos no habían dejado de crecer en exigencia y complejidad.

—No te consiento que me hables así. Esas fantasías derrotistas me ponen enferma. ¿Quién te ha contado eso, tu padre? Se habrá ido contento al trabajo, el muy cabrón...

—No estaba contento, mamá, estaba como siempre.

—¡Mentira! Estará encantado, porque es un mal alemán. En mala hora me casé con él. Tendría que denunciarle, por llenarte la cabeza de porquerías.

—Pero ¿qué dices, madre? Él no me ha contado nada. Lo sabe todo el mundo. La portera, que tiene un hijo en el frente, me dijo ayer que tenemos a los rusos en la puerta desde hace más de una semana, cuando lanzaron aquel bombardeo tan espantoso. ¿No oíste las bombas, mamá?

—No, no oigo nada y no quiero oír ni una palabra más. Vete, anda, y llévate esto, porque me has quitado el apetito...

Agneta no replicó. Reorganizó el contenido de la mesilla, dejó la bandeja encima, y salió en silencio del dormitorio. Le habría gustado besar a su madre, pero no se atrevió. Tampoco le pareció importante, porque estaba segura de que ella la entendería, de que se sentiría orgullosa de que su única hija hubiera muerto en una trinchera, defendiendo el búnker de Hitler, el último reducto del mundo con el que habían soñado juntas durante tantos años. Con esa esperanza volvió a su cuarto y se vistió despacio, de espaldas al armario, acariciando cada prenda antes de ponérsela. Sólo después de fijar el pañuelo alrededor del cuello con la anilla que denotaba su rango, giró sobre sus talones para mirarse en el espejo. Desde allí, una desconocida le devolvió la mirada.

Estaba segura de no haber crecido ni un milímetro en los últimos tres años, pero su cuerpo había cambiado tanto que parecía otro. Su cintura bailaba dentro de la falda pero, un poco más abajo, la tela aprisionaba sus caderas hasta el punto de levantar el bajo varios centímetros por encima de su largo original. Las arrugas que se formaban a ambos lados no eran tan llamativas, sin embargo, como los huecos que se abrían entre los botones de su blusa para dejar entrever el encaje de su sostén. Hasta aquel momento, Agneta ni siquiera era consciente de haber ganado aquellas redondeces que esmaltaban con un barniz voluptuoso, casi obsceno, la inocente imagen que recordaba. En su lugar, estaba viendo la estampa de una artista de cabaret, cualquiera de aquellas amigas de su padre que parodiaban a las chicas del Partido Nazi antes de que las metieran a todas en la cárcel. No le gustaba, pero cada nuevo detalle incrementaba el escandaloso efecto del aquel uniforme sobre su cuerpo. Ya no podía usar los zapatos planos de su adolescencia y los calcetines blancos que asomaban por el borde de sus botas más cómodas, de medio tacón, parecían parte de un disfraz. Pensó en quitárselos, pero sin ellos se le llenarían los pies de ampollas antes de alcanzar su destino y no estaba dispuesta a afrontar un final tan ridículo. Por último se cepilló muy bien el pelo y se lo recogió en dos gruesas trenzas, un expreso homenaje a su pasado que culminó el extravagante impudor de su aspecto.

Antes de salir de casa, se abrigó con su vieja cazadora de color tostado, abrochó todos los botones y el efecto apenas mejoró, pero ya eran las siete y media, su madre volvería a reclamarla en un cuarto de hora, y no podía perder más tiempo. Sacó de un libro la nota que había escrito para su vecina Roswitha, explicándoselo todo, y abandonó su habitación sin despedirse de los capullos rosas y azules que decoraban sus paredes.

—Salgo un momento a la calle, mamá, vuelvo enseguida.

—No tardes.

El sonido de su voz la tranquilizó, porque delató que Frau Müller estaba masticando. Atravesó el pasillo sin hacer ruido, abrió la puerta con cuidado, la cerró de la misma manera, y cruzó el descansillo para deslizar la nota por debajo de la puerta de la vecina de enfrente. Después, bajó corriendo las escaleras y salió a la calle sin mirar atrás.

Había calculado que el trayecto a pie hasta la Cancillería le llevaría poco más de media hora pero las calles de Berlín eran ya un jardín de escombros. La necesidad de mirar donde pisaba para no romperse una pierna antes de tiempo ralentizó su marcha, pero no fue responsable de que la Untergauführerin Müller no alcanzara su destino.

Unos pocos metros antes de llegar a la Puerta de Brandemburgo, escuchó las sirenas que alertaban de un ataque aéreo y su primera intención fue seguir andando para morir bajo las bombas, pero cuando un soldado la llamó desde una trinchera improvisada con adoquines, en plena Wilhelmstrasse, se paró un instante a pensar, dejó inmediatamente de hacerlo y corrió hacia él.

Al refugiarse en aquella trinchera, Agneta Müller comprendió que acababa de incorporarse a la defensa de Berlín, y morir dejó de parecerle una tarea demasiado urgente.

Un solitario tanque soviético, el primero que veían, avanzaba con parsimonia por el bulevar Unter den Linden hacia la Puerta de Brandemburgo. Desde su posición, en una esquina de la Wilhelmstrasse, los dos únicos ocupantes del puesto siguieron su trayectoria sin dificultad.

—Por fin —dijo uno de ellos en español—. Preparado.

Y Adrián Gallardo Ortega se preparó.

Sacó la pistola de su funda, comprobó que estaba cargada, apuntó a la cabeza del hombre agachado, dispuesto a manejar la única ametralladora útil que les quedaba, y apretó el gatillo. Después rebuscó en la guerrera del muerto hasta encontrar la documentación, y la guardó en su cartera tras quemar sus propios documentos en el fuego que ardía dentro del bidón agujereado que utilizaban como estufa. Sólo cuando Adrián Gallardo Ortega había dejado ya oficialmente de existir, apartó el cadáver, ocupó su lugar, y se concentró en el visor de la ametralladora hasta que tuvo el tanque a tiro, pero no disparó. El blindado ruso pasó de largo sin advertir el peligro que acechaba en un nido de adoquines de la Wilhelmstrasse y su único ocupante esperó una ocasión mejor para entrar en combate.

Porque ya no quería morir, no tenía motivos para hacerlo.

—*Heil Hitler!*

Él la vio primero. El 25 de abril todavía había seis hombres en el socavón que ellos mismos habían fortificado con adoquines para improvisar un parapeto, pero en aquella mañana blanca, brumosa, nadie se fijó en ella antes que Adrián.

Todavía faltaban unos minutos para las ocho de la mañana cuando distinguió a lo lejos una mancha castaña y negra que avanzaba tortuosamente en su dirección, apareciendo y escondiéndose al caprichoso ritmo de las ruinas. Una desolada cordillera de escombros había enterrado las calles de Berlín, elevando sobre ellas montes, lomas, cerros de piedra y ladrillo atravesados por hierros, por vigas de madera, por restos carbonizados de muebles y objetos fundidos en indiscernibles amasijos, que convertían cualquier trayecto en una aventura peligrosa. Adrián ya se había acostumbrado a la dudosa transparencia de la luz del norte, tan engañosa frente a la rotundidad de los juegos de luces y sombras que dibujaba el sol de su país, y por eso no confió mucho en sus ojos al descubrir la mancha amarilla que coronaba la cabeza de una presencia inexplicable, para derramarse sobre su pecho en dos largos trazos que parecían trenzas. Aquel misterio le devolvió el viejo recuerdo de las niñas de su pueblo, que usaban un palo para dibujar sobre la tierra una rayuela, la escalera plana por la que avanzaban saltando a la pata coja, hasta conquistar el cielo en la última casilla. La figura que se acercaba hasta él como si llegara de otro tiempo, de otro mundo, era demasiado grande para pertenecer a una niña, y sin embargo, antes de admitir que estaba viendo a una mujer adulta vestida de colegiala, descubrió que aquellas manchas rubias que bailaban sobre su pecho eran de verdad dos trenzas. Entonces la perdió de vista, y un instante después comenzaron a sonar las sirenas. Cuando volvió a verla estaba muy cerca, tan tranquila como si no las oyera. Empezó a reclamarla a gritos, en español, y su voz por fin llamó la atención de Jan.

—¿Qué hacés, flaco? ¿Por qué...? —para hacerle enmudecer de asombro—. ¿Qué es eso, una mina?

Si la hubiera conocido en otras circunstancias, despachando en una tienda, entrando en un baile, sentada a la mesa de un café, quizás no la habría mirado dos veces. No era una chica fea, pero tampoco era guapa, aunque por cada uno de sus defectos exhibía una pequeña virtud, un rasgo de belleza que lo compensaba. Tenía los ojos aguados más que claros, y su mandíbula acusada, casi equina, recordaba a la del Hauptsturmführer Kleiber, pero su pelo parecía una espesa madeja de oro hilado, como la reservada a las princesas en los cuentos de hadas alemanes, y sus labios gruesos, encarnados, habían sido hechos para ser besados. Sin embargo, lo que Adrián sintió al mirarla no tenía nada que ver con eso. El impacto fue mucho más complejo, más intenso, que el que solían producir en él las mujeres hermosas.

Aquella chica rubia, de aire inocente, que antes de presentarse levantó el brazo para pronunciar el saludo nazi con tanta energía como si su causa no estuviera perdida, iba vestida con una ropa que la favorecía de una manera extravagante e irresistible al mismo tiempo. Su aspecto habría producido sonrojo si la camisa de su uniforme no hubiera castigado sus pechos, grandes y redondos, con una presión que los juntaba y los levantaba a la vez en un grado casi doloroso, mientras su falda encallaba en las caderas como una funda a punto de reventar sobre la planicie de su vientre. Despeinada, jadeante por el esfuerzo de avanzar a través de la ciudad destruida, rebozada en el polvo que trazaba una delgada línea marrón en el canal de sus pechos, con las piernas arañadas y las botas sucias, parecía un ángel que hubiera descendido directamente desde su nube hasta un burdel, para ocultar su desnudez con lo primero que encontrara a mano y un peinado infantil que sugería lo contrario de lo que pretendía mostrar. Adrián no podía saber si la temperatura de aquella imagen que encendió una hoguera hirviente, capaz de quemar, en el centro de sus tripas, era intencionada o accidental, no sabía si el fervor de aquel rostro era más o menos auténtico que la perversa sofisticación que transmitía la sencilla ropa que la cubría, pero no recordaba haber visto nada más excitante en su vida que aquella estampa imposible, la rotunda manifestación de la vida que le asaltó cuando sólo esperaba la llegada de la muerte.

—¿Qué haces aquí? —él la había visto primero y fue el primero que se dirigió a ella en su rudimentario alemán—. ¿De dónde vienes?

—Yo... —ella se paró un instante a pensar, se irguió, levantó la cabeza y adoptó un gesto desafiante—. Me llamo Agneta Müller. Soy Untergauführerin de la BDM. Vengo de mi casa, y he venido a morir por mi Führer.

Una carcajada sonora, afilada como un cuchillo, aplastó la solemnidad de aquella declaración, y Adrián reconoció en ella a Alfonso Navarro antes de escuchar su voz, unas palabras que su destinataria no podía entender.

—Pues estás en el mejor sitio para eso, desde luego.

De los cincuenta hombres que Kleiber había reclutado para llevarlos a Klooga, sólo cinco habían llegado hasta Berlín. Durante la última fase de la retirada, ningún enemigo causó tantas bajas como la pacífica estampa de las estaciones de ferrocarril, una promesa que encendía a diario la mirada de ciertos soldados que dejaban de ver, de oír, de cumplir órdenes, mientras destinaban todo su ingenio a elaborar su propio plan de fuga. Todas las mañanas, alguna vecina se quejaba de que la noche anterior le habían robado la ropa de su marido, o de sus hijos, que estaba tendida en el patio. Los culpables, que ya la vestían bajo el uniforme o la habían escondido en el fondo de sus mochilas, escapaban de día, escurriéndose sigilosamente por una esquina de cualquier pueblo, y de noche, después de sobornar con ropas de civil a los guardianes que, en vez de detenerlos, se sumaban a su fuga. Los desertores capturados eran fusilados inmediatamente, pero el número de quienes lograban subirse a un tren o a la trasera de un camión era muy superior. En abril de 1945, los civiles alemanes sólo esperaban la rendición. Denunciar a un desertor era un problema y ya tenían bastantes. Los oficiales de las SS se desesperaban al calcular el porcentaje de extranjeros que defendería el corazón del Tercer Reich, pero esa cifra crecía a diario porque los voluntarios venidos de fuera de Alemania eran los únicos que no tenían interés en desertar, ningún camino por el que volver a casa.

Sólo uno de los soldados de Klooga que llegó hasta el final era alemán, pero también había nacido en Potsdam, a unos cuarenta kilómetros de la capital, y estaba casado con una berlinesa. Se llamaba Fritz Weber y era sociable, muy hablador, pero a medida que avanzaban sobre la ciudad se encerró en un silencio hosco, calculador y ausente, que sólo se deshizo cuando se enteraron de que iban a ser destinados a las tropas de reserva concentradas en el distrito central para librar la última fase de la batalla final. Esa noticia le devolvió la sonrisa por motivos muy diferentes a la encarnizada euforia de quienes celebraron a gritos la gloria de enriquecer con su martirio la leyenda de su causa. Fritz volvió a hablar por los codos, a gastar bromas, a sonreír, hasta que su columna penetró en el centro de Berlín, y después no tardó ni una hora en despedirse de los hombres con los que había retrocedido desde Narva. El teniente que estaba al mando del heterogéneo grupo de soldados de toda procedencia en el que les habían encuadrado, se marchó a pedir instrucciones y él aprovechó aquel momento para fugarse.

—Ha sido un honor acompañaros, pero yo me voy a mi casa —les dijo en un susurro, mientras les estrechaba la mano, uno por uno—. Y vosotros deberíais pensar en hacer lo mismo, porque lo de Estonia no nos lo van a perdonar.

Ninguno de sus cómplices se atrevió a censurarle. Jan, que al principio de la guerra había sido el más fanático de todos, se limitó a desearle buena suerte. Él asintió con la cabeza, se alejó un poco y un segundo después gritó, como si hubiera visto algo entre las ruinas del edificio que tenían enfrente.

—¡Eh! ¿Quién anda ahí?

Salió corriendo y ninguno de sus compañeros le siguió. Algunos, que en aquel momento le daban la espalda porque se habían sentado en alguna piedra a descansar, ni siquiera giraron la cabeza para ver qué pasaba. Otros contemplaron su fuga sin interés. Fritz Weber se marchó tranquilamente, y cuando el teniente regresó, no le echó de menos, porque apenas conocía a la mayoría de los hombres bajo su mando.

Durante una semana, estuvieron acuartelados en uno de los palacios de Unter den Linden que mejor había resistido las bombas rusas. La primera misión de la tropa consistió en limpiar el suelo de cascotes para poder ocupar su superficie, y mientras trabajaban en cadena, acarreando escombros, todos advirtieron que la fragilidad de las paredes, tan dañadas que era imposible apoyar en ellas ningún objeto sin provocar una lluvia instantánea de polvo y guijarros, convertiría el edificio en una tumba en caso de un nuevo bombardeo. Pero sus jefes, que fumaban tranquilamente mientras les veían trabajar, descartaban un nuevo ataque aéreo. La razón, que nadie se atrevía a decir en voz alta, era que la infantería soviética avanzaba a un ritmo tan vertiginoso sobre Berlín, que no parecía lógico que Stalin derrochara recursos aéreos cuando el asalto terrestre de sus fuerzas, que multiplicaban por varias cifras la de los defensores, era inminente. No contaban con que el líder comunista no era un hombre proclive a perdonar. El 10 de abril de 1945, más de mil doscientos aviones soviéticos desencadenaron un infierno atroz y simultáneo sobre el último reducto del Tercer Reich. El último bombardeo masivo fue tan brutal que sus efectos se hicieron visibles en una ciudad que parecía ya destruida hasta los cimientos.

Aquel día, Adrián Gallardo Ortega creyó que había llegado su hora. La calma tensa de una derrota cierta le había mantenido inactivo durante las últimas jornadas. Los víveres escaseaban y no tenía sentido malgastar las energías de la tropa, así que los jefes consentían que sus hombres pasaran la mayor parte de su tiempo descansando, sentados en el interior del cuartel o al aire libre, entre los escombros amontonados en el jardín. Para prevenir deserciones, se les prohibió salir de un recinto en el que nadie podía entrar, y el aburrimiento llegó a ser tan insoportable que, si hubieran podido, ellos mismos habrían empujado al enemigo hasta el Spree para acabar de una vez. Pero los rusos llegaban y no llegaban, estaban en la puerta y nunca acababan de pasar. Mientras tanto, Adrián y Jan, indiferentes al agónico esfuerzo de las tropas que resistían en el extrarradio, mataban el tiempo hablando sin parar.

En el jardín, al tímido sol de la primavera alemana, volvieron a contarse sus vidas mientras compartían el tabaco que les quedaba. Ambos estaban tan seguros de que cualquier conversación podría ser la última, que fueron profundizando poco a poco en la gravedad y la intimidad de sus confidencias. Al fin, Adrián confesó en voz alta que su victoria sobre Navarro en Bilbao había sido un fraude. Jan le correspondió contándole que su madre le había abandonado.

—Ya ni siquiera me escribe, ¿viste? —aquella mañana, después de apurar la dosis del brebaje marrón que les daban en el desayuno, se quejó una vez más—. Estará allá, la vieja, felicitando a mi hermano por el asado de los domingos, escuchando al maricón de Gardel, tan feliz. Yo acá, luchando por la salvación de Europa, y ella... Qué asco —hizo una pausa y su gesto se contrajo en una mueca—. Creo que voy a bajar otra vez.

Desde que llegó al frente ruso, Jan Schmitt había tenido que combatir con dos enemigos, uno común, el otro privado. No estaba muy seguro de qué factor había agravado el estreñimiento que padecía desde niño, pero la alimentación, o el frío, o el miedo, habían convertido sus intestinos en un instrumento de tortura, y la inmovilidad de los últimos días había agravado su crueldad. Todas las mañanas bajaba al sótano, donde permanecían intactas las viejas letrinas de la servidumbre, y estaba allí un buen rato. El 10 de abril no fue una excepción.

Sucedió en un instante. Antes de que tuvieran tiempo para distinguir el sonido de otras explosiones, lo que quedaba del edificio se vino abajo. Adrián tuvo suerte pero tardó mucho tiempo en comprenderlo. El impacto le tiró al suelo mientras todo temblaba a su alrededor, y una viga de hierro se desplomó sobre él en una posición extraordinariamente oportuna. Sus extremos encajaron en los escombros y le protegieron del derrumbe de una pared cuyos restos lo sepultaron todo un par de segundos después. Encerrado en un sepulcro de cascotes que nunca lograría romper con sus propias manos, creyó que al fin había alcanzado su destino, una muerte cierta, tonta y en absoluto heroica, porque llegaría despacio, por asfixia, por hambre o sed, después de largas horas, días incluso de agonía. Él quería morir en Berlín, pero no así, y pidió ayuda a gritos, en todas las lenguas que conocía, hasta que escuchó la voz de Lazlo, un voluntario húngaro que había estado con él en Klooga, y muy pronto, también la de Schmitt. Entre los dos abrieron un hueco suficiente para bajar hasta él, sacarlo de debajo de la viga e izarlo a la superficie.

—Estaba garcando, ¿viste? —como de costumbre, Jan no paró de hablar, pero aquel día Adrián bendijo su verborrea—. ¡Qué suerte tuve! Increíble. Llevaba seis días sin hacerlo, vos sabés, y de a una, me vinieron las ganas y llegaron los rojos. Bajé al sótano y mirá, ni un rasguño. Me libré por una mierda, flaco...

Al salir de su sepulcro, sintió un dolor lacerante en el hombro izquierdo. Tenía el hueso dislocado y una herida muy fea, provocada por las piedras que habían abierto un agujero por el que cabía la punta de un dedo en la parte superior de su brazo. Le dolía mucho, pero él siempre había sido un buen fajador. Lazlo, que había sobrevivido al bombardeo por pura suerte, sin la colaboración de sus intestinos ni la intervención de una viga salvadora, le vendó la herida como pudo y fueron a buscar a los sanitarios. No los encontraron. Había muy pocos supervivientes, ningún oficial entre ellos. El asistente del comandante les contó que la última vez que le vio estaba reunido con otros jefes alrededor de una mesa, en la única estancia que conservaba la cubierta. Le había ordenado que fuera a buscarle tabaco y aquel encargo le salvó la vida. Cuando regresó, con dos cigarrillos rusos que le había robado a un sargento, sólo encontró un gigantesco túmulo de piedras sin indicio alguno de vida sepultada. El privilegio de vivir bajo techo había exterminado a los oficiales en un instante.

En un puesto de socorro improvisado junto a las ruinas de un hospital, un médico encajó el hueso de Adrián, curó su herida y le colocó el brazo en cabestrillo. Mientras le daba instrucciones para mantenerlo de la mejor manera posible, Lazlo entró en el edificio y regresó con dos aspirinas que había logrado requisar a punta de pistola. El médico no hizo comentarios sobre aquel procedimiento, le aconsejó a Adrián que se tomara sólo una y guardara la otra para más tarde, y les recomendó que volvieran a su cuartel a esperar nuevas órdenes. Cuando regresaron al palacio, ya había empezado a atardecer. En todo el día no habían comido nada más que unos pedazos de pan que habían logrado rapiñar imponiéndose a un tumulto de gente que estaba asaltando las ruinas de una panadería, pero incluso en eso fueron afortunados, porque sus compañeros ayunaron todo el día. Las bombas habían enterrado la cocina y nadie se acordó de ellos hasta la mañana siguiente. Entonces los repartieron entre diversos cuarteles emplazados en edificios tan ruinosos como el que acababan de abandonar y todo, la inactividad, el hambre, el aburrimiento, volvió a empezar hasta que, el 24 de abril, escucharon unas palabras que ya les sonaban como el estribillo de una canción vieja, pasada de moda, y que sin embargo no volverían a oír nunca más.

—Ya están aquí.

Aquella vez era verdad. Los rusos se habían desplegado frente al último anillo defensivo de la ciudad. Más allá, sólo estaba Berlín, y en Berlín, sólo estaban ellos. No necesitaban que nadie se lo recordara, pero un coronel se subió a una mesa para arengarlos antes de despedirles.

—Nuestros camaradas luchan en los arrabales, dejan sus vidas en la defensa de granjas y establos, protegen cada cerca, cada loma, el más insignificante palmo de terreno. Nosotros honraremos su ejemplo defendiendo Berlín hasta nuestro último aliento, calle por calle, casa por casa, desde los sótanos hasta las azoteas. No penséis que todo está perdido porque este sacrificio no será estéril. Las generaciones venideras cantarán nuestra gesta y vuestros hijos crecerán bajo la sombra del heroísmo de sus padres. Nadie nos derrotará, salvo la muerte, y ni siquiera ella podrá arrebatarnos la gloria...

Cuando escuchó aquel discurso, Adrián Gallardo Ortega se sintió muy viejo, aunque sólo tenía veintiocho años. Las lágrimas temblaban en los ojos del coronel, se derramaban por las mejillas de Lazlo, provocaban unos sollozos muy poco viriles en el rostro de Jan y se asomaban a muchos otros ojos, pero él sólo alcanzaba a lamentar el repugnante sabor del líquido marrón que quedaba en su taza, mientras miraba a su alrededor como si fuera un simple espectador de una escena en la que ya tenía asignado un papel protagonista. Se daba cuenta de la solemnidad, la trascendencia de aquel instante, pero no se las creía. El gesto del coronel, el tono de su discurso, la gravedad de palabras como gloria, como héroes, como honor, produjeron en su ánimo un efecto tan poco dramático que resultó casi cómico. Percibía aquella arenga como la cáscara artificiosa, teatral, de un fruto muy amargo, un torpe intento de maquillar con purpurina barata el sucio final que les esperaba. No le pilló por sorpresa. Sabía que la consigna era morir antes que rendirse y no tenía miedo. Klooga le había arrebatado para siempre la capacidad de sentirlo, de acusar cualquier sensación más compleja que el hambre o la sed, el calor o el frío. Tampoco pensó en echarse atrás, porque para él no existía ningún camino de vuelta. Al despedirse, Fritz había pronunciado en voz alta una advertencia que él se había dirigido a sí mismo demasiadas veces como para dudar de su eficacia. La consigna era morir antes que rendirse, pero la rendición no alargaría demasiado su vida, porque antes o después tendría que pagar con ella la deuda que había contraído en los bosques de Estonia. Adrián iba a morir en tierra extraña, por una causa ajena, y ni siquiera le parecía mal. Esa conclusión le impresionó más que el discurso del coronel.

Mientras caminaba entre Lazlo y Jan hacia la esquina de la Wilhelmstrasse con la Puerta de Brandemburgo, el emplazamiento del puesto antitanque al que habían sido asignados, intentó diseccionarse a sí mismo, determinar la auténtica consistencia de su impasibilidad, provocarse emociones. Seleccionó sus recuerdos y se impuso los más dolorosos, los que no hacía tanto habían bastado para hacerle sollozar, como el honor y la gloria habían conmovido a Jan hacía un rato. Pensó en su madre, en su delantal, en la cocina de su casa. Pensó en su padre, en las preguntas a las que no sabía responder. Pensó en su abuelo, otro honor, otra gloria que le habían humedecido los ojos muchas veces desde que era niño, y no le pasó nada. Iba a morir muy lejos de su madre para destrozarle el corazón, nunca podría confesar a su padre que había malgastado su vida en vano, engarzando un error tras otro como si sus equivocaciones fueran las cuentas de un rosario maldito, y no podía llorar. No podía sentir, y ni siquiera se alteró al llegar al destino de aquella larga caminata.

Alfonso Navarro López no le vio venir. Cuando los tres hombres de Kleiber llegaron al enorme socavón que deberían fortificar con escombros para fabricar un nido de ametralladoras en plena calle, él había empezado a trabajar ya en la construcción del parapeto. Mientras sus dos compañeros se acercaban a saludar a los recién llegados, colocó con cuidado la piedra que transportaba entre las manos y sólo después les miró, les reconoció, avanzó hacia ellos con un gesto más burlón que desafiante. Adrián le encontró muy envejecido. Tenía el rostro desfigurado de puro cansancio, los ojos rojizos, unas ojeras que nunca había visto, y comprendió que le reflejaba igual que un espejo.

—Hay que joderse, Gallardo, con los miles de camaradas que nos han matado los rusos y con lo grande que es Berlín... —el cansancio también había aflojado su voz, arrebatándole la chulería de antaño—. Pareces mi novia, en vez de la del maricón ese.

—¡Uh, qué hijo de puta sos, Navarro! —Jan también estaba cansado. Por eso no se movió, ni siquiera se acercó a él mientras le devolvía el insulto.

—No te equivoques. El único hijo de puta que hay aquí es tu amiguito el tramposo.

—Ya está bien, Alfonso —era la primera vez en su vida que le llamaba por su nombre de pila—. Ya da todo igual, vamos a morir, ¿no? Tengamos la fiesta en paz, para el rato que nos queda... —hizo una pausa, miró a Jan, volvió a mirarle—. Schmitt ya sabe que gané el combate de Bilbao con un golpe bajo. Yo te di un puñetazo en los cojones, sí, pero el plan era del capitán Ochoa. Él me explicó lo que tenía que hacer, y cuándo, y que el árbitro no lo vería porque era un alférez provisional que odiaba a los falangistas tanto como él. Para ellos no íbamos a boxear tú y yo, sino el Ejército contra la Falange, y si no hubiera obedecido, me habría fusilado. Tú lo sabes, sabes cómo eran las cosas en aquella guerra, igual que en esta... ¿Qué iba a hacer yo? Tenía veintiún años, era un soldado raso, cumplí las órdenes de mi superior, nada más.

Al terminar, miró a su alrededor. A su lado, Jan asentía. Frente a él, Navarro le miraba, como si no pudiera digerir lo que acababa de escuchar. Los otros cuatro no habían entendido nada y Adrián sonrió al darse cuenta.

—¿Hablas alemán, Navarro?

—Poco.

—Bueno, pues espero que te llegue para entenderme, porque voy a repetirlo todo en alemán, para que estos se enteren y tú te quedes contento.

Adrián Gallardo Ortega no había planeado aquella confesión que fluyó a través de él como un vómito, un grumo rancio y espeso que, al desaparecer, devolvió a su estómago un bienestar que ya no recordaba. Mientras empezaba a cargar piedras para fortificar el socavón por el lado opuesto a aquel en el que trabajaban Navarro y sus compañeros, achacó aquel impulso al agotamiento, la pereza que le inspiraba pasar las últimas horas de su vida discutiendo en un agujero de cinco metros de diámetro, pegándose con él antes o después para liquidar su última cuenta mientras los rusos avanzaban para matarlos a la vez. Nunca has hablado alemán tan bien, le comentó Jan con una sonrisa y él se la devolvió porque estaba tranquilo, satisfecho de haber resuelto sólo con palabras el irritante capricho del azar que había vuelto a reunirles.

Apenas cruzó una palabra con Navarro, pero se enteró enseguida de que el camino que le había llevado hasta allí era una réplica casi exacta del que había recorrido él mismo. Uno de los dos SS que le acompañaban era un voluntario de la 28.º División de Granaderos Valones, el cuerpo equivalente a la Legión Flamenca que Léon Degrelle había fundado en el sur de Bélgica. Se llamaba Robert y le contó a aquel extraño argentino de apellido alemán que pretendía ser su compatriota, que en marzo de 1944, cuando Franco disolvió la Legión Azul, Degrelle había reclamado a los españoles que prefirieran seguir luchando a volver a casa. Cuando Navarro decidió quedarse, pasó a formar parte de la Legión Valona, igual que su rival había ido a parar a la Legión Flamenca. Todo lo demás había sido fruto de la casualidad. O, al menos, eso creyó Adrián hasta que conoció a Agneta Müller.

—Os preguntaréis qué hago yo aquí, claro. No debéis encontraros con muchas chicas por la calle, en estos días, pero yo no podía hacer otra cosa, porque... —hizo una pausa para cerrar los ojos y se frotó la nariz como si de allí pudiera brotar su inspiración—. Empecé a militar cuando tenía diez años y a los catorce pasé a la Liga de Muchachas. Fue la época más feliz de mi vida. Por eso esta mañana he vuelto a ponerme el uniforme. Ya sé que me está pequeño, que no me queda bien, pero... Quiero morir como una mujer nacionalsocialista.

Estaba sentada en una piedra, con las piernas muy juntas. La estrechez de la falda la elevaba más allá de sus rodillas, dejando a la vista una franja blanquísima de cada muslo. Acalorada por la caminata, se había desabrochado la cazadora para dejarles contemplar el esplendor de sus pechos apretados, los botones de la blusa a punto de reventar por la deliciosa presión de la carne. Tenía las mejillas arreboladas por el esfuerzo, o por la pasión, y la brisa jugaba con los cabellos que habían escapado de la disciplina de sus trenzas para acariciar su rostro, enjoyándolo con el reflejo de un nimbo dorado. La desproporción entre el tamaño de su cuerpo y el de la ropa que la cubría la situaba en un punto imposible entre la blandura de la adolescencia y la madurez de una mujer que se comportaba como si ignorara hasta qué punto encarnaba la tentación. Era, en todo caso, el espectáculo más hermoso que Adrián Gallardo Ortega había contemplado en mucho tiempo.

—No lo creas —por eso pudo mentir y decir la verdad a la vez—. El uniforme te sienta muy bien.

—Sí, estás muy guapa.

El sonido de la voz de Jan le desconcertó porque no contaba con él. Sus palabras le hirieron como un mordisco, un pinchazo traidor, inesperado. Eran celos, pero antes de reconocerlos ya se había enamorado de Agneta Müller. Cuando comprendió que su aparición había provocado un impacto semejante en el ánimo de su amigo, se negó a admitir que pudiera ser también amor.

Le habría gustado llevarle aparte, advertirle que aquella chica era muy importante para él, confesarle que no había decidido morir defendiendo Berlín por amor a Hitler, a su causa o a su doctrina, sino porque sentía que su vida se había agotado, que no existía nada por lo que mereciera la pena despertar cada mañana, y que todo eso había cambiado en el instante en que Agneta apareció ante sus ojos como si hubiera caído del cielo en lugar de descender por una montaña de escombros. Necesitaba decírselo, contarle que de repente ya no estaba muy seguro de desear la muerte, ni siquiera de merecerla, como si el bien que ella prometía tuviera el poder de anular todo el mal que él había hecho. Habría querido compartir con Jan la repentina convicción de que ya no le correspondía morir, de que no podía hacerlo sin haber besado antes esos labios, sin haber descifrado el misterio de aquella blusa repleta, sin haber descansado la cabeza al menos una vez en la inmaculada blancura de sus muslos. Él era su único amigo, su confidente, su cómplice, y sólo podría confiarle aquel secreto súbito y gozoso en español, porque no era capaz de expresar un concepto tan complejo en otra lengua, pero no encontró el momento, porque ni él se separó de Agneta, ni Jan de él, hasta que tuvo una idea.

—Ya son las doce menos cuarto —anunció en voz alta, en su mal alemán, sin dejar de mirarla—. Voy a ir a buscar el rancho, ¿quieres venir conmigo?

—Os acompaño —Schmitt se ofreció antes de que ella aceptara, y le tendió una mano para ayudarla a levantarse.

Las cocinas del Adlon, que antes de la guerra era el hotel más lujoso, más exclusivo del Reich, funcionaban como punto de avituallamiento de los últimos defensores del centro. Sobre un plano, la distancia que les separaba de allí era muy corta, pero las bombas rusas habían arrugado todos los mapas como si pretendieran tirar Berlín a una papelera, y tuvieron que trepar, subir y bajar sin pausa, para atravesar una abrupta cordillera de escombros que les dio la ocasión de disputarse la mano de una muchacha que aquella misma mañana había recorrido un trayecto más largo sin su ayuda, pero supo aceptar la galantería de ambos con una sonrisa equidistantemente complacida. Al llegar al hotel, los dejó solos para ir en busca de un cuarto de baño y, mientras hacían cola en la puerta de la cocina, Adrián encontró la oportunidad que esperaba.

—Lo de Agneta ha sido como un milagro, ¿verdad? Cuando ha aparecido esta mañana, con ese uniforme...

—Sí —Jan le miró, le sonrió—. Fue como si cayera del cielo, ¿viste? Una mina como ella, tan rubia, tan blanquita. Muy linda, ¿no creés?

A Adrián le habría dado igual que tuviera el pelo negro y la piel oscura, pero que Jan hubiera usado las mismas palabras que había pensado él al verla llegar, como si cayera del cielo, volvió a encender esa alarma interior que otras veces le había prevenido de un ataque enemigo, y decidió ir al grano.

—Me gusta mucho, ¿sabes? Parece una estupidez, pero creo que me he enamorado de ella.

Schmitt no contestó. Miró hacia delante, a la espalda del cabo que se identificaba en aquel momento para reclamar cinco raciones de rancho, y no volvió a despegar los labios hasta que Agneta levantó la mano en el aire para saludarlos desde el umbral de la cocina.

—Mirá vos, ¡vaya momento para meterse con una pebeta! No hay tiempo para eso, loco —entonces volvió a sonreír, pero sólo a ella—. Vamos a morir y mientras tanto... Ya es grande para elegir, ¿viste?

El cabo recogió sus raciones y Jan avanzó hasta el mostrador mientras Adrián permanecía tan inmóvil como si la última frase que había escuchado fuera un martillo capaz de clavar sus dos pies en el suelo de un solo golpe. Mientras intentaba decidir a qué clase de elección se refería su amigo sin atreverse a escoger ninguna, Schmitt forcejeó un rato con el suboficial que estaba a cargo del reparto, señaló a Agneta con el dedo, alabó su fervor, su sacrificio, y consiguió siete raciones en lugar de seis.

—Hoy te doy comida de más porque puedo —el sargento accedió a regañadientes—, pero lo que tendría que hacer tu amiga es volverse a su casa, porque no sé si mañana habrá algo para ella.

—Mañana ya veremos. ¿Dónde están hoy los rusos?

—¡Siguiente!

Pero un capitán que había avanzado un turno para situarse a la altura de Adrián, contestó de buen grado.

—Muy lejos todavía —y sonrió—. Han tomado la mayor parte de Pankow y avanzan en Spandau, y en Köpenick, pero los nuestros resisten como leones.

—Pankow —repitió Jan, saboreando aquel nombre como si fuera un caramelo—. Pero entonces tardarán cuatro o cinco días en llegar.

—Como mínimo. Quieren tomar Berlín el 1 de mayo, por su fiesta, la de los comunistas, ya sabes. Así que la consigna es aguantar hasta el día 2.

—Naturalmente. Vamos a joderlos hasta el final.

Schmitt asintió, como si la partida estuviera en tablas, se volvió hacia la puerta, y sólo después de avanzar unos pasos echó de menos a su compañero.

—Oíme, Tigre, ¿qué haces allá? El amor te volvió sonso, ¿o qué? Dale, no hagás esperar a tu dama.

En aquel momento, el soldado Gallardo decidió que el verbo elegir sólo tenía que ver con él, que Jan no lo había utilizado antes porque pretendiera postularse como rival por el amor de Agneta, sino porque quería advertirle que ella era una mujer adulta, libre para aceptar o rechazar su compañía en las últimas horas de la vida de ambos. Esa conclusión tuvo la virtud de estirar el tiempo igual que una goma elástica, para convertir los cuatro o cinco días que los rusos necesitarían para caer sobre ellos en una plácida y alegre temporada. Al salir del Adlon, Adrián sintió una misteriosa sensación de ingravidez, los pies tan ligeros como si le transportaran sin necesidad de posarse en el suelo, y una euforia universal, íntima y ajena al mismo tiempo, que no recordaba desde que era un niño que abandonaba la escuela en una calurosa mañana de junio, con todo el verano por delante.

—La comida no estaba muy buena, ¿verdad? —después de liquidar los dos cucharones de arroz demasiado cocido con unas hebras de carne de dudoso origen que le habían correspondido, Agneta hizo un mohín—. Parece un guiso de esos que se les dan a los perros. Podría haber traído algo de mi casa, aunque la despensa está casi vacía, pero... La verdad es que pensaba que a estas horas ya estaría muerta. Ha sido una suerte que me encontrara con vosotros.

—Pues sí —concedió Jan—, aunque si no te hubiéramos visto, en vez de muerta del todo, estarías muerta de hambre. Los rusos amagan, sobrevuelan la Cancillería todas las mañanas, pero llevan varios días sin soltar bombas.

—La guerra puede llegar a ser muy aburrida —añadió Adrián—. Menos mal que has llegado tú antes que los tanques.

—¡Ah! —se volvió hacia él, le sonrió y su enamorado se dio cuenta de que apenas debería inclinar la cabeza un par de centímetros para besarla—. O sea, que te parezco divertida...

—Mucho. Nos has alegrado el día.

Después de comer, se habían recostado contra la base del socavón para disfrutar de un sol que no bastaba para calentarles, pero sabía provocar un incendio de reflejos dorados en dos trenzas muy rubias. Ella se había colocado entre los dos y Adrián no necesitaba mover la cabeza, girarla hacia ella, para aspirar el perfume de su colonia. De vez en cuando se concentraba en el punto en el que su pierna rozaba la de la muchacha, cerraba los ojos e imaginaba que estaban los dos solos, juntos, tomando el sol muy lejos del Berlín asediado. Esa fantasía le inundaba el pecho de paz, mientras un bienestar desconocido le acariciaba por dentro para otorgar un repentino relieve a cada poro de su piel, iluminando todo cuanto le rodeaba con una luz distinta, tenue y sonrosada, que echaba chispas de puro placer cuando Agneta se reía.

Adrián nunca había tenido novia. Antes de entrenarse a las órdenes de Ochoa no había encontrado en su pueblo ninguna chica que le gustara lo suficiente, y después había estado demasiado concentrado en su entrenamiento como para buscarse una. Su obsesión por Navarro había sido capaz de suplirlo todo, de rellenar cada hueco para dotar de un sentido completo a su existencia. Saber que él también estaba allí, que le bastaría con abrir los ojos para verle en el instante más afortunado que recordaba, le habría parecido una canallada del azar, una broma cruel, hasta macabra, si el amor que le había inspirado Agneta no hubiera desbordado en unas pocas horas el inmenso espacio que su rival había ocupado, durante siete años largos como lustros, en su cabeza y en su corazón. Hasta aquel momento no se le había ocurrido pensar que había venido a Berlín para morir sin haber estado enamorado y, como en los viejos tiempos en los que fiaba su porvenir a la voluntad de un mazo de naipes, concluyó que Agneta había sido una señal del destino, el regalo de un mundo que no quería perderle tan pronto.

—¿Sabéis lo que me gustaría hacer? —ella se desperezó, se irguió, y no miró a su derecha, donde estaba Jan, sino a su izquierda, directamente a los ojos de Adrián—. Es otra tontería, como lo del uniforme, pero si los rusos están todavía en Pankow, y aquí no hay nada que hacer... Igual no es posible, pero me gustaría acercarme a la Cancillería. La verdad es que he pasado por delante un millón de veces y nunca me ha llamado la atención, pero ahora que sé que el Führer está allí, en su búnker, no sé... Si pudiera ver lo que ve él cuando sale al exterior, y la puerta por la que entran los que tienen la suerte de visitarle, sentiría que he podido despedirme. ¿Qué os parece? ¿Me acompañaríais?

Cinco días después, al atardecer del 30 de abril, Agneta Müller se marchó con Jan Schmitt del socavón de la Wilhelmstrasse.

—Mira que eres palurdo, Gallardo —Hidalgo lo comentó en un tono neutro, objetivo, que no pretendía ofenderle—. ¿Cómo se iba a ir la chica contigo, teniendo un alemán a mano? Ellos no son como nosotros. Ellos se toman en serio la monserga esa de la raza superior, ¿sabes?

La Untergauführerin Müller había logrado traspasar la verja del jardín trasero de la Cancillería. Lo había hecho sola, sin su ayuda, gracias a la de un teniente que formaba parte de la guardia desplegada ante la fachada principal del edificio. Al verle, Agneta se había desentendido de sus acompañantes para salir corriendo hacia él mientras gritaba su nombre, Thomas. Él la había reconocido, la había escuchado con atención y le había ofrecido su brazo para acompañarla. Cuando quisieron reaccionar, ya habían doblado la esquina.

Ellos no conocían a nadie, y no les dejaron acercarse. Tuvieron que dar un rodeo, avanzar por la calle paralela, doblar por una transversal para acercarse a la verja que sólo se había abierto para Agneta. Cuando llegaron, ella ya estaba dentro, sentada en un banco próximo a la puerta, custodiada por el teniente y uno de los dos soldados de guardia como si fuera una prisionera, como si acabaran de detener a aquella muchacha tristísima, armada solamente con sus lágrimas. Porque Agneta estaba llorando. Miraba a su alrededor y lloraba. Sin hipidos, sin sollozos, sin aspavientos, lloraba y miraba hacia el cubo de hormigón ante cuya entrada otro soldado la miraba y lloraba a su vez. Eso era todo lo que vieron, todo lo que pasó en un jardín abandonado, cubierto de malas hierbas, hojas amarillentas, marrones, rojizas, en unos arriates coronados por flores secas, una estampa de la desolación subrayada por los brotes verdes de algunos árboles que habían resistido la falta de riego, yemas tiernas, cargadas de futuro, que desafiaban la completa derrota de la muchacha que lloró a solas, rodeada de gente, a solas, durante unos minutos más. Luego se levantó, se acercó al teniente, le dijo algo al oído. Él meditó unos segundos antes de asentir con la cabeza y su aprobación funcionó como una palanca, un interruptor que impulsó a la Untergauführerin a atusarse el pelo, a estirarse la falda, la cazadora, a comprobar que tenía abrochados todos los botones antes de limpiarse la cara con las manos. Después respiró profundamente. Cerró los ojos, volvió a abrirlos y avanzó a paso de marcha hacia la puerta del bloque de hormigón.

Adrián contempló todo esto como si fuera la escena principal de una película, un melodrama muy bien ambientado. El jardín seco, la hierba agostada, la tibia luz de un sol cansado, que negaba su complicidad a la súbita energía de la protagonista mientras la bañaba en un resplandor tenue, melancólico, tan enfermizo como el paisaje que atravesaba, le habían impresionado, pero no habían logrado conmoverle. Sentía compasión por Agneta, por su tristeza, el impulso ingenuo, infantil, que la había llevado hasta allí y el atracón de llanto inútil que sólo había servido para desfigurarla, para inflamar sus ojos y enturbiar su piel blanquísima con un caprichoso estampado de manchas rosáceas. Él entendía lo que aquella excursión representaba para ella, pero no podía compartirlo porque nunca había experimentado nada parecido, ninguna devoción comparable al fervor absoluto que se había apoderado de esa mujer en un instante, que la había suplantado para insuflarle, más que coraje, un arranque de exhibicionismo insensato, comparable a la épica y tonta liturgia en la que sus fusilados de Portugalete habían intentado envolver una muerte como todas, solitaria, triste, sucia. Intentó disimular su reacción, embozar su escepticismo en una máscara doliente, pero sus cejas se fruncieron solas ante la traca final de aquel castillo de fuegos artificiales que el avance soviético reducía a un insignificante depósito de pólvora mojada.

—*Heil Hitler!*

Al llegar a la puerta del búnker, Agneta Müller se cuadró, levantó el brazo derecho y gritó con todas sus fuerzas. Al contemplarla, el soldado que había llorado con ella, tendió los brazos hacia delante, la abrazó y la besó en la frente. Adrián creyó escuchar sus sollozos antes de comprender que estaba demasiado lejos de la escena principal como para que sus oídos captaran el llanto con tanta nitidez. Tras un instante de desconcierto, giró la cabeza y comprobó que era Jan quien lloraba, con el mismo estrépito, el mismo sonoro y escandaloso desconsuelo que agitaba el pecho de la muchacha.

—*Heil Hitler!*

Cuando Agneta se dio la vuelta y les descubrió al otro lado de la verja, Jan también se cuadró, también irguió los hombros, le devolvió el saludo y ahí se jodió todo. Un instante después de pensar que aquel ataque de histeria era una mariconada impropia de un hombre adulto, Adrián miró a Agneta Müller, distinguió el hilo fuerte, invisible, que acababa de coser sus ojos a los de su amigo, lo relacionó con la sonrisa de loca que alumbraba la pasión que compartían, y comprendió que todo se había jodido.

—*Heil Hitler!*

Después, cuando Agneta estaba a punto de traspasar la verja, él reprodujo los gestos de ambos, se cuadró, se irguió, pronunció aquellas palabras que había tenido que repetir muchas veces sin que aceleraran jamás el ritmo de su corazón, y se sintió aparte, distinto, inferior. No se arrepentía de haber luchado en Rusia, en Ucrania, en Estonia, porque el odio justificaba su esfuerzo. El odio que sentía hacia los comunistas, los asesinos de Dios, la encarnación suprema y perfecta de los arrogantes desharrapados a quienes habían combatido los Garrotes de todos los tiempos, le había empujado a recorrer Europa de punta a punta, pero en ninguna etapa de aquel interminable camino había dado un solo paso por amor. Mientras Agneta miraba a Jan, y Jan miraba a Agneta, y ninguno de los dos parecía reparar en la marcial apostura del gesto del español, su brazo alzado, su mandíbula apretada, Adrián se dio cuenta de que no podía ofrecer a aquella mujer nada comparable al amor que la condujo a los brazos de otro hombre para fundirla con él en un largo y emocionado abrazo. Pero después ella se dio la vuelta, avanzó hacia él, le rodeó con sus brazos y permaneció allí, inmóvil, durante unos instantes, un plazo suficiente para provocar un fenómeno extraordinario. Adrián sintió los pechos de su amada contra su guerrera, la mejilla de la muchacha apoyada en su cuello, su perfume inundando su cabeza hasta ocupar la última esquina de su cerebro, y un llanto distinto, que brotó del amor que ella le inspiraba y del dolor de haberla perdido, afluyó dócilmente a sus ojos. Cuando Agneta vio sus lágrimas, cerró un instante los ojos. Al abrirlos de nuevo, acercó una mano a su cara para limpiarla como había limpiado la suya antes, y él quiso creer que aún no estaba todo perdido.

—Deberíais marcharos ya —el teniente Dohrn interrumpió su abrazo con un acento amable, casi dulce—. No queda mucha luz, y es peligroso andar de noche por Berlín. Y tú, Agneta, deberías volver a casa. Tus padres deben estar muy preocupados...

Pero cuando se despidieron, ella anunció en voz alta que se volvía al socavón de la Wilhelmstrasse y no dejó de hablar, como si el sonido de su propia voz fuera el único capaz de tranquilizarla.

—Mi madre ya lo sabe todo. Roswitha la cuidará. Es nuestra vecina de enfrente, la hermana del teniente al que acabáis de conocer. Thomas también es muy buena persona. De joven intentó triunfar como barítono, pero no llegó muy lejos y al final se dedicó a dar clases de canto a niños pequeños. Yo le estoy muy agradecida porque hace unos años me ayudó mucho con una coral de muchachas que se me ocurrió fundar. Es que yo también canto muy bien, ¿sabéis? Soy mezzosoprano. Tuvimos tanto éxito que en la Navidad de 1941 nos invitaron a cantar el *Horst Wessel Lied* en una fiesta del Partido. El Führer estaba en el palco del teatro y yo... Tenía mucho miedo de que no le gustara, pero nos salió tan bien que al terminar, el público se puso en pie para aplaudirnos. Fue muy emocionante, y después, Hitler nos felicitó. Como había hecho la voz solista, me dio la mano, la apretó entre las suyas, y yo..., yo...

Estaban casi a la altura de la Puerta de Brandemburgo cuando Agneta se dejó caer sobre una piedra, se tapó la cara con las manos y se echó a llorar.

—¡Nadie volverá a cantar el *Horst Wessel Lied* nunca más! ¿Os dais cuenta? Nadie volverá a cantarlo, y yo no quiero vivir así, prefiero morir, quiero morir cantando... *Die Fahne hoch! Die Reihen fest geschlossen! SA marschiert, mit ruhig festem Schritt...*

Cuando llegaron a su puesto, Agneta seguía cantando el himno del Partido Nacionalsocialista Obrero Alemán con una voz cada vez más fea, más ronca de desesperación y menos humana, semejante a un alarido en el que apenas acertaba a articular las palabras, pero ni así dejó de exigir que las calles se abrieran para dejar paso a los batallones de las tropas de asalto. Schmitt y Gallardo la llevaban abrazada, casi en volandas, y sentían en las suyas el dolor de su garganta, en sus oídos otro más agudo, más sutil, que nacía de la creciente deformidad de aquella voz, el patético estruendo de un canto que era ya un estertor, puro grito. Les extrañó que sus compañeros no salieran para identificar el origen de aquel escándalo, pero sólo Alfonso Navarro asomó la cabeza.

Volvió a esconderla enseguida, pero la fugaz visión de su rostro impulsó a Adrián a forzar una pausa. No la necesitaba tanto para que Agneta se serenara como para que tuviera tiempo de arreglarse. La combinación de la caminata con el salvaje ardor de su cántico había descompuesto su ropa tanto como la expresión de su rostro, que permaneció ausente mientras Gallardo abrochaba los botones de su cazadora, para ocultar los que habían reventado por fin en su blusa, e introducía el borde de esta por la cinturilla de la falda, como si estuviera vistiendo a una niña pequeña. Schmitt le miraba sin intervenir, sin decir nada, pero le alargó el pañuelo de seda negra que siempre llevaba al cuello para que Adrián terminara de limpiar su cara y su escote de polvo. Lo hizo para protegerla, para esconder su mirada alucinada, su cara sucia, sus pechos rebosando del escote del sostén, de la mirada de Navarro, pero el falangista apenas le prestó atención y enseguida descubrieron por qué.

—Se ha volado la cabeza hace un momento.

El cadáver de Lazlo no tenía cráneo. En su lugar, una masa pulposa, sanguinolenta, que se había extendido por la pared del socavón, contrastaba con la limpieza del resto del cuerpo, las piernas extendidas, los brazos abandonados a ambos lados del tronco, el fusil apoyado aún en el pecho con el cañón apuntando hacia arriba, la garganta ausente.

—No se ha despedido de nosotros —añadió Navarro, siempre en español, para que Schmitt tradujera sus palabras al oído de Agneta—. Estaba de pie, ahí mismo, y se ha sentado, ha cogido el fusil, se ha apoyado el cañón en la barbilla y ha disparado sin más. Os estábamos esperando para enterrarlo, pero ya es casi de noche. Mejor mañana, ¿no?

Mientras transportaba su cadáver para depositarlo fuera del socavón, Adrián se dio cuenta de que no sabía cómo se apellidaba. Le había conocido en Narva, había formado parte del mismo pelotón en Klooga, había caminado a su lado desde el Báltico hasta el centro de Europa y no conocía su apellido. Lazlo le había salvado la vida una vez y él ni siquiera iba a poder enterrarlo, sólo cubrir su cuerpo con piedras, pedazos de argamasa y de ladrillo, bloques de cemento, para que el enemigo lo encontrara a destiempo, para que algún ruso odioso ordenara que lo arrojaran en una fosa común sin molestarse en registrar sus despojos en ninguna lista. El destino de aquel cadáver sin cabeza le sumió en una tristeza tan profunda que en ella no cabía ya la rabia, ni la furia, ni el ansia de venganza, pero que ni así fue capaz de desplazar a su amor.

—Toma —le tendió su manta a Agneta aunque la del cadáver estaba empapada en sangre, salpicada de pedacitos blanquecinos, unos duros, otros blandos—. Yo me quedo con la de Lazlo.

Nadie habló mientras despachaban lo poco que había sobrado de la comida. Después sortearon las guardias y a Adrián le tocó hacer la primera mientras los demás se echaban a dormir. Aquella noche, Jan ya se acostó de perfil al lado de Agneta, se pegó a ella con el pretexto de taparla con su manta. Estuvieron hablando en susurros durante más de una hora, y el eco indescifrable de su conversación intensificó el olor agrio y sanguinolento, repugnante, de la lana que cubría al centinela.

Cuando Jan le relevó, Agneta estaba dormida. Dormiría durante toda la mañana, mientras los hombres sepultaban a su compañero sin decidirse a identificar el túmulo que acababan de fabricar para distinguirlo de los montones de escombros que lo rodeaban. Luego, Robert Collard, el valón, y Michael Schneider, su compañero alemán, fueron hasta el Adlon y no se acordaron de pedir comida para Agneta, así que, al atardecer, los tres hicieron otra excursión, esta vez a la Winterfeldtstrasse. Esperaron hasta la madrugada para entrar sigilosamente en el portal de los Müller, y allí esperaron ellos en silencio a que Agneta regresara con un pedazo de pan de centeno, una lata de arenques llena de polvo que había encontrado en el fondo de la despensa y un frasco de cristal con un dedo de mermelada de fresa. Acababa de dejar a su madre sin el desayuno del día siguiente, pero no lo comentó mientras los guiaba hasta las ruinas de un edificio cercano donde comieron y durmieron los tres juntos, muy apretados. Al abrir los ojos, Adrián sólo vio la cabeza de Agneta, vuelta hacia Jan, pero escuchó el ruido húmedo de un beso. Como si hubiera percibido que estaba despierto, ella se dio la vuelta enseguida y le besó a su vez, en la mejilla, produciendo un chasquido seco, muy distinto.

El 27 de abril, al volver a la Wilhelmstrasse, encontraron el cadáver de Schneider con un agujero en el pecho. Nunca llegarían a saber si había intentado desertar o había salido a estirar las piernas, si le había matado un soldado justiciero o un ladrón que pretendía robarle, porque su cartera estaba vacía a su lado, algunas cartas y la foto de una chica esparcidas alrededor. Apenas le conocían y no se decidieron a sepultarle, como a Lazlo, hasta después de hablarlo con sus compañeros.

Hidalgo les recibió de mal humor. Robert y él estaban muertos de sueño porque habían tenido que repartirse sus guardias, y cuando escucharon que Michael estaba muerto, ninguno de los dos pareció lamentarlo demasiado.

—Ya no podemos hacer nada por él —afirmó Robert en francés, la lengua con la que se comunicaba con Navarro.

—No —este le respondió en español, dando por concluido un duelo que no había llegado a comenzar—. Yo me voy a dormir.

Al día siguiente, en el Adlon, se enteraron de que los rusos ya estaban luchando en el mismo Berlín, y su vida se convirtió en una angustiosa cuenta atrás que culminó el 30 de abril, cuando al despertar, Collard recogió sus pocas pertenencias y se despidió de ellos.

—Lo siento, camaradas, pero he decidido que no me apetece morir a los veintiséis años. Aunque sé que no tengo posibilidades, me gustaría sobrevivir, así que no me queda más remedio que desertar.

Después de pronunciar el verbo fatídico los miró, uno a uno, desde el centro del socavón.

—Dice que va a desertar —tradujo Navarro—, que quiere sobrevivir.

Ni Schmitt ni Gallardo dijeron nada. Agneta, que entendía el francés, tampoco se movió.

—Podéis matarme ahora, si queréis —añadió Robert—. Sé que tú no lo harás, Alfonso, porque eres mi amigo, pero vosotros dos tenéis una oportunidad. Si queréis liquidarme, este es el momento —contó hasta cinco sin dejar de mirarles, y sonrió—. ¿No? Entonces me voy. Buena suerte para todos.

En ese momento, Agneta y Jan cruzaron una mirada tan cargada de sentido como si pudiera hablar, anunciar lo que sucedería sólo unas horas más tarde, después de que al filo del mediodía, ella improvisara un dolor en una pierna y Schmitt esgrimiera su experiencia como sanitario, un empleo que había desempeñado durante dos semanas escasas, para quedarse a cuidarla y enviar a Gallardo solo al hotel.

—Mirá, flaco, yo te quiero, ¿sabés? —después de comer, le cogió del brazo y se lo llevó aparte, fuera del socavón—. Pero Agneta quiere regresarse a su casa y yo me voy con ella. Venite con nosotros. Sí, ya sé, habíamos llegado acá para morir, para defender el Reich hasta el final, pero... —en esos puntos suspensivos dejó de mirar a su amigo a los ojos—. Ahora todo es distinto. Vos lo dijiste, llegó la mina y... —para empezar a retroceder muy despacio—. Vos la viste primero, lo sé, vos también la querés, la merecés, pero ella es grande para elegir, ¿viste?, y te lo advertí, ya lo sabés, yo...

—Cállate un momento, Jan —Adrián salvó en un par de zancadas la distancia que le separaba de su interlocutor—. Cállate, porque tengo que decirte una cosa importante. Yo también te quiero. Te quiero mucho. Porque eres un hijo de puta, pero también has sido el mejor amigo que he tenido en mi vida.

Un instante después, Jan Schmitt de Wandaleer se desplomó en el suelo como un peso muerto. El culpable no fue Adrián Gallardo Ortega, que había dicho la verdad al confesarle cuánto le quería. Fue el Tigre de Treviño quien le tumbó de un derechazo para que Agneta Müller llegara corriendo y empezara a martillearle el pecho con sus pequeños y delicados puños. No le costó mucho esfuerzo quitársela de encima. Tampoco le hizo daño. Cuando ella se inclinó sobre Schmitt para intentar reanimarlo, Gallardo se marchó y anduvo durante horas, hasta que se perdió. Cuando volvió al socavón, sólo quedaba allí Alfonso Navarro para llamarle palurdo. No le importó.

El 1 de mayo de 1945, los soviéticos no pudieron celebrar su fiesta con la conquista de Berlín. Los defensores de la ciudad cumplieron la consigna y prolongaron una resistencia agónica durante veinticuatro horas. Sólo el 2 de mayo, cuando el cañón de un tanque lo enfiló de frente, Adrián Gallardo Ortega salió del socavón de la Wilhelmstrasse con los brazos en alto. Pero no se rindió solo. Llevaba consigo los documentos de Alfonso Navarro López, cuyo cadáver ni siquiera mostró a los ocupantes.

Sabía que Navarro estaba equivocado, que Agneta no había escogido a Jan por su raza, su piel o su apellido, sino por el amor que a él le faltaba, esa ausencia que le había obligado a competir en desventaja mientras Berlín aún era la capital del Führer. Pero no le mató a traición por haberse equivocado, ni siquiera por haber encarnado durante años la peor pesadilla de sus noches y sus días. En el instante en el que apretó el gatillo ni siquiera se acordaba del puerto de Bilbao, del terror que le impidió ser campeón de España en 1941, de la Nochebuena de 1942. No le movió el rencor, ni la culpa, ni el miedo, sólo un amor tan grande que acaparaba todo el espacio dentro de sí.

Adrián Gallardo Ortega necesitaba dejar de ser él mismo para tener una oportunidad con Agneta Müller cuando todo hubiera terminado. Llegaría un momento en el que nadie recordaría ya los viejos himnos porque la derrota habría reducido a cenizas su fervor, ese amor que él nunca había sentido. Ya no quería morir, no estaba dispuesto a entregar su vida sin haber besado a aquella mujer, sin haber escondido la cabeza entre sus pechos, sin haberla descansado al menos una vez sobre sus muslos, pero si no conseguía embozarse en otra identidad, apenas lograría alentar esa esperanza. Él había estado en Klooga y, antes o después, tendría que pagar aquella deuda. Allí había estado mucha gente, Kleiber, sus hombres, los guardias del campo. Todos señalarían al III Panzerkorps, y los soldados que se habían quedado en Narva eran demasiados para que ninguno sobreviviera, para que ninguno le recordara, para que nadie lo denunciara a los rusos. Adrián necesitaba ser otra persona y documentos que atestiguaran su nueva identidad. Por eso, sólo por eso, mató a Alfonso Navarro, y aquel nuevo crimen ni siquiera agitó mínimamente su conciencia mientras se entregaba sin resistencia a los soviéticos.

—¿Por qué hablas tan mal alemán?

Esa fue la primera pregunta que le hizo el oficial que le interrogó tras seis semanas de estancia en un calabozo abarrotado de hombres que no hicieron el menor gesto de extrañeza al escuchar su nuevo nombre.

—Porque soy español.

—¿Español? —el ruso frunció las cejas, le miró—. ¿Franco?

—Sí, Franco. Luché con Franco en España y luego me fui a Rusia.

—¿Voluntario?

—Sí —habría preferido responder que no, pero su interlocutor no se lo habría creído—. Voluntario.

Casi ocho meses después, cuando parecía que se habían olvidado de él, le interrogó otro ruso que hablaba español y escuchó en ese idioma una biografía ficticia. El hombre que se presentó ante él como Alfonso Navarro López la había elaborado despacio, durante los incontables días que había vivido a oscuras, comiendo bazofia, durmiendo sentado, apiñado en una colmena de hombres tan desnutridos, tan cansados, tan pestilentes como él.

Aquel oficial, que no le dijo su nombre y ni siquiera se molestó en apuntar los detalles, se limitó a enviarle a una cárcel a esperar juicio.

—Seguramente te transferiremos a un tribunal británico o norteamericano —añadió solamente—, porque no tenemos ningún cargo grave contra ti por tu actuación en el frente del Este, y no damos abasto con tanto asesino.

Al escuchar esas palabras, el Tigre de Treviño sintió que acababa de ganar por KO el combate más importante de su vida.

Washington D.C., Estados Unidos de América, 21 de mayo de 1946

El congresista Sal Burnstein entró en su despacho del Capitolio diez minutos antes de la hora fijada para la reunión. La tierna luz de una mañana de primavera le recibió en una estancia impersonal, que conservaba la decoración que inicialmente compartían los despachos de todos los representantes del Partido Demócrata. Muchos de sus colegas cambiaban los muebles, las lámparas, los grabados de las paredes, para convertir su lugar de trabajo en un espacio más íntimo, pero él no había necesitado hacer ningún cambio. En el primer cajón de su mesa reposaba una fotografía que le explicaba por completo. Para encontrarse a sí mismo, le bastaba con mirarla.

Habían pasado veintisiete años, calculó, casi veintiocho, mientras la ponía sobre su mesa una vez más, pero antes le dio la vuelta para descubrir la frase anotada al dorso, «Korczyna, 12 de abril de 1919». La había leído centenares, quizás miles de veces, pero la letra de su madre le emocionaba todavía. En aquella imagen estaba todo, todos los Burnstein excepto dos. El primer ausente era su hermano mayor, Elyahu, que había emigrado a Estados Unidos en noviembre de 1918, cuando volvió de la guerra y se enteró de que su novia se había casado con otro hombre. El segundo era su padre, asesinado en enero del año siguiente, en un pogromo desatado por un grupo de oficiales del ejército polaco, con el pretexto de que los judíos de Galitzia eran partidarios de los sóviets y enemigos de la independencia de Polonia. Abraham Burnstein siempre había sido un hombre muy religioso y una persona de orden. No se consideraba un patriota polaco, pero sentía mucha menos simpatía por los revolucionarios que habían puesto boca abajo el imperio de los zares. La turba que destrozó su tienda, que le arrastró por las calles y aplaudió su ahorcamiento en una plaza de Korczyna, no se molestó en hacerle preguntas.

—Buenos días, congresista Burnstein.

—Buenos días, Abby.

Su secretaria se llamaba Abigail porque era descendiente de judíos rusos, pero nunca comentaba sus orígenes en público. Era igual de discreta respecto a la relación sentimental que sostenía con su jefe. Abby aún no había cumplido treinta años, estaba soltera y tenía ambiciones políticas. Sal sabía que no estaba enamorada de él pero no echaba nada de menos, y le agradecía la destreza con la que navegaba por las peligrosas aguas de su adulterio. Abby siempre le trataba de usted dentro y fuera del Capitolio, incluso en el pequeño apartamento donde se encontraban, y aquella mañana fue tan protocolaria como de costumbre. Sin embargo, su irrupción le molestó.

Nunca se cansaba de mirar aquella foto, la modesta celebración de su Bar Mitzvá, tan distinto de los banquetes con los que Abraham y Sara Burnstein habían celebrado la entrada en la madurez de sus otros tres hijos varones. Después del pogromo y del asesinato de su marido, con el negocio arruinado y las maletas hechas para irse a vivir a Cracovia con su hija Agar, Sara se había limitado a ofrecer a su hijo menor una comida a la que sólo asistieron sus hermanos, que también le habían acompañado en la ceremonia de la sinagoga. Allí, su padre muerto y Elyahu en Nueva York, fue Efraim quien pronunció la bendición. La foto que Sal Burnstein tenía entre las manos fue el único lujo que su madre se permitió aquel sábado, el posterior a su decimotercer cumpleaños. Allí estaban todos, en el último día que pasaron juntos.

—¿Quiere que repasemos su agenda antes de la reunión?

—No, gracias, Abby. Prefiero dejarlo para después, si no le importa.

En la foto que Sal nunca se cansaba de mirar, Sara Burnstein, sentada a la mesa, ocupaba el lugar central junto al festejado. Detrás, de pie, aparecían Efraim, soltero, y David, flanqueado por su mujer, que llevaba un bebé en brazos. Al lado de Efraim posó su hermana Linka, la menor, también soltera, estudiante de Magisterio en Varsovia. Sentadas a la mesa, escoltando a Sara, sus dos hijas mayores estaban acompañadas por sus maridos y los cinco hijos que sumaban entre las dos. La noche del pogromo, ninguna de las hijas de Abraham Burnstein estaba en casa. Agar vivía en Cracovia, Rebeca en Varsovia, Linka con ella. Si las hubieran encontrado en casa, tal vez se habrían conformado con violarlas y no habrían matado a su padre. Sal sabía que Abraham habría muerto igual, antes o después, incapaz de sobrevivir a la desgracia de sus hijas.

De las dieciséis personas que posaron el 12 de abril de 1919 en el comedor de su casa de Korczyna, sólo dos habían llegado con vida al 21 de mayo de 1946. Si Efraim no hubiera decidido aceptar la oferta de su hermano mayor y emigrar a América después del pogromo, si no hubiera esperado al Bar Mitzvá de Saul para llevarlo consigo, el congresista Burnstein jamás habría sido elegido representante del pueblo americano por el Partido Demócrata. Habría muerto en el campo de concentración de Plaszów, como su madre, como su hermana Agar, como su hermano David, como su cuñado, y su cuñada, y todos sus sobrinos. O en el gueto de Varsovia, como Moshe, el marido de Linka a quien nunca llegó a conocer. O en Auschwitz, como su hermana Rebeca, como su marido y sus hijos, como Linka y los suyos. De todos los Burnstein de Korczyna sólo sobrevivían los tres hermanos que habían cruzado el Atlántico.

—Mister Cohen ha llegado ya —Abby le interrumpió con la suavidad que había aprendido a desplegar cada vez que distinguía aquella foto sobre la mesa de su jefe—. ¿Le hago pasar?

—Sí, por favor, gracias.

Elyahu Berkowitz, único hermano varón de Sara Burnstein, había emigrado a Nueva York en 1907. Aunque no había visto el mar hasta el día en que se embarcó para cruzar el Atlántico, doce años más tarde era dueño de dos pescaderías y una pequeña flota de tres camiones de transporte de pescado. Antes de que llegaran Efraim y Saul, se había hecho cargo del primogénito de su hermana ante las autoridades de inmigración, y no le resultó difícil que

340

aceptaran a los otros dos. Al bajar del barco, los recién llegados descubrieron que los dos Elyahu, tío y sobrino, habían cambiado su nombre para convertirse respectivamente en Louis Berkowitz y Lewis Burnstein. A Efraim no le gustó. La semana siguiente empezó a trabajar como camionero para su tío, igual que Lewis, con el nombre propio al que jamás renunciaría. Louis Berkowitz le había prometido a Sara que no obligaría a Saul a trabajar, y lo matriculó en un instituto público donde logró sacar la mitad de las asignaturas de un curso que estaba a punto de terminar examinándose en alemán. Aquel verano, mientras pese a todo trabajaba como recadero en las pescaderías de su tío, se dedicó a aprender inglés y desde entonces, encadenando una beca con otra sin dejar de repartir pescado por todo Nueva York, hizo la carrera académica más brillante de los Burnstein de todos los tiempos.

A Saul, como antes a Lewis, le fascinaron los Estados Unidos desde el instante en el que puso un pie en un muelle de Manhattan. Aunque su nombre era mucho menos característico que el de su hermano mayor, aceptó con placer el diminutivo que su primera novia escogió para él. Sal era corto, sonoro, fácil de recordar y, a menudo, el nombre que adoptaban los Salvatore italianos al americanizarse. Mientras Efraim observaba el sabbath y rezaba por la salvación de sus impíos hermanos, Sal vivía absolutamente al margen de la comunidad judía de Nueva York. No pisaba la sinagoga, no tenía amigos, ni novias, ni socios hebreos, no leía periódicos escritos en yiddish ni hablaba en su lengua materna con nadie que no perteneciera a su familia. Aunque jamás ocultó sus orígenes, sólo sus íntimos sabían que era judío. Entre ellos estaba Sam Cohen, único hijo varón de un financiero hebreo de Wall Street con el que coincidió en la NYU y cuyo apoyo había resultado tan decisivo en la carrera política de Sal como el de su suegro, el senador demócrata de origen italiano Bill Mattioli.

—¡Sammy, qué gusto verte! —Burnstein se levantó de su mesa para abrazar al recién llegado mientras se preguntaba de qué le sonaba la mujer que había entrado con él en su despacho—. Pero, tú...

—En efecto —ella se echó a reír—. Yo soy la hija de Hank. ¿Cómo estás?

El exterminio de toda su familia, que sólo conoció después de mayo de 1945, provocó una transformación radical en el espíritu de Sal Burnstein. No regresó a la sinagoga, ni al yiddish, ni a la observancia del sabbath, pero se propuso con todas sus fuerzas honrar, recordar y vengar a su madre, a sus hermanos, a sus sobrinos. La angustia que había acumulado en más de dos años sin noticias dio paso a una desolación sin límites, un luto tan profundo que su mujer, Gloria, le arrastró una noche hasta un hospital donde le ingresaron con un cuadro grave de anemia y desnutrición. Llevaba casi tres semanas sin comer, y tampoco dormía. Aferrado a una copia enmarcada de la misma foto que guardaba en un cajón de su despacho, lloraba a sus muertos, repetía sin fe las oraciones que había aprendido cuando era un niño, y se sentía culpable de haber sobrevivido. Durante el verano de 1945, un psicoterapeuta logró arrancarle la culpa y devolverle las energías, sin percibir que la recuperación de su paciente iba a cristalizar en un odio destinado a convertirse al mismo tiempo en el núcleo y el eje de su vida futura.

Sal Burnstein no era el único congresista judío que había perdido a su familia en los campos de concentración nazis, pero su ardor le convirtió en el primero con quien contactó un influyente grupo de empresarios y financieros de origen hebreo, indignados por el cariz que estaban tomando las cosas en Alemania. Mientras los periódicos dedicaban sus portadas a los juicios de Núremberg, cada vez eran más los oficiales norteamericanos que se quejaban en voz baja de la receptividad de sus jefes a los argumentos de los antiguos nazis, que pretendían, y a menudo conseguían, convencerles de que se habían equivocado de enemigo. Muchos mandos aliados en Alemania estaban de acuerdo con ellos en que la Unión Soviética representaba el único y verdadero peligro para la paz del mundo y la supremacía de la civilización occidental. Cada día, antiguos oficiales de las SS desaparecían de las listas de prisioneros, porque habían sido reclutados para trabajar a las órdenes de británicos y norteamericanos contra los intereses soviéticos en Alemania.

—¡Claro! —Burnstein abrazó a la hija de uno de los mejores amigos de su suegro—. La hija de Hank Williams... Margaret, ¿verdad?

—Sí, aunque mis amigos me llaman Meg.

El congresista Burnstein formó un grupo de políticos demócratas que trabajaba en contacto con el *lobby* al que pertenecía Sammy Cohen. Su propósito no era tanto recordar a la opinión pública norteamericana los crímenes cometidos por los nazis en los campos de exterminio como contrarrestar la influencia de quienes preconizaban que cualquier medio era legítimo con tal de impedir una nueva guerra con la Rusia de Stalin. No era una tarea fácil, porque nadie admitía en público connivencia alguna con los nazis, ni estaba dispuesto a asumir en privado un escenario que pudiera satisfacer al mismo tiempo las reivindicaciones de quienes pretendían castigar sus crímenes y la necesidad de prevenir un nuevo conflicto. Burnstein comprobó enseguida que la paz no había matizado los colores del mundo en el que vivía. Todo seguía siendo blanco o negro, y en esa nueva polaridad, todos los seguidores de Hitler que no hubieran sido procesados en Núremberg eran candidatos a recibir una mágica mano de pintura capaz de borrar todas sus culpas.

En aquella situación, su grupo tenía muy pocas posibilidades de ejercer presión por cauces legales. Le resultaba muy fácil reclutar buenas palabras, muestras de comprensión por su dolor, e incluso lágrimas auténticas de correligionarios sinceramente conmovidos, que no estaban dispuestos sin embargo a arriesgar sus carreras para favorecer sus pretensiones. Mientras tanto, en el primer aniversario de la rendición del Tercer Reich, crecían los rumores sobre la escandalosa facilidad con la que los criminales de guerra nazis de cualquier nacionalidad lograban abandonar sus países de origen para esconderse en otros o fugarse con identidades falsas. La localización de las redes que les protegían se había convertido en el objetivo principal de Sal Burnstein, que confiaba en que, al hacerlas públicas, el gobierno de Washington se sintiera obligado a implicarse en su desarticulación. Ese era el motivo de la reunión de aquella mañana.

—Le he pedido a la señorita Williams que venga conmigo porque la semana pasada vino a verme con una propuesta muy interesante y quiero que te la explique ella misma —Sammy se volvió hacia su acompañante y movió la mano en el aire como una invitación—. Adelante, Meg.

—¿Qué sabe usted de España, congresista Burnstein? —Sal hizo una mueca escéptica con los labios, pero la hija de Hank Williams no se desanimó—. ¿Ha oído hablar alguna vez de Clara Stauffer?

Una hora después, Sal se despidió de Meg con un abrazo, dos besos y una sola palabra, gracias. Era una expresión muy pobre de su gratitud, el reconocimiento de una deuda que jamás podría pagar en moneda alguna. La invitada de Sammy había hecho mucho más que formular una propuesta de actuación para su grupo. Acababa de entregarle una misión, un objetivo concreto, un escenario real y, sobre todo, un enemigo con nombre y apellidos.

Cuando volvió a quedarse solo en su despacho, estaba tan eufórico que le habría gustado gritar, saltar, bailar al ritmo del amor y el odio que estrujaban su corazón como el eco de un tambor salvaje. Pero se sentó de nuevo en su silla, volvió a sacar del cajón la foto de su familia y acarició con la punta de los dedos la cara de su madre.

—No será fácil —le había advertido Meg, y él se limitó a asentir con la cabeza—. No puedo garantizarle los resultados —la segunda advertencia cosechó la misma respuesta—. Y tampoco será barato.

—Eso no importa —Burnstein miró a Cohen, sonrió y recibió una sonrisa a cambio—. Lo único que nos sobra es dinero.

Aquella tarde, Sal le pidió a su secretaria que buscara una fotografía de una mujer española de origen alemán que se llamaba Clara Stauffer, era dirigente de una organización franquista denominada Sección Femenina, y vivía en el número 14 de la calle Galileo de Madrid.

Tres semanas más tarde, el retrato que Abby consiguió a través de un funcionario de la embajada norteamericana acompañaba ya a la foto de la familia Burnstein en el primer cajón de la mesa de su despacho.

TAPLOW, BUCKINGHAMSHIRE, INGLATERRA, 27 DE JULIO DE 1946

Poco después de bajarse del tren en el que había viajado desde Londres, Manuel Arroyo Benítez sintió una imprevista punzada de nostalgia.

—Anímate, hombre —la voz de Pablo de Azcárate sonaba relajada, risueña incluso, cuando telefoneó a su oscura oficina—, con lo que te gusta a ti Londres, ¿cómo vas a perderte un *weekend*? Vente a comer el sábado que viene, que tenemos todos muchas ganas de verte. Supongo que en tesorería queda dinero para pagarte el viaje, y si no, no te preocupes, que ya lo arreglamos aquí.

En el verano de 1939, Manolo había vuelto a vivir en Ginebra, en condiciones muy distintas de las que le habían hecho popular como *Monsieur Agoyo* antes de 1936. Meg Williams ya no vivía allí. Al regresar a la ciudad donde habían sido tan felices juntos, Manolo la echó de menos en los días de sol y en las mañanas nubladas, en el sabor de los bombones y en las riberas del lago donde ya no tenía ningún perro al que sacar de paseo, en los garitos que los diplomáticos no frecuentaban y en las esquinas donde se habían citado tantas veces al salir de las fiestas donde apenas se saludaban. Aunque Meg era lo único que añoraba, la soledad fue el rasgo principal de su nueva etapa ginebrina.

Pablo de Azcárate, que conservaba muchos amigos y contactos en la Sociedad de Naciones, le había ofrecido un puesto oficioso, al margen de la exigua representación diplomática que podía permitirse el gobierno republicano en el exilio. Su nueva misión le liberaba del tedio de los banquetes y los cócteles de antaño, aun-

345

que no era mucho más apasionante. Arroyo trabajaba solo en una pequeña oficina alquilada a nombre de una inexistente agencia comercial, pero su verdadero despacho eran los bancos de las plazas, los parques y los cafés a los que acudía casi a diario para entrevistarse con diversos representantes de países neutrales y aliados. Acudir a esas citas, en las que se presentaba como Felipe Ballesteros Sánchez, y resumir su resultado en los informes que enviaba a Taplow cuando encontraba hueco en algún avión militar británico, era todo lo que tenía que hacer en Ginebra.

Aunque su sueldo era tan bajo que ni siquiera alcanzaba para pagar un alquiler, Manolo era consciente de que su puesto habría representado un privilegio para cualquier exiliado que no hubiera servido antes en la embajada republicana en Londres. A salvo de la guerra, en un país neutral, con permiso de residencia en Suiza y una habitación cómoda en una pensión bien situada, su aburrimiento era un regalo en comparación con el dolor, la angustia y el hambre que padecían la mayor parte de los exiliados españoles que habían permanecido en Europa después de su derrota. Y sin embargo, él la habría cambiado sin vacilar por la intemperie de un campo francés.

Manuel Arroyo Benítez ya había visto demasiadas lágrimas temblando en los ojos de los asesinos de la República Española. Había escuchado demasiadas palabras de amor, y promesas fervientes, y solemnes compromisos que al cabo no habían resultado más que las reglas de un juego cruel, etapas progresivamente dolorosas de una interminable impostura. Tenía la lengua en carne viva de tanto mordérsela, pero Azcárate había sido inflexible la única vez que se había atrevido a pedir el relevo. Lo siento, Manolo, pero te necesito allí. Ya sé que tienes que tragarte muchos sapos, pero es fundamental mantener la presión hasta que termine la guerra, y para eso tenemos que averiguar cosas de las que no se cuentan en los cócteles, así que... Él no insistió. Hizo su trabajo y lo hizo muy bien. Se tragó tantos sapos que en junio de 1945, en la Conferencia de San Francisco, donde se fundó la Organización de Naciones Unidas destinada a sustituir a la Sociedad de Ginebra, se vetó la presencia de la España franquista para invitar a cambio a una delegación de políticos republicanos que actuaron como observadores. Para cualquiera que no hubiera tenido que ver todas las mañanas la cara de Lord Windsor-Clive habría sido un éxito clamoroso. Para Manolo no, porque no se fiaba ni de su sombra.

Cuando recibió la llamada de Azcárate, su existencia cotidiana era un calco amargo, tristísimo, de la experiencia de los representantes de Moldavia o las Repúblicas Bálticas a quienes había compadecido de lejos mientras trabajaba para el gobierno de una nación verdadera, con territorio y soberanía. Que los organismos internacionales mantuvieran a la España de Franco lo más lejos posible de sus foros, tan aislada del resto del mundo como si contagiara la lepra, no mejoraba mucho su estado de ánimo. Ginebra había dejado de ser un balneario para convertirse en un gigantesco teatro donde ni siquiera contaba con un papel adecuado a la tragedia de su país. Lejos de la intensidad de los dramas clásicos, se veía obligado a actuar como un simple figurante en una mala comedia de enredo, uno de esos actores que pronuncian una sola frase que los espectadores nunca recuerdan después. Por eso, y pese a sus amargos recuerdos de Londres, aceptó con placer la invitación de su mentor, y a las doce de la mañana del 27 de julio de 1946 se bajó de un tren en la estación de Taplow.

En un plácido día de verano, aquel pueblo le pareció tan distinto de la capital británica como si estuviera en otro país. La campiña inglesa, más doméstica que domesticada, parecía un jardín en comparación con la agreste naturaleza de la que él provenía, pero las extensas praderas de un solo tono de verde, en su infinita uniformidad, le resultaron más familiares de lo que había calculado. Fue entonces, mientras avanzaba entre cercas recién pintadas, setos primorosamente recortados y hermosos edificios cuyas fachadas transparentaban el bienestar de quienes habitaban tras ellas, cuando sucumbió a una prematura, sorprendente añoranza por la vida en Europa. Porque después de la fundación de la ONU, él también daba por descontado que Ginebra iba a perder una de las tres industrias sobre las que se asentaba su prestigio internacional, para quedarse a solas con los relojes y el chocolate. La diplomacia multilateral ya estaba haciendo las maletas para trasladarse a Nueva York, y por muchas vueltas que le diera, no hallaba ninguna razón para la llamada de Azcárate que no estuviera relacionada con aquella mudanza. Estaba seguro de que su jefe nunca gastaría el poco dinero que les quedaba en un billete de avión para suavizar la noticia de su despido, y eso significaba que le había convocado para darle unas instrucciones que implicarían, antes o después, su marcha de Ginebra. Sin embargo, la invitación no dejaba de ser misteriosa.

La guerra europea había resultado doblemente trágica para Pablo de Azcárate. Mientras las bombas alemanas caían sobre Londres, la muerte de su esposa había coronado su exilio con una guinda cruel, para hundirle de tal manera que él mismo le contó, cuando pudieron volver a hablar por teléfono, que sus hijos y sus nietos habían llegado a estorbarle, aunque por fortuna no le abandonaron. Pese al transitorio anhelo de soledad que marcó la primera etapa de su duelo, no habría logrado recuperar el ánimo sin su compañía, pero todo eso había sucedido en la guerra y hacía más de un año que Europa vivía en paz. En el verano de 1946, las parejas se habían reunido, los padres habían recuperado a sus hijos y cada cual había escogido su camino. Manolo no entendía a quién se refería exactamente su jefe al pronunciar la palabra «todos», aunque empezó a sospecharlo antes de sentarse a comer.

—¡Manolín! Me alegro de verte...

En el último tramo de su paseo, el recién llegado identificó de lejos a la mujer morena, de pelo recogido, que abandonó la casa de Azcárate justo cuando él estaba a punto de llegar. Durante su etapa de enlace con el gobierno de Valencia había coincidido varias veces con Feli López, la pareja de Juan Negrín, y la reconoció en la pasajera de un coche que se alejó deprisa, en la dirección contraria a su marcha. Por eso no le sorprendió encontrar en el jardín trasero a los dos visitantes del Colegio Sierra Pambley que una vez, muchos años antes, no habían comentado el ruinoso estado de sus zapatos.

—Más me alegro de verle yo, señor, y con tan buen aspecto.

—Bueno, me tomo la mentira como una muestra de cariño.

La emoción del reencuentro no le impidió apreciar hasta qué punto habían envejecido los dos hombres que más habían influido en su destino. No le extrañó, porque ningún republicano español había llegado a sentirse quizás tan derrotado como aquellos viejos amigos que le invitaron a sentarse entre ellos bajo el pálido sol del verano inglés, pero le dolió su cansancio, la tristeza que parecía haberlos precipitado en una vejez prematura. Antes de descubrir que conservaban energías de sobra, se fijó en que el más flaco de los dos había adelgazado tanto como había engordado el más robusto. El poco pelo que conservaba Azcárate era ya completamente blanco. Las entradas de Negrín no habían avanzado demasiado y las canas apenas agrisaban su pelo, pero lo llevaba muy descuidado, tan largo que coronaba su cráneo como una extraña diadema que cambiaba de forma con el viento, para prestar a su rostro un aspecto insólito, muy distinto de la pulcritud que obtenía del cabello estrictamente engominado de antaño. Los dos iban vestidos de *sport,* con pantalones anchos, cómodos, camisas sueltas y mocasines. Cualquiera que no los conociera les habría tomado por dos jubilados sin otra cosa que hacer que disfrutar del domingo.

—¿Cómo estás? —el dueño de la casa levantó una mano en el aire para llamar la atención de una muchacha—. ¿Qué quieres tomar? Se nos ha acabado el vino español, jerez incluido, así que te recomiendo una cerveza, o un whisky, si quieres empezar fuerte...

—Yo dejaría el whisky para después —Negrín sonrió—, porque igual te va a hacer falta.

—Bueno, pues una cerveza, pero... —Manolo miró a uno, después al otro, apostó consigo mismo a que ninguno de los dos querría responder a la pregunta que estaba a punto de hacer—. ¿Por qué me va a hacer falta emborracharme?

—Ahora no, vamos a dejar eso para después de comer —y ganó esa apuesta—. Cuéntame, anda, ¿cómo van las cosas en Ginebra?

—Pues como siempre, ya se lo puede imaginar...

Durante cerca de una hora, Manolo habló casi en solitario, desgranando un tedioso relato de apretones de manos y entrevistas cordiales, sonrisas y promesas, que sus dos oyentes escucharon con un interés que le pareció excesivo. Así pasaron del aperitivo a la comida, un confuso arroz con azafrán y tropezones que no tenía de paella más que el nombre, y de los postres a un café que instaló en su estómago un incipiente hormigueo.

—Recapitulando —después de rellenar su taza, Azcárate se inclinó sobre la mesa y le miró fijamente—. ¿Qué porcentaje de éxito le calcularías tú a una propuesta de condena al régimen de Franco en la Asamblea General de Naciones Unidas?

Manolo encendió un cigarrillo para ganar unos segundos antes de responder. No tenía constancia de que se estuviera trabajando en esa dirección, aunque le habían llegado rumores a los que no había prestado mucha atención. Por un instante pensó que aquella consulta podría ser el motivo de su presencia en Taplow y lo lamentó, pero se acordó a tiempo del whisky que nadie le había ofrecido todavía y se atrevió a dar su opinión.

—Tengo que ser completamente sincero, ¿no?

—Por supuesto.

—Pues la verdad es que creo que hay muchas posibilidades de que esa propuesta prospere. Pero no tenemos prácticamente ninguna de que logre desalojar a Franco del poder.

Ninguno de los dos respondió enseguida. Manolo fumó, les miró, volvió a fumar y se explicó mejor.

—Lo que quiero decir es que me parece bastante fácil que la Asamblea apruebe por mayoría un texto que no implique ni un endurecimiento del bloqueo económico, ni una amenaza militar, ni mucho menos una invasión aliada de España. Todos estarán de acuerdo en decir que Franco les da mucho asco, que su régimen es intolerable, que España nunca entrará en Naciones Unidas mientras él permanezca en el poder, y bla, bla, bla... Pero nada más.

—Sí —Azcárate sonrió y miró a Negrín, que dejó escapar incluso una risita—. Eso es exactamente lo que creemos nosotros que va a pasar.

—Me alegro, porque no me habría gustado darles un disgusto —y Manolo por fin se atrevió a esbozar una sonrisa que se extinguió enseguida—. La verdad es que las cosas están cambiando tan deprisa que nadie quiere acordarse de que el año pasado la Unión Soviética era un aliado más. Ya ni siquiera reconocen que sin Stalin jamás habrían derrotado a Hitler. El relato de la guerra cambia cada día para darle más importancia al desembarco en Normandía y menos a la campaña del Este. A este paso, dentro de nada los niños estudiarán en la escuela que los americanos tomaron Berlín. Eso no nos favorece, porque Franco se presenta como el campeón del anticomunismo, que es lo único que importa ahora. Y... —tomó aire, como si necesitara respirar antes de hurgar en el fondo de la herida—. No sé si ustedes estarán al tanto, pero las potencias democráticas han vuelto a jugar con dos barajas. Por un lado juzgan a los criminales de guerra en Núremberg con tanta publicidad como si estuvieran rodando una película, pero por otro, la verdad es que los nazis se están esfumando de los campos y de las cárceles. Se rumorea que ciertos mandos aliados los reclutan para que actúen como agentes antisoviéticos en Alemania y otros países del Este. Y si no se molestan en desmentir esos rumores porque los nazis no les estorban, ¿por qué iba a estorbarles Franco? Por eso no me creo ni una sola palabra de lo que me cuentan a mí, que no soy nadie.

—Y haces bien —Azcárate le dio la razón, miró a Negrín y este asintió con la cabeza—. Bueno, pues creo que ha llegado el momento del whisky.

El dueño de la casa se levantó para servirlo en tres vasos con hielo y mucha ceremonia, pero después de repartirlos cedió la iniciativa al último presidente del gobierno de la República.

—¿Te acuerdas de cómo me dolía la cabeza en Valencia, Manolo?

—Por supuesto, señor. Nunca podré olvidarlo.

—Bueno, pues te hemos llamado porque ahora nos duele todavía más...

El 10 de septiembre de 1946, Manuel Arroyo Benítez entró en España a través de Gibraltar. Le habría gustado más pasar desde Francia, porque esa vía llamaba menos la atención, pero la frontera estaba cerrada y cruzar monte a través, con un guía clandestino, le habría expuesto a una caída que arruinaría prematuramente su misión. Antes de pisar el suelo del Peñón, divisó el Campo de Gibraltar desde la escalerilla de un avión militar británico, y al distinguir la ropa tendida en las azoteas de las casas de La Línea, tuvo la sensación de oler un aire suyo, propio, que le faltaba desde hacía más de siete años. El viento del Estrecho le conmocionó tanto que sintió el impulso de pararse entre dos peldaños y cerrar los ojos para que su vigor le confirmara que había vuelto a casa, pero no lo hizo. Al funcionario británico que le esperaba en la pista le habría resultado muy extraño tanto amor en un ciudadano norteamericano, nacido en un pueblo de Nueva Jersey, que se disponía a visitar por primera vez la patria de sus padres. Esa era su cobertura, la identidad que constaba en el pasaporte alojado en el bolsillo de su americana, pero le costó trabajo no sonreír al acento gaditano, crujiente y sinuoso, en el que su anfitrión le dio la bienvenida a la Roca antes de presentarle al norteamericano que le acompañaba.

—En Naciones Unidas va a pasar exactamente lo que tú has pronosticado —había comentado Juan Negrín en el primer sorbo del primer whisky que compartieron en Taplow—. Es una lástima, porque mucha gente ha trabajado mucho en esa vía, pero la diplomacia nos va a seguir dando disgustos. Si las cosas salen como tememos, la resolución no será un plato de gusto para Franco, desde luego. Le ofenderá mucho que le sigan tratando como a un apestado, pero su única derrota verdadera sería que le obligaran a abandonar el poder, y como eso no va a pasar, nosotros volveremos a perder, por desgracia.

—Otra desgracia —intervino Azcárate— es que muchos de los nuestros, dentro y fuera de España, se empeñan en ser demasiado optimistas. Los rumores de que Franco tiene los días contados no paran de crecer desde que los aliados ganaron la guerra, y al parecer, en Madrid ya hay gente pensando en organizar un levantamiento para tomar el poder cuando la ONU nos ampare.

—¿En serio? —Arroyo frunció el ceño—. ¿Pero los comunistas...?

—No, los comunistas no son tan ingenuos —su jefe le sonrió con amargura—. Después del fracaso de la invasión de Arán, confían en los aliados tan poco como nosotros. Parece que se trata de gente muy joven, estudiantes de la FUE, anarquistas surtidos, miembros de las Juventudes Socialistas y antifranquistas sin carné que no llegaron a hacer la guerra, porque entonces eran unos niños, pero que ahora están dispuestos a tomar el relevo... Una locura. Si llega a producirse, esa rebelión puede terminar en una carnicería.

Cuando se quedó a solas en su habitación de The Rock Hotel, el alojamiento más lujoso y confortable del minúsculo terri-

torio que para él siempre sería un peñón, y no una roca, Manolo ya sabía que su misión no estaba directamente relacionada con
aquellos chicos que pretendían tomar Madrid para facilitar una
transición a la democracia que Naciones Unidas nunca iba a pa-
trocinar. No le habría gustado que fuera así, porque estaba cansado de fracasos, pero al salir a la terraza que se abría a la furiosa inmensidad del mar abierto, se sintió casi feliz, muy satisfecho
de haber aceptado un riesgo infinitamente mayor. Mientras deshacía el equipaje con la puerta de la terraza abierta, para disfrutar
de la compañía de aquel viento que hablaba su lengua materna,
practicó el acento norteamericano con el que había previsto de-
formarla hasta que llegara a Madrid. Y como un homenaje íntimo, un tributo de amor a Meg Williams, probó a salpicar sus
frases con los *órale* y los *a poco* sin los que ella no sabía hablar
español.

—Por ese camino no podemos esperar otra cosa. Pero hace un
par de meses, nos ofrecieron un plan mucho más interesante, muy
prometedor, incluso. Tú estás vinculado a ese proyecto desde el
principio, luego te explicaré por qué, pero lo más importante ahora es que sepas que esta vez ni siquiera se trata de una misión delicada. Es solamente muy peligrosa.

—Porque tengo que volver a España, ¿verdad? —esas palabras
le ensancharon el pecho, aceleraron el ritmo de su corazón, inun-
daron con un sol deslumbrante la templada penumbra de aquella
sobremesa—. ¿A Madrid?

—Cualquiera diría que lo estás deseando —comentó Negrín,
con una ironía que desembocó en una sonrisa melancólica.

—Usted dirá, señor —y hasta se echó a reír—. Para seguir en
Ginebra, pintando la mona...

Mientras cruzaba el bar del hotel para ir al encuentro de Robert McKay, volvió a sentir esa euforia puntiaguda, efervescente,
que otorgaba una placentera relevancia a cada centímetro de su piel
y le obligaba a sonreír sin proponérselo. Por fortuna, su contacto
era un hombre muy risueño, cuyos labios estaban perpetuamente
curvados en una sonrisa mecánica, tan imperturbable que no significaba nada en realidad. Alto, rubio, corpulento, vestido con pantalones de vaquero y una camisa bordada, cerrada hasta el último

botón, el cuello adornado con un lazo de cordones de cuero rematados con dos conos de plata labrada en lugar de corbata, parecía un inocente granjero del Medio Oeste trasplantado por equivocación, sin su rebaño de vacas, a la otra punta del océano. Sin embargo, pese a las detalladas explicaciones con las que describió su trabajo en Gibraltar como agente comercial independiente, vinculado de forma temporal al consulado de su país para explorar las posibilidades de exportación de las materias primas españolas que no estuvieran sujetas al bloqueo, Manolo estaba seguro de que era un agente de la CIA que ni se llamaba Robert ni se apellidaba McKay, aunque no podía reprochárselo porque en eso estaban igualados. Cuando le preguntó cuál era el nombre de esos vinos españoles que se bebían en una copita alargada y que le gustaban tanto a su madre, allá en Nueva Jersey, le llamó Bob, como él le había pedido que hiciera, y aguantó con una sonrisa tan falsa como la que contemplaba, el plúmbeo y sumamente inexacto discurso con el que McKay ilustró a Peter, nacido Pedro, Louzán Valero, sobre los vinos de Jerez.

—Bueno, pues... —Azcárate pasó por alto su comentario sobre la irrelevancia del trabajo que él mismo le había encomendado—. Ya que has descrito con tanta brillantez la situación en la que nos encontramos... ¿Crees que existe algún factor capaz de desbaratar la política aliada de captación de antiguos nazis para crear un escenario que nos sea más propicio?

Arroyo apuró su copa, encendió otro cigarrillo, asintió con la cabeza.

—Desde luego, señor, pero sólo uno. La cuestión judía, los campos de exterminio, los crímenes de guerra. Cualquier nueva revelación, el afloramiento de información que haya permanecido oculta... Si se pudiera probar lo que se rumorea, la complicidad, o al menos la tolerancia, de ciertos mandos aliados con las fugas de nazis, ese proceso resultaría mucho más difícil.

—¡Sigues siendo el primero de la clase, Manolín! —celebró Juan Negrín con una risotada.

—¿Sí? —aquel elogio le desconcertó—. Ya, pero... Lo que no sé es cómo podría favorecernos a nosotros. No todo el mundo acepta que España actuara como un país neutral durante la guerra, pero la División Azul tampoco les parece suficiente como para considerar su beligerancia, eso lo saben ustedes de sobra.

—Claro —Azcárate rellenó su copa—, pero lo que vamos a contarte no tiene que ver con la División Azul... Por lo menos de momento.

Pedro Louzán Valero había nacido en 1910 en North Arlington, un pueblo de Nueva Jersey que, en el verano de 1946, cuando Bob McKay escuchó su nombre por primera vez, contaba con una nutrida colonia de inmigrantes portugueses y españoles, casi en su totalidad gallegos, aunque Ana Valero había nacido en Maraña, un pueblo del norte de la provincia de León. Su hijo Pedro tenía nacionalidad norteamericana y nunca había cruzado el Atlántico. Tampoco le interesaba demasiado España, a juzgar por el disgusto con el que habló de su misión, muy parecida a la de McKay, por otro lado. En la comida, Peter Louzán, que pronunciaba su apellido tragándose la o y convirtiendo la zeta en una ese, explicó a su colega que trabajaba en el Departamento de Defensa. Habría preferido quedarse en Washington, pero le habían escogido, por sus orígenes y conocimiento del idioma, para informar sobre los yacimientos de wolframio que tanto habían ayudado al esfuerzo bélico de Hitler durante la guerra mundial, y que cada día cobraban mayor interés ante las perspectivas de un nuevo conflicto con la Unión Soviética. Antes de salir de Londres, Manolo Arroyo se había sentido incómodo con su cobertura. Estaba acostumbrado a trabajar bajo identidades falsas, pero era la primera vez que tenía que hacerse pasar por un extranjero, ciudadano de un país que jamás había pisado, y aunque había practicado intensivamente el acento durante más de un mes, en la comida apenas bebió vino para prevenir la locuacidad, tan peligrosa en su oficio. Sin embargo, antes del segundo plato empezó a sentirse bien, luego muy bien, mucho mejor de lo que esperaba. Como McKay estaba aceptando su relato sin rechistar, en los postres se atrevió a tantearle acerca del franquismo, un régimen que le resultaba odioso. En ese momento se inventó que los Louzán y los Valero habían pagado una factura muy elevada por su lealtad a la República durante la guerra civil, pero aunque su querido sobrino Peter hizo una descripción intensa y detallada de sus sufrimientos, el hombre de la CIA no movió una ceja. Franco nos conviene mucho, se limitó a declarar al final. Será un tirano, pero es gran enemigo de Stalin y eso es lo que importa ahora, ¿no? Mala suerte para los españoles, lo sentimos, pero... Claro, a Peter Louzán no le quedó más remedio que asentir, en ese sentido llevas razón.

—Un congresista del Partido Demócrata llamado Sal Burnstein se ha puesto en contacto con nosotros. Actúa en su propio nombre y en el de un poderoso *lobby* de empresarios y financieros judíos de Nueva York, originarios en su mayor parte de la otra Galicia, la polaca. Burnstein también nació allí, emigró siendo un niño y los nazis exterminaron después a toda su familia, sin dejar uno vivo. Como te puedes figurar, le mueve la venganza, pero es un hombre serio, del que nos podemos fiar.

—¿Le conozco? —en Ginebra, Manolo se había habituado al funcionamiento de los *lobbies* anglosajones—. ¿Ha tenido algo que ver con nosotros alguna vez?

—No —Azcárate sonrió—, pero sí conoces a la persona que le ha pasado a Burnstein la información sobre una red de protección a antiguos nazis que opera en Madrid. De hecho, seguramente es mérito tuyo. En tu ausencia, Miss Williams se ha convertido en la activista más trabajadora, influyente y abnegada de los comités de solidaridad con la causa republicana y el exilio español.

—No me sobrestime, señor —Manolo se echó a reír para disimular el placentero sobresalto que había hecho brincar su corazón—. Igual es mérito de Celsa, la de Mouruás.

—¿Celsa? —Negrín frunció el ceño—. ¿Y quién es esa Celsa?

—¡Uf! Es una historia larga de contar.

—El caso —Azcárate retomó el hilo— es que Meg está metida en todos los ajos que se cuecen en Washington y en Nueva York. No se hace nada, ni siquiera imprimir un triste cartel, sin contar con ella. Por eso se entrevistó con una inmigrante recién llegada, Sole Ruiz, una chica asturiana, criada en Madrid, que había servido en casa de Clara Stauffer. ¿Te suena ese nombre?

—Pues el caso... —Manolo se concentró pero no logró imponer ningún dato concreto a un súbito, intenso recuerdo de Meg—. Creo que sí me suena, pero ahora mismo no sabría decirle de qué.

Peter Louzán Valero permaneció en Gibraltar una semana. Ese era el plazo que las autoridades franquistas se reservaban para admitir cualquier petición de ingreso en España, incluso aquellas que, como la tramitada en su nombre por la embajada norteamericana en Madrid, aportaban todas las garantías y avales suficientes. Bob McKay le llevó en su coche hasta la verja y más allá, para depositarlo sano y salvo en la puerta del hotel Reina Cristina de Algeciras, donde le había reservado alojamiento para dos noches. Ya sé que tú querías marcharte inmediatamente a Madrid, le dijo en el mostrador, pero siempre lo hacemos así. Aunque tu familia sea española, te conviene mucho acostumbrarte al país, a los tratamientos, la comida, la forma de hablar de la gente... Cuando llegues a Galicia me lo agradecerás. Peter Louzán no esperó tanto y en aquel mismo momento se lo agradeció con palabras efusivas, cómplices, mientras Manolo Arroyo se cagaba silenciosamente en su padre. Sin embargo, libre de la agobiante tutela del agente de la CIA, disfrutó mucho de su estancia algecireña, y el jueves, 19 de septiembre, recogió el coche que había alquilado de antemano para marcharse a Madrid de muy buen humor.

—¿Las bellas esquiadoras? —sugirió Negrín—. ¿La travesía a nado de la Laguna de Peñalara? —cuando Arroyo negó con la cabeza por segunda vez, se explicó mejor—. Hasta el golpe de Estado, Clara, o mejor dicho, Clarita Stauffer, porque le gusta usar el diminutivo de su nombre, fue una deportista famosa. Ganó muchas carreras de esquí, y por eso apareció en un reportaje del *Blanco y Negro* que dio mucho que hablar.

—¡Qué malo eres! —Azcárate hizo un risueño aspaviento y se volvió hacia Manolo—. Lo dice porque Clarita no es precisamente muy bella. Las otras esquiadoras sí eran guapas, pero su retrato desentonaba bastante con el título... Por eso se habló tanto del reportaje aquel. Y lo de la Laguna de Peñalara fue otro de sus éxitos. La cruzó nadando en un tiempo tan bueno que su foto fue la portada de la sección de deportes del *ABC* en el verano de 1931.

—También se habló mucho de eso —Negrín subrayó su malevolencia con una sonrisa pícara y los dos volvieron a reírse—. Nosotros sí la conocemos. Antes de la guerra coincidíamos con ella de vez en cuando, en fiestas y sitios por el estilo. Es una mujer encantadora, la verdad, muy culta y, sobre todo, muy simpática, con una gracia tirando a castiza, aunque provenga de una familia alemana, de las mejores de Madrid.

—Lo que importa es que Clarita nació en España pero se educó en Alemania. Cuando volvió a Madrid se hizo de la pandilla de Pilar Primo y se afilió a Falange inmediatamente después que ella. Pero, además, desde el primer momento, actuó como guía e intérprete en las excursiones de los rebeldes al Tercer Reich. Acompañó a las dirigentes de Auxilio Social en los viajes que dedicaron a estudiar el Auxilio de Invierno alemán, y se hicieron muchas fotos con sus camaradas nazis y grandes ramos de flores. Pero también acompañó a Beigbeder y a otros generales en viajes destinados a negociar con Himmler la ayuda militar. Claro que en esas reuniones no se hicieron fotos —Azcárate sonrió—, para que tú no pudieras enseñárselas a Lord Windsor-Clive. Todo esto fue posible porque, naturalmente, Clarita tenía doble militancia. Estaba afiliada al Partido Nazi en Alemania y a Falange en España.

McKay no entendió por qué Louzán renunció a viajar a Madrid en tren para emprender un largo y penoso trayecto en coche. Los ferrocarriles españoles no son muy buenos, reconoció, pero las carreteras son un espanto... Peter Louzán había hecho en efecto una mala elección, pero Manuel Arroyo tenía sus motivos, y el principal no era tanto llevar siete años fuera de España como albergar una sospecha razonable de que aquella sería quizás la última vez que podría recorrer su país en mucho tiempo. Curtido en el fracaso, tardó tres días en llegar a Madrid, porque pasó la primera noche en Sevilla, callejeando a sus anchas por la ciudad como un turista de los de antes de la guerra, y la segunda en Valdepeñas, donde se habría cogido una cogorza monumental si no le hubieran gustado tanto las migas. Con la deliciosa mezcla de dos de los sabores que más había echado de menos, el ajo y el chorizo frito, bien implantada en el paladar, el domingo 22 de septiembre se puso en marcha a media mañana para registrarse a la caída de la tarde en la recepción del hotel Gran Vía. Tras una pretenciosa cena de cocina internacional, que no le supo a nada después de la deliciosa contundencia de las tabernas manchegas, cayó en la cama fulminado de cansancio, pero más contento de lo que recordaba haber estado en muchos años.

—Sole no tiene el mismo apellido que los dos hijos del primer matrimonio de su madre. Por eso, cuando la contrató, con la garantía del párroco de su barrio, Stauffer no sabía que era hermana de un fusilado y de un preso de Porlier. Tampoco podía figurarse que iba a aprovechar la primera oportunidad para pasar a Francia con la ayuda de su novio, un camarada de su hermano muerto. Esa oportunidad llegó en la Nochebuena del año pasado. Se despidió de su señora hasta el día 26 después de poner la mesa, y en la madrugada del día siguiente llegó a Lérida. Esa misma noche cruzó por el monte. A la hora en la que tendría que haberse reincorporado a su trabajo, ya estaba en Toulouse, y desde allí gestionó el permiso para reunirse con su padre, que había emigrado a Nueva York cuando se quedó viudo, antes de nuestra guerra. Le contó todo lo que vamos a contarte a ti, y él se puso en contacto con los comités de solidaridad con España, donde ya era muy conocido.

—La verdad es que al principio recelamos de ella —confesó Negrín—, pero por una parte hemos pedido informes a Toulouse, y por otra, tu amiga norteamericana ha comprobado todo lo que cuenta. Y está segura de que dice la verdad.

—Eso es importante, porque su historia representa el primer golpe de suerte que hemos tenido en mucho tiempo, y ya era hora... —Pablo de Azcárate se levantó, rellenó las copas, volvió a sentarse y dio un largo trago a la suya antes de proseguir—. Sole Ruiz entró a trabajar como criada para Clarita en el verano de 1943. En la primavera de 1945 ya estaba muy familiarizada con el ritmo de la casa, y por eso se dio cuenta de que todo estaba cambiando muy deprisa. La señora, que antes apenas se movía de Madrid, empezó a viajar con mucha frecuencia para ausentarse dos o tres días cada semana. Sole dedujo, por el tipo de ropa que metía en la maleta y por algún comentario suelto sobre el frío que seguía haciendo allí arriba, que viajaba al norte, pero no sabía para quién eran las mantas y los víveres con los que abarrotaba el maletero del coche. Hasta que un buen día, hablando en la cocina con el chófer, se enteró de que la señora visitaba a unos alemanes que estaban presos en un pueblo de Álava. Poco después, volvió a invitarle a un café y se enteró de que ese pueblo era Nanclares de Oca.

—Como decía mi madre —añadió Negrín con una sonrisa—, cualquier cuidado con el servicio doméstico es poco...

Peter Louzán tenía una cita con la nueva viceconsejera de Comercio de la embajada norteamericana en España el 3 de octubre, a las nueve de la mañana. En Taplow le habían encomendado que procurara entrar en contacto con los círculos estudiantiles implicados en la rebelión armada que pretendían hacer coincidir con la condena de Franco por Naciones Unidas, pero, con más insistencia aún, le habían ordenado que no tuviera prisa y asegurara bien cada movimiento antes de emprenderlo. Por eso decidió que los estudiantes podían esperar hasta que hubiera garantizado su cobertura y contara con la protección de la viceconsejera. Previsiblemente, el tema de España no se discutiría en la Asamblea General antes de diciembre, y dos meses parecían un plazo más que suficiente para disuadir a esos locos de sus propósitos. De todas formas, no estaba dispuesto a arriesgar su misión por ellos, así que daba por descontado que no iban a hacerle mucho caso a un tipo que no pensaba decirles cómo se llamaba, ni en nombre de quién actuaba, ni cómo se había enterado de sus planes. Mientras tanto, leía con una atención exhaustiva todos los periódicos que se editaban en Madrid y daba largos paseos por la ciudad, que a menudo le permitían pasar por delante del portal del número 14 de la calle Galileo.

—Nanclares de Oca... —cuando escuchó ese nombre, todavía no podía relacionarlo con aquella dirección—. Allí hay un campo de prisioneros, ¿verdad?

—En efecto —Azcárate se inclinó hacia delante y su discípulo, que le conocía muy bien, distinguió en sus ojos el brillo de las revelaciones importantes—. Lo construyeron presos nuestros pero lo usaron sobre todo para encerrar a brigadistas. Quizás por eso, porque ya había estado lleno de extranjeros, llevaron allí a todos los prófugos alemanes que cruzaron los Pirineos a partir de la liberación de Francia. En ese momento, la mayoría eran soldados rasos que pretendían huir de las represalias de la Resistencia, pero cuando la rendición era inminente, empezaron a entrar en España otra clase de individuos.

—Léon Degrelle, por ejemplo —después de citar al líder del Partido Rexista belga, Arroyo se acordó del presidente del gobierno colaboracionista de Vichy—. Y Pierre Laval, claro.

—Sí —aprobó Negrín—, pero esos dos llegaron en avión, como la cuñada de Mussolini y muchos otros, con cartas de recomendación del ministro Lequerica y las bendiciones del gobierno de Madrid. Esa clase de huéspedes nunca pasó por Nanclares, pero otros muchos nazis y colaboracionistas de media Europa sí fueron a parar allí.

—¿La hermana de la Petacci vino a España? —su atención se había quedado atascada en aquel dato—. Eso no lo sabía.

—La hermana de la Petacci vive tranquilamente en Madrid —confirmó Azcárate— con sus padres. La familia al completo entró con nombre supuesto.

—Pero eso nos puede convenir. ¿El gobierno italiano...?

—Espera, déjame llegar hasta el final. Te hemos preparado un dosier con todo lo que sabemos, pero merece la pena volver con Sole, porque ahora es cuando su historia se pone interesante.

—Al fin y al cabo —apuntó Negrín—, la hermana de la Petacci sólo es una actriz mediocre.

—Desde luego —aprobó su amigo—, podemos apuntar mucho más alto. En el verano de 1945, Clara Stauffer hizo obras en su casa. Reformó un par de habitaciones para instalar una oficina, puso una línea nueva de teléfono y contrató a un par de secretarias que parecían siempre muy atareadas. Además, mandó hacer armarios nuevos que llenó con ropa de hombre de todas las tallas y zapatos de todos los números. Los visitantes de la casa también cambiaron. Aparte de los amigos habituales de Clarita, que seguían yendo a cenar o a tomar café, empezaron a aparecer por allí, a cualquier hora, hombres misteriosos, siempre flacos y cansados. A Sole, que cuando podía iba a Porlier a ver a su hermano, le pareció que tenían pinta de presos y eso eran, prófugos que se habían escapado de cárceles europeas y habían cruzado los Pirineos por su cuenta, o prisioneros de Nanclares que habían sido liberados. En Galileo 14 les recibían con cariño, les daban de comer, les regalaban ropa nueva y debían facilitarles un alojamiento, porque nunca se quedaban a dormir allí, quizás hasta un trabajo, porque la mayoría volvía a hacer gestiones en la oficina antes o después, y siempre tenían mucho mejor aspecto. Sole se dio cuenta de que ninguno de ellos hablaba español y empezó a sospechar. Cuando aquel trajín llevaba ya un par de meses en funcionamiento, la rutina de la casa incorporó a un nuevo visitante, un soldado español de reemplazo que iba casi todas las semanas a llevar uno o varios sobres cerrados, con membretes de parroquias de Madrid, especialmente de la que está en la glorieta de Iglesia. Una semana, a algún párroco se le olvidó cerrar el sobre. Y Sole lo abrió para encontrar una partida de bautismo con nombres y apellidos alemanes y fecha de 1907. Ese tráfico fue constante hasta que se fugó de España, pero poco antes, al llevar un café a la oficina a media mañana, escuchó a una de las secretarias de Clarita pronunciar un nombre que le llamó la atención, porque no era alemán. Sí, Jean-Jules Lecomte, dijo exactamente, le tengo sentado aquí delante. Y sonrió a un hombre joven, que le devolvió la sonrisa sin fijarse siquiera en la criada que le estaba sirviendo una taza de café.

—Pues no sé quién será ese Lecomte, pero... —Arroyo sonrió, se volvió hacia Negrín—. Supongo que se trata de una nueva demostración de que cualquier cuidado con el servicio doméstico es poco.

—Tú lo has dicho, Manolín.

El huésped norteamericano de la habitación 312 era un hombre tranquilo, amable, que hablaba poco, desayunaba todos los días en su cuarto y, después de la primera noche, no había vuelto a dejarse ver por el restaurante del hotel Gran Vía. Manuel Arroyo Benítez había escogido cuidadosamente aquel establecimiento pese a que la generosidad de sus patrocinadores le habría permitido alojarse en otros más lujosos, como el Palace o el Ritz. El hombre de Azcárate rechazó esa posibilidad, y no sólo por la frecuencia con la que los dos grandes hoteles del Paseo del Prado habían recibido a lo largo de la guerra, y tal vez siguieran recibiendo todavía, a espías de todas las nacionalidades y pelajes. A Peter Louzán Valero, aquella identidad pasajera que se extinguiría por muerte natural el día que pudiera intercambiarla por otra que le obligaría a practicar una intensa vida social, no le convenía entablar ninguna clase de relación, ni siquiera visual, con la aristocracia y la alta burguesía madrileña. Por eso se instaló en un hotel confortable pero no demasiado caro, situado en la avenida más transitada de la ciudad. Considerando el estricto control que ejercía la policía de Franco sobre los libros de registro de viajeros, su presencia en cualquier hostal barato o periférico habría llamado demasiado la atención. Pero si el hotel Gran Vía se adecuaba a sus propósitos, era solamente porque no conocía en Madrid ninguna casa de huéspedes con garantías. Mientras esperaba a que le recomendaran alguna, se acostumbró a entrar y salir del vestíbulo sin ser visto, cuando no había nadie esperando en ninguna butaca ni haciendo cola ante el mostrador de recepción.

—Sole Ruiz estudió un poco de francés en la escuela, pero lo pronuncia tan mal que a tu amiga le costó trabajo identificar a alguien con ese nombre. Cuando lo logró, eso sí, nos tocó el gordo de la lotería.

—Meg descubrió que Jean-Jules Lecomte, nazi fanático, tenía doble militancia, igual que Clarita. Era miembro del Partido Rex y también de las SS. Con esos méritos, durante la ocupación nazi fue nombrado burgomaestre de su ciudad natal, Chimay —Azcárate hizo una pausa, miró a su discípulo.

—¿Donde hacen esa cerveza tan buena? —y él no le decepcionó.

—Justo. Chimay es famoso por su abadía cisterciense y la cerveza que fabrican sus monjes, pero ese no es el único monasterio de la ciudad. Existen varios conventos de monjas dedicadas a la enseñanza, que salvaron a muchos niños judíos matriculándolos con nombre falso para hacerlos pasar por hermanos o primos de sus alumnos católicos. Lecomte, que había perseguido ferozmente a sus familias, deportando a todos los judíos de la ciudad, entró por la fuerza en esos conventos, disparó contra las monjas, detuvo a las superioras e identificó a los niños judíos. Al día siguiente, todos fueron embarcados en un tren, camino de un campo de exterminio al que llegaron vivos pocos, de los que no volvió ninguno. Pocos meses después de la guerra, Jean-Jules Lecomte fue juzgado en Charleroi por crímenes contra la Humanidad y condenado a muerte en ausencia, eso sí, porque nunca le capturaron.

—No pudieron —concluyó Negrín—, porque estaba tomando café en el número 14 de la calle Galileo.

—Pero entonces... —Arroyo le miró—. Entonces... —se volvió después hacia su jefe—. ¡Hostia! —y se puso tan nervioso que se levantó de la silla para recorrer la habitación, describiendo un círculo casi perfecto—. ¡Es un criminal de guerra! —se detuvo un instante para comprobar que dos cabezas asentían a la vez a esas palabras—. Un criminal de guerra... ¡Hostia, hostia, hostia!

—Vuelve a sentarte, anda, que me estás mareando.

—Sí, siéntate —sólo cuando logró que le obedeciera, Azcárate siguió hablando—. Jean-Jules Lecomte es un criminal de guerra nazi que reside en España, bajo el amparo de la Delegada de Prensa y Propaganda de la Sección Femenina de Falange, y con la protección del régimen de Franco, cuya obligación sería denunciar su presencia en el país a las potencias aliadas. Y no debe ser, ni mucho menos, el único.

—Por eso nos duele tanto la cabeza, Manolo. Claro que nos dolerá mucho más si te comportas como un hombre inteligente, razonable, sensato, y nos mandas a la mierda en lugar de aceptar lo que vamos a proponerte.

Manolo Arroyo descubrió enseguida que la gran especialidad de la vida madrileña de otros tiempos se había convertido en una tarea peligrosa. Perder el tiempo resultaba muy difícil en una ciudad ocupada, donde la mitad de los clientes de las terrazas eran policías de paisano y todos los taxistas sus informadores. Para aprovechar el buen tiempo, decidió ir al Retiro a pasear por las tardes, y el tercer día que apareció por allí le paró una pareja de guardias municipales que pretendía detenerle por homosexual. Tuvo que contestar en inglés y enseñar su pasaporte diplomático para que no le pusieran unas esposas. Después, en el español con fortísimo acento de Peter Louzán, les preguntó por qué habían sacado esa conclusión y escuchó una respuesta que le desconcertó. A ver, le dijeron, si no es usted un pervertido, ¿a cuenta de qué merodea tanto por los parques? No quiso insistir con la esperanza de que le devolvieran el pasaporte sin anotar su nombre y, tragándose una amargura que no le convenía exhibir, se limitó a prometer que no volvería a pasear por los jardines nunca más. A partir de entonces, pasaba las mañanas encerrado en su habitación. Salía para comer, cada día en un restaurante distinto, y caminaba por la calle hasta que atardecía, para acabar la jornada en un cine, también uno distinto cada noche. Antes de que terminara septiembre, ya había logrado confundirse con la oscura masa de madrileños que procuraban no llamar la atención de nadie mientras andaban deprisa, con la vista en sus zapatos y los hombros encogidos. La mayor parte de los días, sólo hablaba con el portero de su hotel, con los camareros que le atendían en las terrazas o los cafés, y con las taquilleras que le vendían entradas para la última sesión. Así empezó a sentirse seguro, al precio de aburrirse mortalmente en la ciudad donde más se había divertido en su vida.

—Todo a su tiempo —Azcárate impuso calma levantando una mano en el aire—, no nos precipitemos —y Negrín asintió con la cabeza—. Lo que te hemos contado hasta ahora es lo que sabemos con certeza. Meg Williams confirmó la historia de Sole gracias al testimonio de algunos brigadistas que coincidieron en Nanclares con los primeros desertores alemanes. Ellos recuerdan muy bien a una señora de unos cuarenta años que entraba y salía del campo a su antojo actuando como intérprete de los nazis, a quienes proporcionaba ropa y comida, además de recoger y entregar su correspondencia. Los presos alemanes vivían en barracones distintos de los demás y en condiciones mucho mejores, porque la mujer que los visitaba mandaba mucho. Eso, y que en otoño del año pasado, Jean-Jules Lecomte estaba en Madrid, es lo que... —Azcárate hizo una pausa, negó con la cabeza, siguió hablando—. Miento, sabemos algo más. A partir de la primavera de 1945, un hombre de tu edad, muy rubio, con los ojos muy azules, se sumó a los visitantes habituales de la casa de Stauffer. Sole se fijó en él porque era un chico muy guapo que, aparte de alemán, hablaba español como si fuera castellano antiguo, con un acento que ella nunca había oído. Otra de las doncellas le contó que así hablaban los argentinos. A partir del otoño de 1945, aquel extraño invitado empezó a llegar acompañado de vez en cuando por otros señores que hablaban español con el mismo acento.

Al llegar a ese punto, Juan Negrín metió la mano en el bolsillo de su camisa y sacó una nota escrita a mano.

—Por la descripción física y el acento porteño, estamos casi seguros de que se trata de... —leyó aquel nombre con un acento pausado, casi solemne—, Horst Alberto Carlos Fuldner, conocido en Alemania como Horst Fuldner, y en España y Argentina como Carlos Fuldner. Nació en Buenos Aires, pero su familia regresó a Alemania cuando tenía doce años. Nazi de primera hora, después tuvo problemillas con la ley... —hizo una pausa para volver a consultar su nota mientras la ansiedad fabricaba un nido de pájaros en el estómago del visitante, que empezaba a adivinar por qué estaba en Taplow aquel día—. En 1935 le expulsaron del Partido porque se había quedado con dinero de las SS, y no volvió a saberse nada de él hasta que en 1941 se presentó voluntario en España para actuar como intérprete de la División Azul en el frente ruso.

—Ya te dije —advirtió Azcárate— que acabaría saliendo antes o después.

—Para él, fue una bendición. Cuando la División se retiró, volvió a Alemania, pidió el reingreso en las SS y no sólo lo aceptaron, sino que pronto lo ascendieron de un plumazo a Hauptsturmführer —el antiguo catedrático de Fisiología formado en Kiel y en Leipzig pronunció aquella palabra con un acento impecable—. ¿Cómo fue posible semejante rehabilitación? —y cedió la palabra al dueño de la casa, que no necesitó consultar ningún papel.

—En 1944, Fuldner fue reclutado por Walter Schellenberg, al que seguro que conoces, aunque sólo sea como amante de Coco Chanel.

—El jefe de la organización de inteligencia de las SS, ¿no?

—Justo. ¿Y qué se cree que le encargó Schellenberg a Fuldner? —Arroyo negó con la cabeza—. Que investigara posibles rutas de escape para los dirigentes nazis porque ya daba la guerra por perdida. ¿Y dónde se instaló Fuldner para cumplir la misión que le había sido encomendada?

—¿En Madrid?

—¿Dónde si no? —Azcárate sonrió—. Y por lo que sabemos, ahí sigue.

Mientras Peter Louzán se aburría en la capital de un país extranjero, Manuel Arroyo Benítez echaba mucho de menos al único amigo que tenía en aquella ciudad. Guillermo García Medina había representado un problema para él desde que aceptó aquella misión, porque no sólo añoraba su compañía, las largas tardes de conversación ante un tablero de ajedrez que habrían hecho más llevadera su espera. También valoraba la experiencia de su amigo, su conocimiento de las reglas que gobernaban la vida cotidiana en el Madrid franquista, un código que él ignoraba pero de cuyo estricto cumplimiento podría llegar a depender el éxito o el fracaso de la operación que estaba en sus manos. Nunca podría olvidar que el doctor García le había arrancado de las garras de la muerte, y era consciente de que la vida que le había pagado a cambio no bastaba para saldar aquella deuda, pero seguía echándole de menos. A ratos pensaba que lo que se disponía a hacer era muy arriesgado, demasiado peligroso como para compartirlo con un amigo. A ratos recordaba que Guillermo ya había corrido riesgos por él, y que ambos habían salido airosamente indemnes de aquella colaboración. Mientras perdía el tiempo en Madrid, Manolo pensaba en Guillermo, que ya no se llamaría igual ni viviría en la misma casa. Si se decidiera a buscarle, tal vez ni siquiera lo encontraría, no al menos hasta que pudiera pedir ayuda a una viceconsejera norteamericana, aunque tampoco estaba seguro de querer hacerlo. En eso estaba pensando el lunes, 30 de septiembre, mientras se tomaba una cerveza en la terraza del Café Lion a las siete de la tarde. A esa misma hora, un hombre alto y delgado, que recordaba a los modelos de El Greco, salió del edificio de la calle Alcalá cuya primera planta ocupaba la Agencia de Transportes Nacionales e Internacionales La Meridiana. Al pisar la calle, Rafael Cuesta Sánchez encendió un pitillo y empezó a bajar hacia Cibeles para irse andando a casa, como todas las tardes.

—Con esta información —Azcárate volvió a ponerse serio—, Meg convenció al congresista Burnstein, que llevaba meses investigando las rutas de escape nazis sin encontrar indicios sólidos de ninguna organización estable. La red Stauffer sin duda lo es, pero los datos que tenemos no son suficientes para presentarlos ante Naciones Unidas, ni para presionar al gobierno norteamericano, que es lo que persigue el *lobby* de Nueva York. Sus intereses no son desde luego los nuestros, porque a nosotros nos trae sin cuidado que los yanquis sigan reclutando a nazis o no, pero si lográramos hacer público que el régimen de Franco ampara a criminales de guerra, culpables del genocidio judío... Imagínatelo.

—De entrada, a los aliados no les quedaría más remedio que romper relaciones con el gobierno de Madrid —avanzó Arroyo, midiendo con cuidado el peso de cada palabra—, y la opinión pública internacional presionaría de tal manera que les resultaría muy difícil eludir una intervención definitiva... —sus labios sonrieron por su cuenta, sin pedirle permiso—. Es eso, ¿no?

—Pero para lograrlo —después de asentir, Negrín tomó el relevo— necesitaríamos mucho más que el testimonio de una criada. En primer lugar, haría falta confirmar toda la información que Sole nos ha pasado. Demostrar que Lecomte es efectivamente Lecomte, que Fuldner es Fuldner, que sus invitados argentinos son, como creemos, hombres de confianza de Perón, y que Clarita hace algo más que vestir y alimentar a unos cuantos soldados alemanes.

—En Ginebra ya habrás oído rumores sobre la ruta argentina, ¿no?

—Pues sí, pero no les había dado mucho crédito, la verdad, porque casi siempre estaban relacionados con el camelo de los submarinos cargados de oro del Reich y...

—Ya —Azcárate terminó la frase por él—, no existen submarinos con esa autonomía, ni siquiera repostando combustible en Canarias, eso lo sabemos. Pero la pista argentina es sólida, Manolo. Sudamérica es el destino soñado por todos los nazis que pretenden escapar de los tribunales internacionales. La CIA está segura de eso, Burnstein lo sabe y Meg también. Por eso creemos que la red Stauffer coopera con el régimen de Perón, que por otra parte es el único que no respeta el bloqueo y envía a España barcos cargados de grano y carne congelada. Argentina tiene que ser el destino final de los huidos a los que Clarita acoge y provee de documentación española, gracias a las partidas de nacimiento que le regalan algunos párrocos amigos y a sus contactos con la Administración del Estado. Eso es lo que creemos, lo que suponemos, pero no podemos probarlo. Para conseguirlo necesitaríamos...

Manuel Arroyo Benítez asintió con la cabeza antes de completar la frase.

—Un infiltrado.

Guillermo García Medina vio a un hombre muy parecido a su paciente Felipe Ballesteros Sánchez sentado a una mesa de la terraza del Lion. Habían pasado siete años desde su último encuentro, pero eso no fue lo único que le indujo a dudar. En los turbulentos días del final de la guerra, el agente de Negrín se había mostrado como un español elegante, cuidadoso de su aspecto, pero el hombre al que estaba viendo parecía extranjero. El corte de su traje, la anchura de su corbata, el estilo de su sombrero y sus zapatos ingleses, tan distintos de los que usaban los pocos madrileños que podían permitirse el lujo de la elegancia en el verano de 1946, le confundieron. Él había conocido en noviembre de 1937 a un joven con gafas y una espesa barba que le avejentaba, para despedirse en febrero de 1939 de una versión desnuda, lampiña y mucho más juvenil, de un rostro que no parecía el mismo. El que llamó su atención en plena calle Alcalá tenía un bigote ligeramente más ancho y más largo que los que se llevaban en España y unas gafas livianas de montura dorada, pero aquellas manos eran sus manos, cruzaba las piernas de la misma manera y su gesto de concentración era idéntico, al menos con la cara oculta a medias por las páginas del diario que estaba leyendo. Para estar completamente seguro, necesitaría que levantara la cabeza y por eso se detuvo a su lado. El lector detectó aquel cambio, el reposo de una figura que había dejado de moverse y, muy despacio, bajó el periódico, levantó la vista, sonrió y recibió una sonrisa a cambio. No permitió que ocurriera nada más. Levantándose de la silla como si el asiento estuviera en llamas, abrazó con fuerza al hombre parado en la acera y susurró una frase cerca de su oído. No me llames por ningún nombre, le dijo, y después en voz alta, que se alegraba mucho de verle. Más me alegro yo de verte a ti, escuchó a cambio, con lo tardón que eres, ya creía que me tendrías aquí media hora, esperando...

—Por eso te he dicho antes que un hombre sensato, inteligente y razonable nos mandaría inmediatamente a la mierda.

—Ya, pero... —Arroyo miró a Negrín, sonrió—. ¿Usted sabe lo aburrida que es Ginebra, señor? Esa ciudad vuelve loco a cualquiera.

369

—Menos bromas —Azcárate se puso serio—, porque estamos hablando de algo muy peligroso. Desde hace dos meses estoy en comunicación con Burnstein, y podemos garantizarte una relativa cobertura de su embajada en Madrid. Contarás con la protección de la nueva vicecconsejera de Comercio, que tomará posesión de su cargo el 1 de octubre. Igual se te ocurre quién es.

—¿Meg? —pronunció aquel nombre casi con miedo, pero la sonrisa de su jefe volvió a levantarle de la silla para ponerle en movimiento—. ¿Meg estará en Madrid? —Azcárate asintió—. ¡Ay, ay, ay!

—¡Pero siéntate, Manolo! —la voz de Negrín le detuvo cuando estaba a punto de dar la primera vuelta completa a la habitación—. Hay que ver, nunca he conocido a nadie a quien le guste tanto andar en círculo, no sé cómo no te mareas, la verdad...

—Meg acaba de recibir el nombramiento y estará en Madrid, trabajando contigo. Sus contactos en Inteligencia te proporcionarán un pasaporte estadounidense. La CIA ha aprobado tu misión, pero sus jefes no saben que trabajas también para nosotros, ni que nuestra intención es infiltrarte en la red Stauffer. Oficialmente, tu trabajo en Madrid se limitará a obtener información sobre los nazis que residen en España y la organización que los ampara, pero nosotros esperamos más de ti.

—Que llegue hasta la cocina.

—Hasta Buenos Aires, si todo sale bien. Ese es también el objetivo del *lobby* de Burnstein. Tendrás que hacerte pasar por un criminal de guerra nazi de nacionalidad española, seguramente un ex divisionario que siguiera luchando por su cuenta como voluntario de las SS y acabara involucrado en algún crimen lo suficientemente grave como para que Clarita considere imprescindible sacarle del país. Contactar con ella será asunto tuyo, no podremos ayudarte para prevenir filtraciones. Presentarte por tu cuenta en Galileo 14 es demasiado arriesgado. Lo ideal sería que te acercaras a alguien que te la presentara, cualquier vía que garantice que tu cadáver no va a aparecer una mañana tirado en una acera. No voy a decirte que se trata de una misión muy peligrosa porque ya te habrás dado cuenta tú solito. Tampoco voy a decirte que tengas mucho cuidado, porque no hace falta. Pero sí te digo que no merece la pena que corras riesgos de más. El *lobby* de Nueva York pagará todos tus gastos y no espera resultados inmediatos. Nosotros tampoco. Instálate en Madrid, ensaya bien tu papel, métete en la piel de un criminal de guerra antes de darle siquiera los buenos días a un falangista y no tengas prisa.

—Es una oportunidad inmejorable, Manolo —remachó Negrín—, no vamos a tener muchas como esta, pero tampoco esperamos que aceptes ahora mismo. Puedes meditarlo durante unos días, volver a Ginebra, contestarnos...

—No hace falta, don Juan, ya me conoce —y se volvió hacia Azcárate—, los dos me conocen. Esto me interesa mucho más que seguir en mi oficina y, en nuestra situación, cualquier riesgo merece la pena.

El 3 de octubre de 1946, Peter Louzán Valero se despertó de madrugada, dos horas antes de que sonara el despertador. A las siete de la mañana se levantó, se vistió y fue al comedor para descubrir que María Aránzazu ya se había fumado un par de pitillos con la copa de coñac del desayuno. Guillermo, a quien todavía le extrañaba llamar Rafa, se la había presentado no como a su antigua patrona, sino como a una amiga, y a Manolo no le costó trabajo encariñarse con aquella estrambótica mujer que desmentía, entre otros tópicos, la legendaria fama de las dueñas de las casas de huéspedes, porque no le gustaba hacer preguntas ni meterse en la vida de nadie. Dirán lo que quieran, les confesó, después de obligar a su antiguo inquilino a acompañarles en la cena de la primera noche, pero a algunas mujeres la viudedad les sienta de perlas, y se echó a reír. A mí, sin ir más lejos... María Aránzazu había tomado el poder en el principal izquierdo de Españoleto 24 cuando su tía Enriqueta renunció a levantarse de la cama, y eso también le había sentado de maravilla. Es una faena que la familia tenga que enfermar o morirse para que una mujer se sienta libre, pero ¿qué le vamos a hacer?, solía decir. Aquella mañana se limitó a comentar que su huésped se había puesto muy guapo. Manolo había decidido ir hasta la embajada caminando, con la esperanza de que aquella fresca y soleada mañana de otoño templara sus nervios. No lo consiguió. Al identificarse ante la secretaria de la nueva viceconsejera, temblaba como un adolescente en su primera cita pero, por fortuna, su jefa no le hizo esperar.

—Margaret Carpani Williams... —pronunció despacio, saboreando cada sílaba, al encontrarla sentada detrás de su mesa, como si no hubiera pasado el tiempo desde su última noche en Ginebra.

—¡Ay, pinche gachupín!

Meg no dijo nada más.

Se levantó de la silla, se bajó de los tacones, corrió hacia él y, en un solo movimiento admirablemente coordinado, le abrazó, agachó los hombros, dobló el cuello en un ángulo exacto, y le besó en la boca como si no hubiera sabido hacer otra cosa en su vida.

Es octubre de 1947 y el Consejo de Control Aliado en España entrega una lista con ciento cuatro nombres al gobierno de Madrid.

A Alberto Martín-Artajo, ministro de Asuntos Exteriores y destinatario de este documento de once folios mecanografiados en inglés, no puede sorprenderle ningún nombre de esta lista. Desde hace más de dos años, los aliados han reclamado reiteradamente la cooperación española en la localización y entrega de centenares de personas vinculadas a las actividades nazis en España, sin obtener apenas fruto. Algo parecido ha ocurrido con destacados colaboracionistas de países ocupados, acusados en muchos casos de crímenes contra la Humanidad, de quienes se sospecha o se sabe con certeza que residen cómodamente en España.

El 8 de mayo de 1945, sólo un día después de la rendición del Tercer Reich, un Heinkel-111 con cuatro personas a bordo hace un aterrizaje de emergencia sobre el mar, frente a la playa de La Concha de San Sebastián, al quedarse sin combustible en pleno vuelo. En ese avión, que ha despegado unas horas antes en Oslo, viaja Léon Degrelle, creador y comandante en jefe de la Legión Valonia, integrada en las Waffen-SS. Degrelle goza de una fama legendaria porque un día, al condecorarle, el Führer declara que si hubiera tenido un hijo, le habría gustado que fuera igual que él. Sin embargo, al intensificarse el avance aliado, el belga no se dirige a Berlín, para defender la casa de su padre, sino a Copenhague, con la esperanza de encontrar plaza en alguno de los submarinos que, según se rumorea, están preparados para trasladar al círculo íntimo de Hitler hasta Sudamérica. Al llegar a la base naval donde se encuentran esos buques que jamás llegarán a cruzar el Atlántico, le anuncian que no hay plaza para él y esa negativa le salva la vida. Consciente de que la perderá con toda seguridad si no huye a tiempo, protesta con energía hasta que alguien le ofrece el avión de Albert Speer, ministro de Obras Públicas del Reich, que está disponible porque su dueño no ha salido de Alemania. Degrelle no se lo piensa dos veces, busca una tripulación y escoge España. Nunca se arrepentirá.

Las impactantes imágenes del avión varado en una playa llena de bañistas atónitos y el prestigio del «hijo adoptivo» del Führer convierten a Degrelle en la presa más codiciada del Consejo de Control Aliado durante la primera etapa de sus actividades en España. El único huido que le hace sombra es Pierre Laval, hombre fuerte de Hitler en Francia, presidente del gobierno colaboracionista de Vichy desde abril de 1942 hasta la liberación aliada de su país. Laval llega a España unos días antes que Degrelle, el 2 de mayo, y aterriza en Barcelona después de un vuelo mucho más confortable, gracias a la ayuda de José Félix de Lequerica, a la sazón ministro de Exteriores franquista, con quien ha trabado amistad en sus tiempos de embajador español ante Vichy.

El 30 de julio de 1945, ante la insistencia de las autoridades francesas y el miedo a desairar a los vencedores, Franco entrega a Laval, que será juzgado por traición, condenado a muerte y fusilado a mediados de octubre del mismo año. En esa decisión empieza y termina su cooperación con la justicia aliada. Pese a la cólera de Bélgica, cuyos sucesivos gobiernos le reclamarán sin pausa durante quince años, el dictador español no sólo se niega a entregar a Degrelle, sino que, en 1954, le blinda definitivamente. A partir de entonces, y aunque nunca dejará de intervenir en público ni de firmar artículos con su nombre auténtico, Degrelle será a todos los efectos oficiales el ciudadano español José León Ramírez Reina. Esa identidad le permite fundar una empresa constructora con la que gana mucho dinero gracias a la predilección del Estado franquista, que le concede abundantes contratas de obra pública. A este mismo procedimiento, la concesión retroactiva de la nacionalidad española, previa confección de una documentación auténtica para una identidad falsa, se recurrirá durante décadas con el fin de proteger a muchos otros nazis que buscan refugio en España como destino definitivo o etapa de su fuga hacia un tercer país.

Martín-Artajo está al corriente de todo esto y de la parsimonia con la que su antecesor ha actuado ante reclamaciones previas en momentos mucho más difíciles. A finales de 1947, la lógica de la Guerra Fría ha cambiado, en apenas dos años y en un sentido muy favorable para los intereses franquistas, el escenario internacional que fabricó la derrota de Hitler. De hecho, sólo el furor antisoviético y el pánico ante un nuevo conflicto armado con Stalin explican los primorosos lances de toreo de salón con los que la diplomacia española se adorna, una y otra vez, ante los representantes de las potencias vencedoras en la Segunda Guerra Mundial. Esta vez no será distinta de las anteriores.

La conocida como Lista de los 104 o Lista Negra es el fruto más depurado de las reclamaciones aliadas. Sus integrantes forman parte de los llamados «alemanes odiosos», los que trabajaron activamente en el engrandecimiento de la obra de Hitler, sin poder enmascarar su responsabilidad tras la pantalla de la disciplina o la obediencia a sus superiores. Todos ellos han sido ciudadanos del Tercer Reich, todos tienen cuentas pendientes con los tribunales alemanes, todos son calificados como imprescindibles para garantizar las buenas relaciones del régimen franquista con los vencedores del conflicto, pero Martín-Artajo se toma las cosas con calma. Deja pasar el tiempo hasta agotar la paciencia del Consejo Aliado, y cuando no tiene más remedio que sentarse con sus representantes, saca de su cartera un montón de documentos, cartas y certificados de los que sus interlocutores nunca han tenido la menor noticia.

A este señor no lo podemos entregar porque es ciudadano español desde hace años... A este otro tampoco, el Generalísimo le concedió la nacionalidad por la gran ayuda que prestó al Ejército Nacional cuando la Legión Cóndor acudió en nuestro auxilio, durante la Cruzada contra el comunismo... A este de aquí no le hemos encontrado... Lo mismo sucede con este, con este y con este... Este obtuvo la nacionalidad porque ocupa la dirección de una empresa estratégica para la economía nacional... Este de aquí cuenta con la protección del cardenal de Toledo y Primado de España porque es austríaco, muy buen católico, y no vamos a tener un problema con el Vaticano... A este no le conocemos... Y esta señora... ¡Hombre, por Dios! Esta señora nació en Madrid, para nosotros es española y una gran patriota, la mano derecha de Pilar Primo de Rivera, una trabajadora incansable, famosa por sus obras de caridad. A esta no podemos entregarla de ninguna manera...

Entre los ciento cuatro nombres de la Lista Negra sólo consta una mujer, Clarita Stauffer, de la que se proporciona un domicilio perfectamente correcto, en el número 14 de la calle Galileo de Madrid. Su reclamación se justifica con el siguiente párrafo: «Esta mujer es una de las organizadoras principales de un HILFSVEREIN —en alemán, "asociación de ayuda"— secreto. Muy implicada en el suministro de documentos falsos y en la búsqueda de empleo para los alemanes, aparte de otras actividades. Al final de la guerra recibió un permiso especial de la embajada alemana para acceder a la nacionalidad española con el propósito expreso de llevar a cabo actividades tras la derrota».

Entre los ciento tres hombres que acompañan a Clara Stauffer en la lista, existen otros muy relevantes para la historia que se cuenta en este libro.

– Johannes Bernhardt, «general de las SS y presidente de Sofindus, institución perteneciente al Estado alemán. Responsable del envío clandestino de suministros a las tropas alemanas cercadas en la costa occidental de Francia durante y tras la liberación de este país» cuyo paradero se desconoce.

– Hans Josef Lazar, «jefe del Departamento de Prensa y Propaganda de la embajada alemana», de quien sólo se sabe que vive en Madrid.

– Albert Horst Fuldner, transcripción incorrecta del nombre de Horst Alberto Carlos Fuldner, «miembro del SD. Fue enviado desde Alemania con el propósito de organizar las actividades clandestinas que se desarrollaron tras la derrota», residente en el número 33 de la calle Modesto Lafuente de Madrid aunque en el momento en que se entrega esta lista se encuentra en Tarrasa, cerca de Barcelona.

– Eberhard Messerschmidt, «antiguo ayudante del agregado naval de la embajada alemana. Trabajó para la Inteligencia Naval alemana». Domiciliado en la calle Fuenfría del pueblo de Cercedilla, en la provincia de Madrid.

Ninguno de ellos llega a experimentar la menor inquietud ante esta última y definitiva reclamación.

III
Tumores infiltrados

Es diciembre de 1949 y aparece en París el número 50 de la revista *Les Temps Modernes*.

Fundada en 1945 por Jean-Paul Sartre, Simone de Beauvoir y Maurice Merleau-Ponty, esta publicación toma su nombre de la película de Charles Chaplin —*Modern Times*— que en 1936 muestra al mundo los efectos de la crisis de 1929 sobre el nivel de explotación de los obreros norteamericanos. Más allá de la declaración de intenciones implícita en el título, *Les Temps Modernes* es un proyecto de contenido político, literario y filosófico, impregnado por el espíritu de la resistencia a la ocupación nazi en la que han militado sus fundadores. Sus páginas son el lugar ideal para la prepublicación de un libro titulado *La fin de l'espoir*. En una nota que acompaña al texto, los lectores de *Les Temps Modernes* descubren cuál es la esperanza que está llegando a su fin.

Todo esto lo he escrito para demostrarme que todavía resisto, lo he escrito arriesgando mi vida; la persona que lo mecanografíe arriesgará la suya, y también lo hará aquel que haya de llevarlo más allá de nuestras fronteras. El que tenga estas líneas entre sus manos o cosidas en el forro de su chaqueta, arriesga la vida.

A pesar de todo es necesario que el mundo sepa lo que está pasando aquí.

Esto no es una autobiografía.

Esto no es una obra de propaganda.

Yo no hago más que contar exactamente lo que pasa. No hay en este libro nada publicitario. No busco gloria ni dinero, por la buena razón que me obliga a permanecer en el anonimato... si quiero continuar trabajando.

Estamos casi al límite de nuestra resistencia. Es necesario que hagáis algo, es preciso que todo el mundo haga algo, aunque sólo sea por los tres jóvenes que, para hacer oír su voz, han mecanografiado, copiado y transmitido este manuscrito. [...]

No quiero creer que después de hacerlo sus gobiernos, los pueblos también van a abandonarnos. Estamos ya solos hasta tal punto. Un puñado continúa luchando. Caen todos los días. Dáos prisa o llegaréis demasiado tarde, cuando hayamos caído todos, uno después de otro, sin esperanza.

POR EL HONOR DE LA REPÚBLICA.

Madrid, enero de 1946

Como cualquier lector atento habrá advertido ya, gracias a los galicismos del último párrafo —«van a (en lugar de *vayan a)* abandonarnos» y «solos hasta tal (en lugar de *hasta este)* punto»—, este texto es una traducción al español de la versión francesa que se publica en 1949. Los lectores de *Les Temps Modernes* suponen sin duda que se hallan ante la traducción inversa, una versión francesa de un texto escrito en español. La realidad es aún más complicada.

En 1941, un banquero llamado Jaime Saporta gestiona a toda prisa la nacionalidad española para su familia en el consulado de España en París. Sus dos hijos, Marcelo y Raimundo, han nacido en Estambul pero tienen derecho al pasaporte que su padre obtiene previamente, tras acreditar que proviene de una familia de judíos sefarditas de Salónica, gracias al decreto del general Primo de Rivera que, en 1924, nacionaliza a todos los hebreos de origen español. Así, los Saporta escapan a las leyes antijudías de Vichy y a la persecución de los ocupantes nazis para instalarse en Madrid.

Al llegar al país de sus antepasados, Marcelo tiene dieciocho años, tres más que Raimundo, y se ve obligado a hacer el servicio militar. En los cuarteles, en contacto con jóvenes que representan la auténtica realidad española, decide combatir la dictadura. A su regreso a Madrid, entra en contacto con un grupo de antiguos alumnos del Liceo Francés, integrados en un movimiento estudiantil que ha refundado la FUE —Federación Universitaria Escolar— republicana, para combatir la hegemonía del SEU —Sindicato Español Universitario— falangista. Desde entonces, mientras su hermano Raimundo se adapta sin problemas a la España franquista —donde se hará célebre como directivo del Real Madrid y mano derecha de Santiago Bernabéu—, Marcelo se implica en la resistencia estudiantil. Como él mismo cuenta en la nota reproducida más arriba, ve caer casi a diario a algún compañero. En la Semana Santa de 1947, la detención de dos de los más antiguos, Nicolás Sánchez-Albornoz y Manuel Lamana, condenados a seis y cuatro años de cárcel respectivamente, le induce a calcular que tal vez sea más útil aportando su testimonio desde el exilio. En 1948 pasa clandestinamente a Francia llevando consigo el manuscrito que ha redactado durante los dos últimos años en francés, idioma que, sin ser su lengua materna, es el que considera propio, y titulado *Sous peine de mort (Bajo pena de muerte)*.

Después de leerlo, Jean-Paul Sartre, redactor jefe de *Les Temps Modernes*, le cambia el título. *La fin de l'espoir, Témoignage (El fin de la esperanza, Testimonio)* se convierte así en un epílogo sombrío de *L'espoir* de André Malraux, símbolo de la solidaridad antifascista internacional en la guerra de España. El libro, que termina de imprimirse en París el 25 de abril de 1950 con un prefacio del propio Sartre, cuenta exactamente lo contrario, una larga historia de olvido, insolidaridad y abandono. Marcelo Saporta —que al instalarse en Francia cambia su nombre por el de Marc— no firma su texto. Prefiere diluirse en un seudónimo, Juan Hermanos, para reivindicar una experiencia colectiva en la que se sientan representados todos los resistentes españoles.

La historia que se cuenta en *El fin de la esperanza* es, en efecto, semejante en muchos aspectos a otros relatos testimoniales de la resistencia, y sin embargo, presenta una seña de identidad particularmente conmovedora. Sus protagonistas no son luchadores curtidos, que han hecho la guerra, que han pasado por la cárcel y siguen resistiendo en organizaciones clandestinas bien estructuradas. Al contrario, esta es la historia de unos chicos muy jóvenes, estudiantes, aprendices, muchachas que acaban de empezar a trabajar. Casi todos provienen de familias de clase media, empobrecidas por su condición republicana, pero alejadas de la implacable miseria que empuja a la clandestinidad a tantos desesperados. El sacrificio que les priva de una existencia tan plácida como la que disfrutará Raimundo Saporta es fruto de una decisión costosa y consciente. Españoles doblemente tiernos, que eran niños durante la guerra y apenas tienen formación política, se lanzan a la lucha con una convicción apabullante tras la victoria aliada en la Segunda Guerra Mundial, porque están convencidos de que la derrota del Eje aparejará la caída de Franco. Esa es su esperanza. La que muere en las páginas de este libro.

La obra de Juan Hermanos es la crónica de su fe y de su fracaso. De su generosidad y de la indiferencia que reciben a cambio. De la cautela con la que el narrador recluta militantes entre sus conocidos. Del anhelo con el que se reúnen para escuchar la BBC. De los riesgos que corren fabricando bombas que luego no explotan. De las historias de amor que florecen entre panfleto y panfleto. Y de la descabellada, pavorosamente ingenua, admirablemente valerosa rebelión armada que preparan, rescatando las armas con las que lucharon sus padres o sus hermanos mayores de los escondrijos de cada casa, para tomar Madrid, ni más ni menos, en el instante en que la ONU aparte a Franco del poder. El 12 de diciembre de 1946, aquella oportunidad se malogra como tantas otras, pero la lucha de los hermanos de Juan no cesa. El fruto de su sacrificio, tampoco.

En 1953, tras la publicación de *El fin de la esperanza* en México, un grupo de jóvenes exiliados se pregunta cómo es posible que un libro como este haya pasado inadvertido. Pero pasan más de veinte años desde la muerte de Franco hasta que, en 1998, la editorial Tecnos publica *El fin de la esperanza* por primera vez en España, con el prefacio de Jean-Paul Sartre y un magnífico estudio introductorio de Francisco Caudet, en el que la lectora que escribe estas páginas encontró un emocionante desagravio al olvido en el que aún permanecen esta obra y su autor. En 2004, Oberon relanza esa misma edición y no la agota.

En otros países de Europa, libros semejantes han sido durante décadas lectura obligatoria en los institutos de enseñanza media.

En España no es muy difícil encontrar ejemplares hoy mismo en las plataformas digitales de librerías de segunda mano.

Casi todas lo ofrecen en apartados como Novela extranjera o Narrativa francesa.

MADRID, 12 DE DICIEMBRE DE 1946

Al entrar en aquel bar, Manuel Arroyo Benítez celebró haberse comprado un abrigo azul marino.

—Un café solo y una copa de coñac. ¿Tenéis teléfono? —el camarero asintió con la cabeza sin pararse a mirarle—. Pues dame una ficha, por favor.

En aquel momento recordó sus dudas, la indecisión que le había clavado ante el espejo de una sastrería ginebrina casi un año antes. El abrigo claro le gustaba más, pero se compró el oscuro por las mismas razones que habrían sostenido la elección de cualquier otro hombre soltero que viviera solo, de pensión. Había pensado que el azul marino era más sufrido y aguantaría mejor las manchas. Gracias a esa condición, nadie se fijó en él mientras recorría un local donde atronaba la voz de un mutilado, la manga derecha prendida a la altura de la axila, el brazo ausente. Aunque la mayoría de los parroquianos fingía no oírle, concentrado cada uno en la cucharilla que removía el contenido de su taza o en la copa de cristal que giraba entre sus dedos, algunos se atrevían a disfrutar de aquel improvisado mitin, que pretendía arrastrarles a la plaza de Oriente para protestar contra la cabronada que la ONU acababa de hacerle al Caudillo. Manolo se dio cuenta de que aquel hombre, las solapas alicatadas de insignias, no tenía ni idea de los términos de la benévola resolución que se había aprobado en Nueva York, pero la ignorancia no le impedía chillar como un cerdo a medio degollar. Calculó que sería un excombatiente y procuró pegarse a la pared al pasar a su lado, para que no detectara su olor.

Cuando percibió a cambio la peste a orujo que echaba por la boca, se quedó más tranquilo.

—Agencia de transportes La Meridiana, dígame.

Manuel Arroyo Benítez siempre había tenido muy mala y mucha suerte.

No había olvidado las palabras con las que Juan Negrín había descrito su misión, es una oportunidad inmejorable, Manolo, no vamos a tener muchas como esta... No había olvidado que la red Stauffer era su prioridad y la rebelión de los estudiantes un objetivo secundario, por el que nunca debería haberse puesto en peligro. Pero eran tan jóvenes, tan valientes, tan ingenuos, que no había sabido dejarles solos. Por segunda vez, la ambición de hacer las cosas mejor de lo que habría debido, le había impulsado a cometer un error en Madrid. Pero en Madrid seguía viviendo el hombre que le había salvado una vez y no vacilaría en rescatarle de nuevo.

—Dígame —el hombre que, gracias a su buena suerte, estaba en aquel momento sentado ante un escritorio con teléfono, en un despacho que no ocupaba nadie más, porque aún no había terminado su horario de trabajo.

—Pero, Rafa, coño, ¿qué haces? No me puedo creer que todavía estés en la oficina. Habíamos quedado hace diez minutos, ¿no?

La respuesta tardó unos segundos en llegar.

—¿Dónde estás tú?

—¿Pues dónde voy a estar? En La Asturiana, ya sabes, Barquillo cerca de la esquina con Belén.

—Ahora mismo voy.

—Claro, pero no pagues la carrera. Dile al taxista que espere para recogerme y seguimos con él, porque si no, vamos a llegar tardísimo.

Al colgar se dio cuenta de que estaba mareado. Sudaba mucho y tenía frío en un local abarrotado de gente, con las estufas encendidas. Se había prohibido a sí mismo que su herida fuera grave, pero no se había atrevido a examinarla para no mancharse la mano con la sangre que, a juzgar por el olor, había empezado ya a empapar su abrigo. Todo había sido fruto de la mala suerte que equilibraba su buena fortuna desde que nació. Porque no tendría que haber ido a buscar a Ramón, no debería haber llegado hasta Cibeles, pero la bala perdida que le había alcanzado en un costado, una bala disparada por un antifascista que huía a la carrera de los policías armados que acababan de embocar la calle Barquillo, podría haber herido a otro transeúnte que hubiera podido tumbarse en la acera, pedir socorro, esperar a una ambulancia. Todo lo que él no había podido hacer hasta que encontró refugio en una taberna que no podía ofrecerle otra medicina que un teléfono, un café y una copa de coñac.

—¡Comunistas! Eso es lo que son —el manco seguía chillando y bebiendo orujo al mismo ritmo—. Unos perros comunistas, rojos de mierda... ¡Insultar a mi Caudillo de esa manera! Pero no saben con quién se han metido, no, señor, no saben que a los españoles nos sobran cojones para lo que haga falta...

Él no había recurrido a un argumento muy distinto para convencer a Ramón Mateos, un estudiante de tercer curso de Ingeniería Industrial a quien había conocido a través de Paco Contreras, antiguo cronista de espectáculos afiliado al PSOE que malvivía como corrector de pruebas, y cuyo contacto era el único que le había dado Pablo de Azcárate antes de enviarlo a Madrid. Ramón, huérfano de padre desde antes de la guerra, había perdido a un hermano en Brunete, tenía otro redimiendo pena en un destacamento penal, una hermana que tocaba muy bien el violoncelo pero se dedicaba a limpiar casas por horas para que él pudiera estudiar, y una beca de Franco que le atormentaba desde que se la concedieron por la excepcionalidad de su expediente académico y las gestiones de un hermano de su madre, que había servido como vicario castrense en el ejército vencedor. Ramón, un buen estudiante, un chico estupendo, responsable, maduro, valiente, tenía los ojos húmedos de derrota cuando Manolo lo encontró sentado en el último banco del Paseo de Recoletos con otros tres chicos igual de jóvenes, tan hundidos como él. Ellos cuatro, y seis o siete más que andaban por allí cerca, formaban el ala derecha del grupo de asalto que se disponía a tomar por las armas el Palacio de Comunicaciones de la glorieta de Cibeles cuando la ONU interviniera decisivamente a favor de los demócratas españoles. Al comprobar que ya conocían la noticia que él no tendría que darles, Manolo sintió alivio y que se le estaba partiendo el corazón.

—¡Cállate ya, joder! —el camarero, que no era mucho mayor que Ramón, enmudeció antes que el manco, cuando un hombre de cuarenta y tantos años que sólo podía ser su padre le pegó un codazo en las costillas.

—Cállate tú —le ordenó en un susurro—, que pareces gilipollas.

Al llegar hasta aquel banco, había dado las buenas tardes a los chicos como si hubiera quedado con ellos. Hala, vamos a dar un paseo... Tuvo que coger a Ramón del brazo para que se levantara y él se dejó manejar con la docilidad de un niño pequeño, pero no despegó los labios mientras subían por la calle Alcalá. Ya está, no hay nada que hacer. Nadie dirá nunca que no habéis sido valientes, nadie podrá haceros un solo reproche, al contrario... Volvía la cabeza de vez en cuando para mirarle y comprobar que avanzaba como un muñeco de cuerda, la cabeza rígida, los ojos fijos en el horizonte. Habéis demostrado que os sobran huevos, que tenéis los cojones como sandías, esa es la verdad, pero lo que tenéis que hacer ahora es marcharos a casa, cada uno a la suya, sin llamar la atención, ¿me entiendes? La causa no gana nada con que os detengan, al revés, todos perderíamos mucho, porque no podemos prescindir de jóvenes como vosotros, y eso es lo que ahora... No llegó a terminar la frase porque Ramón escogió aquel momento para mirarle. ¿Cómo han podido hacernos esto? ¿Por qué nos han hecho esto? Aquellas preguntas le hacían tanto daño que se paró en medio de la acera como si no estuviera dispuesto a dar un paso más antes de obtener una respuesta, y Manolo tuvo que volver a cogerle del brazo para obligarle a andar. Nunca han hecho otra cosa, Ramón, a nosotros nadie nos ha regalado nada. Siempre hemos estado solos y vamos a seguir estándolo. Pero es que... No lo entiendo. No te pares, anda, sigue andando, por lo que más quieras, no dejes de andar...

Iban armados. Llevaban las pistolas que habían sido de sus padres, de sus hermanos, de sus vecinos, las armas que los soldados de la República se habían negado a entregar en abril de 1939, las que ellos mismos habían rescatado del fondo de los baúles, de los huecos abiertos debajo de algunas baldosas sueltas, de las cisternas de los retretes de sus casas. Juanma Gómez, estudiante de Historia e íntimo amigo de Ramón, que caminaba a su derecha, tenía hasta dos granadas que había encontrado en el maletero de un armario, y Manolo no podía dejar de pensar en ellas. Ahora no tenemos tiempo para hablar. Lo único que importa es que os pongáis a salvo, que os marchéis a casa, ya hablaremos otro día. ¿Y por qué tendríamos que obedecerte?, le preguntó Juanma entonces, ¿quién eres tú? Yo... No era la primera vez que se lo preguntaban, Ramón le había hecho la misma pregunta otras veces y él se había limitado a sonreír con los labios cerrados. Sin embargo, aquella tarde habló, les contó una parte de la verdad, y habría corrido riesgos aún mayores con tal de salvarlos. Yo trabajé para la Inteligencia republicana durante la guerra, y antes estuve destinado en la embajada de Londres. Me pegué con el Comité de No Intervención muchas veces, y perdí siempre, hacedme caso porque sé muy bien de lo que hablo... Antes de llegar a la esquina de Barquillo, se había dado cuenta de que los chicos que caminaban a su lado no eran los únicos hombres armados que pululaban por el centro de Madrid aquella tarde. Ciertas miradas nerviosas de Ramón, de Juanma, habían ido delatando sin querer a otros pequeños grupos de jóvenes parados en las aceras o apoyados en las bocas del metro, pero él no podía llegar hasta todos. Voy a torcer por aquí, fue la fórmula que escogió para despedirse. Me voy a mi casa y vosotros tenéis que hacer lo mismo, convencer a los demás, a todos los que podáis, y poneros a salvo. Os prometo que dentro de unos días iré a buscaros y hablaremos tranquilamente, os lo prometo... Cuando iba por la mitad de la calle Barquillo, un grupo de chicos a quienes no conocía pasaron corriendo por la calzada. Escuchó tiros, y al volverse, vio a media docena de policías que corrían, muy lejos todavía de los estudiantes. Estos respondieron, abrieron fuego sin dejar de correr, y entonces sintió el impacto, un mordisco que quemaba en el lado derecho de su cuerpo. Se escondió en un portal y desde allí, tras la puerta entornada, vio a los policías correr, escuchó sus gritos cada vez más lejanos, luego nada. Siguió inmóvil, agazapado tras la puerta, hasta que vio salir a dos mujeres que se habían escondido en el portal de enfrente.

Antes de cruzar la calle, escuchó ya los gritos del mutilado, que rompían un silencio tan compacto como si la suya fuera la única voz que quedaba en el mundo.

—¿Qué te debo?

Antes de que recogiera el cambio, Guillermo estaba ya a su lado, mirándole con los ojos muy abiertos.

—Vamos, anda, que tengo al taxi esperando fuera.

Mientras caminaban hacia la puerta, le pasó un brazo por debajo de la axila derecha y fue bajando los dedos despacio hasta que localizó la herida por el grito que provocó su exploración.

—¡Ay! No me toques ahí, que...

—No hables —y antes de rodear el coche para abrir la puerta de la izquierda, añadió algo más en un susurro—. ¿Todavía no has aprendido que lo primero que hay que hacer después de recibir un balazo es cerrar la boca?

El tono de su voz serenó instantáneamente al herido, devolviéndole a una camilla de la calle Príncipe de Vergara, a un dormitorio de la calle Hermosilla, a una época en la que su vida estaba en las manos del hombre que le ayudó a sentarse en el asiento trasero después de rodear de nuevo el taxi para entrar por la puerta de la derecha.

—Llévenos al número 5 de la calle Apodaca, por favor... —mientras lo decía, abrió el abrigo de Manolo para echar un vistazo, se quitó la bufanda, la enrolló, y la aplicó con fuerza sobre la herida después de mirar a su paciente con un dedo encima de los labios. Su casa estaba muy cerca y no volvió a decir nada hasta que el coche enfiló la calle donde vivía.

—Sujeta esto, ¿quieres? —guió su mano derecha hasta apoyarla en el tapón mientras sacaba la cartera—. ¿Se te ha pasado el mareo?

—Más o menos.

Pero no pudo llegar al segundo piso por su propio pie. En el descansillo del primero trastabilló, estuvo a punto de caerse, y Guillermo se lo echó sobre un hombro, como si fuera un fardo, hasta que logró depositarlo en una de las butacas de la sala.

—Te lo voy a poner todo perdido de sangre.

—Que te calles.

El doctor García no había perdido en la paz las facultades adquiridas durante la guerra. En un instante, fue a la cocina a poner agua a hervir, volvió enseguida para quitar el frutero de la mesa del comedor, la cubrió con una pieza de fieltro grueso, puso encima un mantel de hule, lo cubrió con otro blanco, del que la lejía no había logrado arrancar del todo viejas manchas de sangre que parecían cercos de vino tinto, dispuso su instrumental recién desinfectado sobre el aparador, entornó todas las persianas y encendió la lámpara del techo.

—Lo único que no tengo es anestesia, pero... —sacó de un armarito una botella de anís—. Ya sabes, como en los viejos tiempos.

Y, como en los viejos tiempos, el dolor provocó la inconsciencia de su paciente, que despertó en una cama recién hecha con sábanas limpias.

—¿Cómo estás? —el doctor García dejó de leer el periódico y le miró.

—Jodido.

—Ya me lo imagino, pero aparte de eso...

—Bien, supongo. ¿Y la bala?

—Aquí —la sacó del bolsillo para enseñársela—. ¿Quieres quedártela de recuerdo? Estaba pegada a la cicatriz de las balas de El Pardo, al terminar de coserte he estado a punto de firmar. Eres mi obra maestra, Manolo.

—¡Ay! No me hagas reír, que me duele.

—Pues vamos a hablar en serio. ¿Quieres contarme de una puta vez en qué estás metido?

—No puedo —Manolo comprobó que hasta negar con la cabeza le dolía—. De verdad que no puedo, sería muy peligroso para ti.

—¿Para mí? —su salvador habitual se echó a reír—. ¿Se te ha olvidado que soy un héroe?

Desde que se encontraron en la terraza del Café Lion, se habían visto casi todos los días. Guillermo le había facilitado un alojamiento mucho más discreto que su hotel, le había presentado en su club de ajedrez, le había enseñado a vivir en una ciudad tan distinta de la que recordaba como si nunca hubieran sido la misma, y había disfrutado tanto como él de su compañía.

—Cuando a Pepe Moya lo mandaron a un pueblo de Jaén, me quedé sin el último amigo que me quedaba. Ahora sólo tengo conocidos —le confesó cuando reanudaron su vieja rutina de palabras y ajedrez—. Bueno, aparte de María Aránzazu...

Empezaron a compartir algo más cuando Manolo se decidió a presentarle a una mujer de la que ya le había hablado una vez, después de que Amparo le hubiera descrito su relación como una historia única y sin parangón en el mundo.

—No sé si sabéis que aquí la gente ya no se besa así por la calle.

La primera noche que salieron los tres juntos, Guillermo se asustó al ver cómo se retorcía la norteamericana para besar a Manolo en la boca y en el centro de la Plaza Mayor.

—Me vale madres —Meg separó un instante su cabeza de la de su amante para mirarle—. Tengo pasaporte diplomático.

—Pues no sé qué tendrán que ver las madres en todo esto —insistió Guillermo—, pero como os vea algún sereno que yo me sé, tampoco te digo por dónde se va a pasar tu pasaporte diplomático.

Después de aquel encontronazo lingüístico, Guillermo y Meg se cayeron muy bien, tanto que entre los tres brotó una exótica variante de la triple amistad que les había vinculado con Amparo en plena guerra, aunque ahora el que follaba era otro y la chica aún más complicada.

—No te hagas ilusiones con Susan —le recomendó Manolo cuando empezaron a salir con la secretaria de la viceconsejera para llamar menos la atención—, porque se acuesta con Meg.

—¿Qué?

—Ya te advertí que lo mío era más raro que lo tuyo.

Una partida de ajedrez que terminó en tablas se quedó corta para el largo relato de un amor tan singular como sus dos mitades. Manolo, que se había mantenido firme en la decisión de no contarle nada a Guillermo de los motivos de su estancia en Madrid, desmenuzó para él durante horas lo que Miss Williams había representado para él cuando se conocieron en Ginebra, la compañía, la amistad, la cooperación, el sexo y, por fin, el amor en el que desembocó una complicidad tan íntima, tan profunda que no había encontrado ningún otro camino por el que crecer. Había sido amor, el más intenso, el más benéfico que aquel monaguillo que no quiso ser cura había probado en su vida. Había sido amor del bueno, como el de las canciones mexicanas que a ella le gustaba cantar a voz en grito cuando se emborrachaba, y habría podido ser más duradero, hasta definitivo, si un golpe de Estado no lo hubiera marchitado cuando acababa de florecer. Al despedirse de Meg, desde la escalerilla del avión que le llevaba a Londres, Manolo creyó que aquello, lo que fuera, se había terminado para siempre. Tal vez no fuera completamente cierto, reconoció casi diez años más tarde ante un tablero de ajedrez, junto a un ventanal que se abría a la calle Bordadores, quizás lo que había entre Meg y él seguía siendo amor, pero había cambiado de forma, de naturaleza, para volver a encajar en su molde primitivo, un cóctel explosivo de atracción física y lealtad sentimental en el que la amistad, la cooperación y el sexo a secas habían recuperado el espacio perdido cuando ambos se atrevieron a creer que el otro era el gran amor de su vida.

—Pero ella siempre se ha acostado también con mujeres —resumió ante una boca abierta de asombro, mientras recogía las piezas para guardarlas con parsimonia en una caja de madera—, y a mí nunca me ha importado.

—Joder —resumió el doctor García—. ¿Y los tres? Quiero decir, Susan...

—No, eso nunca lo hemos hecho.

—Pues sí que sois raros, la verdad.

Aquella tarde, Manolo fue completamente sincero para compensar a Guillermo de otros silencios. Hasta que una bala perdida volvió a ponerlo en sus manos, había esquivado su curiosidad sin demasiado éxito. Para cualquier rojo español era inverosímil que un viejo compañero volviera a su país desde Suiza por su propia voluntad, pero que el gobierno en el exilio le hubiera enviado para que anduviera por la calle, escuchara los comentarios de la gente e informara de la situación, no resultaba un argumento mucho más creíble. Sin embargo, fue el único que se le ocurrió y se mantuvo firme en él mientras el doctor García le contaba una historia mucho más interesante.

A finales de octubre de 1946, Pablo de Azcárate recibió un informe exhaustivo sobre la organización clandestina del PCE en Madrid bajo la dirección de Jesús Monzón. En él, se narraba todo el proceso de preparación de la fallida invasión de Arán desde el interior, los contactos que el dirigente comunista había entablado con disidentes del régimen y representantes de otros partidos ilegales, las reuniones en las que se había forjado la efímera Unión Nacional Española, y la actividad clandestina desarrollada en la capital. También el descalabro de la dirección monzonista, las represalias que la dirección del Partido había tomado al regresar a Francia desde Moscú y que habían dejado a Guillermo sin el único amigo que tenía en Madrid. Manuel Arroyo Benítez desconocía el elevado nivel de organización que habían consolidado los comunistas en la clandestinidad. A Azcárate no le sorprendió, pero le llamó mucho la atención que su corresponsal insistiera tanto en el aspecto sanitario, la cantidad de farmacias que suministraban medicamentos a los médicos clandestinos, la actividad de estos, y la cobertura de la que gozaban los activistas heridos, un beneficio que se extendía tanto a las familias de los presos políticos como a otras sin recursos económicos. Al final del informe, su corresponsal explicaba que su fuente era, precisamente, un médico clandestino, el mismo cirujano que le salvó la vida cuando le tirotearon delante de la puerta del cuartel de El Pardo. En la respuesta, que llegó a sus manos a través de Meg, su jefe le felicitó por haber contactado con él. Siempre viene bien tener un héroe a mano, decía literalmente, y a Manolo le hizo tanta gracia que decidió contarle a Guillermo eso, pero sólo eso.

—Además —añadió, después de salvarle la vida por segunda vez—, aquí he vuelto a mandar yo, porque en este estado no puedes volver a casa de María Aránzazu. Ella es buena chica, pero no sé si te habrás dado cuenta de que bebe —Manolo se rió y se arrepintió enseguida— y es muy suya para sus cosas. Odia a Franco pero nosotros no le caemos mucho mejor, así que vamos a poder pasar todas las tardes hablando.

—Como en los viejos tiempos.

—Justo. Esto es un no parar...

—¡Ay! No hagas chistes, Guillermo.

Al día siguiente, al salir del trabajo, Rafael Cuesta Sánchez se presentó en Españoleto 24 y, antes de que María Aránzazu pudiera hacerle preguntas, le endosó la única historia de la que había calculado de antemano que tendría la doble virtud de tranquilizarla e inclinarla a la benevolencia.

—Le he contado que te has vuelto loco de amor —resumió para Manolo cuando volvió a casa, tarde y con algunas copas más de la cuenta—, que has conocido a una mujer casada y que lo peor es que te la presenté yo, porque se ha rendido a tus pies y a mí no me hizo ni caso.

Manolo sonrió y Guillermo le enseñó la maleta que traía en la mano, el equipaje de emergencia que había preparado cuando se instaló en Españoleto 24 y que la propia María Aránzazu había encontrado en su armario.

—Y como el marido de tu amante se ha marchado a Portugal, tú te has encerrado con ella en una finca de Toledo, has cancelado una cita que tenías en Valencia y me has pedido que recoja la maleta que ya tenías hecha para mandártela en un camión. Acuérdate bien de todo, ¿eh?, que no se te olvide. Si quieres, te lo escribo.

—No hace falta. Y te ha invitado a una copita, claro.

—¿A una? —Guillermo se echó a reír—. He tenido que tomarme tres, pero se ha quedado muy tranquila. ¡Ay, pobre, déjale!, me ha dicho, total, para dos días que vamos a vivir. No todas las mujeres tienen la suerte de enviudar ocho meses después de la boda...

Aquella noche le dejó descansar. Al día siguiente, su paciente ya se había hecho a la idea de que tendría que afrontar una larga conversación, pero quien asomó por la puerta de su habitación a las dos de la tarde fue Meg.

—Le he pedido que venga a darte de comer —Guillermo se lo explicó desde el pasillo—. Tengo que irme a atender una urgencia, luego nos vemos.

Y se marchó tan deprisa como había llegado, para dejarle a solas con un morro enfurruñado con el que no contaba.

—Estoy muy enojada contigo, que sepas.

—No me regañes, anda, que me duele todo el cuerpo.

—¿A poco no? No más que al chamaquito se le antojó meterse a revolucionario...

—Lo sé —Manolo tendió la mano hacia ella y logró atraerla hasta que se sentó en la cama—. He sido un imbécil, me he arriesgado sin necesidad. Lo siento. No volveré a hacer nada parecido, te lo prometo.

Ella le miró con un gesto de dureza tan falso que se deshizo enseguida en una sonrisa. Luego se inclinó hacia él para besarle en los labios y el peso de su cuerpo sobre la cicatriz le hizo un daño espantoso, pero no se quejó.

—Menos mal que existe el doctorcito, ¿no?

—Sí, pero él no me trae cosas tan ricas para comer...

Manolo señaló el paquete de Embassy que Meg había dejado en la mesilla para dar la regañina por liquidada. Comieron juntos sobre la cama, y ella le pidió perdón por la velocidad a la que hacía desaparecer los sándwiches, ¡ay, qué pena!, hasta dejó de masticar abruptamente.

—Tengo otra sorpresita para ti, pero no te alarmes, que es buena...

Antes de despedirse, Meg le escribió una nota a Pablo de Azcárate para contarle que Washington iba a retirar a su embajador en Madrid como un gesto acorde con la declaración de la ONU. Pero como ella ya había previsto que eso podría pasar, había presionado mucho a su padre, y a Burnstein, para obtener un cargo en un departamento que sobreviviera a la transformación de la embajada en una Oficina de Negocios.

—¿Cómo se dice acá hacer algo para aparentar otra cosa?

—¿Paripé? —sugirió Manolo, intuyendo por dónde iba.

La retirada del embajador era un paripé, prosiguió Meg, pero el consejero de comercio tendría que retirarse con él. La viceconsejera no, apuntó, dejando que el destinatario de la nota sacara sus propias y excelentes conclusiones.

—¿Y la secretaria de la viceconsejera? Igual tiene que marcharse también.

—¡Ay, ya no chingues, Manolo!

—Menos mal que existo yo —y se echó a reír—, ¿no?

—¿A poco? Sobre todo ahora, que estás tan fuertote...

Cuando se despidieron, el enfermo estaba de buen humor. Los reproches de Meg le parecían más temibles que una charla con Guillermo, pero al verle entrar creyó que iba a poder ahorrársela.

—No hace falta que me cuentes nada, ya lo sé todo, acabo de sacarle una bala de una pierna a un chico. Si tardan un poco más en avisarme, igual la pierde, porque tenía una herida muy fea... —se quitó la chaqueta, acercó una silla, se sentó—. Nosotros no hemos tenido nada que ver.

—¿Vosotros? —Manolo tuvo cuidado de sonreír sin llegar a reírse—. ¿Te has afiliado al PCE hace un rato, o qué?

—¡Ay, no, es verdad! —él sí se rió—. A veces se me olvida, como paso tanto tiempo con ellos... Y han sido también los que me han avisado esta mañana. Total, que ya sé lo que ha pasado, pero lo que no entiendo... Este chaval, Juanma se llama, le tiró una granada a dos policías cuando ya le habían herido en la pierna. O sea, que la cosa ha sido seria, pero al mismo tiempo tendrías que verle... Es un crío, Manolo. Con dos cojones, eso sí, pero un crío, y esto no ha sido más que una chiquillada. Incluso si la ONU hubiera votado a favor de destituir a Franco, que doscientos estudiantes tomaran Madrid así, por las buenas... No entiendo qué pintaba en esto un hombre como tú.

—Nada.

—¿Nada? —Guillermo volvió a reírse y señaló al cuerpo de Manolo con el dedo—. Pues para no pintar nada, te has llevado un bonito recuerdo...

—Porque lo sabía y estuve con ellos. Fui muy imprudente, la verdad, pero no estoy en Madrid por eso.

—¿Y por qué estás en Madrid, Manolo?

—Si te lo cuento, te vas a arrepentir.

—¿Yo? No creo...

Y nunca me arrepentí.

La historia que escuché daba miedo, pero también era excitante, lo más emocionante que me había pasado en siete años que parecían lustros, la pequeña eternidad que había transcurrido desde que abandoné mi puesto en el San Carlos. La clandestinidad no me asustaba. Aunque nunca hubiera tenido un carné, ni más armas que el viejo instrumental que había paseado por medio Madrid en un maletín de oficinista, había vivido como un militante clandestino desde la primavera de 1941. Mi contribución práctica a la resistencia había sido mucho más relevante que mis aportaciones teóricas a la constitución de la UNE, y sin embargo, aquella noche, mientras daba vueltas en la cama como un adolescente encandilado con su primera cita, comprendí que las reuniones de Ciudad Lineal podrían llegar a ser más importantes de lo que había creído.

—¿Cómo piensas llegar hasta la Stauffer? —le pregunté en el desayuno del día siguiente—. ¿Tienes algún contacto con ella?

—Ninguno —me confesó—. Ahora lo que más me preocupa es escoger una identidad. Pensé que sería más fácil, pero Meg está bastante desanimada, aunque todavía no ha terminado de recopilar información. Cuando decida quién voy a ser, tendremos que dar con alguien que nos presente a Clarita, pero vete a saber... Eso también puede acabar siendo un problema.

—Igual no —sonreí—. Igual, eso puedo arreglarlo yo.

Manolo levantó las cejas para mirarme con los ojos muy abiertos.

—¿Tú la conoces?

—No, pero conozco a una mujer que la odia.

Después de estudiar el calendario, elegimos el día 18, miércoles, lo suficientemente cerca de Nochebuena como para que en las casas de los ricos hubiera aumentado el tráfico de recaderos y visitantes, lo suficientemente lejos como para que quienes se desplazaban a pasar la Navidad en sus lugares de origen estuvieran aún en Madrid. Antes de salir de la oficina, rellené sobre la marcha un albarán con los datos de un envío ficticio, sin especificar su contenido, y lo metí en un sobre junto con una de mis tarjetas de visita. Mi empleo en la agencia me daba mucha libertad de movimientos. Nadie se extrañaba de que abandonara mi despacho en horario de trabajo porque a menudo tenía que salir a visitar clientes o a supervisar la carga, o la descarga, de algún camión. Procuraba no abusar de ese privilegio y solía atender a mis pacientes al mediodía, en las tres horas que mi horario partido dejaba libres. Aquella vez no hice una excepción.

Un mozo cargado con una gran cesta de Navidad, tres pisos envueltos en papel de celofán, bajo una cinta que no ocultaba las patas negras de dos jamones, se me anticipó en unos segundos al preguntar al portero por la vivienda de los señores Maroto. Cuando declaré que llevaba el mismo camino, me estudió durante unos segundos y me señaló el ascensor principal. Al llegar al tercero esperé un rato, para dar tiempo al servicio a recoger la cesta, antes de llamar al timbre. Una doncella de uniforme, con las mejillas tan arreboladas como si fuera una atleta que acabara de llegar a la meta, acudió a mi llamada.

—¡Ah! Espere un momento, ahora mismo se lo traigo... —y ya había empezado a correr hacia el pasillo cuando logré reaccionar.

—Pero ¿qué es lo que me va a traer?

—El aguinaldo —aquella muchacha por fin se fijó en mi cara—. ¿No es usted...? —y se tapó la suya con el delantal antes de volver sobre sus pasos—. Ay, perdóneme, le había confundido con el cartero. Es que tenemos un jaleo...

—¡Margarita! —escuché los tacones de la dueña de la casa antes que su voz—. ¿Quién es...?

María Eugenia León enmudeció de asombro al encontrarme en la puerta de su casa. Habían pasado más de dos años desde que nos despedimos por última vez y no estaba seguro de que fuera a alegrarse de verme, pero tampoco hallé explicación para el gesto de terror que se apoderó de su cara mientras caminaba hacia mí, tan despacio como si cada una de sus piernas pesara más de lo que podía soportar.

—Rafa, qué sorpresa... —estaba muy elegante, recién perfumada, arreglada para salir—. Feliz Navidad —se volvió hacia la doncella y me di cuenta de que le costaba comportarse con naturalidad, imponerse al temblor de su voz—. Vuelve a la cocina, Margarita, ya le atiendo yo. Es un viejo amigo.

La corredora desapareció en un instante y Geni volvió la cabeza para comprobarlo antes de darme un abrazo protocolario, distraído.

—Pasa, por favor —añadió en voz alta, y sólo después de cerrar la puerta siguió hablando en un susurro—. ¿Qué le ha pasado a Sito?

—Nada —me permití el alivio de sonreír por haber desentrañado el misterio, pero tuve la precaución de explicarme en un murmullo tan sigiloso como el que ella había escogido—. O sea, nada peor que seguir en el penal de Ocaña esperando un consejo de guerra. Pero eso ya lo sabías, ¿no? Le detuvieron en Barcelona, cuando iba a cruzar la frontera por el monte.

—Sí, eso ya lo sé, claro, pero es que, al verte, he pensado... —hizo una pausa, se echó a reír, me abrazó otra vez, esta de verdad, y me besó en las mejillas—. Bueno, pues ahora sí que me alegro de verte.

Una noche de febrero de 1944, apenas dos horas después de conocernos, los dos salimos de casa de Monzón juntos y en último lugar. La inexplicable desconocida que María Eugenia León era entonces para mí, me estrechó la mano en la verja del jardín mientras echaba a andar hacia un coche aparcado enfrente, pero se dio la vuelta a medio camino.

—Hace una noche de perros —comentó y era verdad, porque la aguanieve que caía del cielo parecía a punto de espesarse de un momento a otro para desencadenar una buena nevada—. ¿Hacia dónde vas?

—Al centro —contesté, consciente de que tendría que andar un buen trecho hasta llegar a la parada del tranvía—. A Bilbao.

—¡Uy! Si somos vecinos... —abrió la puerta del conductor y me reclamó con la mano—. Yo vivo en Almagro. Sube, te llevo.

No reaccioné enseguida. Su desparpajo no me sorprendió, porque nos habíamos conocido en una reunión donde la norma era tutear a todo el mundo, pero después de llevarme a la primera, Pepe me había advertido que tuviera cuidado. Aquí vas a conocer a mucha gente, me dijo exactamente, pero aunque conspiren con nosotros, no todos son izquierdistas, ni siquiera republicanos, así que conviene guardar las distancias, porque nunca se sabe... De todas las personas a quienes había conocido en Ciudad Lineal, nadie encajaba con esa advertencia tanto como Geni, pero acepté su ofrecimiento por un motivo tan nimio en apariencia como no ver a ningún chófer dentro del coche.

—Una mujer que conduce —comenté al sentarme a su lado—. Hace años que no veía a ninguna.

—No me extraña —maniobraba con mucha soltura, la vista fija en el retrovisor de su izquierda, sin dejar de hablar—. Yo he dejado de sacar el coche porque estoy harta de que me miren como a un mono de feria. Cuando los niños empezaron a gritarme y a reírse desde las esquinas, dejé de conducir, pero para venir aquí... Pedírselo al chófer de mi marido no era plan.

—Ya me lo imagino.

—Bueno, pues... ¿Puedo preguntarte una cosa? —no esperó a obtener mi aprobación—. Es que, al verte, he pensado... Tú no tienes la misma pinta que los demás que había ahí dentro, ¿sabes? Ya me he dado cuenta de que eres muy amigo del chico del diente torcido, pero... —se paró un momento a escoger las palabras—. No quiero ofender a nadie, pero en esa casa todos tenían pinta de obreros o de funcionarios de medio pelo, y a lo que me refiero es que... Igual te sienta mal que te lo diga, pero la verdad es que pareces un señorito.

—Pues anda que tú.

Aquel comentario la hizo reír con tantas ganas que su risa me acercó a ella, como me había acercado al dueño de la casa que acabábamos de abandonar el día que le conocí.

—Ya, pero es que yo soy amiga de Sito desde hace muchos años. Nuestras familias se conocen desde siempre, de pequeños jugábamos juntos todas las tardes, en el parque. A él le gusta decir que fue mi primer novio...

Se volvió hacia mí e intuí que iba a rectificar lo que acababa de decir. Muy pronto aprendería que esa era su forma natural de expresarse, avanzando dos pasos y retrocediendo uno, sin dejar nunca de retorcer su pensamiento.

—A ver, yo debía de tener doce años y él once, o por ahí. En aquella época era mucho más espabilado que yo, aunque con el tiempo he mejorado bastante, no te vayas a creer... Después salimos una temporada en la misma cuadrilla, en Pamplona, hasta que a mí me tocó casarme y a él le dio por hacerse comunista. Entonces dejamos de vernos, pero seguimos queriéndonos mucho. Cuando me invitó a venir, no me lo pensé, aunque no sé muy bien qué pinto en todo esto... ¿Tú también eres comunista?

—No —y sonreí al acordarme de Experta—. Pero sí soy un señorito.

La primera noche nos despedimos en la puerta de su casa. La segunda, me invitó a subir para tomar una copa. Antes de abrir la puerta, me pidió que no hiciera ruido para no despertar a sus hijos y me guió por un piso inmenso, a través de tres grandes salones comunicados entre sí, hasta otra sala más pequeña, situada junto a su dormitorio.

—Voy a ver cómo están los niños —me anunció antes de señalar hacia una cómoda de madera taraceada cuyo aspecto no traicionaba su contenido—. Sírvete lo que quieras, ahora vengo.

Cuando regresó, con el hielo que era lo único que no encontré en aquel bar camuflado, me atreví a hacerle la pregunta que estaba esperando.

—¿Y tu marido?

—En París.

Se dio la vuelta para mirarme mientras se servía una copa, y distinguí un poso de amargura auténtica flotando sobre la perpetua sonrisa irónica, de mujer de mundo, que hasta aquel momento había interpretado como una contraseña de su naturaleza.

—Mi marido siempre está en París.

Así me dejó descubrir que aquel gesto radiante era menos y mucho más de lo que parecía, la máscara perfecta, perfectamente maquillada, tras la que María Eugenia León se escondía del mundo.

Estuvimos juntos hasta las cuatro y media de la mañana. Me contó que provenía de una familia de bodegueros de La Rioja que siempre había repartido su tiempo entre un piso de Pamplona y una gran finca rodeada de viñedos, en Haro. Yo le hablé de mi abuelo, la hice reír con su triple vida de comisario de policía, respetable dramaturgo y autor clandestino de libretos de revistas sicalípticas. No le oculté su republicanismo, ni el mío, pero tampoco revelé los motivos que me habían convocado a la reunión de aquella tarde, y ella no me los preguntó. Al despedirme, me dijo que se lo había pasado muy bien, y yo correspondí con la verdad, porque me había divertido tanto como ella. Por eso, la tercera noche, cuando entramos en el ascensor, no pulsó el botón del segundo piso, sino el del séptimo.

403

—Este es el picadero de Esteban —explicó con mucha naturalidad mientras abría la puerta—. Él no sabe que tengo una copia de la llave, pero como está en París... Aquí podemos hablar en alto sin molestar a nadie.

Hicimos algo más y fue bueno, tan placentero como intrascendente para ambos. Yo comprobé que seguía sujeto a la maldición de Amparo, la memoria de aquella pasión que no podía comparar con ninguna otra, y cuyo recuerdo bastaba para desvirtuar la atracción que pudiera inspirarme cualquier mujer en el instante en que desembocábamos desnudos en una cama. El sexo después de Amparo se había convertido en un juego de niños, un pasatiempo previsible, cuyas reglas conocía y aplicaba mecánicamente para obtener una compensación tan pequeña, en relación con la que recordaba, como si al desaparecer de mi vida ella se hubiera llevado para siempre un ingrediente de mi naturaleza, pero no fui el único amante incompleto en el picadero del señor Maroto. María Eugenia León tampoco era completamente dueña de sí misma. Aquella mujer atractiva, divertida y sensual, estaba enamorada de la vida, pero no de la suya, la que aquella noche compartió conmigo, sino de otra que le había pertenecido antes de perderla y que no podría recuperar nunca más.

—¿Qué llevas ahí dentro?

Antes de desnudarse se había quitado el reloj y los pendientes, pero había conservado una fina cadena de oro de la que colgaba un medallón pequeño, ovalado, que parecía un guardapelo antiguo. Mientras se movía encima de mí lo había visto bailar, golpear con suavidad su escote, y en el instante en que nuestros cuerpos se desligaron, también había visto como lo besaba.

—Aquí... —volvió a besarlo antes de responderme—, aquí está el amor de mi vida. No puedo mirarlo, porque hice soldar las dos mitades para que nadie lo descubriera, pero yo sé que su cara está aquí dentro.

Nunca hablé con Geni de Amparo, pero ella sí me contó la historia de Fernando Villa, su vida, su amor, sus cárceles, su muerte, y el rencor infinito que guardaba a los culpables.

—No debería decirlo. No debería hablar así porque a mi alrededor hay demasiada gente que sufre demasiado y la verdad es que yo vivo muy bien. Tengo tres niños buenos, sanos, y puedo verlos crecer, jugar con ellos. Soy una mujer afortunada en muchas cosas, pero... —volvió a besar el medallón y me miró—. Aunque no te lo creas, el rencor es lo único que me da fuerzas. El rencor es lo que me saca de la cama por las mañanas y lo que me sostiene hasta que vuelvo a acostarme cada noche. Por eso estoy dispuesta a colaborar con los comunistas, con quien sea, en lo que sea. Porque a ellos no voy a perdonárselo en mi vida. Y a ellas, ni cuando esté muerta.

Volvimos a acostarnos juntos después de cada reunión, pero nunca acordamos otras citas fuera de la agenda de la Unión Nacional. Tampoco volvimos a hablar de Fernando, aunque no olvidé sus palabras. Cuando la invasión del valle de Arán fracasó, dejamos de encontrarnos y no sentí la necesidad de buscarla, aunque a veces la echaba de menos. Geni había sido un regalo de la suerte, un premio que no estaba muy seguro de haber merecido cuando el azar que nos unió decidió separarnos. Sentí que estaba bien así, y fui dejando de pensar en ella hasta que en el nervioso insomnio que sucedió a la confesión de Manolo Arroyo, vi su cara dibujada sobre el techo de mi dormitorio con una asombrosa claridad.

—Y ahora que ya sé que no vienes a darme malas noticias... —al día siguiente se me quedó mirando con una curiosidad sin matices, tras descartar cualquier intención romántica, o sexual, en aquella visita diurna y doméstica—. ¿Qué te trae por aquí?

—Ibas a salir, ¿verdad?

—Sí... —esperó una aclaración que preferí postergar—. Tengo que ir a la comida navideña de una asociación benéfica, un coñazo, a las dos y media... —y me ahorró otra pregunta—. Es aquí al lado, en la calle Sagasta.

—Estupendo —proclamé al fin—. Te invito a una caña para hacer tiempo.

Salimos juntos a la calle y descarté el primer bar que me propuso, pequeño y lleno de gente, para escoger una cafetería más grande, casi vacía.

—Aquí no hay cerveza de barril —me advirtió al verme empujar la puerta.

—Da igual, no tengo sed.

La guié hasta una mesa que estaba al fondo, y sólo cuando el camarero nos dejó solos con dos botellines y unas patatas fritas, hablé por fin.

—He venido a verte porque tengo un amigo que necesita una información muy fácil de conseguir para ti. No implica ningún peligro y no te comprometería a nada, pero a mí me harías un favor y a Clarita Stauffer, una putada.

—¡Ohhh! —levantó los dos brazos en el aire, como si quisiera dar gracias a Dios, antes de meterse una mano en el escote, sacar su medallón y besarlo tres veces seguidas—. ¿Qué tengo que hacer?

—Casi nada. Necesitamos una lista de personas, hombres y mujeres, que tengan relación con la Stauffer, gente a la que pudiéramos acercarnos para pedirle que nos la presente, o que nos ponga en contacto con su círculo.

—¿Y qué más?

—Nada más —sonreí al gesto de decepción que arrugó sus labios—. Sólo eso. Ya sé que tú misma podrías presentárnosla en una fiesta de sociedad, pero eres sospechosa, Geni, y eso no nos conviene. Necesitaríamos un intermediario de mucha confianza, alguien de quien ella se fiara completamente.

Hizo una pausa, se inclinó hacia delante y me dirigió una mirada divertida y astuta a partes iguales.

—Esto es por lo de los nazis, ¿no?

—O sea —admití, masticando lentamente mi asombro—, que lo sabes.

—¿Yo? —y se echó a reír—. ¡Lo sabe todo el mundo! Bueno, a ver... —bajó la voz para rectificar con un gesto cauteloso—, más que saberlo, se sospecha. Quiero decir que desde que los nazis perdieron la guerra, Clarita anda pidiendo favores para colocar a alemanes en la mitad de las empresas de Madrid. A mi marido le ha endilgado dos, claro que mi marido no sabe lo de... En fin, que no sabe que yo no me hablo con ella. Bueno... —y, como de costumbre, rectificó una segunda vez—, hablarme sí que me hablo, pero porque no me queda más remedio, tú ya me entiendes. El caso es... Supongo que no me vas a contar por qué necesita esto tu amigo, ¿verdad? —negué con la cabeza—. Pero sí puedes garantizarme que lo que quiere es joder a Clarita.

—Eso te lo prometo. Si esto sale bien, más que joderla, la hundirá. Y si sale muy bien, el régimen se hundirá con ella.

Volvió a besar su medallón, apagó el pitillo, giró la cabeza hacia la ventana y estudió un rato la calle antes de volver a mirarme.

—Ya sé lo que vamos a hacer —sus ojos se habían encendido de pronto, como si tuviera fiebre—. La Sociedad Alemana de Beneficencia organiza todos los años una fiesta para entregar juguetes a los niños pobres. Suelen celebrarla la semana siguiente al día de Reyes y Clarita es la que se encarga de todo, de recaudar el dinero, de comprar los regalos, de la lista de invitados... A mí ya no me invita, pero una de las hermanas de Esteban va todos los años, porque está casada con un mandamás de Sindicatos, y me llevo muy bien con ella, así que no le importará que la acompañe. La mayoría de los invitados a esa fiesta son amigos de Clarita, y seguro que conozco a casi todos, supongo incluso que voy a comer con algunas dentro de un rato. A mediados de enero puedo entregarte una lista. ¿Es eso lo que quieres?

—Sí —la cogí de una mano y la apreté con fuerza—. Eso sería maravilloso. Gracias, Geni.

—De nada, pero podré hacer algo más, ¿no? Me aburro mucho, Rafa. Me muero de aburrimiento. No sabes cómo echo de menos las reuniones de Ciudad Lineal, que ya sé que no hacíamos nada, pero por lo menos tenía la ilusión de hacer algo, y sin embargo ahora... ¡Uy, si ya son las dos y veinte! Me tengo que ir. Mejor que no salgamos juntos, ¿no?

Me levanté para despedirla, sin comentar los conocimientos que debía de haber adquirido viendo películas de espías, y cuando me tendió la mano con un gesto de niña gamberra, se la estreché muy formalmente.

—Y cuando tenga la lista, ¿cómo te aviso?

Manolo acogió los resultados de mi gestión con una frialdad que me habría decepcionado si no me hubiera revelado sus motivos a continuación.

—Meg acaba de marcharse —ni siquiera levantó la vista de los papeles esparcidos sobre la mesa—, y no traía buenas noticias.

La colaboración de Geni no tendría valor alguno si él no encontraba antes un criminal de guerra español a quien suplantar, y de momento no había aparecido ninguno que sirviera.

—Tampoco puede seguir revisando los procesos de Núremberg, porque Burnstein le ha enviado tanta documentación que no le deja tiempo para hacer su trabajo. Pero eso puedo hacerlo yo aquí, si no te importa que convierta tu salón en una oficina, ahora que voy a tener que volver a casa de María Aránzazu.

—Desde luego —me miró con las cejas levantadas y fui más explícito—. Desde luego vas a tener que volver a casa de María Aránzazu y desde luego no me importa que vengas a trabajar aquí. A ella le tranquilizará saber que has encontrado un empleo, y yo podré echarte una mano por las tardes, incluso.

—Pues sí, porque... Esto tiene mala pinta, la verdad. En cuatro meses, Meg sólo ha encontrado a dos criminales de guerra españoles en paradero desconocido. Uno es trece años más joven que yo. Y el otro se ha pasado media guerra de calabozo en calabozo, acusado de hurtos, de insubordinación, de violaciones, en fin... Es cualquier cosa menos un nacionalsocialista ejemplar, así que no creo que Clarita moviera un dedo para salvarlo.

—¡Joder! —resumí—. ¿Y no hay más?

—No. Parece mentira, pero con la cantidad de divisionarios que fueron a parar a las SS, no ha encontrado a ninguno más.

María Aránzazu nos invitó a cenar en su casa en Nochebuena, y una semana más tarde, Meg renunció al cóctel de la embajada porque se le antojó que fuéramos a tomar las uvas a la Puerta del Sol. A continuación, estrenamos 1947 en su apartamento con una borrachera monumental. Con esas dos únicas excepciones, y la correspondiente resaca de Año Nuevo, Manolo no hizo otra cosa que leer actas judiciales e informes de la policía aliada en Alemania, desde el 20 de diciembre de 1946 hasta el 14 de enero de 1947.

—¿Qué tal? —le preguntaba yo cada tarde, al volver del trabajo, para que me respondiera negando invariablemente con la cabeza.

Y me sentaba a su lado, y cogía la primera carpeta de la pila, y sucumbía antes o después al mismo desaliento. El único fruto de mi intervención consistió en descargar a Manolo de trabajo. Sólo encontré dos nombres españoles, ambos de reclusos de Mauthausen que habían actuado como testigos, y ya habíamos empezado a desesperar cuando él llegó hasta la ficha de un oficial de las SS llamado Ernst Kleiber.

—Aquí... —aquella palabra sonó como un grito—. Aquí... Aquí, aquí, pero ¿cómo se llama? —se puso tan nervioso que se levantó, empezó a andar en círculo sin dejar de leer, y a mí no se me ocurrió nada mejor que seguirle—. ¿Cómo se llama? —y di un par de vueltas a la habitación detrás de él, como si jugáramos a ese juego en el que los hijos imitan las acciones del que hace el papel de madre—. Dímelo, hijo de puta, dime cómo se llama...

Se llamaba Adrián Gallardo Ortega, pero tardamos algún tiempo en descubrirlo.

Cuando conseguí que se serenara lo suficiente como para volver a sentarse, me contó que ese tal Kleiber había sido acusado de reclutar a un grupo de hombres que participaron en el exterminio de más de dos mil judíos recluidos en un campo de Estonia, y de asesinar a sangre fría a un soldado alemán que se negó a obedecer sus órdenes. Sus subordinados intentaron descargar la responsabilidad en él, pero Kleiber insistió en que todos ellos, incluido el insumiso al que tuvo que ejecutar, se habían presentado voluntarios, y se ofreció a identificarlos. El primer hombre al que implicó era un español que había competido como boxeador profesional antes de marchar al frente ruso, y que iba a todas partes con un individuo muy raro, que tenía nombre flamenco y apellido alemán pero había nacido en Sudamérica. Había olvidado el apellido del español pero recordaba el del otro, Schmitt. El documento incluía un anexo con la identificación de los subordinados de Kleiber y la información que habían aportado. En esa lista, Jan Schmitt aparecía acompañado por un signo de interrogación, en penúltimo lugar. El último lo ocupaba un nombre propio que podría ser español aunque se había transcrito sin tilde, Adrian, y con otro signo de interrogación.

—No nos hagamos ilusiones —la euforia de Manolo duró poco—. La interrogación no significa que haya desaparecido, es muy posible que esté muerto, aunque... —y se levantó de la butaca de un salto—. Voy a bajar a llamar a Meg. Deben de existir listas donde consultar...

—¿Qué? —le interrumpí, cogiéndole de un brazo para obligarle a sentarse de nuevo—. No sabemos cómo se apellida.

—Es verdad —y en su cara vi cómo volvía a venirse abajo.

—Pero fue boxeador profesional, ¿no? Por ahí le encontraremos. Adrián no es un nombre muy común, y boxeadores tampoco hay tantos.

Para la viceconsejera de Comercio de la Oficina de Negocios de los Estados Unidos en España resultó muy sencillo llamar a la redacción de *ABC* y pedir que la pusieran con algún redactor de Deportes especializado en boxeo. Habíamos decidido entre los tres que lo mejor sería que Meg se inventara a un amigo norteamericano, cronista de deportes en algún diario, que estuviera escribiendo un libro sobre el boxeo y la guerra, y necesitara una relación de púgiles españoles que hubieran combatido en los conflictos de la última década. El periodista que la atendió fue muy amable y no receló de sus intenciones, pero le advirtió que necesitaría algún tiempo para revisar los archivos. Ya había empezado febrero cuando se puso en contacto con ella y la invitó a pasar por la redacción para recoger la carpeta que le había preparado.

Allí estaba todo. Un combate en una gabarra fondeada en el puerto de Bilbao en marzo de 1938, el Campeonato de Castilla de los pesados en 1940, el subcampeonato de España en 1941, un nombre con la tilde en su sitio, Adrián, y dos apellidos, Gallardo Ortega. En la entradilla de una entrevista publicada en vísperas del combate de Barcelona, figuraban otros datos, y entre ellos, que el club al que pertenecía era la Gimnástica Ferroviaria de Madrid.

—Sí, hombre, sí —el dueño del gimnasio se acordaba muy bien de él—. El Tigre de Treviño, le llamábamos. Era un buen chico, muy fuerte pero muy lento, aunque su entrenador hizo milagros con él. Podría haber sido campeón de España aunque se vino abajo de repente, no sé por qué...

En el Madrid de 1947 era completamente impensable que una mujer, siquiera extranjera, apareciera por las buenas en un gimnasio a echar un vistazo. Que el hombre que, poco tiempo después, empezaría a actuar como Adrián Gallardo Ortega hubiera ido hasta allí a preguntar por sí mismo, habría resultado aún peor, así que me tocó ir a mí. Don Fernando, un hombre bajo y rechoncho, sin el más remoto aspecto de haber sido deportista alguna vez, estaba sentado delante del ring donde peleaban dos chavales, aunque prestaba menos atención al combate que al puro al que daba vueltas entre los dedos. Se aburría tanto que habría aceptado cualquier pretexto para salir a la calle a tomar un café, y la visita de un viejo compañero de armas de Adrián que le buscaba para reanudar su amistad, le pareció tan bueno como cualquier otro.

—Pues no puedo decirle dónde está, no tengo ni idea. Se fue a Rusia, eso lo sabe, ¿no?

—Sí, de eso me enteré, pero me imaginaba que habría vuelto.

—Por aquí no le hemos visto. Tenemos sus maletas guardadas desde que se alistó, y no ha venido a buscarlas. El caso es que, hace un par de años... —frunció el ceño como si necesitara concentrarse—. O tres, serían, no sé, porque estaba en Rusia todavía... Me escribió desde allí. Decía que estaba pensando en volver a boxear como profesional. Quería contactar con su entrenador, pero le conté la verdad, que Pirulo estaba en la cárcel, así que...

—¿Pirulo?

—Su entrenador —y se echó a reír—. Ya sé que parece mentira, pero le llamábamos así. De todas formas le animé a que volviera, me ofrecí a buscarle otro entrenador y no he vuelto a saber nada más de él.

Antes de mi visita al gimnasio, Meg había empezado ya a buscar a Adrián Gallardo Ortega en todos los listados que manejaba el Consejo de Control Aliado en España. No podíamos descartar que hubiese muerto, pero en ese caso había sido enterrado sin identificación, o esta no se había hecho constar en ningún documento. No estaba herido, no estaba huido, no estaba preso. Por no estar, ni siquiera constaba en ninguna lista oficial de desaparecidos. Lo último que se sabía de él era que había participado en la defensa de Berlín. Después, parecía haberse desvanecido en el aire.

—Órale —nos invitó a cenar a primeros de marzo para celebrarlo—. Ya lo tenemos.

Levantó su copa para brindar y Manolo hizo chocar la suya con un gesto grave. Para él había llegado la hora de la verdad. Para mí también, aunque mi hora y mi verdad eran distintas.

El 20 de enero de 1947, casi un mes y medio antes de aquel brindis, María Eugenia León había venido a verme a la oficina.

—Aquí tienes —me tendió tres hojas de papel escritas a máquina—. Como me aburro tanto, he puesto los nombres por orden alfabético, y he subrayado en rojo a los invitados a quienes conozco lo bastante como para invitarlos a comer contigo. Bueno, contigo y con tu amigo, si es que existe.

—Muchísimas gracias, Geni —revisé las hojas por encima para calcular que había identificado a unas cuarenta personas, y había subrayado a más de la mitad—. No esperábamos tanto, la verdad.

—También te he puesto las direcciones que me sé, por si os vienen bien. La verdad es que en aquella fiesta estaba medio Madrid, aunque la pazguata de mi cuñada no conocía a casi nadie. Yo no entiendo lo de esta mujer, la verdad —la dejé hablar mientras iba leyendo los nombres, uno por uno—, la de años que lleva yendo a estos sitios sin enterarse de nada. Saludamos y nos vamos, me dijo al entrar, y estuve a punto de decirle que no, aunque luego pensé, pues mira, sí, mejor, que se vaya y así circulo yo a mi aire, más a gusto...

Dejó de hablar de pronto, y ni siquiera me di cuenta.

—¿Qué te pasa, Rafa?

Escuché esa pregunta y no reaccioné, como si nunca hubiera respondido por ese nombre.

—¡Rafa! —Geni se asustó—. Te has quedado blanco...

—No es nada —respondí por fin—. Bueno, sí que es... Aquí hay un nombre... Amparo Priego Martínez.

—¿Martínez? —levantó mucho las cejas—. No sabía su segundo apellido.

—Yo sí. Yo... —me aflojé la corbata, me limpié la frente con la mano aunque no estaba sudando, comprendí que no podría haber sido de otra manera—. Su familia tenía mucha relación con Alemania, claro, y ella estudió en el Colegio Alemán... —recapitulé, más para mí que para Geni, antes de volver a mirarla—. Nos conocemos desde niños, nuestros abuelos eran vecinos.

—Ya... ¿Y qué más?

—Mucho más —reconocí—, pero lo que importa... ¿Amparo es amiga de Clarita?

—Sí. Bueno, a ver... Amiga íntima no sé si es, pero que la conoce, seguro.

Así me enteré de que un grupo de señoras de Madrid, entre las que se contaban varias dirigentes de la Sección Femenina, tenía la costumbre de oír misa los domingos en la iglesia de Santa Bárbara.

—Y no sé si voy a darte una alegría o un disgusto, pero... —María Eugenia León ladeó la cabeza para mirarme de través, como si así pudiera descubrir lo que no había querido contarle—, Amparo no suele faltar.

BERLÍN, 24 DE FEBRERO DE 1947

Cuando atravesó la puerta de su última prisión, el hombre excarcelado como Alfonso Navarro López se apoyó en la fachada, cerró los ojos y respiró profundamente. Después de pasar casi dos años en celdas abarrotadas de hombres sucios, durmiendo con las piernas encogidas, estirándolas apenas en un patio tan poblado que no distinguía sus límites, el espacio abierto le mareó. Un grupo de berlineses que esperaba el autobús le vio vomitar sobre sus pies sin prestarle demasiada atención.

Había pasado casi un año desde que un oficial ruso que hablaba español le anunció que iba a transferir su expediente a un tribunal británico o norteamericano, pero el juicio no había llegado a celebrarse. Hasta octubre de 1946, los procesos de Núremberg habían saturado las capacidades de la justicia aliada, y sólo en noviembre, el prisionero Navarro dejó de estar bajo custodia soviética para ser trasladado a una prisión de la zona occidental donde, en lugar de un representante de la justicia civil o un oficial del Ejército aliado, le recibió una funcionaria de la Cruz Roja Internacional.

—Conocemos su caso, señor Navarro —se dirigió a él en inglés con mucha amabilidad, un tono casi maternal que le reconfortó antes de que el soldado que hacía de intérprete le revelara la amenaza que contenían sus palabras—. Es usted ciudadano de un país neutral en el conflicto y estamos dispuestos a gestionar su repatriación.

—¡Uf! Pues... —esa posibilidad ni siquiera se le había pasado por la cabeza—. No sé si quiero volver a mi país.

Al escuchar su respuesta, aquella mujer de piel transparente y pelo rojizo, seguramente inglesa, quizás irlandesa, le miró con un gesto de infinito estupor, pero el prisionero no se inmutó. Él no estaba dispuesto a volver a España como Alfonso Navarro López. Para aceptar esa oferta, tendría que recuperar antes su propia identidad, y no se le ocurría ninguna manera de lograrlo que no le llevara derecho a la ruina. Hasta aquel momento, ni siquiera se había parado a pensar que tuviera que pagar algún precio por haber matado a otro hombre para salvar la vida. Adrián Gallardo Ortega nunca había sido demasiado inteligente.

En la zona soviética, no había tenido contacto directo con la Cruz Roja. Sabía que otros prisioneros enviaban y recibían cartas a través de esa organización, pero él no había escrito ninguna. Al principio le daba miedo recibirlas, porque aunque Navarro se hubiera quedado viudo antes de ir a Rusia, era probable que siguiera teniendo hermanos, sobrinos, amigos que habrían preguntado por él para enterarse con alivio de que no había muerto, pero cuando fueron pasando los meses y se acostumbró a no escuchar su apellido en el reparto del correo, empezó a sentirse fuera de peligro. No fue capaz de imaginar uno mayor hasta que la oferta de la Cruz Roja disparó su imaginación para ponerle delante una breve noticia en un periódico, *otro héroe español vuelve a casa,* un ramo de flores entre las manos de una desconocida aguardando en un andén, una sonrisa deshaciéndose a toda prisa sobre los labios de un grupo de falangistas de uniforme.

—Dígale que necesito pensarlo —le pidió al intérprete, que enseguida lograría sorprenderle tanto como había asombrado él a su interlocutora.

—Missis O'Brien supone que es usted católico —el prisionero asintió con la cabeza—. Le pregunta si quiere un confesor.

El padre Schulze era originario de Suiza. Le habían escogido porque hablaba un poco de italiano, pero Adrián se entendió con él en alemán y le manejó mucho mejor que a la irlandesa, porque estaba muy acostumbrado a confesarse y había aprendido desde niño a inventarse pecados. El sacerdote escuchó sin mover un músculo que durante la guerra de España había matado a muchos rojos y antes de darle la absolución, les quitó importancia a los crímenes cometidos en nombre de Dios. Así, en sucesivas conversaciones, él mismo le fue dando pistas para fabricar un argumento verosímil sobre el que sustentar su renuncia. El padre Schulze le contó a Mrs. O'Brien que Alfonso no quería volver a España porque había asumido responsabilidades en la represión de su pueblo, ordenando el fusilamiento de personas de su propia familia. El español le había contado, además, que había tenido una novia en Berlín durante los últimos meses de la guerra y prefería quedarse con ella a regresar a su país. La representante de Cruz Roja tenía tanto trabajo que no volvió a insistir.

Poco después de comunicarle que no estaría obligado a abandonar Alemania, Schulze le informó de que tampoco iba a pasar por ningún tribunal. No volvieron a verse hasta que, en vísperas de su puesta en libertad, el prisionero solicitó una última confesión. Sus necesidades espirituales eran insignificantes en relación con las materiales, pero el sacerdote no pudo ayudarle demasiado. Le indicó un comedor de beneficencia sostenido por el Ejército de Salvación norteamericano y un par de parroquias católicas, mucho más recomendables para la salud de su alma, donde quizás pudieran ayudarle a subsistir y, con suerte, proporcionarle algún trabajo, aunque le advirtió que la mitad de los habitantes de la ciudad se pasaban los días vagando por las calles en busca de empleo o de comida. Sin embargo, después de vomitar sobre sus pies, Adrián Gallardo Ortega recorrió Berlín hasta llegar a Schöneberg. Antes de enfilar la Winterfeldtstrasse, se sentó en los escombros de un edificio bombardeado para comerse el panecillo que le habían dado al salir de la cárcel. Después afrontó un futuro tan negro, tan duro como el único alimento que comería aquel día.

—Buenos días, señora, una pregunta... —la mujer a la que abordó en el portal era la célebre Roswitha, pero él no lo sabía—. ¿Vive aquí Agneta Müller?

—Agneta —repitió ella, y sonrió—. Claro, pero ahora es Frau Grunwald. Se casó el año pasado, su marido debe de estar a punto de llegar, porque vuelve del trabajo a esta hora más o menos.

El 30 de abril de 1945, Agneta escondió a Jan en el trastero, una pequeña habitación a la que se accedía a través del patio. Luego subió hasta el segundo, abrió la puerta con su llave y penetró en un silencio tan absoluto que el ruido de sus pasos la asustó. Un instante después estaba entre los brazos de su padre, que la besaba en las mejillas, en el pelo, en la frente, mientras murmuraba su nombre con una hebra de voz angustiada, próxima al llanto. Beate, que había envejecido una década en cinco días, la recibió con muchos besos y ningún reproche. Aquella noche, los tres cenaron col hervida y un poco de pan. Rudi cedió su pedazo a Agneta, asustado al ver a qué velocidad se había comido el suyo, que en realidad había guardado para Jan en un bolsillo.

A las seis menos cuarto de la mañana, Agneta ya estaba despierta pero no oyó la tos de su padre. Herr Müller había dejado de toser pero salió de su casa para ir a trabajar a la hora de siempre, como si aquel no fuera el último día de vida del Tercer Reich en Berlín. El 3 de mayo, los ocupantes soviéticos le encontraron en su puesto, sentado en la portería de un edificio que llevaba casi una semana desierto. No necesitaron hacer muchas preguntas para comprender que se hallaban ante un disidente, uno de esos malos alemanes que los nazis presumían de haber borrado de la faz de la Tierra. Así, Rudolf Müller se convirtió en uno de los hombres más poderosos de Schöneberg.

—Buenos días, ratoncita —y volvió a entrar en el cuarto de su hija a las nueve menos cuarto de todas las mañanas.

—Buenos días, papi —el 8 de mayo, un día después de la capitulación, Agneta se armó de valor—. Te quiero mucho, ¿sabes?, y tú... Tú también vas a tener que quererme mucho, porque tengo un problema muy gordo y no puedo contar con nadie más.

Rudi fue muy comprensivo y sólo puso una condición. Agneta le aseguró que el muchacho al que había escondido era un simple soldado, sin responsabilidades criminales, y no mintió, porque ella nunca había oído hablar de Klooga. Por la tarde, cuando Herr Müller volvió de trabajar, se encontró a Jan Schmitt sentado junto a la cama matrimonial, dando conversación a su mujer. Beate se puso de su parte, de la de Agneta, desde el primer momento, porque ayudar a aquel fugitivo representaba su última oportunidad para trabajar por el Reich, aquel mundo que había amado tanto antes de que se lo tragara la Historia. Jan, consciente de su favor, jugó sus cartas con sabiduría y prudencia, aunque nunca logró despertar la misma simpatía en su marido.

Durante varios meses, el novio de Agneta se comportó como el más trabajador, responsable y amoroso de los hombres. Aunque no era demasiado habilidoso, emprendió por su cuenta todas las reparaciones domésticas que la guerra había ido dejando pendientes, y empalmó cables, arregló lámparas, reparó muebles, pintó la casa entera antes de que terminara 1945. Los resultados de tanto esfuerzo fueron más bien chapuceros, pero su buena disposición y la conformidad de trabajar a cuenta le granjearon una pequeña clientela en el barrio, aunque todos eran conscientes de que antes o después debería encontrar un trabajo más serio. Durante algunos meses lo buscó infructuosamente, ocultando a su novia, a sus padres, que se presentaba en todas partes como indocumentado para que nadie pudiera anotar el número de su pasaporte argentino, el único que usaba después de haber dejado caer el belga en la misma hoguera donde su amigo Adrián quemaría su identidad al día siguiente. Después, en la primavera de 1946, tuvo un golpe de suerte.

—Ayúdame, papá, y no volveré a pedirte nada más, te lo prometo. Tengo una oportunidad para ser feliz, y depende de ti. Si me quieres, no me falles.

—Pero lo que me estás pidiendo es un delito, ratoncita, yo no puedo...

Una de aquellas broncas terminó de forma abrupta cuando Agneta cogió una silla de la cocina y se la llevó a su cuarto. Rudi fue tras ella, la vio subirse encima para alcanzar la maleta que reposaba sobre el armario, y antes de que su hija empezara a llenarla, capituló. En la cena, le preguntó a Jan cuál era el segundo apellido de su padre. Y al día siguiente, en la oficina, rellenó y selló un certificado de empadronamiento que convirtió a Jan Schmitt en Johannes Grunwald, nacido en Schöneberg, con domicilio en Schöneberg, concretamente en el piso de Roswitha, que accedió de buen grado a acogerle durante unas semanas para prevenir cualquier inspección.

Con ese documento, Johannes Grunwald pudo solicitar una de las plazas de policía municipal que ofertaba el Ayuntamiento de

Schöneberg y a las que sólo podían optar los ciudadanos nativos y residentes en ese distrito. Obtuvo el puesto sin dificultad, gracias a la amistad del padre de su novia con los ocupantes. Así, Jan Schmitt de Wandaleer consiguió mucho más que un buen trabajo. Sin que ninguna de las personas a las que había tratado en Berlín hubiera llegado a saber nunca que era un criminal de guerra, su rastro se perdió definitivamente el primer día que salió a patrullar con su uniforme por las calles del barrio. A partir de ahí, todo fue como el final de un cuento de hadas. Johannes y Agneta se casaron en junio de 1946. Les habría gustado instalarse en una casa propia, pero el estado de Beate y el precio de los alquileres les persuadieron de que era más conveniente seguir viviendo en casa de los Müller. Allí nació Rudolf, su primer hijo, en febrero de 1947, nueve días antes de que el preso documentado como Alfonso Navarro López fuera puesto en libertad.

—Ave María Purísima.

—Sin pecado concebida.

Mientras el bebé crecía y engordaba sin complicaciones, el recomendado del padre Schulze malvivía de la caridad de los católicos berlineses. En su primer día de libertad, no había querido esperar a ver la cara del marido de Agneta. Ni siquiera se le pasó por la cabeza que Herr Grunwald pudiera vivir con un nombre tan falso como el suyo, y hasta se compadeció del pobre Jan, que se había llevado a la chica de aquel socavón de la Wilhelmstrasse sólo para preservarla hasta que le llegara el momento de entregarse a otro hombre. Ella ya es grande para elegir, ¿viste?, recordó, y por primera vez, su mejor amigo le pareció un pobre imbécil. Sin embargo, mientras duró el buen tiempo se acercó a Schöneberg otras veces, y un domingo vio a Agneta de lejos, en la puerta de una iglesia protestante. El corazón se le ensanchó un instante, el que los feligreses tardaron en abrir un hueco que dejó a la vista el cochecito de bebé que empujaba. Aquella imagen le angustió tanto que salió corriendo mientras maldecía su suerte y la de aquella boba, que no había sabido reconocer al hombre que le convenía, el que la habría amado y cuidado hasta el fin de sus días.

Poco después llegó el frío y se acabaron las excursiones a Schöneberg. Para el miserable español que no se despegaba del sacristán de la catedral de Santa Eduvigis, que le encargaba pequeños recados para pagarle con un poco de comida o unos céntimos, nada fue tan importante aquel invierno como ahorrar calorías. Desnutrido, sucio, sin ropa de abrigo, Adrián tiritaba de la mañana a la noche, y su situación era tan penosa que empezó a pensar en volver a España, aunque fuera para ir derecho a la cárcel o a un paredón. Hasta para eso necesitaba sobrevivir al invierno, y así se convirtió en el más beato de los fieles que frecuentaban la catedral. Se confesaba cada dos o tres días, cada vez con un sacerdote distinto, y se tiraba las horas muertas arrodillado en un reclinatorio, para descansar y ahorrar energías. Por las noches, el sacristán hacía la vista gorda y casi siempre le dejaba dormir dentro del templo. Al borde de la Navidad, sólo salía de la catedral a mediodía, para hacer cola ante el comedor del Ejército de Salvación que, protestante y todo, era el mejor de Berlín. Y allí, el 23 de diciembre creyó que había muerto sin darse cuenta, porque la voz que escuchaba sólo podía llegar desde otro mundo.

—¡Tigre! Pero... ¿Sos vos? —un policía municipal uniformado le gritaba desde la otra acera—. ¿Sos vos, Tigre?

Cuando estaba a punto de contestar, se desplomó en el suelo. Al volver en sí, siguió escuchando la misma voz, y fue ya capaz de distinguir la cara de Jan bajo la visera de una gorra.

—Mirame, Tigre, tranquilo... Ya está, ya pasó, ¿viste? Y sí, te encontré, flaco, qué increíble...

Fuimos andando, y ninguno de los dos despegó los labios hasta que dejamos atrás la glorieta de San Bernardo.

—¿Y si al verme se echa para atrás?

No había detectado miedo en él hasta que lo leí en la curva de sus cejas, el grado exacto en el que su ceño se frunció al mirarme.

—No lo hará.

—Muy seguro estás tú...

Su sonrisa me explicó que no la había interpretado bien. Manolo no estaba asustado, sino nervioso. Tenía motivos, pero se equivocaba al contar a Amparo entre ellos. Yo estaba seguro porque, desde hacía tres meses, tomaba mis propias decisiones.

El lunes 31 de marzo volví a mi barrio después de ocho años de ausencia. Cuando le impuse aquel encuentro, mientras rodeábamos la iglesia de Santa Bárbara con una escolta de palmas y humo perfumado, no imaginaba que pisar de nuevo aquellas calles, reconocer las fachadas de los edificios, los escaparates de las tiendas, pudiera afectarme tanto, pero la nueva casa de Amparo estaba en una calle paralela a Hermosilla, casi a la misma altura que la vieja, y en cada paso que di hacia ella recordé a mis abuelos, a mis padres, a mi hijo. Aquella borrachera de recuerdos aceleró el ritmo de mi corazón y me obligó a preguntarme, una vez más, por la naturaleza de los motivos que me habían empujado a escoger aquel camino, pero al llegar a la puerta del tercero derecha de Ayala 45, volví a concluir que no existía otro mejor, ni más fácil, y lo que pasó a continuación confirmó todos mis pronósticos.

—¡Qué puntual!

Había apostado conmigo mismo a que Amparo se arreglaría para recibirme y acerté. Llevaba puesto un vestido recatado en apariencia, que ocultaba sus piernas un dedo por debajo de las rodillas aunque ceñía su cuerpo mucho más de lo que aconsejaba la moda de la época, porque era de una talla más pequeña, quizás dos, que la que el decoro habría impulsado a recomendarle a cualquier dependienta. Había escogido unos zapatos de tacón alto y no se había recogido el pelo ni siquiera con una cinta, para que su melena teñida de amarillo se derramara sobre la mitad derecha de su rostro con la disciplinada espontaneidad propia de una vampiresa de Hollywood. Lo sujetó despacio, con los dedos, para acomodarlo detrás de la oreja mientras me invitaba a pasar a un piso en el que todo, la distribución, las dimensiones del salón, los muebles de don Fermín, me resultaba familiar.

—Bueno, pues... —señaló un sofá mientras se sentaba frente a mí en una butaca cuya altura le consintió cruzar las piernas para enseñarme algo más que las rodillas—. Tú dirás qué es eso tan importante de lo que tenemos que hablar.

Había supuesto que estaría sola, y volví a acertar. La alarma que había descompuesto su rostro el día anterior, cuando hablé con el niño, me había persuadido de que, si dependiera de su voluntad, no volvería a verlo nunca más. Esa actitud era una de las garantías de éxito de mi plan, una hostilidad que no me dolía, porque mi hijo había crecido lejos de mí, fuera de mi vida, y no habría podido hacer nada para recuperarlo ni siquiera si hubiera querido. Pero al comprobar que ninguna doncella se presentaba para preguntarme qué quería tomar, comprendí que también le había dado la tarde libre al servicio. Ella se había saltado aquel trámite porque, pese al aparente desdén con el que acababa de dirigirse a mí, estaba segura de haber interpretado correctamente mis propósitos. Todo eso me gustó, hasta que me di cuenta de que mi lengua había decidido acariciar el filo de mis dientes por su cuenta, muy despacio.

—¿No vas a ofrecerme nada? —contrariar sus expectativas me importaba menos que prolongar las mías—. Ahora que te has convertido en una virtuosa dama católica, invitar a un vencido a una copa debe contar como obra de caridad.

—Claro, claro, perdóname —me sonrió antes de levantarse—. Es que estoy sola —y su sonrisa se convirtió en una risita—. ¿Qué te apetece?

No tardó ni diez minutos en preparar dos bebidas idénticas, pero ese plazo fue suficiente para que el tiempo se retorciera, para que se exprimiera a sí mismo como si se hubiera vuelto loco, y aunque nunca perdí la noción de lo que había ido a hacer allí, disfruté de cada equívoco, de la malevolencia de los dobles sentidos, tanto como de la manera en la que Amparo se exhibía, inclinándose ante mí más de lo que habría hecho falta para poner una copa en la mesa e impregnando cada uno de sus movimientos de una lentitud reveladora de que estaba más excitada que yo.

—Ven —antes de que volviera a la butaca, puse la mano sobre el espacio que mi cuerpo dejaba libre en el sofá—, siéntate aquí, a mi lado.

—¿Es una orden?

—No, sólo es una sugerencia —en ese momento, abrí el maletín en el que ella ni siquiera se había fijado y saqué un sobre marrón que puse encima de la mesa—. Quiero enseñarte unas fotos y así estaremos más cómodos.

El 20 de enero, cuando encontré su nombre en aquella lista, estuve andando sin rumbo casi una hora. No sabía qué hacer ni adónde ir, así que acabé en Españoleto 24, interrumpiendo una partida de ajedrez que María Aránzazu ya tenía perdida. Manolo se dio cuenta de que había pasado algo pero su contrincante, que olía la diversión, no nos dejó solos ni un instante. Rehusé su invitación a cenar y me marché a casa confiando en que mi amigo supiera lo que tenía que hacer.

Habían pasado casi ocho años desde que guardé la memoria del tiempo que había vivido con Amparo en una carpeta de cuero. Estaba seguro de haberlo hecho, pero mientras perdía el tiempo en casa de María Aránzazu empecé a dudarlo. Lo que Experta había bautizado como el baúl de las cosas caras llevaba años arrumbado en el hueco que la señora Benigna describió pomposamente como trastero cuando me enseñó el piso. Después de instalarme lo había vaciado muy deprisa para comprar los muebles, salvando sólo algunos objetos que, como mi viejo reloj de ajedrez, estaban a la vista, en uso. La cuñada de la portera, que limpiaba la casa todos los martes, usaba aquel baúl como superficie para amontonar cosas encima. Hasta aquella noche, nunca había calculado que fueran tantas, pero tras liberarlo de varios barreños, una tabla de lavar, una caja de cartón llena de trapos, varias bombillas de repuesto, útiles de limpieza, un par de mantas y otras tantas lámparas averiadas, lo levanté en vilo y lo llevé a mi dormitorio. Los cerrojos no estaban asegurados y a simple vista parecía vacío, pero en la parte superior de la mitad derecha se distinguía un corte en el raso del forro. Metí la mano dentro, encontré la carpeta sin dificultad, y la vacié sobre mi cama. Lo primero que apareció fue mi título de doctor en Medicina, que no recordaba haber guardado allí. Después volví a ver mi carné sindical, la foto en la que posé con Bethune para la portada de *El Heraldo*, el carné de Izquierda Republicana del comisario Medina y, por fin, un sobre blanco dirigido a mi nombre cuyo origen ya no recordaba. En su interior había cuatro documentos, un libro de familia expedido a nombre de Guillermo García Medina y Amparo Priego Martínez, la partida de nacimiento de un hijo varón, legítimo, llamado Guillermo García Priego, la foto de nuestra boda y una cuartilla de papel en la que se leían unas pocas palabras, «Madrid, 28 de marzo de 1939. Lo siento mucho, Guillermo. Yo no quería», rematadas por un borrón de tinta negra.

—¿Es bueno o malo?

Al día siguiente, al salir del trabajo, Manolo me estaba esperando en el portal de La Meridiana.

—Es complicado. Puede ser bueno o... —antes de completar la frase, comprendí que él estaba al margen de cualquier consecuencia negativa—. Para ti es bueno, creo yo.

Cuando venía a buscarme, siempre volvíamos a casa paseando, pero aquella tarde paró el primer taxi libre que bajaba por Alcalá. Eso significaba que estaba nervioso y decidí ahorrarle sufrimiento.

—La lista de invitados que me enseñó Geni, ¿sabes, no? —hizo un gesto con la barbilla para señalar al taxista, me miró, asintió con la cabeza—. Bueno, pues entre los que fueron a la fiesta estaba Amparo.

—¿Amparo? —se volvió hacia mí tan violentamente como si aquel nombre fuera una cuerda capaz de tirar de su cabeza—. ¿La nieta del vecino de tu abuelo?

—Esa misma —confirmé—, mi amiga de la infancia.

La noticia le quitó las ganas de hablar, y cuando nos bajamos del taxi casi pude ver los engranajes de su cerebro, girando en una dirección y en la contraria como si pretendieran hacer brotar humo de sus orejas.

—Amparo —pronunció aquel nombre como si necesitara escucharlo—. Pero ¿tú crees...?

La señora Benigna se asomó a darnos las buenas tardes, Manolo piropeó con calor a su monísima hija pequeña, como hacía siempre que la veía para que su madre no nos tomara por una pareja de homosexuales, y no se animó a terminar la pregunta hasta que entramos en mi casa.

—¿Tú crees que querría ayudarnos?

—Por su propia voluntad, no —respondí—. Pero a lo mejor no está en condiciones de hacer su voluntad.

Le entregué el sobre, me senté frente a él para contemplar su reacción, y asistí a la caprichosa trayectoria de su sangre, que huyó en un instante de su cabeza sólo para regresar a toda prisa y atiborrar sus mejillas de color.

—Nunca habría pensado que se te hubiera ocurrido guardar todo esto.

—Bueno, el niño es hijo mío, ¿no?, lo será toda su vida. Por eso lo guardé, porque quizás, algún día... —no me atreví a seguir—. La vida es muy larga.

—Y tan larga —Manolo me miró y se echó a reír—. Joder, pobre Amparo.

Entonces me reí yo, pero no mucho, lo justo para hacer la pregunta que me atormentaba desde que leí aquel nombre subrayado en rojo.

—Ya, pero... Es un poco repugnante, ¿no?

—Bastante —él asintió con la cabeza y una expresión aún risueña—. Pero también es la hostia, Guillermo —sólo me llamaba por mi nombre verdadero en los momentos importantes—. La hostia. No vamos a encontrar nada mejor.

Y no nos movimos de ahí hasta que Meg puso cada cosa en su sitio.

—¡Ay, ya no chinguen con la caballerosidad! Ni que fueran gachupines. Piénselo bien, Rafaelito. ¿A poco no te fregó?

—Háblame en cristiano, Meg, que hoy no estoy para interpretar.

La gringa loca, como solía definirse a sí misma, me caía muy bien. Me gustaba cómo hablaba y cómo se reía, la metódica precisión de sus borracheras y las rancheras que cantaba con mucho sentimiento, desafinando un poco más en cada estrofa. Me gustaba la pasión que ponía en todas las cosas y, más aún, el equilibrio con el que lograba mantener la cabeza fría mientras se dejaba arrastrar por el torbellino de sus fervores. No la entendía muy bien, pero eso era lo de menos, porque quería mucho a Manolo, Manolo la quería mucho a ella, y los dos se las arreglaban para ser felices a su estrambótica manera mientras hacíamos equilibrios sobre una cuerda floja. La felicidad llevaba tantos años ausente de mi vida que su alegría me iluminaba como el reflejo indirecto de una luz dorada, ajena, pero lo bastante poderosa como para alumbrar un pedacito de suelo alrededor de mis pies, liberándolos de las tinieblas entre las que antes avanzaba a tientas. Por eso procuraba no alejarme mucho de ellos, cultivar una cercanía que me daba calor, un bien tan precioso como la risa que su compañía me devolvió después de demasiados años de ausencia. Yo nunca le había contado a Meg mi vida, pero no me ofendí al descubrir que Manolo lo había hecho por mí. Comprendí a tiempo que los tres formábamos un equipo que sólo sería eficaz si entre nosotros no había secretos. Gracias a esa regla nunca formulada, Meg Williams resolvió todas mis dudas de un plumazo.

Aquella tarde aprendí que en México fregar quería decir joder, y desde luego, Amparo me había jodido. No sólo porque se hubiera llevado a mi hijo, sino porque mientras yo la protegía, mientras la cobijaba y alimentaba, me traicionó con los hombres que desvalijaron la caja fuerte de mi casa. Si Manolo no me hubiera proporcionado a tiempo otra identidad, esa traición podría haberme llevado al paredón, porque Meg estaba segura de que sus compinches me habían denunciado, con su aprobación o sin ella. Yo nunca habría contado así mi historia, pero mientras la escuchaba, aquel relato me pareció más consistente que el mío, e infiltró en mi ánimo una dosis de rencor idónea para procesar la segunda parte de su discurso. No debía torturarme, porque utilizar aquellos documentos nunca sería un chantaje, ya que no íbamos a exigir dinero a cambio. Era más correcto plantearlo como un intercambio de favores, y el que nos interesaba era muy sencillo y, sobre todo, completamente inocuo. Si las cosas no salían bien, nadie podría reprocharle a Amparo que hubiera puesto en contacto al amigo de un amigo con alguien que le podría ayudar, porque las referencias de su recomendado serían irreprochables.

—De eso me encargo yo —remató—. Tú acuérdate no más de que Franco no fusila con caballerosidad.

No lo olvidé el Domingo de Ramos, y aún menos al día siguiente, cuando se sentó a mi lado en el sofá.

—¿Qué es esto? —al abrir el sobre, su cara tenía la misma expresión pícara y anhelante, expectante y traviesa, con la que formuló las reglas del juego al que habíamos jugado durante tanto tiempo—. ¿Una sorpresa?

—No exactamente.

Después de recordarme que Franco no era un caballero, Meg se había llevado los documentos para devolvérmelos quince días más tarde en el mismo sobre que había viajado conmigo a casa de Amparo. Las fotografías, precisas y nítidas, perfectas, eran doce. Antes de que le preguntara para qué queríamos tantas, me explicó que seguramente el primer impulso de Amparo sería romperlas, y que había encargado un juego de recambio por si las negociaciones se alargaban. El tercer juego era para mí, porque si todo iba bien, los documentos originales serían el precio de la operación. En ese punto, estaba dispuesta a transigir con mi caballerosidad.

Amparo fue sacando las fotos del sobre de una en una, en el orden que yo había previsto al meterlas. La primera era la menos peligrosa, pero la visión de su letra sobre una cuartilla bastó para fulminar su alegría, marchitando su rostro como una flor recién cortada que perdiera en un instante todos sus pétalos. No quiso mirarme. Depositó la fotografía sobre la mesa con mucho cuidado y, de una en una, sacó la copia de la foto de nuestra boda, la primera hoja del libro de familia y, por fin, la partida de nacimiento de su hijo, mi hijo, el nombre y los apellidos con los que le inscribí en el Registro Civil.

—No me esperaba esto de ti, Guillermo.

Desde que leí su nombre en la lista de Geni habían pasado más de dos meses. Durante ese plazo, había dedicado mucho tiempo a calcular cómo reaccionaría, y no me defraudó. No se echó a llorar, no perdió el control, no chilló, no suplicó, no me pegó, no me amenazó. Cualquiera de esas reacciones me habría puesto las cosas más difíciles, pero la soberbia de sus apellidos prevaleció sobre todas ellas. La rabia congelaba su rostro y ralentizaba sus movimientos cuando tomó las fotografías, las alineó con mucho cuidado y las rompió en cuatro trozos para dirigirme una mirada desafiante, tan altiva, tan impropia de su situación al mismo tiempo, que la celebré con una carcajada.

—¿De que te ríes, cabrón? —se levantó de un brinco, rodeó la mesa, me miró de frente.

—Eran copias, Amparo, tengo más —buscó una respuesta que no encontró mientras respiraba ruidosamente, las aletas de su nariz palpitando como los engranajes de una locomotora—. Tampoco pretendo chantajearte, si eso es lo que estás pensando. Sólo quiero pedirte un favor y, desde luego, tienes la libertad de negármelo.

Seguía de pie, indecisa entre su primera reacción y la endeble garantía que acababa de ofrecerle. Su pasividad me iluminó, inspirándome una idea que al principio me pareció un mal pensamiento y a la larga resultó un hallazgo.

—Siéntate, Amparo —porque no tardé en comprobar que mi voz, en modo imperativo, conservaba intacto su poder—. Siéntate y escúchame.

No dije nada más, no hizo falta. Ella se serenó pero no quiso sentarse a mi lado. Volvió a la butaca, cruzó las piernas, se dio cuenta de que las había cruzado, las descruzó, juntó las rodillas como si estuviera en misa y se quedó mirándome sin decir nada.

—Yo te salvé la vida una vez —me mantuve en el tono que siempre me había dado buenos resultados—. Te saqué de un aprieto muy gordo y después te amparé, te mantuve a salvo durante dos años y medio, te alimenté, te cuidé...

—Y bien que te aprovechaste —me interrumpió con suavidad, su voz también la de otros tiempos.

—Ni más ni menos de lo que te aprovechaste tú de mí —bajó la cabeza y fijó los ojos en la falda de su vestido—. Me ofrecí muchas veces a buscarte una salida, a acompañarte a la parroquia anglicana, a alojarte en mi hospital, y no quisiste ni oír hablar de eso. Te quedaste conmigo porque te dio la gana. Yo no abusé de ti, no te exploté, y al final, tú me traicionaste —esperé una respuesta que no llegó, y empecé a atornillarla—. ¿Estoy mintiendo, Amparo? ¿Lo que digo no es verdad? Contéstame.

—No estás mintiendo —la rabia regresó de pronto, enderezó su cabeza, incendió sus ojos—. No mientes, pero... Yo no podía hacer otra cosa.

—Tus motivos no me interesan. El caso es que yo te salvé la vida y tú me traicionaste. Estás en deuda conmigo. No habría tenido remedio si tus amigos me hubieran denunciado, si me hubieran detenido y fusilado. Porque lo intentaron, ¿verdad? —en ese instante volvió a bajar la cabeza, clavó los ojos en sus rodillas y negó con la cabeza muy despacio, como si quisiera darme la razón sólo en parte, afirmar su inocencia en un asunto sobre el que en aquel momento no me interesaba insistir—. Pero estoy aquí, Amparo, estoy vivo. ¿Y sabes por qué? Porque un amigo me salvó la vida sin pedirme nada a cambio, exactamente igual que hice yo contigo. Ahora, él necesita ayuda y tú tienes la oportunidad de cerrar el círculo para que quedemos en paz. Ni siquiera te pido que lo hagas de balde. Todavía no entiendo por qué no te llevaste estos papeles al marcharte de casa. Supongo que el oro de tu abuelo brillaba demasiado, ¿no? El caso es que los tengo yo, y estoy dispuesto a entregártelos si me ayudas.

Hice una pausa que ella no se atrevió a romper. Le preocupó lo suficiente, sin embargo, como para levantar la cabeza y volver a mirarme. La arrogancia en la que se había fortificado unos minutos antes se desvaneció como una máscara de polvo mientras una palidez brusca, amarillenta, se apoderaba de su rostro. Un velo de humedad enturbió sus ojos mientras dejaba de

429

respirar por la nariz, y su boca abierta contribuyó a acentuar la tensión de una mandíbula rígida de inquietud, tal vez temor, incluso culpa.

Yo encendí un cigarrillo, descansé la espalda en los almohadones y, preso de una sensación contradictoria, aparentando una serenidad que no sentía mientras disimulaba una excitación que no era sólo sexual, avancé por aguas cada vez más turbias. En algún lugar inconcreto, que me esforcé por localizar en el último rincón de mi cabeza aunque no estaba muy lejos de mi corazón, crecía a toda prisa, sin hacer ruido, una tristeza afilada, capaz de herirme. Intenté ignorarla, desterrarla al lugar del que provenía, pero estaba tan incrustada en mi interior que no supe diferenciarla de mí mismo, y afronté el tramo más delicado de mi discurso bajo una amenaza caliente y sonrosada, la memoria de una pasión muy parecida al amor, el recuerdo tramposo de una emoción que nunca fue tan dulce en los días que estrené al lado de Amparo, las noches en las que encontraba su cuerpo entre mis sábanas. Esa ingrata nostalgia me impulsó a abreviar, y escogí un principio lo suficientemente abrupto como para compensar cualquier debilidad.

—Mi amigo está en las listas de busca y captura de los aliados. Fue a Rusia con la División Azul, siguió luchando como voluntario con las SS, defendió Berlín y desapareció. Ha conseguido volver a España pero no puede quedarse aquí porque le acusan de crímenes contra la Humanidad. El favor que voy a pedirte está relacionado con él.

—¿Qué?

Mis palabras la desconcertaron. Mientras me miraba con los ojos muy abiertos, repentina y completamente secos, leí en ellos que los cálculos que había tenido tiempo de hacer eran los opuestos. Tuve la sensación de que, pese a todo, seguía esperando que le pidiera dinero y, si no, un aval, una recomendación, su intercesión a favor de otra clase de prófugo, un huido, un preso, un condenado a muerte rojo y español, cualquiera de mis camaradas. Ya contaba con eso. En 1947, el tráfico de favores destinados a arrancar a un condenado de las garras de la muerte era todavía muy intenso, y competía con el hambre por la primacía de las visitas inesperadas. Pero el motivo de la mía era tan inverosímil que desembocó en un recelo difícil de gestionar.

—¿Tú crees que voy a creerme...? No me engañes, Guillermo. Nos conocemos de toda la vida. Tú no puedes tener nada que ver con eso, y yo...

—No has entendido nada, Amparo —me impuse con firmeza a sus titubeos—. Esto no es una visita de cortesía. Yo no te he hecho preguntas y no estoy dispuesto a contestar a las tuyas. Mis razones no te importan. Lo único que te interesa es mi oferta —apagué el pitillo con mucho cuidado, respiré profundamente y me preparé para pronunciar un nombre propio como si no tuviera importancia—. Arréglame una cita con Clarita Stauffer. Preséntale a mi amigo, no te pido más. No te resultará difícil porque, cuando llegue el momento, ella ya sabrá quién es y estará inclinada a ayudarle. Hazme ese favor y desapareceré de tu vida. Nadie podrá probar jamás que durante la guerra estabas en Madrid, follando conmigo como una descosida. Nadie averiguará la simpatía que despertabas en el Instituto de Transfusiones de Príncipe de Vergara. Nadie verá la foto de nuestra boda, lo contenta que estabas ese día, el ramo que llevabas en las manos. Nadie podrá contarle a tu hijo quién es su padre porque todas las pruebas, todos los documentos originales serán tuyos en el momento en que salgamos de la casa de la Stauffer. Y entonces podrás romperlos, pero de verdad. De una vez y para siempre.

Antes de terminar de hablar, me di cuenta de que no iba a ser fácil. La oferta era buena, pero sus términos no la convencían. Tampoco me extrañó.

—Esa gente... —apartó sus ojos de los míos, los devolvió a su falda—. Los alemanes esos... —sólo después de decirlo volvió a mirarme—. Son peligrosos. Nadie sabe exactamente qué hacen aquí, pero parecen desesperados, dispuestos a todo, y... Ya han pasado cosas raras. No me gustan.

—Me lo imagino —sonreí por primera vez en muchos minutos—. Pero yo también soy un peligro para ti, Amparo. Imagínate lo que pasaría si alguien de tu círculo se tropezara con esos papeles. ¿No te has preguntado cómo me enteré de que ayer oirías misa en Santa Bárbara? Yo ya no soy Guillermo García Medina. Tengo otra vida, otros contactos. Y otros intereses.

—Tú nunca harías algo así —se inclinó hacia delante y me dedicó una sonrisa de otros tiempos, dulce y plena, confiada—. Nunca me harías daño.

—¿Estás segura? —correspondí con una mirada tan dura que no se atrevió a responder—. Tú no me conoces, Amparo, ya no. Conociste a un hombre que ha dejado de existir, alguien que tenía muchas cosas que perder, muchas ilusiones por las que vivir. Ahora me parezco mucho a esos alemanes que te dan tanto miedo porque no tengo nada, sólo rencor.

Acababa de decir la verdad sin haberlo decidido de antemano, y una amargura súbita impregnó mi paladar como un veneno. Para disolverlo en saliva seguí hablando, entremezclando verdades y mentiras. Le conté que a Isidro le habían fusilado en el verano del 39 y era verdad. Le conté que seguía en contacto con Gloria y era mentira, porque la habían fusilado un mes después que a su marido. Añadí que ella conservaba una fotografía del banquete de despedida de los canadienses en la que salíamos los dos muy guapos, muy sonrientes, posando con el puño en alto. Ni siquiera sabía si esa foto existiría aún, pero suponía que ella no había olvidado que aquella noche levantó el puño, por no desentonar y porque estaba muy contenta, borracha como una cuba. Mientras devolvía los ojos a sus rodillas para ocultarme la expresión de su cara, comprobé que se acordaba tan bien como yo, y seguí mintiendo. Hablé de viejos amigos que no eran lo que parecían. De los republicanos que tenían derecho a estar cansados de fracasos. De los traidores cuyos motivos había empezado a comprender. De los quintacolumnistas que me habían ayudado a borrar el rastro de mi derrota.

—La vida de los perdedores es muy complicada, Amparo —resumí, cuando tenía ya la lengua sucia, el cerebro embotado de mentiras—. Los vencedores no podéis haceros una idea. No puedo contarte más, pero te llevarías muchas sorpresas, créeme. Te he hecho una buena oferta, merece la pena que la medites. Volveré pasado mañana, a la misma hora, a ver qué has decidido.

Me levanté, la miré, y ella me respondió con una mirada larga, tan lenta y cargada de sentido como la que me había anunciado, un mediodía de noviembre de 1936, todo lo que pasaría entre nosotros. Yo no estaba preparado para afrontar aquella mirada mansa y curiosa, calculada y calculadora, que me desarmó tan rotundamente como la primera vez. Desde que Amparo me dejó, había soñado con ella muchas veces. Había buscado su olor en el de todas las mujeres con las que me había cruzado. Había acusado el peso de su cuerpo en la liviandad de todos los cuerpos que se habían posado sobre el mío. Había llegado a temer que su abandono fuera una maldición, un embrujo perverso, un hechizo destinado a someterme a su voluntad en la ausencia, por encima del tiempo y del espacio. Pero nunca se me había ocurrido pensar que ella pudiera sentir algo parecido.

—¿Y te vas a ir así, sin más? —avanzó hacia mí, cruzó los brazos alrededor de mi cuello, lo presionó con los pulgares para indicarme que no estaba dispuesta a dejarme marchar—. ¿Sin echarme un polvo siquiera?

Después, cuando pude volver a pensar, comprendí que en aquel momento nuestra suerte estaba echada, y que mi misión había tenido éxito a pesar de la pésima calidad de mi análisis. Amparo no necesitaba que yo le diera miedo porque ya tenía de sobra con el suyo. Los argumentos con los que había pretendido apabullarla eran los mismos que se repetía a diario desde que comprendió que ganar la guerra no iba a ser un buen negocio para ella. Por eso no se había casado. Por eso estaba sola. Por eso no me dejó marchar.

Amparo tenía mucho miedo de que alguien descubriera lo que habíamos vivido juntos, pero todavía lo echaba más de menos. Desde que me había visto en la puerta de la iglesia, sus ideas políticas, sus convicciones religiosas, se habían plegado a la memoria de aquella piel profunda, pegada a la carne, que yo había sabido desnudar y ella no se había atrevido a mostrar después a nadie. Aquella tarde aprendí que su deseo era tan egoísta como fue una vez el mío, mi cuerpo apenas el instrumento de un proceso que sólo tenía que ver con ella. Y sin embargo, Guillermo García Medina, el antiguo, el auténtico, era el único hombre del mundo que podía activarlo, el único con el que podía ser completamente sincera y leal a sí misma mientras estaba desnuda en una cama. Después, cuando pude volver a pensar, identifiqué en ella ingredientes que antes no existían, una hebra de desesperación, otra de culpa, anudadas a una nostalgia de la libertad que la avergonzaba, porque formaba parte del botín que se habían cobrado los suyos. La nueva Amparo no era un personaje. Su lascivia consciente, sus contradicciones de mujer madura, la hacían aún más irresistible que el candoroso impudor con el que antes se adornaba, pero de todo lo que pasó aquella tarde, nada me abrumó tanto como la renovada evidencia de que, si yo había venido al mundo para algo, era para follar con Amparo Priego Martínez.

A Manolo no le di tantos detalles, pero tres meses después, al embocar la calle Galileo, le dije que no se preocupara.

—Amparo no se va a echar para atrás porque sabe que Adrián eres tú. Ayer le conté que durante la guerra trabajabas como agente doble, para la República y para la Quinta Columna —mi amigo sonrió al escucharme—. ¿Y sabes lo que me contestó?

Al enterarse de que la amante de Guillermo siempre había estado segura de que Felipe Ballesteros Sánchez era un quintacolumnista emboscado en la inteligencia republicana, Manuel Arroyo Benítez se relajó y su concentración alcanzó un punto óptimo.

Hasta ese momento, la reacción de Amparo era el único aspecto que le preocupaba. En todo lo demás, había preparado su papel con tanto cuidado como un buen actor que se enfrentara al personaje más importante de su vida. Por una parte, había reelaborado su alemán para hablarlo mal, obligándose a cometer con frecuencia sistemática los errores más habituales en los españoles que habían aprendido el idioma sin haberlo estudiado antes. Por otra, había acometido una metamorfosis física tan acelerada que sus resultados rozaban lo monstruoso. Un trimestre de dieta estricta, a base de cantidades reducidas de arroz y pan negro, le habían hecho perder casi veinte kilos. La privación de fruta, verdura y productos frescos había apagado su piel, dándole la apariencia mate y seca, característica de los internos de los campos. Y las largas, extenuantes caminatas diarias por la acera del sol, habían completado una decadencia tan alarmante que le obligó a renunciar a la confortable hospitalidad de María Aránzazu para ahorrarse unas preguntas que no habría podido responder.

—¡Ay, qué pena! —los dos se emborracharon a conciencia antes de despedirse—. Me alegro de que hayas encontrado trabajo, pero que tengas que irte de Madrid, ahora... ¡Qué mala suerte tengo! Primero Rafa, y ahora tú. Desde luego, nunca volveré a hacerme amiga de un huésped.

A primeros de marzo, sin más equipaje que un pijama y la ropa que llevaba encima, su traje más viejo y una camisa blanca que se pondría a diario, lavándola con lejía hasta lograr que la tela del cuello empezara a deshilacharse, Manolo se mudó a una buhardilla minúscula y sin ascensor, en la calle Mira el Río Alta. Guillermo se la había pedido prestada a sus amigos comunistas, que accedieron con la única condición de que, si llegaba el caso, la compartiera con otro clandestino. El caso no llegó y, a solas en un cuarto donde no recibía visitas ni siquiera de Meg, se fue metiendo día a día, poco a poco, en la piel de un hombre al que, si las cosas iban bien, jamás llegaría a conocer.

En el proceso seguido contra Kleiber no constaba ninguna descripción concluyente de Adrián. Uno de sus compañeros había declarado que tenía el pelo negro, pero otro lo recordaba castaño. Todos estaban de acuerdo en que era fuerte, de estatura mediana y, según las clasificaciones raciales tan populares en el Tercer Reich, un individuo de rasgos mediterráneos, típicamente españoles, la cabeza pequeña y redonda, la cara cuadrada. Manolo había analizado con cuidado esas declaraciones para concluir que no significaban nada en absoluto. En los archivos de la División Azul tenía que haber una ficha de Adrián a la que Meg tal vez hubiera logrado acceder, pero no convenía llamar la atención sobre él antes de tiempo. Se conformó con estudiar la carrera del Tigre de Treviño en la prensa deportiva y encontró datos sobre su estatura y su peso, además de algunas fotos de cuerpo entero donde su cara no se distinguía muy bien, porque casi siempre había posado con calzón y guantes, como si se dispusiera a boxear con la cámara. Gallardo era dos centímetros más alto que él, pero Meg le regaló unos zapatos con un alza camuflada que compensaba la diferencia. Todas las mañanas salía a andar con ellos y nunca los limpió, para que el polvo de los días secos, el barro de la lluvia, enmascararan su edad y la excelente calidad de la piel con la que habían sido fabricados. Lo de la nariz resultó más engorroso.

—¿De verdad crees que esto es imprescindible?

Acababa de mudarse a Mira el Río cuando Guillermo abrió la puerta con su propia llave y su maletín en la otra mano.

—Tú dirás. ¿Conoces a algún boxeador con el tabique nasal intacto?

Sin dar importancia a la expresión de terror que se había apoderado de la cara de su paciente, le pidió que se tumbara en la cama.

—No te preocupes, que hoy te voy a anestesiar —le prometió, antes de vendarle los ojos con un pañuelo.

—¿Y esto?

—Es que te voy a poner anestesia local. Va a ser sólo un momento, para tan poca cosa no merece la pena dormirte del todo. Y prefiero que no me veas, porque... No te iba a gustar.

Nunca le preguntó cómo lo había hecho. Fue de verdad un momento y la anestesia funcionó, aunque le dejó en herencia un dolor que se resistió tercamente a las aspirinas durante más días de los que había calculado. Los cálculos de Guillermo, a cambio, resultaron impecables. El día de la visita, el tabique ya había soldado mal y la hinchazón había desaparecido por completo. La nariz de Adrián Gallardo Ortega parecía estar rota desde hacía muchos años cuando Guillermo le presentó a Amparo, y a la desconocida que lo acompañaba, como si no le hubiera conocido con todos los huesos intactos.

—Muchas gracias por todo, señorita —murmuró quien para ella seguía llamándose Felipe, mientras le estrechaba la mano para recibir a cambio una mirada de compasión tan intensa que traspasó su impostura, y hasta llegó a conmoverle.

—¿Te has hecho daño? —esa pregunta le desconcertó hasta que siguió la trayectoria del dedo que señalaba a su pie derecho.

Había incorporado la cojera en el último momento. Después de pasar muchas horas mirándose en el espejo de luna del armario, su forma de andar encorvado, con el cuello humillado, los hombros proyectados hacia delante, le parecía demasiado teatral, tan excesiva que hasta llegó a pensar en renunciar a ella para volver a andar erguido. Probando posturas, comprobó que arrastrar un poco un pie mejoraba mucho el efecto, pero nunca se le habría ocurrido que Amparo se fijara antes en su pie que en su nariz.

—No, sólo es una torcedura —respondió—, nada grave.

—Me alegro, porque... —y una piedad sincera volvió a temblar en sus ojos—. Parece que ya has sufrido demasiado.

Tres semanas antes, el Consejo de Control Aliado había emitido una nota que alertaba de la presencia de Adrián Gallardo Ortega en España. El texto, sucinto y adecuadamente inconcreto, fue obra de la viceconsejera de Comercio norteamericana, que tenía acceso directo a sus reuniones. Miss Williams declaró haber recibido noticias de la presencia de Gallardo en Madrid a través de los círculos del exilio republicano en Nueva York. Esa era la fuente de un supuesto encuentro casual entre un informante anónimo y un criminal de guerra reclamado por la matanza de Klooga, un hecho lo suficientemente grave como para actuar contra él. Meg estaba segura de que en el instante en que la alerta sobre Gallardo llegara al ministerio, alguien descolgaría un teléfono para informar a Clarita de que los aliados habían lanzado a sus perros en la persecución de un nuevo camarada, pero dejó pasar dos semanas antes de encargarle a Rafa que consiguiera una cita con la señora Stauffer, y atribuyó la rapidez con la que la había obtenido al éxito de sus gestiones.

—Bienvenido —la mujer que acompañaba a Amparo en el portal no esperó a ser presentada para dirigirse al prófugo en su lengua materna—. Soy una buena amiga de Fräulein Stauffer. Me llamo Ingrid Weiss.

Manolo nunca había oído hablar de ella, pero sonrió a su vez mientras la saludaba en un alemán perfectamente torpe, con el tosco acento de un patán en aprietos.

—¡Uy! —ella se rió al escucharlo—. Al mejor hablemos español. Mejor mío que tú alemán.

—Seguro —Manolo se rió a su vez, y humilló los hombros un poco más mientras entraba a su lado en el portal—. Se lo agradezco mucho.

Ingrid Weiss no era nadie y representaba, sin embargo, el principal obstáculo que el falso Adrián tendría que superar aquella tarde. Clara y ella habían ido al mismo colegio y se habían hecho amigas siendo niñas. Después, sus vidas se separaron, y una volvió a Madrid poco antes de que los padres de la otra se arruinaran. Ingrid se casó muy joven, sin amor, tuvo un niño a los veinte años, enviudó poco después y creyó haberse quedado sola en el mundo cuando su hijo murió en el frente del Este. Pero seguía teniendo una amiga que, en marzo de 1945, le consiguió una plaza en uno de los últimos vuelos regulares de Lufthansa que enlazaban Stuttgart con Madrid. Clara la acogió, la cuidó, le proporcionó un trabajo y una casa confortable, muy próxima a la suya. Cuando Alemania perdió la guerra, Ingrid era una invitada constante y especial en Galileo 14. Allí, mientras se sentaba a la mesa en último lugar, después de haber servido a los demás, y se levantaba antes que nadie para ir a la cocina a ordenar que sirvieran el café, se reveló su único talento extraordinario. Detectora infalible de trampas, peligros e imposturas, su capacidad de observación casi inhumana y una desconfianza feroz la consagraron como miembro único del comité de bienvenida a la red Stauffer.

Manolo no podía saberlo pero acertó a adivinarlo, porque aquella mujer alta, robusta, peinada con una gruesa trenza de cabello, más canoso que rubio, que nimbaba su cabeza como una diadema, no tenía aspecto de pianista pero tampoco se pintaba las uñas que llevaba cortadas al ras. Ese detalle le confirmó que, con sus manos rojizas y su pinta de granjera, Frau Weiss nunca habría encajado en la alta sociedad madrileña, un círculo donde el monaguillo de Robles tampoco había sido admitido nunca. La memoria de aquel niño le ayudó en ese momento como le ayudaría muchas otras veces en el futuro. Sin reparar en la ironía del destino, Manuel Arroyo intuyó que la clave de su impostura consistiría en comportarse como el hermano al que más quería y del que siempre había huido. El reflejo de su humildad y el miedo inconcreto, universal, que impulsaba a Hermene a confundir la gratitud con el servilismo, funcionaron con Ingrid porque ella no era muy diferente del personaje al que acababa de conocer.

—Esperar aquí —le apretó una mano y salió del salón después de ofrecerles asiento.

El falso Adrián prefirió seguir de pie mientras Amparo se sentaba con tanta naturalidad como si no fuera la primera vez que visitaba aquella casa. Guillermo se sentó a su lado con una expresión recelosa, más pendiente de ella que de la puerta por la que había salido Frau Weiss, aunque el ruido de los pasos que se acercaban por el pasillo reclamó inmediatamente la atención de los tres.

—¡Adrián! —la rotunda sonrisa de la dueña de la casa entró por la puerta antes que ella misma—. Bienvenido, teníamos muchas ganas de conocerte.

La mujer que avanzó hacia él después de saludarle en lo que parecía un plural mayestático, tenía cuarenta y tres años y no aparentaba ni uno menos, aunque el deporte que había practicado en su juventud se apreciaba en la compacta condición de un cuerpo que, sin dejar de ser robusto, carecía de la redondez, la maternal blandura que caracterizaba a las mujeres españolas de su edad. No era guapa. El rasgo más llamativo de su rostro era el tamaño de su frente, que acaparaba casi la mitad del espacio disponible. Su nariz era pequeña, pero sus ojos también lo eran, y su barbilla redonda proyectaba una promesa de papada que, sin llegar a existir en realidad, propiciaba un contundente efecto óptico que afirmaba lo contrario. En su juventud había sido rubia, pero su pelo se había oscurecido con los años. Fosco, sin llegar a rizado, lo llevaba corto, unos dedos por debajo de la nuca, elección que, en la España de la época, casi bastaba para certificar su soltería, aunque al conocerla, nadie se habría atrevido a llamarla solterona, porque era una mujer muy enérgica, decidida, hasta poderosa en sus ademanes. El ejercicio de la natación apenas había ensanchado sus hombros, constitucionalmente estrechos, pero se manifestaba en el diámetro de unos brazos gruesos, musculosos, tan potentes que el falso Adrián percibió su fuerza al estrechar su mano. Al mismo tiempo advirtió que, sin embargo, no había nada masculino en ella. Su fortaleza, la inteligencia de su mirada y la calidez de una sonrisa de brillos levemente fanáticos integraban un modelo poco habitual aunque, sin duda alguna, femenino. Esa rareza le inquietó, pero la mala suerte que había acompañado desde siempre a su buena fortuna no quiso entrar con él en aquel salón.

—Yo sí que estaba deseando conocerla, señora —retuvo su mano derecha en la suya para cubrirla con la izquierda y apretarla, mientras asentía con la cabeza baja—. Es usted un ángel, se lo digo en serio. Si no llega a ser...

—Nada, nada de ángel —Clarita cubrió con su mano izquierda la de su flamante protegido como si estuvieran jugando, antes de retirar las dos sin dejar de sonreír—. Sólo soy una camarada, Adrián. Entre hermanos, lo natural es ayudarse, así que no me llames de usted, por favor, y tranquilízate, levanta la cabeza... —su interlocutor obedeció—. Así, muy bien —Clara puso una mano sobre su hombro—. Ya sé que has sufrido mucho, no hay más que verte, pero aquí estás a salvo. Estás en casa, entre los tuyos, ¿entendido?

En ese momento, Manuel Arroyo Benítez dejó transitoriamente de existir. Sin ser consciente de hasta qué punto se estaba metiendo en su personaje, irguió los hombros, levantó la cabeza y asintió con una energía destinada a complacer a su salvadora. Después, tomó la mano que reposaba en su hombro y la besó.

—Gracias por todo, camarada —dijo correctamente con su pésimo acento alemán después de juntar los talones.

—Eso está mejor —Stauffer sonrió—. Y ahora, siéntate, por favor.

Le señaló una butaca y se volvió hacia la pareja que se había levantado del sofá al verla llegar.

—¡Amparo! —la saludó con dos besos y más intimidad de la que sus acompañantes esperaban—. Perdóname, pero con la emoción... ¿Cómo estás?

—Bien —Amparo le devolvió una sonrisa mucho más comedida—. Te quiero presentar... —pero la dueña de la casa no le permitió acabar la frase.

—Usted debe de ser Rafael, el amigo de Adrián, ¿verdad? —le cogió de las manos y las apretó tanto como su protegido había estrujado antes las suyas—. Muchas gracias. Sin su ayuda, nunca habríamos podido salvarle.

—Por favor, no tengo ningún mérito. Yo...

Cinco días antes, Manolo había abandonado la buhardilla del Rastro para alquilar un cuarto en una pensión de mala muerte de la calle Espoz y Mina, donde Rafael Cuesta Sánchez pagó una semana por adelantado. Desde entonces no había vuelto a ver a Meg, pero quedaba con Guillermo todas las tardes para perfeccionar la historia que iban a contarle a Clarita. En principio, el narrador iba a ser el falso Adrián, pero el falso Rafael aprovechó la gratitud de su anfitriona para empezar a colocársela, y todo fue bien.

Después de investigar a fondo los testimonios de los prófugos que cruzaban clandestinamente los Pirineos, Meg propuso que Adrián Gallardo hubiera llegado hasta Francia en compañía de otro huido, un alemán de Colonia cuyo nombre seleccionó entre los desaparecidos de la lista más fiable. Un cura católico berlinés, que les habría protegido por ser miembros de su iglesia, les habría enviado juntos, en el verano de 1945, a una parroquia de Baviera. Meg tenía razones para escoger al padre Strauss, que les habría alojado, empleado y alimentado durante más de un año, hasta que a fines de 1946, su salud empeoró bruscamente. Antes de ingresar en el hospital donde, también en la realidad, murió dos días antes de Nochevieja, Strauss les dio dinero y le pidió a un granjero amigo suyo que les escondiera en el maletero de su furgoneta para depositarlos al otro lado de la frontera con Suiza. Desde allí, habían seguido viaje como habían podido, sin más documentación que dos salvoconductos caseros, fabricados por sendos curas católicos, inútiles para cruzar legalmente las fronteras pero eficaces para obtener apoyo, albergue y transporte en las iglesias que encontraron por el camino. Parecía un trayecto estrambótico, pero era muy verosímil porque, desde el final de la guerra, el Vaticano había jugado un papel decisivo en la protección de sus fieles, y Stauffer lo sabía porque era una de sus principales colaboradoras. Así, Adrián y su amigo alemán habrían llegado hasta Francia, donde se separaron. Tras cruzar los Pirineos por el monte en abril de 1947, con un guía proporcionado por el párroco de un pueblo cercano a Perpiñán, el español había tardado más de un mes en llegar a Madrid. Ese era el cuento que habían escrito para una sola oyente.

—Yo trabajo en La Meridiana, una agencia de transportes, ¿sabe? Y hace una semana, en Legazpi, cuando supervisaba la descarga de un camión, Adrián se acercó a pedirme empleo. Tenía tan mal aspecto... —Guillermo se volvió hacia la butaca donde su amigo estaba sentado, y miró de nuevo a Clara—. Aunque no se lo crea, hoy parece otro, está mucho mejor, así que ya se puede imaginar. Yo le dije que en esas condiciones no podía trabajar, y le vi tan desesperado que le invité a comer conmigo. Entonces me contó... —el falso Rafael apretó los puños, negó con la cabeza, tensó los labios en un gesto de indignación—. A mí me parece una vergüenza lo que estamos haciendo con los divisionarios. Me hierve la sangre al verlos mendigar. Mi mejor amigo murió en Rusia, ¿sabe? Cuando conocí a Adrián, me dije, ¿y para esto murió Manuel? Yo nunca me he metido mucho en política, pero esto es otra cosa, una cuestión de decencia, de dignidad, y la verdad es que no puedo soportarlo, no puedo...

—Ya —Clara Stauffer asintió con la cabeza y un gesto indeciso entre la rabia y la piedad—. Le entiendo muy bien. Yo tampoco lo soporto.

Guillermo hizo una pausa, miró a Manolo, le vio asentir levemente con la cabeza y siguió hablando.

—Yo sabía que Amparo es camisa vieja porque nos conocemos desde niños. Veraneábamos juntos...

—En San Rafael —le interrumpió Stauffer—. Ya, ya lo sé, me lo contó ella misma cuando me llamó. E hizo usted muy bien en pedirle ayuda.

—¡A merendar!

Ingrid Weiss llevaba un rato esperando en la puerta del salón, con un carrito preparado. Después de empujarlo hasta una mesa baja, les invitó a acomodarse en los sofás y les dio a elegir entre té y café.

—¡Qué maravilla! —exclamó el falso Adrián al morder un *croissant*—. No sé cuánto tiempo hace que no comía nada tan bueno...

—Ya no tienes que preocuparte por eso —le prometió su anfitriona—. Vamos a cuidar de ti, ¿verdad, Ingrid?

Después de la segunda taza, aunque aún quedaban dulces en las bandejas, Clara Stauffer se levantó, anunció en voz alta que Adrián tenía muchas cosas que hacer, y dejó que Ingrid acompañara a Amparo y a Guillermo hasta la puerta. Ni Meg ni él volvieron a saber nada de Manolo en mucho tiempo.

Durante sus años como diplomático, en Ginebra y en Londres, el asistente de Azcárate había tenido más contacto del que le habría gustado con representantes del Tercer Reich y nazis de todas las nacionalidades. Estaba familiarizado con su forma de actuar, con los brindis que hacían en los banquetes, con sus gustos e incluso con sus gestos, los ademanes marciales, viriles, estereotipados, que se repetían hasta el punto de unificar su aspecto. Simultáneamente, desde que aceptó la misión, el falso Adrián había estudiado toda la documentación disponible sobre una red en la que nadie se había infiltrado antes que él. Sin embargo, pese a la tenacidad con la que creía haberse ocupado de todo, no esperaba el recibimiento que le ofrecieron sus benefactoras. Ni en su propia memoria, ni en los informes sobre la financiación de la trama, ni en los que detallaban el mecanismo por el que Stauffer obtenía pasaportes españoles auténticos con identidades ficticias, había encontrado indicios de que la organización en la que acababa de ingresar había sido fundada por una mujer que había escogido a otras mujeres como colaboradoras. Y aquella misma noche, al acostarse en una cama primorosamente hecha con sábanas limpias, Manuel Arroyo reconoció ante sí mismo, con una amargura íntima, honda, que en unas pocas horas había aprendido más sobre la clase de amor que las madres cariñosas y abnegadas derraman sobre sus hijos, que en todos los años en los que había convivido con su propia madre.

—Vamos a ver... —Clara Stauffer había abierto uno de los grandes armarios que forraban el pasillo desde el suelo hasta el techo antes de mirarle—. ¿Quieres escoger tú o prefieres que te ayudemos?

El espacio estaba dividido en varias barras de acero repletas de perchas de madera de las que colgaban docenas de pantalones, camisas y americanas de diversas tallas, todo perfectamente limpio y planchado.

—Yo, señora... —balbuceó el monaguillo del párroco de Robles—. Ni siquiera sabría por dónde empezar. No he visto tanta ropa junta en mi vida.

Ingrid le quitó la chaqueta, sacó una cinta métrica de un bolsillo, le midió los hombros, el largo de los pantalones, calculó su talla y la dueña de la casa fue eligiendo por él dos pantalones de *sport* y uno de vestir, media docena de camisas blancas, un traje completo y dos americanas de diario, para que Frau Weiss doblara cada prenda con cuidado antes de depositarla dentro de una maleta grande, nueva. Al final, añadió media docena de mudas de ropa interior y otros tantos calcetines, pero antes de que le ofreciera calzado, el falso Adrián se acordó de los dos centímetros de estatura que le sacaba el auténtico.

—Mis zapatos me gustan mucho y son bastante nuevos. Los compré en Francia y nunca he podido limpiarlos, pero yo creo que con un poco de betún...

—Muy bien —Clara aprobó con la cabeza y una latita sin abrir acompañó a la ropa en el interior de la maleta—. De momento, creo que está todo, aunque... ¿Tienes artículos de aseo en tu cuarto de la pensión?

—No, señora.

—Nada de señora —sonrió mientras movía el índice de la mano derecha en el aire como si quisiera regañarle— ¿Qué te he dicho?

—Perdón, Clara —a aquellas alturas estaba tan perplejo que ni siquiera tenía que esforzarse en actuar—. Rafa me pagó la habitación, pero nada más.

—Bastante hizo, el pobre —se volvió hacia Ingrid—. Ve a buscar un cepillo de dientes, un peine y útiles para afeitar sobre todo... —alargó una mano y acarició la mejilla del falso Adrián para comprobar la longitud de su barba de seis días—. Aunque mañana, lo primero que tienes que hacer es ir a un barbero. ¡Qué barbaridad, qué pelo más vigoroso! —y se echó a reír—. Ven conmigo, voy a explicarte lo que vamos a hacer.

Se colgó de su brazo, como si le conociera de toda la vida, y le condujo a un despacho. Después de ofrecerle asiento, abrió un cajón, sacó la circular del Consejo de Control Aliado que solicitaba su busca y captura y se la tendió.

—Esto no lo sabías, ¿verdad?

Su interlocutor leyó despacio, con el ceño progresivamente fruncido, un texto que habría podido recitar de memoria, porque estaba al lado de su autora mientras lo escribía. No le costó demasiado esfuerzo parecer sorprendido porque nunca se le había ocurrido que Clarita Stauffer estuviera en posesión del documento original, y sin embargo el sello y la firma que remataban el papel que tenía entre los dedos no sólo no admitían dudas. También probaban una connivencia total entre la red dirigida desde Galileo 14 y el Estado franquista o, al menos, algunos de sus altos funcionarios.

—No lo sabía, no —murmuró después de unos segundos de silencio—. Yo... No quiero causaros problemas, Clara. No esperaba que un simple soldado, un hombre tan insignificante como yo, pudiera ser tan importante para... —cerró los ojos, apretó los labios—. Para estos hijos de puta —levantó la cabeza y volvió a mirarla—. Te agradezco muchísimo lo que has hecho por mí, pero...

—Pero ¿qué? —Stauffer le miró, sonrió—. Esto no significa nada, camarada. Te lo he enseñado para demostrarte que puedes confiar en mí. Eso es lo único que te pido, confía en mí, sigue mis instrucciones y algún día, más pronto que tarde, este papel te parecerá un mal sueño.

—Ya, pero... El motivo de todo esto... —el falso Adrián tomó aire y acometió una confesión en apariencia delicada, incluso dolorosa, perfectamente ensayada en realidad—. Me refiero a lo que pasó en Estonia. No voy a excusarme diciendo que cumplía órdenes. En realidad sí las cumplí, pero era muy consciente de lo que estaba haciendo. Y lo hice por el futuro de Europa, de nuestra civilización, por el mundo en el que vivirán mis hijos, si es que llego a tenerlos. No voy a pedir perdón. Ya sé que el precio era alto, que es una desgracia haber tenido que pagarlo, pero me parece mentira que no entiendan nuestras razones, que no comprendan la necesidad de edificar un orden nuevo, una Europa limpia y en paz, sólo para europeos...

Mientras hablaba, apenas había levantado la vista hacia su interlocutora un par de veces, pero habían sido suficientes para apreciar su semblante sereno, el brillo de sus ojos, el leve movimiento de la cabeza que asentía a todas sus palabras. Antes de seguir adelante, el hombre de Azcárate, el infiltrado de Burnstein, la última esperanza de la República Española, necesitaba saber cuál era la verdadera ideología de aquella mujer, si era una simple falangista madrileña que sentía simpatías por la causa de Alemania o una nazi auténtica, capaz de asumir su fe hasta las últimas consecuencias.

—Yo soy un hombre muy inculto —prosiguió, más animado—. Dejé la escuela a los catorce años, pero escuchando a los camaradas, discutiendo con ellos, he aprendido mucho. Al principio no lo entendía, no comprendía el peligro que representaban esos desgraciados, pero ahora lo veo muy claro. Estoy muy seguro de lo que hice, y quiero que lo sepas, que sepas que lo que dice ese papel es verdad. No sé si es importante para ti, pero para mí sí es importante. Por eso huí. Porque no reconozco lo que ellos dicen que es un delito, ni estoy dispuesto a dejarme juzgar por ellos.

Clara Stauffer alargó los dos brazos para tenderle las manos por encima de la mesa. Él las tomó y sintió el calor de los dedos que apretaban los suyos.

—¿Qué te he dicho cuando has llegado, Adrián?

—Que estaba a salvo, entre camaradas.

—Pues eso —apretó sus manos una vez más antes de soltarlas—. No necesito que me des explicaciones. Más bien, voy a dártelas yo a ti. De momento, vas a instalarte en casa de Frau Weiss, en esta misma calle, un poco más arriba. Yo voy a estar muy ocupada a partir de mañana con la visita de Eva Perón, porque la ayuda de Argentina es muy importante para nosotros, pero Ingrid te ayudará en todo lo que necesites. Después... Ya veremos. En cuanto podamos conseguirte otra documentación, te buscaremos un trabajo. Luego, con papeles nuevos, tendrás que decidir qué quieres hacer. Podrías quedarte en España, desde luego, aunque estando en busca y captura por crímenes de guerra... Quizás sería más seguro que emigraras. Ya hablaremos de eso más adelante. De momento, lo que tienes que hacer es descansar, dormir ocho horas varios días seguidos, comer bien, recuperarte y afeitarte esa barba —su protegido sonrió con ella—. Eso lo primero.

El 1 de julio de 1947, José Pacheco Hernández empezó a trabajar como portero de noche en un edificio de la Gran Vía. A diferencia de lo que había ocurrido con las demás identidades ficticias que había usado hasta entonces, apenas tuvo que familiarizarse con su nuevo nombre. Firmó el contrato de trabajo en el mismo despacho donde Clara Stauffer había empezado a dirigir su vida y ni

446

siquiera llegó a conocer a su jefe, un camarada de apellido alemán que había delegado en ella todo el papeleo. Cada noche, a las once en punto, saludaba al portero que hacía el turno de tarde. Cada mañana, a las siete, le daba el relevo al compañero que ocupaba la garita hasta las tres. Ellos eran los únicos que le llamaban José. En Galileo 14, donde le hicieron las fotos de su nuevo documento de identidad, todos siguieron llamándole Adrián, y por ese mismo nombre, sin ocultar un gesto de complicidad casi risueña, le saludó el policía que le tomó las huellas dactilares y le hizo firmar antes de entregárselo.

Poco después de encontrar trabajo, José Pacheco Hernández alquiló un piso interior, muy pequeño pero confortable, en la calle del Pez, gracias al apoyo de Fräulein Stauffer, que logró que su propietario le perdonara la fianza antes de regalarle el primer alquiler. El principal beneficiario de su mudanza fue Manuel Arroyo Benítez, que logró desprenderse de una patrona que sólo vivía para hacerle la vida cómoda, preparar los platos que más le gustaban y sentarse a charlar con él todas las noches. Mientras iba conociendo la larga sucesión de desgracias que habían jalonado su vida, el impostor aprendió cosas que ningún nazi le había enseñado. La más importante fue lo fácil que le resultó encariñarse con una mujer que, si hubiera tenido más suerte, tal vez no habría llegado a abrazar la fe de Hitler, y que incluso después de profesarla, poseía muchas cualidades que la hacían digna de ser amada. Al analizar aquel fenómeno, comprendió que la incondicional nostalgia del amor materno que le había acompañado desde la infancia se había cruzado con la nostalgia incondicional que Ingrid Weiss sentía por la pérdida de su hijo en un punto peligrosísimo para él, pero ni aun sabiéndolo dejó de sentir cariño por ella. Por eso se alegró tanto cuando Clara le dijo que necesitaba su cuarto para otro prófugo.

Pero la principal ventaja que aquel empleo reportó a Manuel Arroyo Benítez fue la posibilidad de escribir de madrugada todo lo que había ido averiguando. Desde que empezó a frecuentar Galileo 14, acompañando a Ingrid casi a diario con la excusa de que no tenía nada que hacer, se había esforzado por caerle bien a las secretarias de la oficina. Todas las mañanas les llevaba el periódi-

447

co, tomaba café con ellas y se ofrecía para hacerles recados. Y el 15 de junio, cuando comenzó su turno de vacaciones, su ayuda empezó a ser tan bienvenida que se convirtió, prácticamente, en un secretario más.

Una de las maternales obligaciones que Frau Weiss asumió en beneficio de su huésped consistía en darle cada semana una pequeña cantidad de dinero de bolsillo, lo justo para comprar tabaco y pagarse un par de vermús. Ahorrando de esa asignación casi infantil, compró un cuaderno pequeño, fácil de esconder en el bolsillo interior de su americana, un par de lapiceros y un sacapuntas, en una papelería de la calle Eloy Gonzalo. Aquella mañana, las secretarias de Stauffer le habían dado el dinero justo para dos trayectos de metro y el encargo de presentarse en la sacristía de la parroquia de la glorieta de Iglesia, donde debería recoger el certificado de bautismo de un tal José Pacheco Hernández, aunque no le dijeron que serviría para confeccionar su propia documentación.

Cuando Manuel Arroyo, alias Adrián Gallardo, alias José Pacheco, se mudó a la calle del Pez, aún no había escrito una sola palabra en aquel cuaderno. Tampoco lo haría en su nueva casa. El 30 de junio, al visitar con Ingrid el edificio donde iba a trabajar a partir del día siguiente, el portero de noche al que apenas le faltaban unas horas para jubilarse le enseñó el cuarto de contadores, le dio una llave y le enseñó la taquilla que le correspondía. Al abrirla, el falso Adrián descubrió que estaba forrada de madera y que la cerradura era idéntica a la de las taquillas del instituto de León donde había aprendido, entre otras cosas, a fabricar una ganzúa casera con un trozo de alambre. En su primera noche de trabajo, comprobó que aquel conocimiento había sobrevivido en su memoria mejor que la lista de los reyes godos.

Durante las ocho siguientes, Manuel Arroyo Benítez rellenó el cuaderno con todo lo que Adrián Gallardo Ortega había aprendido, desde su conversación inicial con Clara Stauffer hasta la última, en la que ella misma, tras confesarse abiertamente partidaria ya de que su protegido emigrara, había alardeado de la eficacia de su red. Para demostrar que era capaz de depositar en Argentina, sanos y salvos, a criminales de guerra, había citado, entre otros, a Jean-Jules Lecomte, el burgomaestre de Chimay del que tanto se había hablado un año antes en una comida de domingo en Taplow. Lecomte había desembarcado en Buenos Aires a mediados de mayo con un pasaporte español a nombre de Jan Degraf, o De Graf, o De Graaf, o Degraaf. Manuel Arroyo no podía precisar la grafía exacta porque no se había atrevido a preguntar cómo se deletreaba, pero eso, y que el segundo apellido de su pasaporte empezaba con la sílaba Ver, sería suficiente para localizarle en la lista de pasajeros de algún transatlántico.

La gran estrella de su relato era la República Argentina. Varias páginas de aquel cuaderno estaban íntegramente dedicadas a Carlos Fuldner, a quien por desgracia Adrián no había llegado a conocer, porque había vuelto a Buenos Aires en febrero. La visita de Eva Duarte también ocupaba un espacio considerable, primero por los rumores y noticias que había generado en Galileo 14 y después por sus consecuencias. Porque tras la partida de la primera dama, se habían intensificado los contactos con la embajada argentina y la correspondencia que Fuldner sostenía desde aquel país.

Entre el 1 y el 7 de julio de 1947, Manuel Arroyo Benítez escribió cada noche durante un par de horas, las más tranquilas de su horario de trabajo. A las cinco de la mañana guardaba el cuaderno debajo del fondo de madera de una taquilla en desuso, que abría y cerraba con una ganzúa. El día 8 trabajó más de lo normal, pero al terminar se lo guardó en un bolsillo. Al llegar a su casa, comió algo, se acostó y durmió, como cada día, hasta las tres. A media tarde, también como cada día, se puso el uniforme y salió a la calle. Los viernes cenaba en casa de Ingrid, pero aquella tarde hizo una parada en la terraza del Lion. Allí le encontró Rafael Cuesta cuando salió de trabajar.

—Pero, bueno, Adrián, ¡qué sorpresa! —el agente de La Meridiana se paró a su lado—. Tienes un aspecto estupendo.

—Sí —el portero de noche se levantó y se abalanzó sobre él para darle un abrazo mientras susurraba en su oído—. Acabo de meterte un cuaderno en el bolsillo —y después volvió a levantar la voz—. Estoy muy bien, gracias a Dios, pero siéntate, hombre, te invito a una cerveza.

Antes de moverse, el recién llegado metió la mano derecha en el bolsillo para demostrar a su amigo que le había oído. Luego se sentó frente a él.

—Estás trabajando, ¿no? —le dijo mientras señalaba el uniforme.

—Sí, de portero, por las noches, en un edificio de la Gran Vía. Todo me ha ido muy bien, ¿sabes? Pero además he venido a buscarte porque Clara me ha pedido que te pregunte... ¿Tienes algo que hacer el 18 de julio?

Media hora después, cuando se despidieron, el falso Adrián Gallardo acababa de reclutar al falso Rafael Cuesta para la red Stauffer.

Es 4 de diciembre de 1947 y el presidente Perón recibe en la Casa Rosada.

Sus visitantes son seis y forman un grupo que, a primera vista, podría parecer heterogéneo. Sólo uno de ellos es argentino, aunque goza además de otra nacionalidad, diferente de las de sus compañeros, que a su vez son distintas entre sí. Sin embargo, todos han entrado en el país en 1947 con un pasaporte español legal. Cinco de estos documentos han sido confeccionados para dar cobertura a una identidad falsa. Sus titulares se han instalado en Buenos Aires, pero comparten algo más que su ciudad de residencia. Todos están reclamados por la justicia de sus respectivos países, que les acusan de colaboracionismo y/o crímenes contra la Humanidad. El sexto hombre, el único cuya verdadera identidad coincide con los datos de su pasaporte, está sólo de visita. Ha llegado hasta aquí desde muy lejos con el único propósito de asistir a esta reunión.

El mayor de los visitantes es Pierre Daye, nacido en Schaerbeek, cerca de Bruselas, en 1892, aunque figura como Pierre Adan en el pasaporte con el que entra en la Argentina. Daye, periodista y político, referente intelectual del Partido Rexista de Degrelle, es un rendido admirador de Franco y de Perón incluso antes de gozar sucesivamente de la protección de ambos.

Entre quienes le acompañan a la Casa Rosada se cuenta otro belga, René Lagrou, quien, pese a su nombre y apellido francófonos, destaca antes de la guerra como líder de la Unión Nacional Flamenca. Condenado a muerte en rebeldía por un tribunal de Amberes en 1946, ha desembarcado en Buenos Aires en julio con un pasaporte extendido a nombre de Reinaldo van Groede.

Georges Gilbaud, alto funcionario del gobierno de Vichy, dirigente del colaboracionista Partido Popular Francés, condenado a muerte en rebeldía tras escapar a través de los Pirineos, ha llegado un mes antes, en mayo.

El embajador en España del dictador rumano Ion Antonescu, jefe de un estado títere del Tercer Reich, juzgado y fusilado en su país por una larga lista de delitos en junio de 1946, se queda en Madrid tras el fin de la guerra. La protección de sus amigos españoles permite a Radu Ghenea esquivar a la justicia de Rumanía y emigrar a Argentina bajo nombre falso. Él es el cuarto visitante al que Perón recibe esta tarde.

La justicia aliada habría considerado al quinto hombre como el más importante del grupo. Naturalmente se trata de Horst Alberto Carlos Fuldner, miembro de la organización de inteligencia de las SS, a quien su jefe, Walter Schellenberg, encomienda que busque rutas de escape para los dirigentes del NSDAP cuando da la guerra por perdida. Fuldner es el primero del grupo en trasladarse desde Madrid a su país de nacimiento, donde reside desde febrero. Hoy también ha venido a ver a Perón.

Con ellos entra en la Casa Rosada un español genuino. Víctor de la Serna, hijo del periodista del mismo nombre, nieto de la escritora Concha Espina, es redactor jefe de *Informaciones* cuando, el 6 de noviembre, un fotógrafo del diario porteño *La Nación* le inmortaliza en la escalerilla del avión que le ha traído desde Madrid. No es tan famoso como Fuldner, pero tampoco es un desconocido para los aliados, que lo consideran tan fascista y filonazi como su padre. Amigo personal de los restantes invitados de Perón desde que vivían en España, tras la partida de Daye mantiene una nutrida correspondencia con él, en la que usa una clave escasamente original para comentar los avatares, avances y dificultades que implica la exportación de un coche, en unos términos que hacen evidente que el supuesto vehículo es en realidad un prófugo al que ambos pretenden ayudar a cruzar el Atlántico.

La implicación de Víctor de la Serna hijo en las redes de evasión de colaboracionistas y criminales de guerra refugiados en la España de Franco no basta para explicar su presencia en una reunión convocada con el pretexto de que el presidente argentino explique su «tercera posición» en el contexto internacional consolidado tras el fin de la guerra mundial. Este es, oficialmente, el tema que va a tratarse y parece que, en efecto, Perón toma la palabra para posicionarse ideológicamente, declarándose tan antimarxista como antiliberal, tan enemigo del comunismo como del capitalismo, y orgulloso de encabezar un movimiento popular que supera la división entre izquierda y derecha. Pero el aplauso de sus invitados, que aplauden fervorosamente un discurso semejante a los que han escuchado tantas veces en sus lenguas maternas, deriva muy pronto hacia el verdadero objeto de la reunión. El presidente Perón está interesado en acoger a técnicos y científicos, civiles o militares, vinculados al Tercer Reich, con el objeto de convertir a Argentina en una potencia. Interpretando admirablemente el espíritu de la Guerra Fría, cree que un nuevo conflicto entre Occidente y la Unión Soviética convertirá a los malos de hoy en los buenos de mañana. Y está dispuesto a abrirles los brazos de par en par.

Para tratar de ese asunto, encarga a su mano derecha, Rodolfo Freude, que convoque la reunión de hoy. Rudi es hijo del empresario Ludwig Freude, el ciudadano alemán más poderoso del país y uno de los diez hombres más ricos de Sudamérica. Militante del Partido Nazi, los aliados le acusan de actuar como embajador extraoficial de Hitler en Argentina y reclaman su extradición en 1945. Cuando están a punto de obtenerla, el entonces vicepresidente Perón se saca de la manga una falsa carta de ciudadanía firmada por un juez que le autoriza a permanecer en el país. Ludwig Freude jamás olvida este gesto, al que corresponde muy pronto, pagando de su bolsillo la campaña del general en las elecciones del 46, que le llevan a la Casa Rosada. Su hijo Rudi decide invitar a Víctor de la Serna a la reunión cuya convocatoria le ha sido encomendada, y esa es la única razón de que esté hoy en Buenos Aires.

A pesar de que todos los asistentes están de acuerdo, el asunto que se trata es tan delicado que su planteamiento excede la duración de una sola audiencia. Perón vuelve a recibir al mismo grupo al día siguiente para perfilar los últimos detalles. Y se implica personalmente hasta el punto de sugerir la creación de un organismo oficial de carácter reservado que se ocupe de recibir a esa clase de inmigrantes.

El Servicio Argentino de Recepción de Europeos, SARE, se hace realidad el 28 de junio de 1948, cuando los miembros de su comité de dirección se reúnen en casa de Radu Ghenea para firmar los estatutos. Pierre Daye, diseñador del organismo recién nacido, acude con René Lagrou en representación del exilio belga. El dueño de la casa representa a los rumanos, y otros asistentes, entre ellos el exótico monseñor Ferenc Luttor, diplomático húngaro ante el Vaticano que en 1947 escapa con un pasaporte pontificio, actúan en representación de huidos de diversas nacionalidades, alemanes, austríacos, franceses, eslovacos, italianos y croatas entre otros. Poco después, el director general de Migraciones, Pablo Diana, reconoce oficialmente la capacidad del SARE para aceptar y gestionar solicitudes de residencia en la República Argentina. Y el arzobispado de la ciudad le cede un edificio de su propiedad, en la calle Canning, para que instale su sede. Es urgente, porque la maquinaria ya ha arrancado y está en pleno funcionamiento.

En una carta fechada el 25 de febrero de 1948, Pierre Daye informa a Víctor de la Serna hijo de que los contactos de su grupo con la presidencia «han continuado de manera constante y regular» y, a continuación, le pide un favor. De la Serna debe confeccionar varias listas, clasificadas por nacionalidades, «de los refugiados políticos en España, indicando aquellos que sea más urgente salvar. Ellos no tendrán que hacer ninguna petición. Nosotros tramitaremos todo lo necesario».

Para hacer esta gestión, Daye le recomienda a tres personas de su máxima confianza.

Una de ellas es la señorita Clara Stauffer, que unos meses antes conoce a Evita en Madrid, donde miles de personas hambrientas la reciben como a una rubia diosa de la abundancia.

En la tapa del estuche se leía Parker, pero la pluma era una Pelikan clásica, cuerpo verde rayado y capuchón de laca negra, con un clip dorado.

—Mi hijo también gustaba escribir mucho —los ojos de Frau Weiss se nublaron cuando el falso Adrián la tomó entre sus dedos con una expresión de placer casi infantil—. Tengo sus cartas del frente, muy bonitas, pero la... *Füller*... quedó en Hannover. Esta igual.

—Muchísimas gracias, Ingrid —Manuel Arroyo Benítez, con su nombre propio y sus dos apellidos, la abrazó y la besó en las mejillas—. Es preciosa, me hace mucha ilusión, pero... ¿Cómo sabes que me gusta escribir?

—Yo vi cuaderno y lápices en tu cuarto, aquí. Tú muy viejo para usar lápices, ¿sabes?

La Navidad había empezado para ellos un mes antes. El 6 de diciembre, Clara había dado una fiesta para celebrar el día de San Nicolás, el legendario viajero que cada año navegaba desde España hasta Alemania para repartir dulces y fruta entre los niños. Cumpliendo escrupulosamente con la tradición, Fräulein Stauffer entregó a cada invitado dos cartuchos de papel, uno relleno de caramelos y el otro de fruta escarchada, esta vez española de verdad. Rafael Cuesta Sánchez fue uno de los destinatarios de esos dulces, y ya no se molestó en formular las preguntas con las que atormentaba a su amigo Manolo desde que le invitó a incorporarse al círculo de Clarita.

455

—Pero ¿qué es lo que tú crees que quiere de mí?

—No lo sé. No ha vuelto a decirme nada.

—Ya, pero... Es que no lo entiendo.

—En este negocio las cosas van muy despacio —eso era lo único que sabía, y muy bien, Manuel Arroyo Benítez—. Quizás no haya llegado todavía el momento de pedirte un favor. Quizás las cosas hayan cambiado y ese momento no llegue nunca. Eso sería lo mejor para ti, así que no te pongas nervioso.

El falso Adrián Gallardo no tenía teléfono. El sueldo de un portero de noche no daba para tanto y, además, el protegido de Fräulein Stauffer no tomaba ninguna iniciativa que no le hubieran indicado previamente desde Galileo 14. Por eso, todas las tardes preguntaba en una taberna de la Corredera Baja si alguien había llamado para dejarle algún recado. Aunque todos los viernes cenaba en casa de Ingrid, Clara prefería ese sistema para ponerse en contacto con él. Cuando le devolvía la llamada, ella casi siempre se limitaba a preguntarle cómo iba todo, de vez en cuando le invitaba a comer y, sólo en ocasiones especiales, le citaba en su despacho.

—Gracias por venir, Adrián —el 7 de julio de 1947 fue una de aquellas ocasiones—, ¿cómo estás?

Le ofreció asiento ante una mesa inusualmente desordenada, cubierta de papeles y carpetas, y siguió hablando por teléfono en alemán sin darle la oportunidad de responder a su pregunta.

—Claro, sí... Ya se me ha ocurrido, de hecho... —levantó la vista hacia Adrián y sonrió un instante, antes de volver a fijarla en sus papeles—, intentaré hacer la gestión hoy mismo.

Inmediatamente después de colgar, sin preámbulo alguno, le preguntó si él creía que el agente de La Meridiana estaría dispuesto a unirse a su grupo.

—¿Unirse? —su protegido fue cauto—. ¿A qué te refieres exactamente?

—Pues... —su protectora, no mucho más audaz—. Me pregunto si le gustaría conocernos, tratar a nuestros amigos, colaborar con nosotros si algún día surgiera una oportunidad.

Adrián Gallardo reprimió la tentación de sonreír y retrasó su respuesta unos segundos, como si necesitara meditarla muy bien.

—No sé qué decirte, Clara. Yo no le conozco mucho, pero teniendo en cuenta cómo se portó conmigo, supongo que sí.

Al día siguiente, en la terraza del Café Lion, Rafael Cuesta Sánchez se enteró de que estaba invitado a la fiesta que el camarada Eberhard Messerschmidt ofrecería en su casa de Cercedilla el 18 de julio, para celebrar el aniversario del golpe de Estado. Por primera vez preguntó por qué. Y por primera vez escuchó que su amigo no lo sabía.

—¿Y qué hago yo ahora? —preguntó a continuación—. ¿Digo que sí o...?

Aquellos puntos suspensivos inauguraron un silencio que se prolongó más de lo razonable. El falso Adrián llamó al camarero, pagó su cerveza y la que su acompañante no había tenido tiempo de terminar, y propuso un paseo hasta la calle Apodaca. Sólo después respondió a su pregunta.

—Voy a ser muy sincero contigo, Guillermo —una vez más, el uso de su nombre auténtico anunció la gravedad del asunto que iban a tratar—. Para mí, sería una bendición que aceptaras. En primer lugar, por puro egoísmo, porque estoy muy solo. Adrián cada vez conoce a más gente, pero yo no tengo a nadie con quien hablar. Para mi misión también sería muy bueno que aceptaras, porque me garantizaría una vía fácil y segura para canalizar la información. Si vuelvo a verte con frecuencia no tendré que volver a preocuparme por esconder en una taquilla vacía un cuaderno como el que llevas en el bolsillo. Con un trabajo como el tuyo y la cantidad de correspondencia que manejas a diario, podrías mandarle mis informes a Meg hasta por correo. Así que, pensando en mí, yo te pediría que me acompañaras, pero no quiero engañarte. No sé lo que pretende la Stauffer de ti, no me lo ha dicho, pero si tuviera que apostar, me jugaría el sueldo de un mes a que tiene que ver con tu trabajo. Un empleado de una agencia de transportes es un tesoro para cualquier organización de inteligencia. Eso significa que es probable que acabes corriendo riesgos. Y con esta gente, riesgo es sinónimo de peligro, así que... —se detuvo para mirar al hombre que caminaba a su lado—. Elige tú. Ahora estás a tiempo, porque tu contacto con Clara es tan superficial que una negativa no tendría consecuencias. Más adelante... Quién sabe.

Guillermo le miró. Luego sonrió. Por fin se echó a reír, para activar la invisible palanca que siempre obligaba a su amigo a reírse con él.

—¿Cómo vamos a ir, en tren?

El 18 de julio, a las doce de la mañana, ambos se bajaron en efecto de un tren en la estación de Cercedilla. En la acera de enfrente, tal y como les había anunciado Ingrid Weiss, encontraron una taberna con un nombre tan vulgar que resultaba hasta original. En Casa Gómez les confirmaron que la fonda estaba justo al lado, y que los burros que habían visto atados a un muro, a la izquierda de la puerta, eran el medio de transporte más eficaz para subir hasta la Fuenfría.

—No estará usted hablando en serio... —a Guillermo no le hizo ninguna gracia—. Yo no he montado en un burro en mi vida.

—Estos ya se saben el camino solos —sonrió el tabernero—, pero mi hijo subirá con ustedes, por si acaso. Y luego, para bajar... En casa de don Eduardo hay teléfono, pero lo mejor es que subamos un burro de más y se bajan ustedes con el jardinero, que vive aquí, en el pueblo. Es lo que hacemos todos los años.

—Eduardo... —Manolo frunció el ceño—. Está usted hablando del señor Messerschmidt, ¿verdad?

—Claro. Es que tiene un nombre muy raro. Aquí le llamamos así.

En los últimos diez días, el agente de La Meridiana no había dormido mucho. Desde que aceptó aquella invitación, casi todas las noches ponía el despertador a las cuatro de la mañana para trasladarse a un edificio de la Gran Vía donde recibía un cursillo acelerado de nazismo. Manolo había calculado el grado de conocimiento del Tercer Reich que sería razonable esperar de un simple fascista español, pero no le preocupaba tanto que Guillermo se mostrara ignorante como que hablara de más. Aparte de recomendarle que, como norma general, estuviera callado, intentó anticipar los nombres de los invitados a quienes podrían encontrar en la fiesta y le explicó las particulares normas de cortesía que regían las relaciones sociales en aquel grupo.

—Hasta que alguno no se emborracha —repitió en la mejor habitación de una fonda de Cercedilla, unos minutos antes de la hora de comer— nadie levanta el brazo ni grita *Heil Hitler!,* ¿entendido? Cuando llegue ese momento, yo haré lo mismo que ellos porque he sido voluntario de las SS, he jurado lealtad al Führer, pero tú no debes llegar tan lejos. Tú te conformas con levantar el brazo, pero sin decir nada, ¡Arriba España! como mucho, y mejor ni eso. Es lo que se espera de un camarada español. Si alguien te pregunta, puedes definirte como fascista, eso les gustará, pero no se te ocurra pronunciar las palabras nazi o nacionalsocialista, porque ellos nunca lo hacen. Prefieren decir que son europeos, esa es la palabra clave, y para hablar del Tercer Reich también usan eufemismos, como aquellos tiempos, los buenos tiempos... Cosas así. La única palabra que han conservado es Führer, aunque para referirse a él a veces también usan anagramas, como 88 o HH. De todo esto te acuerdas, ¿no?

—Sí, me acuerdo de todo, tú tranquilo. Lo único que me preocupa... —y frunció los labios en una mueca de desagrado—. No me hace ninguna gracia montar en burro, esa es la verdad.

—¡No me jodas, Guillermo! Estás a punto de meterte en la boca del lobo, vas a alternar con un montón de criminales de guerra, ¿y me vienes con esas?

—Pues sí, ¿qué quieres? Me da mucho miedo montar en animales. Cuando era pequeño... —y antes de compartir ese recuerdo, él mismo se echó a reír—. Un día, mi abuela me montó en un poni que había en El Retiro. Es un animal muy bueno, muy manso, decía el dueño. Bueno, pues a mí me tiró, salí despedido por encima de su cabeza, todavía tengo la cicatriz...

A las siete y media de la tarde, después de un tranquilo paseo en los que, aquella vez sí, se comportaron como los más mansos y manejables de los burros, llegaron hasta una verja de hierro flanqueada por dos pilares de granito y asegurada con una cadena. Tras ella arrancaba un camino de tierra que, entre prados y árboles, no parecía llevar a ninguna parte.

—Ya hemos llegado —proclamó el hijo del tabernero.

—¿Adónde? —el hombre que se le había presentado como Adrián Gallardo se volvió a mirarle con un gesto de extrañeza—. No se ve ninguna casa.

—Está ahí detrás, al fondo del camino. Mi padre ha llamado

para avisar cuando hemos salido, ahora vendrá alguien a abrir...
—entonces cambió el viento y el muchacho levantó la mano en el aire—. ¿No escuchan la música?

El oro del Rin, un Wagner lírico, pacífico, casi amable, sucumbió enseguida al estrépito de un motor. Una furgoneta antigua pero impoluta se paró al otro lado de la verja, y su conductor no hizo ademán de saludarles antes de abrir el cerrojo y retirar la cadena, aunque habían desmontado al verle llegar. Después de abrir la puerta, se dirigió al dueño de los burros antes que a ellos, para indicarle por señas que podía llevárselos. Luego se dirigió a Guillermo.

—¿Adrian?

—No. Rafael —contestó él, adivinando que su interlocutor no hablaba español, antes de señalar a su amigo—. Él, Adrián.

—*Gut* —e invirtió el orden que le había dictado su intuición para estrecharles la mano—. *Willkommen.*

Esperó a que el hijo del tabernero emprendiera el camino de vuelta antes de volver a cerrar la puerta con cadena y cerrojo. Sólo cuando comprobó que estaba bien asegurada señaló la furgoneta con el índice.

—¿Sabes lo que te digo? —susurró Guillermo en el oído de Manolo mientras le seguían—. Que me arrepiento mucho de haber protestado por lo del burro.

Aquel recibimiento había bastado para sugerirles que iban a ingresar en una comunidad secreta, cuya naturaleza justificaba la escasa información que habían conseguido sonsacarle al tabernero cuando le invitaron a tomar una copa con ellos tras una comida mucho más sabrosa. En el comedor de Casa Gómez se enteraron de que en Cercedilla había dos zonas residenciales conocidas como «colonia de los alemanes», pero aunque el dueño del local estaba al tanto de los burros que alquilaban los invitados de aquellas casas, no sabía mucho más sobre sus dueños. Sólo pudo contarles que la colonia de Camorritos, situada monte arriba, era más antigua que la del valle de la Fuenfría, hasta el punto de que el primero en levantar allí una casa alpina, con barandas y aleros de madera decorados con huecos con forma de corazón, fue un alemán de origen judío que llegó a España hacia 1920.

—Don Eduardo vino mucho más tarde. Por lo visto, vivía en Madrid desde el final de nuestra guerra y luego, ya, se quedó. Al principio venía sólo a veranear, pero ahora vive aquí todo el año.

Al principio era antes de 1945, cuando Messerschmidt estaba vinculado a la Agregaduría Naval de la embajada alemana, un empleo que encubría su verdadero trabajo para la inteligencia militar. *Ahora* aludía a su trabajo actual como asesor de la Armada de guerra española, una labor tan valiosa para el régimen que el propio Franco había escrito una carta de su puño y letra para negarse a entregarlo a los aliados. El tabernero no debía de saber eso, pero tampoco pudo contarles mucho más.

—Es un hombre amable y generoso, que paga muy bien los servicios que se le hacen. En el pueblo, la gente le respeta aunque no le vemos mucho. A él, a ellos... No les gusta mezclarse con nosotros y es lógico, como son extranjeros tienen otras costumbres, algunos ni siquiera hablan bien español. Pero ¿qué les estoy contando? Si ustedes le conocerán mucho mejor que yo...

Al día siguiente, cuando subieron al tren que les devolvería a Madrid, ambos compartirían la impresión de no haber conocido en absoluto al hombre que les recibió con los brazos abiertos en la puerta de un chalet que parecía haber sido trasplantado por arte de magia desde el Tirol. Y esa no fue la más inquietante de las sensaciones que les procuró la fiesta de Herr Messerschmidt.

Don Eduardo, como le llamaban en el pueblo, llevaba más de veinte años viviendo en España pero, aunque su dominio del idioma era mucho mejor, su aspecto no difería demasiado del de Frau Weiss. El corte de su chaqueta, sus pantalones de cuero, las insignias alpinas que adornaban sus solapas y los calcetines blancos que asomaban por el borde de sus botas habrían competido ventajosamente con la gruesa trenza que coronaba la cabeza de Ingrid en un concurso de emigrantes enfermos de nostalgia. Aquel exceso les sorprendió, porque Herr Messerschmidt era, por lo general, un hombre muy discreto. Meg sólo había encontrado una foto suya en la que aparecía vestido de civil, con un traje gris que no se distinguía de los que vestían los españoles que le rodeaban. Incluso así, nadie habría dudado en identificarle no sólo como al único alemán del grupo, sino también como a uno de los tres militares que posaron ante la cámara. Tieso como el tronco de un árbol, los talones juntos, los hombros erguidos y la barbilla alta, su pertenencia a la Marina de guerra del Reich afloró con contundencia en la energía con la que estrechó la mano de los recién llegados.

—Bienvenidos, bienvenidos, estamos muy felices de conocerlos —el acento gutural, inconfundible, se diluía en la calidez de una sonrisa que le permitía presumir de dentadura—. Pasen, por favor, voy a presentarles a mis amigos, por aquí...

Manolo no sabía muy bien a qué clase de fiesta iban a asistir. Había descartado una juerga con putas porque sabía que Clara, invitada a la recepción que Franco ofrecía todos los 18 de julio en el palacio de La Granja, se reuniría con ellos por la noche, después de saludar al Generalísimo. Pero más allá de la presumible presencia de señoras en el salón, no tenía ni idea de con qué iban a encontrarse. La realidad defraudó sus expectativas en un primer momento para desbordarlas enseguida. El efecto fue semejante al que habría experimentado un bañista incauto que se adentrara en el mar en un día plácido, soleado, para que una ola inesperada le revolcara, jugando con él como con un muñeco de trapo al que no estuviera dispuesto a soltar.

En principio fue la calma. A simple vista, los hombres y mujeres que les saludaron desde sus asientos sin demasiado interés formaban un grupo previsible y socialmente homogéneo, medio centenar de personas de clase acomodada donde sólo llamaba la atención el número de nacionalidades que sumaban sus integrantes, una cifra tan abultada como la que *Monsieur Agoyo* solía encontrar en los cócteles que había frecuentado durante sus primeros años en Ginebra. La única diferencia perceptible entre aquella fiesta y las propiciadas por la Sociedad de Naciones era lingüística. Aunque a lo largo de la noche se fueron formando grupitos en los que algunos invitados susurraban en su lengua materna, el idioma común era el español, mejor o peor hablado. A juzgar por la edad de las mujeres, sus impecables peinados y el brillo de los diamantes que las iluminaban, casi todos los asistentes varones a la fiesta habían acudido con sus parejas legítimas, aunque un par de cincuentones, uno francés, de ademanes aristocráticos, y otro alemán, lucían acompañantes de ocasión, dos veinteañeras españolas sin más joyas que los encantos que rebosaban sus vestidos veraniegos. Ambas se identificaron con sus nombres de guerra, Luci y Cati, una iniciativa que no desentonaba en un salón donde la norma era presentarse con un nombre propio, casi siempre falso, y ningún apellido.

—¡Dame un abrazo, camarada! —hasta que el estruendo de una ola repentina desencadenó una galerna a centenares de kilómetros de cualquier mar—. Siempre me emociona reencontrarme con los valientes a los que tuve el orgullo de mandar.

Un hombre atlético aunque no muy alto, con cara de niño guapo, moderadamente travieso, la nariz pequeña y los mofletes redondos que le permitirían reivindicarse durante toda su vida como el modelo de Tintín, ni siquiera se molestó en decir cómo se llamaba mientras cruzaba la estancia en dirección al falso Adrián.

—¡A sus órdenes, mi general! —Manolo juntó los talones e hizo el saludo fascista antes de fundirse en un abrazo con Léon Degrelle.

—Ojalá, ¿verdad? —el belga hablaba muy bien español—. Ojalá pudieras volver a ponerte a mis órdenes para que lucháramos juntos, hombre con hombre, por el futuro de Europa.

—No pierda la esperanza, señor —la melancolía del jefe supremo de la última unidad en la que se había batido el auténtico Adrián Gallardo inspiró a su suplantador—. Esto no ha terminado todavía. Nuestro Reich vivirá mil años.

—¡Así se habla! —Degrelle le sujetó por los brazos y los apretó con fuerza—. Ven conmigo... —pero de repente, cambió de opinión—. ¡Venid! —para dirigirse al resto de los invitados—. Aquí tenéis a uno de mis valientes, un héroe, defensor de Berlín, orgullo del Reich y de su jefe, que tuve el honor de ser yo mismo...

La intervención de Degrelle, uno de los líderes naturales de aquella oscura congregación, nimbó con un halo de luminoso prestigio la cabeza del presunto Adrián Gallardo Ortega, que a partir de entonces tuvo la oportunidad de hablar en privado con la mayoría de los invitados, mientras el hombre que le acompañaba permanecía en silencio, un paso por detrás de él, como un guardaespaldas indigno de atención.

—¿Y tú no bebes nada? —solamente Luci se acercó a él, mientras Manolo hablaba con una pareja de británicos—. Ven, te acompaño a la barra.

Aunque, tras la irrupción del hijo predilecto del Führer, estaba seguro de que ninguna cantidad de alcohol conseguiría emborracharle, Guillermo se conformó con una copa de jerez y Luci sonrió a su elección.

—Deberías haberte quedado en Madrid —le susurró, después de apartarse con él de los camareros—. A esta gente no le gustan nada los...

Estiró el dedo índice de la mano derecha para apoyarlo en su mejilla y Guillermo se echó a reír.

—Te equivocas, no somos maricas. Sólo somos amigos, y a mí me han invitado a venir con él, aunque todavía no sé por qué.

—Pues entonces... —Luci hizo una pausa, se volvió como si supiera que su acompañante la estaba reclamando, vio la mano que se agitaba en el aire y le sonrió antes de acabar la frase—. Entonces sí que tendrías que haberte quedado en Madrid —se bebió de un trago el coñac que quedaba en su copa y la dejó sobre un velador—. Bueno, me voy, que mi tío se pone muy celoso en cuanto me aparto de él cinco minutos.

El «tío» de Cati era Louis Darquier de Pellepoix, comisario de Asuntos Judíos del régimen de Vichy. El falso Adrián Gallardo le reconoció sin vacilar, igual que a John Angus Macnab, el fascista inglés cuya pareja, Marjorie Munden, era ya amiga de José Antonio Primo de Rivera antes de que existiera Falange. Ellos, como el dueño de la casa o el propio Degrelle, se presentaron con sus nombres auténticos, seguros del grado de blindaje que podían esperar del régimen de Franco. Otra de las estrellas de la reunión, la actriz Miriam di San Servolo, besó al héroe de Berlín en las mejillas con un mohín encantador, antes de identificarse con su nombre artístico. Joven, rubia y sofisticada, tenía buen tipo y una cara interesante, los ojos claros, bonitos, la mandíbula demasiado marcada en cambio, una barbilla de bruja que contrastaba con el dulce contorno del rostro de su hermana mayor, Claretta Petacci, la pareja del Duce. Tras reconocerla, Manuel Arroyo Benítez se dijo que si aquella recepción fuera una rifa, le habría tocado el premio gordo, pero guardó su júbilo para sí mientras seguía saludando a toda una galería de criminales famosos. La timidez del rumano Horia Sima, cuyo aspecto le asemejaba más a un fraile cartujo que al jefe supremo de la Guardia de Hierro, le pareció incompatible con los hechos de su biografía, pero un alemán jovial y sociable que le pidió que le llamara simplemente Walter, aunque él estaba seguro de que su apellido era Kutschmann, le trató como si se conocieran de toda la vida.

El único invitado de Herr Messerschmidt que no se levantó para cumplimentarle era un hombre alto, que compartía con su anfitrión una apostura militar y aparentaba unos sesenta años bien llevados. Usaba unas gafas de pasta de forma redondeada, bastante grandes, y lucía un bigote anacrónico, demasiado ancho para la moda de la época, culminado en dos puntas torcidas hacia arriba. La perilla completaba un rostro de aire decimonónico, tan logrado que traicionaba su condición de camuflaje. Manolo Arroyo se acercó a él tanto como pudo en un par de ocasiones, que le bastaron para descubrir que los tres hombres que le rodeaban y sólo abandonaban su puesto por turnos, para ir al baño o a la barra siempre de uno en uno, hablaban con él y entre sí en una lengua eslava, probablemente croata. Al escucharla, el falso Adrián sintió que su corazón se aceleraba como si pretendiera romperle el pecho. Meses después, comprobaría que su intuición de aquella noche era cierta y el militar huraño que no hablaba con nadie era Ante Pavelić, el líder de la ustacha croata, uno de los tres criminales de guerra más buscados de Europa.

Antes de que llegaran los invitados de La Granja, el falso Adrián Gallardo echó de menos el cuaderno nuevo que reposaba, junto con un lápiz, en el bolsillo interior de su americana. La cantidad de información que estaba obteniendo era tal que, pese a la hosquedad de Pavelić, llegó a lamentar su éxito social. Mientras tanto, Guillermo estuvo solo hasta que se integró en un grupo de holandeses de cuya identidad Manolo no estaba demasiado seguro, excepto en el caso de un policía colaboracionista apellidado Kipp. Cuando intentaba sumarse a ellos, Herr Messerschmidt reclamó la atención de los asistentes para anunciar que la cena les esperaba en el jardín. Un instante después, mientras todos se abalanzaban sobre el bufé, cambió de dirección y se encerró en un baño. Después de echar el pestillo de la puerta confeccionó mentalmente una lista con los nombres, nacionalidades y grados de las personas a las que había logrado identificar, pero cuando estaba a punto de empezar a escribir, un escalofrío resbaló por su espalda como la advertencia de un dedo traidor y leal al mismo tiempo. Lo que había descubierto le daba tanto miedo que decidió confiar en su memoria y guardar el cuaderno, intacto, en el mismo bolsillo del que lo había sacado. Después respiró hondo, estudió su rostro en el espejo para comprobar que todo estaba en orden, y salió al jardín.

—Espero que te lo estés pasando bien —Guillermo, solo en una mesa apartada, levantó una copa de vino para saludarle—, porque yo me aburro como una ostra... Eso sí, la ensaladilla —señaló al plato que tenía delante— es nacional pero está cojonuda. Deberías probarla.

Cuando regresó del bufé, Guillermo ya no estaba solo. Los holandeses se habían sentado con él y celebraron la oportunidad de conocer mejor al héroe de Berlín. Manolo, cansado de repetir el relato de sus ficticias proezas, lo emprendió una vez más, pero antes de que los tanques soviéticos enfilaran la Puerta de Brandemburgo, un estruendo de bocinas interrumpió su avance.

La llegada de los privilegiados a quienes Franco había invitado a La Granja alteró el equilibrio de intereses de la reunión para enrarecer aún más una atmósfera donde ya escaseaba bastante el oxígeno. Clarita, muy elegante con un vestido de cóctel blanco, estampado con flores en tonos rojizos, salió al jardín con los brazos abiertos y la radiante sonrisa de una actriz de cine que saludara a sus admiradores en una noche de estreno. Pero Fräulein Stauffer no era la única estrella que se incorporó a la velada. Johannes Bernhardt, el todopoderoso presidente de Sofindus, entró tras ella con una sonrisa no menos radiante, y hasta Guillermo se dio cuenta de que los invitados se dividieron entonces en dos grandes grupos, los que se precipitaron a besar a Clara y los que guardaban turno para estrechar la mano del empresario. José Félix de Lequerica, ex ministro de Asuntos Exteriores de Franco y notorio salvador de varios de los presentes, puso en un aprieto a los halagadores de Fräulein

Stauffer, que tuvieron que dividirse para festejar a ambos. Menos éxito cosecharon otros españoles, con la relativa excepción de los dos Víctor de la Serna, padre e hijo, que se movían en aquel ambiente como en su propia casa. Los dos estaban al tanto del retorno a la patria de Adrián Gallardo, y le pidieron a Herr Messerschmidt que se lo presentara. Después, otros señores españoles se acercaron a conocerle.

Cuando estrechó la mano de Esteban Maroto, que había venido desde Madrid sin su mujer, buscó a Guillermo con la mirada, pero no le encontró. Clarita también había desaparecido. Reaparecieron juntos tras unos minutos, y ella se acercó con él a saludar a Adrián. Después, sin pararse a hablar con nadie más, se dirigió a la mesa de los croatas, abrazó durante unos segundos al hombre de las gafas y la perilla, se sentó a su lado y no se levantó ni siquiera cuando, al filo de la medianoche, Degrelle hizo un brindis que desencadenó un fin de fiesta previsible. Mientras todos sus camaradas entonaban el *Horst Wessel* con el brazo en alto, Fräulein Stauffer mantenía los dos pegados al cuerpo, absorta en la conversación que sostenía con Ante Pavelić, ambos con el ceño fruncido de los conspiradores en apuros, ella escribiendo a ratos en un cuadernito semejante al que Manolo guardaba en su chaqueta, él frotándose la frente de vez en cuando con gesto de verdadera preocupación. Eran casi las dos de la mañana y Guillermo ya había gritado ¡Arriba España! varias veces, cuando Clara se levantó y fue derecha hacia ellos.

—Me han contado que habéis venido en burro. ¿Es verdad? —los dos asintieron y ella se echó a reír—. Yo tengo el coche ahí fuera. Me vuelvo a Madrid pero, si queréis, os dejo en el pueblo. Me pilla de camino.

No fueron solos. La dueña del vehículo se sentó en el asiento trasero, entre el caballero decimonónico y uno de sus guardaespaldas, después de invitar a sus dos protegidos a apretarse delante, junto al chófer. Cuando el coche arrancó, Manolo habría dado cualquier cosa por tener ojos en la nuca. Presintió que nunca lograría volver a estar tan cerca del croata y confió en escuchar al menos su voz, pero la única que resonó en un trayecto muy corto, de poco más de diez minutos, fue la de Clarita.

—A ver si quedamos después del verano, porque quiero contaros una idea que se me ha ocurrido —hablaba en un tono casi cantarín, tan risueño y relajado como si no fuera la misma mujer a la que habían visto una hora antes—. Como tenemos tantos huéspedes extranjeros que necesitan aprender español, he pensado que podríamos hacer grupos de conversación, ¿no? Recurrir a personas amigas que convoquen dos o tres veces a la semana, en sus casas, a grupos mixtos, para que nuestros invitados practiquen el idioma. Con los rumanos no hay problema. Ellos aprenden español con mucha facilidad, pero tenemos otros eslavos, húngaros, croatas —pronunció esa palabra sin ningún énfasis—, incluso belgas y franceses, y por supuesto alemanes, a los que les vendría muy bien. ¿Qué os parece? ¿Puedo contar con vosotros?

Después de que ambos se ofrecieran con la misma vehemencia, Clara tradujo su iniciativa al alemán para informar a sus acompañantes extranjeros, y ya no hubo tiempo para más. Mientras el coche entraba en el pueblo, regresó al español para desear a Adrián y a Rafa un buen verano, les contó sus planes para las vacaciones y se bajó en la puerta de la fonda para abrazarles. Cuando volvió a entrar en el coche, el guardaespaldas ocupaba ya el asiento delantero. Ni él ni Pavelić movieron un músculo para despedirse de ellos.

Frau Weiss les había reservado dos habitaciones comunicadas entre sí, y lo primero que hizo Manolo cuando entraron en la suya fue colocar una silla al lado de la cómoda para poder usarla como escritorio. Por fin sacó el cuaderno, lo abrió con la mano y miró a Guillermo.

—Cuéntame qué ha pasado antes. Clara te ha llevado adentro, ¿no?

—Sí, aunque... —negó con la cabeza—. La verdad es que no ha pasado nada. Al llegar, me saludó y empezó a mover la cabeza como si estuviera buscando a alguien. Luego me pidió que la acompañara a buscar a don Eduardo, que estaba en el salón, le preguntó por un tal Ban, y...

—¿Ban? —Manolo hizo un gesto de extrañeza—. ¿No sería más bien Bam, acabado en eme?

—Pues... Igual sí, no sé. ¿Esa letra cambia algo? —Manolo asintió con la cabeza pero no quiso ser más explícito—. El caso es que don Eduardo le dijo a Clara que Ban, o Bam, como sea, no se había animado a venir. Usó ese verbo, animarse, me acuerdo porque me llamó la atención. Ella le preguntó por qué, y él me miró, sonrió y le explicó algo en alemán para que yo no me enterara. Clara se encogió de hombros y dijo que bueno, que tenían problemas más graves que solucionar. Luego me dijo que me había pedido que viniera porque quería presentarme a un amigo, pero que el que no había podido venir era él. Y ya está. Lo siento, pero no puedo contarte más.

Cuando Guillermo se fue a dormir, Manolo seguía escribiendo. Cuando despertó, su amigo dormía profundamente en la habitación de al lado, y en el cuaderno que había dejado sobre la cómoda quedaban muy pocas hojas libres.

—¿Quieres que se lo lleve a Meg? —le propuso al volver de un paseo y encontrarle despierto por fin, al filo del mediodía.

—No, tengo que verla. Necesito hablar con ella de todo esto.

La diplomática norteamericana se quitaba los zapatos para entrar descalza en el portal. Solía aparecer entre las cuatro y las cinco de la mañana, con menos frecuencia de la que a ambos les habría gustado y disfrazada con moderación, una peluca morena cubierta por un pañuelo, una falda informe, larga hasta media pantorrilla, zapatillas de lona y una bolsa grande de tela por la que asomaba el palo de una escoba. Con el tiempo, descubrió la insuperable eficacia de este último detalle. En 1948, en Madrid sólo trasnochaban los señoritos, y las mujeres de la limpieza eran tan invisibles para ellos como para los trabajadores más madrugadores, que andaban por la calle medio dormidos.

Meg casi nunca anunciaba sus visitas, y la sorpresa incrementaba la euforia de su amante, la alegría con la que la desnudaba en el cuarto de contadores para instalarse con ella y con mucho cuidado en un catre de lona que parecía a punto de hundirse bajo sus embestidas. Sus encuentros, siempre breves, incómodos, nunca habían sido tan emocionantes como entonces, aunque los dos echaran de menos por igual una cama de matrimonio. El sexo con Meg era un lujo, un regalo tan valioso para el impostor que nunca lo era tanto como cuando la tenía entre sus brazos, que no renunció a él ni siquiera la noche en la que le entregó el cuaderno escrito en Cercedilla. Después, ambos vestidos, él tras el mostrador, ella sentada a su lado, hablaron durante un par de horas de la fiesta de Herr Messerschmidt.

Aquel festín supondría el preludio de una larga sequía. El 19 de julio, Clara se marchó a Sitges de vacaciones, y se llevó a Ingrid consigo. Aplicándose el feliz calendario de los ricos españoles, alargó su veraneo hasta principios de octubre, casi tres meses en los que Adrián no volvió a tener noticia alguna de ella ni de ningún otro miembro de su red. A cambio, a su regreso, Fräulein Stauffer exprimió la eficacia de su sangre alemana para desarrollar en muy poco tiempo el proyecto que había esbozado mientras su coche circulaba entre la Fuenfría y el pueblo de Cercedilla. A principios de noviembre, Manolo empezó a ir dos veces por semana, a media tarde, a casa de Ingrid, para hablar en español con dos de los guardaespaldas de Pavelić, entre otros. Guillermo tenía un horario semejante, en días distintos y en casa de Amparo Priego. El 6 de diciembre, día de San Nicolás, anfitriones, alumnos y profesores coincidieron en la fiesta que Clara ofreció en Galileo 14.

Para aquel entonces, Manolo ya le había pedido a Meg que buscara un regalo de Navidad para Guillermo. No fue fácil encontrarlo y no llegó a tiempo para Nochebuena, pero estuvo listo el día de Reyes. Aquella tarde, al salir de casa de Ingrid, el falso Adrián con su pluma Pelikan, el falso Rafa con una modesta bufanda gris, tejida a mano, los dos fueron juntos hasta la calle del Pez.

—Sube conmigo un momento, que tengo una cosa para ti y no puedo dártela en la calle.

Al llegar arriba, le entregó una caja envuelta en papel de regalo, asegurado con una cinta de gasa azul celeste rematada por un gran lazo.

—¿Y esto?

—Es que lo ha envuelto Meg —Manolo sonrió—. Ábrelo.

Cuando cogió la pistola, una Smith and Wesson reluciente, tan bien engrasada como si fuera nueva, aunque al estudiarla observó las marcas del punzón que había borrado su número de registro, Guillermo estaba tan nervioso que ni siquiera se dio cuenta de que iba a repetir la misma pregunta.

—¿Y esto?

—Tú no sabes disparar, ¿verdad? —su amigo no dejó de sonreír al verle negar con la cabeza—. Pues me parece que ya va siendo hora de que aprendas.

Cuando me transmitió la invitación de Herr Messerschmidt, Manolo me había advertido que, en la red Stauffer, riesgo era sinónimo de peligro. El día de Reyes de 1948 ya lo había descubierto
por mi cuenta, pero aún no estaba preparado para verme con una
pistola entre las manos.

—No te asustes —él parecía muy tranquilo, muy seguro de lo
que decía—, eso lo primero. Está descargada y no tiene munición.
Tengo que encontrar algún sitio donde enseñarte a usarla, y después... Me he enterado de que don Eduardo tiene un pequeño
campo de tiro en su casa de Cercedilla. Los camaradas van allí
los domingos a practicar. Cuando mejore tu puntería, empezare-
mos a ir con ellos de excursión.

—Esto es una puta locura, Manolo. Yo soy cirujano, ¿entiendes? Me dedico a arreglar lo que hacen estos trastos, no a usarlos...
Nunca aprenderé.

—Claro que aprenderás —asintió con la cabeza para darse la
razón a sí mismo—. Ese trasto, como tú lo llamas, puede salvarte
la vida. No sé si te das cuenta de la clase de gente con la que estamos tratando...

Posó el dedo índice en el punto central de su clavícula, y acarició la piel fronteriza entre su garganta y su pecho con un movimiento circular que no fue suficiente para reconciliarme con su
regalo de Reyes, pero bastó para darle la razón. Tanta, que hasta
me sentí culpable por haberme olvidado de Marcos.

Un par de meses antes le había reconocido sin dudar como al
más joven de los guardaespaldas del hombre disfrazado cuya presencia tanto había alterado a Manolo en Cercedilla, aunque su aspecto se había deteriorado mucho en el último trimestre. Al mirarle de cerca, calculé que tendría unos treinta y cinco años y que
nunca iba a cumplir cuarenta. Antes de que Amparo me lo presentara, me llamó la atención su piel amarillenta y, más aún, el tono

sucio, como de ámbar manchado, que enturbiaba lo que debería haber sido el blanco de sus ojos. Era el único croata de mi grupo de conversación, del que también formaban parte dos de los tres holandeses a quienes había conocido en casa de Messerschmidt, un muniqués regordete, sonriente, agraciado con el plácido aspecto de un feliz padre de familia numerosa, y un húngaro taciturno, de ojos cansados.

—Bueno, pues vamos a empezar —los seis nos sentamos alrededor de la mesa del comedor para dar nuestra primera clase, ellos con cuadernos y plumas, yo con las manos vacías—. Me llamo Rafael, nací en un pueblo de Toledo, estoy soltero y trabajo en una agencia de transportes. Ahora espero que me contéis cómo os llamáis, de dónde sois, en qué trabajáis...

Era una tarde lluviosa, tan oscura y desapacible como puede llegar a ser el mes de noviembre en Madrid, pero al entrar, la dueña de la casa nos invitó a dejar abrigos y paraguas en el perchero del recibidor después de pregonar que allí hacía siempre mucho calor. Era cierto, pero aunque el portero del edificio alimentaba la caldera como si fuera el fogonero de Lucifer, Marcos insistió en conservar su abrigo. Me sorprendió que, al quitárselo, sentado ya en la silla que yo le había asignado, no renunciara a la gruesa bufanda de lana que rodeaba dos veces su cuello.

Cuando Clara me telefoneó a la agencia para proponerme que me ocupara de un grupo, le advertí que nunca había dado clase y no sabía si iba a hacerlo bien. Ella se echó a reír al otro lado de la línea y me dijo que lo único que esperaba de mí era que obligara a hablar a mis alumnos en español y que corrigiera los errores que fueran cometiendo. Me propuso que hiciera rondas de intervenciones, escogiendo un tema para que fueran comentándolo por turnos y, antes de colgar, adiviné que a Manolo iba a encantarle esa metodología. Al día siguiente vino a buscarme a la salida del trabajo y me entregó una lista de temas de conversación que podrían ayudarme a identificar a mis alumnos. Después me recomendó que, para evitar cualquier sospecha, diera las clases sin apuntar nada. En el caso de Marcos, aquella precaución resultó absolutamente superflua.

—Yo... —tardó un buen rato en encontrar un verbo—. Estar... Marcos.

Fue el último en intervenir y aquellas tres palabras bastaron para revelar que su conocimiento del español era casi inexistente. Eso me enfadó bastante, porque Clara me había asegurado que todos conocían los rudimentos del idioma, aunque usaran sólo los infinitivos de los verbos. Sin embargo, después de pronunciar su nombre falso, Marcos compuso con mucho esfuerzo una frase con dos palabras españolas, pequeño y nacer, entre otras de una lengua extraña que no fui capaz de identificar por su sonido. Luego se rindió, negó con la cabeza y pareció repetirlo en alemán.

—Esperad un momento.

Amparo estaba en el salón, leyendo una revista, y sonrió al verme aparecer.

—Ven conmigo, por favor —le pedí—. Hay uno que no tiene ni idea, pero creo que habla alemán.

—Vale —se levantó, vino hacia mí, rodeó mi cuello con sus brazos—. Pero luego vas a tener que pagarme la traducción.

—¿Sí? Ya veremos —la besé en los labios y sonreí a mi vez—. Soy un pobre oficinista, ya lo sabes...

Se apretó contra mí como si quisiera cobrarse un anticipo, con el mismo entusiasmo que le habían inspirado desde el primer momento aquellas clases de conversación que prometían una cobertura ideal para nuestros encuentros. Nunca logré averiguar si había hecho alguna maniobra para que me asignaran al grupo de su casa o si Clara se había inspirado para emparejarnos en la amistad infantil de unos remotos veranos en San Rafael, pero el rumbo que tomó la clase tras su incorporación fulminó cualquier ensueño de romanticismo.

—Amparo habla alemán —anuncié a mis alumnos después de pedirle que se sentara a mi lado—. Le he pedido que venga para ayudarme con nuestro amigo. Ahora va a traducirle lo que acabo de deciros.

Marcos, que entendía a medias un idioma que no sabía hablar, asintió con la cabeza y se inclinó hacia delante como si necesitara concentrarse. Tenía la cara redonda y su pelo, no demasiado corto y muy lacio, se derramó sobre su frente para prestarle el aspecto de un colegial inseguro, arrepentido de no haber estudiado la lección, pero aquella impresión se disipó muy pronto. Después de escuchar a Amparo, levantó la cabeza, me miró, y torció sus labios, dos líneas muy finas, en un ángulo siniestro, levantando apenas una esquina de la boca para componer un amago de sonrisa. Luego pronunció una frase en alemán y tendió la mano derecha para pasar el relevo a su intérprete.

—Se llama Marcos —vertió ella al español con un gesto aún tranquilo, relajado—. Es de Croacia, de un pueblo muy pequeño, a unos cien kilómetros de Zagreb.

—Muy bien —aprobé—. Pues vamos a enseñarle cómo se dice eso...

Pero Marcos no me dejó seguir.

—Dice que no ha terminado, que todavía tiene que hablar de su oficio.

Estuve a punto de oponerme, de insistir en enseñarle frases cortas, pero no había dejado de sonreír ni de mirarme. Le devolví la mirada, indagué en el fondo de sus ojos, y descubrí la ferocidad de un ave rapaz que sobrevolara alrededor de una víctima que sólo podía ser yo. Sin embargo, cuando le permití continuar, fui el último en comprender el sentido de la intervención que provocó un motín entre mis alumnos.

—¿Qué ha dicho?

Cuando acerté a preguntarlo, el húngaro, pálido como una figura de cera, se había marchado ya sin despedirse de nadie. Mientras salía del comedor tan deprisa como si huyera de un peligro mortal, el muniqués que se había presentado a sí mismo como Friedrich, se levantó y fue hacia Marcos sin dejar de gritar. Estaba tan furioso que creí que iba a darle una bofetada, pero se quedó de pie, junto a su silla, insultándole en una lengua que yo no entendía. Uno de mis dos alumnos holandeses se levantó para apoyar a gritos los argumentos del alemán. El otro había cruzado los brazos sobre la mesa para esconder la cabeza en su interior como un niño asustado. Amparo lo miraba todo con los ojos muy abiertos. La sangre había huido de su cara para prestar a su maquillaje un aspecto grotesco, de máscara pintada, los límites del colorete visibles en su repentina palidez, los oídos cerrados a mi pregunta.

—¿Qué ha dicho? —repetí, mientras la zarandeaba suavemente por el codo.

Ella me miró como si no me conociera. Luego se levantó y salió del comedor sin hablar. Miré al frente y dudé un instante, porque Marcos se había levantado para gritar a su vez, tan cerca de Friedrich como si estuvieran a punto de liarse a hostias. Bueno, pues que se líen, concluí, y me levanté, fui a buscar a Amparo, la encontré de pie, en el centro del salón, retorciéndose las manos con tanto afán como si estuviera escurriendo un paño húmedo.

—Ha dicho... —no tuve que formular la misma pregunta por tercera vez—. Ha dicho que él es un asesino, un criminal, como todos los demás. Que mató a muchos judíos, y a muchos serbios, en un campo, Jasi, Jase... No sé, estoy muy nerviosa, no me acuerdo del nombre. También ha dicho que le gustaba su trabajo, que ganó dos medallas por hacerlo tan bien. Y que su padre le había enseñado que el único serbio bueno es el serbio muerto.

—Y los otros se han cabreado, ¿no?

—Los otros le han dicho que se callara, que no hablara de eso —movía los labios sin mirarme, los ojos clavados en un cuadro situado detrás de mí, como si su mirada pudiera atravesarme—. Pero él ha dicho que no había venido aquí para mentir, que nadie le había dicho que tuviera que mentir. Y ha empezado... Ha empezado a preguntar a los demás porque habían huido ellos, y si nunca... Si nunca habían entrado en una casa por la noche para sacar a unos niños de sus camas, y ha dicho unas cosas... Horribles —me miró, me abrazó, escondió la cabeza en mi hombro—. Ha sido horrible, Guillermo.

—No me llames Guillermo —susurré en su oído mientras escuchaba pasos a mi espalda.

—Yo siento, señora... —Friedrich estaba a nuestro lado, los holandeses un paso detrás de él—. Siento, señor... Rafael. Esto muy malo —negó con la cabeza y un gesto apesadumbrado, que acentuó su aspecto de honrado funcionario con demasiados hijos—. Muy malo. Siento mucho.

—No se preocupe —deshice el abrazo de Amparo con suavidad y me volví hacia él—. No ha sido culpa suya.

—Muy malo, muy malo —repitió, y me tendió la mano antes de añadir en alemán que ellos también se iban.

Amparo les acompañó hasta la puerta pero yo no me moví. La necesitaba para despedir a Marcos, que debía de seguir en el comedor, muy satisfecho, supuse, con la tormenta que había desencadenado. Cuando volvió del recibidor, sin embargo, se negó a entrar conmigo a buscarle.

—Ve tú, a mí ese tío me da miedo. No quiero volver a verle en mi vida. Y además no sé, no entiendo...

—Yo sí —repliqué—. Yo sí lo entiendo.

Pero no tuve tiempo para explicárselo mientras Marcos cruzaba la puerta que separaba el comedor del salón. Llevaba el abrigo doblado sobre un brazo, la bufanda en la otra mano, y lo que había pretendido ocultar, una camisa miserable, más amarillenta que blanca, con el cuello muy raído y un par de botones ausentes, dejaba ver una mancha justo debajo de su garganta, un centímetro por encima de la unión de las clavículas. Aquel grano redondo y diminuto de color rojo intenso, rodeado por una pequeña estrella de piel escarlata, confirmó el diagnóstico que me había sugerido el tono anaranjado de su piel, el ámbar sucio de sus ojos. Era cirrosis y, a juzgar por el aspecto del extraño tatuaje que los libros donde aprendí Medicina denominaban como araña vascular, estaba muy avanzada. Aquella certeza me paralizó por un instante, provocando un dilema moral más complejo de lo que a mí mismo me pareció de entrada. Yo no había dejado de ser médico y mi obligación era advertir a aquel enfermo que consultara con un especialista. Pero aquel enfermo era un hijo de puta cuya muerte supondría un gran bien para la Humanidad. Ningún especialista podría evitar, por otra parte, que aquel beneficio se consumara. Marcos no tenía salvación, y lo sabía. Quizás por eso, porque no tenía ningún interés en aprender una lengua que no iba a tener tiempo de practicar, había cedido al macabro impulso exhibicionista que había arruinado mi primera clase. Hasta ahí todo estaba claro. De ahí en adelante, por más que personalmente le deseara la agonía más cruel, me convenía tener en cuenta que Amparo sabía que yo era médico, que para la misión de Manolo era esencial no despertar sospechas y, sobre todo, que podía permitirme el lujo de quedar bien porque aquel cabrón se iba a morir igual.

—Dile que debería ir a un hospital para que le estudien la mancha que tiene en la garganta.

—¿Qué? —se volvió a mirarme mientras él seguía plantado frente a nosotros, balanceándose levemente sobre las dos piernas, sin dejar de sonreír.

—Díselo —insistí—. Dile que fui enfermero durante la guerra, que he visto casos como el suyo... Este hombre tiene cáncer de hígado. Está muy enfermo.

Antes de traducir, retrocedió un paso para esconder medio cuerpo detrás de mí, como si hasta hablarle le diera miedo. Él la escuchó, asintió con la cabeza, respondió y se echó a reír.

—Ya ha ido al médico y le ha dicho que se va a morir —me comunicó Amparo en un susurro—. Le ha dado tres meses de vida como mucho. Y sabe que va a ir al infierno, porque es muy mala persona.

Cuando ella terminó, asentí con la cabeza sin dejar de mirarle. Marcos me miró, sonrió y añadió algo en alemán.

—Dice que tú no eres de los nuestros —me informó Amparo—. Voy a decirle que él es un gilipollas.

—No, no le digas nada. Acompáñale a la puerta y que se vaya de una puta vez.

—Acompáñale tú —me apretó el brazo—. Por favor. A mí me da miedo.

Al final, se fue él solo. Cuando echó a andar hacia el recibidor, le seguí a distancia. Al abrir la puerta, se volvió, estiró el brazo derecho, dobló tres dedos alargando el índice para simular la forma de una pistola, y apretó un gatillo imaginario para disparar sobre mí antes de marcharse.

—Lo siento mucho, Rafa —Clara me llamó a la oficina al día siguiente y en su voz, melosa y autoritaria a un tiempo, detecté el tono de la superiora de un convento de clausura—. Wilhelm me lo ha contado todo —así descubrí que mi alumno alemán y yo éramos tocayos—. Ha sido culpa mía. No pensaba incluirle en ningún grupo, pero él insistió mucho y sus amigos... —hizo una pausa más larga de lo razonable—. Marcos es el protegido de un camarada muy querido para mí, los dos han sufrido mucho desde que terminó la guerra. Por eso cedí, pero me equivoqué. Lo de ayer debió de ser muy desagradable para ti, para todos, y quiero pedirte perdón.

—No tuvo importancia, Clara, no te preocupes.

—Sí, sí que es importante, a mí me importa. Amparo me ha contado que, después de todo, tuviste la amabilidad de recomendarle que fuera al médico, y él... —la segunda pausa fue más corta que la primera—. ¡Qué decepción, Rafa! Estoy desolada. Es cierto que está muy enfermo, que se va a morir, pero ni eso le sirve de disculpa, aunque... —la tercera, casi imperceptible—. No volverá a molestar a nadie, te lo aseguro.

Al colgar, tuve la sensación de estar saliendo de una nevera, como si su última frase me hubiera apresado en un bloque de hielo que nunca podría derretir con el calor de mi cuerpo. El tono de exquisita cortesía que había escogido para disculparse se había endurecido tanto, y tan abruptamente, que por primera vez acepté que la encantadora señorita Stauffer pudiera ser una mujer temible. Al cabo, ese fue el más acertado de mis diagnósticos, porque Marcos tenía una cirrosis que había metastatizado en otros órganos vitales, pero nunca llegó a retorcerse de dolor en una larga agonía.

—Se lo han cargado —Manolo miró a nuestro alrededor, comprobó que las mesas contiguas a la nuestra seguían desocupadas, y bajó la voz después de pedir alegremente dos cañas a un camarero del Lion con el que ya nos tuteábamos—. Han quitado de en medio a tu alumno alcohólico y bocazas.

No habían pasado ni tres días desde que Clara me advirtió que Marcos no volvería a molestar a nadie, y quizás por eso la noticia me afectó tanto.

—¿Cómo te has enterado?

Él había empezado antes que yo con su propio grupo de conversación, que se reunía los martes y los jueves en casa de Ingrid. Sin contar a la anfitriona, que necesitaba las clases más que algunos alumnos, era evidente que Clara le había puesto al frente de un grupo de huidos más relevantes, más peligrosos e importantes para su organización que los que me había asignado a mí. Entre ellos estaban los dos camaradas de Marcos que habían ido con él a Cercedilla para proteger a Pavelić el 18 de julio del año anterior. Aunque se había propuesto hacerse amigo de sus discípulos, y había instaurado la costumbre de ir a tomar unas tapas todos juntos después de clase, aún no había tenido tiempo de intimar con ellos. No necesitó más, sin embargo, para interpretar las señales que se sucedieron en la víspera del día que vino a buscarme.

Uno de los dos ustachas había llegado con tan mala cara, que el profesor recurrió a su elaborado mal alemán para preguntarle si estaba enfermo. Le había contestado que no, después que sí, por fin que no estaba enfermo pero sí triste, deprimido. Tengo mal de corazón, añadió en español. En ese momento, Ingrid fue hacia él, le dio un abrazo y le dijo en alemán que no debía sentirse culpable, que lo que había hecho era necesario, que él se lo había buscado. El otro ustacha mandó callar a la anfitriona, que acató la orden con su habitual mansedumbre, y ofreció a su compatriota la silla contigua a la que ocupaba para sostener con él una conversación que nadie más logró entender, aunque todos percibieron la consoladora ternura que flotaba en su voz. En las miradas perplejas, nerviosas, que cruzaban entre sí, Manolo adivinó que el resto de sus alumnos ignoraban lo que había sucedido en casa de Amparo. Cuando se dio cuenta de que estaban empezando a asustarse, propuso en alemán que comenzara la clase porque ya habían perdido mucho tiempo. Los dos ustachas estuvieron de acuerdo, aunque el que no estaba deprimido le pidió a Ingrid una copa de coñac para su camarada. Mientras se la bebía de un trago, informó sucintamente a los demás de que había muerto un amigo común, que había sido como un hermano pequeño para el más afectado de los dos. Al despedirse de ellos, Frau Weiss preguntó a qué hora era el entierro. A las ocho de la mañana, le respondieron, en el cementerio grande, el de la plaza de toros...

Aquella noche, después de clase no hubo tapas. Manolo fue andando al trabajo pero antes de llegar entró en un bar que tenía teléfono, marcó el número de la casa de Meg y cuando ella respondió, contó mentalmente hasta tres antes de colgar. A las cinco de la mañana, una señora de la limpieza entró en el edificio donde Adrián Gallardo Ortega trabajaba como portero de noche. Cuatro horas más tarde, una mujer que se presentó como funcionaria de la Sección Consular de la representación diplomática del Reino Unido en Madrid, telefoneó a las oficinas del cementerio de la Almudena para preguntar si se había enterrado recientemente a algún varón extranjero, quizás indocumentado, que pudiera coincidir con un ciudadano escocés que había desaparecido de su casa tres días antes. Así se enteró de que aquella misma mañana se había celebrado en efecto el entierro de un extranjero, aunque se trataba de un hombre de treinta y cuatro años con nacionalidad española y un nombre muy raro, que no parecía escocés, y que según el acta de defunción, había muerto de cáncer de hígado.

—Pero tú no te lo crees.

—No —Manolo volvió a mirar a su alrededor aunque nadie había ocupado las mesas vacías—. Su camarada, el del corazón enfermo, le ha dado matarile, estoy seguro.

—Bueno, al final ha tenido un final mejor que el que le esperaba.

—A lo mejor por eso se lo buscó.

Aquella hipótesis me pareció descabellada, pero cuando tuve tiempo de pensar más despacio, comprendí que la muerte de Marcos podría considerarse un suicidio pasivo, consumado por mano ajena. Aunque apenas le había conocido, no creía que fuera el tipo de hombre al que le falta valor para matarse con sus propias manos, mucho menos un estúpido, así que cuando optó por derrochar sinceridad en casa de Amparo, debía de tener alguna razón para firmar en público su sentencia de muerte. Nunca la descubriríamos. Nunca llegaríamos a averiguar qué clase de cuentas pendientes tenía con sus camaradas, por qué le compensó verlos temblar de miedo, si no tuvo tiempo de suicidarse antes de que fueran a buscarlo o si quiso hablar con su asesino antes de morir, pero su muerte impactó en la red Stauffer y en todos sus satélites para provocar efectos duraderos. El que más me afectó a mí, produjo tan poca inquietud en el falso Adrián Gallardo como habría producido en el auténtico.

—¿Y qué esperabas? Siempre ha sido así, siempre, desde el principio. Mientras las chimeneas de media Polonia echaban humo las veinticuatro horas del día, ellos decían que todo era mentira, una infamia inventada por sus enemigos. Hablaban del campo de Theresienstadt, una especie de jardín de infancia de pega donde rodaron un montón de documentales de propaganda, como si alguien se creyera que seguía existiendo, como si no nos hubiéramos enterado de que los judíos de aquellas películas habían ido a parar a Auschwitz el mismo día que las cámaras salieron por la puerta... Son muy mala gente, Guillermo, malos de verdad. No se te ocurra confiar en ninguno.

Les había visto sonreír, abrazarse, levantar el brazo como había levantado el puño yo tantas veces, cantar su himno con lágrimas en los ojos, pero hasta aquel momento no había logrado temerles. Me parecían demasiado normales, demasiado simpáticos, incluso cariñosos, como para no encajar en el molde nostálgico de una agrupación de exiliados que se lamían mutuamente las heridas después de su derrota. Había disfrutado a menudo de su hospitalidad, siempre más espléndida que generosa, y me había acostumbrado a la excelente educación que afloraba en sus gestos, sus palabras y actitudes. Eran tan exageradamente corteses que su caballerosidad desbordaba los usos sociales de la época en la que vivíamos, impregnando sus figuras con un brillo anacrónico y mustio que, como el bigote de Pavelić, parecía provenir de otro siglo. Pero la muerte de Marcos les arrancó la piel, trituró su carne, dejó a la vista los huesos que yo no había sido capaz de adivinar. Y nada volvió a ser igual.

Antes de comenzar mi segunda clase, Friedrich le pidió a Amparo que nos acompañara al comedor. Después, sin llegar a sentarse, se dirigió a nosotros para pedirnos disculpas, posando la mano derecha en el lado izquierdo de su cuerpo, sobre el corazón. Aclaró que hablaba en nombre de todos mientras los demás asentían a sus palabras en un silencio litúrgico de cabezas bajas y gestos graves, ejecutando un perfecto ejercicio de cinismo colectivo que no estorbó a mis ojos para distinguir, sobre la cabeza de su portavoz, la goma de la careta de funcionario abnegado, feliz padre de familia numerosa, que ocultaba su verdadero rostro. Su actuación resultó tan impecable como la de sus camaradas, pero el contenido de su discurso no estuvo a la altura de su talento dramático. Mientras le devolvía una sonrisa tan falsa como la que me entregaba, no encontré en sus palabras ni un solo eco de autenticidad, ningún elemento ajeno a los que componían un argumento preconcebido, tan frágil en apariencia como elocuente en realidad.

Wilhelm, alias Friedrich, me pidió perdón por la actitud de Marcos, por su falta de respeto hacia mí, hacia la voluntaria y gratuita generosidad que nunca podrían agradecerme bastante. Se disculpó también por la violencia verbal con la que había correspondido a su agresión, por el estrépito que había enturbiado la paz de una casa tan respetable, por el disgusto que sin duda no habría consentido que su dueña conciliara el sueño aquella noche. En ningún momento llegó a insinuar que Marcos hubiera mentido, y no desarmó una sola de sus acusaciones. Girando sin parar sobre las mismas fórmulas de cortesía, como si bailara un vals perpetuo en un inmenso salón palaciego, tampoco expresó en voz alta el único concepto que le interesaba fijar en mi memoria, en la de Amparo. Nosotros sabemos que vosotros sabéis quiénes somos, pero no os preocupéis, porque nadie volverá a levantar la alfombra que cubre nuestro pasado, y si alguien lo intentara, vosotros, como nosotros, sabéis el precio que pagará. Eso era lo único que pretendía comunicarnos Wilhelm, o Friedrich, o comoquiera que se llamara, mientras yo le ofrecía mi propia máscara sonriente, ocultando tras la curva de mis labios que lo único que me interesaba de él era ya su verdadera identidad, las decisiones que hubiera sido capaz de tomar, los crímenes que le hubieran llevado a ocupar la cabecera de la mesa de comedor de don Fermín Martínez. Amparo, a mi lado, estaba tan tranquila como si aquella pequeña representación teatral la hubiera satisfecho por completo. Pero ella también tuvo tiempo para pensar antes de que terminara la clase.

Cuando mis alumnos salieron en grupo, tal como llegarían y se marcharían todas las tardes a partir de entonces, me arrastró a la cama para demostrarme que la muerte de Marcos había acertado a deslizarse entre nuestros cuerpos, el suyo siempre tan irresistible para mí que hacía innecesaria cualquier sobreactuación. Y sin embargo, mientras se esforzaba por conservar el control de sus gestos, de su voz, Amparo sobreactuó, exageró, fingió como si creyera que iba a poder engañarme. Vestida quizás lo habría logrado, desnuda no. Yo conocía cada uno de sus ritos, de sus gestos, su manera de pedir lo que le gustaba, el ademán al que recurría para rechazar lo que no le apetecía, los movimientos que precipitaban o aplazaban su placer y la frontera desde la que ya no sabía volver, un terreno al que ni siquiera logró acercarse mientras se exiliaba por su propia voluntad a un desértico campo de maniobras donde practicó un insólito repertorio de novedades, una exhibición de vampiresa de manual cuyo rendimiento quedó muy por debajo de los frutos de su simple y espontánea naturaleza.

—¿Qué te pasa, Amparo?

No me contestó. Se separó de mí y se quedó muy quieta, con los brazos pegados al cuerpo, los ojos brillando más de la cuenta.

—Anda, cuéntamelo —insistí—. Dime qué te pasa.

Habíamos atravesado juntos una guerra civil. Ella se había entregado a mí en territorio enemigo, había ejercido el derecho del vencedor, había saqueado mi casa, se había llevado a mi hijo, me había abandonado nueve años antes de que el azar y el deseo nos reunieran de nuevo, y nada nos había impedido navegar sobre aguas tan turbias que su espesura no nos consentía distinguir el fondo. Durante todo ese tiempo, el sexo había podido con todo, nos había absuelto de cualquier pecado, había rellenado las hondonadas, había limado los montes, había fabricado una planicie sólida, estable, donde no necesitábamos hacer equilibrios para estar de pie. Ella había creído que mis clases de español añadirían una nueva capa de cemento, más lisa y perfecta, al falso suelo que nos preservaba del fango, pero no contaba con la confesión de Marcos y no era culpa suya. Cuando le conocí, yo no estaba habituado a los protocolos de la corte de Viena que imperaban en el círculo de su amiga Clarita, pero ella lo había frecuentado lo suficiente como para no temer a ninguno de sus integrantes. Hasta que aquel hombre habló, y sus palabras proyectaron los chorros de sangre humana, caliente, que todavía manchaban las paredes de su casa, que flotaban en el millón de diminutas, invisibles partículas que tragábamos al respirar, que nos marcaban como si se hubieran estampado para siempre en nuestra piel. Había calculado mal, y tenía miedo.

—Es que... No quiero que me dejes, Guillermo.

Tenía miedo de mí, pero no sólo de perderme. Marcos, en su vida y en su muerte, le había explicado dónde se había metido y le inquietaban las consecuencias de haberme abierto las puertas de par en par. Tenía miedo de lo que yo ya sabía, de lo que podría aprender en el futuro, de lo que podría contar algún día. Había dejado de fiarse de mí, porque se había dado cuenta demasiado tarde de que nuestra historia no era una simple reedición de la pasión que nos había unido una vez. En 1936, ambos éramos inocentes de los acontecimientos que nos zarandearon como si una mano desconocida tirara de unos hilos invisibles, el encierro que había compartido con su abuelo, la muerte de don Fermín, su desamparo, la voluntad de nuestros cuerpos, nuestra impotencia frente a ellos, la diversión, el placer, la luminosa alegría que floreció entre los escombros. En aquella época, Amparo confiaba en mí y yo ya sabía que no era de fiar, pero eso no tuvo importancia mientras Madrid estuvo en manos de los míos. Ahora ella ni siquiera sabía quiénes eran los míos, para quién trabajaba un hombre al que seguía llamando Felipe cuando nadie podía escucharla, por qué nos habíamos metido por nuestra propia voluntad en la boca del lobo, por qué avanzábamos tan alegremente hacia su garganta. Y yo no iba a explicárselo.

—¿Por qué iba a dejarte? —me acerqué a ella, acaricié su cadera muy despacio, comprendí que tenía razón, que no tardaría mucho tiempo en dejarla, y la frialdad con la que elaboré ese razonamiento me dejó helado—. Vamos en el mismo barco, ¿no? Si se hunde, nos hundiremos juntos.

Ella deshizo el hielo. Se apretó contra mi cuerpo, me rodeó con sus piernas, con sus brazos, me besó en la boca como si fuera la última vez, y cedí una vez más a la tentación de pensar que quizás estuviera enamorada de mí. Luego, después de un polvo brusco e intenso, donde todo fue auténtico y se benefició por igual de la tensión que aún enrarecía el aire de su dormitorio, comprendí que eso no tenía importancia. Amparo era demasiado egoísta como para conjugar el verbo enamorarse sin condiciones, y los dos sabíamos que yo no le convenía. La novedad era que ella sí me convenía a mí, y seguiríamos follando juntos hasta que dejara de hacerlo. No era un pensamiento bello, pero hacía juego con la sangre que manchaba las paredes, la siniestra atmósfera que respirábamos al mismo ritmo y la repentina frialdad de mis cálculos. Yo jugaba con ventaja. Conocía la verdad, las reglas de un juego que ella sólo podía practicar a tientas, y por eso mi ánimo recobró la temperatura de la normalidad mucho antes de que mi cuerpo abandonara su cama. Amparo tardó más tiempo en volver a comportarse como si nunca hubiera conocido a Marcos, pero ni ella ni yo volvimos a mencionarle.

A mediados de febrero, Meg alquiló una finca en la provincia de Toledo para que pudiera practicar con mi Smith and Wesson durante todo un fin de semana, y no sólo aprendí a disparar. También descubrí, para mi asombro, que tenía buena puntería.

—No lo entiendo —después de reventar tres de cinco botellines vacíos a unos cuantos metros de distancia, me volví hacia la pareja que había vuelto a besarse con tanto afán como antes de que disparara el primer tiro—. En las verbenas no he ganado en mi vida ni un triste peluche, y ahora... Qué raro.

Mi puntería todavía mejoró bastante durante aquella primavera, con las Luger que Herr Messerschmidt ponía a disposición de sus invitados todos los domingos, hasta que el 18 de julio volvió a funcionar como una fiesta de fin de curso. Don Eduardo nos consideraba ya parte de su círculo y para demostrarlo nos animó a acudir con compañía. Yo fui con Amparo. Manolo invitó a Ingrid, pero aunque ella se lo agradeció, acabó rechazando la invitación porque a Clara, dijo, igual no le gustaba verla allí. Al día siguiente, sin embargo, se fueron juntas a Sitges y todo se interrumpió hasta primeros de octubre.

Justo entonces, después de un año y medio de inactividad, cuando parecía que ya no iba a pasar nada, averigüé qué quería Fräulein Stauffer de mí, y empecé a sospechar que nadie me había hecho nunca un regalo tan valioso como una Smith and Wesson sin número de registro y con abundante munición.

Es uno de los últimos días de febrero de 1948 y Sefton Delmer está en Madrid.

Hijo primogénito del filólogo australiano Frederick Delmer, profesor de Literatura Inglesa en la Universidad de Berlín, Sefton nace en la capital del Reich en 1904, y asimila como propias la lengua y las costumbres de su país de nacimiento. Pero en 1914, el estallido de la Primera Guerra Mundial arruina la plácida existencia de los Delmer en la Alemania que tanto aman. Frederick, detenido y encarcelado como enemigo en el campo de internamiento de Ruhleben por su condición de ciudadano de un país de la Commonwealth, no recupera la libertad hasta que, en 1917, un canje de prisioneros entre Londres y Berlín permite repatriarle a Inglaterra con toda su familia. Una vez allí, los Delmer deciden quedarse en lugar de volver a Australia.

Tras obtener una licenciatura en Germánicas en Oxford, Sefton trabaja como periodista *free lance* hasta que el *Daily Express* le ofrece la jefatura de su delegación en Alemania. De vuelta en Berlín, frecuenta la compañía del dirigente nazi Ernst Röhm y se convierte en el primer periodista británico que entrevista al Führer. Hitler le invita a viajar en su avión privado durante la campaña electoral de 1932 y, en febrero de 1933, Sefton forma parte del séquito que le acompaña a inspeccionar las ruinas del Reichstag. En esa época, el gobierno británico le considera un simpatizante nazi a sueldo de Berlín, y quizás por eso, antes de que acabe 1933, el *Daily Express* le traslada a sus oficinas en Francia.

Fuera o no simpatizante del NSDAP durante una época, al regresar a Inglaterra, en septiembre de 1940, se incorpora a la plantilla de la Dirección de Operaciones Especiales *(Special Operations Executive,* SOE), recién fundada por Churchill para desarrollar acciones de espionaje, sabotaje y reconocimiento militar contra el Tercer Reich. Desde entonces y hasta el final de la guerra, se convierte en un virtuoso de la llamada «propaganda negra». Presentándose como un ciudadano nazi y alemán residente en Gran Bretaña, Delmer se dirige a las tropas de ocupación del Reich repartidas por Europa Occidental desde diversas emisoras de radio clandestinas en apariencia, que cambian constantemente de frecuencia y localización geográfica. En estas emisiones, mientras simula apoyar a los ocupantes, les proporciona noticias falsas destinadas a minar su moral, informándoles, por ejemplo, de que las autoridades han reprimido ya los motines provocados por la carestía del pan en alguna región, o de que está controlada la epidemia vírica que ha causado la muerte de centenares de niños en una determinada ciudad. Su obra maestra es la Soldatensender Calais (Radio de las tropas de Calais), emisora desde la que desinforma a conciencia, sustituyendo la verdadera localización de las defensas británicas por datos erróneos que, en un hipotético desembarco, habrían conducido a los barcos alemanes al desastre, mientras enseña frases en inglés —*My tailor is rich, I love my mom, My ship is on fire*— a sus tripulantes.

A finales de febrero de 1948, Sefton Delmer se hace pasar una vez más por un ciudadano nazi y alemán para traspasar el umbral del número 14 de la calle Galileo de Madrid. No tiene que esforzarse en dar explicaciones. Al escuchar su impecable acento berlinés, la portera del inmueble, muy familiarizada con esta clase de visitas, le dirige sin vacilar al domicilio de la señora Stauffer. Allí, con la misma desprevenida naturalidad, le atiende un joven alemán de pelo muy rubio, que le anuncia que Clarita está enferma y no podrá recibirlo. A cambio le guía, a través de una oficina donde trabajan varias secretarias, hasta un despacho donde le recibe un hombre mayor que él, que se presenta a sí mismo como Herr Vost.

Este estrecho colaborador de la dueña de la casa le explica con una preocupación cariñosa, paternal, que Fräulein Stauffer está muy enferma porque trabaja demasiado. Siempre está en ruta, añade, viajando sin cesar, visitando a personas que la necesitan y a quienes puedan ayudarles, sacando a presos de los campos de concentración españoles, buscando trabajo para los excarcelados o ayudándoles a salir del país. Después, sin disimular su orgullo, le confiesa que la organización que dirige su jefa se ocupa de más de ochocientas personas. En ese instante, Sefton Delmer deja caer su máscara y revela su verdadera identidad. Mientras el rostro de su interlocutor viaja entre el asombro y el pánico a más velocidad de la que desarrolla el automóvil de la incansable Fräulein Stauffer, añade que trabaja para el *Daily Express* de Londres y ha venido a Madrid con el único propósito de entrevistarla, porque le interesa mucho la descripción que el Consejo de Control Aliado hace de su actividad, y el hecho de que sea la única mujer reclamada.

Herr Vost se levanta y sale de la habitación sin decir una palabra. Unos minutos más tarde, sin haber recuperado todavía el color, reaparece para pedir a Delmer que le siga. Le precede a través de un comedor de madera oscura que al británico le parece de estilo alemán, para franquearle a continuación la entrada a un dormitorio presidido por un enorme crucifijo de roble. A su amparo, reclinada sobre almohadas y perfectamente presentable dentro de un camisón que sólo deja a la vista sus manos y su cabeza, Clara Stauffer reposa en su cama. «Su cara, con sus fanáticos ojos azules, el pelo castaño peinado con raya en medio, la barbilla prominente, enérgica, es de esa clase de rostros a los que jamás he sabido calcular la edad», escribe Sefton después. Su anfitriona es, sin embargo, una estricta coetánea suya, puesto que ambos nacieron en 1904.

Fräulein Stauffer, pálida y sudorosa, no se descompone en absoluto. Cortés, incluso amable, se disculpa por el estado en el que tiene que recibirle, por culpa de una pleuresía de la que le costará trabajo recuperarse, porque el teléfono de su mesilla no para de sonar. Después, sin reprocharle la impostura que le ha permitido entrar en su casa, le pregunta qué desea saber.

Sefton Delmer le pregunta sin preámbulos si es cierto que dirige una red de evasión de criminales de guerra y jerarcas nazis. Ella responde que ayuda a mucha gente. Sin pudor alguno, le explica que la mayoría de los alemanes y colaboracionistas retenidos en España desean regresar a su patria, pero algunos prefieren emigrar a un tercer país. Por eso está en contacto con una red de acogida de emigrantes que dirige en Buenos Aires una señora alemana, buena amiga suya, llamada Cissy von Schiller, que ha residido en Madrid hasta 1947. Y con la misma serenidad, un aplomo aplastante, reconoce mantener también contactos con el Vaticano, dado que algunos de sus protegidos eligen cruzar el Atlántico desde Génova.

La falta de discreción, limítrofe con la arrogancia, de Clara Stauffer asombra a su entrevistador hasta que le pregunta si el gobierno español conoce su trabajo. En ese momento, el descaro de la entrevistada se incrementa hasta desbordar los límites de la chulería. Con una sonrisa de superioridad, responde que naturalmente el gobierno español está al corriente de su labor y que cuenta no sólo con su comprensión, sino también con la protección del Generalísimo. Aunque Delmer ya lo sabe, recalca su íntima amistad con Pilar Primo de Rivera y su fraternal camaradería con los artífices de la nueva España. Y afirma que no siente la menor inquietud. Que no tiene motivos para temer nada, ni a nadie.

Su última afirmación no es completamente cierta. A pesar de su soberbia, Clara Stauffer no se siente segura del todo. Si fuera así, no necesitaría mentir, y sin embargo, miente. Con la misma firmeza con la que ha declarado todo lo demás, aclara a su entrevistador que maneja una información incompleta. A continuación, afirma que también ha ayudado a varios miembros del PCE a salir del país. Esto, por supuesto, es una mentira que ningún español habría creído. Pero Sefton Delmer no es español, y anota ese dato en su libreta.

Pocos días más tarde, el *Daily Express* anuncia en portada, como gran exclusiva, la entrevista de Sefton Delmer a Clara Stauffer.

El revuelo que causa en la opinión pública, dentro y fuera del Reino Unido, es considerable.

Al leer el reportaje, los exiliados republicanos en medio mundo ceden seguramente a la tentación de encender una vela a la esperanza una vez más.

Pero su llama no dura mucho porque, una vez más, no pasa nada.

MADRID, 28 DE NOVIEMBRE DE 1948

Manolo me llamó a la agencia un par de días antes para quedar conmigo a media tarde. No me extrañó su llamada pero sí el lugar que me propuso, porque aquel día era domingo y sólo nos veíamos en el Lion cuando venía a buscarme al trabajo. Supuse que quería tratar de algo importante en un local donde nuestra presencia no llamara la atención y acerté. Al escuchar la novedad que quería comunicarme, habría dado cualquier cosa por estar equivocado.

—Me voy a Buenos Aires a mediados del mes que viene.

Ninguno de los dos movió un músculo. No pedí una botella de champán, él no se ofreció a pagarla, y ni siquiera sonreímos. Nuestro silencio se hizo tan compacto como si no acabáramos de alcanzar la meta que perseguíamos desde hacía más de dos años, un éxito esplendoroso en sí mismo al margen de que llegara a coronarlo, o no, al otro lado del océano. Yo había asumido ciertos riesgos, pero el héroe de aquella aventura tenía la nariz rota, y ese sacrificio representaba una ínfima parte de la factura que había pagado para llegar a darme aquella noticia. Manuel Arroyo Benítez había renunciado a su propia identidad, a una existencia cómoda, a un sueldo fijo en un país democrático, neutral, a la narcótica melancolía del exilio, a la posibilidad de echar raíces, de casarse, de tener hijos, propiedades y amigos, un proyecto de vida propio. Yo tenía motivos para lamentar que se fuera a la Argentina, los mismos que me habían impulsado a agradecerle que me regalara una pistola, pero después de repasar la lista de todo lo que

490

él había dejado atrás para tener una sola oportunidad de hacer aquel viaje, me dio vergüenza repasarlos en voz alta. Eso no me ayudó a comprender por qué no estaba contento.

—No me gusta —él mismo me lo explicó antes de que tuviera tiempo de preguntárselo—. Yo siempre había creído que embarcaría solo, pero Clara me ha anunciado que seguramente viajaremos juntos.

—Bueno, eso es mejor para ti, ¿no? Durante el viaje podréis hablar, podrás averiguar...

—Ya —me cortó—. Pero no es lógico, y por eso no me gusta. Tampoco sé demasiados detalles, no creas. No me ha contado el itinerario, ni la fecha exacta. Lo único que me ha dicho es que tengo que dejar el trabajo pasado mañana, que vaya haciendo las maletas y que no me preocupe, que ella se encarga de todo. Y ya sabes cómo es cuando se le mete algo entre ceja y ceja.

—Sí, lo sé —por eso me animé a hablar de mí mismo—. Pero entonces, cuando Otto me llame...

—Lo más seguro es que yo ya no esté —hizo una pausa para mirarme a los ojos—. Vas a tener que trabajar solo, Guillermo.

—Joder —y eso fue lo único que se me ocurrió decir.

Él estudió las dos tazas de café con leche que había sobre la mesa y levantó la mano para llamar a un camarero que nunca nos había visto.

—¿Whisky?

—Whisky.

—¿Doble?

—Claro.

—Escúchame bien, Guillermo —y siguió hablando, sin más pausa que la precisa para que nos sirvieran las copas—. A pesar de su fama, Otto no es demasiado peligroso. No te lo digo para animarte, estoy hablando en serio. Tú ves todas las semanas a gente mucho peor...

Por fin habíamos logrado identificar a mis alumnos. Mientras le escuchaba, fui repasándolos uno por uno. El húngaro Attila, con esa mirada triste que parecía un anuncio publicitario del alma eslava, ordenaba a sus hombres que empujaran con las culatas de sus fusiles a judíos maniatados para que se ahogaran en el Danubio. Friedrich, o Wilhelm, que, en efecto, era funcionario y tenía muchos hijos, pudo enviarlos a estudiar a Berlín con el sobresueldo que se sacaba reduciendo hasta lo inexistente las raciones que mataban de hambre a los internos de Dachau, donde trabajaba como intendente. Abraham, uno de mis dos holandeses, escondió la cabeza entre sus brazos al escuchar en voz alta una precisa descripción de su trabajo policial. Olij, su compatriota, oficial de las SS, alcalde de su pueblo en los últimos años de la guerra, podía presumir del precio que el gobierno holandés ofrecía por su cabeza. Y eso sin contar a un enfermo de cirrosis al que no llegó a liquidar su enfermedad.

—Otto es un soldado, Guillermo, aunque no hiciera la carrera militar, es un soldado —insistió, antes de hacerle una seña al camarero para que nos rellenara las copas—. Nazi ferviente, desde luego. El jefe de operaciones especiales favorito de Hitler, el liberador de Mussolini, el secuestrador del hijo de Horthy, el infiltrado de Las Ardenas, claro que sí, ese era su trabajo y lo hizo muy bien. Mató a muchos enemigos en el frente y en sus misiones, como todos, pero a pesar de su aspecto, de sus cicatrices, de sus fanfarronadas, es un militar, no un asesino. En Núremberg le absolvieron, no lograron levantar una causa por crímenes de guerra contra él. Y estoy seguro de que no se siente en peligro porque, además... —vació su copa de un trago—. Meg se enfada conmigo cuando lo digo, pero estoy convencido de que trabaja para los yanquis, porque a ver cómo se escapó de Darmstadt, si no...

El 8 de octubre de 1948, a las dos menos cuarto de la tarde, una recepcionista vino a avisarme de que una señora me esperaba en el vestíbulo. Me preguntó si quería que la hiciera pasar y le dije que no, porque tenía una cita para comer y no me iba a dar tiempo a atenderla. Antes de levantarme de la silla, maldije mi suerte y la de aquella mujer, a la que tendría que dejar a solas con su angustia durante al menos dos horas, quizás toda la tarde.

A aquellas alturas, la condición de mis pacientes clandestinos había cambiado mucho. Antes incluso de que el PCE renunciara a la lucha armada, los guerrilleros que seguían combatiendo en el monte habían desarrollado infraestructuras relativamente complejas. En cada grupo, alguien sabía desinfectar, vendar, entablillar y coser, y para los casos graves, solían contar con algún médico de los pueblos cercanos. Aunque nunca pasaba demasiado tiempo antes de que me encontrara con un herido de bala sobre la mesa de un comedor, los curtidos soldados de antaño habían cedido su lugar a chicos muy jóvenes, estudiantes, huelguistas, obreros sin experiencia previa ni formación militar, que se enfrentaban a la policía con una determinación casi suicida, como en diciembre del 46, pero la mayoría de mis pacientes eran simplemente pobres, miembros de familias antifranquistas, comunistas o amigos de algún comunista, sin dinero para pagar un médico privado o con motivos para no presentar su documentación en un hospital. Eso era lo que esperaba cuando salí de mi despacho para darme de bruces con una escena que no supe interpretar.

—¡No te quedes ahí parado, Rafa! —Clara Stauffer, apoyada en la puerta del despacho de mi jefe, me reclamó con una sonrisa radiante—. ¿No te había contado que conozco a Gabino? Somos amigos de toda la vida.

—Desde los gloriosos años de Salamanca —el señor De la Fuente, que apenas respondía a mi saludo en las raras ocasiones en las que nos cruzábamos por el pasillo, me dedicó otra sonrisa, la primera que veía en su rostro, antes de volverse hacia ella—. Qué tiempos aquellos, ¿verdad? No pasa un solo día sin que los recuerde, la camaradería, la ilusión...

—La juventud, Gabino, que se fue para no volver.

La señorita Stauffer había llamado el lunes, a primera hora, para invitarme a comer con cinco días de antelación. Pronunció las mismas palabras que había escogido el 18 de julio del año anterior, cuando nos encontramos en Cercedilla. Quiero presentarte a un amigo muy querido, me había dicho, y la posibilidad de que se tratara del dueño de La Meridiana me dejó con la boca abierta para que interpretara erróneamente mi expresión.

—Pero no pongas esa cara, hombre, que hemos estado hablando muy bien de ti, ¿a que sí, Gabino?

—Claro —el dueño de mi empresa asintió con energía—, y eso que no sabía que teníamos una amiga en común, ni que usted colabora tan generosamente con las buenas causas.

—Sí —ella respondió por mí—, y por eso deberíamos irnos ya.

Su coche no tardó ni cinco minutos en llevarnos hasta Horcher, un restaurante alemán tan caro que jamás se me había ocurrido curiosear la carta expuesta junto a la puerta. Antes de empujarla, me miró para hacerme una extraña advertencia.

—No te asustes. Mi amigo Rolf está muy desfigurado. Sé que da miedo verle, pero te aseguro que es de los buenos.

El *maître* la saludó con todo el cariño admisible en su posición y nos precedió sin hacer preguntas hasta un pequeño reservado situado al fondo del local. Él estaba sentado, esperándonos, y cuando se levantó, su estatura me impresionó más que sus cicatrices.

—*Mein Lieber!*

Yo medía un metro ochenta y casi siempre era el más alto de los españoles con los que me relacionaba. En los últimos tiempos había frecuentado a extranjeros que superaban mi estatura, pero el tamaño de aquel hombre desbordaba todas las escalas. Cuando Clara se apoyó en su pecho para abrazarle, parecía una niña regordeta en los brazos de su padre. Al estrechar su mano, calculé que su estatura andaría cerca de los ciento noventa y cinco centímetros. Me presenté y él me respondió sin palabras, inclinando la cabeza con una sonrisa que se desparramó desde las comisuras de sus labios para iluminar toda su cara.

Mis conocimientos de la lengua alemana se limitaban a una veintena de palabras, términos médicos y algunas fórmulas de cortesía, entre ellas la que Clara había elegido para saludarle. Sin embargo, cuando nos invitó a tomar asiento, eso me bastó para comprender que no se había molestado en presentarme. Su omisión significaba que el tercer comensal ya sabía quién era yo, cómo me llamaba y por qué iba a comer con ellos. También que ambos habían decidido que Rafael Cuesta, humilde empleado de La Meridiana, jugara aquella partida en desventaja. Se equivocaban, porque yo sólo había visto una fotografía del hombre sentado a mi izquierda, pero no había podido olvidarla.

—*Mensur* —murmuré al encontrarla, entre otras muchas desperdigadas sobre la mesa del portero de un edificio de la Gran Vía.

—¿*Mensur*? —Manolo arqueó las cejas—. No, este se llama Skorzeny, Otto Skorzeny, pero no debería estar aquí.

Habíamos reservado aquella sofocante madrugada del mes de julio para ver fotos, retratos más o menos nítidos de hombres casi siempre uniformados a quienes, con suerte, podríamos encontrarnos vestidos de civil en la fiesta de Messerschmidt. Yo había celebrado aquella sesión, casi un recreo embutido en el curso acelerado de nazismo que mi amigo consideraba imprescindible, pero después de una hora, todas las fotos me parecían iguales, todos los nazis, el mismo. Todos, menos él.

—No me refiero a su nombre, sino a las cicatrices, sobre todo a esta.

Señalé el costurón que atravesaba la cara de un oficial de las SS de pelo castaño, ojos claros, en un retrato de estudio de muy buena calidad. El modelo había posado en escorzo, un ángulo calculado para que se distinguiera bien la huella del sable que le había rajado la piel desde la base del pómulo izquierdo, cerca de la oreja, hasta el final de la barbilla. Se había salido con la suya, desde luego, aunque su cicatriz era tan larga, tan profunda, que habría acaparado la atención del espectador incluso en una imagen movida o desenfocada.

—Esto se llama *Schmiss* —exploté mi exiguo vocabulario alemán mientras la recorría despacio, con la punta del índice—, y no es una cicatriz corriente, sino una especie de marca de honor, una condecoración que demuestra el valor de quien la exhibe. Este hombre será austríaco, ¿no? —Manolo asintió con la cabeza y yo asentí a su gesto—. El *Mensur* es muy popular en Austria, entre los jóvenes de clase alta. Es una especie de esgrima salvaje que se practica sin careta, porque lo que buscan los participantes es, precisamente, que les rajen la cara, para poder lucir un *Schmiss* que pruebe que no han tenido miedo, que han soportado el sable de su rival sin retirarse —sonreí al ceño fruncido de mi amigo—. Una locura, vamos.

—¿Y tú cómo sabes todo eso?

—Porque lo estudié en la carrera. El *Mensur* es una fuente inagotable de conocimiento sobre las heridas de arma blanca y su cicatrización. Ni te imaginas lo que llegan a hacer para evitar que su *Schmiss* se cierre con el tiempo. Este es perfecto. Seguramente se metió crin de caballo en la herida para conseguirlo.

Manolo hizo una mueca de asco antes de quitarme la foto de las manos.

—Desde luego, es muy capaz —cogió la foto y la estudió con tanta atención como si fuera la primera vez que la veía—. Los americanos le llaman *Scarface*, Caracortada, pero no nos interesa porque no vamos a encontrárnoslo en Cercedilla —y devolvió la foto a la carpeta de la que había salido con un comentario revelador—. Vamos, digo yo que no nos caerá esa breva...

Casi un año y medio después, aquella breva había caído en la silla que estaba a mi izquierda. El hombre que la ocupaba no era exactamente un desconocido para mí, porque no me acordaba de su apellido pero sabía que no se llamaba Rolf. Estaba seguro de que Manolo me contaría su vida con pelos y señales en la primera ocasión, y ni siquiera me hizo falta esperar tanto. Antes de que llegara el primer plato, ya había aprendido varias cosas sobre él.

—Mi gustaba más Horcher di Berlín —la primera fue que hablaba mejor español que la mayoría de mis alumnos al empezar las clases.

—Uno de los restaurantes favoritos del Führer —la segunda que, en su presencia, Clara Stauffer mencionó a Hitler en voz alta por primera vez desde que me invitó a frecuentar su círculo.

—¿Lei conoció Horcher di Berlín? —la tercera que, como muchos austríacos, Caracortada hablaba el italiano con fluidez.

Estaba a punto de responderle que nunca había tenido esa suerte, cuando las puertas del reservado se abrieron de golpe para dar paso a un prototipo distinto, más proporcionado y elegante, de hombre alemán, un caballero prusiano de ojos claros y pelo engominado que avanzó con los brazos abiertos hacia un impecable *Schmiss*.

—¡Otto! —eso fue lo único que entendí de lo que dijo.

—¡Otto! —lo único de la respuesta que su interlocutor combinó con un abrazo tan fuerte que hasta le levantó un instante del suelo.

Clara me miró, se encogió de hombros y se echó a reír con pocas ganas.

—Bueno, pues ya sabes cómo se llama nuestro amigo —reconoció con una expresión de fastidio—. Supongo que no se te olvidará, pero lo mejor para todos, sobre todo para él, es que sigas llamándole Rolf.

Los dos Ottos seguían abrazados cuando le garanticé que así sería. Después, el último en llegar me saludó, se presentó como Otto Horcher y disculpó su irrupción por la alegría de reencontrarse con un viejo amigo. Debían de haberlo sido de verdad, porque las huellas de una emoción intensa habían robado el protagonismo a las cicatrices en el rostro del gigante que volvió a sentarse a mi lado. Clara se inclinó hacia él, cubrió con la suya una de sus manos, y le dirigió unas palabras de las que sólo comprendí la dulzura. Su destinatario negó con la cabeza antes de soltar una parrafada en un tono sombrío, más amargo que triste. Sin comprender lo que dijo, lo comprendí todo al identificar en su voz el acento de la derrota, la más vieja y áspera de mis amantes, pero Clara no celebró su compañía y volvió a intervenir con una energía casi maternal, una amorosa regañina que logró dibujar una sonrisa en los labios del hombre que sacudió la cabeza, tomó la mano que reposaba sobre la suya, y la cubrió de besos antes de apoyarla en su mejilla. En ese instante, tan propicio a la música de violines, un estrépito de ruedas y metales aportó un final impropio de cualquier interludio sentimental. Sus intérpretes eran tres camareros que sirvieron las entradas frías con la eficacia de unos autómatas incapaces de descifrar las emociones humanas. Como si quisieran garantizar que no se habían enterado de nada, recurrieron a la misma mecánica eficiencia para describir el contenido del plato que teníamos delante.

—¡Mmmm! —el falso Rolf cerró los ojos para apreciar mejor el sabor del primer bocado—. *Köstlich!*

—Exquisito —me sumé a sus alabanzas al descubrir que la cocina de aquel local superaba su fama y mis expectativas—. Está todo buenísimo.

—Me alegro de que os guste —Clara sonrió antes de volverse hacia su otro invitado, pero ya no volvió a hablarle en alemán—. Nada bueno se acaba, ¿lo ves? Lo bueno siempre perdura, vive en la memoria, se proyecta en el futuro, así que vamos a dejarnos de tristezas. Porque además estamos siendo muy descorteses con Rafa, que no entiende el alemán.

—¡No! —protesté—. No te preocupes por mí. Te agradezco infinitamente que me hayas invitado aunque, de todas formas —me giré hacia él—, he visto que habla usted muy bien español.

—No, bien no, poquito —frunció el ceño, como si buscara por dónde seguir—. Hablabo italiano prima...

—Antes —corrigió su amiga.

—Eso, antes, y... —volvió a fruncirlo—. Ho habido mucho tempo por estudiar, en los ultimi mesi.

—De todas formas —seguí hablando sin calcular las consecuencias de lo que iba a decir—, yo dirijo un grupo de conversación en español al que vienen otros amigos de Clara. Si quisiera unirse a nosotros, en muy poco tiempo...

No terminé la frase porque inmediatamente después de empezarla tuve la sensación de haber metido la pata, aunque casi al mismo tiempo sospeché que se trataba de un error afortunado. Yo sólo pretendía participar en la conversación con un comentario cordial, inocuo. Tenía muy presente el misterioso interés de la Stauffer por incorporarme a su círculo y no se me había pasado por la cabeza que me hubiera invitado a comer en un restaurante tan caro para presentarme a un futuro alumno. Sin embargo, eso fue lo que leí en su cara, en el amable asombro de sus ojos, la expresión de divertida superioridad que me dirigió su camarada. Acababa de quedar como un pardillo pero quizás ningún otro papel me habría convenido más, porque mi oferta no sólo había sido ingenua. También había sido espontánea, instantánea, generosa. Suficiente para que su destinatario me la agradeciera con simpatía.

—Gracias, amigo, pero no posible —en aquel instante, su sonrisa era tan profunda como su *Schmiss*—. Yo no soy aquí hoy. *Capisce?*

—Quiere decir... —pero levanté una mano en el aire para indicar que no necesitaba traducción.

—Sí, comprendo —lo subrayé en un tono casi solemne—. Yo no le conozco porque hoy no nos hemos visto.

—Eso es —aprobó ella.

—Pero retorneró —prosiguió él—. Por pedirle un favor.

Los camareros retiraron los platos vacíos para dejarnos a solas con una crema de patata con yema de huevo y trufa, y Clara esperó a que se marcharan antes de tomar la palabra.

—No es un simple favor, Rafa —hizo una pausa para paladear el contenido de su cuchara—. Estás en condiciones de hacernos un servicio inmenso —y siguió alternando la crema con la información, para incrementar en cada cucharada la tensión, el valor de las palabras que pronunciaba—. Tu colaboración resolvería los problemas de muchos hombres buenos injustamente perseguidos, como tu amigo Adrián. Él no habría salido adelante sin ti, y ahora muchos otros dependen de tu ayuda. No te asustes, porque no voy a proponerte nada peligroso. Pero, a veces, en un despacho se ganan victorias más decisivas que en los campos de batalla.

Antes de responder, dejé mi plato vacío. Comprendí que había llegado el momento que esperaba desde el 18 de julio del año anterior, pero no tenía tiempo para pensar, y decidí perseverar en el papel de pardillo que tan buenos resultados me había dado en los entremeses.

—Pues... No sé —tampoco me costó trabajo parecer abrumado, porque lo estaba—. Qué responsabilidad, ¿no? Pero, por supuesto, lo que yo pueda hacer... Cuenta conmigo para lo que necesites.

A partir de ese momento, apenas recordaría otra cosa de aquella comida que la voz de Clara Stauffer, el aplomo con el que pronunció un discurso impecable sin ceder a la menor vacilación, escogiendo siempre los eufemismos más eficaces, las palabras más tranquilizadoras, más indicadas para halagar discretamente mi pobre vanidad de oficinista y propulsarme hasta el rango de los elegidos que sostienen las riendas de la Historia. Su tono cómplice, cariñoso, reservado a los amigos íntimos, descargó su intervención de solemnidad para sugerir que ella nunca me pondría en peligro ni me propondría un plan que no me conviniera. Eso fue lo que intentó transmitirme sin otras pausas que las que nos impusieron tres camareros que aparentaban ser ciegos y sordos. Mudos no, porque describieron puntualmente la lubina al horno y el asado de corzo que engullí a medias, sin llegar a apreciar su delicioso sabor, mientras concentraba toda mi atención en la voz dulce y temible que tomaba al asalto mi destino.

—Estamos interesados en completar una serie de operaciones comerciales con mucha discreción, para no llamar la atención de quienes reclaman sin derecho alguno la propiedad de ciertos bienes de los que somos depositarios, fíjate bien en lo que digo, depositarios, no propietarios. Es un comercio perfectamente legítimo. Los objetos con los que pretendemos comerciar eran propiedad del Tercer Reich, el lícito botín de tantas y tantas campañas victoriosas, y no pueden tener más dueños, otros herederos, que los hombres que se jugaron la vida por su causa. Pero las injustas reclamaciones de los vencedores, insaciables en su avaricia y crueles siempre con el pueblo alemán, nos obligan a huir de la luz para actuar en las sombras.

La llegada del pescado me permitió fijarme en su camarada, registrar que asentía a las palabras de su amiga con una energía casi combustible, de puro fanática, que no le animó sin embargo a tomar la palabra.

—Ya habrás comprendido de lo que se trata —fue Clara la que siguió hablando, para recordarme que Manolo ya me había advertido que un empleado en una agencia de transportes era un tesoro para cualquier organización de inteligencia—. Necesitamos a alguien que, en la documentación de ciertos envíos, declare un contenido distinto del auténtico y se encargue de que el paquete llegue intacto a su destino. De eso sabes tú mucho más que yo —moví la cabeza para confirmarlo—. Naturalmente, no estarías solo en ningún momento. Si fuera necesario camuflar un objeto en un envío de pasta para sopa, por ejemplo, o modificarlo para alterar su apariencia, nosotros correríamos con los gastos. Te apoyaremos en todo momento, puedes estar seguro.

—Eso no es difícil, Clara.

Lo había hecho algunas veces para mis amigos comunistas. Lo haría muchas más, hasta convertirme en un auténtico maestro, después de entrar en contacto con el Partido de Toulouse, pero cuando trabajaba para los míos, lo hacía por amor y en la clandestinidad más absoluta. La oferta que acababa de recibir me situaba en una partida distinta, donde se jugaba por dinero, y en cuya apertura no ocupaba la casilla del rey, sino la de un simple peón.

—¿Pero?

—Pero, por desgracia, no soy más que un empleado —sonreí con tanta humildad que hasta me dio vergüenza—. No sé el precio de los objetos a los que te refieres ni quiero saberlo, pero en el caso de envíos de cierta envergadura, no puedo garantizarte resultados si no me autorizan previamente las operaciones.

—¿Y eso es todo? —sonrió como si le hubiera dado la mejor de las noticias.

—Sí, claro —respondí—. Ya te he dicho que en lo que dependa de mí...

—No te preocupes por eso, Rafa —su sonrisa se afianzó como si no fuera a borrarse nunca—. ¿Por qué crees que he subido antes a tu oficina? He estado hablando con Gabino. Confío plenamente en él, pero es un empresario y en su negocio... —se permitió una pausa por primera vez—. No puedo consentir que le incluyan en una lista negra. España tiene muchos enemigos. Si le prohibieran operar con ellos, su agencia iría a la quiebra y todos saldríamos perdiendo. Pero te garantizo que él estará al tanto de cada operación y que dentro de nuestras fronteras jamás tendrás un contratiempo. Eso debería prevenir cualquier complicación en el extranjero, aunque si llegara a producirse...

—Yo sería el único culpable —completé la frase por ella.

—Sí, no te voy a engañar. Pero eso, aparte de proporcionarle a tu jefe la coartada que necesita, tampoco tendría demasiada importancia. No irías a la cárcel, en España por supuesto que no, y como te puedes figurar, jamás de los jamases serías extraditado a un país enemigo. Tendrías que renunciar a tu puesto en La Meridiana, eso sí, pero no perderías mucho. Si aceptas nuestra oferta, dentro de poco serás un hombre muy rico. Nosotros sabemos recompensar a nuestros amigos, no lo dudes.

En aquel momento, aún no tenía miedo. Todo había fluido con tanta naturalidad como si estuviéramos representando una obra de ficción sobre un escenario, y yo había preparado muy bien mi papel. No sólo había estudiado mis frases de memoria, también me había aprendido las suyas. Sabía qué clase de respuesta esperaban de mí y la pronuncié sin vacilar.

—Eso es lo de menos, Clara. Yo no hago esto por dinero.

Ella se limitó a sonreír. Él fue mucho más expresivo. Se levantó de golpe, con tanta fuerza que la silla cayó a sus espaldas, repitió tres veces, a grito pelado, algo que me pareció un juramento en alemán, y me abrazó con la misma fuerza que había empleado antes para levantar a Otto Horcher del suelo. Mis pies siguieron rozándolo de milagro mientras aquel hombre inmenso me asfixiaba con un cariño proporcionado a su tamaño.

—¡Rolf! —a duras penas escuché la queja de Clara—. Suéltale, que le vas a hacer daño...

Al escucharla, aflojó los brazos pero no del todo. Aferrando mis hombros con sus manos inmensas, me zarandeó todavía un par de veces antes de jurarme que había encontrado en él a un amigo para toda la vida. Cuando salimos a la calle, sus ojos todavía brillaban, su voz temblaba de emoción mientras le daba la razón a su amiga, afirmando en su pintoresca mezcolanza de italiano y español que no habían perdido el futuro al perder la guerra, porque su causa aún levantaba el corazón de hombres tan admirables como yo. Había bebido más de la cuenta, pero así y todo, su vehemencia me impresionó más que la advertencia con la que Clara me despidió en la puerta del restaurante.

—Rolf se pondrá en contacto contigo. Él está a cargo de todo, tiene mucha más autoridad que yo. De todas formas, aunque el mes que viene tengo previsto hacer un viaje, volveremos a vernos para ponerlo todo en marcha.

No comprendí del todo el significado de aquellas palabras hasta que me bebí tres whiskys seguidos a una velocidad digna de María Aránzazu, mientras Manolo se emborrachaba al mismo ritmo al otro lado de la mesa.

—Así que ni Clara, ni tú —recapitulé—. Me quedo solo, mano a mano con Caracortada —él no lo confirmó con palabras, pero asintió con la cabeza—. Joder, joder, joder —y encargué otra ronda—. Menos mal que tengo a Meg.

—Bueno, de eso... Ya hablaremos. Tú, de momento, no le cuentes nada. Ni a ella, ni a nadie.

Eso me pareció muy raro, porque siempre habíamos actuado como un equipo de tres personas, aunque nuestra relación nunca había sido simétrica. Durante los dos últimos años, siempre había tenido la sensación de ir un paso por detrás de ellos dos, cobijado en sus sombras. Manolo me racionaba la información, estaba seguro de que me ocultaba cosas, pero jamás habría sospechado que tuviera secretos con Meg. Descubrir que había decidido tenerlos conmigo, acentuó mi desamparo hasta que logré arrancarle la verdad. Después, no me sentí más tranquilo. En el atardecer del 6 de diciembre de 1948 pasaron tantas cosas a la vez que mi atención no alcanzó para todas.

—Es igual que usted, señorito Guillermo...

Cuando empecé a trabajar en La Meridiana, espacié mis visitas a Vallecas. Experta fue la que marcó las distancias, porque necesitaba los domingos para ir a ver a sus hijos, que seguían redimiendo pena en dos destacamentos penales distintos. Sus destinos me consintieron saldar una ínfima parte de la deuda que me ataría a su madre de por vida. Ella nunca se terminó de creer que pudiera mandarles paquetes gratis, pero después de insistir mucho, logré que me confiara sus envíos. Desde entonces, solía venir a mi oficina una vez al mes, aunque nunca subía a verme. ¿Qué van a pensar de usted si le ven recibir a una muerta de hambre como yo? Al final llegamos a una solución satisfactoria para ambos. Si tenía algo que enviar, Experta me esperaba en el portal cualquier día de la semana a las once en punto. Yo siempre bajaba a la calle a esa hora, y cuando la encontraba, recogía su paquete y la invitaba a desayunar conmigo. Entonces, casi siempre me hablaba menos de sus hijos que del mío.

—Yo le miro, y me parece que le estoy viendo a usted cuando venía con su abuelo a merendar los domingos. Es que es escupido, pero escupido, de verdad. Ya lo dice la señorita Amparo, ¡hay que ver! Con lo poquito que puso, lo que ha conseguido...

—Yo no puse poco, Experta. Puse todo lo que tenía.

—Ya lo sé, lo sé, pero también sabe usted cómo es ella. Y le da tanta rabia que el niño se le parezca tanto... Por eso no quiere que usted lo vea. No se lo enseñaría ni por todo el oro del mundo.

Clara me llamó por teléfono con la antelación que observaba siempre en las ocasiones importantes para invitarme a la fiesta con la que iba a celebrar, un año más, el día de San Nicolás. Me citó a las ocho y me pidió que fuera muy puntual sin explicarme por qué. Cumplí escrupulosamente sus instrucciones, pero cuando ella misma me abrió la puerta, en lugar de encontrar a su lado a un Otto al que habría llamado Rolf, vi a una niña pequeña y rubísima agarrada a su falda, mientras una doncella pedía a gritos a los críos que alborotaban en el recibidor que se sentaran de una vez si querían merendar chocolate.

—¡Ay, Rafa, qué bien que has llegado! —después de cerrar la puerta, cogió a aquella niña en brazos—. ¿Has visto qué preciosidad? Tengo que contarte una cosa, que no se me olvide...

Mientras la seguía, me dijo que las clases de conversación se suspendían porque todos los alumnos ya hablaban muy bien español, y al escucharla, sucumbí a una confusa mezcla de sentimientos en la que, para mi sorpresa, predominó el alivio. El final de las clases aportaba una solución natural e indolora, hasta elegante, a mi relación con Amparo. Aunque desde el pasado octubre, mi compromiso se había reducido a la mitad y sólo iba a Ayala 45 un día a la semana, ninguno de los dos había sabido preservar su ánimo del progresivo encanallamiento que enturbiaba el aire que respirábamos. El sexo seguía siendo espléndido, pero tras la cegadora fascinación de los primeros meses, el placer ya no bastaba para tapar todos los agujeros. Cuando Amparo me arrastraba a la cama, no los veía. Cuando nuestros sexos se desligaban, afloraban en el techo del dormitorio como manchas de una humedad distinta, mohosa e indeleble. Allí, entre los chorros de sangre de las víctimas de Jasenovac, estaba mi chantaje inicial, la nula resistencia con la que ella se había entregado, todo lo que ella ignoraba, lo que yo no había querido contarle, su desconfianza, la mía, y nuestro hijo.

Todos los días de clase, llegaba a las siete en punto de la tarde a una casa donde vivía un niño que nunca estaba allí. Con el tiempo, llegué a adivinar sus horarios. Si a las ocho y media estábamos en un momento de sosiego, escuchaba muy lejos el ruido de la puerta de servicio, y a veces, hasta pasos en el pasillo. Amparo se comportaba como si no hubiera llegado nadie, y no se apresuraba a despedirme. El niño debía de cenar en la cocina, con la muchacha que lo hubiera llevado de paseo y, seguramente, ya estaba acostado cuando yo me marchaba. Algunas tardes, sin embargo, su madre tenía prisa, y se levantaba de la cama en el instante en que sus piernas se lo permitían, para encerrarse en el baño y aparecer al rato, vestida para salir. La rapidez añadía un barniz indeseable, como de sexo de pago, a unos encuentros demasiado difíciles en sí mismos, y por eso, la segunda vez me explicó por qué iba a salir conmigo a la calle.

—Tengo que ir a buscar a José Antonio —me miró—. Ya te dije que no se llama Guillermo.

Experta me había contado que el niño llevaba ahora el nombre del Gran Ausente y un apellido vasco, Urbieta, escogido al azar en el callejero. En el salón de la casa de su madre, encima de un piano que jamás había tocado nadie que yo supiera, reposaba la foto de un joven falangista, camisa azul y correaje, que sonreía a la cámara. Un gran marco de plata labrada, antigua, le daba un protagonismo acentuado por el hecho de que sobre aquella superficie no hubiera ninguna otra foto, ningún otro objeto salvo un pequeño jarrón, también de plata, que siempre contenía una flor solitaria. Yo no le he visto en mi vida, reconoció Experta, y apostaría cualquier cosa a que la señorita tampoco sabe quién es, pero el niño cree que ese hombre es su padre, un héroe que murió en Rusia. Eso dicen los papeles, porque como ella tiene amigos de esos que lo mangonean todo como les da la gana...

Cada tarde, al pasar a su lado, miraba aquel retrato, y de vez en cuando, si Amparo no tenía prisa, la improvisaba yo. Así, mientras fingía estudiar un escaparate o esperar a alguien en una esquina, vi llegar a mi hijo media docena de veces, con heridas en las rodillas y la camisa por fuera del pantalón, cada vez más alto, más desgarbado. Nunca había querido detenerme en los motivos que me impulsaban a comportarme así, pero cuando Clara me confirmó que las clases se habían terminado, al asombro de comprobar que me gustaba la idea de romper con Amparo, sucedió el asombro de descubrir que me disgustaba perder la ocasión de ver crecer a José Antonio Urbieta, aunque fuera de lejos, desde una esquina. En ese instante, entré en el salón detrás de la dueña de la casa. Las puertas que lo separaban del comedor estaban abiertas de par en par, y allí, sentado entre otros niños, con la boca manchada de chocolate, mi hijo levantó la vista un momento para mirarme.

—¡Rafa! —Geni se alegró de verme—. ¡Qué sorpresa! —y me saludó con dos besos castos, de mujer bien casada—. Creía que no tenías hijos...

—Y no tengo.

—Es que hoy celebramos una fiesta doble —se justificó Clara—. Como este año no voy a estar en Madrid en Reyes, me daba pena no invitar a los niños. En San Nicolás siempre habían venido los adultos, pero pensé que nos iba a dar tiempo a todo. Evidentemente, nos ha pillado el toro... —se echó a reír—. Puedes refugiarte en el saloncito, Rafa, luego nos vemos.

Sonó el timbre de la puerta y no me moví del sitio. Mientras la anfitriona se marchaba a recibir a otros invitados, seguí de pie con los brazos estirados, pegados al cuerpo, la mirada fija y ausente a la vez, mis ojos clavados en el niño al que estaba viendo, mi memoria detenida en una imagen idéntica, la cara de otro niño al que había visto todas las mañanas, cuando me miraba en el espejo del cuarto de baño antes de ir al colegio.

—Pues es increíble cómo se te parece el hijo de Amparo Priego.

Escuché la voz de Geni y ni siquiera me volví a mirarla para discernir si aquel comentario se correspondía con su malévola agudeza o era tan inocente como el tono en el que lo había dejado escapar, porque en ese instante Amparo entró a toda prisa en el comedor, se colocó a la espalda de su hijo, le abrazó, le obligó a girar la cabeza y, mirándome a mí, llamó su atención hacia algo que estaba pasando al otro lado de la mesa. Entonces, alguien me agarró del codo derecho. Comprobé que Geni seguía estando a mi izquierda y la voz de Manolo deshizo mi confusión.

—Vamos —tiró de mí hasta una esquina, y me habló en un susurro—. Vete de aquí, ahora mismo. Al saloncito, a la calle, adonde quieras. No pueden seguir viéndote mientras ven a ese niño al mismo tiempo. Es un escándalo, Guillermo. Nunca he visto a un hijo que se parezca tanto a su padre.

Le miré, tan aturdido como si no supiera quién era ni de qué me estaba hablando, pero permití que me sacara de la habitación, que me empujara por el pasillo, que me obligara a entrar en otro salón donde un hombre de casi dos metros celebró mi llegada con un asfixiante abrazo.

—¡Amigo mío! —exclamó en voz alta—. Placer de verte, camarada...

Luego miró a Manolo, le sonrió, le ofreció la mano.

—Rolf Steinbauer —dijo—. Encantado.

—Lo mismo digo.

—Me llevo a Rafaelo un poquito, ¿sí?

Y él también me arrastró hasta una esquina para susurrarme al oído.

—Estoy en Madrid sólo dos días. Vengo de Buenos Aires. Voy a Múnich, *Frohe Weihnachten, Stille Nacht...* —soltó una carcajada a la que correspondí con una sonrisa automática—. Vuelvo dopo. ¿Lei será qui? —se dio cuenta de que se había pasado al italiano y reformuló la pregunta—. ¿Será a Madrid?

—¿En enero? —había tardado un instante en reunir la atención suficiente para responderle, pero su rectificación activó una conciencia de peligro que me devolvió la concentración muy deprisa.

—Enero, sí. ¿Puedo llamarle?

—Claro —saqué una tarjeta de la cartera y se la di—. Cuando quiera.

Manolo nos miraba desde lejos, con una expresión que no supe interpretar. Cuando me reuní con él, me lo puso todavía más difícil.

—No me lo perdonará en la vida —me miró y siguió hablando consigo mismo—. Jamás me perdonará...

Manuel Arroyo Benítez siempre había tenido muy mala y mucha suerte, pero hasta que Otto Skorzeny le tendió la mano, nunca se había visto obligado a elegir entre las dos.

La tarde en la que coincidió con él en Galileo 14, mientras le veía hablar con Guillermo, pensó que sería muy fácil cazarle. Bastaría con acercarse a Herr Steinbauer, presentarse como Adrián Gallardo Ortega, prófugo en busca y captura, defensor de Berlín, y rellenar su copa a la velocidad precisa para crear un ambiente propicio a las confidencias. Se parece usted mucho a Otto Skorzeny, podría decirle entonces y, sin darle tiempo a masticar ese comentario, confesar que no admiraba a nadie tanto como a aquel héroe de fama inmortal. La vanidad de Skorzeny era tan legendaria como su temeridad, casi tanto como su afición a las mujeres. Manolo lo había estudiado a fondo desde que se enteró de que había estado en Madrid a principios de octubre. Era posible que no mordiera el anzuelo de la admiración, pero hasta si persistía en ocultar su identidad, le resultaría difícil resistirse a la invitación de un camarada dispuesto a salvarle de aquella algarabía de niños chillones para guiarle hasta un local agradable, con poca luz, chicas guapas y un teléfono público desde el que podría avisar a Meg mientras Caracortada creía que había ido al cuarto de baño.

Mientras comprendía que nunca lo pondría en práctica, concluyó que era un plan factible, con garantías de éxito, que podría culminar en la detención de quien ostentaba el título de «hombre más peligroso de Europa», aunque el 6 de diciembre de 1948 todos supieran ya que esa definición era un camelo. Pronto se cumpliría el cuarto aniversario de la batalla de Las Ardenas, la ofensiva que Skorzeny había intentado sabotear al traspasar las líneas enemigas a la cabeza de tres mil quinientos hombres disfrazados de soldados norteamericanos. Aunque aquella operación, diseñada personalmente por el Führer, desorientó a los aliados unas horas antes de la ofensiva, el mando reaccionó a tiempo ante la extraña actuación de ciertos oficiales que desviaban a las tropas en una dirección equivocada. Los falsos anglosajones fueron identificados, detenidos y fusilados sobre la marcha pero, antes de morir, algunos declararon que su objetivo era el asesinato de Eisenhower. Repetían un rumor que había circulado entre la tropa, una fantasía que prosperó gracias a la combinación de dos factores, por una parte la celebridad de Skorzeny, por otra, la falta de información sobre el verdadero sentido de su misión. Como los alemanes disfrazados no sabían qué estaban haciendo allí, a alguno se le ocurrió que irían a matar a Eisenhower, y sus compañeros le dieron la razón. Parecía un propósito hecho a medida para la leyenda de su jefe, pero ni su asesinato constaba en las órdenes de Skorzeny, ni el general se encontraba aquel día en aquel sector. A pesar de todo, la facilidad con la que *Scarface* logró infiltrarse en sus filas enfureció a los norteamericanos hasta el punto de colocarlo en el primer puesto de la lista de nazis más buscados. Sin embargo, el abogado que le defendió en Núremberg logró que un jefe de escuadrón británico testificara que él también se había infiltrado en las líneas enemigas vistiendo uniforme alemán, en la operación que le había servido a Hitler de modelo. Aquel testimonio arruinó la causa contra Skorzeny, pero su absolución no logró extirpar su fabulosa peligrosidad de la propaganda aliada y Manuel Arroyo Benítez lo sabía.

Con su fama criminal intacta, su detención en Madrid depararía a la CIA un éxito clamoroso, que propulsaría la carrera de Miss Williams en un grado incomparable. Meg se encargaría de llamar a un fotógrafo dispuesto a inmortalizar el momento, aunque Manolo no podía saber si su trabajo se publicaría o no, ni dónde ni cuándo. Sólo sabía dos cosas con certeza y una a medias. Estaba seguro de que la detención, pública o secreta, de Skorzeny en la capital de Franco no pondría en peligro a la red Stauffer ni comprometería al gobierno español. Clara declararía que ella había invitado a su casa a Rolf Steinbauer y que ignoraba que esa no fuera su verdadera identidad. Nadie la creería, pero nadie podría desmentirla. El Ministerio del Interior, por su parte, alegaría que desconocía la presencia de Skorzeny en España y seguramente hasta sería verdad, pero no tan sólida, tan profunda, como que Meg jamás le perdonaría que le hubiera conocido en una fiesta y no se lo hubiera entregado. Esa era su segunda certeza, y era tan grave que jamás habría pensado que media verdad pudiera llegar a ser más importante. Su muy mala y mucha suerte se habían confabulado para que así fuera.

Manuel Arroyo Benítez estaba casi seguro de que los envíos que Guillermo se había comprometido a tutelar contendrían obras de arte expoliadas a museos y propietarios judíos en los territorios ocupados, joyas y antigüedades valiosas de idéntica procedencia y, posiblemente, oro, plata, quizás también divisas del desaparecido tesoro de los nazis. Siempre había creído que el interés de Clara por el hombre al que ella conocía como Rafael Cuesta Sánchez tenía que ver con su trabajo, y no había olvidado que el 18 de julio de 1947, en su primera visita a Cercedilla, pretendía presentarle a un amigo llamado Ban, o Bam. Si Guillermo había oído bien y ese nombre terminaba en ene, su hipótesis desembocaría en un callejón sin salida. Pero si la consonante final era una eme, Fräulein Stauffer sólo había podido referirse a Josef Hans Lazar, a quien sus íntimos llamaban cariñosamente Bam. Y Bam Lazar era lo único que el Consejo de Control Aliado había hallado en la embajada de Hitler en Madrid.

Los aliados estaban casi seguros de que Lazar había trasladado en secreto todos los tesoros de la embajada y la residencia del embajador a un escondite que buscaban en vano desde hacía años. Allí, entre tesoros artísticos, lingotes de oro y objetos preciosos, debían de estar también ciertos documentos de un archivo que nadie había vuelto a ver. Los vencedores burlados habían insistido tanto en su repatriación que el gobierno español llegó a autorizarla en febrero de 1946, pero un día antes de abordar el avión que iba a llevarle a Alemania, el antiguo diplomático ingresó en la Clínica Ruber con un cuadro grave de apendicitis. Aquel mismo día, en efecto, le fue extirpado el apéndice, aunque sus perseguidores estaban casi seguros de que había entrado en el quirófano sin otra urgencia que la de eludir su regreso a casa, y nadie había vuelto a tener noticias suyas. Desde que Guillermo le contó los detalles de una comida en Horcher, el falso Adrián Gallardo había repasado esa historia un millón de veces.

Aunque era consciente de que en sus cálculos se repetía demasiado la palabra *casi,* y del desmesurado papel que concedían a una simple letra consonante, el desenlace que prometían era demasiado fascinante como para resistirse a sus efectos. Y había algo más. Existían indicios de que, antes de huir, Skorzeny dirigía ya, desde sus sucesivas cárceles, las rutas de escape de los nazis reclamados por la justicia. No era más que un rumor, y sin embargo, Guillermo, que nunca lo había escuchado, había advertido que la autoritaria y todopoderosa Fräulein Stauffer asumía una posición subordinada respecto al gigante de las cicatrices. Al despedirse, había añadido expresamente que su amigo Rolf tenía mucha más autoridad que ella. Y desde que la conocían, ninguno de los dos la había visto actuar jamás en un papel secundario.

La verdad a medias por la que Manuel Arroyo Benítez estaba dispuesto a arriesgar el difícil amor de su vida podía llegar a completarse o no. Pero si tenía razón, si Guillermo se encargaba de sacar de España el tesoro custodiado por Lazar en una operación dirigida por Skorzeny y guardaba la documentación precisa para demostrarlo, el golpe que recibiría la red Stauffer podría ser durísimo, quizás mortal de necesidad. El gobierno de Franco, acusado como mínimo de connivencia, no dudaría en sacrificarla, tal vez hasta el límite de repatriarla a Alemania, para reducir daños. El congresista Burnstein se encargaría de que periódicos de todo el mundo publicaran fotografías a toda página de familias enteras gaseadas en los hornos nazis, legítimos propietarios de los bienes que el Estado español había consentido que salieran de su territorio para que sus asesinos pudieran seguir comiendo en restaurantes de lujo. Esa información representaría un complemento admirable para el testimonio de un infiltrado que pronto estaría en condiciones de demostrar que España cobijaba y ayudaba a escapar a criminales de guerra. En su buhardilla de la calle del Pez, Manolo había leído varias veces, de cabo a rabo, la entrevista con Clara Stauffer que Sefton Delmer había publicado en el *Daily Express,* y la recordaba con amargura, pero una entrevista no era lo mismo que un dosier lleno de nombres, de fechas, de datos objetivos. Por eso, y por mucho que pudieran llegar a dolerle sus consecuencias, estaba dispuesto a jugar esa carta hasta el final. Por fortuna, al llegar hasta ese punto, nunca pensaba en Margaret Carpani Williams. No podía, porque estaba respirando aires que nunca había compartido con ella, la ominosa atmósfera de ciertas recepciones londinenses, la conmovedora bienvenida del Atlántico que, años después, había sabido abrazarle con más amor del que su madre le había entregado jamás.

Franco nos conviene mucho... Será un tirano pero es gran enemigo de Stalin y eso es lo que importa ahora, ¿no? Bob McKay, agente encubierto de la CIA, no llevaba corbata y los conos de plata labrada que remataban los extremos del cordón de cuero que lucía en su lugar bailaron cuando se encogió de hombros. Mala suerte para los españoles. En aquella comida, Peter Louzán tuvo que decir en voz alta que sí, que claro, que por supuesto, con palabras semejantes a las que Manuel Arroyo Benítez había usado para consolar a todos los izquierdistas europeos que no habían querido apoyar su causa ante Lord Windsor-Clive. Antes y después, Manolo había tenido que tragarse muchos sapos. En el saloncito de Galileo 14, recordó el sabor de todos y cada uno de ellos, y se limitó a pedir otro whisky.

Sin haberse puesto de acuerdo previamente, Guillermo y él se dedicaron a hacer vida social por separado. El falso Rafa Cuesta se despidió con un gesto de Skorzeny, que se marchó tan deprisa como si hubiera ido hasta allí sólo para hablar con él, y estuvo charlando un rato con Friedrich y su esposa, una matrona regordeta, blanda, de grandes pechos y tobillos gruesos que encajaba perfectamente con la imagen de atribulado padre de familia numerosa que proyectaba su marido. Manolo también buscó la compañía de sus alumnos hasta que Eberhard Messerschmidt se dirigió a él para darle un gran abrazo.

—Te vamos a echar de menos, camarada —en ese instante, Amparo cruzó por delante de la puerta con el abrigo puesto y el niño agarrado de la mano.

—Y yo a vosotros más —Manolo movió la cabeza un instante y comprobó que Guillermo, de espaldas al pasillo, no la había visto—, puedes estar seguro.

La dueña de la casa, que acababa de entrar en la estancia para animar a sus invitados adultos a ocupar el espacio que estaban abandonando sus hijos, se colgó de su brazo para intervenir con el acento de una niña traviesa.

—¿Has visto qué buen compañero de viaje me he buscado?

El falso Adrián Gallardo se sumó a un coro de sonrisas con pocas ganas. El viaje le inquietaba más que nunca desde que, el primer día de diciembre, Clara le invitó a comer muy lejos de Horcher para explicarle los detalles. El lujo, en aquella ocasión, no tuvo que ver con la excelente comida casera que les sirvieron en una taberna de la calle Blasco de Garay, sino con la noticia de que iban a viajar en avión y no en barco, como él había creído siempre.

—No puedo aceptarlo, Clara —intentó negarse mientras una luz roja parpadeaba entre sus sienes—. Yo no podría pagar un billete de avión a Buenos Aires ni... ¡Uf! No me atrevo a calcular lo que debe costar —tras la luz, sonaron las alarmas, un ensordecedor estruendo que sólo él podía oír—. Ya has hecho demasiado por mí. No puedo consentir que te gastes ese dineral. Tú eres la que tiene una reunión importante el día 20, yo puedo ir perfectamente en barco, y...

Cuando distinguía ya el motor de un caza cargado de bombas, ella, que había sonreído a todas sus excusas, le interrumpió con suavidad.

—Escúchame, Adrián. Esto no tiene que ver contigo, sino conmigo. Cuando empecé a buscar billete, me encontré con que todos los vuelos que salen de Madrid estaban llenos. Es normal, con la cantidad de españoles que viven en Argentina, y tan cerca de Navidad... Sólo había plazas libres en un vuelo de Panamerican que sale de Lisboa. Eso significa que, si quiero llegar a tiempo a mi reunión, no me queda más remedio que hacer trasbordo en Nueva York.

Al escuchar ese nombre, Manuel Arroyo Benítez estaba ya tan nervioso que reaccionó como si fuera el verdadero Adrián Gallardo Ortega.

—¿Nueva York? —y su voz se redujo a un hilo sordo, tembloroso, mientras sus ojos se agrandaban como si pretendieran exterminar a sus párpados—. Pero yo... Yo no puedo pisar Nueva York.

—Tú, desde luego, no —Clara volvió a sonreír—. En cambio, José Pacheco Hernández no tendrá ningún problema.

—Claro —reconocer su error no le devolvió la serenidad—. Claro, tienes razón.

—Pero Clara Stauffer Loewe es más conocida, ¿verdad? Después de darle muchas vueltas, he decidido volar con mi nombre auténtico. Me parece más peligroso arriesgarme a que algún pasajero me reconozca y descubra que uso una identidad falsa. He tomado mis precauciones, desde luego. Panamerican me ha garantizado que los pasajeros en tránsito permanecen en una sala de la que no pueden salir, y que legalmente es tierra de nadie, hasta que abordan el siguiente vuelo. En el Ministerio de Exteriores tampoco han visto ningún problema. En este momento no existe ninguna reclamación activa sobre mí. Me han asegurado que estarán pendientes de que no tenga contratiempos, y sé que lo harán. Pero una mujer sola, con pasaporte español y apellidos alemanes, en un viaje tan largo, de Madrid a Lisboa primero, con un trasbordo en Nueva York después... No quiero llamar la atención, Adrián, y si viajara sola, sería muy difícil que no se fijaran en mí. Seguramente, sería la única mujer sin acompañante en todos los tramos del vuelo. En cambio, si vamos los dos juntos, pasaremos desapercibidos.

Aquella intervención le desconcertó hasta el punto de hacerle enmudecer. Presentía que era una oferta más complicada de lo que parecía a simple vista y no disponía del tiempo que habría necesitado para analizarla, pero cuando ella confirmó el acierto de su presentimiento, ya era tarde.

—Bueno —la luz del comedor no había cambiado, pero un ligero rubor iluminaba sus mejillas—, ya sé que te saco diez años, pero a Pacheco sólo le llevó cuatro —hasta que bajó la vista muy despacio para clavarla en su servilleta—. Y tampoco será la primera vez que una mujer de mi edad cruza el Atlántico con un hombre de la tuya, vamos, digo yo...

Aquellas palabras, y más aún el tono en el que las había pronunciado, le sacudieron como un puñetazo, mientras una navaja invisible cortaba de un tajo todas sus retiradas. La única persona del mundo a la que Manuel Arroyo Benítez no podía desairar en ningún grado era la mujer que estaba sentada frente a él. Comprendió a tiempo que sólo le quedaba un camino posible, que le empujaba sin desmayo hacia delante, y se propuso recorrerlo con elegancia.

—Pero, por supuesto, Clara, a mí nunca se me habría ocurrido... —por eso renunció a expresar con palabras que ella pudiera parecer demasiado vieja para él, antes de optar por la humillación, un registro que dominaba ya como si fuera su lengua materna—. Estoy abrumado, de verdad, no sé cómo voy a poder pagar todo lo que haces por mí. Y que me pidas que te acompañe en un viaje como este, pues... No sé, me parece imposible que una mujer como tú le ofrezca algo así a un desgraciado como yo. Esa es la verdad, que no me lo creo.

Al mirarla, comprobó que el rubor de sus mejillas no se había disipado aunque sus ojos le miraban de frente, con la energía, el aplomo acostumbrado.

—Lo importante es que se lo crean los demás, Adrián. Los pasajeros, las azafatas, el personal del aeropuerto de Nueva York...

—Por eso no te preocupes —extendió una mano abierta, con la palma hacia arriba, sobre el mantel, y ella posó su mano sobre ella—. Me siento un hombre tan afortunado que nadie podrá dudar de mi buena suerte.

Sólo pretendía acomodarse al papel de *chevalier servant* que le había tocado en suerte, arrancar de la memoria de su benefactora la sospecha de que pudiera importarle la diferencia de edad entre ambos, restablecer el equilibrio perdido, pero tuvo la impresión de que había llegado demasiado lejos, y no porque ella dudara de su sinceridad, sino más bien por lo contrario.

La vida amorosa de su compañera de viaje siempre había representado un misterio para él. Clara Stauffer no era una mujer guapa, pero era muy poderosa en el sentido más favorecedor de los posibles. Más allá de su buena cuna, del patrimonio heredado de su familia, del dinero que manejaba y su influencia en las altas esferas, la raíz de su poder se hundía en su propio esfuerzo, la determinación de entregarse, en cuerpo y alma, a su causa y a sus camaradas. Ese era el origen de su atractivo, el carisma de un ídolo de carne y hueso, una mujer amada y admirada por mucha gente, en su mayoría hombres que, como el falso Adrián Gallardo, le debían todo cuanto tenían. Sin embargo, no sólo no tenía pareja conocida, sino que, por lo que él había podido averiguar, nunca la había tenido. Hasta que sintió el tacto de sus dedos sobre la palma de la mano, su soledad no le había inquietado. Desde aquel instante, su imaginación se entretenía proyectando por su cuenta desarrollos que él habría dado cualquier cosa por evitar, no sólo porque seducir a aquella mujer nunca había formado parte de sus planes, sino también, y sobre todo, porque la imagen de los dos juntos en una cama representaba una distracción que no podía permitirse. Tenía muchas cosas que hacer, demasiadas decisiones que tomar antes de abordar un avión con destino a Lisboa. Por eso se alegró al comprobar que Messerschmidt conocía los planes de su viaje.

—Fräulein Stauffer siempre es muy generosa conmigo.

—Será que te lo mereces —después de hacerle ese cumplido, le soltó del brazo—. Voy a ver cómo va todo en la cocina.

Al reunirse con los demás en el salón grande, comprobó que don Eduardo no era el único amigo de la casa que estaba al tanto de su partida. Johannes Bernhardt le recomendó un par de restaurantes porteños, Darquier de Pellepoix le preguntó si tendría sitio en su maleta para llevar unos libros que le había prometido a un amigo, Víctor de la Serna le aseguró que el SARE se haría cargo de todas sus necesidades, y otros invitados se le acercaron para felicitarle y desearle suerte, antes y después del emocionado abrazo en el que se fundió con Degrelle. No le costó trabajo corresponder con sonrisas a sus buenos deseos, porque tantos parabienes eran incompatibles con cualquier intención romántica de la dueña de la casa, y esa tranquilidad le devolvió la concentración.

—Voy a marcharme ya, que mañana hay que madrugar.

Al filo de la medianoche, Rafa Cuesta empezó la ronda de las despedidas. Clara le dijo que hacía muy bien en irse a dormir porque tenía cara de cansado. Manolo sabía que el derrumbe de su rostro tenía otro origen, y calculó que su amigo necesitaría tiempo para recuperarse del encuentro con su hijo, pero él no lo tenía, así que, antes de despedirle, le miró y levantó las cejas. Guillermo, abrumado aún por el estupor, le devolvió una mirada hueca, casi alucinada. Pero al día siguiente le buscó al salir del trabajo.

—¿Adónde vamos? —Manolo no quiso entrar en el Lion aquella tarde.

—De momento, a andar un rato.

Subieron por la calle Alcalá hasta la Puerta del Sol, y ese trayecto no fue suficiente para que se desahogara. Siguió hablando de Amparo, de su hijo, de un retrato colocado encima de un piano y de su propia sorpresa, el asombro que le producía ser tan vulnerable, hasta que embocaron la calle Mayor. Y no paró de hablar, de desmenuzar el misterio que representaba aquel niño que él mismo había traído al mundo pero parecía haber nacido sólo en el instante en que miró a su padre con la boca manchada de chocolate, hasta que se calló de pronto, como si acabara de descubrir que estaba sentado a una mesa de madera tosca, en una pequeña estancia abovedada de uno de los mesones para turistas que bordeaban el subsuelo de la Plaza Mayor.

—¿Qué estamos haciendo aquí? —preguntó entonces.

—Tú hablar. Y yo, esperar a que te calles de una puta vez.

En las raras ocasiones en las que no podía visitarle de madrugada, Meg le citaba en el último rincón de aquella bodega oscura e intrincada, tan lejos de la barra que tenían que salir a avisar a los camareros para que fueran a atenderles. Allí sólo había dos mesas que siempre estaban vacías y, en el muro del fondo, una puerta pequeña, enfrentada al pasillo que se comunicaba con el resto del local, que daba paso a una escalera que subía hasta la plaza. Aunque ninguno de los dos había tenido que usarla nunca para escapar, a veces él entraba o salía por allí, ella siempre por la puerta principal. Manolo nunca había escogido aquel lugar, ideal para sus encuentros con Meg, para citarse con Guillermo, porque su relación con él era distinta.

Desde que llegó a Madrid, la responsable de Comercio norteamericana había procurado limitar al máximo su presencia en los actos sociales del gobierno franquista, pero aun así la conocía mucha gente. Si cualquier camarada español de Clara Stauffer hubiera visto alguna vez a Miss Williams tomando una copa con un prófugo que constaba en la lista de busca y captura de los aliados, toda su misión se habría venido abajo. Sin embargo, al falso Adrián Gallardo no le importaba encontrarse con el falso Rafael Cuesta bajo las arañas que iluminaban un café con grandes cristaleras a la calle Alcalá, al contrario. Siempre había sido el primero en levantarse al distinguir a algún conocido, como una garantía de que Rafa y él no tenían nada que ocultar. Precisamente por eso, el 7 de diciembre de 1948, el Lion le había parecido demasiado expuesto.

—Es muy sencillo —el agente de La Meridiana escuchó sin rechistar la hipótesis que su amigo había elaborado gracias a la información que él mismo le había facilitado—. No tienes más que hacerte a la idea de que te has echado una novia inglesa, a la que le mandas un regalo de vez en cuando. Es lo natural, ¿no? Puede ser cualquier cosa, unos mantecados en Navidad, una figura de porcelana, unas yemas, lo que tú quieras. El caso es que el fondo de la caja esté protegido por un cartón o por un papel mullido, de esos que usan en las confiterías. Metes tu informe debajo, fijas el borde con pegamento, cierras la caja, la envuelves para regalo y la mandas, ya está.

—¿Ya está? —un miedo comprensible, repentino, devolvió la paternidad de su interlocutor al desván de las cosas sin importancia, donde tan cómodamente había vivido hasta entonces—. ¿Cómo que ya está? ¿Quién es esa novia, quién va a leer lo que yo escriba, por qué no te lo puedo mandar a ti, a Buenos Aires?

—Porque yo no sé dónde voy a vivir, Guillermo, ni con quién. No tengo ni idea de lo que me espera. Además, yo tendría que reenviar tus informes a la misma dirección de Londres. Eso alargaría mucho los plazos y duplicaría el riesgo de que el paquete se perdiera. No tiene sentido, ¿lo entiendes?

—Pero yo... Yo... —miró a su alrededor con la ansiedad de un animal acorralado—. ¿Y no puedo contarle lo que sepa a alguien, aquí, en Madrid, como hago contigo?

Manolo no contestó. Miró a su amigo, se dio cuenta de que iba a echarle de menos tanto como él, quizás más, y se arrepintió sinceramente de haberle metido en aquel laberinto.

—¡Joder! —los hombros de Guillermo se estremecieron de pronto—. Aquí hace un frío de cojones.

—Sí —asintió Manolo en un tono cauteloso—. Hasta en verano.

—¿Y si me pillan?

Ninguno de los dos volvió a hablar durante un largo rato. Ambos conocían todas las respuestas. Uno no se atrevió a decirle al otro que le estaba dando la oportunidad de hacer para el legítimo gobierno democrático de su país lo mismo que se había comprometido a hacer para los nazis. El otro tampoco quiso mencionar a don Gabino de la Fuente, el leal camarada de Clara que no se molestaría en preguntar por el envío de una caja de bombones, pero pondría a disposición de su vieja compañera toda la información que pudiera requerir. Manolo no quiso recordar en voz alta que él arriesgaba más, y que en Buenos Aires iba a estar más solo que su amigo en Madrid. Guillermo tampoco quiso acordarse de lo tranquila que había sido su vida hasta que a él se le ocurrió volver para meterle de cabeza en un mundo que no le pertenecía. Los dos sabían que, en una emergencia, Rafael Cuesta Sánchez siempre podría recurrir a Meg Williams si la Brigada Político-Social no llegaba antes, y que la BPS era más puntual que el reloj de la Puerta del Sol. Cada uno de ellos le debía la vida al otro varias veces, pero ninguno iba a mencionarlo en voz alta. Los dos sabían cómo iba a acabar aquella entrevista y que Guillermo al final aceptaría, aunque nunca llegaría a pronunciar la palabra sí.

—Mira, vámonos ya, que me estoy quedando helado —eso fue lo que dijo, y no volvió a despegar los labios hasta que estuvieron en la calle—. Me invitarás a cenar bien, por lo menos...

—Menos en Horcher, donde tú quieras.

Entonces, como siempre, Guillermo se rió primero para arrastrar a Manolo a su risa. Cenaron en Botín, y antes del postre, uno dijo que ya escribiría desde Buenos Aires para darle la dirección de una chica que le convenía mucho, y el otro le dijo que procurara que estuviera buena. Volvieron a reírse y no hizo falta más. Despedirse de Meg le resultó más complicado, aunque ella ignorara los motivos.

—¡Ay! —el 10 de diciembre, viernes, una mujer de la limpieza se presentó a medianoche en una buhardilla de la calle del Pez, y nadie volvió a salir de allí hasta la madrugada del lunes—, ¿qué le pasa a usted, chamaquito?

—Nada —pero estrechó aún más su abrazo.

—¿A poco no? Tanto cariño no me lo pone fácil...

—Es que no es fácil. A lo peor no volvemos a vernos nunca más.

—¡Ay, ya no chingues con eso, Manolito! ¿Que te crees que no voy a ir a verte? ¿Te olvidaste que tengo pasaporte diplomático, pendejo?

Se echó a reír, aunque su risa no logró disipar la tristeza que flotaba como una nube tenue y sombría sobre la cama de su despedida. Y al final, fue ella quien se lo puso difícil a él.

—Hágame no más un favorcito...

Aún no había amanecido pero ya estaba vestida, lista para salir con la cabeza cubierta por un pañuelo que sólo dejaba a la vista el flequillo de su peluca negra, un abrigo raído y un palo asomando por el borde de su bolsa de tela. Voy a echar la escoba de menos, dijo antes de ponerse en marcha, y su amante la acompañó hasta la puerta desnudo todavía, como si quisiera facilitar el destrozo que obraron en su pecho unas palabras afiladas como cuchillos.

—Creemos que *Scarface* puede estar en Buenos Aires. Lo vieron allá hace unos días. Si te enteras de algo, cuéntaselo a mi cuate de la embajada.

El 14 de diciembre de 1948, Rafael Cuesta pidió la tarde libre en el trabajo y a nadie le extrañó que quisiera pasar con Adrián sus últimas horas en Madrid. Se despidieron ante un portal de la calle del Pez, con un abrazo tan largo que hizo superfluas las palabras. Dos mujeres alemanas lo contemplaron desde el taxi que esperaba al viajero con el motor en marcha. Luego, en el aeropuerto, Frau Weiss dijo adiós a Adrián con lágrimas en los ojos.

Aterrizaron en Lisboa al filo de la medianoche. Fueron directamente al hotel y Clara se retiró a su habitación, alegando que estaba demasiado cansada hasta para tomar una copa. A la mañana siguiente, sin embargo, el falso Adrián Gallardo se encontró en la mesa del desayuno con su versión más encantadora, risueña y parlanchina.

—Ya verás qué día tan agradable vamos a pasar.

Manuel Arroyo Benítez conocía bien Lisboa, pero Adrián Gallardo Ortega contempló con la boca abierta todas sus bellezas y celebró la comida, el vino, la larga caminata que, de cuesta en cuesta, su benefactora había diseñado para que llegaran al avión tan cansados como fuera posible.

—Salimos por la noche, pero no es fácil dormir, no creas.

Cuando por fin se encontraron en el avión, él comprobó que tenía razón. Estaba seguro de que se desplomaría en el instante en que pudiera apoyar la cabeza, pero los nervios del despegue le espabilaron sin hacer mella en su cansancio. Mientras tanto, Clara, que antes de subir le había confesado que le daba miedo volar, hablaba y hablaba como si la estabilidad del aparato dependiera de su conversación, hasta que su acompañante se quedó dormido.

Al abrir los ojos, el avión estaba a oscuras. Volvió a cerrarlos con la intención de prolongar la duermevela, y después de un espacio de tiempo que no fue capaz de medir, como no habría sabido precisar si había logrado volver a dormirse o no, escuchó la voz de una azafata que hablaba español con un fuerte acento norteamericano.

—¿Le apetece desayunar, Missis Gallardo?

Entonces supo que estaba despierto, pero no lo demostró para poder escuchar la respuesta de la mujer sentada a su lado.

—Sí, muchas gracias —la señorita Stauffer contestó en un susurro—. Ahora despierto a mi marido. Da gusto verle dormir, ¿verdad?, pero no vamos a dejarle sin desayuno, al pobre...

BERLÍN, 25 DE JULIO DE 1949

—*Das war in Schöneberg, im Monat Mai, ein kleines Mädelchen war auch dabei...*

—¿Quieres callarte de una vez? —Johannes Grunwald se giró bruscamente en la cama al comprobar que su mujer pretendía inaugurar aquel día con la misma canción que había escogido para despedir al anterior—. Si sigues cantando eso a todas horas, me va a estallar la cabeza.

Agneta no le contestó. Le dio la espalda, se encogió como solía hacer al despertarse en su antiguo dormitorio infantil de la Winterfeldtstrasse, y siguió cantando para sí misma la versión de Marlene Dietrich, cadenciosa y lenta, seductora, cargada de intención, de sutileza, de la canción que había hecho célebre el nombre de su barrio. Jan no podía entenderlo, nunca descifraría la sonrisa íntima, plena, que aquella letra tan tonta sabía implantar en sus labios, la razón que la había convertido en el estribillo de su vida.

—Pero no estamos en mayo... —al intuir lo que estaba a punto de pasar, se dijo que sus pies deberían retroceder, apartarse de la boca que codiciaba la suya, pero su cerebro no logró emitir esa orden.

—Ya, pero la canción sólo dice que aquella vez pasó en mayo —él se quedó quieto, como si quisiera cederle la iniciativa en el último instante—. Y que los besos en Schöneberg son muy comunes.

¿Hasta en diciembre? Agneta Grunwald, de soltera Müller, nunca llegó a formular esa pregunta. Tampoco supo quién había besado a quién junto al abeto que el mejor amigo de su marido había subido a pulso hasta su casa. La familia Grunwald, Johannes, Agneta y el pequeño Rudi, se había mudado a la Luitpoldstrasse en otoño de 1947, unos meses después de la muerte de Beate Müller, cuya salud se había deteriorado muy deprisa cuando ya parecía haber pasado lo peor. Las secuelas de la gravísima pulmonía que no había podido acabar con ella en invierno debilitaron su corazón hasta detenerlo mientras dormía, en un radiante amanecer de verano. Su viudo había sido muy generoso con su única hija, a la que había dado a elegir entre quedarse con el piso de la Winterfeldtstrasse o comprarle uno nuevo con el dinero que obtuvieran por su venta. ¿Y tú?, le preguntó Agneta, atónita. Nunca se le habría ocurrido que su padre tuviera una amante, y menos aún que detestara Schöneberg. Desde que se mudó a una bocacalle de la Kurfürstendamm para vivir con su novia bajo la decorosa apariencia de un huésped de pago, su hija le veía menos, pero constataba a diario, con creciente estupor, que le quería tanto como siempre.

Antes de enfadarse con Johannes, al que ella seguía llamando Jan, por el árbol de Navidad, Agneta Grunwald ya era consciente de que se había convertido en una mujer muy distinta a la que había sido. Tanto que a veces pensaba que se había convertido en una mujer, simplemente. De vez en cuando recordaba a una chica poseída, medio loca, que ni siquiera había necesitado emborracharse para cantar a gritos el *Horst Wessel Lied* entre los escombros del bulevar más célebre de Berlín. Veía el polvo acumulado en el canal de sus pechos, los botones de su blusa reventados, la patética llama que inflamaba su corazón, y se ponía colorada. La Untergauführerin que había abandonado a su madre inválida para ir a morir por su Führer le daba tanta vergüenza que a veces se arrepentía de haberse casado con un hombre que lo había visto todo. Y el día de Nochebuena de 1947, cuando apareció con el otro testigo de aquella grotesca función, se puso furiosa.

—¿Y qué querías que hiciera? —Jan la agarró de un brazo, la metió en la despensa, la increpó en un susurro mientras sus ojos se transformaban en dos guijarros de granito oscuro, durísimo—. Es un camarada, mujer, mi mejor amigo de la guerra. Me lo he encontrado en la calle, medio desnudo, con los labios morados de frío, haciendo cola ante la puerta de un comedor de caridad. ¿Cómo iba a dejarle allí? —después negó con la cabeza para dedicarle una mirada melancólica, casi triste—. ¿Qué te pasa, Agneta? No te reconozco.

—Pues no eres el único al que le pasa eso —replicó ella, aunque sabía que no estaba siendo sincera ni, mucho menos, honesta.

La derrota que la había hecho madurar a marchas forzadas no había tenido los mismos efectos sobre su marido. Jan seguía siendo un hombre bienhumorado, jovial, que conservaba la pizca de ingenuidad que la había cautivado en aquella trinchera de la Wilhelmstrasse. Mientras todo se hundía a su alrededor, la fe de aquel soldado, la risueña rotundidad con la que se negaba a aceptar que hubiera llegado el final, habían sostenido a Fräulein Müller en un agujero donde se amontonaban los cadáveres, y su fortaleza permanecía intacta. Johannes Grunwald seguía siendo tan nazi como Jan Schmitt de Wandaleer cuando prometió en la cocina del hotel Adlon que jodería a los rusos hasta el 2 de mayo. Todos los meses pagaba las cuotas de varias asociaciones clandestinas, algunas consagradas a preservar la memoria de sus ideas, otras, como Spanien oder Tod, destinadas a sufragar la evasión de los dirigentes que sólo podían escoger entre España y la muerte. Antes de que naciera Rudi, ella le había admirado también por eso, pero cuando Adrián volvió a formar parte de su vida, nada la encolerizaba más que comprobar, cada fin de mes, que su marido seguía jugándose el bienestar de su familia, su puesto de trabajo y su propia libertad, en una apuesta descabellada, sin futuro.

A veces también se avergonzaba de pensar así, de haber abandonado tan deprisa todo cuanto amaba sólo dos años antes, y se daba cuenta de que su deserción estaba arruinando su matrimonio, distanciándola día a día del padre de su hijo. Se fortificaba a sí misma diciéndose que la vida en la nueva Alemania era muy difícil, y que si ellos habían tenido tanta suerte, se la debían a que Rudolf Müller había sido, precisamente, un mal alemán. Agneta siempre había vivido en Schöneberg, en aquel barrio conocía a mucha gente, y todos los días se encontraba con algún vecino, los camaradas de su madre, los concejales que degradaron a su padre, sus compañeras de la BDM, ellas siempre demasiado pintadas pero, por lo demás, tan famélicas, tan hundidas como ellos. Todos los días, alguno le pedía limosna y ella siempre les daba un par de monedas. No lo hacía por solidaridad o por cariño, ni siquiera por piedad. Confiaba en que aquellos céntimos tuvieran el poder de desencadenar un conjuro íntimo, benéfico, que convocara un círculo de bienestar donde su familia pudiera prosperar eternamente. Y el mendigo español que Jan le regaló a traición por Navidad representaba una amenaza que se propuso eliminar cuanto antes.

—¿Qué estás haciendo? —el 25 de diciembre encontró a su huésped sentado en el suelo del comedor, con la caja de herramientas abierta a un lado, mientras su marido y su hijo dormían aún.

—Nada malo —él la miró y sonrió—. Anoche me di cuenta de que las sillas bailan más de la cuenta. Jan me dijo que necesitaban un repaso pero que él no tenía tiempo para hacerlo —comprobó que sus palabras no ablandaban el gesto de la mujer que le miraba desde arriba, y bajó la cabeza—. Sólo quería ayudar.

Sí, claro, se dijo Agneta mientras seguía su camino, como todos... Las calles de Berlín estaban llenas de hombres que se ofrecían para trabajar en lo que fuera, hacer mudanzas, pintar paredes, restaurar muebles. En las puertas de los mercados se arremolinaban los candidatos a subir las bolsas hasta cualquier piso de cualquier edificio a cambio de una moneda. Creyó que Adrián era uno más y se equivocó. El protegido de su marido sabía arreglar cosas y dejarlas como nuevas, pero también era capaz de fabricarlas. No sólo le sobraba la habilidad que Jan no había tenido nunca. Poseía además la imaginación, el talento preciso para diseñar y construir objetos útiles o, simplemente, bonitos, como los caballos de madera pintados de colores que colgó de unos hilos transparentes sobre la cuna de Rudi. Cuando el abuelo del niño los vio, le arregló una cita con un conocido suyo, dueño de una juguetería del centro de la ciudad. Poco a poco, el huésped de su hija fue acumulando encargos suyos y de sus competidores, y aunque le pagaban mal su trabajo, tan pronto como pudo alquiló una habitación en una zona más barata del barrio de los Grunwald.

Agneta empezó a echarle de menos el mismo día que se marchó. Durante casi tres meses le había exprimido como a una naranja para cosechar muchas sonrisas y ninguna queja. Mientras Jan prolongaba su jornada en esas reuniones clandestinas que la sacaban de quicio o bebiendo cerveza con sus compañeros, ella improvisaba toda clase de mejoras domésticas y se entretenía mucho supervisando el trabajo de un artesano para el que nada resultaba difícil. Aunque se acordaba del socavón de la Wilhelmstrasse mucho mejor de lo que le habría gustado, al principio se resistía a creer que al cabo de tres años largos como lustros, Adrián siguiera enamorado de ella. Cuando se resignó a su constancia, la idea no sólo no le disgustó. Aquel amor viejo y nuevo encendió una chispa de ilusión casi salvaje en el avejentado corazón de Agneta Grunwald.

—Toma, es para ti —el día de su cumpleaños le entregó un paquetito envuelto en papel de seda, sin lazos ni etiquetas—. Lo he hecho en el taller donde trabajo por las tardes, no vale nada, pero... Se lo compré a una anciana que vendía cuatro baratijas encima de un pañuelo, en la puerta del metro. Era una gargantilla pero estaba muy rota, y la he desmontado para hacer otra cosa.

—¡Adrián! —nadie habría creído que aquella pulsera de malla articulada, fabricada con pequeñas piezas de latón dorado, engarzadas entre sí como los hilos de un encaje, no hubiera salido de la mejor tienda de bisutería de la ciudad—. Es preciosa, me la voy a poner todos los días, te lo prometo.

Eso pasó en Schöneberg, el penúltimo día del mes de mayo de 1948. Aquella tarde no hubo beso pero, al abrazarle, ella pegó su cara a la de aquel hombre, respiró su olor, y se estremeció. Por primera vez en mucho tiempo, Frau Grunwald rescató la imagen de la chica loca del socavón de la Wilhelmstrasse sin vergüenza y sin rencor, para preguntarse si no se habría equivocado de hombre. Su curiosidad la asustó tanto que se propuso alejar de sí misma toda tentación de perseverar en la búsqueda de una respuesta. El verano se lo puso fácil, aunque a orillas del Wannsee, en la casita que su marido había alquilado a medias con su compañero de la policía, llevó todos los días aquella pulsera que nunca se cansaba de mirar. Y cuando volvieron a Berlín, y llegó el domingo, y Adrián no vino a comer porque tenía que rematar un encargo, la decepción le arrebató el apetito.

Su ansiedad fue creciendo al mismo ritmo en el que menguaban las visitas de quien ya no era tan amigo de Herr Grunwald como de su mujer, pero el azar quiso sentarlo a su mesa el último domingo de noviembre. Cuando llamó al timbre, con su puntualidad habitual, Jan todavía no había vuelto de la calle, a la que había bajado a comprar el pan tres horas antes. Aún tardaría un buen rato en regresar, sin una miga entre las manos pero con una borrachera monumental a cuestas. Su viejo camarada también arregló eso, despeñándose por las escaleras para regresar con una hogaza antes de que Agneta terminara de servir la sopa, aunque su intervención no evitó una bronca que sobrevivió al postre y culminó con un portazo. Antes de traspasar el umbral, Jan le dijo a su mujer que, si tanto le importaba que su hijo tuviera un árbol de Navidad, no tenía más que bajar a la calle a comprar uno, porque sus semanas sólo tenían un domingo y no pensaba desperdiciar aquel trabajando. Al escucharle, Agneta se sentó en el sofá del salón y se echó a llorar, abandonando sobre la mesa la pila de platos sucios que estaba a punto de llevar a la cocina. Después de depositarlos en el fregadero con mucho cuidado, Adrián fue a buscarla, se sentó a su lado, le pasó un brazo por los hombros y le pidió que no se viniera abajo por tan poca cosa. Pero es que eso lo hacen los padres, replicó ella, traer el árbol de Navidad a casa les toca a los padres... Él no quiso comentar esas palabras el jueves siguiente, cuando se presentó a mediodía con un abeto enorme, precioso. Había pedido la tarde libre para ayudarla a decorarlo, pero mientras lo trasplantaba al tiesto empezó a tararear aquella vieja canción, *Das war in Schöneberg, im Monat Mai, ein kleines Mädelchen war auch dabei...* Agneta se ofreció a traducirle la letra pero resultó que ya se la sabía y no deseaba ninguna cosa tanto como besar a una chica en Schöneberg.

—Ahora ya me puedo morir —cuando sus cuerpos se desligaron por primera vez, Adrián rodeó sus muslos con los brazos, descansó la cabeza encima y, al borde de su sexo, siguió hablando—. Cuando te conocí, me prometí a mí mismo que no moriría hasta que hiciera esto.

—¡Oh, Adrián! —Jan nunca hacía eso, nunca le decía esas cosas, ni siquiera había sido capaz de comprar un árbol de Navidad para su hijo—. Es tan romántico... No he escuchado nunca nada parecido.

Aquella noche se fue a la cama convencida de que no podría pegar ojo, pero durmió de un tirón, y al despertar, experimentó una euforia desconocida, que combinaba la sonrosada tibieza del romance con la energía de la sexualidad saciada. Mientras decoraba el abeto a solas, sin dejar de cantar la canción que Adrián había devuelto a su memoria, comprendió que lo que había pasado no tenía por qué ser malo, ni siquiera grave. No fue malo durante aquel invierno en el que Jan y ella volvieron a llevarse tan bien como al principio, porque él creyó que Agneta se había cansado de meterse en sus asuntos y ella sólo pensaba en acostarse con otro a todas horas. Tampoco fue grave en primavera, mientras él empezó a buscarla menos en la cama y ella calculó que le estaría siendo infiel y descubrió que le daba lo mismo. Pero el 25 de julio de 1949, cuando se despertó cantando para que su marido la mandara callar de mala manera, el olor del café del desayuno la hizo vomitar.

Frau Grunwald tenía un aparato digestivo tan privilegiado que era capaz de digerir una piedra en ayunas, y se puso en lo peor. La Untergauführerin de antaño se habría echado a llorar, para atormentarse con reproches inútiles, pero por fortuna, aquella tonta había dejado de existir. La nueva Agneta no perdió un instante en preguntarse qué había salido mal. Sin perder la serenidad en ningún momento, meditó unos segundos, limpió el retrete, se miró en el espejo, sumó meses, restó semanas, se arregló el pelo y se dijo que una mujer prevenida valía por dos. Con esa convicción volvió a la cama donde Jan dormitaba, esperando a que le avisara de que el desayuno estaba listo.

—¡Sorpresa! —exclamó mientras buscaba su sexo bajo las sábanas.

—¿Qué haces? —protestó él, con mucha menos convicción que antes.

La respuesta de su mujer consistió en cabalgarle para obligarle a girar después, dentro de ella.

Lo hago por el bien de todos, aprobó para sí misma mientras Jan eyaculaba.

También por el tuyo, imbécil.

Rodolfo Freude no sólo era un hombre muy poderoso, y el gran protector de los nazis y colaboracionistas que llegaban al país a través del SARE. Era, además, un anfitrión espléndido y por eso, aunque Manuel Arroyo Benítez procuraba coincidir con él lo menos posible, Adrián Gallardo Ortega no pudo negarle a Clara ese favor.

—Ya sé que trabajas mucho, pero estás muy despegado, Adrián —en la reunión del último miércoles, Walter le había pedido que la llamara—. ¿Cuánto tiempo hace que no nos vemos?

—Bastante, aunque la culpa es tuya, porque no paras de viajar.

—En eso llevas razón —Clara se echó a reír—, pero para una vez que tengo vacaciones, quiero verlo todo, todito...

Lo cierto era que, mientras se comprometía a acompañarla al asado que Freude iba a celebrar en su honor el domingo siguiente en una quinta de Olivos, Manolo ya había empezado a despegarse tanto como podía.

El 16 de diciembre de 1948, cuando su avión aterrizó en Buenos Aires, su compañera de viaje dispuso de él como si fuera un bulto más de su equipaje. Después de hacer una entrada espectacular en la terminal, deteniéndose un instante con los brazos abiertos sobre su particular alfombra imaginaria, abrazó uno por uno a todos los miembros de su comité de bienvenida, seis hombres y tres mujeres a quienes llamó por su nombre, preguntó por su familia y agradeció que se hubieran acercado a recogerla. El único al que Manolo reconoció era Walter Kutschmann, con quien Adrián Gallardo y Rafa Cuesta había coincidido después de un viaje en burro. En Cercedilla, el antiguo oficial de la Gestapo le había tratado con una calurosa cordialidad, como si se conocieran de toda la vida. Un año y medio después, rompió el corro que se había formado alrededor de Fräulein Stauffer para dirigirse a él.

—¡Antonio! ¿Cómo te va? ¡Qué alegría verte por acá!

En casa de Messerschmidt, Kutschmann hablaba un español aceptable con un fuerte acento gallego, porque había vivido los últimos años cerca de Vigo. En Argentina, su dominio del idioma se había perfeccionado mucho, adquiriendo muy deprisa la musicalidad porteña y un voseo que practicaba con tanta naturalidad como si jamás hubiera aprendido la lengua en otro país.

—Adrián —Manolo le corrigió con suavidad, mientras calculaba que aquel proceso era el fruto de un severo entrenamiento—. Adrián Gallardo.

—Claro, disculpame —Walter sonrió y le dio una palmada en la espalda—. Dale, vení a conocer a los demás...

Pero fue Clara quien tomó esa iniciativa, sin soltarse del brazo de una mujer algo mayor que ella a quien le presentó en último lugar.

—Y esta es mi querida amiga y colaboradora Magda Ivanissevich, sin cuya ayuda todo nos resultaría mucho más difícil en este bendito país —se volvió a mirarla, sonrió, recibió una sonrisa a cambio—. Yo me voy a quedar en su casa unos días, pero no te preocupes. Walter cuidará muy bien de ti.

Caminaron todos juntos hacia el exterior y sólo cuando ya habían salido del edificio, Clara se detuvo, se acercó a él y enmarcó su cara con las manos.

—Ya estás en Buenos Aires, Adrián, lo hemos conseguido —sus ojos relucían de entusiasmo—. ¿Estás contento?

—Muchísimo —su auténtico camarada no habría sido más sincero—. Este es uno de los momentos más felices de mi vida. Y te lo debo a ti.

—¡Ay! —ella incrementó la presión de sus dedos hasta hundirlos en sus mejillas—. Como vuelvas a decir eso, me enfado. Disfruta de la ciudad —y la aflojó después, para acariciarle mientras las retiraba—. Nos veremos pronto.

Antes de terminar de decirlo, pegó su cuerpo al suyo y apretó la cara contra una barba dura, de dos días. Aquel contacto, inocente en apariencia, se prolongó durante dos segundos, quizás tres más de lo necesario, fabricando una burbuja de intimidad tan obvia para ambos como imperceptible para quienes les rodeaban. Después, Clara se dio la vuelta sin decir nada y siguió a su amiga hasta un coche. Manolo tuvo la sensación de que aquel adiós era más propio de una mujer casada que se despide de su amante en una reunión social, que de dos camaradas que han culminado una fuga con éxito, pero no tuvo tiempo para analizarla porque en aquel instante Walter Kutschmann se hizo cargo de él.

Durante los primeros días, su compañía fue tan absorbente que el falso Adrián Gallardo temió que le hubieran encomendado su vigilancia, pero enseguida descartó esa posibilidad a favor de una explicación más sencilla. Walter vivía solo en un piso de tres habitaciones situado en la avenida del Presidente Manuel Quintana, en el selecto barrio de Recoleta, uno de los más caros de la capital. Tenía un cargo directivo y bien pagado en la delegación argentina de la compañía alemana de iluminación Osram, pero a los treinta y cinco años, sin familia ni pareja estable, se aburría mucho. Por eso se ofrecía a tutelar a los recién llegados, a quienes ofrecía, además de un alojamiento provisional, lo que él denominaba el tour Kutschmann de Buenos Aires.

El que propuso a Adrián Gallardo arrancó la noche del viernes con un aperitivo en el Tortoni, una cena en una parrilla popular de San Telmo, y unas copas en una milonga donde vio bailar tango por primera vez. Al día siguiente, el programa fue aún más exigente, pero el recién llegado no se quejó, y el domingo por la noche, cuando Walter le propuso rematar un fin de semana infernal de caminatas, comilonas y borracheras, con una cena en La Biela, ya había aprendido mucho de lo que necesitaba saber sobre el funcionamiento de la red Stauffer en Argentina.

Su anfitrión, que había sido educado en la fe católica, le confesó con mucha naturalidad que la religión de sus abuelas le había salvado la vida. En Galicia, donde buscó refugio después de cruzar los Pirineos unos días después del desembarco aliado en Normandía, varias órdenes religiosas se habían turnado para protegerle, manteniéndole oculto en monasterios y conventos sin interesarse jamás por lo que había hecho en una ciudad polaca llamada Lviv. Durante tres años, sólo abandonó la clausura en el verano del 47 para viajar a Madrid con un hábito prestado, planificar su viaje con Clara y celebrar de paso, en la sierra, el aniversario del 18 de julio. Seis meses más tarde, desembarcó en Buenos Aires sin el menor contratiempo y con el auténtico pasaporte de un auténtico padre carmelita que seguía viviendo tranquilamente en Sevilla.

—Pero si entraste como Pedro Ricardo Olmo... —a la altura de esa confidencia, el falso Adrián Gallardo ya había bebido bastante—. ¿Cómo es que...? Aquí todo el mundo te llama por tu nombre auténtico, los camareros... —por eso tardó tanto en explicarse—. Bueno, el portero de casa no, pero...

—Por favor, relajate y descansá —Walter se echó a reír—. Ya no estás en España, ¿viste? Acá estamos mucho más lejos de Núremberg.

Kutschmann era una persona más complicada de lo que parecía a simple vista. Manolo descubrió pronto que la simpatía que derrochaba al saludar a los desconocidos era un hábito aprendido, un automatismo ejecutado a la perfección por un hombre de naturaleza muy poco expresiva. El humor de Walter oscilaba entre dos extremos, la apatía melancólica a la que se entregaba cuando estaba tranquilo, en su casa, y una euforia inducida por su propia voluntad de ser como los demás, de divertirse a la fuerza en los lugares donde otros se divertían, y beber, y cantar, bailar y fanfarronear sin preguntarse si le apetecía hacerlo o no. En esos raptos de felicidad forzosa podía llegar a resultar una compañía muy pesada pero siempre, además, un conversador infatigable, que derrochaba una locuacidad incompatible con su condición de prófugo buscado por la justicia, aunque todo un océano le separara de sus perseguidores. El falso Adrián Gallardo toleraba mucho mejor su variante taciturna, pero la más sociable le enseñó que la sensación de impunidad de la que gozaban los antiguos nazis en la Argentina de Perón era aún más completa, más compacta y perfecta que la que les brindaba la España de Franco.

El lunes 20 de diciembre, Kutschmann se tomó el día libre para acompañar a Gallardo a la calle Canning, donde los funcionarios del Servicio de Acogida para Refugiados Europeos le recibieron con los brazos abiertos.

—¡Bienvenido, Adrián! —el rumano Radu Ghenea, que no había perdido un ápice del acento madrileño con el que aprendió a hablar español como un nativo, le recibió en su despacho sin hacerle esperar—. Estamos muy contentos de tenerte entre nosotros. Ahora, descansa. Tu única obligación es adaptarte al cambio horario, acostumbrarte a que en diciembre sea verano, y enamorarte de Buenos Aires, que es muy fácil, te lo aseguro. Más adelante, veremos qué se puede hacer por ti. De momento —se dirigió a su acompañante—, llévale al despacho de Sofía, que os está esperando. Sabes dónde está, ¿verdad? —Kutschmann asintió con la cabeza y Ghenea se volvió, irguió los hombros, juntó los talones y levantó el brazo derecho—. ¡Arriba España!

—¡Arriba! —Manuel Arroyo Benítez estaba tan poco familiarizado con aquel saludo que tardó un segundo en comprender que se estaba olvidando de algo—. ¡Arriba siempre!

El director del SARE sonrió complacido a una repetición que le pareció enfática, mientras el recién llegado salía de su despacho con su tutor alemán, que no se había molestado en levantar el brazo. Por fortuna, las manifestaciones fascistas no traspasaron el umbral de aquel despacho. La señorita Ferreti no las necesitaba para ser perfectamente eficiente.

Desde que aceptó aquella misión, el agente de Azcárate contaba con infiltrarse en una sociedad poderosa y bien organizada, pero nunca se había atrevido a esperar tanto. En menos de media hora, aquella funcionaria pizpireta, que se levantó de la silla para saludar a Walter con un beso y un par de bromas, le explicó hasta qué punto se habían quedado cortas sus previsiones. De momento, le entregó un sobre con mil pesos en metálico. Aquella cantidad, que multiplicaba por cinco el salario mínimo mensual fijado por Perón dos años antes, era el resultado de dos ingresos diferentes. El Estado, a través del SARE, aportaba una subvención mensual de cuatrocientos pesos durante un periodo máximo de seis meses para los recién llegados. El resto provenía de una caja de solidaridad que se alimentaba con las aportaciones de los antiguos refugiados que, como Kutschmann, ya contaban con un trabajo bien pagado en el país. Para que Adrián pudiera formar parte de ese grupo lo antes posible, la señorita Ferreti le indicó que contaban con ofertas de empleo muy interesantes, gracias a la generosidad con la que Ludwig Freude y los directivos de las empresas alemanas radicadas en Argentina colaboraban con el Servicio de Acogida.

—Venga a verme dentro de diez días. Para entonces ya se habrá desocupado un departamento lindo, lindo, en Recoleta, muy cerca de la casa de Walter. Lo más urgente es que se instale allí. Después, a primeros de marzo, cuando los pibes vuelvan a la escuela, le buscaremos tranquilamente un buen empleo. Como ve, sus necesidades están cubiertas. No hay prisa.

Tantas facilidades produjeron un efecto paradójico en el ánimo de su beneficiario, que se propuso extremar su cautela hasta el límite. Manuel Arroyo Benítez no dio ningún paso por su propio pie hasta el 6 de enero de 1949, cuando ya ocupaba un piso amueblado de dos habitaciones, tan amplio y bonito como le había anunciado Sofía, en el 1869 de la avenida Callao. Su nueva vivienda sólo tenía un defecto que era, al mismo tiempo, su mejor virtud. Estaba tan cerca de casa de Walter que iba a resultarle muy difícil esquivar sus frenéticos tours de fin de semana. A cambio, le ayudaría a prevenir encuentros indeseables con él y otros vecinos cuyos horarios conocía igual de bien. Con esos datos y un maletín del que no se había separado ni un momento en su vuelo desde Madrid, para guardarlo después, bajo llave, en su maleta mientras vivió en casa de Kutschmann, enfiló a las diez de la mañana del día de Reyes la avenida Alvear, para recorrerla a pie hacia la plaza San Martín.

El 4 de enero, cuando despertó por primera vez en su nueva casa, había levantado el doble fondo de aquel maletín con la punta de un cuchillo para depositar su contenido sobre una mesa. Allí estaban los quinientos dólares que Meg le había entregado para cubrir gastos imprevistos, las pocas pesetas que le habían sobrado de la cantidad que le dio McKay cuando se despidió de él en Algeciras, las que había cobrado como liquidación cuando dejó su trabajo en Madrid y hasta veinte libras esterlinas que había recibido de Azcárate cuando abordó en Londres un avión a Gibraltar y que nunca se había gastado. Junto con ese dinero, había llegado con él a Buenos Aires un tesoro más valioso.

El único pasaporte que había destruido en su vida después de usarlo fue el que el presidente Negrín le entregó en junio de 1937, con Rafael Cuesta Sánchez como titular. Lo quemó en Valencia, en la víspera del viaje a Madrid que le permitiría regalar a Guillermo García Medina un documento nuevo, confeccionado con el mismo nombre. Aunque hacía mucho tiempo que debería haber seguido el mismo camino, nunca había querido desprenderse de su último pasaporte auténtico, el que la República Española había expedido a petición de Manuel Arroyo Benítez. Sabía que arriesgaba demasiado por una cuestión sentimental, pero necesitaba conservar aquel último vínculo con su verdadera identidad, con Robles de Laciana, con Juan Arroyo y Gertrudis Benítez, con la fecha en la que nació su sexto hijo. Tampoco se había desprendido del pasaporte diplomático republicano con el que partió al exilio y que usó para obtener una tarjeta de residencia en Suiza en la que constaba como Felipe Ballesteros Sánchez, apátrida. Ambos documentos estaban caducados, pero el segundo podría tener alguna utilidad en el futuro siempre que conservara el primero. El flamante pasaporte español de José Pacheco Hernández estaba en la cartera que llevaba en el bolsillo, y no poseía ningún documento oficial a nombre de Adrián Gallardo Ortega, prófugo de la justicia aliada. Sin embargo, el ciudadano norteamericano Peter Louzán Valero, nacido en 1910 en North Arlington, Nueva Jersey, disponía de un pasaporte en vigor. Y ninguna documentación resultaría tan eficaz para disipar las dudas de cualquier persona que atendiera a un desconocido tras un mostrador, como un pasaporte norteamericano.

Lo comprobó al día siguiente, en la sede de Correo Central. Toda la dificultad que encontró allí consistió en aprender que los argentinos llamaban casillas a los apartados de correos. Cuando advirtió al funcionario que examinaba su pasaporte que necesitaba la casilla para una actividad comercial y que su nombre no constaría en la correspondencia, él le respondió que en aquel servicio sólo importaban las cifras, no los nombres. Después le entregó la llave de la 1.924, que acababa de quedarse libre.

El 6 de enero de 1949, a las once menos cuarto de la mañana, el ciudadano norteamericano Peter Louzán pidió una habitación para una sola noche en la recepción del hotel Crillon, un establecimiento de lujo que aún no había cumplido dos años de vida. El nuevo huésped, tan directo e informal como podía esperarse de los nativos de su país de origen, rechazó cualquier ayuda para subir su equipaje hasta la tercera planta. Así, nadie pudo comprobar que su pequeña maleta, que parecía nueva porque la había comprado diez minutos antes, con el único objeto de evitar el sospechoso aspecto de los viajeros que se presentan en un hotel sin ninguna, estaba vacía. En su maletín tampoco había gran cosa, pero sacó de allí un par de periódicos y un libro que estuvo leyendo, tumbado en la cama, hasta la una y media de la tarde.

Antes de salir, Mister Louzán preguntó en recepción por la distancia existente entre el hotel y un par de célebres restaurantes que le habían recomendado. Después, pidió un taxi y le dio la dirección de otro, mucho más barato, donde se tomó dos cafés después de comer, para hacer tiempo. Regresó al Crillon andando por el mismo motivo, y poco después de las cuatro de la tarde preguntó en el mostrador si era posible poner una conferencia a Europa desde las cabinas del vestíbulo. Ya conocía la respuesta, de hecho aquel había sido el motivo de que escogiera un hotel tan moderno, pero sonrió complacido cuando el recepcionista le respondió que la cabina número tres estaba libre.

El 6 de enero era un día tan laborable en el Reino Unido como en Argentina, pero Manuel Arroyo Benítez había escuchado decir a su jefe muchas veces que la única monarquía que le parecía respetable era la de los Magos de Oriente, y esperaba que no hubiera cambiado de opinión.

—Buenos tardes, señorita, desearía llamar a un número de Londres.

—Muy bien —el número que anotó correspondía en realidad a una dirección de Taplow pero, o no lo identificó, o no le pareció relevante comentarlo—. No cuelgue, por favor.

Desde que volvió a Madrid, Manuel Arroyo Benítez no había tenido ningún contacto directo con el hombre para el que trabajaba desde antes de la guerra de España. Meg Williams, que hacía de intermediaria entre ambos, le había mantenido informado del periplo profesional de Pablo de Azcárate desde que la ONU le nombró secretario general adjunto de la Comisión de Palestina en mayo de 1948, poco antes de que estallara la guerra entre árabes e israelíes. Desde entonces diversos cargos le habían obligado a pasar más tiempo en Oriente Próximo que en casa, pero Manolo confiaba en que Melchor, Gaspar y Baltasar le hicieran el regalo de haber prolongado sus vacaciones de Navidad.

—Ya puede hablar, señor.

La voz de la operadora se superpuso a la de una mujer que se preguntaba en español quién podría estar llamando desde Buenos Aires a aquellas horas. Manolo la reconoció, pero no quiso saludarla, y se limitó a preguntar en inglés por don Pablo. Estaba seguro de que la inteligencia argentina no perdía el tiempo fiscalizando las llamadas de los teléfonos públicos, pero no podía descartar que la británica escuchara las conversaciones de un diplomático multilateral, con responsabilidades en el conflicto árabe-israelí, con el razonable pretexto de garantizar su protección. Esas hipotéticas escuchas le habían impulsado a llamar desde un hotel de lujo donde se había registrado con nombre falso.

—Buenos días, señor —al repetir desde el otro lado del Atlántico las palabras que había pronunciado tantas veces, se emocionó como un tonto pero no dijo nada que pudiera identificarle—. ¿Qué le parece el regalo que le han traído a usted los Reyes?

—¡Maravilloso! —Azcárate se echó a reír y tampoco le llamó por ningún nombre—. ¿Cómo estás, cómo va todo?

—Mejor de lo que esperaba. Una ciudad espléndida, un gran país, buenas perspectivas laborales, viejos amigos, contactos con gente influyente —había preparado minuciosamente esas palabras, y aún mejor las que dijo a continuación—. Lo único que falta en mi vida es el amor. La novia que dejé en Madrid... —hizo una pausa deliberada, aunque no creía que Azcárate la necesitara para comprender que hablaba de Meg—. Bueno, yo la quiero mucho, ya lo sabe usted, pero no tenemos exactamente los mismos intereses. Es muy posesiva, un poco egoísta, y eso impide que nuestra relación sea completamente satisfactoria. Por eso me atrevo a molestarle con algo que le parecerá una tontería. Como me siento solo, me gustaría cartearme con alguna señorita europea de plena confianza. Y se me ha ocurrido que tal vez usted conozca a alguna joven británica que desee mantener una relación por correspondencia.

—Claro —por el sonido de su voz, adivinó que Azcárate ya tenía sujeto el auricular entre la barbilla y el hombro—. Se me ocurren un par que podrían estar interesadas. Dame tu dirección —después de anotarla, meditó un instante—. Si alguna accede... ¿Puedes esperar a que te escriba o prefieres llamarme dentro de unos días para escribir tú la primera carta?

—No, me parece mejor esperar. No estoy tan desesperado, no crea. A ver si se va a asustar, con tantas prisas.

—Pues eso haremos. Estaré al tanto de cómo va vuestro idilio, no lo dudes —y su voz se quebró en la despedida como se había quebrado la de Manuel Arroyo Benítez al darle los buenos días—. Cuídate mucho, por favor.

—Usted también, señor. Que el año nuevo sea muy feliz para usted y su familia.

—Lo mismo deseo para todos nosotros.

Colgó inmediatamente después, pero tardó casi dos minutos en salir de la cabina. Los necesitaba para dejar de ser Manolo Arroyo y volver a meterse en la piel de Peter Louzán, el cliente norteamericano que pagó en dólares el precio de la conferencia antes de subir a su habitación para dormir la siesta. A las siete de la tarde, abrió el grifo de la ducha, salpicó una toalla y la tiró al suelo. Después, volvió a salir, recorrió la avenida Alvear en dirección inversa a la que había tomado aquella mañana y abrió la puerta de su casa en el instante en que empezaba a sonar el teléfono.

No era Walter, como había temido por la hora, sino Clara, que quería regañarle por no haberla invitado aún a conocer su casa. Habría sido un buen regalo de Reyes, añadió, porque me han contado que es una monada, y el falso Adrián Gallardo decidió que tenía tiempo de sobra para quedar bien.

—Pues no he podido comprar un roscón pero, si no tienes nada mejor que hacer —había pensado volver al hotel a medianoche, dormir unas horas y dejar la habitación a las seis de la mañana, así que incluso podría permitirse cenar con ella—, todavía estamos a tiempo.

—No, no, mejor el sábado —pero, como de costumbre, Fräulein Stauffer estaba al mando y lo tenía todo pensado—. Si te parece quedamos a mediodía, me enseñas el piso, tomamos el aperitivo por allí cerca y luego nos vamos a comer al Tigre. Unos amigos de Pierre, que tienen una casa frente al río, nos han invitado a pasar allí el fin de semana. El domingo vendrá Walter a comer, así que por la noche podemos volvernos en su coche.

Manolo Arroyo estaba seguro de que a él nadie le había invitado a comer el sábado en ninguna parte, aunque no le pilló por sorpresa. Clara ya había recurrido a aquella fórmula otras veces para incorporarle a sus planes, con la frecuencia justa para que no pensara que se había olvidado de él. En algunas ocasiones, aquellas iniciativas se explicaban por sí solas. El 24 de diciembre, que para Kutschmann sólo era la víspera del día de Navidad, le había llevado a cenar a casa de Cissy von Schiller, cuya biografía Manuel Arroyo Benítez conocía muy bien, y allí habían acabado cantando *Suspiros de España,* a dúo y con la voz temblorosa propia de la ocasión. La letra de aquella canción bastaba para justificar que no hubiera querido dejarle solo aquella noche, pero otras veces lo había llevado consigo en una condición ambigua, que rebasaba la posición de un protegido sin llegar a consagrarle como un acompañante habitual. Él había agradecido en el alma todas aquellas invitaciones y había sacado provecho de su docilidad. El 6 de enero de 1949 ya sabía que Pierre era Pierre Daye y que Magda era hermana del ministro de Educación de Perón, había conocido a Jan Degraaf Verheggen, identidad de la que Jean-Jules Lecomte no se atrevía a desprenderse, y había aceptado las disculpas de Ante Pavelić, ya sin gafas, sin bigote ni perilla, por no haberle dirigido la palabra en una época en la que su vida corría un grave peligro. Lo único que no sabía era cuándo pensaba volver Clara a Madrid, hasta cuándo se prolongarían esas supuestas vacaciones que la mantenían tan ocupada como en el número 14 de la calle Galileo. Cuando logró desentrañar el frenesí de su agenda, repleta de reuniones casi diarias que alternaba al principio con excursiones de dos o tres días por la provincia y, después del verano, con viajes más largos que la mantenían ausente de Buenos Aires durante algunas semanas, sus motivos ya habían dejado de importarle y lo único que deseaba era perderla de vista.

El domingo 2 de octubre, al ofrecerle su brazo para atravesar el jardín de la suntuosa quinta de Olivos en cuyo umbral la esperaba Rodolfo Freude, el camarada Gallardo vivía ya muy lejos de Walter Kutschmann. Aunque de vez en cuando aún se sumaba a las juergas que patrocinaba el antiguo oficial de la Gestapo, prefería asistir con cierta asiduidad a las reuniones que presidía en su casa los miércoles, una convocatoria fija e informal en la que, con el pretexto de mantener el contacto con sus viejos huéspedes, Walter hallaba una oportunidad ideal para correrse una juerga entre semana. Por aquel entonces, al encontrarle cada mes en la puerta de su despacho, la risueña Sofía Ferreti se levantaba de su silla para darle un beso y preguntarle si ya había conseguido una novia porteña. El falso Adrián Gallardo siempre negaba con la cabeza antes de sacar del bolsillo interior de la chaqueta un sobre con su modesta contribución a la caja de solidaridad de la que él se había beneficiado apenas cuatro meses. Era muy generoso y extremadamente puntual en sus visitas a la calle Canning, para hacerse perdonar la extravagancia de haber buscado un empleo por su cuenta. De hecho, cuando comenzó la primavera austral de 1949, la relación del falso Adrián Gallardo con los nazis de Buenos Aires se limitaba a los tours Kutschmann y al dinero que entregaba cada mes a la señorita Ferreti. La vida social de Manuel Arroyo Benítez no era mucho más intensa.

—Ya creía que no iba usted a llamarme nunca.

A mediados de febrero, cuando marcó un número local desde un teléfono público, percibió un misterioso acento caribeño en la voz de su interlocutor. El contacto de Meg en la embajada de los Estados Unidos en Argentina se llamaba Fred Goodwin pero su madre, que provenía de una de las mejores familias de la República Dominicana, siempre le había hablado en español. Unos días más tarde, cuando le preguntó si había leído el *Quijote* alguna vez, comprobó que los genes de Mrs. Goodwin habían sido aún más poderosos que la determinación de no renunciar a su lengua materna.

A las once de la mañana de un miércoles laborable, el sótano de la Librería del Colegio, un enorme y vetusto local situado cerca de la plaza de Mayo, estaba tan desierto como Goodwin le había prometido, pero incluso después de escuchar la pregunta acordada, Manolo frunció el ceño.

—Sí, soy yo —añadió en voz baja un hombre joven y muy alto, con la piel tostada, los ojos castaños, los labios ligeramente gruesos y, por encima de todo, un aspecto latinoamericano tan inconfundible que cualquiera le habría tomado por el jugador de polo más canchero de la selección argentina.

—Nadie lo diría —Manolo sonrió.

Goodwin le devolvió la sonrisa mientras sacaba un libro del estante que tenía enfrente, animando al español a imitarle. Durante un cuarto de hora, ambos susurraron sin sobresalto alguno, mientras hojeaban volúmenes antiguos tras una estantería que les ocultaba de cualquier cliente que pudiera bajar por la escalera. El norteamericano había pronosticado que nadie lo haría, y así fue.

—Meg le envía cariños.

—Devuélvaselos de mi parte.

Luego le explicó que, si había tardado tanto en contactar con él, era porque su situación convertía cualquier cita en una operación muy arriesgada.

—Dependo de ellos para todo. La casa en la que vivo, el dinero del que dispongo, la gente con la que me relaciono, todo pasa por ellos. Cada día averiguo cosas nuevas, pero hasta que no logre independizarme, preferiría limitar nuestras citas al máximo. Mientras Stauffer siga estando aquí, no podré despegarme de sus amigos, y no sé cuándo piensa volver a España.

A Fred Goodwin no le gustó escuchar eso. Manolo Arroyo ya sabía que no le iba a gustar. El cuate de Meg era su controlador y aspiraba a recibir información con la mayor frecuencia posible, pero logró aplazar su próxima cita un mes y medio regalándole un caramelo chupado.

—*Scarface* no está en Buenos Aires. Estuvo aquí en diciembre, pero regresó a Europa antes de Navidad. Por lo que he oído, vive en Alemania pero viaja a Madrid con cierta frecuencia. Sus amigos suponen que piensa instalarse en España antes o después.

El día que conoció a Fred Goodwin, su compatriota Peter Louzán había entablado ya una relación epistolar con Miss Helen Murray, residente en Burnham, Buckinghamshire, a menos de cinco kilómetros de Taplow. La señorita Murray, de quien Manolo no podía saber si era un nombre inventado o una mujer de carne y hueso, había aceptado de buen grado que el principal interés de Mister Louzán fuera ponerla en contacto con un amigo suyo que vivía en Madrid. En la primera carta que escribió, siempre en inglés, Peter le explicó que Rafa Cuesta se había quedado prendado de ella cuando la conoció en una excursión a Toledo, y que no podía quitársela de la cabeza. Como era muy tímido, él había aceptado el papel de intermediario. Deseaba saber si a Helen le agradaría cartearse con su amigo, y ella contestó enseguida que sí.

Antes incluso de recibir una respuesta de la que nunca había dudado, Felipe Ballesteros Sánchez firmó y envió una carta al supuesto pretendiente, en la que, bajo el encabezamiento propio de una simple comunicación comercial —«muy señor mío, respondiendo a su solicitud, me es grato comunicarle que la persona que representa los intereses de mi cliente en el Reino Unido es»— se limitó a anotar el nombre y el apartado de correos de Miss Murray. A finales de febrero, el titular de la casilla 1.924 de la oficina central de Correos de Buenos Aires recibió una carta en la que dicha señorita le agradecía de corazón que le hubiera puesto en contacto con su amigo, quien le había enviado desde Madrid una caja de bombones de fruta tan exquisitos que no recordaba haber probado en muchos años un sabor que se le pudiera comparar.

El idilio por correspondencia entre el falso señor Cuesta y la ficticia señorita Murray representaba la principal razón de la resistencia que Manuel Arroyo Benítez oponía a los deseos de Fred Goodwin. Estaba seguro de que Pablo de Azcárate no necesitaba instrucciones para interpretar la situación, pero en mayo volvió a escribir a Helen para rogarle que le avisara cuando el amor de Rafa hubiera derrumbado sus británicos prejuicios acerca de España. En su respuesta, ella le aseguró que sería el primero en enterarse de que su noviazgo había desembocado en algo más serio. Aquella respuesta afianzó a Manolo Arroyo en el propósito de entregar a los norteamericanos información con cuentagotas, para hacer coincidir su informe sobre la red Stauffer con el que resultara de la información que Guillermo enviaba a Burnham. Sin embargo, desde que, a mediados de marzo, se mudó a Balvanera y empezó a trabajar tan cerca del Palacio de Tribunales como lejos de Walter Kutschmann, la frecuencia de sus encuentros con Goodwin aumentó. Si el aspecto del agente de la CIA hubiera sido más acorde con su nombre, se lo habría pensado mejor, pero en su nuevo barrio, popular y populoso, el norteamericano parecía un porteño más.

—Debería haber aceptado uno de los empleos que le ofrecieron en el SARE —como no lo era, tampoco aprobó sus nuevas condiciones de vida—. Habría salido ganando en dinero y en información.

—¿Información? —pero él llevaba la respuesta preparada—. Todas las empresas alemanas en Buenos Aires están repletas de nazis. Le puedo hacer una lista de memoria, ahora mismo. Y si ustedes no han sido capaces de impedirlo, ¿qué habría podido hacer yo?

Goodwin no replicó, pero seis meses más tarde, en el coche que les llevaba a Olivos, Fräulein Stauffer fue mucho más insistente.

—Mira que eres cabezota, Adrián, ¿a quién se le ocurre aceptar un empleo de contable en una academia cuando podría ocupar un puesto directivo en una gran empresa?

El trabajo que el profesor José Pacheco Hernández desempeñaba en la Academia de Idiomas La Europea no se correspondía con el que había comunicado a sus benefactores, porque la verdad era incompatible con las capacidades de un divisionario que había destacado como boxeador profesional sin haber obtenido ningún título académico.

—Ya te lo he explicado, Clara —se recubrió una vez más con la inmaculada piel de una oveja no muy espabilada—. Mi empleo me gusta, estoy cómodo haciendo lo que sé hacer. Podría ganar más dinero, pero mi sueldo me basta para vivir y no me siento preparado para aceptar un puesto superior. No tengo estudios, ya lo sabes, ni experiencia como para mandar a nadie, y además... Ya habéis hecho demasiado por mí.

—Paparruchas. Eres demasiado humilde, aunque... Mira, a lo mejor, al final salimos ganando los dos —le dedicó una sonrisa deliberadamente enigmática—. Ya dice el refrán que no hay mal que por bien no venga.

No quiso ser más explícita hasta después del café, cuando el resto de los invitados se dividieron entre quienes dormitaban en las tumbonas que rodeaban la piscina, y los que escogieron seguir bebiendo. Clara optó por un paseo por el jardín e invitó a su protegido a acompañarla.

—Todo lo bueno se acaba, Adrián —aleluya, pensó él mientras componía un gesto de lástima—. En diciembre volveré a Madrid. No me queda más remedio, pero antes voy a hacer un viaje más, un viaje largo y muy interesante. Supongo que ya te habrás dado cuenta de que no he venido a Hispanoamérica de vacaciones. Necesitaba contactar con nuestra gente de aquí, visitar a los que están ya instalados, preparar la llegada de futuros camaradas, y sobre todo, reunirme con este gobierno que tanto nos está ayudando. Por la misma razón, dentro de unos días me iré a Lima —en ese momento hizo una pausa, le miró, sonrió, y su cambio de tono bastó para encender una luz roja entre las sienes de Manuel Arroyo Benítez—. Allí no todo será trabajar, no creas. Me han invitado a la Feria de octubre y espero divertirme, pero sobre todo consolidar nuestro trabajo, primero en Perú, luego en Bolivia. Y eso no es todo. Me dará tiempo a visitar Santiago de Chile antes de volver a Buenos Aires para tomar un barco de vuelta a España.

—Un viaje estupendo, Clara. Te mereces eso y más.

—Tú también —y un rubor como el que había activado todas las alarmas en una taberna del barrio de Argüelles volvió a iluminar sus mejillas—. Has sido un compañero de viaje inmejorable, siempre atento y generoso, encantador. Te voy a echar de menos, sobre todo porque seguramente pasarán muchos años antes de que volvamos a vernos. Tal vez, no volvamos a vernos nunca. Por eso, aunque parezca una osadía, me voy a atrever... Dicen que la fortuna ayuda a los audaces, ¿no? —hizo una pausa, se acercó a él, tomó aire y se lanzó al fin—. Vente conmigo a Lima, Adrián. Deja ese trabajo absurdo y acompáñame. En España nunca te habría propuesto nada por el estilo, pero aquí no nos conoce nadie y podremos disfrutar de todo los dos juntos, los dos solos. Me gustas mucho, esa es la verdad, pero ni siquiera tendríamos... En fin. Me gustaría hacer un último viaje contigo, nada más.

—A mí también —sólo pretendía ganar tiempo, pero al contemplar la magnitud de la sonrisa que cosecharon sus palabras, comprendió que no lo tenía—. Me encantaría, de verdad, pero no puedo acompañarte.

Entonces, muy despacio, ella se dio la vuelta y empezó a andar lentamente hacia la casa, sin prestar mucha atención a sus explicaciones.

—Estoy muy cansado, Clara. Desde que me alisté para ir a Rusia no he tenido ninguna casa, ninguna familia, nada que me perteneciera, ni siquiera tranquilidad para hacer planes de futuro, porque no tenía futuro. Aquí he podido empezar otra vez y por fin tengo una vida normal, un buen trabajo, proyectos, ilusiones, y además... —Clara, que seguía andando delante de él, levantó una mano en el aire para sugerir que no quería escuchar nada más, pero él lo dijo de todas formas—. He conocido a una chica que me gusta mucho. Perdóname, pero ahora no puedo dejarla, no puedo dejar de golpe todo lo que tengo...

Siguió hablando un buen rato, sin que ella diera señales de estar escuchándole. Él jamás habría pensado que una mujer tan poderosa se rebajara a actuar como una amante despechada, pero eso fue lo que sucedió. Al cabo de media hora, se acercó para anunciarle, con un acento altanero que él ya conocía, aunque ella nunca lo hubiera usado para dirigirse a él, que se volvía sola a la ciudad. Seguro que encuentras sitio en algún coche, añadió, y si no, ya te las arreglarás. Y se marchó sin más, ni un beso, ni un abrazo, ni la promesa de un encuentro futuro.

Manuel Arroyo Benítez nunca volvió a ver a Clara Stauffer.

Tampoco quiso comentar su propuesta con nadie. Fred Goodwin, Meg Williams, quizás también Pablo de Azcárate, le habrían reprochado que desperdiciara esa oportunidad para investigar la actividad de su red fuera de Argentina, pero ya había reunido información de sobra para procesar a aquella mujer una docena de veces y no estaba dispuesto a inmolarse en aquel altar.

Todo lo que le había dicho a Clara era verdad. El falso Adrián Gallardo estaba muy cansado, harto de cambiar de identidad varias veces al día, de emborracharse con asesinos, de hacerle la pelota a personas despreciables, de fingir en varios idiomas distintos, de no tener casa, ni familia, ni futuro.

Había aceptado una misión y la había cumplido admirablemente. Nadie podría reprocharle nada, nadie le devolvería tampoco los años que había invertido en ella. Sólo esperaba un final que se hizo esperar hasta mediados de diciembre, un año después de que abordara en Madrid un avión que le llevó hasta Lisboa.

Deme la enhorabuena, Mister Louzán, escribió Helen Murray en su última carta. Y felicítese a usted mismo, porque esto es un éxito de todos. Voy a casarme con Rafa. Nuestro amor por correspondencia ha terminado.

El último envío salió de Madrid en un camión que se descargaría en París el 22 de diciembre de 1949.

—Puedo pedirle a una agencia asociada que se ocupe del tramo París-Zúrich y nos garantice la entrega antes de fin de año, si lo prefieres.

Sabía que el hombre sentado frente a mí se llamaba Otto Skorzeny, pero había logrado enterrar ese dato en el fondo de mi memoria para no cometer errores. Por tanto, fue Rolf Steinbauer quien me miró y negó con la cabeza mientras encendía un habano en el mismo reservado de Horcher donde nos habíamos conocido en octubre del año anterior. A aquellas alturas, yo no necesitaba más para seguir hablando.

—Pues si alguien puede recoger la caja en París, mucho mejor. Cuanto más cerca estemos de Navidad, más intenso será el tráfico entre España y Francia. Mandar un camión directamente a Suiza...

Y él tampoco necesitaba que yo terminara las frases para interpretarme.

—No te gusta.

—No mucho, la verdad. La carga tendría que pasar dos fronteras, en la aduana suiza no conocemos a nadie, y es un envío demasiado importante como para correr riesgos. Con París siempre nos ha ido bien.

—París entonces —y sonrió—. Tú mandas.

Aunque nadie, empezando por mí, lo habría creído, en los últimos días de 1949 la verdad era esa, que yo mandaba.

Nuestro negocio, tan antiguo como el año que estaba a punto de expirar, arrancó el 17 de enero, lunes, cuando Steinbauer me telefoneó al trabajo a primera hora para citarme al día siguiente, a las cuatro y media de la tarde, en el número 57 de la calle Juan Bravo.

—A esa hora estoy trabajando. Si pudiera ser más tarde...

—No. No posible prima ni más tarde —me respondió en un tono que no admitía réplicas—. Cuatro y media.

Al día siguiente, fui a ver a don Gabino para anunciarle que un asunto importante, relacionado con la señorita Stauffer, me impediría volver al trabajo después de comer. El dueño de La Meridiana movió en el aire la mano con la que solía quitar importancia a las gestiones triviales y me dijo que hiciera lo que tuviera que hacer. Estaba tan interesado en aparentar que sabía todo lo que no podía saber, que su vanidad le impedía mostrar demasiado interés por mis asuntos. Acepté su respuesta como una bendición, pero toda la serenidad que me inspiró, y la que fui capaz de aportar por mi cuenta, se esfumó en el instante en que distinguí la larga, inconfundible silueta de *Scarface*, ante una fachada marcada por una señal que prohibía aparcar, bajo una enorme H mayúscula.

—Pero... —aquella letra me puso tan nervioso que ni le saludé—. Esto es un hospital.

—Buenas tardes —él me corrigió con una sonrisa—. ¿Cómo está?

—Sí, perdóneme —me obligué a sonreír y le ofrecí mi mano derecha para que la triturara entre sus dedos mientras sentía que las paredes de mi estómago se acercaban a toda prisa—. No quería ser descortés, pero me ha sorprendido mucho... —señalé al edificio y él sonrió.

—Vamos —respondió solamente.

Me cago en todos tus muertos, Manolo, dije para mí mismo mientras le seguía al interior, y cuando pisé las baldosas del vestíbulo, mi nerviosismo cristalizó en una inquietud muy parecida al miedo. Estaba seguro de que en aquel edificio no sólo trabajaría alguno de mis compañeros de carrera. También sería fácil que me tropezara con algún colega del hospital, más de una enfermera que me hubiera conocido como el doctor García, cirujano. Eso creía, pero había interpretado mal la situación. Mi experiencia profesional se había desarrollado en un gran hospital público, donde todas las habitaciones tenían el mismo tamaño y la mayoría de los pacientes se alojaban en salas de más de cincuenta camas. Allí, el tráfico de personal era constante, los especialistas de todos los servicios coincidíamos con tanta frecuencia que ni siquiera nos parábamos a saludarnos por los pasillos, y las enfermeras nos conocían a todos, porque estaban asignadas a las salas y no a las especialidades. En el San Carlos, la compañía de un hombre que medía casi dos metros y tenía la cara desfigurada por una cicatriz más llamativa que su estatura, me habría garantizado un encuentro indeseable antes de que pudiera avanzar cincuenta metros. Sin embargo, la planta baja de la Clínica Ruber, al menos la zona noble que recorrí detrás de Steinbauer, se parecía más a un hotel de lujo que a un hospital. En el vestíbulo no vi batas blancas, y aunque ninguna de las personas con las que nos cruzamos se resistió a la tentación de mirarle como si llevara una flecha luminosa prendida en la cabeza, todos llevaban ropa de calle, e iban o volvían de visitar a algún enfermo. La habitación a la que nos dirigimos estaba muy cerca, y en el control más próximo nos sonrieron dos enfermeras tan guapas como si las hubieran elegido para un cartel publicitario, tan jóvenes que aún estarían en el colegio cuando yo renuncié a mi profesión.

En aquel pasillo, las puertas estaban muy separadas entre sí, pero cada una de ellas cobijaba a un solo enfermo, instalado en una especie de apartamento que constaba de un recibidor, un salón más grande que el de mi casa y, al fondo, una habitación de hospital con espacio suficiente para albergar, frente a una sola cama articulada, una zona de estar con un tresillo y una mesa baja. Allí, sentado en un butacón, nos esperaba el hombre que no acudió a la cita que Clara Stauffer le había arreglado conmigo el 18 de julio de 1947, el motivo que la había impulsado a incorporarme a su círculo, la prueba viviente de que Manuel Arroyo Benítez había elaborado una hipótesis correcta antes de marcharse a Buenos Aires.

—*Mein lieber Freund!*

Reconocí sin vacilar al querido amigo de Rolf Steinbauer porque era tan singular como él, aunque por motivos casi completamente antagónicos. Si Skorzeny encarnaba una imagen paradigmática de héroe del Tercer Reich, Hans Lazar recordaba a los modelos de algunas fotografías que ilustraban los folletos de ciertos eugenesistas alemanes, padres de la política racial abrazada por Hitler. Era un hombre de baja estatura y, cuando le conocí, bastante flaco, aunque la flacidez de sus mejillas y la piel que se descolgaba a ambos lados del cuello revelaban la repentina condición de su delgadez, motivada quizás por las mismas causas que habían decretado su ingreso en aquella clínica. El ejercicio de la medicina me había convertido en un experto en pijamas, y dictaminé que el suyo, de seda color burdeos, era muy caro. Por el bolsillo de la chaqueta asomaba el pico de un pañuelo blanco, tan primorosamente doblado como el que habría lucido para presidir un banquete, pero sus pies habían optado por la comodidad de unas zapatillas de lana a cuadros, deformadas por sus juanetes y tan desgastadas que desentonaban con la pulcra elegancia de la habitación de hospital más grande y lujosa que había visto en mi vida. Ninguna de estas cosas me pareció tan llamativa como el color de su piel.

Manolo me lo había advertido, pero la realidad superó todas mis expectativas. El rostro del antiguo responsable de la propaganda nazi en España no sólo desmentía en un grado grotesco la pureza aria de la raza alemana, sino que le habría resultado muy útil para pasar desapercibido entre los tenderetes del Rastro cualquier domingo por la mañana. Su piel lucía el tono mate, recubierto de una leve pátina olivácea, de brillos casi verdosos, que la ausencia del sol suele provocar durante el invierno en las pieles muy morenas, pero su color no estaba asociado a ninguna enfermedad. Habría resultado perfectamente saludable en cualquier gitano de los que vendían canastas de mimbre o tocaban el organillo para hacer bailar a una cabra en plena calle. Aquel tono cetrino, mucho más intenso que el de una piel conocida, la mía, que siempre me había parecido oscura, me desconcertó, pero no lo suficiente como para ocultarme que aquel hombre estaba sufriendo.

El dolor tensaba casi imperceptiblemente los músculos de su cara, provocando en las comisuras de su boca un pequeño temblor que alumbraba un rictus semejante a una sonrisa amarga. Había visto muchas veces aquel gesto en pacientes recién intervenidos que se habían conjurado consigo mismos para no quejarse. El último botón de su chaqueta estaba desabrochado, los dos anteriores tan tensos que forzaban un hueco que dejaba ver un pedacito de apósito blanco, un mínimo indicio que justificaba su postura, las piernas abiertas en el ángulo propio de una parturienta. Su dolor provenía de la cicatriz de una operación reciente localizada en el abdomen, aunque el vidrioso esmalte de sus pupilas denotaba un sufrimiento más antiguo, a juzgar por el remedio que estaba echando de menos. Yo sabía mucho más de cicatrices que de adicciones, pero la ansiedad que reflejaba su mirada y la frecuencia con la que respiraba por la boca me parecieron tan sintomáticas que no tuve más remedio que admirar el conjunto. La combinación de un dolor quirúrgico agudo con un síndrome de abstinencia y la extremada amabilidad con la que me saludó revelaban una capacidad de autocontrol tan extraordinaria como la férrea voluntad de Herr Lazar.

—Muchas gracias por venir a visitar a este pobre enfermo —su penosa condición física afloraba en la debilidad de su voz sin restarle formalidad—. Tenía muchas ganas de conocerle, aunque habría preferido que nos encontráramos en mejores circunstancias. Hágame el honor de tomar asiento, por favor.

Si no hubiera sabido que era austríaco, lo habría descubierto en aquel momento. Incluso durante la convalecencia de una operación, sus modales ceremoniosos, exquisitos, delataban tanto su nacionalidad como su condición de diplomático. Sin embargo, al sentarme a su lado percibí la artificial naturaleza de su simpatía, una creación que contrastaba con la espontánea y ruidosa sociabilidad masculina de Steinbauer, el aroma a jarras de cerveza de medio litro, hazañas sexuales y chistes verdes que le envolvía como una segunda piel, aunque no fuera menos austríaco que Lazar. Nunca se me habría ocurrido que algún día tuviera que llegar a elegir entre dos nazis, pero en aquel momento, mientras el convaleciente me invitaba a tomar la palabra, decidí que el gigante del *Schmiss* me gustaba mucho más que él.

—Lo he estado pensando y lo primero que necesitaríamos es una dirección donde recoger la mercancía. No hace falta que se consigne en la documentación del remitente, porque en la agencia identificamos a los clientes fijos con un número y, llegado el caso, con unas siglas. Puedo inventar ambas cosas sobre la marcha para que sean distintos en cada envío o no, eso depende de los riesgos que estemos dispuestos a asumir. Contamos con la complicidad del dueño de la agencia, pero no puedo responder de la del personal. Yo no asigno la carga a los recaderos, hay un jefe de almacén que se encarga de eso, y sería tan raro que don Gabino interviniera personalmente en esa tarea, que el remedio podría ser peor que la enfermedad.

—No entiendo bien —Rolf me miró con el ceño fruncido.

—Yo creo que sí lo he entendido —Lazar se esforzó en sonreír, aunque miró el reloj antes que a mí—. De todas formas, si puede explicarlo mejor...

—Claro. Lo que quiero decir es que si el mismo recadero recoge dos o tres envíos del mismo remitente en direcciones distintas, o de remitentes distintos en la misma dirección, le va a parecer muy raro. Es fácil que sospeche del valor de la mercancía, que abra la caja y se quede con lo que hay dentro, o que se asuste y llame a la policía —hice una pausa, les miré y comprobé que podía hacerlo mejor—. En resumen, nos convendría alquilar una oficina en un barrio que no sea ni muy caro ni muy barato. Alrededor de la Gran Vía, por ejemplo, hay pisos que eran muy grandes y ahora están divididos en oficinas más pequeñas que esta habitación. Algunas comparten conserje, pero la mayoría no lo tienen. Lo sé porque recogemos paquetes muy a menudo en esta clase de locales. Si al llamar al timbre no les abren, nuestros empleados dejan una nota debajo de la puerta y se van, porque no hay forma de localizar al cliente. Si alquilamos una de esas oficinas, nadie sabrá si se usa todos los días o no. Cuando haya que entregar un envío, el responsable abre con su llave, espera al enviado de la agencia, le entrega el paquete, cierra la puerta y no vuelve hasta que haga falta otra vez.

—Todo perfecto —aprobó Rolf—. No veo problema.

—Bueno —avancé con cautela—, yo no sé exactamente el

valor de la mercancía que vamos a trasladar, pero hacer las cosas bien cuesta dinero. Pagar el alquiler de una oficina para usarla una vez al mes, o ni eso, es un gasto, ¿no? Para registrar una sociedad comercial que dé a todas las operaciones una cobertura legal hay que pagar a un notario, un registrador... —Steinbauer me dedicó la misma sonrisa que despierta en los adultos la ingenuidad de un niño pequeño—. He pensado incluso... —por eso me callé.

—¿Qué ha pensado? —Lazar me invitó a proseguir con una amabilidad suave, cómplice—. Nos interesa mucho saberlo.

—Pues he pensado que podríamos contar con las secretarias de Clara, pedirles que manden a una mujer a limpiar cada quince días y que vengan a abrir la puerta cuando se recoja un envío. Una secretaria es lo que cualquiera espera encontrar en una oficina, y por eso...

—No se preocupe por el dinero, señor Cuesta —el antiguo diplomático me dirigió una mirada compleja, en la que creí percibir la benevolente satisfacción del presidente de un tribunal que se dispone a calificar a un alumno con sobresaliente—. El negocio que vamos a llevar a cabo justifica de sobra una inversión como la que nos ha propuesto. Naturalmente, lo haremos todo bien y con las garantías legales que sean necesarias. Ahora, si nos disculpa un momento, me gustaría discutir los detalles con Rolf. Frente a la puerta de esta habitación hay un sofá que parece cómodo. Si no le molesta esperar allí, él le explicará enseguida lo que hayamos acordado...

La Sociedad Europea de Comercio Exterior se constituyó ante notario quince días más tarde. Nunca llegué a saber quiénes eran exactamente sus dueños, porque la secretaria del Consejo de Administración, doña Ingrid Weiss, actuaba en representación de todos los socios.

—Hans se fía de ti —Rolf empezó a tutearme aquella tarde, en el bar al que fuimos al salir de la clínica—. Pero más importante que sepas que yo no me fío de él.

En las dos horas que estuvimos juntos, ambos bebimos demasiado pero él conservó el control suficiente para no hablar de más, y yo el preciso para no olvidar lo que estaba escuchando. Ya sabía cuál era el origen de la hospitalización de Lazar. Mientras hablaba de locales y secretarias, había tenido la ocasión de echar un vistazo al impreso sujeto en una tablilla, al pie de la cama, y al levantarme para salir, me había acercado lo suficiente como para comprobar que había leído bien el diagnóstico. Las adherencias intestinales, muy dolorosas, eran una consecuencia habitual de las intervenciones por apendicitis y, en su caso, el precio de la salvación, aunque el hecho de que se hubiera extirpado el apéndice sin necesidad había multiplicado probablemente la revancha de su organismo. Rolf confirmó el acierto de mi otro diagnóstico al explicarme que la enfermera que había puesto fin a su conversación con Lazar iba a inyectarle morfina. El antiguo diplomático del Reich era adicto desde que las heridas que sufrió durante la guerra del 14 convirtieron el sufrimiento físico en un ingrediente cotidiano de su vida, y no nos había citado media hora antes de recibir una dosis por casualidad. Tenía la costumbre de despachar los asuntos importantes en los peores momentos de cada día, como una especie de gimnasia de la voluntad. Decía que el dolor y la ansiedad le mantenían alerta, incrementando su desconfianza, su capacidad de observación y una incomodidad que agudizaba su inteligencia. Supuse que otro motivo, tal vez el principal, era disfrutar de los efectos de la droga sin interferencias, pero no lo dije, porque su adicción no era el motivo de los recelos de Steinbauer.

—Él guardó todo, todo lo tiene lui —su español había mejorado mucho, pero el whisky le hacía retroceder—. Y si guarda mucho dinero, durante mucho tiempo, acaba pensando que es suyo, cioè... No me fío.

Los temores de Rolf me concedieron en aquel negocio un papel más importante que el de un simple agente comercial. Aunque me aseguró que estaría presente en los momentos decisivos de cada operación, iba a seguir viviendo en Múnich y contaba con que le mantuviera al corriente de los acontecimientos. Volvió a decirme, con las mismas palabras que Clara escogió el día que me lo presentó, que la autoridad en aquel asunto le correspondía sólo a él, y para que Lazar lo tuviera claro desde el primer momento, me encargó que buscara la oficina que me pareciera más adecuada, y que llamara a Ingrid cuando la hubiera encontrado.

—Frau Weiss representará a Fräulein Stauffer y a me, pero no sabe nada, sólo firmar alquiler, otras cosas quizás... Tú parla con me —colocó sobre la mesa una tarjeta de visita sin imprimir donde había anotado su nombre y dos teléfonos—. Sólo con... ¿me?

—Conmigo —le corregí, y repitió la palabra dos veces para no olvidarla—. De acuerdo. Pero me sorprende que te fíes de mí más que de ella, más que de Hans. Yo no soy más que un simple empleado de una agencia de transportes, Rolf. Apenas me conoces.

Al escucharme se recostó en el asiento, ladeó la cabeza, me miró a los ojos.

—Tú no hablas de dinero, Rafa, mai... Yo ho mandado muchos soldados, ho perso una guerra, sé mucho de hombres. Los que no hablan de dinero, sono hombres con ideas. Como migo.

Había aprendido mal la última palabra que le había enseñado, pero no le corregí. Me preocupaba mucho más encontrar una manera de impedir que hiciera lo que estaba a punto de hacer.

—*Heil Hitler!* —pero no lo conseguí.

Al escucharle, cerré los ojos. Cuando volví a abrirlos, comprobé que no había pasado nada. Sentado frente a mí, mantuvo el brazo en alto sólo un instante, antes de doblarlo para coger su vaso y vaciarlo de un trago, y al mirar a mi alrededor, comprobé que el único cliente sentado ante la barra le había respondido de la misma manera. El camarero que vino a rellenar las copas, muy sonriente, llenó la suya más de lo habitual, aun a sabiendas de que era lo último que le convenía, y eso fue todo. Hacía más de diez años que Rafael Cuesta Sánchez se había propuesto no cruzar la Castellana salvo en casos imprescindibles, y yo ya no conocía mi barrio.

—Ahora bebe —el falso Rolf alzó su vaso en el aire para proponer un brindis—. Por las ideas.

Levanté mi vaso muy despacio, sin decir nada. El auténtico Otto Skorzeny me sonreía con su cara rajada, pero al mirarle vi un rostro distinto, terso y sonrosado, mucho más hermoso que el suyo. Si mi paciente había sobrevivido, tendría veintiséis, quizás veintisiete años, y seguiría siendo muy guapo de cara, aunque no tendría ningún éxito con las chicas porque una bomba alemana de quinientos kilos le había arrancado las dos piernas el 16 de noviembre de 1936. Volví a ver su plácida expresión de niño dormido, la espesura de sus pestañas, la sanguinolenta pulpa de sus muñones y su recuerdo brindó conmigo.

—Por las ideas.

A partir de entonces, entre todas las imágenes sangrientas, injustas, tristísimas, que almacenaba, mi memoria escogería siempre a aquel muchacho, la primera víctima de lo peor, para recordarme que yo también había perdido una guerra. Sus muñones se convirtieron en una contraseña de mi propia identidad, la brújula capaz de devolverme el rumbo cuando dudaba de quién era yo, de lo que estaba haciendo, y avanzaron conmigo, como cosidos a mi sombra, mientras visitaba los locales de alquiler que se anunciaban en el *ABC,* cuando escogí una oficina situada en un edificio de la calle Jacometrezo, y al enseñársela a Ingrid, la misma tarde en que firmó el contrato.

—¿Qué sabes de los viajeros? —pregunté a la flamante inquilina cuando salimos juntos del despacho del administrador—. ¿Adrián está bien?

Me había enviado una tarjeta de felicitación poco antes de Navidad pero no había vuelto a saber nada de él.

—Muy bien —me respondió Ingrid—. Muy contento, de verdad.

No me lo creí del todo hasta que el 16 de febrero encontré en mi bandeja de correspondencia una carta de Felipe Ballesteros Sánchez y, en ella, junto con la confirmación implícita de las buenas noticias que me había dado Frau Weiss, las coordenadas de un nuevo amor.

Nunca llegué a saber si Helen Murray era una mujer auténtica o un nombre inventado para contratar un buzón en la oficina de correos de Burnham, Buckinghamshire. Tampoco sabía quién leía mis informes, ni las cartas de amor que escribía en inglés con fórmulas cursis, relamidas, copiadas de un manual de correspondencia bilingüe de los años veinte que encontré en un puesto de la Cuesta de Moyano. Miss Murray, quienquiera que fuese, me contestaba puntualmente en el mismo tono para agradecerme *from the bottom of her heart* los regalos que escogía para ella en las tiendas de Madrid más cuidadosas con el embalaje de sus mercancías. Esa era la única condición común de objetos muy dispares, que iban desde las cajas de bombones de fruta de una pastelería que estaba en la esquina de Marqués del Duero con Alcalá hasta los platos de damasquinado de Toledo de las tiendas para turistas de la calle Mayor, pasando por mantelerías bordadas o figuras de porcelana barata.

A medida que mi relación con Miss Murray se iba consolidando, recordaba cada vez con más frecuencia las palabras con las que Manolo solía responder a mi inquietud cuando ninguno de los dos sabía aún por qué Clara Stauffer tenía tanto interés en mí. En este negocio, las cosas van muy despacio, contestaba siempre, y en aquella época, cuando calculaba que él había vuelto a España en septiembre de 1946 y no había conseguido poner un pie en Galileo 14 hasta el mes de junio de 1947, su paciencia me asombraba. Me asombraría aún más después, durante el año y medio que pasó en Madrid bajo identidad falsa y en la más completa ignorancia acerca de su destino, esperando siempre sin saber muy bien qué esperaba, conviviendo armoniosamente con aquella desesperante situación. Sin embargo, cuando llegó mi momento, Helen Murray me enseñó que no era tan difícil vivir así.

La ansiedad por entrar en acción me impulsó a redactar el primer informe antes de que los envíos comenzaran. Tres días después de recibir carta de Buenos Aires, comuniqué a Burnham mi entrevista con Lazar y mi conversación con Skorzeny, la desconfianza que este sentía hacia su maltrecho camarada, la constitución de la Sociedad Europea de Comercio Exterior y el alquiler de su sede. A medida que el paso del tiempo fue apaciguando mis ímpetus, concentré la información y me limité a consignar los hechos relevantes, aunque conservé la costumbre de escribir a Miss Murray unos diez días antes de enviar cada carga, no tanto para anunciarla como para darle detalles de la expedición anterior. Al distanciar mis cartas de amor de las fechas concretas de cada envío, hacía más difícil que, si algo salía mal, don Gabino pudiera relacionar los regalos que enviaba a mi novia inglesa con el trabajo que hacía para Clarita, pero eso nunca pasó.

Las mercancías que salieron de España en camiones de La Meridiana jamás fueron interceptadas en ningún punto del trayecto.

Todas las cargas llegaron sin contratiempos a su destino, un éxito que me sumió en una profunda paradoja. Manolo ya me había advertido que su contacto en Londres, quienquiera que fuese, no pretendía recuperar el contenido de los envíos. Mi misión se limitaba a reunir toda la información posible y transmitirla periódicamente. Sólo después de que el último camión se hubiera descargado según lo previsto, alguien elaboraría un dosier donde constaría el número, la frecuencia y la naturaleza de las expediciones, para que los aliados pudieran seguir su rastro, comprobar la veracidad de la información y recobrar su botín. Naturalmente, tu nombre no figurará en ese dosier, me había prometido mi amigo. La fuente del documento será anónima pero eso no le restará validez, porque el riesgo que correría tu vida en caso contrario es tan evidente que nadie exigirá conocer tu identidad. Y si todo sale bien, si los amigos judíos de Meg deciden publicarlo para presionar a su gobierno por dos flancos simultáneos, el tuyo y el mío, te sacaremos de España antes de que el dueño de tu agencia comprenda lo que ha pasado. En ese caso, es probable que nos encontremos en Washington, pero no te preocupes. Volveremos juntos a Madrid muy pronto, en el instante en que Franco salga corriendo de El Pardo.

El aplomo de su voz y la dulzura de esa última promesa nunca se borraron de mi memoria, y sin embargo, aunque me esforzaba por hacer mi trabajo lo mejor posible, nunca perdí la esperanza de que en algún momento la aduana francesa retuviera la carga, la inspeccionara y abortara las operaciones futuras.

—Toma, para ti.

Entre enero y abril, camuflé los envíos de Steinbauer en siete camiones distintos. En teoría no debería haber conocido el contenido específico de las cajas, porque no era necesario para mi trabajo, pero Rolf solía citarme en la calle Jacometrezo cada vez que venía a Madrid, para que esperáramos juntos a Lazar. Aunque el antiguo diplomático jamás descompuso el gesto, al principio le molestaba encontrarme allí. Después, cuando descubrió que mis capacidades para el camuflaje eran superiores a las suyas, su expresión se dulcificó y él mismo empezó a describirme los objetos cuya venta había apalabrado previamente. Manolo también había acertado en eso. La mayor parte de la mercancía que sacábamos de España eran obras de arte, tantas como si los nazis hubieran decidido concentrarlas en Madrid ante la inminencia de su derrota. Los cuadros, desprendidos de sus marcos, enrollados y protegidos por tubos de metal o de madera, se disimulaban con facilidad en cargas de materiales de construcción o entre otros tubos semejantes, vacíos, que simulaban reforzar el fondo de cualquier envase. El oro que carecía de valor artístico se fundía en lingotes que viajaban sin problemas, igual que las joyas, en el doble fondo de cualquier caja, aunque mi relleno favorito eran las naranjas. Los objetos tridimensionales, como estatuas, candelabros o relojes, y el arte sacro, crucifijos, iconos, custodias antiguas, cálices y sagrarios rapiñados en iglesias de media Europa, requerían un camuflaje más complejo, que me obligó a plantearle a don Gabino la necesidad de que un carrocero de confianza modificara la estructura de al menos un camión, para fabricar un escondite en el suelo que ocupara el espacio libre entre los dos ejes. Todo eso hice, y lo hice muy bien, antes de que Rolf me entregara un sobre en una noche templada del mes de abril de 1949.

—¿Y esto?

Estábamos cenando en una marisquería de la calle Preciados, el restaurante al que me llevaba casi siempre después de cada reunión.

—Es tuyo, Rafa. Que no pidas, no significa que no has ganado —levantó en el aire su copa de albariño y brindó—. Por las ideas.

—Por las ideas —repetí, y después de beber recogí el sobre, me lo metí en el bolsillo y lo apreté con disimulo para calcular su contenido.

El grosor del envoltorio me asustó y al abrirlo comprobé que me había quedado corto. Clara Stauffer me había prometido que sus amigos iban a convertirme en un hombre rico, y cuando salí de aquella marisquería ya lo era. Nunca había hablado con Rolf de dinero antes, y nunca hablaría después. No sabía si las cantidades que me entregaba se correspondían con alguna clase de porcentaje o eran un simple capricho de su voluntad, pero constaté que iban creciendo a medida que pasaban los meses y, con ellos, el éxito de las entregas. Al principio pensé en rechazar aquellos sobres, pero no me atreví, porque no encontré ningún argumento capaz de convencer a un hombre cuya ideología era perfectamente compatible con los habanos y los restaurantes de lujo. Todos los que se me ocurrieron me habrían hecho quedar como un ingrato, y por eso fui ingresándolo poco a poco, en cantidades pequeñas, siempre diferentes, en tres cuentas de bancos distintos, que había abierto expresamente para guardarlo. Aún no me había gastado un céntimo, pero ya no me estorbaba, y no sólo porque me hubiera acostumbrado a simultanear varias vidas paralelas, sino porque la verdadera había cambiado de golpe una tarde de junio, cuando salí del trabajo.

—Perdone, ¿es usted don Rafael Cuesta?

A mediados de mayo, había recibido un aviso como los de los viejos tiempos, y fui corriendo a Buenavista 16 para atender a un clandestino que había tenido que atravesar el escaparate de una pastelería para escapar de la policía. Carmen, la dueña de aquel piso que ya conocía de otras veces, le había arrancado un cristal que tenía incrustado en el abdomen y eso, en lugar de ayudarle, había provocado una hemorragia que me puso las cosas muy difíciles. Pero mi paciente era un hombre joven, fuerte, que aguantó dos operaciones seguidas y se recuperó muy deprisa. Después, él mismo me pidió que escribiera a su mujer, que vivía en Toulouse, para informarle de su situación. Desde que empezó junio, esperaba que alguien se me acercara a preguntar por él, pero cuando ella lo hizo, no atiné a contestar con palabras.

—¿Es usted Rafael Cuesta? —repitió, y asentí con la cabeza mientras miraba sus ojos, dos charcos tan brillantes como gemas de zafiro muy oscuro, tan raros y perfilados, tan bonitos como si alguien los hubiera dibujado entre sus párpados—. Vamos a tomar algo, ¿quiere? He venido a verle porque estoy muy interesada en unas botellas de sidra El Gaitero.

Esa era la contraseña que esperaba su camarada en un piso de Lavapiés, pero desde el instante en el que aquella mujer se sentó frente a mí, sus planes para sacar a mi paciente de allí dejaron de interesarme.

—Bueno, pues ahora que hemos decidido enviar las cajas a París, vamos a hablar de lo que es importante de verdad.

Seis meses más tarde, en un reservado de Horcher, mientras redactaba mentalmente el último informe que enviaría a Burnham, esta vez debajo de un surtido de polvorones muy apropiado para el mes de diciembre, aquel comentario me asustó tanto que fulminó la cálida camaradería de Rolf Steinbauer para dejarme a solas con la verdadera historia de Otto Skorzeny.

—¿Lo importante? Pues no sé... —su mano derecha se deslizó bajo su americana, como si buscara algo en su interior, y aquel movimiento me cortó la respiración.

—Claro —pero no sacó de allí una pistola, sino un cortapuros, con el que remodeló la boquilla de su habano—. Tú estás enamorado, Rafa, no me engañes...

Cuando entró en aquel portal, Adrián Gallardo Ortega no estaba muy seguro de haber acertado.

—Buenas tardes, vengo a ver a don Antonio Ochoa.

—Sí... —el portero le miró, apreció la calidad de su abrigo alemán, movió la mano para indicarle el camino del ascensor principal—. Primero derecha.

Había salido de Berlín huyendo, sin despedirse de nadie. Ni siquiera de Agneta, que estaba segura de que esperaba un hijo suyo, y había escogido el momento más dulce para contárselo con palabras emocionadas y alegres, una ilusión casi virginal que le asustó más que el mensaje que transmitía. Estaban desnudos bajo las sábanas, y la luz de un sol templado, demasiado tibio para calentarles, esmaltaba el dormitorio matrimonial de los Grunwald con un brillo indeciso, amarillento y tramposo. Lo primero que pensó al escuchar que había dejado embarazada a la mujer de su mejor amigo, fue que había pasado mucho tiempo desde que sintió por última vez el deseo de abrazarse a sus muslos para descansar en ellos la cabeza. Luego le preguntó qué iban a hacer, y ella le miró como si no le entendiera. No vamos a hacer nada, Adrián, estamos muy bien así. Nuestro hijo nacerá, crecerá, y procuraremos que sea feliz. Pero nunca sabrá quién es su padre, pensó él en voz alta, Jan nunca sabrá... Y Agneta se echó a reír. ¿Cómo sabes tú eso? Nadie puede predecir el futuro pero, de momento, lo mejor es que todo siga como está. La vida en la nueva Alemania es muy difícil, y nosotros hemos tenido mucha suerte, tenemos tanta suerte...

Su amante conocía de memoria aquel discurso, que había suscrito incluso con energía mientras funcionaba como una excavadora capaz de allanar los obstáculos que le separaban de la cama de aquella mujer, la tierra prometida que dejó de conmoverle cuando convocó a traición una voz áspera y caliente. ¿Qué has hecho, Adrián? No lo sé, padre. Pero en aquel momento supo dos cosas con certeza. La primera era que amaba a esa mujer. La segunda, que no la amaba tanto como para someterse a sus planes. ¿Qué has hecho, Adrián? Mientras la rubia y repentinamente pesada cabeza de Agneta reposaba aún sobre su hombro desnudo, acató por fin el mandato implícito en aquella pregunta. ¿Me quieres?, preguntó ella mientras atravesaba una pierna sobre el abdomen de su amante. El aroma de su sexo penetró hasta el fondo de la nariz de Adrián cuando le contestó que sí, que mucho. No te preocupes, padre, se dijo justo después, que yo me encargo de arreglar esto.

—¡Adrián! —la esposa de don Antonio le abrió la puerta con una niña pequeña, de unos dos años, en los brazos—. Dichosos los ojos. Creíamos que te habías marchado ya, que te habías ido sin despedirte de nosotros.

—Ya, pues... —aquel recibimiento le desconcertó tanto como la maternal estampa de doña Sara, cuyo matrimonio suponía estéril desde hacía muchos años—. Qué va, aquí estoy —pero no deshizo aquel misterioso malentendido, porque en el pasaporte que llevaba en el bolsillo interior de la americana figuraba el nombre de Alfonso Navarro López—. ¿Y esta ricura?

—Mi niña, Sarita, ¿qué te parece? Un regalo de Dios —la besó en el cuello y la risa de su hija sonó como un cascabel—. Pero ven conmigo, a Antonio le encantará verte. Vas a darle una alegría y le hacen falta, ya lo verás.

Si Agneta se hubiera quedado embarazada un año más tarde, todo habría sido más difícil, pero en el otoño de 1949 la República Federal de Alemania apenas contaba con seis meses de vida, la República Democrática Alemana acababa de nacer, y Adrián todavía pudo viajar tranquilamente en autobús hasta Frankfurt am Main a primeros de noviembre. La señorita que le había atendido cuando telefoneó al consulado español, la única representación diplomática de la España franquista en la Alemania ocupada, le animó a salir de la vieja capital del Reich lo antes posible. Él siguió su consejo y se tranquilizó pensando que, si no conseguía un pasaporte, la documentación que Jan le había arreglado en su comisaría le permitiría quedarse en Alemania sin llamar la atención. Sin embargo, hasta que desplegó media docena de documentos auténticos —un pasaporte emitido en Madrid en 1941, una cartilla de divisionario, otra de voluntario de las SS, el impreso que certificaba su excarcelación, una tarjeta de residente extranjero en Alemania, un certificado de empadronamiento en Berlín— sobre la mesa de aquella funcionaria, nadie había oído hablar de Alfonso Navarro López en el consulado español de Frankfurt.

El único contratiempo que tuvo que afrontar fue el retraso con el que le entregaron un pasaporte nuevo, un mes en el que se gastó casi la mitad de los ahorros que había traído desde Berlín. El billete de tren le salió gratis, en cambio. Se lo entregaron en el consulado junto con unos marcos para el viaje y una dirección de Madrid donde podría solicitar el cobro de los sueldos adeudados por sus años de servicio en la División y hacer cuentas. Ese detalle le confirmó que Alfonso Navarro López no tenía familia o no quería saber nada de ella, porque de lo contrario, los parientes que hubiera designado antes de partir habrían cobrado sus sueldos por él. Su dinero le tentaba, pero reclamarlo le parecía demasiado arriesgado. Sin descartarlo por completo, al llegar a Madrid buscó una pensión barata, y dedicó unos días a pensar en su futuro. Como nunca había llegado muy lejos pensando, el día 20, a media tarde, compró una caja de mazapanes en Casa Mira y se fue andando hasta la calle Velázquez.

—¡Hombre! El hijo pródigo vuelve a casa... —encontró a don Antonio en una silla de ruedas, pero eso no le sorprendió tanto como el cariño con el que le acogió, después de haber intentado quitárselo de encima tantas veces antes de mandarlo a Rusia—. Dame un abrazo, Adrián. No sabes cómo me alegro de verte, aunque ya había perdido las esperanzas, la verdad.

—Yo sí que me alegro, señor. Ha pasado tanto tiempo, tantas cosas...

—No hace falta que me cuentes nada, Tigre, ya lo sé todo. Que te has portado como un héroe, que defendiste Berlín hasta el final, que los aliados te han puesto en busca y captura... José Luis Barrios, mi amigo de Portugalete, ¿te acuerdas? —Adrián asintió con vehemencia, porque aquella era la primera cosa que entendía desde que había llegado a aquella casa—, está destinado como enlace del Ejército de Tierra en el Ministerio de Marina, y trabaja con Messerschmidt. Un día saliste a colación, y... Total, que me parece muy bien que te marches a Buenos Aires. Te mereces empezar de nuevo, después de tanto sufrimiento. Yo creía que te habías ido ya, como no sabíamos nada de ti... Pero imagino que, en un caso como el tuyo, no debe de ser tan fácil pasar una frontera, ¿no? En fin, menos mal que no te has olvidado de nosotros.

Al escuchar el nombre de la ciudad donde había nacido su mejor amigo, estuvo a punto de levantarse y salir corriendo, pero don Antonio Ochoa, que siguió contándole una vida que parecía la suya y no podía serlo, sin darle la oportunidad de intervenir, acabó proporcionándole un hilo del que podía tirar. Porque él ya había escuchado el nombre de Clarita Stauffer. En los primeros meses de 1948, había acompañado a Jan algunas veces a las reuniones de una organización llamada Spanien oder Tod, una casa de locos a la que se afilió en cuanto dispuso del dinero suficiente para pagar una cuota mensual, por gratitud hacia el amigo que le había rescatado de la miseria. Poco a poco, a medida que su estómago iba olvidando el hambre, sus costillas el suelo de la catedral donde había dormido tantas noches en ayunas, dejó de asistir a aquellas sesiones, pero nunca de pagar la cuota. Y al convertirse en amante de Agneta, volvió por allí de vez en cuando, empujado a medias por su mala conciencia, a medias por la pequeña astucia de estrechar sus lazos de amistad con el marido cornudo.

Cuando decidió volver a España, tuvo muy presente la protección que el régimen de Franco otorgaba a los criminales de guerra nazis, un beneficio que le correspondía legítimamente, pero que no podría reclamar hasta que se desprendiera de la identidad que le había permitido sobrevivir hasta entonces. En Alemania había oído maravillas sobre la señorita Stauffer, el ángel de la guarda de todos los camaradas que lograban cruzar los Pirineos, el hada madrina que rescataba de la muerte a quienes escogían España como lugar de tránsito a algún país de Sudamérica o como residencia definitiva. Él no tenía intención de emigrar, sólo quería volver a su casa, pero no podría hacerlo hasta que matara por segunda vez, en sus documentos, a Alfonso Navarro López. Aquel propósito había guiado sus pasos hacia Velázquez 16, donde pensaba consultar su problema con don Antonio sin confesarle toda la verdad, diciéndole solamente que había intercambiado su documentación con la de un camarada caído en una trinchera de la Wilhelmstrasse. Lo último que esperaba era que su protector le hablara de un campo de concentración de Estonia, de la retirada del Báltico, de la defensa de Berlín, como si alguien hubiera usado su nombre para emigrar a Argentina, el país de Jan, mientras él se follaba a su mujer en Schöneberg. Adrián Gallardo Ortega comprendió sólo a medias lo que había pasado, pero mientras braceaba casi sin aliento en una confusión oceánica, decidió que lo que más le convenía era estar callado, decir a todo que sí mientras pudiera usar dos identidades como si jugara con dos barajas.

—Pero bueno, estás aquí sin tomar nada. ¡Sara! —don Antonio llamó a su mujer a gritos—. ¡Sara! Hay que ver, esta mujer, desde que tiene a la niña anda con la cabeza perdida. ¡Sara! —el tercer intento se superpuso al repiqueteo de sus tacones—. ¿No vas a ofrecerle nada a Adrián? Y el pobre, encima, nos ha traído unos mazapanes.

—Es que ayer escribí una nota para Clarita, fíjate, qué casualidad —doña Sara siguió hablando desde el mueble bar, mientras llenaba dos copas de coñac—. Me había invitado a llevar a la niña a una de esas fiestas de Navidad que hace todos los años, pero ayer amaneció un poco constipada y no me animé a sacarla a la calle. Como le hacía mucha ilusión conocerla, se me ha ocurrido mandarle una foto. Iba a echarla al correo, pero he pensado que, como seguro que tú la verás antes de irte...

Unos minutos más tarde, Adrián Gallardo Ortega salió de aquella casa con un sobre escrito a mano donde constaba la dirección de Clara Stauffer y la decisión de posponer su visita a Galileo 14 hasta después de Navidad. Llevaba tantos años lejos de casa que estaba seguro de poder soportar una Nochebuena más en soledad, pero el día 24, a media tarde, fue tan consciente de que le bastaría una moneda para llamar por teléfono a la estación de ferrocarril de La Puebla y pedirle a quien respondiera que fuera corriendo a buscar a su madre, que se emborrachó sin darse cuenta. Estuvo bebiendo durante casi dos días, y el lunes se levantó con una resaca espantosa. Por fin, el martes 27, sobrio, limpio y bien vestido, llamó a la puerta de la señorita Stauffer a media mañana.

Había retrasado la visita para preparar bien lo que iba a decir, pero no había llegado a ninguna conclusión satisfactoria. Presentarse como Adrián Gallardo Ortega podría ser peligroso. Él se había ocupado de borrar su rastro a conciencia, y no sabía si su suplantador habría escogido su nombre en una lista de soldados desaparecidos de acuerdo con la dueña de aquella casa, o si la habría engañado haciéndose pasar por él. Lo único que había deducido de la actitud de los señores Ochoa era que Clara Stauffer estaba involucrada en su supuesto viaje a Argentina. Comprendió que si se presentaba ante ella con su verdadero nombre corría el riesgo de que le considerara un impostor y al final, después de darle muchas vueltas, echó el sobre de doña Sara en el buzón y recurrió una vez más a su íntimo enemigo para contar una versión no demasiado alejada de la verdad.

—Buenos días —la doncella que le abrió la puerta había avisado a una joven con aspecto de secretaria—. ¿En qué puedo ayudarle?

—Verá, yo me llamo Alfonso Navarro, y acabo de volver de Alemania. En la División Azul y después, en las SS, coincidí con un camarada español que se llama Adrián Gallardo, y me gustaría saber...

Se dio cuenta de que aquella chica fruncía los labios en una mueca de disgusto al escuchar ese nombre. Sin embargo, conservó la compostura para contarle que Adrián estaba bien, que vivía en Buenos Aires desde hacía un año y que no podía facilitarle más información. Cuando el visitante respondió que le gustaría hablar con la señora de todas formas, la secretaria se puso nerviosa y le indicó por señas que saliera al descansillo. Doña Clara está muy ocupada, le dijo en un susurro, y no va a poder recibirle, ni hoy ni nunca, porque... Bueno, porque no le viene bien hablar de Adrián. Si quiere recuperar el contacto con él, lo mejor es que acuda a su mejor amigo. Se llama Rafael Cuesta y trabaja en una agencia de transportes, La Meridiana, en la calle Alcalá. Le recomiendo que le llame y que no se le ocurra volver por aquí.

La actitud de aquella mujer le extrañó tanto que, si no le hubiera cerrado la puerta en las narices, quizás se habría atrevido a preguntarle si Adrián y la señorita habían sido novios o algo por el estilo. No encontraba otra explicación para aquella escena, pero la frustración que le deparó su visita a Galileo 14 se vio compensada con creces por el resultado que cosechó en La Meridiana, donde aquella misma tarde leyó en la mirada del hombre que le recibió que podía obviar la cuestión de las presentaciones.

—Usted ya sabe quién soy, ¿verdad? —él asintió con la cabeza, muy despacio—. Creo que tiene un amigo que se está haciendo pasar por mí.

—Bueno, tengo un amigo que se llama igual que usted, sí, pero... —Rafael Cuesta movió la cabeza para repasar con los ojos todos y cada uno de los rincones de su despacho—. No me gustaría hablar de esto aquí. Estas fechas son muy malas, tengo mucho trabajo, y... —volvió a mirar la habitación, como si no la conociera, antes de seguir—. Si me da un teléfono en el que pueda localizarle, le llamaré mañana a esta misma hora para que hablemos en un sitio más discreto. Supongo que es lo que nos conviene a los dos —Adrián no entendió por qué decía eso, pero asintió con la cabeza para ponerse a su altura—. Y, de momento, si lo necesita, puedo adelantarle algún dinero.

Adrián Gallardo Ortega nunca había sido demasiado inteligente. Hasta que aquel hombre habló de acordar un precio, ni siquiera se le había ocurrido la posibilidad de chantajearle, pero renunciar a su verdadera identidad a cambio de dinero tampoco le pareció mala idea.

Rafael Cuesta fue muy puntual. Llamó a la pensión de Adrián a la hora anunciada para citarle al día siguiente, 29 de diciembre, a las siete y media de la tarde, en una oficina de la calle Jacometrezo.

Si su invitado se hubiera parado a leer el contenido de la placa dorada atornillada encima del timbre, habría descubierto que se trataba de la sede de la Sociedad Europea de Comercio Exterior, pero estaba tan concentrado en calcular el dinero que podría reportarle aquel negocio, que ni siquiera la miró.

MADRID, CASA DE CAMPO, 1 DE ENERO DE 1950

Había hecho falta una guerra para apartar a Zacarías González Peña de una cañada que podría recorrer con los ojos vendados sin perder una sola oveja. Después de purgar con dos años de cárcel el delito de combatir como soldado raso en el ejército republicano, se chupó otros tres de servicio militar, pero cuando por fin le dejaron volver a casa, recuperó su vida de siempre. Mari, su mujer, a la que había dejado sola al alistarse, seis meses escasos después de la boda, sólo conservaba cuatro animales del rebaño que habían juntado entre los dos al casarse, pero Zacarías no se desanimó. Él nunca había tenido más oficio que el de pastor, manejaba a las ovejas como si supiera hablar con ellas, y como era un hombre serio, formal, consiguió que otros vecinos de Aravaca le fueran confiando poco a poco su ganado. Aquella mañana de fiesta, traspasó la verja de la Casa de Campo a las seis en punto, como todos los días, y sesenta y ocho ovejas le siguieron hasta la hondonada donde descubrió un muerto más.

Este era distinto de los que había encontrado en el mismo lugar durante los últimos cinco años, porque no se habían limitado a tirarlo en el campo como un bulto inservible. Lo habían amortajado en una alfombra que daba varias vueltas a su cuerpo. Al desenrollarla, Zacarías comprobó que parecía nueva y estaba misteriosamente limpia, porque la sangre que por fuerza tendría que haber brotado del orificio abierto en el cuello del aquel hombre, apenas se distinguía en los intrincados arabescos del tejido multicolor. Antes de tocar nada, el pastor se puso de pie, miró a su alrededor y no vio un alma. Entonces tiró de la alfombra y el cadáver rodó como un muñeco de trapo hasta quedar boca arriba, en una posición semejante a la de sus iguales, los muertos que solía producir aquel pedazo de tierra. El movimiento dejó a la vista su muñeca izquierda y, a su alrededor, algo que le recordó a tiempo lo que le había enseñado el maestro del pueblo cuando era un muchacho. Se animó pensando que aquel hombre, quienquiera que hubiese sido, seguramente habría escuchado también, alguna vez, que la propiedad privada era un robo.

—Lo siento, compañero —se agachó sobre él para quitarle el reloj con mucho cuidado—. No digo que tú hayas robado nada, pero... A ti, esto ya no te hace falta, y yo tengo cinco hijos.

Se guardó el reloj en un bolsillo, enrolló la alfombra, se la echó al hombro y arreó a las ovejas de vuelta a su casa. Su familia dormía aún cuando escondió el reloj debajo de una baldosa suelta y la alfombra en el establo, detrás de un montón de leña. Volvió a salir con los animales, inquietos por el brusco disloque de su horario cotidiano, y los dejó pastar un buen rato antes de ir a buscar a los guardas forestales, a quienes ya había avisado otras veces de hallazgos semejantes. Y ellos, como siempre, se limitaron a llamar a la Guardia Civil.

Pasó casi una hora hasta que se presentaron dos números, uno cuarentón, barrigudo y con bigote, el otro bisoño, muy joven aún. Zacarías no les conocía. En la cena de Nochevieja, el cabo del puesto de Aravaca había sido el único que no se había animado a probar los mejillones que intoxicaron a todos sus compañeros, y no podía ausentarse del cuartelillo. Avisó a Pozuelo de Alarcón y de allí vinieron los hombres que, después de tomar declaración al pastor, le pidieron que les acompañara para guiarles hasta el lugar del suceso.

—No, por favor, no me obliguen a ir en la moto con ustedes —les rogó Zacarías—. No puedo dejar solos a los animales. Sólo tengo trece ovejas, el resto del rebaño no es mío, y si se me pierde alguna, me busco una ruina muy grande... Ellos me conocen —señaló a los forestales—, me ven todos los días y saben que siempre les he dicho la verdad. Si ustedes quieren, me vuelvo con los animales para allá ahora mismo y al llegar les explicó lo que quieran, aunque no hay nada que explicar, pero...

—Yo les acompaño —se ofreció uno de los forestales—. Conozco el sitio que dice Zacarías.

Al llegar, comprobaron que el pastor no había mentido. El cadáver pertenecía a un hombre de edad comprendida entre los treinta y los treinta y cinco años, de unos ciento setenta centímetros de estatura, con el pelo de color castaño oscuro, peso mediano y complexión robusta. Tenía el tabique nasal roto, y esa era la única seña que podría servir para identificarle, porque aunque estaba completamente vestido, traje gris, camisa blanca y abrigo oscuro, no llevaba nada en los bolsillos, ni una cartera, ni un documento, ni siquiera unos céntimos. Cuando terminaron de registrarle, los dos guardias civiles se miraron y no necesitaron palabras para ponerse de acuerdo. Voy yo, dijo el mayor, antes de subirse a la moto y marcharse de allí, dejando a su compañero con el guarda forestal. Por el camino se cruzó con Zacarías, que volvía con sus ovejas al lugar donde había encontrado el cadáver, tal y como había prometido.

Roberto Conesa Escudero, inspector de la Brigada Político-Social de Madrid, se estaba haciendo el nudo de la corbata cuando escuchó el teléfono. Lo dejó sonar mientras mascullaba un par de maldiciones, porque aquel día, a aquella hora, sólo podía ser la pesada de su suegra, y a ese paso iban a llegar tarde a misa de doce. Sin embargo, mientras ajustaba un primoroso nudo Windsor entre los picos de su camisa, el espejo le devolvió la imagen de su mujer, que entraba en el dormitorio más enfadada que él. Y antes de que le dijera que el comisario estaba al teléfono, adivinó que no había pasado nada bueno.

—Pero... —cuando su jefe terminó de describir la escena del crimen, avanzó una pregunta con mucha cautela—. ¿Usted cree que será nuestro?

—Yo no sé lo que creo, Roberto —él tampoco estaba de buen humor—. Oficialmente, no sé nada. Extraoficialmente, no me ha llegado ningún soplo y eso que, como te puedes imaginar, he preguntado a quien debía. Pero por lo que dice la Guardia Civil, y por el sitio en el que ha aparecido... Igual, anoche, algún gilipollas bebió de más y se volvió loco, no tengo ni idea. Por eso quiero que vayas allí. Ya sé que es Año Nuevo, que te hago una putada y todo eso, lo sé, pero antes de llamar al juzgado, prefiero que tú lo veas, que decidas si podemos correr riesgos o... —aquella pausa fue más elocuente que todas las palabras que había pronunciado hasta entonces—. Confío en tu criterio, ya lo sabes. Luego, si acaso, me llamas desde el Depósito y me cuentas. Mi coche estará ya esperándote en el portal de tu casa.

Al llegar a la Casa de Campo, el inspector Conesa se temía lo peor, y le bastó con echarle un vistazo al cadáver para comprobar que había temido bien. Aquella no había sido una muerte accidental, ni el fruto de la borrachera de un agente que se hubiera ido de juerga en Nochevieja con su arma reglamentaria. El cuerpo no presentaba la menor señal de resistencia, los hematomas y los arañazos, las uñas rotas que identificaban a las víctimas que habían luchado por su vida antes de morir. El hombre que estaba viendo había sido ejecutado, asesinado con la precisión, la limpieza propia de un profesional que ni siquiera había necesitado apuntar. Conesa conocía muy bien su oficio y, tras examinar el orificio de entrada, concluyó que el culpable se había limitado a apoyar el cañón de su pistola en el lugar preciso, justo debajo de la mandíbula, para reventar la carótida izquierda al apretar el gatillo. Por si faltaba algo, el aspecto de la herida le convenció de que el único disparo a la vista había sido efectuado con silenciador. Se agachó sobre el cadáver y examinó la cabeza en busca de alguna herida, pero no encontró indicios de que la víctima estuviera inconsciente, por obra de un golpe, antes de morir. Eso significaba que, o estaba desprevenida, o estaba muerta de miedo, y ambas hipótesis señalaban en la misma dirección, que era precisamente la que no le convenía a su comisario.

Se apartó un poco del cuerpo y encendió un cigarrillo, para aparentar que estaba pensando. En realidad no era así, porque no había nada que pensar. No podía adivinar quién había sido el asesino, pero si hubiera tenido que jugarse la paga de Navidad a una carta, habría apostado a que se trataba de un policía, o un militar, que había usado un arma que no estaba registrada. Nunca le descubrirían y, por tanto, no tenía sentido afrontar los riesgos que implicaba declarar el crimen. Apagó el cigarrillo y le preguntó a su conductor si llevaba en el coche un saco para transportar cadáveres. No tuvo suerte, pero el guardia mayor, que había vuelto antes de que él llegara, había traído uno y fue a buscarlo. El inspector Conesa no se manchó las manos. Permaneció de pie mientras los demás metían el cadáver en el saco, y cuando lo cerraron, ordenó que lo guardaran en el maletero del coche del comisario. Sólo después reveló sus intenciones a los guardias civiles.

—No hace falta que hagáis ningún atestado, yo me encargo de todo. Voy a llevarlo al Anatómico Forense para que lo examinen y yo mismo redactaré el informe correspondiente, no os preocupéis —echó a andar hacia el coche y se dio cuenta de que se había olvidado de algo—. Gracias por vuestra ayuda.

—Pero... —el guardia más joven levantó una mano, se le quedó mirando con los ojos muy abiertos—. ¿Y el juez? ¿No habría que llamar...? —y se calló cuando su compañero le dio un codazo en las costillas.

A las tres de la tarde, el comisario aún estaba celebrando el principio de la década con toda su familia, a juzgar por los gritos de los niños que se colaron por el auricular del teléfono mientras hablaba con Conesa. El inspector le contó que el forense de guardia, tan joven como cabía esperar del hecho de que estuviera trabajando en un día como aquel, había examinado el cadáver, había fijado la hora aproximada de la muerte en la tarde del 29 de diciembre, y no había ofrecido demasiada resistencia antes de mostrarse de acuerdo con él en que podrían saltarse el trámite de la autopsia, un engorro que alargaría mucho los plazos del entierro de un cadáver que ya tenía tres días. El cuerpo no presentaba otra lesión que el disparo del cuello, mortal de necesidad, así que habían vuelto a vestirlo y lo habían dejado en el depósito, con el informe policial grapado al certificado de defunción, en un sobre sujeto al saco con un imperdible. He escrito lo de siempre, precisó Conesa, y el comisario le felicitó por su trabajo. Yo me encargo del resto del papeleo, le aseguró antes de despedirse, tú vete a tu casa y descansa, que te lo has ganado. El inspector nunca llegó a saber si su jefe había hablado con algún juez amigo o directamente con sus superiores del ministerio, pero al día siguiente, cuando fue a trabajar, se enteró de que el muerto de la Casa de Campo había sido enterrado poco después de que él saliera del Anatómico Forense. Y pensó, una vez más, que nada facilitaba tanto el trabajo policial como una buena dictadura.

El cadáver había llegado al antiguo cementerio del Este, que ya había cambiado su nombre por el de La Almudena, hacia las siete de la tarde. El funcionario que lo recepcionó, lo asignó al equipo que enterraba en la fosa común a la que iban a parar los numerosos indocumentados que, en Madrid, a lo largo de la década que acababa de terminar, habían desarrollado la curiosa costumbre de morir siempre por la misma causa, una parada cardiorrespiratoria de la que nunca se daban más detalles. El jefe de los sepultureros advirtió a sus hombres que tenían que sacar el cadáver del saco antes de nada, porque había que devolverlo. Estas cosas cuestan dinero, añadió, mientras sus subordinados contemplaban el balazo que tenía en el cuello aquella nueva víctima de una parada cardíaca. Pero los tres se fijaron al mismo tiempo en algo más.

—Le quitamos el abrigo, ¿no? —propuso uno de ellos, que se llamaba Jerónimo, en el instante en que su jefe fue a devolver el saco—. Está nuevo y él ya no tiene frío, así que...

—Sí —aprobó otro, mientras apreciaba la calidad del tejido—, tiene una pinta cojonuda. Voy a esconderlo en mi taquilla y luego nos lo jugamos al cané.

Al filo de la medianoche, cuando terminó su turno, Jerónimo salió del cementerio con el abrigo puesto, porque antes de que le sonrieran los naipes no tenía ninguno. Vivía lejos y llegó a su casa muy tarde, tan cansado que se desplomó en la cama sin más, pero lo primero que hizo al día siguiente fue pedirle a su mujer el costurero, para desprender con la punta de unas tijeras la etiqueta de su abrigo nuevo. Nadie se acordaba nunca de los muertos de la fosa común, jamás habían tenido que desenterrar a ninguno, pero no quería problemas. Durante el resto de su vida celebraría haber sido tan precavido, porque la etiqueta negra cosida al interior de la prenda bajo el forro del bolsillo izquierdo, proclamaba en letras doradas una leyenda aún más misteriosa que el certificado de defunción de su propietario. HOFFMANN, decía, SCHNEIDEREI IN BERLIN. Jerónimo no hablaba idiomas, pero tampoco era tonto. Al reconocer el nombre de la vieja capital de Alemania, empezó a sospechar que el cliente de aquella sastrería no podía haber sido lo que parecía. Concluyó que era muy difícil que un rojo español hubiera muerto en Madrid después de haberse comprado un abrigo en Berlín, pero no se lo dijo a nadie, ni siquiera a su mujer, porque no quería volver a ir a trabajar tiritando de frío dentro de una americana.

El 6 de enero de 1950, Zacarías González Peña salió con el rebaño a la hora de siempre, pero lo encerró antes de lo habitual. A las nueve de la mañana, sus hijos ya estaban despiertos, aunque Mari les había prohibido levantarse de la cama hasta que volviera su padre, que les encontró tan desorientados como sus ovejas. La noche anterior, antes de acostarse, Zacarías y su mujer habían dejado sobre la mesa de la cocina los regalos que habían comprado con lo que sacaron por el reloj, menos de lo que esperaban, y por la alfombra, bastante más de lo que habían calculado, que les había dejado en herencia el último muerto de la Casa de Campo. No se habían vuelto locos, pero con una parte relativamente pequeña del botín habían conseguido dos paquetes de caramelos, un prendedor de pelo con flores de tela para su hija mayor, una muñeca de trapo para la pequeña y dos coches de hojalata, que parecían casi nuevos, para los chicos. El pequeño, que estaba mamando, ya tenía bastante regalo con ser feliz y no enterarse de nada.

—Pero, bueno —al entrar en el cuarto donde dormían todos sus hijos juntos, Zacarías se sintió por un instante tan feliz como el bebé—, ¿qué hacéis todavía acostados? ¡A levantarse, que han venido los Reyes!

—Claro —y Mari alborotó tanto como él—. ¿No queréis ver lo que os han traído?

Sus hijos corrieron a la cocina sin saber por qué lo hacían y se quedaron parados, mirando las cosas que había encima de la mesa pero sin atreverse a tocarlas.

Ninguno sabía lo que eran los Reyes Magos. Nunca, hasta aquel día, se habían parado en su casa, y pasarían muchos años antes de que volvieran a hacerlo.

MADRID, 16 DE FEBRERO DE 1950

Meg me citó en la taberna de la Cava de San Miguel donde Manolo me había ofrecido una novia inglesa poco antes de marcharse a Argentina.

—Tengo una noticia mala para mí y otra buena para todos, Rafa, y las dos son la misma —aunque mi relación con Miss Murray me había convertido en una especie de agente doble, nunca había perdido el contacto con ella—. La semana que viene me regreso a Washington. Eso es malo, porque me gusta más vivir acá. Lo bueno es que me marcho porque Burnstein ya tiene el informe de Manolo y es mucho más de lo que esperaba. Quieren sacarme del país antes de publicarlo para evitarme problemas, porque confían en que las consecuencias para Franco sean gravísimas, y ojalá tengan razón.

—Ojalá —levanté mi copa en el aire y Meg la chocó con la suya, con tanta fuerza que temí que la rompiera—. ¿Cuándo lo sabremos?

—¡Uf! Eso no te lo puedo decir. Lo único que podemos hacer ahora es esperar. Tendrán que buscar apoyos en el Congreso, calentar a la opinión pública, conseguir que los periódicos hablen de España... Pueden pasar muchos meses, pero si todo sale bien, aunque esté destinada en el mero infierno —esta vez fue ella quien levantó su copa— regresaré para celebrarlo. Te lo prometo.

Cuando salimos a la calle estaba lloviznando. Aquel día amable y tibio, como una sincera promesa de la primavera, había desembocado en una noche tan desapacible como si el invierno se hubiera atrincherado en la lógica de los calendarios. El viento de la sierra soplaba a traición tras el parapeto de todas las esquinas, para convertir cada gota de agua en una flecha de acero helado, capaz de colarse bajo la ropa, de impactar en la piel como un guijarro. Era la noche perfecta para despedirse de un ser querido, para decirle adiós a una gringa loca a la que abracé sin palabras, desafiando la hostilidad de cuanto nos rodeaba, una calle desierta, un cielo furioso, el corazón cómplice de una ciudad secuestrada, mi hogar convertido en territorio enemigo. Y sin embargo, el escalofrío que me recorrió al separarme de Meg no tuvo que ver con el clima, ni con su partida.

La mala y buena noticia que nos había reunido aquella noche me había dejado a solas con un destino mucho más grande que el mío. La suerte estaba echada y, en aquel instante, el final del camino me afectó más que la proximidad de la meta. Que no lograra entender la repentina tristeza que traspasó mi carne para importar la lluvia al interior de mi cuerpo, no mitigó sus efectos. Habíamos trabajado mucho, habíamos arriesgado mucho, habíamos apostado cuanto teníamos a una carta incierta y ya estaba boca arriba, en el centro de la mesa. Sólo quedaba esperar, y aquella tarea, mucho más fácil y segura, más indolora y acorde con mi temperamento que otras que había tenido que desempeñar hasta entonces, me pareció de pronto un tormento indeseable. Recordé las etapas del trayecto que había desembocado en aquella noche y sentí una profunda nostalgia de la terraza del Lion, de una portería de la Gran Vía, de la intimidad benéfica y callada de las largas partidas de ajedrez que mi mejor amigo me había devuelto sólo para arrebatármelas de nuevo, fragmentos de días y noches que en su momento no había llegado a vivir como horas felices, aunque la posibilidad de que no llegaran a repetirse obligaba a mi memoria a envolverlas en el tenue resplandor dorado que identifica las huellas de la felicidad recordada. Nunca, ni antes ni después de aquel instante, me habría atrevido a definirme como un hombre de acción, pero mientras veía cómo se alejaba el taxi que arrancaba a Meg Williams de mi vida, me di cuenta de que aquella época, con sus miedos y sus risas, su peligro y sus calamidades, formaría parte para siempre de lo mejor que me habría tocado vivir, y tuve un mal presentimiento.

Desde que el doctor Quintanilla me prohibió alistarme en cualquier cuerpo que no fuese el servicio de Cirugía de su hospital, nunca había creído que algún día pudiera convertirme en un soldado. Pero el 29 de diciembre de 1949, sin olvidar que mi verdadero oficio consistía en salvar vidas, había matado a un hombre a sangre fría, y la culpa no rebasaba el nivel con el que era capaz de convivir. Sabía que ningún juez habría aceptado que yo hubiera obrado en legítima defensa, pero estaba convencido de que todos los jueces se equivocarían por igual al negarme ese derecho. Yo había visto fotos de un bosque de Estonia, pilas de cadáveres preparadas para arder, otras convertidas en una amalgama de troncos y cuerpos carbonizados. Sabía que estaba matando a un asesino, pero ni siquiera necesité recordarlo, porque no pretendía representar el papel de un vengador, de un justiciero. Actué con la convicción de un hombre corriente que no tenía más remedio que matar a otro para defender todo cuanto amaba. La existencia del verdadero Adrián Gallardo Ortega suponía una amenaza letal para mi amigo Manolo, que no sobreviviría ni veinticuatro horas si en Buenos Aires llegaba a descubrirse su impostura, para el comité Burnstein, para quienquiera que contestara a las cartas de amor que le escribía a Miss Murray. Representaba un peligro gravísimo para mi causa, para la esperanza de millones de personas que ya habían sufrido demasiado y no merecían seguir sufriendo, y para mi futuro de hombre enamorado. El día 27, cuando le vi salir de mi despacho, ya había dejado de ser una persona para mí. Era una rata, una alimaña, un ser dañino que debía desaparecer, y yo, el único que podía matarle. Al comprobar que aquella conclusión no me alteraba el pulso, supuse que así era como pensaban, como sentían los soldados, incluso aquellos cuyo carácter desmentía el temperamento de los hombres de acción.

Aquella tarde, prolongué mi jornada más allá de lo habitual. Eran casi las ocho cuando la recepcionista vino a avisarme de que se iba ya, y me pidió que apagara las luces y cerrara la puerta al salir, porque no quedaba nadie más en la oficina. Le dije que no se preocupara, que iba a seguir un rato porque tenía mucho trabajo atrasado, y saqué de mi cartera la tarjeta que Rolf Steinbauer me había dado casi un año antes, en el bar donde nos emborrachamos juntos al salir de la Clínica Ruber. No habían pasado ni tres horas desde que Gallardo se había presentado en mi despacho sin avisar, pero había tenido tiempo de sobra para repasar mis opciones, porque eran muy pocas. Aunque ni yo mismo entendía muy bien por qué, matar a aquel hombre no me preocupaba. Se me ocurrían muchas maneras de hacerlo, pero no sabía adónde llevarlo antes, ni cómo deshacerme del cadáver después. Si hubiera tenido un coche, todo habría resultado más fácil, pero no podía comprarme uno de un día para otro, ni alquilarlo para arriesgarme a devolverlo con manchas de sangre en el asiento. Necesitaba apoyo, una infraestructura mínima para eliminar a Gallardo cuando ya estuviera muerto, y sólo tenía tres posibilidades.

Podría pedir ayuda a mis amigos comunistas. Conocía a algunos que me la prestarían de mil amores, sin arriesgarse a que la dirección de su partido les negara el permiso, pero todos estaban fichados, la policía les seguía los pasos, y al implicarles en mis asuntos, no sólo les pondría en peligro injustamente por un motivo ajeno a sus intereses. Si la Social sospechaba algo raro y los detenía antes de que se deshicieran del cadáver, se hundiría al mismo tiempo toda la operación. Después de descartarlos, valoré mi segunda opción, Meg Williams. Si recurría a ella, tendría que contarle todo lo que no había querido contarle Manolo, nuestra relación con *Scarface,* el negocio que teníamos a medias con Lazar. Por mucho que lograra adornar el relato, presumía que no le iba a gustar, y aunque sospechaba que, al final, terminaría ayudándome por amistad, tampoco podía descartar del todo que se negara a colaborar en un propósito tan turbio que podría desencadenar un conflicto diplomático y arruinar su carrera. Sólo cuando estuve seguro de haber analizado bien todo esto, decidí confiar en que los nazis resolvieran el problema que ellos mismos habían creado.

Gracias a nuestro volumen de operaciones y a los contactos de don Gabino con el gobierno, La Meridiana disfrutaba de una centralita automática, que permitía telefonear a cualquier lugar sin intervención de una operadora. Yo mismo marqué un número de Múnich con tanto cuidado como si estuviera desactivando una bomba. Los miles de kilómetros que me separaban del hombre que descolgaría al otro lado me daban cierta seguridad, no tanta como su carácter, pero tampoco la suficiente como para evitar que las paredes de mi estómago se fueran aproximando, para eliminar el hueco que las separaba mientras escuchaba un pitido intermitente.

—*Allo?* —eso, que me quedaba sin estómago, era lo que sentía de niño, cuando tenía mucho miedo.

—¿Rolf? —pero mi voz no tembló—. Rolf, soy Rafa, desde Madrid.

—¿Rafa? —hizo una pausa lo bastante larga como para que su voz se cargara de inquietud—. ¿Problema?

Hasta aquel día nunca le había llamado. Siempre llamaba él, porque a pesar de las bendiciones del señor De la Fuente, la incondicional complicidad que declaraba a la menor ocasión, me parecía más seguro, más limpio, no cargar a La Meridiana con el coste de aquellas conferencias. Rolf estuvo de acuerdo conmigo, y por eso adivinó enseguida que teníamos un problema.

—Sí. ¿Puedes llamarme a mi oficina? Estoy aquí todavía.

No pasó más de un minuto hasta que sonó el teléfono de mi despacho, pero tuve tiempo para colocar en el centro de la mesa el papel donde había escrito en limpio, sin tachaduras ni correcciones, la última versión de lo que había decidido decirle.

—Esta tarde he tenido una visita muy extraña —leí la primera frase de un tirón y no me gustó como sonaba, así que seguí hablando de memoria, mirando mi chuleta sólo de vez en cuando—. Ha venido a verme un tipo, español, de unos treinta años, que no ha querido decirme su nombre. Me ha llamado camarada, pero enseguida ha rectificado, aclarando que él estuvo en la División Azul y en las SS, y yo no. Luego... —hice una pausa para comprobar que Steinbauer me escuchaba con tanta atención que no se le oía respirar—. Me ha dicho que lo pasó muy mal después de la guerra. Que estuvo primero en un campo, después en la cárcel, olvidado por todos, sin que nadie moviera un dedo por él, ni por ningún soldado raso. Estaba muy indignado, o al menos lo aparentaba, porque se había enterado de que los jefes habían seguido viviendo como reyes. Me ha dicho que yo lo sabía muy bien, y luego, y ahí empieza lo grave, que a él se lo había contado un amigo suyo que conocía a un anticuario de Zúrich. Este amigo, que yo creo que no existe, sería quien le ha dado mi nombre, el de la agencia y nuestra dirección en Madrid. He intentado que me dijera cómo se llamaba el anticuario y no ha querido, pero me ha descrito la tienda con pelos y señales. Yo nunca he estado allí, pero me sé la dirección de memoria, Bahnhofstrasse 29, cerca de Paradeplatz.

—Qué hijo de puta —al comprobar que había mordido el anzuelo, me olvidé del discurso que había preparado y me levanté para hablar mientras andaba por mi despacho hasta donde el cable me lo permitía—. Qué hijo de puta... ¿Y qué quería? Dinero, ¿no?

—Bueno, él lo ha dicho de otra manera. Me ha dicho que había venido a recoger su parte. Y ha supuesto que no tendríamos inconveniente en entregársela, porque sabe muchas cosas que podrían hundirnos. He tenido la impresión de que decía la verdad, pero lo peor es que no me ha parecido un vulgar chantajista. Ese hombre está herido. No le mueve la codicia, sino la indignación, el ansia de revancha. Se siente traicionado y es un fanático, por eso me ha dado miedo. Puede ser muy peligroso.

—¿Tú crees que solo en esto? —me preguntó Rolf después de soltar una larga retahíla de lo que supuse serían insultos en alemán—. ¿Qué has dicho tú?

—No puedo saber si trabaja con otros, pero yo diría que no. Si formara parte de una banda, me habrían mandado a alguno más espabilado que él. No es fácil de explicar, pero por su pinta... —rescaté la imagen del auténtico Adrián Gallardo para describirla en voz alta—. Parece un palurdo, ¿sabes?, un chico de pueblo, el hijo de un granjero, torpe, ignorante, sin estudios, con la astucia de esa clase de personas que desconfían de los que tienen más que ellos, y empiezan envidiándolos, y terminan odiándolos sin saber muy bien por qué —hice una pausa para dejar espacio a una nueva sucesión de incomprensibles insultos—. Tiene las manos encallecidas, de obrero, y un gesto atravesado, como de buscar pelea, pero mientras hablaba conmigo no se sentía seguro. Me ha dado la impresión de que al principio tenía más miedo que yo, como si hubiera venido a verme a la desesperada, sólo por hacer algo, por utilizar la información que tenía. No sé cómo me ha encontrado, pero apostaría a que ha trabajado en la tienda de la Bahnhofstrasse, o en otra que haya recibido nuestros envíos desde allí, seguramente descargando bultos, porque no da para más. Y quizás haya oído algo, o algún empleado se haya ido de la lengua con él... No sé, lo único que yo le he dicho era que tenía mucho trabajo, que no quería seguir hablando en mi oficina, que me diera un número de teléfono donde pudiera localizarle mañana y que, si necesitaba algún dinero, podía adelantárselo. Le he ofrecido doscientas pesetas, se las ha metido en el bolsillo y se ha ido.

A aquellas alturas, en el relato que había compuesto para Steinbauer había ya tantas verdades como mentiras, aunque la falsedad principal valía por todas las verdades juntas. Era cierto que Gallardo me había parecido un palurdo, cierto que tenía las manos encallecidas, cierto que, cuando le ofrecí doscientas pesetas, las había cogido y se había marchado. Pero en la luz que iluminó sus ojos al tocar dos billetes marrones, en el regocijo con el que los miró mientras sus labios dibujaban una sonrisa golosa, descubrí que no había venido a pedirme dinero. Yo había dado la extorsión por descontada, porque no se me ocurría otra hipótesis verosímil para justificar su aparición, pero en el gesto con el que se despidió de mí después de meterse la cartera en un bolsillo, pesaba más el asombro que la satisfacción.

Habíamos hablado muy poco tiempo, y si no hubiera dirigido una clase de conversación en español, tal vez no habría captado la ligerísima entonación extranjera de su voz. Según los cálculos de Meg, Adrián Gallardo Ortega llevaba cerca de ocho años fuera de España, y seguramente los había pasado en Alemania o en Austria, porque cuando le pregunté quién le había dado mi dirección, pronunció el apellido Stauffer con un acento idéntico al que había escuchado en Galileo 14 muchas veces. Ese sonido me mantuvo en vilo hasta que le pregunté si había hablado con Clara. No, me respondió con una risita cuyo origen no fui capaz de descifrar, he preferido venir a verle a usted antes. En ese instante advertí que me hallaba ante un hombre extremadamente inteligente o muy estúpido, y empecé a hablar de dinero.

Ha hecho usted bien, aprobé, porque no tengo la menor duda de que nos pondremos de acuerdo en un precio conveniente para los dos... Ya le había condenado a muerte, y la chispa de codicia que incendió sus ojos me inclinó a suponer que no era listo, pero tampoco inocente. Aquella combinación, tan inflamable como un cóctel molotov, fue la que transmití a Steinbauer con la confianza de que le alarmara tanto como a mí, pero di un rodeo para dejar la última decisión en sus manos.

—No me gusta nada, Rolf, aunque después lo he estado pensando, y a lo mejor no es tan grave. Porque hemos acabado con los envíos, ¿no? En teoría, lo hemos puesto todo a salvo, todo está entregado, imagino que, además, todo cobrado. Quizás, el tío este ya no pueda hacernos daño. No se conformará con que le paguemos una sola vez, intentará sacarnos más dinero, por supuesto, pero a lo mejor, si conseguimos asustarle...

—No —su voz fue tajante—. Mejor eliminarlo. Demasiado peligroso, no podemos vivir tranquilos, esperando que no hable.

—Pues... —en el momento decisivo, cerré los ojos, apreté los párpados y tuve que obligarme a seguir respirando—. ¿Puedes hablar con Hans? O... Mira, si no te gusta, estoy dispuesto a hacerlo yo.

El 29 de diciembre de 1949 llegué a la sede de la Sociedad Europea de Comercio Exterior a las siete en punto de la tarde. El día anterior había pasado allí un par de horas, reconociendo el terreno, midiendo los pasos que separaban las paredes de los muebles y los muebles entre sí, tratando de anticipar los movimientos que dos hombres podrían producir en aquel espacio. En la cuarta balda de la estantería, localicé sin dificultad las Obras Completas de Goethe traducidas al español y, entre las guardas del cuarto tomo, una llave pequeña, plana, con la que pude abrir un cofre de madera taraceada que reposaba sobre el alféizar de la única ventana de la habitación. En su interior hallé, tal y como me había asegurado Rolf, una pistola Luger de calibre 22 cargada, munición de sobra y un silenciador.

Uno de los motivos que me habían impulsado a escoger aquella oficina eran sus muebles de madera oscura y aspecto respetable, casi nuevos. Cuando se la enseñé a Ingrid, ella supuso que haría falta comprar material de oficina para colocarlo sobre la mesa y algunos libros para rellenar los estantes. La primera vez que estuve allí, comprobé que también había traído unos archivadores de cartón, vacíos, y un par de jarrones baratos, rellenos con flores de tela.

Hasta que lo abrí, siempre había creído que aquel cofre formaba parte de la decoración escogida por Frau Weiss, pero había sido una aportación personal de Steinbauer, que en cada uno de sus viajes a Madrid comprobaba que la pistola continuaba estando cargada y en su lugar. Siguiendo sus instrucciones, encajé el silenciador en el extremo del cañón y comprobé que duplicaba la longitud del arma. Me senté ante el escritorio, miré a mi alrededor en busca de un lugar donde dejarla y descubrí dos cosas al mismo tiempo. La primera fue que el mueble que tenía delante descansaba sobre dos columnas de cajones pero sobre el primero, a ambos lados, había un espacio hueco, un estante que no se veía desde el otro lado y que tenía el tamaño suficiente para albergar la pistola con el silenciador puesto. La dejé allí, y comprobé que podría cogerla en un instante, sin hacer ruido. Aquel hallazgo me inspiró el plan que pondría en práctica al cabo de veinticuatro horas sólo al precio de iluminar otro, mi segundo descubrimiento de aquella tarde, la certeza de que me estaba comportando como un asesino.

Pensé que si podía hacerlo, si había sido capaz de aceptar el encargo que yo mismo le había sugerido a Rolf y de ir hasta allí, para planificar un procedimiento que culminaría en la muerte de un ser humano, era porque aquella posibilidad ya estaba dentro de mí, porque a pesar de haber escogido una profesión destinada a salvar vidas, en mi persona se combinaban, tal vez desde siempre, los ingredientes necesarios para pasar de la potencia a la acción y convertirme en un asesino cuando fuera necesario. Pensé en todo esto muy despacio, a solas en la intemperie que convocaba una luz helada que nunca había visto, aunque provenía del interior de mi cuerpo. Podría haberme repetido todo lo que sabía, volver a desgranar los argumentos en los que sustentaba mi derecho a la defensa propia, pero no lo hice porque no era importante. Lo esencial era que estaba dispuesto a matar a un hombre, que mi mente toleraba esa idea, que mi mano estaba dispuesta a ejecutarla, y que mi conciencia empezó a llevarles la contraria, a contarme una historia distinta de la que había vivido, de la que habría recreado para Rolf Steinbauer, la historia de un pobre infeliz que se había ido a Rusia para morir matando después de fracasar como boxeador y había escogido el peor momento para volver a España, un plan pésimo para sacar provecho de su regreso. Y sin embargo, pese a la fragilidad que pude intuir en él, una debilidad que no sólo no contradecía sino que, de alguna forma, hasta justificaba las masacres en las que había participado, aquel hombre tenía que morir. Yo tenía que matarlo y aprender a vivir con las consecuencias de aquel crimen.

Para empezar, al salir de la oficina después de dejarlo todo preparado, no volví a casa, como había previsto. Me costó trabajo abrirme paso entre la muchedumbre que había invadido las dos aceras de la Gran Vía para parar un taxi, pero todavía no eran las nueve de la noche cuando toqué el timbre del primero derecha B, en el número 21 de la calle Gaztambide.

—¡Rafa! —Caridad me besó en las mejillas antes de abrir la puerta de par en par—. Pasa, por favor, no te esperábamos.

—Ya, si es que no pensaba venir. Pero al salir del trabajo he ido a hacer unas compras, me he empachado de villancicos y se me ha ocurrido...

—¿Qué es esto, caballero, una inocentada? —Rita se me quedó mirando desde la esquina del pasillo, con los brazos en jarras, la cabeza ladeada y una sonrisa burlona que me hizo reír—. ¿A usted le parece bien venir en este plan a una casa decente?

—¿Un respetable hogar cristiano y español? —sugerí desde el recibidor, mientras Caridad sonreía y su hija aprobaba mis palabras con una carcajada—. Sólo he pensado que igual te apetecía salir a tomar algo.

—A mí, eso me apetece siempre, ya lo sabes. Si a mamá no le importa que la dejemos sola...

La había conocido antes de la guerra, cuando era una niña. Yo acababa de terminar los cursos teóricos de la carrera y había ido al hospital de San Carlos para pedirle al doctor Quintanilla que me dejara hacer las prácticas en su equipo. Me contestó que sí a la primera, y esa respuesta me precipitó en una euforia tan pura que grabó en mi memoria para siempre todo lo que pasó aquella mañana. Mi futuro jefe me estaba informando del papeleo que tendría que resolver lo antes posible cuando el doctor Velázquez entró sin llamar, llevando a su hija de la mano. Tenía un amigo ingresado en Digestivo y, aparte de interesarse por él, quería enseñarle a Rita el hospital, porque de mayor quería ser enfermera.

—¿Enfermera? —replicó ella cuando se lo conté—. ¡Qué tontería! Yo nunca he querido ser enfermera.

—En el verano de 1935, querías.

—En el verano de 1935 —arqueó las cejas, estiró los hombros hacia atrás y me regaló una mirada desafiante—, yo tenía once años y quería ser pintora. ¿O es que lo vas a saber tú mejor que yo? —hizo una pausa para propiciar mi retractación, y al comprobar que no llegaba, me regaló un desplante de los suyos—. Vamos anda, no te digo lo que hay...

Me gustaba discutir con ella. Me gustaba cuando se enfadaba y cuando estaba contenta. Me gustaban sus arranques de niña gamberra, peleona, y los reflexivos silencios de mujer madura impropios de sus veinticinco años. Me gustaba que le gustara hablar igual que las verduleras del mercado de Vallehermoso y que se negara a tocar el piano en público. Me gustaba cómo interpretaba a Chopin cuando sólo la escuchábamos su madre y yo, y la exquisita delicadeza con la que podía llegar a expresar sus sentimientos. Me gustaban su rabia y su osadía, sus opiniones, su manera de reírse.

—Mi tía María Luisa dice que voy a quedarme soltera, que nunca encontraré novio con este carácter que tengo.

—A mí me gusta tu carácter.

—¿En serio?

—Me chifla —insistí, usando el verbo infantil, de niña de buena familia, que su predilección por la jerga castiza no había logrado desplazar todavía.

—¡Pobrecillo! —me dedicó una mirada compungida antes de levantar el dedo índice en el aire y cambiar de tono—. Es lo que diría mi tía María Luisa.

—A tu tía María Luisa, que la den.

—¡Oh, qué fabulosa coincidencia! —puso cara de payasa y se echó a reír—. Eso mismo es lo que estaba pensando yo.

Rita Velázquez no cumplía los requisitos que en 1949 habrían permitido clasificarla como una belleza, porque en su cara no había ni rastro de la mansedumbre redondeada, ligeramente bovina, que uniformaba a las modelos que conquistaban las portadas de las revistas. Eso también me gustaba. El tamaño de su pequeña nariz soportaba airosamente su forma curva, el perfil aguileño que prometía ese carácter que tanto disgustaba a su tía María Luisa, un impacto dulcificado por una boca llena, bonita, que no era fácil distinguir a primera vista. Para llegar a verla, a apreciar el óvalo suave de su rostro, los pómulos mullidos que habían sobrevivido al final de su infancia, era imprescindible superar la tiranía de sus ojos, aquellas inmensas linternas acuáticas que cautivaban por igual el resto de sus rasgos y la voluntad de quien los miraba. La tarde en la que me abordó al salir del trabajo para preguntarme por unas botellas de sidra El Gaitero, al mirarla yo vi sólo ojos, y aquellos ojos me sometieron de tal forma que ni siquiera llegué a apreciar que su dueña no encajaba con el modelo de enlace al que estaba acostumbrado, los jóvenes serios y fervientes, las chicas fervientemente tristes que su partido me había enviado hasta entonces. Después, tendría que aceptar que Rita Velázquez no encajaba en absoluto con ningún modelo conocido. Cuando lo descubrí, ya me había enamorado de ella.

Yo le sacaba diez años pero, a punto de cumplir los treinta y cinco, nunca había tenido una novia formal. Mis historias amorosas habían sido tan turbias, tan agitadas como los tiempos que las habían producido. Al perderlo, había añorado mucho el sexo con Amparo, pero esa nostalgia no era tan poderosa como la convicción de que en una época de paz, tranquila y monótona, jamás habríamos llegado a coincidir en la misma cama, porque ni ella se lo habría permitido ni a mí me habría interesado. El guardapelo de oro que marcaba con suavidad, sobre su escote, el ritmo que María Eugenia León imprimía a sus caderas mientras cabalgaba sobre mi cuerpo, me recordaba que allí dentro estaba el amor de su vida. Mi relación con Geni, una lámpara templada que se encendía y se apagaba a rachas, obedeciendo a su necesidad, o a la mía, carecía de la intensidad que parecía reservada a Ayala 45, pero era igual de incompleta y quizás, a su manera, más triste, aunque me hacía menos daño. El resto de mis experiencias se resumía en una serie no demasiado larga de episodios esporádicos con mujeres casi siempre casadas, a quienes a menudo conocía en mis visitas de médico clandestino y no volvía a ver desde el día en que daba de alta a mis pacientes. Periódicamente, mis compañeros de la agencia insistían en presentarme a amigas solteras de sus esposas, que solían hacerme bostezar hasta cuando eran capaces de disimular su ansiedad por casarse, y las que había conocido yo por mi cuenta no me habían interesado mucho más. En la una, grande y libre España de Franco, el amor era un problema añadido a los riesgos de la clandestinidad, un bien inasequible para un inadaptado como yo, obligado a elegir entre dos modelos de mujer, las flores del invernadero de la Sección Femenina y las sombras amargas de las juventudes truncadas por la derrota, que me desalentaban por igual.

Ya me había resignado a vivir solo cuando el verano de 1949 compensó en una sola dosis, con una magnanimidad abrumadora, todas las carencias que había ido acumulando desde mi adolescencia. Las pequeñas emociones que jalonaron mis primeros encuentros con Rita Velázquez, la incontaminada alegría que experimentaba al verla aparecer, el sabor dulcísimo que su risa instalaba en mi paladar, el pequeño temblor que me sacudía cuando nos rozábamos sin querer, modificaron mi experiencia del amor y de mí mismo para convertirme en un hombre mejor, tal vez el que habría llegado a ser si una guerra no hubiera usurpado mi capacidad para gobernar mi destino. Cuando la conocí, admití con estupor que nunca había estado enamorado de nadie, y esa certeza me precipitó en un vértigo instantáneo, porque podría haber muerto sin experimentar las mínimas sensaciones que cimentaban una realidad tan grande. La gratitud que sucedió a un pánico que no supe bautizar con ningún nombre, y la convicción de que no podía dejar escapar a una mujer que no se parecía a ninguna otra, me animaron a afrontar un noviazgo largo, aburrido y casto, como eran todos en la nueva España, y sólo en eso me equivoqué.

—¿Pero por quién me tomas? —ella se rió de mí justo después de arruinar gozosamente mis cálculos—. Ni que fuera un soldado de Cristo, no te jode...

Todavía era verano. Aquella tarde, habíamos acompañado al clandestino que nos había puesto en contacto, completamente recuperado ya, desde un sótano de la calle Desengaño hasta una casa baja, cerca del Manzanares, donde una viuda republicana alquilaba habitaciones. Para salvarle del todo, sólo faltaba sacarlo de España, y yo estaba convencido de que lo mejor sería recurrir a La Meridiana una vez más, aunque exportar a una persona no era tan fácil como pasar la frontera con una mercancía ilegal.

Asignar un itinerario francés, con una parada en Toulouse, al camión que habíamos modificado para crear un escondite entre los ejes de las ruedas, no sería difícil. Las dimensiones del hueco que yo mismo había encargado, siguiendo las instrucciones de Steinbauer, permitían transportar a un hombre encogido durante unos kilómetros. Nunca se sabe, me había dicho él, y nunca sabría el favor que nos hizo, pero el conductor seguía siendo un problema. Necesitábamos la complicidad de un camionero que ayudara al polizón a meterse en su escondite antes de llegar a la frontera, que lo cerrara y volviera a abrirlo al otro lado, y yo no conocía a nadie a quien confiar una tarea semejante. En la mayor parte de las operaciones que organizaba para los nazis, los conductores ignoraban el contenido oculto en la carga que transportaban. La persona que recogía cada envío, en París o en Zúrich, figuraba como destinatario oficial de las cajas en las que hubiéramos camuflado el botín. Cuando era preciso recurrir al escondite para transportar objetos de gran tamaño, el trayecto se asignaba a un conductor que no formaba parte de la plantilla de la agencia, un recomendado de Lazar al que La Meridiana contrataba como refuerzo laboral para ese viaje concreto. Evidentemente, no podía contar con él, y mi contacto con el resto de los camioneros no iba más allá de los saludos convencionales y las frases sobre el tiempo que cruzábamos cuando iba a supervisar alguna descarga importante. Eso era lo único que podía contarle a Rita, pero mientras se lo explicaba, tenía la sensación de estar hablando solo.

—Seguro que es más fácil que lo encuentres tú.

Habíamos cruzado el río y caminábamos despacio por el Paseo de la Florida, sin haber trazado una ruta concreta para llegar a ninguna parte. Era una noche cálida de primeros de septiembre y ella llevaba un vestido blanco, sin mangas, unas sandalias del mismo color y el pelo recogido en una coleta que hacía aún más grandes sus ojos. La ausencia que la mantenía muy lejos de mí, absorta en unos pensamientos que no supe descifrar, la favorecía todavía más, tanto que casi lamenté que regresara de la desconocida región a la que se había desterrado a sí misma con un pretexto tan trivial.

—¿Tienes dinero suelto? —asentí, sonrió—. ¿Me invitas a un helado?

Después, cuando volví a la carga, insistiendo en que era muy difícil que en todo Madrid no hubiera ningún camionero que cumpliera la doble condición de simpatizar con el PCE y conocer a algún conductor de La Meridiana al que pudiera pedirle el favor de reemplazarle en un viaje, volvió a encerrarse en sí misma, como si necesitara de todos sus sentidos para disfrutar del mantecado que paladeó según un sistema propio y riguroso, dando pequeños mordisquitos al borde del barquillo para que no rebasara el nivel del helado, empujando después la bola hacia abajo con la lengua para volver a empezar, hasta que en el último bocado terminó al mismo tiempo con el cucurucho y con su contenido.

—¿Es tan importante? —se paró, me miró, se relamió como un gato satisfecho sin apartar sus ojos de los míos, y me asaltó de pronto la sospecha de que estaba exhibiéndose, siguiendo las pautas de un guión que no me atreví a interpretar—. Lo del conductor, quiero decir.

—Pues... —aparté mis ojos de los suyos para buscar inspiración en las copas de los árboles, y cuando volví a mirarla, descubrí que su cabeza estaba muy cerca de la mía, demasiado hasta para alguien que nunca había tenido una novia formal—. Para mí es muy importante, porque si te encargas tú de buscarlo, tendremos que seguir viéndonos.

—¡Ah! —y volvió a sonreír—. Así que es por eso...

Cerró los ojos, levantó la barbilla, y si hubiera sido un poco más alta, me habría besado. Como no alcanzaba la besé yo, con tanto cuidado como si pudiera romperse, evaporarse en una nube impregnada del aroma de la vainilla. Pero más allá del sabor infantil que el helado había posado en su lengua, la boca de Rita era sólida, ambiciosa, una poderosa variante de un terreno conocido, desprovista sin embargo de la violencia, la angustia que afloraba en los labios de Amparo, en los de Geni, en los de todas esas mujeres defraudadas por la vida a las que yo solía besar, y que siempre buscaban otra cosa cuando me besaban. En el instante en que probé su boca, sentí que podría abandonarme a ella, seguir besándola durante días enteros sin otro afán, otro objetivo, que habitarla como si fuera autónoma, un ser completo capaz de resumir y contener a la mujer de la que formaba parte. Y cuando los gritos destemplados de un guardia municipal me obligaron a abandonarla, el aire que se deslizó entre su cuerpo y el mío me dolió como una herida abierta.

No necesité mirar a aquel hombre, no me hacía falta escucharle para entender lo que estaba diciendo. El momento que su irrupción no había logrado arruinar era demasiado valioso para mí, y lo único que me importaba era preservarlo, encerrarlo en una cápsula hermética que mantuviera su intensidad intacta para devolvérmela lo antes posible. Por eso agarré a Rita del brazo e intenté llevármela de allí a toda prisa, pero ella tenía otros planes.

—¿Qué pasa? —se volvió hacia él y le increpó sin dejar de andar de espaldas, al ritmo que yo marcaba—. No hemos matado a nadie, que yo sepa. ¡Qué barbaridad! Desde luego, es que aquí no se puede vivir...

Mientras aquel hombre le devolvía una mirada temible, la fortuna guió mis ojos hacia la luz verde de un taxi parado ante un semáforo en ámbar. Abrí la puerta, empujé a Rita dentro, y sólo después de ponerla a salvo, me volví para contemplar a un guardia tan estupefacto que ni siquiera había sacado la libreta de las multas. Al cerrar la puerta del coche, escuché su voz a lo lejos, métala usted en cintura si no quiere llevarse un disgusto... Que te meta a ti en cintura tu madre, murmuró Rita, y el conductor sonrió e hizo como que no la había escuchado. Luego nos preguntó adónde íbamos, yo me quedé mirándola y ella no me entendió.

—¿Adónde vamos? —repetí.

—Pues a casa, ¿no?

Movió la cabeza hacia mí para aclarar que la casa a la que quería ir era la mía y buscó mi mano con la suya mientras miraba por la ventanilla. Cuando la encontró, se echó a reír.

—¡Qué poco ha faltado!

Renuncié a su boca, porque no podíamos desafiar dos veces seguidas la tolerancia del mismo taxista, pero me incliné hacia ella, la besé suavemente en el hombro, en el cuello, en la mandíbula, y me sorprendió la inesperada recompensa que obtuve de esos tres besos castos, secos, que bastaron para erizar su piel y consentir que mis labios apreciaran su relieve. Hicimos el resto del trayecto muy juntos, sin hablar, su cabeza sobre mi hombro, mi mano en la suya, y sucumbí de nuevo a una doble extrañeza, porque nunca había experimentado nada semejante, y ni siquiera había llegado a darme cuenta de que me faltaba por probar algo tan sencillo, tan inocente, como la promesa sin palabras de dos cuerpos que se aprietan en el asiento trasero de un taxi.

Lo que pasó a continuación debería haberme precipitado en un asombro aún mayor, porque no era posible que yo descubriera algo que conocía desde hacía tantos años, porque los signos del código que ejecuté sin vacilar no podían servir para inventar un idioma nuevo, porque el cuerpo de Rita no podía atesorar el poder de estrenar el mío, de alumbrar en mi cama un continente recién nacido, de enseñarme cosas que sabía de memoria, y sin embargo, eso fue lo que pasó y ni siquiera me di cuenta mientras sucedía. La sensación de plenitud que se irradiaba desde mi sexo hasta la partícula más pequeña del aire que respiraba me impedía pensar, comparar, resistirme a la marea de espuma sonrosada y dulce, como un mar de vainilla, donde me mecía como un leño que flotara a la deriva en una tempestad sobre la que no poseía control alguno, un náufrago que en su repentina fragilidad se sintiera más poderoso, más consciente y seguro, más vivo que cuando miraba al horizonte desde la sólida cubierta de su barco. Aquella noche, en mi propia cama, Rita me creó, me hizo de nuevo después de deshacerme, borró mi memoria para instalarse en ella como una diosa omnipotente que desde su trono divisara el universo que le pertenece. Todo eso conquistó sin dejar de ser ella misma, de ser tan joven, tan graciosa, tan normal, tan imprevisible a la vez, la excepción de todas las normas conocidas.

—¿Y tú... por qué coño no eres comunista, vamos a ver?

Estaba tan concentrado en besarla, en aprender a conocer su cuerpo con mis labios, que no los despegué de su piel para reírme, y ella me regañó.

—No te rías —aunque su voz era risueña—. Vuelve aquí, esto es más importante de lo que parece.

Sólo cuando mi cabeza estuvo a la altura de la suya siguió hablando. Yo creía que ya no pasaría nada relevante aquella noche, que entre nosotros no había espacio para una sola palabra más, una nueva acción memorable, pero Rita me sació de nuevo, asaltándome por sorpresa con un discurso que jamás podría olvidar.

—Es como si estuviéramos condenados a quedarnos en la casa donde hemos nacido, como si nunca pudiéramos mudarnos, cambiar de piel, ¿no? —había destinado un largo prólogo a pedirme que no la malinterpretara, y no la interrumpí para explicarle que me estaba contando mi propia vida—. Tendrías que ver cómo se puso mi madre de contenta cuando se enteró de que eras médico, de que habías conocido a papá, de que habías sido discípulo de Fortu... Claro, que no se lo he contado todo, ella no sabe que milito en el Partido, me ha pedido muchas veces que ni se me ocurra, tiene miedo por mí y lo entiendo, porque después de lo de mi padre... Mi madre lo pasó muy mal en Porlier, mucho peor que yo, porque nunca se acostumbró. Para ella la vida siempre había sido otra cosa, agradable, tranquila, lejos de las humillaciones de los funcionarios, de la miseria que veíamos todas las tardes en la cola de la cárcel, de la desesperación de las viudas de los fusilados. Pero además, y sobre todo, porque no odia como yo.

Todo lo que pasó aquel día, lo que llegaría a haber entre nosotros, había arrancado dos meses antes, en una mesa de una terraza de Las Vistillas. Al salir del trabajo, yo me había pasado por Buenavista 16 para ver a mi paciente, que se aburría como una ostra y agradecía mis visitas más que cualquier tratamiento. A Galán, el nombre por el que me había pedido que le llamara, no le gustaba jugar al ajedrez, pero era muy buen conversador, y agradecía los libros, las revistas, tanto como un rato de charla. Exiliado desde el 39, instalado en Toulouse desde la liberación de Francia, estaba solo en Madrid. Yo era su único contacto con el exterior, porque Rita prefería no aparecer por aquel piso de Lavapiés cuyos dueños, y la incondicional hospitalidad que ofrecían, representaban un elemento precioso de su organización. Si no hubiera sido tan precavida, tal vez nunca habríamos llegado a conocernos bien, pero aquella tarde habíamos quedado para que yo le informara del progreso del enfermo y la conversación nos llevó mucho más lejos, hasta un lugar del que ninguno de los dos habría querido volver.

Aquella tarde me enteré de que Rita era hija del doctor Velázquez, y de la muerte que, antes de que lo matara el cáncer, se había procurado a sí mismo en la cárcel de Porlier. Yo le conté cómo le había conocido, le hablé del doctor Quintanilla y del doctor Bethune, del Instituto Canadiense de Transfusiones, de las unidades móviles que monté y del orgullo que habían inspirado a su padre el día que vino a conocer su funcionamiento. Contar aquella historia en voz alta, después de tantos años, me conmovió mucho más de lo que habría podido calcular, como si la emoción de aquellos días durísimos, pero cargados de esperanza, pudiera abrir un paréntesis de luz y calor en el helado desierto donde vivíamos, levantar las paredes de una casa de aire, secreta y confortable, que pudiéramos habitar juntos durante unas horas. Los ojos de Rita brillaban como dos charcos de agua oscura mientras me escuchaba, y nunca habían sido tan hermosos como en el instante en que se precipitaron en un vértigo imprevisto para arder en un fuego sin llamas, una pasión capaz de iluminar las tinieblas que la alimentaban.

Si supieran cómo les odio, me tendrían miedo. Si lo supieran, procurarían no encontrarse conmigo, cambiarían de acera al verme por la calle, porque no se puede odiar más, es imposible odiar a alguien más de lo que odio yo a estos hijos de puta. Lo dijo de un tirón, como si estuviera pronunciando una oración capaz de consolarla, una jaculatoria que inaugurara sus días y arrullara sus noches, la contraseña de una verdad íntegra y purísima que pudiera explicarla de principio a fin. Nadie odia más que yo, insistió. Yo la creí, y nunca, hasta aquel momento, me había parecido tan joven, una niña perdida, desamparada, ni tan madura, una mujer segura de sí misma, que carga sus armas sin prestar atención al dolor de sus heridas. Aquella tarde, antes de separarnos, me preguntó cómo me llamaba. Te prometo que no meteré la pata, pero necesito saberlo. Se lo dije como si supiera que en mi cama jamás llegaría a llamarme Rafa para ella.

—Ya te lo conté, Guillermo, ¿te acuerdas? —y me emocionó escuchar mi verdadero nombre en aquel momento, en aquella voz—. Les odio, y ese odio es tan importante para mí que he llegado a amarlo. Yo sé que es difícil de explicar, pero la verdad es que no me amarga la vida, no me pone triste, al contrario, me da fuerzas, me ayuda a vivir. A veces me pregunto qué haría si tuviera una pistola y me encontrara de frente con el hijo de la gran puta que no dejó que nos lleváramos a mi padre a casa para que muriera en su cama. Y, fíjate, creo que no lo mataría. No mataría a nadie si no fuera necesario para salvar mi vida, la de alguno de mis camaradas, la gente a la que quiero. No lo mataría, pero lo odio, y por eso soy comunista. Mi madre no lo entiende, pero yo necesito actuar para que el odio no me paralice, para que no me amargue y me convierta en una mala persona. Y todo esto es tan importante para mí, que hace unos años decidí que sólo podría casarme con un comunista. He intentado enamorarme de alguno con todas mis fuerzas, te lo juro. Cuando conocía a un camarada con buena pinta, me decía, este va a ser... ¿Por qué te ríes?

—No me estoy riendo —me defendí, mintiendo a medias—. Sólo sonrío, porque me alegro mucho de que no te hayas casado con un comunista.

—¡Qué egoísmo! —nos reímos juntos y la besé, pero no me dejó ir más allá—. Espera, déjame terminar —me regaló un beso suave, breve pero intenso como una garantía, antes de seguir hablando—. Total, que nunca llegué a nada con ninguno, y no sólo por mi culpa, ¿eh?, sino porque ellos, tampoco... Y no sé por qué. Mi amiga Manolita, que es igual que tú, que no se afilia porque no le da la gana, aunque se ha arriesgado más que la mayoría de los militantes que conozco, se ha ido a Cuelgamuros para poder ver todos los días a su novio, un preso del Partido, de los de antes de la guerra. Vive en una casa perdida en el monte, sin agua, sin luz, casi sin muebles, pero contenta como unas Pascuas, eso sí, y yo... No lo entiendo, pero por mucho que me empeñe, a mí los comunistas nunca se me han dado bien. Y ahora apareces tú, que no es sólo que le gustes a mi madre, que es que le gustarías hasta a mi tía María Luisa, y de repente... Hay que joderse. Por eso digo que es como si no pudiéramos escapar de la casa donde hemos nacido, de la... —hizo una pausa, como si le diera miedo pronunciar la palabra que estaba colgando de sus labios— clase a la que pertenecemos, por muy enemiga que sea de lo que pensamos, de lo que queremos. A veces creo que me gustas tanto porque te pareces a mi padre, pero otras veces... No lo sé.

Desde que adiviné que su odio era sólo una estación preliminar, una estrategia para hablar de amor con la desnuda delicadeza de las palabras que se usan para contar la vida, tan lejos de la cursilería como de la solemnidad, no había dejado de acariciar su cuerpo, de recorrer con los dedos los rincones que su discurso había arrebatado a mis labios. Sin embargo, cuando terminó, saqué las dos manos de debajo de las sábanas, enmarqué su cara con ellas y la miré al fondo de los ojos.

—Voy a afiliarme al Partido mañana mismo, Rita.

—¿Por mí?

—No, por mí. Porque estoy dispuesto a hacer cualquier cosa para que estés contenta conmigo.

—Eso no vale —se echó a reír antes de besarme—. Y ya estoy bastante contenta contigo, por si no te has dado cuenta...

Me lo demostró una vez más antes de acordarse de mirar el reloj y vestirse a toda prisa. Eran más de las doce, no había avisado a su madre de que iba a llegar tarde y yo no tenía teléfono en casa. Mientras me vestía para acompañarla a la suya, me di cuenta de que esa era otra cosa que nunca había tenido que hacer antes, y despedí el taxi en su portal para volver andando, por el mismo camino por el que había regresado desde Galileo 14 muchas veces. Rita vivía en el mismo barrio que Clara, y mi familiaridad con aquel trayecto subrayó lo que sentía con tanta contundencia como si mis pasos fueran trazando una raya que dividiera mi vida en dos mitades. A solas conmigo mismo podía ser cursi, solemne, reconocer que nunca había sido tan feliz como en aquel momento.

Rita no me dejó afiliarme al PCE. Esto es demasiado serio como para que lo hagas por tenerme contenta, me explicó, y además tú eres demasiado importante para nosotros. Si te afilias por mí y luego te cansas, y me dejas, y te perdemos como médico, nunca me lo perdonaría a mí misma, mis camaradas no me lo perdonarán... Me hizo tanta ilusión que no contemplara la hipótesis de que fuera ella quien pudiera dejarme a mí, que no quise insistir, pero busqué otras fórmulas para subrayar mi compromiso, y si en diciembre de 1949 aún no conocía a su tía María Luisa, fue sólo porque no había querido presentármela.

—¿Qué te pasa? Estás muy distraído.

El día 28, Caridad nos animó a salir y fuimos a una tasca pequeña, a dos pasos de su casa, donde ponían un pulpo que le gustaba mucho. Estaba tan rico como siempre, pero apenas lo probé, y me bebí dos copas de vino al mismo ritmo al que habría bebido dos vasos de agua hasta que ella se dio cuenta de que algo no iba bien.

—Estoy cansado —respondí, porque no podía contarle que iba a matar a un hombre el día siguiente—. Pero necesitaba verte —y eso sí era verdad.

—¿No será por lo de Nochevieja? Ya sabes que no tienes por qué venir, si no te apetece. He regañado a mi madre, ¿sabes?, porque no tenía por qué ponerse tan pesada.

—No, Rita, de verdad —alargué una mano sobre la mesa para aferrarme a la suya y comprendí de repente por qué había ido a buscarla—. Me encanta la idea de cenar en tu casa, contigo y con tu madre. En Nochebuena estuve solo y me metí en la cama a las once. No tengo familia, y por eso... ¿Tienes algo que hacer mañana por la noche? —negó con la cabeza y sonreí—. Te invito a cenar. Despediremos el año juntos, en privado, ¿qué te parece?

—Muy bien, pero... ¿Para eso no sería mejor quedar pasado mañana?

—No, el 30 no puedo —y ni siquiera tuve que mentir—. A las ocho de la tarde, la empresa organiza una especie de fiesta en la oficina. No te creas que es gran cosa, mucho vino peleón y poca comida, pero no puedo faltar.

El día en que debuté como asesino, sabía que ella me estaba esperando al otro lado, que cuando volviera a verla, habría salvado mi amor, habría salvado a mi amigo, habría salvado mi causa y que, aunque nunca llegaría a saberlo, Rita Velázquez Martín no sólo me habría comprendido. También habría estado orgullosa de mí.

Eso fue todo lo que me consentí pensar a mí mismo cuando abrí la puerta de la sede de la SECE a las siete en punto de la tarde. Veinticuatro horas antes, había desmontado la pistola para volver a dejarla en su sitio, y lo primero que hice fue reproducir aquella secuencia en sentido inverso hasta que el cofre estuvo cerrado, su llave en el cuarto tomo de las Obras Completas de Goethe, y la Luger, con el silenciador puesto, escondida en el hueco situado sobre el primer cajón del lado derecho del escritorio. Después, abrí la cartera que había traído conmigo. En su interior, junto con una carpeta de piel que contenía tres sobres blancos, había una camisa limpia, que saqué para guardarla en un cajón, y un par de guantes de goma, que acompañaron a la pistola en el hueco del escritorio.

Aquella oficina era una habitación rectangular que sólo tenía dos puertas, la principal y otra pequeña que, a la derecha, daba acceso a un aseo diminuto. El escritorio estaba colocado ante la pared del fondo, bajo la ventana cuyas persianas había dejado bajadas la tarde anterior. En la pared de la izquierda, había una estantería alineada con la puerta de la calle, y en el centro de la estancia, un poco desplazada hacia la derecha pero sin estorbar el acceso al baño, una mesa redonda con cuatro asientos. Confiando en que Adrián Gallardo acudiera a nuestra cita con sus necesidades fisiológicas satisfechas, guardé dos sillas en el aseo, coloqué la tercera en una esquina y empujé la mesa contra ella. Esa maniobra me permitió situar la única silla accesible con facilidad justo de espaldas al escritorio, frente a la cartera que dejé sobre la mesa.

El día anterior había hablado por teléfono con los directores de tres sucursales bancarias y aquella misma mañana había retirado cincuenta mil pesetas de cada una de las cuentas a las que, si todo iba bien, volverían muy pronto. Dejé los billetes en los mismos sobres que me habían entregado los cajeros, con sus fajas de papel y sus gomas correspondientes, dentro de una carpeta cerrada con cremallera, en la cartera con todos los cierres abrochados. Cuando hice todo esto, repasé el escenario, comprobé que no me había olvidado de nada, y me senté tras el escritorio, a esperar.

El timbre sonó tres minutos antes de las siete y media. Cuando abrí la puerta, Adrián Gallardo, muy repeinado, el cabello empapado de colonia barata, me dedicó una sonrisa torcida antes de empezar con mal pie.

—¿Qué? —me dijo—. Estamos nerviosos, ¿no?

600

—Usted, a lo mejor —respondí, y después de cerrar la puerta señalé la butaca situada frente al escritorio—. Siéntese, por favor.

Aquella mañana había escrito lo que iba a decirle, y había ensayado a solas, sin despegar apenas los labios, hasta que conseguí aprendérmelo de memoria. Había roto aquella hoja de papel en pedacitos minúsculos que enterré, dentro de un sobre, en el fondo de una papelera, pero al sentarme frente a él, volví a verla como si estuviera suspendida en el aire.

—Vamos a hablar claro, Adrián. Como ha ido usted a visitar a la señorita Stauffer, supongo que está al corriente de los intereses de la organización a la que pertenezco —hice una pausa para que contestara, pero se limitó a asentir con la cabeza—. Muy bien. Entonces, podrá imaginar que su identidad ha servido para que un hombre muy valioso para nosotros pudiera abandonar el país —volvió a asentir—. Puedo entender que esté desconcertado, pero no puede reprocharnos nada, porque obramos de buena fe. Usted lleva más de cuatro años desaparecido. Nosotros creíamos que estaba muerto.

—Pero estoy vivo —recurrió a la misma sonrisa, una mueca de astucia demasiado torpe para resultar eficaz—. Ese es su problema, ¿no?

—Desde luego. Tanto, que estamos dispuestos a ser muy generosos para resolverlo. En esa mesa —señalé hacia el mueble que estaba a su espalda y se giró en aquella dirección— hay una cartera que contiene ciento cincuenta mil pesetas —al escuchar esa cifra, se volvió a mirarme con los ojos muy abiertos—. Eso es sólo la mitad de la cantidad que estamos dispuestos a pagar por su silencio. Quiero que me entienda bien. No le pagamos para que se encierre en un sótano y no salga a la calle, pero si acepta nuestra oferta, no podrá volver a su pueblo. Puede instalarse donde quiera, en cualquier ciudad donde no le conozcan. Le he dicho desde el principio que iba a hablar claro, y voy a ser muy sincero con usted. Supongo que no le cuento nada nuevo si le digo que mis amigos son muy peligrosos. Si incumple nuestro acuerdo e inicia cualquier reclamación legal para recuperar su identidad, es usted hombre muerto.

—Eso ya lo sé.

—De acuerdo. Pues este es el trato. Usted recibe ahora ciento cincuenta mil pesetas, y dentro de un año, siempre que no nos haya traicionado, la misma cantidad —entonces se me ocurrió algo más, y lo incorporé sobre la marcha, sin pensar en las consecuencias, porque habría pagado mucho más por esquivar la obligación de matar a aquel hombre—. Si usted se compromete a abandonar el país en dirección a cualquier otro que no sea Argentina, le pagaríamos trescientas mil pesetas de una sola vez.

Cuando terminé de decirlo, comprendí que acababa de cometer un error inmenso sin ninguna necesidad. Aquella estúpida ocurrencia había abierto una puerta por la que mi víctima podría escapar con vida, sin ofrecer ninguna garantía de cumplir su parte del trato. Meter a Adrián Gallardo en un barco, camino de cualquier rincón del mundo, no le impediría viajar a Buenos Aires antes o después o regresar a España para renovar las amenazas que encarnaba en aquel instante. Toda mi conversación con él, aquella escena que a Steinbauer le habría parecido una ridícula pantomima, era un recurso para minimizar la violencia de la acción que estaba a punto de cometer, para lograr matarle sin sentirme del todo un asesino. Seguramente, Rolf le habría liquidado por la espalda después de cerrar la puerta, pero yo no podía hacer eso. Prefería anestesiarle, distraerle con una cartera llena de dinero, eliminar cualquier posibilidad de que un antiguo boxeador profesional pudiera oponerme resistencia. En aquel momento me di cuenta de que me disponía a realizar un crimen de cirujano, planificado igual que una operación, y por fortuna, aquel paciente era demasiado desconfiado como para escoger una opción que me habría obligado a sacar la Luger y dejarle frito allí mismo.

—No. No se ofenda, pero no me fío —esa fue su respuesta—. Acabo de llegar a España, a Alemania no puedo volver y... No me apetece viajar. En los viajes pueden pasar muchas cosas, uno nunca sabe con quién puede encontrarse en la cubierta de un barco o en una ciudad extranjera, así que... Prefiero coger el dinero ahora y volver dentro de un año a por más.

—De acuerdo. Voy a comunicarle su respuesta a mis camaradas, que por supuesto saben que estamos reunidos. El dinero está en esa cartera —la señalé con el dedo—. Si quiere, puede contarlo.

—Claro —volvió a sonreír—. No creerá que iba a irme de aquí sin hacerlo.

Mientras se levantaba, descolgué el teléfono. A pesar de que aquella oficina era una simple tapadera, Steinbauer se había empeñado en contratar una línea telefónica, argumentando que la cantidad de dinero que íbamos a manejar desde allí justificaba todas las precauciones. Gracias a su previsión, aquella tarde pude utilizar el teléfono dos veces, aunque en la primera no pasé de discar un número inexistente para hablar con una operadora imaginaria, y sostener después una breve conversación de monosílabos con una serie de pitidos. Esperé a que Gallardo liberara el dinero de todas sus prisiones, y cuando empezó a contar billetes, me levanté. Sin apartar la vista de su cogote, me quité la americana, la dejé sobre la butaca, rescaté la pistola de su escondite y la encajé entre la cinturilla de mi pantalón y mis riñones, sujeta por el cinturón. Después cogí los guantes, y antes de guardarlos en un bolsillo, su tacto intensificó una sensación tan parecida a la que me habría asaltado en la puerta de un quirófano que, si hubiera podido, me habría lavado las manos. Avancé hacia Gallardo muy despacio, y él ni siquiera levantó la cabeza hacia mí cuando llegué a su lado.

—¿Cómo va eso?

—Bien —me miró un instante, no reparó en que estaba en mangas de camisa y siguió contando—. Aunque podría haber pedido billetes más grandes.

—Ya —mientras le daba la razón, saqué la pistola, apoyé el cañón en su cuello, donde sabía que estaba su arteria carótida izquierda, y apreté el gatillo tan deprisa que ni siquiera tuvo tiempo para girar la cabeza.

El disparo hizo más ruido del que yo esperaba, pero todo lo demás se ajustó exactamente a mis cálculos. El chorro de sangre que brotó de la herida ya me había empapado la camisa cuando sujeté con mi cuerpo el cadáver, que siguió sentado, con la cabeza apoyada en mi estómago. Era fácil que un 29 de diciembre, a las ocho menos cuarto de la tarde, ya no quedara nadie trabajando en aquel edificio, pero si no era así, confiaba en que el estrépito que se habría escuchado en el resto de las oficinas de la planta lograra enmascararse en el riguroso silencio que le sucedió. Podría haber estallado un radiador, haberse caído un cuadro colgado a mucha altura, o un objeto inestable situado en el borde de un mueble, me dije a mí mismo mientras esperaba, sin moverme un milímetro, el tiempo necesario para escuchar pasos en el pasillo. Pero si alguien había llegado a escuchar el disparo, no se preocupó por averiguar qué había sucedido. Esperé un poco más antes de ponerme los guantes que llevaba en el bolsillo. Después, con mucho cuidado, aparté los billetes apilados en la mesa con la mano izquierda y sujeté la cabeza con la derecha hasta dejarla apoyada en la superficie de cristal. Luego respiré hondo, fui al aseo, saqué las sillas, me quité los guantes y, desnudo de cintura para arriba, me lavé el torso, los brazos y la cara con jabón y agua fría. Dejé la camisa en remojo, me puse de nuevo los guantes y volví al escritorio, me vestí con la camisa limpia, me senté en la butaca y me costó trabajo encender un cigarrillo. Creí que estaba tiritando de frío pero mis manos temblaban como las hojas de un árbol en un vendaval.

Tardé casi un cuarto de hora en recuperarlas, y trabajé deprisa para marcharme de allí cuanto antes. Sin dejar huellas, desmonté la pistola, la guardé en el cofre, recogí el dinero, lo devolví a mi cartera, escurrí una camisa que había vuelto a ser blanca, aunque conservaba un cerco rosado en la parte delantera, la extendí en el borde de la bañera para que dejara de gotear, y hasta devolví las sillas a la mesa, para colocarlas a ambos lados de la que seguía ocupando mi víctima, un hombre ensangrentado que parecía dormido. Mis manos me obedecían ya sin rechistar cuando descolgué el teléfono, marqué el código de las llamadas internacionales y pedí a la operadora una conferencia con Múnich.

—*Allo?* —cuando me contestó, Rolf ya sabía que no le estaba llamando desde la centralita automática de La Meridiana.

—Ya está hecho —le dije—. Al final, todo ha salido como tú querías.

—*Wunderbar!* Muchas gracias, Rafa. Eres mejor camarada. Nunca olvidaré esto. Ahora puedes descansar. Marcha a tu casa, tranquilo. Unos amigos recogen el paquete. Son profesionales, muy serios, lo hacen bien. ¿Sabes que dejamos libre la oficina?

—No me había enterado —respondí—, pero me parece lo mejor.

—Claro, ya no necesaria. Ingrid se ocupa de todo, habla con el dueño, recoge cosas... Es importante que no dejes nada tuyo allí. Nada, ¿comprendes?

—Sí. Descuida, no lo haré. Feliz Año Nuevo, Rolf.

—Feliz para ti, Rafa.

A las nueve menos diez, eché un último vistazo a mi alrededor, recogí la camisa que había dejado escurriendo en la bañera, hice con ella un rollo que guardé en un bolsillo de mi abrigo, me quité los guantes, los metí en el otro bolsillo, cogí mi cartera, apagué la luz y cerré la puerta con llave. Al bajar las escaleras, sentí una opresión semejante a la que provoca la indigestión de una comida excesiva, como si mi cuerpo estuviera más relleno que de costumbre, mis vísceras inflamadas, tensas, mientras mis rodillas encontraban cierta dificultad en doblarse en cada escalón. El frío del exterior mitigó aquella reacción física, que no desapareció del todo hasta que conseguí librarme de la camisa húmeda, que dejé caer sin detenerme en una papelera de la plaza de Ópera. Cuando volví sobre mis pasos, la calle Arenal me pareció más bonita, la gente más amable, las mujeres más guapas. Estaba aturdido por lo que acababa de hacer, asombrado de haber sido capaz de hacerlo y dispuesto a extirpar de mi ánimo cualquier idea angustiosa relacionada con la culpa. Nunca había matado a nadie antes, me prometí que nunca mataría a nadie después, y me obligué a pensar como un soldado, sólo en la gente que quería.

—¡Qué puntualidad! —a las nueve y cuarto, Rita ya me estaba esperando en la barra de la marisquería donde Rolf y yo solíamos celebrar el éxito de nuestras operaciones—. Y qué guapa estás.

—¿De verdad? —llevaba un vestido ceñido, unos tacones, y se había pintado los labios de rojo, pero sobre todo estaba allí, conmigo, me sonreía, y cuando me besó en las mejillas, comprobé que su simple presencia tenía la virtud de devolver la paz a mi espíritu—. ¿De dónde vienes? Estás helado.

—He dado una vuelta, mientras te esperaba —el guante izquierdo había ido a parar a una papelera de las Cuatro Calles, el derecho lo había tirado en el carro de un barrendero que estaba limpiando la Puerta del Sol, el *maître* me dijo que se alegraba de volver a verme—. ¿Podemos sentarnos al fondo?

Quería besarla, y pude hacerlo varias veces antes de que aquel comedor se llenara. Pedí lo de siempre y Rita se asustó al ver las bandejas que cubrieron pronto la superficie de la mesa, pero disfrutó aún más vaciándolas.

—¿Te ha tocado la lotería?

—No, pero he cobrado la extraordinaria.

—Pues a este paso... —soltó una carcajada sin que la risa disminuyera la velocidad a la que comía percebes—. Te va a durar muy poco.

Un día es un día, respondí, y jamás había sido tan cierto.

Mientras estuve con ella todo fue fácil, pero al quedarme a solas con la noche, las imágenes de aquella tarde me regalaron algo peor que el insomnio. Después de vomitar la cena, volví a sentir aquella extraña hinchazón, el síntoma imposible de que mi cuerpo estaba a punto de reventar, y pasé horas en vela intentando apaciguarlo. Era casi de día cuando recuperé la serenidad suficiente para examinar mi trayectoria del último año, mi complicidad en el criminal comercio que había enriquecido a unos asesinos impunes con el patrimonio de sus víctimas. Jamás habría participado en aquel negocio por mi voluntad, pero si había aceptado la propuesta de Manolo, los sobres que me habían hecho rico con las migajas de la fortuna que había ayudado a levantar, era porque la vida me había puesto delante una oportunidad de trabajar por mis ideas, como decía Steinbauer. El papel que me había tocado jugar en aquella operación era tan complejo, tan equívoco, que a veces llegaba a olvidarlo, a actuar como si no estuviera representando un papel. Sabía quién era Skorzeny, pero sólo podía pensar en Rolf como en un amigo, porque no había sido otra cosa para mí. Y si él no hubiera confiado en mí, si no me hubiera inspirado la cariñosa camaradería que nos había vinculado desde el principio, mi trabajo jamás habría llegado a inspirar la apasionada gratitud de Miss Murray. No había pensado en todo esto hasta aquella noche, pero cuando me fui a trabajar sin haber dormido dos horas seguidas, ya había logrado convencerme de que el asesinato de Adrián Gallardo Ortega había sido, más que un fruto del azar, un acto de servicio.

A pesar de todo, siguió siendo difícil. El miedo intercambió su lugar con la culpa para velar todas las luces con una gasa oscura, siniestra y sucia, que despidió conmigo un año y estrenó otro. Aquella espesura, una gravedad que convirtió los minutos en horas, las horas en una tortura interminable, y mi primera cena en Gaztambide 21 en la agotadora representación de una felicidad que, sin ser falsa, no podía ser auténtica, se disolvió el tercer día de 1950 con la misma docilidad del azucarillo que había dejado caer en una taza de café con leche segundos antes de que la recepcionista de la agencia entrara en mi despacho.

—El portero acaba de subir esto para usted —me tendió un sobre cerrado donde constaba mi nombre y ninguna dirección—. Se lo ha dado un policía armada, de esos que van vestidos de gris —no pude evitar que mi mano derecha temblara al cogerlo, y ella se dio cuenta—. Espero que no sean malas noticias.

Despegué la solapa, leí un recorte de periódico y sentí que me vaciaba de golpe para volver a llenarme de mí mismo en un instante, al fin en la justa proporción.

—No, no son malas —y no tuvo más remedio que creerme, porque le sonreí como si fuera la primera vez—. Muchas gracias.

El cadáver de un hombre indocumentado había aparecido en la Casa de Campo de Madrid el día 1 de enero por la mañana. El redactor de *ABC* que redactó al día siguiente una noticia tan escueta que no ocupaba ni la sexta parte de una columna, hacía hincapié en la fecha para contar que la década había empezado con un gran susto para Z.G.P., el laborioso y madrugador pastor de Aravaca que había descubierto el cuerpo al salir con sus ovejas, como todos los días. Aparte de eso, sólo constaba que la policía no había encontrado ninguna pista de la identidad del muerto ni de las circunstancias de su fallecimiento.

Antes de que acabara mi jornada laboral, llegué a tener dos ejemplares del mismo recorte, porque Ingrid Weiss vino a verme para traerme otro.

—Rolf está muy feliz —me dijo con una gran sonrisa—. Te agradece mucho, mucho, pero ahora es mejor no verte... —frunció el ceño un instante—. No vernos, todos, ¿entiendes?

Después me contó que ya había vaciado la oficina y le pregunté cómo estaba, porque hacía tiempo que no la veía. Como no había recibido ninguna invitación de Galileo 14 aquella Navidad, supuse en voz alta que Clara habría vuelto de su viaje demasiado tarde, o tan cansada que no se había animado a celebrar ninguna fiesta, y al ver el gesto de sufrimiento que me devolvió su rostro, me arrepentí inmediatamente de haberle comunicado mis suposiciones.

—No... Sí... —después de contradecirse, resopló, negó con la cabeza y se puso tan nerviosa que prosiguió en el peor español que le había oído hablar desde que la conocía—. Que, bien... Las mujeres somos locas, ¿sabes?, y ella... Se hace ilusión con Adrián y después no sabe nada con él, para siempre nada, y tú su amigo...

—Ya, ya, lo comprendo, no te preocupes —aquella complicación, que comprendía aunque no terminara de creerla del todo, aceleró el final de su visita y el de mi relación con la red Stauffer—. Son cosas que pasan, Ingrid.

Un mes y medio más tarde, la despedida de Meg cerró definitivamente el círculo, para poner fin a mi vida de agente encubierto.

Todo lo que tenía que hacer después era esperar, y esperé.

ROCKPORT, MASSACHUSETTS, ESTADOS UNIDOS DE AMÉRICA,
1 DE SEPTIEMBRE DE 1950

El ex congresista Burnstein no pasó del encabezamiento.

—Lo siento, pero aquí hay un error —proclamó mientras devolvía el contrato al abogado de los vendedores—. Mi nombre es Saul, con u —y añadió una frase que nunca había pronunciado en presencia de extraños—. Soy judío.

Antes de despedirse, le había pedido a Abby un último favor. Ella se había encargado de gestionar la compra de aquella casa, un pequeño edificio de dos plantas en la península de Bearskin Neck, que se abría a la calle comercial más transitada del pueblo. Las ventanas del segundo piso ofrecían unas vistas tan majestuosas que Saul creyó escuchar la voz del océano cuando las contempló por primera vez. El Atlántico le susurró que no hallaría un lugar mejor para dejar pasar el resto de su vida.

Saul Burnstein había llegado a Rockport por casualidad, poco después de recuperar la u de su nombre. A finales de julio se había quedado solo en Washington. Su suegro, el senador William Mattioli, se había llevado a Gloria y a los niños a Europa, para enseñarles la Toscana de sus antepasados. Saul, que ya no tenía nada que hacer, aceptó en agosto la invitación de Michael Morrison, un congresista por Rhode Island que ni siquiera se contaba entre sus mejores amigos cuando empezó a luchar con la dirección del Partido Demócrata. Michael era más joven que él, provenía de una de las familias más antiguas de Nueva Inglaterra, no tenía ni una sola gota de sangre que no fuera anglosajona y sin embargo se había mantenido a su lado, firme y leal, hasta el último momento, mucho después de que Sammy Cohen dejara de devolverle las llamadas. Saul creyó que en Martha's Vineyard, en la villa donde los Morrison habían veraneado durante generaciones, podría descansar, pero no lo consiguió.

—Perdóneme —el abogado regresó con una nueva copia del contrato que tenía todas las úes en su sitio—. En la información que nos envió su secretaria, figuraba usted como Sal.

—No se preocupe, no tiene importancia —Burnstein leyó el contrato despacio y experimentó una profunda paz al firmarlo—. Ya está, aquí lo tiene.

Michael estaba al corriente de que Sal había roto con su mujer unos días después de abandonar la política. La noticia había corrido como la pólvora por los despachos del Capitolio, provocando la misma incrédula incomodidad que había cosechado la campaña de Burnstein contra Franco. La terquedad del congresista por Nueva York, que hasta 1945 nunca había hecho bandera de su origen, había acabado provocando situaciones muy desagradables entre sus compañeros de partido. Nadie negaba que en principio su reivindicación no fuera justa, pero su insistencia, su inflexibilidad, la inconmovible determinación con la que arrojaba sobre las mesas de los despachos millones de cadáveres en descomposición, acusaba con un dedo ensangrentado a quienes no estaban dispuestos a prestarle su apoyo. Aunque jamás lo había dicho en voz alta, todos ellos interpretaban que pretendía convertirles en cómplices de los asesinos, y en ese punto, su planteamiento desembocaba en un chantaje moral verdaderamente intolerable.

Bill Mattioli había sido el veterano del Partido Demócrata que más se había empeñado en hacerle desistir, el que más veces había pronunciado palabras como realismo, pragmatismo, sensatez, amenaza, comunismo, paz y seguridad, para convencerle de que sus buenas intenciones podrían desencadenar efectos perversos, sumamente injustos, al aplicarse en un contexto internacional tan inestable como el creado por el poderío militar de la Unión Soviética. Su yerno nunca necesitó elevarse al cielo de la diplomacia multilateral para sostener su postura. Insistió con palabras corrientes, como crimen, como dictador, como víctima y asesino, hasta que su suegro le insinuó que quizás sus intenciones no fueran tan inocentes como la fotografía de su familia que llevaba siempre encima. Tú no eres estúpido, Sal, llegó a decirle. Y sólo un estúpido se negaría a comprender que derrocar a Franco es favorecer los intereses de los rusos en Europa. Esas fueron las últimas palabras que Mattioli llegó a dirigirle a su yerno. Después de escucharlas, Burnstein se levantó y salió del despacho del senador sin despedirse.

—Entiendo que estés indignado, Sal —Michael Morrison pareció ponerse de su parte en la larga conversación que sostuvieron en el porche de su casa de verano—. Bill nunca debería haber dicho eso. Es indiscutible que Franco es un tirano, que está ayudando a huir a muchos criminales de guerra nazis, que los demócratas españoles merecen nuestro apoyo, pero...

—Pero ¿qué? No hay ningún pero posible, Michael. Estamos hablando de asesinos de millones de personas, de un régimen que les ampara y garantiza su impunidad. Es una cuestión que no admite ningún pero. Esto no tiene que ver con los rusos, ni siquiera con los españoles, sino con nuestra propia conciencia. Con la mía, al menos.

Cuando Morrison insinuó que el problema tal vez estaba en la dificultad de Burnstein para negociar con su conciencia, para comprender que podía fijarle límites sin mancharla siempre que condujera a la conquista de un bien mayor, Saul decidió marcharse de Martha's Vineyard al día siguiente. Aquella noche no pudo dormir. Se levantó de madrugada, escribió unas líneas para agradecer la hospitalidad de su anfitrión, dejó la nota sobre la mesa del desayuno y, con el sigilo de un ladrón, abandonó la casa. Escogió al azar un negocio de alquiler de automóviles, esperó un par de horas hasta que abrió sus puertas, y alquiló el coche que le recomendaron sin hacer preguntas ni discutir el precio. Cuando arrancó, no sabía adónde iba. Pensó en volver a Nueva York, pero comprendió a tiempo que la compañía de sus hermanos sólo serviría para ahondar su tristeza, y bordeó la costa en dirección norte sin ningún objetivo concreto.

En aquel largo viaje solitario, examinó su situación y descubrió que no tenía miedo. En los últimos seis meses, todo su mundo se había derrumbado. El partido al que le había entregado más de veinte años de su vida le había dado la espalda, pero su abandono no le dolía tanto como la certeza de que la culpa era suya, por haber albergado una esperanza que había resultado ser una monstruosa equivocación. ¿Y qué esperabas, Sal?, le había dicho Andrew Sanders, adjunto al portavoz de los demócratas en el Congreso, Truman no es Roosevelt, las cosas han cambiado mucho, no me digas que no te has dado cuenta... Su mujer había sido menos comprensiva, pero al escuchar su ultimátum, él percibió que estaba deseando que no lo aceptara, porque necesitaba la ruptura tanto como él. Y de nuevo, el divorcio le dolió mucho menos que sus motivos, la aspereza que nunca se habría atrevido a atribuir al corazón de Gloria y la trivialidad de sus argumentos. Sara Burnstein, nacida Berkowitz, había presenciado el ahorcamiento de su marido y había seguido viviendo en Korzcyna, abriendo la tienda todas las mañanas, trabajando de sol a sol para mantener a sus hijos, desafiando la hostilidad de sus enemigos hasta que un odio nuevo, más grande y más puro, la mató. En la otra punta del mundo, una nuera a la que nunca había llegado a conocer, gimoteaba porque ya no la invitaban a ninguna fiesta, porque a los niños les decían en el colegio que eran hijos de un comunista, porque Sal iba a perder la reelección. En la última bronca, Gloria había tirado al suelo la foto del Bar Mitzvá de su marido, y el cristal se había roto en pedazos sobre los amados rostros de sus muertos. Después de eso, no volvieron a hablar, y se entendieron a través de sus respectivos abogados.

—¿La tienda también está en venta? —después de ver el piso alto, una vivienda de dos dormitorios con espacio suficiente para garantizar la comodidad de un hombre solo, se acordó del local que ocupaba la planta baja.

—¿En venta? —el agente inmobiliario se le quedó mirando como si no le entendiera—. Claro, se vende la casa entera.

La belleza de Rockport, un pueblo marítimo, plácido y pintoresco en las fotografías de las postales, pero marcado al mismo tiempo por la poderosa pujanza del mar que lo rodeaba, le sedujo hasta el punto de empujarle a visitar aquel edificio que reproducía a pequeña escala las virtudes del paisaje que lo contenía. Acostumbrado a los precios de Washington, la cantidad fijada por los propietarios le pareció casi ridícula. En lugar de comentarlo, le preguntó al vendedor dónde podría alojarse por una noche. Se quedó tres, y el cuarto día, pagó una señal antes de marcharse. Desde allí, fue directamente al aeropuerto de Boston, devolvió el coche y compró un billete de avión a la capital federal.

Su familia seguía en Italia y pudo entrar en casa con su llave, pero no se quedó a dormir allí. Tuvo tiempo para seleccionar lo que quería llevarse y para escribir una larga carta a sus hijos, contándoles cuánto les quería, dónde iba a vivir y que les recibiría allí con los brazos abiertos siempre que desearan visitarle. Sabía que no volverían de Europa hasta septiembre y él no estaría ya en la ciudad para recibirlos. Durante un par de semanas, instalado en el apartamento que había alquilado para acostarse con su secretaria, fue cerrando todas las puertas que le vinculaban con su antigua vida. Abby acogió la noticia de su partida con una elegancia neutral. Después de afirmar escuetamente que le echaría de menos, aceptó con buen humor el último encargo de quien seguiría siendo su jefe sólo hasta el día siguiente, y hasta le preguntó si podría ir a verle a su nueva casa, aunque los dos sabían que nunca lo haría. Sanders aceptó su dimisión con la misma benevolente simpatía.

—Sólo voy a pedirte una cosa más, Andy —añadió Burnstein mientras se daba cuenta de que era la primera vez en muchos meses que le veía sonreír—. El autor del informe que habéis leído vive todavía en Buenos Aires, rodeado de nazis, fingiendo ser un criminal de guerra más. Ha hecho un trabajo espléndido y se ha arriesgado mucho. Yo ya no podré ocuparme de él, pero os pido por favor que no le abandonéis.

—¡Sal! —Sanders aparentó que aquellas palabras le habían ofendido en lo más profundo de su corazón—. Pero ¿cómo se te ocurre decirme eso? Por supuesto, haremos por él lo que sea necesario, le sacaremos de Argentina, le ofreceremos la residencia norteamericana... Es verdad que es un agente excepcional. Quizás le interese incluso trabajar con nosotros —hizo una pausa y se levantó para decretar el fin de la entrevista—. Te lo he explicado muchas veces. Mi corazón, el corazón de todos, está de tu parte, no lo dudes.

Cuando rescindió el contrato de alquiler del apartamento donde había dormido durante los últimos días, Burnstein firmó como Sal por última vez. Al devolver a su nombre la vocal que él mismo le había arrebatado previamente, se sintió reconfortado, porque no podía hacer mucho más. Él nunca cambiaría tanto como iba a cambiar su vida y, aunque a veces lo deseaba, regresar al yiddish, a la sinagoga, celebrar el sabbath y adoptar los ritos que su hermano Efraim seguía cumpliendo escrupulosamente, le parecía una impostura indigna de sí mismo, de la memoria de todo cuanto amaba. Él había escogido otra vida, había luchado con otras armas, y había perdido. Sólo podía tomar el camino de un extraño exilio, y así, exiliado de sí mismo y de su pueblo, sin necesidad de abandonar aquel que era y no era su país, se sintió al instalarse en Rockport, donde con el tiempo llegaría a conquistar el humilde bienestar de quienes no aspiran a nada mejor que una existencia sin sobresaltos.

Durante los primeros meses se dedicó a arreglar su casa, y descubrió que trabajar con las manos le sentaba bien. Mientras pintaba la fachada de amarillo pálido, una mujer apenas más joven que él, maquillada sin estridencias pero vestida para gustar, con una falda ceñida y una blusa blanca que la hacían parecer más joven, le preguntó cuándo podrían hablar un momento. Saul bajó del andamio, la invitó a un café y aprendió que se llamaba Sarah, igual que su madre. Ella le contó que llevaba casi diez años trabajando en un pequeño café situado junto a una estación de servicio que estaba a punto de cerrar, y se preguntaba si el señor Burnstein estaría interesado en alquilarle el local que estaba debajo de su casa. Se pusieron de acuerdo enseguida, porque él le propuso renunciar a cobrar alquiler y hacerse cargo del mantenimiento a cambio de la mitad de los beneficios, y a ella le pareció bien. La Bearskin Inn abrió sus puertas en el verano de 1951, y aunque no fue un negocio especialmente boyante hasta mediados de la década siguiente, cuando los veraneantes y turistas de todo el país hicieron famoso el nombre de Rockport, Sarah siempre estuvo contenta con aquel trato. Saul pudo dedicarse a pescar, a leer, a navegar y a hacer otras cosas que le ayudaron a olvidar que una vez había vivido de otra manera. Hasta que la noche del 20 de noviembre de 1975, vio en la televisión unas imágenes que le devolvieron al pasado como un invencible hechizo.

—¡Sarah!

Bajó las escaleras corriendo y encontró el local lleno de clientes que apenas le prestaron atención, pero hacían tanto ruido que impidieron que su voz llegara hasta la mujer que atendía la barra.

—Sarah —fue hacia ella y habló sin mirarla—. Pon una ronda, yo invito.

—¿Y eso? —le preguntó su socia mientras tocaba la campana a la que recurría para llamar la atención de sus parroquianos.

Saul no contestó enseguida. Miró a su alrededor y sintió que, en aquel momento, en la Bearskin Inn de Rockport, Massachusetts, cabía también una gran familia judía sentada a la mesa del comedor de una casa de Korzcyna, en la Galitzia polaca. Y allí vio a Sara Burnstein sentada entre sus hijas mayores, Agar y Rebeca, a su hijo David de pie, a un lado, a la menor, Linka, al otro, a Efraim y Elyahu con ellos, y muchos niños pequeños, algunos en los brazos de sus madres, cuñadas y cuñados jóvenes a quienes ya no recordaba bien, cuyos nombres había olvidado y que sin embargo le estaban mirando, y sonreían.

—Se ha muerto Franco —dijo en voz alta—. Vamos a celebrarlo.

Levantó la trampilla que aislaba la barra del resto del local para ayudar a Sarah, que ya había empezado a servir vasos y colocar botellas sobre el mostrador con una sonrisa. No entendía nada, pero aquella noche se quedaría a dormir en el piso de arriba para enterarse de lo que había pasado.

—¿Quién era ese que se ha muerto? —le preguntó un chico de veinte años al amigo que le acompañó hasta la barra, para recoger las cervezas que correspondían a la pandilla que les esperaba en la mesa del fondo.

—Ni idea —le respondió este—. Pero vamos a aprovechar, porque esto no pasa todas las noches.

BUENOS AIRES, 11 DE NOVIEMBRE DE 1950

Manuel Arroyo Benítez siempre había creído que volvería a Europa al terminar su misión, pero en aquel momento no echó nada de menos.

—Te quiero, Simona, y quiero casarme contigo —la expresión de su novia cambió tan deprisa como si entre las dos mitades de una sola frase se hubiera apagado una luz que acabara de encenderse—. Si me dices que no, me volveré a Europa. No hay otra cosa que me retenga aquí, pero eres tan importante para mí que estoy dispuesto a quedarme en Buenos Aires si me dices que sí.

Simona Gaitán Peroni se quedó callada, pero él no se desanimó, porque sabía de antemano que para ella no resultaría fácil responder.

—Decime, gallego... —el germen de una sonrisa asomó entre los puntos suspensivos—. ¿Esto es una declaración o un chantaje?

—Mitad y mitad —reconoció él, y ella sonrió del todo al escucharle, pero su sonrisa no duró mucho.

—Ya estuve casada una vez, ¿sabés? Y no fue lindo.

—La vida no es linda, amor mío.

El sábado 11 de noviembre de 1950, la vida de Manuel Arroyo Benítez se había vuelto tan sumamente fea que, más que una declaración, más que un chantaje, la posibilidad de unirse para siempre a aquella mujer representaba un salvavidas en el vértice de una tormenta, el único principio en el que estaba dispuesto a invertir las fuerzas que le quedaban. Eso no significaba que no amara a Simona, al contrario. Ella conocía mejor que nadie la cantidad, la calidad de su amor, porque había sucumbido a un cortejo tan apasionado e implacable que una de las camareras del Café de los Angelitos le dio un ultimátum antes que Manolo. Mirá, si no lo aceptás, me lo quedo yo, porque a mí nunca me miró nadie como el gallego te mira a vos... Su devoción por aquella mujer era tan intensa que la primera vez que la besó en público, los habituales del café le aplaudieron como si hubiera metido un gol en la final de un Mundial de Fútbol. Y sin embargo, cuarenta y ocho horas antes de pedirle matrimonio, ni siquiera se le había ocurrido la idea de casarse con ella. Aún alimentaba la esperanza de que, antes o después, tendría que convencerla de que se fuera a España con él.

—Tenés un llamado —el día anterior, cuando entró en la sala de profesores a media mañana, una compañera le tendió una nota donde había anotado el nombre y el número de Fred Goodwin—. Es urgente.

Los viernes, a última hora, daba una clase de alemán, pero aquel recado le puso tan nervioso que pidió permiso al señor Brioschi para telefonear desde su despacho. Goodwin le saludó con un acento cuidadosamente neutro, le anunció que al fin tenía noticias de Washington, y le citó a las ocho de la tarde en un bar de jazz situado en la calle Lavalle, a pocas cuadras de la academia, un local penumbroso, nocturno, que a esas horas solía estar vacío. Manolo le prometió que no faltaría, y aunque su controlador no le había dado ninguna pista sobre el sentido de su entrevista, tuvo el presentimiento de que las noticias no eran buenas, pero se corrigió enseguida. Llevaba tanto tiempo esperándolas que se había acostumbrado a vivir como si no fueran a llegar nunca, y la perspectiva de que tantos años de trabajo se resolvieran en una sola palabra, sí o no, le inspiraba una aprensión rayana en la pereza. Lo cierto era que las decisiones que había tomado en marzo de 1949, sin otro objetivo que escapar de la tutela de Kutschmann y de la generosidad del SARE, habían logrado configurar su vida verdadera, una existencia imprevista, y sin embargo más auténtica que los años que había pasado en Madrid como Adrián Gallardo Ortega, o los que había consumido previamente en una oscura oficina de Ginebra cuyo casero le conocía como Felipe Ballesteros Sánchez.

Dos meses después de llegar a Argentina, cuando ya había asegurado una vía entre Madrid y Burnham y contactado con Goodwin, empezó a buscar trabajo por su cuenta. Estaba convencido de que sería un empleo provisional, y sus condiciones le importaban menos que su localización geográfica. Ya había descubierto que Buenos Aires no se acababa nunca, pero descartó cualquier oferta que le obligara a moverse por la ciudad. Necesitaba un trabajo que le anclara en un barrio céntrico, de clase media, lejos de Recoleta, del Barrio Norte, de las zonas residenciales para ricos donde vivían los nazis a quienes pretendía esquivar. Ese era el único requisito que le impulsaba a subrayar o tachar, cada mañana, los anuncios de empleo que publicaban los periódicos, y el que le animó a considerar la oferta de la Academia de Idiomas La Europea, que solicitaba personal para el curso académico 1949-1950.

Más allá del grupo de conversación en español que había dirigido en Madrid, el hombre que optó a aquel trabajo presentando un pasaporte que le identificaba como José Pacheco Hernández carecía de experiencia pedagógica. Sin embargo, hablaba a la perfección inglés, francés y alemán, los tres idiomas más solicitados por los alumnos de una academia cuyas aulas ocupaban dos pisos unidos, en la primera planta de un edificio que había conocido tiempos mejores. Situada en Lavalle, entre Montevideo y Rodríguez Peña, muy cerca del Palacio de Tribunales, cuyos funcionarios aportaban un porcentaje considerable del alumnado, La Europea era un pequeño paraíso de paredes pintadas de blanco, cristales relucientes y mobiliario bien conservado, al que se accedía por una escalera tan vetusta y desconchada como si no tuviera otro propósito que realzar la prosperidad de aquel establecimiento. Su dueño, Héctor Brioschi, porteño de padres italianos que había renunciado en la adolescencia a su Ettore natal, albergaba todos los años la esperanza de trasladar sus aulas a un inmueble mejor, pero aunque los ingresos de La Europea le permitían sostener a su familia con holgura, el negocio no daba para tanto. Después de escuchar que aquel aspirante a profesor nunca había dado clase, pagó su sinceridad con esta confesión, antes de advertirle que, cuando se dominaba un idioma, enseñarlo no era tan difícil.

—La gramática, la sintaxis, eso sí es pesado, pero me sobran profesores que enseñan esas boludeces y luego hablan con un acento repésimo. Si acepta, puedo ofrecerle grupos avanzados, ya sabe, conversación, modismos, vocabulario técnico. Eso no es tan duro, ¿vio?

El sueldo le pareció un poco bajo, pero después de entrevistar a los otros dos candidatos que habían contestado a su anuncio, Brioschi satisfizo las aspiraciones del español, acercándose a los ingresos que había obtenido del SARE desde su llegada al país. El flamante empleado no aspiraba a más, sobre todo después de que don Héctor resolviera el problema del alojamiento.

—Encarna, mi cuñada, que es gallega como vos, bueno, en realidad es asturiana, pero ya sabés que acá todos los españoles son gallegos, alquila dos habitaciones y tiene una libre. Allá estarás como en casa, porque además de hacerte la comida, te lavarán y plancharán la ropa. Tiene un departamento lindo, con mucha luz, en el barrio Congreso, calle Los Pozos entre Irigoyen y Alsina, a unas doce cuadras de acá. Andá a verla de mi parte, por si te conviene...

Doña Encarnación Rodríguez era una mujer inmensa, cuyas carnes se desparramaban en todas las direcciones sin discutir el protagonismo de sus piernas elefantiásicas, dos columnas rollizas como las de un bebé descomunal, y tan gruesas que apenas consentían adivinar el contorno de unas rodillas sepultadas en grasa. Por lo demás era una mujer tranquila, obsesionada por la limpieza hasta el punto de que alquilaba habitaciones sólo para poder pagar a dos criadas que se ocupaban de las tareas que su obesidad le impedía acometer. Pasaba el día siguiéndolas de habitación en habitación, sentada siempre en una butaca de mimbre que las muchachas movían según sus instrucciones, y desde la que supervisaba su trabajo hasta que el último rincón de la casa relucía.

El piso no era exactamente lindo, pero no estaba mal, y el cuarto que le ofreció la cuñada de Brioschi compensaba el defecto de ser interior con una amplitud que hizo menos traumático su traslado desde la avenida Callao. Manuel Arroyo Benítez estaba muy acostumbrado a vivir de pensión, y lo que más le gustó de su nueva casa fue que no lo era. Doña Encarnación sólo tenía otro huésped, el encargado de la ferretería que le dejó en herencia su difunto esposo. Se llamaba Umberto, llevaba casi treinta años trabajando para la familia y, a aquellas alturas, era una especie de hijo adoptivo para su patrona, que había intentado casarle con sus niñas sin éxito alguno. La mayor había elegido a un estudiante de Santa Fe que, al acabar la carrera, se la había llevado a su ciudad natal. La pequeña vivía en Palermo, pero sólo veía a su madre los domingos, cuando venía a comer con su marido y sus cuatro hijos, que ensuciaban en un par de horas todo lo que había costado una semana entera limpiar. De lunes a sábado, en la casa sólo se escuchaba el roce de las bayetas que frotaban sin descanso paredes, suelos y cristales, y la vida era fácil, agradable, porque los únicos problemas de su dueña eran el polvo y la grasa, a cuyo exterminio destinaba una atención tan absorbente que no le dejaba ni un ápice de curiosidad para meterse en la vida de sus huéspedes.

—¡Ay, Pepiño, qué malo es llegar a vieja!

Doña Encarnación, que no estaba tan gorda por casualidad, cocinaba muy bien. Solía servir platos españoles, contundentes, a la hora de comer, y tampoco regateaba en las cenas. Lo único que pedía, a cambio de unas fabadas memorables, era atención para sus penas, una larga sucesión de quejas que intercalaba con rigurosa precisión entre cucharada y cucharada.

—¡Si me hubieras visto a los quince, hecha un figurín! Yo, que me subía a los árboles de niña, igual que un gato, y ahora estoy hecha un asco, ya ves, todo me duele... —a Manolo le costaba trabajo escucharla sin sonreír, mientras la veía vaciar las copas de vino de un trago y dar cuenta de media barra de pan sin dejar de quejarse—. Esta mañana, sin ir más lejos, las piernas no me dejaban vivir. ¡Qué dolor, madre mía! Y la espalda, ya, no digamos...

Era un peaje razonable para sus bondades, y su huésped lo pagaba de buena gana. Así, escuchando las aventuras juveniles de la asturiana, se enteró de que cerca de su casa, en la esquina de Rivadavia y Rincón, seguía existiendo un café muy famoso, que había inspirado una canción cantada por Aníbal Troilo y por Libertad Lamarque.

—Y cuando me casé con mi Santiago, veintidós años tenía yo y podía dejarme caer al suelo con las piernas abiertas, como las bailarinas de ballet... ¡Quién me ha visto y quién me ve! Pues los sábados a la noche íbamos a bailar tango al Café de los Angelitos. Quitaban las mesas pegadas al escenario para que los clientes bailaran, y de vez en cuando hacían concursos... Dos veces nos ganamos el primer premio, y una de ellas estaba Troilo de jurado, no creas. ¿Ves esos trofeos que están en la vitrina? Todos esos me los gané yo bailando tango cuando era una mujer, y no un trasto escacharrado, como ahora...

Durante los primeros meses que vivió en casa de doña Encarnación, el nuevo huésped apenas abandonó su habitación para ir y volver andando de la academia. Invirtió todas las horas libres del mes de marzo de 1949 en preparar sus clases con los manuales y apuntes que le proporcionó don Héctor, y en abril, a medida que iba sintiéndose más seguro en su nuevo trabajo, empezó a organizar sus notas para preparar un informe exhaustivo sobre la red Stauffer. Sólo salía por la noche un miércoles de cada dos, para asistir a las reuniones que organizaba Kutschmann en su casa, y algún sábado, cuando no podía eludir los tours que el alemán le proponía continuamente. Con la llegada del invierno y los exámenes del primer trimestre, empezó a espaciar aún más sus visitas a Recoleta y comprobó que Walter no le echaba de menos, pero un sábado de junio, lluvioso y frío, al caer la tarde tuvo la sensación de que el techo de su cuarto se le caía encima. Mientras oía a través de la puerta los tangos que su patrona escuchaba en el salón, sintió que la noche le llamaba como si tuviera algo que ofrecerle y acató su voluntad sin vacilar. Se vistió, se abrigó, y decidió ir a conocer el templo de los éxitos juveniles de doña Encarnación. Allí vio a Simona por primera vez.

Por las mañanas, cuando estaba vacío, el Café de los Angelitos, un local enorme, apretado de veladores pequeños e iluminado por asépticos globos de cristal, aún conservaba cierta reminiscencia del galpón marginal que había sido medio siglo atrás, cuando un comisario de policía lo bautizó aludiendo irónicamente a la calaña de sus parroquianos, delincuentes de todas las especialidades del oficio. Pero aquella noche de sábado estaba lleno, repleto de luces y de movimiento, como un barco que se moviera al ritmo de la música que ejecutaba una orquestina de viejos intérpretes. El pianista, vestido con la levita de un frac cuyas solapas brillaban por el uso, llevaba el pelo largo. Su espesa melena blanca, inmaculada, contrastaba tanto como su indumentaria con la desnuda cabeza del anciano que tocaba el bandoneón vestido con una simple camisa roja, sobre la que lucía un chaleco de cuero erizado de insignias de metal. Entre ellos, una mujer de grandes pechos y papada de iguana, la boca embadurnada de un carmín rosa chillón que, en lugar de disimularlas, realzaba las arrugas que sumían sus labios hacia dentro, se ocupaba del violoncelo. Sujetaba el instrumento con las piernas cubiertas por unas medias negras muy tupidas, que desembocaban en dos zapatos de charol rojo, acordes con el vestido bordado de lentejuelas con el que habría podido bailar un charlestón treinta años antes. El efecto de decrepitud que semejante trío causaba a primera vista sucumbía al encanto vigoroso, juvenil, de su música, porque la calidad de aquellos tres artistas casi póstumos, que llevaban tantos años juntos que ni siquiera necesitaban mirarse para entrar a tiempo, era muy superior a la suma de sus edades, por más que esta rozara los dos siglos y medio.

Manolo pidió una copa en la barra y se acercó para escucharles mejor, sin prestar mucha atención a las parejas que bailaban. Hasta que de una de las mesas próximas al espacio improvisado como pista se levantó una mujer singular. Tenía el pelo negro y, desafiando la moda de la época, lo llevaba muy corto, en la nuca casi tanto como un hombre, aunque unos mechones lacios, perfectamente disciplinados, enmarcaban su cara como el tocado de plumas de una bailarina de ballet. Su catálogo de rarezas no terminaba ahí, porque sus labios, rojos como fresones, destacaban en un rostro limpio de maquillaje, sin rastro de las estridentes sombras que enrarecían los párpados de las demás. Podía permitírselo porque era joven, aunque no resultaba fácil calcular su edad. Manolo la situó al borde de los treinta años, y sin saber por qué, adivinó que había vivido mucho, quizás demasiado. Esa experiencia impregnaba sus ojos de una oscuridad feroz, afilaba las aristas de una expresión que transmitía algo más que cansancio, y otorgaba una gravedad peculiar al cuerpo elástico, flexible y macizo a la vez, que avanzó sobre dos piernas preciosas hasta el centro de la pista. En aquella noche que la clientela femenina del café había escogido para lucir sus mejores galas, ella llevaba un simple jersey negro de punto, con cuello alto, que revelaba la anchura de sus hombros ajustándose admirablemente, a cambio, a las curvas de sus pechos y las concavidades de su cintura. Su falda, de satén del mismo color, estaba abierta a un lado, en sus tres cuartas partes, por una raja que dejaba entrever su muslo derecho mientras andaba. No llevaba joyas, ni siquiera pendientes, y sus zapatos de tacón alto, sujetos con una goma sobre el empeine, parecían muy gastados. Enseguida comprendió por qué.

Aquella mujer bailaba como un ángel caído, un cisne negro y rencoroso, sin prestar atención al hombre que la acompañaba, pegándose a él para despegarse después como si fuera una columna, un poste de madera, un accesorio imprescindible, pero intercambiable por cualquier otro, para ejecutar su voluntad. Manolo se dio cuenta de que no le miraba, no miraba a nadie mientras bailaba con los ojos fijos en sus propios pies, y él hacía su papel con destreza y sin pasión, prestándole su cuerpo para que ella brillara como una estrella oscura, adornándose con los ojos de quienes la miraban como si fueran un trofeo desdeñable, digno del desprecio que mostraba hacia ellos, hacia todo lo que no fuera el ritmo de su cuerpo en movimiento. Cuando acabó la pieza, la orquesta descansó y ella volvió a la mesa con su pareja. El nuevo cliente aprovechó el silencio para entablar conversación con uno de los camareros, un señor de unos sesenta años que estaba de pie contra una columna, sujetando su bandeja sobre el pecho con una expresión tan apacible como si la sala no estuviera repleta de clientes que reclamaban servicio con el brazo levantado.

—Esa mujer que baila tan bien... ¿Es una profesional? —la sonrisa que recibió a cambio le hizo temer que hubiera malinterpretado su pregunta—. Me refiero a esas bailarinas que cobran por bailar una pieza...

—Y, sí —él le cortó a tiempo—, le entendí, pero no. El hombre es su cuñado, el marido de su hermana —Manolo se fijó mejor y comprobó que entre la pareja estaba sentada otra mujer—. A la

Adelina no le gusta bailar y le presta a su marido cuando vienen juntas.

—Las conoce bien, ¿no?

—Uh, sí, desde chiquitas. Sus padres tenían un restaurante una cuadra más allá, en la otra vereda, y eran muy amigos del dueño del café. Simona es su ahijada, y se crió acá porque siempre le ha gustado mucho el tango. Es sobrina del profesor Peroni, el pianista, ¿lo vio?, que está casado con doña Berta, la chelista, y venía con ellos casi todas las noches. Igual que ahora.

—Así que se llama Simona —murmuró Manolo sin apartar los ojos de ella.

—Simona Gaitán —completó el camarero—. Linda, ¿eh?

—Sí —y por fin se volvió a mirarle—. Es una preciosidad.

—Ajá, pero tenga cuidado, amigo...

Bajó la bandeja y se puso en marcha con pereza cuando las voces de otros camareros que llevaban un rato reclamándole —flaco, ¿qué hacés?, ¿estás de vacaciones, vos?, ¿querés ponerte a trabajar y dejarte de hacer el boludo?— empezaron a atronar en sus oídos. Pero antes de alejarse, se volvió hacia el gallego y terminó la frase que había dejado a medias.

—Tenga cuidado, porque muerde.

A pesar de esa advertencia, Manuel Arroyo Benítez volvió al Café de los Angelitos la noche siguiente, y la otra, y ya no dejó de hacerlo. Así, pronto se convirtió en un cliente más asiduo que la propia Simona, y cuando no la veía, pegaba la hebra con los camareros para aprender cosas sobre ella. Artemio, el viejo que le alertó sobre sus dientes y siempre el más locuaz, le fue contando partes inconexas de la historia que había convertido a la pebeta más linda de Balvanera en una fiera salvaje, pero Manolo no compartió esa opinión durante mucho tiempo. Después de invertir muchas horas de muchas noches seguidas en estudiarla, llegó a la conclusión de que Simona era una mujer triste y, sobre todo, asustada. Tenía miedo, y por eso rechazaba a los hombres que se le acercaban, pero su hosquedad, aquella brusca manera de exigir que la dejaran en paz, la facilidad con la que desembocaba en una violencia verbal fronteriza con el insulto, no era un rasgo de su carácter, sino una cicatriz fea, profunda, que supuraba como una herida infectada. Sus pretendientes, incapaces de distinguirla, huían despavoridos de su lado para no volver, pero él la veía tan bien que nunca dio un paso hacia ella. Sin moverse de su sitio, abandonó a tiempo el proyecto de dar clases de tango cuando intuyó que sacarla a bailar le favorecería menos que estar sentado en su taburete sin hacer otra cosa que mirarla, hora tras hora, noche tras noche, como una garantía de perseverancia, una muestra de la fortaleza que le ayudaría a ganar aquella apuesta.

—Oíme, gallego —porque después de dos meses, fue Simona quien se acercó a él—. ¿Vos no te cansás nunca?

—De ti no —era la primera vez que la veía de cerca, la cara alargada, la nariz griega, larga y fina, demasiado grande incluso en aquel rostro, los labios gruesos, la piel muy blanca, el cabello tan oscuro, a cambio, como las plumas de un cuervo, los ojos almendrados, como dos tajos negros que huyeran hacia las sienes, una belleza difícil que estaba a un milímetro de desmentirse a sí misma y que por eso le abrumó mucho más—. Nunca. ¿Quieres tomar algo?

—Yo, acá, no pago los tragos —le dio la espalda como si pretendiera alejarse de él sin más, pero se volvió de pronto—. Gracias de todos modos.

Se fue a su mesa, la que ocupaba siempre, sola o en la exclusiva compañía de su hermana, o de los músicos, y cuando le sirvieron una copa, la levantó en el aire y le miró. Él respondió al brindis y no pasó nada más, pero aquella noche de agosto vivió esa mínima conversación como un triunfo. Desde entonces se vieron casi a diario, porque ella empezó a ir al café todas las noches y él ni siquiera faltaba cuando quedaba con Kutschmann. Aparecía por allí antes o después, a veces antes y también después, para mirarla, para verla bailar con otros hombres, para levantar su copa en el aire con la tenacidad de un minero que pudiera oler el oro que le esperaba al otro lado, mientras hundía su pico una y otra vez en una impenetrable pared de roca dura. Sin abandonar jamás su puesto en la barra, Manolo Arroyo se convirtió en un especialista en Simona Gaitán, y estaba tan convencido de que al final ella le aceptaría, que no le extrañaron los apoyos que su causa recabó durante aquel invierno.

—Dale, Simona, hacele caso al gallego —cuando se lo pedía Artemio, una de sus parejas de baile más expertas y frecuentes, ella incluso sonreía—. Lo vas a matar. Miralo, uh, cada día más flaquito...

El 2 de octubre de aquel año, cuando Clara Stauffer le propuso que le acompañara a Perú y a Bolivia en el jardín de una quinta de Olivos, rechazó su oferta también por Simona. No sólo era cierto que había conocido a una chica que le gustaba mucho, sino también, y sobre todo, que le resultaba inconcebible alejarse de Buenos Aires, apartarse de la barra del Café de los Angelitos, del taburete donde vivía más y mejor que en casa de doña Encarnación. Aquellos cuarenta y cinco centímetros cuadrados eran lo más parecido a un hogar que había tenido en mucho tiempo, y cuando el coche de Clara partió, se apresuró a encontrar otro que le devolviera a él lo antes posible. No le resultó fácil, porque Freude era un anfitrión tan espléndido que después del asado propuso una merienda, luego una cena fría, y la velocidad a la que desaparecían las botellas vacías marcaba el ritmo de las que se descorchaban en un carrusel sin final ni principio. Walter estaba encantado, dispuesto a amanecer en una de las tumbonas de la piscina, pero Pierre Daye, el invitado de más edad con coche propio, se rindió mucho antes y accedió a llevar consigo a un pasajero. Vivía cerca de la plaza San Martín y el falso Adrián Gallardo mintió al decir que le venía muy bien quedarse allí. En realidad le venía tan mal, que cuando llegó a los Angelitos habían dado ya las once de la noche.

El local estaba tan repleto como todos los domingos, la orquesta tocaba, las parejas bailaban, el barco se movía a ritmo de tango para componer una estampa viva y vibrante, el frenético caleidoscopio de colores y sonidos que le había hechizado la primera vez que traspasó el umbral. Pero él no había ido hasta allí para beber, ni para bailar, sino para mirar a una sola mujer, y antes de ocupar su lugar en la barra, se dio cuenta al mismo tiempo de que estaba en su mesa de siempre y de que algo no iba bien. Un hombre joven, muy borracho, estaba inclinado sobre ella, diciendo cosas que Simona no quería escuchar. Manolo cambió de rumbo, se abrió paso entre la gente, vio que el desconocido la agarraba de un brazo, que intentaba obligarla a levantarse, que ella se aferraba al tablero de la mesa con la otra mano para resistirse, llegó a tiempo de escuchar su voz, andate a la concha de tu madre, y no se lo pensó.

Introdujo dos dedos entre el cuello y la camisa de aquel tipo y movió el brazo hacia atrás con todas sus fuerzas. Le tiró al suelo con mucha facilidad, porque le había atacado por la espalda y porque la borrachera acentuó los efectos de la sorpresa, la falta de reflejos del agresor agredido. Los bailarines más cercanos dejaron de moverse para rodear al hombre tendido boca arriba, que intentaba levantarse cuando el recién llegado se lo impidió, poniendo un pie encima de su estómago. En ese instante, el trío dejó de tocar, y la voz de Manuel Arroyo Benítez reemplazó a la música en un súbito paréntesis de silencio.

—La señora no quiere nada contigo. ¿Está claro? —su víctima no respondió y le pisó un poco más—. Que si está claro.

—Sí —el hombre asintió con la cabeza—. Dejame ya.

Cuando se levantó, la música volvió a sonar. Los bailarines se apartaron para abrir un pasillo que facilitó su huida, y un instante después, todo parecía igual que antes. Pero ya no lo era. Y nunca volvería a serlo.

—¡Ay, gallego! —Simona miró a su salvador con una expresión pesarosa, negando suavemente con la cabeza—. ¿Por qué me lo ponés tan difícil?

Manolo le cogió una mano, se la besó durante un instante más de lo imprescindible, para que sus labios grabaran en su memoria la textura de aquella piel, e hizo ademán de marcharse, pero ella le retuvo.

—Dale, vení, sentate acá —apartó la silla vacía que estaba a su lado para ofrecérsela—. Decime una cosa. ¿Vos sabés dónde está Fortín Tiburcio? —él negó con la cabeza y ella le premió con una sonrisa amarga mientras llamaba a un camarero—. No imaginás la suerte que tenés...

Simona tenía diecinueve años cuando murió Juan Gaitán, su padre, un gallego verdadero, bueno y cariñoso, que siempre la había mimado para obtener a cambio un amor incondicional. En aquella época, Adelina, la más dócil y obediente de las dos, se había casado ya con un chico bueno y trabajador, como los que no le gustaban a su hermana. Simona había heredado el nombre y el carácter de su madre, una mujer decidida, más inteligente y fuerte que su marido, que lo hacía bien casi todo pero no acertaba a traducir en ternura el amor que sentía por él, por sus hijas. En la adolescencia, la pequeña se convenció de que su madre no la quería. Cuando descubrió que estaba equivocada, ya era tarde.

—Mi vieja me advirtió, mi vieja lo sabía. No te casés con ese hombre, Simona, haceme caso, por lo que más querás... Yo nunca la había visto llorar, sólo cuando murió mi papá, sólo en su entierro y aquel día. Si cierro los ojos, todavía veo sus lágrimas mientras me lo decía, no te casés con ese hombre, Simona... Pero yo era pelotuda, tan repelotuda era que no la hice caso. Mi mamá me dijo, pero yo me casé con Renato.

Renato Bley era viudo, y ya tenía treinta y nueve años cuando una Simona Gaitán de veinte recién cumplidos le calificó como la solución de todos sus problemas, la respuesta que habrían cosechado sus oraciones si se le hubiera ocurrido rezar alguna vez. Le conocía desde hacía años, porque cuando venía a Buenos Aires, cada tres o cuatro meses, solía comer en el restaurante de sus padres. Sabía que ella le gustaba y aceptaba sus galanteos por pura vanidad, la satisfacción de seducir a un hombre mayor, rico y apuesto, que llamaba la atención por la arrogancia con la que andaba por las calles, una elegancia de gaucho refinado que no era frecuente en la capital.

—Era bien canchero, ¿sabés? Y bailaba... ¡Uh, cómo bailaba tango, el hijo de puta! Veníamos acá y me regalaba flores, me apartaba la silla, se levantaba cuando me levantaba yo para ir al baño... Yo estaba muy mal con mi mamá. Vivía con ella, trabajaba con ella, estábamos a los puros gritos todo el día y él lo sabía, él se daba cuenta de todo, por eso se quedó acá seis meses seguidos, hasta que me convenció. Casate conmigo, Simona, me decía todas las noches, delante de mi vieja, casate conmigo... Hasta que dije que sí.

Los recién casados se instalaron en la estancia de Bley, unos cuantos miles de hectáreas en medio de ninguna parte, cerca de Junín, al norte de la provincia de Buenos Aires. En otras regiones de la Argentina, Renato no habría llegado a terrateniente, pero en Fortín Tiburcio, un pueblo minúsculo, crecido alrededor de un apeadero ferroviario del mismo nombre, a orillas del Arroyo Salado, era casi un potentado. Antes de llegar a su nuevo hogar, Simona se asustó de la inmensidad de aquella planicie casi desierta donde se veían más vacas que personas, de la pobreza de las calles de tierra, de la soledad de los trigales que su flamante marido le señalaba con el dedo desde el carro tirado por caballos en el que habían ido a recogerlos. La casa era grande y austera, de paredes desnudas y muebles oscuros, pero no estaba vacía. En ella vivían las hermanas de Renato, Augusta y Salomé, una casada, la otra soltera, ambas igual de secas con su cuñada, igual de serviles, de aduladoras, con su marido. Pero él era un buen amante, sabía complacer a una mujer, y mientras fue dulce con ella no hubo problemas. Le regaló una yegua y Simona aprendió a montar, se aficionó a cabalgar por la finca hasta que empezó a amar aquel paisaje, y durante los dos primeros años estuvo casi conforme con su vida.

—Y era todo medio raro, sí, porque él seguía viniendo acá cada tanto, pero no me traía siempre. Cada vez me dejaba más tiempo allá con sus hermanas, que me vigilaban como si fuera una res, y andaban pendientes de mi menstruación, como obsesionadas con eso, ¿sabés? Yo no me quedaba encinta, no hacía nada para evitarlo, pero no me quedaba... Entonces, Augusta me dijo que consultara con un doctor, y en uno de los viajes de Renato me acompañó a Junín, a la clínica del que había tratado de siempre a su familia. Era un hombre grande, muy simpático, que se extrañó mucho al verme por allá. Usted no puede tener hijos, señora Bley, porque su marido es estéril. Él lo sabe, me consultó con su primera esposa, hicimos pruebas... Se lo conté a Augusta y me dijo que era imposible, que la culpa tenía que ser mía. Y cuando Renato volvió de Buenos Aires y se enteró de lo que había hecho, me agarró a golpes y me machucó dos costillas. Eso fue sólo el principio.

Fue un principio muy largo, muy tenebroso, que se prolongó durante siete años de la vida de una mujer tan joven que retrocedió a la infancia casi sin darse cuenta, hasta que se halló sometida a la voluntad absoluta de un hombre que disponía de su vida como si fuera su padre. Renato le compraba la ropa, los zapatos, decidía cómo iría vestida cada día, supervisaba su peinado, ordenaba los menús de sus comidas, le decía si podía salir o no a dar un paseo por la tarde, hasta dónde le estaba permitido llegar y a qué hora tendría que volver, y la premiaba, la castigaba sin valorar sus acciones, según el capricho de su voluntad. Y Simona, la hija rebelde, la niña que se pegaba con los muchachos en los descampados, la temeraria jovencita que siempre se había salido con la suya, se rindió a la autoridad de aquella bestia sin llegar a entender por qué lo hacía, porque le daba demasiado miedo preguntárselo. Todos los años, cuando se acercaba el mes de abril, Renato le anunciaba que la llevaría a Buenos Aires para que celebrara su cumpleaños con su madre y con su hermana. Ese regalo aparejaba dos palizas, una antes, para que no contara nada, y otra después, por si se le ocurría pensar en quedarse allí. Entonces, y siempre, los besos, el sexo, los mimos, se alternaban con los golpes, y las palabras de amor eran más apasionadas, más tiernas, cuanto más oscuras eran las manchas estampadas en su piel. Simona se acostumbró a vivir así, confundió el terror con la culpa, llegó a sentirse responsable de lo que le pasaba, por irritar a su marido, por no hacer las cosas lo bastante bien, por no ser capaz de concebir un hijo de un hombre estéril. Pero aunque Renato logró que su mujer sintiera que era basura, aunque llegaba a la capital cargado de regalos comprados en las mejores tiendas, aunque Simona lucía en cada cumpleaños joyas más grandes y más caras, nunca logró engañar a su suegra.

—Mi mamá empezó a venir a verme cada tanto, sin avisar. Se quedaba en un hotelito de Junín, agarraba un tren y se presentaba en Fortín Tiburcio. Entonces era cuando más miedo pasaba yo, porque la quería tanto, necesitaba tanto verla, pero Renato se ponía bravo, la trataba mal. Ella me veía flaquita, encogida y... Hace cuatro años, tenía yo veintisiete, me encontró enferma en la cama, con una fiebre que no me bajaba, porque mis cuñadas no quisieron comprarme remedios, no avisaron a nadie, decían que era una holgazana, que no quería trabajar. Mi mamá trajo a un doctor, me compró antibióticos, se quedó tres noches a mi lado, hasta que me mejoré. Luego le dijo a Renato que quería llevarme con ella a Buenos Aires hasta que me recobrara del todo, y él... Yo escuché los gritos, me levanté, vi cómo la echaba de la casa a empujones, tomándola del cabello, a mi mamá, mi pobre vieja, como me agarraba a mí... Le dijo que si volvía, nos mataría a las dos. Ella fue a denunciarlo a los gendarmes, y no podemos hacer nada, señora, le dijeron, es su marido.

Simona no volvió a recibir una carta de su familia, porque su cuñada Salomé se encargó desde aquel día de recoger el correo. En su vigesimoctavo cumpleaños, su marido le ofreció como regalo el anuncio de que nunca volvería a poner un pie en Buenos Aires. Ella correspondió con una promesa secreta. No cumpliría treinta años en Fortín Tiburcio, no lo haría aunque tuviera que suicidarse para impedirlo. En el instante en que fue capaz de pensarlo, de imaginar la cólera de Renato ante su cadáver, volvió a ser ella misma. Se veía muerta, desmadejada en el suelo del baño, le oía gritar, lamentarse, emprenderla a patadas con su cadáver, y sonreía al pensar que aquellas patadas ya no le dolerían. La muerte le parecía un bálsamo pacífico, indoloro, un destino muy preferible a la vida, y aquella conjura le devolvió el aliento, la entereza precisa para comprender el perverso mecanismo que había logrado sujetarla a una cadena cada vez más corta. Porque estaba lejos, porque estaba sola, porque no podía cruzar una palabra con nadie que no dependiera económicamente de Renato, porque el mundo, su mundo, no existía más allá de los límites de la estancia, de una alambrada concebida para impedir por igual que escaparan las reses y Simona Gaitán. El conocimiento la hizo más fuerte, más inteligente, y alivió las condiciones de su existencia cotidiana, porque le proporcionó un motivo para acatar las normas, para eludir las palizas, para contentar a sus cuñadas. La contrapartida fue descubrir que no quería morir, aunque durante mucho tiempo creyó que nunca encontraría la salida del laberinto.

—Y el hijo de puta se dio cuenta. Estás muy mansita, vos, me decía, ¿qué pasó?, y me pegaba igual, pero yo ya no lloraba. Pensaba en escapar todo el tiempo, de la mañana a la noche, y él no me dejaba nunca sola, como si lo supiera. Eso le costó la vida, mirá, porque yo pensaba, y pensaba, pero era difícil, ¿sabés? Mató a mi yegua de un tiro, yo no sabía manejar, dormía en un cuarto cerrado con llave... Así cumplí los veintinueve, pasaron los meses, y ya creí que tendría que matarme cuando un día de enero empezó a llover... ¡Uh, cómo llovía! Como si se vaciara el cielo, qué increíble, un día, y otro, y otro más, no paraba de llover y todo se inundó. El Arroyo Salado, que es bien grande a pesar de su nombre, creció tanto que no se distinguía tierra entre el río y una laguna inmensa que llaman Mar Chiquita. Había llovido mucho otras veces, pero nunca tanto, tantos días seguidos, y el agua removió la tierra, desprendió la alambrada, un peón entró a la casa a la hora de comer, mis cuñadas gritaron porque a cada paso dejaba un charco en el suelo pero él gritó más fuerte, las reses, patrón, el agua se lleva las reses... Mi marido se levantó, cruzó la sala y se volvió de pronto. Vestite, me dijo, vos venís conmigo.

Salieron en la camioneta, los dos solos. El camino había dejado de existir, pero Renato conducía de memoria, levantando dos cortinas de agua a los lados del coche. Simona tenía mucho miedo porque no veía la tierra, sólo unos charcos amarronados, terrosos, sobre los que las gotas se sucedían con tanta violencia como si pretendieran borrar la memoria de la llanura para siempre. La lluvia entraba por las ventanas cerradas, las vacas sueltas mugían de desesperación y la alambrada había desaparecido. El jeep se paró un par de veces, pero su marido volvió a arrancarlo y siguió conduciendo hasta la orilla, donde los restos de la valla caída habían atrapado al ganado, impidiendo que cayera al centro del río, aunque la fuerza de la torrentera que bajaba a toda velocidad, arrastrando piedras, ladrillos y hasta árboles enteros, ya se había llevado a algunas reses. Renato bajó del coche con una soga, se acercó a las vacas, rescató a una, luego a otra, y Simona estaba pensando que su esfuerzo era absurdo, porque los animales que había sacado del agua seguían estando rodeados de agua por todas partes, cuando de repente dejó de verlo.

—Pero lo escuché. Dale, Simona, traé una cuerda, lo que sea, apurate, rápido, Simona... Me acerqué a la orilla, muy despacio, y le vi allá abajo, tan indefenso, tan débil de pronto, el hijo de puta. Había resbalado y estaba agarrado a una raíz chiquita que se quebró enseguida, antes de que yo pudiera desprenderla con el pie. El agua se lo llevó mientras yo lo miraba. Habría querido matarlo, no salvarlo, y no pude hacer ni una cosa ni la otra, pero cuando vi que su cabeza chocaba contra una roca, que la espuma del agua se volvía roja, pensé que era imposible, que aquello era demasiado bueno para mí, demasiado para ser verdad. Y entonces, justo entonces, dejó de llover, ¿lo podés creer? Después de cuatro días y tres noches, dejó de llover. Yo miré al cielo, vi las nubes que andaban rápido, me saqué la capucha del impermeable y ya no cayó agua, ni una gota, aunque el río seguía bajando igual de bravo, pasó casi una semana hasta que todo se secó. Me volví andando, despacio, y tardé más de dos horas. No me perdí, ni tuve miedo, ¿sabés? No. Tardé, solamente, porque me acordé de mi mamá, y lloré mucho, y dejé de llorar, y sentí que todo se volvía más grande, el mundo, el campo, mi pecho. Respiraba tan bien, nunca había respirado así desde que estaba allá... Mis botas hacían ruido en el agua, y me gustaba el sonido, y el cielo se abrió, dejó ver un pedacito de azul, y me paré a mirarlo. Por eso tardé tanto, porque ya podía volver cuando quisiera, y no fui a la casa, sino a Fortín Tiburcio, a avisar en la gendarmería. Después, ellos me llevaron a la estancia en su auto. Renato empezó a aparecer tres días más tarde, el tronco con una pierna casi entera y medio brazo, después el otro, luego una mano, y así. La cabeza fue lo último que encontraron, y ni siquiera estuvieron seguros de que fuera la suya porque lo que apareció fue puro hueso. Lo demás se lo comieron los peces.

Simona Gaitán cumplió treinta años en Buenos Aires. La autoridad de Renato Bley no sobrevivió a su muerte ni un instante. Lo primero que hizo su viuda fue cortarse el pelo, para que nadie pudiera arrastrarla de él por el suelo nunca más. Luego tomó posesión de la casa, la mitad de las tierras y un capital considerable, por más que sus cuñadas intentaran desacreditarla, hablando mal de ella con todos los vecinos y contratando a un abogado que ni siquiera les cobró, porque era imposible evitar que heredara los bienes de su marido. Su cuñado Pedro, el de Augusta, fue más amable porque comprendió que tendrían que seguir tratando de la estancia con Simona durante muchos años. Cuando arregló los papeles con él, la viuda de Bley puso los dos pies en su querido barrio de siempre, se compró un piso en la calle Rivadavia, en el edificio contiguo al de su madre, y no le contó su vida a nadie hasta que la amorosa perseverancia de Manuel Arroyo Benítez la desarmó.

—¿Y para qué querés vos una mina como yo, gallego? —le preguntó al final—. Hay tantas pibas lindas, sencillas, buenitas... Buscate una. Yo ya viví, ¿sabés? Yo no puedo darte...

Nunca terminó aquella frase. El gallego se inclinó sobre ella, la besó, y Simona no dejó de responderle ni siquiera cuando estalló una ovación a la que Artemio se sumó entrechocando dos bandejas como si estuviera tocando los platillos. Aquella noche, el hogar de Manuel Arroyo Benítez se ensanchó, se iluminó, creció desde los cuarenta y cinco centímetros cuadrados que ocupaba un taburete en la barra de los Angelitos hasta el tamaño exacto del cuerpo de Simona Gaitán. Su hospitalidad fue tan decisiva que sólo al alojarse en él, Manolo comprendió la exacta dimensión de su pobreza. Mientras lo colonizaba despacio, atento siempre a la dolorosa magnitud de la cicatriz que había llegado a suplantarlo, descubrió que aquella mujer, extremadamente sensible a la alegría, a las caricias, al placer que le había faltado durante tanto tiempo, no necesitaba el amor menos que él mismo.

A punto de cumplir cuarenta años, había invertido casi la mitad de su vida en una lucha incesante contra la derrota, un fracaso que le había perseguido como un perro de presa de Ginebra a Londres, de Londres a Valencia, de Valencia a Madrid, y de vuelta a Valencia, a Ginebra, a Madrid, para seguir su rastro hasta Buenos Aires sin dejar de invadir jamás el centro y los márgenes de todos sus horizontes. Cada mañana que despertaba al lado de Simona, era más consciente de que no había sido capaz de construir nada, ni una vocación, ni una casa, ni una familia, ninguna variedad de una existencia plena, siquiera apacible. Por no tener, no conservaba ni su propio nombre. Lo había ido perdiendo de impostura en impostura, de pensión en pensión, en la larga sucesión de vidas prestadas, robadas, falsas, que resumían lo que debería haber sido la vida auténtica de Manuel Arroyo Benítez. En ese aspecto, su experiencia no era muy distinta de la de la mujer a la que amaba. Él también arrastraba la memoria de unos años frustrados, consumidos en vano, no tan crueles, pero más largos e igual de inservibles.

Hasta que se unió a Simona Gaitán, ni siquiera se había dado cuenta. Jamás habría escogido esas palabras para contarle su vida a nadie, pero al asumir que su futuro sólo podría llamarse como aquella mujer, quiso creer que su amor era un símbolo, un indicio, la promesa de una victoria final, definitiva. Con esa esperanza, el 10 de noviembre de 1950 empujó la puerta del bar de jazz donde le había citado Fred Goodwin, y lo primero que vio al entrar le inflamó el corazón.

—¡Pinche gachupín!

Margaret Carpani Williams se abalanzó sobre él para abrazarle y, mientras la rodeaba con sus brazos, Manuel Arroyo Benítez se dio cuenta de que extrañaba su estatura, los contornos de su cuerpo largo y huesudo, su acento, su olor, tan distinto al de Simona. Aquella extrañeza le conmovió, porque la gringa loca era la mujer a la que más había querido durante muchos años y, al mismo tiempo, un ingrediente esencial de la íntima pobreza que un amor diferente había dejado al descubierto.

Meg, que nunca se había entregado del todo y nunca había esperado más de él, había sido una primavera templada, el cielo salpicado de nubecillas blancas, amables pero capaces de ocultar el sol, de un clima al que nunca había llegado el verano. Sin embargo, a su manera parcial, reservada, entre la amistad, la camaradería y el sexo, Manolo la había querido mucho, y después de probar otra clase de amor, que le secaba la boca, y le estrujaba el corazón, y convertía la ausencia de Simona en ansiedad, su presencia en un estallido jubiloso, tan intenso que casi le hacía daño, aquella tarde comprobó que la seguía queriendo igual. Meg no tenía poder para modificar, menos aún para amenazar su flamante realidad, porque provenía de otra distinta, pero el desconcierto sentimental en el que le sumió su inesperado reencuentro con dos personajes del pasado, aquella mujer y una versión caducada de sí mismo, no le impidió preguntarse por la razón concreta de su aparición. Al verla, se había dicho que sólo podía haber venido para celebrar un triunfo común, pero tras escuchar sus primeras palabras, ese optimismo se diluyó en una pavorosa incertidumbre.

—¡Qué guapo estás, Manolo! —la conocía tan bien que sus elogios le comunicaron en un instante la información que pretendían aplazar—. Estás padrísimo, qué bien te sienta el Río de la Plata, me alegro mucho de verte así...

Por eso no encontró ninguna manera de corresponder a sus piropos. Cuando Meg deshizo su abrazo, se quedó de pie en el centro del bar, mirando alternativamente a su amiga y al agente que la acompañaba, con dispares resultados. Ella le miraba, sonreía, pero él había bajado la vista para fijarla en el suelo, como si allí fuera a encontrar una flecha que le señalara el mejor camino para escapar. Desde que se mudó a Ginebra por primera vez, en el otoño de 1931, su vida, pobre o rica, buena o mala, le había convertido en un experto en derrotas diplomáticas, y no necesitó más pistas para reconocer la que sería la última.

—No vais a apoyarnos, ¿verdad? —le asombró su propia serenidad, el aplomo con el que pronunció esas palabras como si sus labios pudieran cincelarlas, grabarlas para siempre en una losa de granito—. Tampoco ahora. Nos dejáis solos, como siempre.

Meg caminó despacio hasta la mesa, se sentó en una butaca, posó la mano derecha en la que estaba a su lado.

—Ven —le dijo desde allí—. Siéntate.

Media docena de pasos bastaron para que se sintiera más viejo, más cansado que en cualquiera de sus fracasos anteriores, porque nunca se había implicado tanto, porque nunca había hecho tan bien lo que le habían encomendado pero, sobre todo, porque tenía la certeza de que acababa de quemar el último cartucho. Había llegado al final del camino, y la meta le resultaba tan familiar, tan semejante a las que habían coronado las etapas anteriores, que se preguntó si tenía algún motivo para seguir allí. Presintió que no escucharía nada distinto de lo que había oído antes, tantas veces, en Ginebra, en Londres, en Ginebra otra vez, y calculó que la saliva que iba a gastar sería un derroche superfluo, el precio de un esfuerzo agónico y estéril, condenado al fracaso. Mientras dudaba entre sentarse o no, las piernas rozando el borde del asiento, hizo un amargo balance. Había esperado mucho tiempo, había corrido muchos riesgos, se había tragado más sapos que nunca para llegar a ese lugar, ese momento, y no tenía ninguna gana de estar allí.

La atmósfera de aquel bar conocido se había contaminado de pronto para producir un aire turbio, insano, que le impedía respirar bien. El techo parecía más bajo, las paredes más juntas, la música, el insoportable chillido de un centenar de trompetas agudas y estridentes. Los colores y las formas de los muebles dibujaban un paisaje tan hostil como si aquel lugar fuera su enemigo, o un amigo leal que le estuviera alertando a tiempo de los ominosos peligros que le acechaban, los argumentos que se derramarían sobre él como una avalancha de rocas voraces, dispuestas a sepultarle sin piedad si no salía corriendo de allí. Mientras tanto, la calle Lavalle le llamaba. Él escuchaba su voz, un cálido susurro que indicaba la senda de la única salvación posible, avanzar entre tantas minas lindas, sus brazos desnudos en el templado atardecer de primavera que prometía un verano cierto, sofocante, buscar a Simona Gaitán, encontrarla, refugiarse en su cama, cubrirse con sus sábanas, abrazarla antes de caer en un sueño profundo y no despertar nunca más. Eso era lo que quería hacer, y sin embargo se sentó, miró a Fred Goodwin, a Meg Williams, y él mismo escanció el veneno hasta el borde de la copa que le correspondía beber.

—Los crímenes de guerra no han sido suficientes, ¿no? Millones de muertos inocentes, centenares de asesinos impunes paseándose por el mundo, como si fuera su casa, gracias a la protección del asesino de El Pardo y a la hospitalidad de Perón. Total, ¿qué significa eso? Nada, un pequeño inconveniente de la Historia, un accidente...

—No digas eso, Manolo —la voz de Meg había adelgazado como si las palabras que acababa de oír le hubieran contagiado la misteriosa enfermedad a la que el bar había sucumbido antes que ella.

—¿Y qué quieres que diga? —su amiga no respondió, no le miró siquiera, y él comprendió por qué y para qué se había quedado—. Déjame hablar, por lo menos. Hablar es lo único que puedo hacer, porque soy español, un paria de mierda, un ciudadano de quinta categoría, un desgraciado que tuvo la mala suerte de nacer en un país que no le importa a nadie.

—No se trata de eso —Goodwin intervino con un acento tan cauteloso, tan objetivo y civilizado, que Manolo tuvo que reprimir el impulso de meterle una hostia—. El mundo ha cambiado. Stalin es el motivo...

—Stalin ganó la guerra para vosotros —sus dientes chirriaron en el esfuerzo de escupir las palabras sin chillar—. Sin Stalin nunca habríais entrado en Berlín. Entonces no os importaba que fuera un tirano, ¿o es que no lo sabíais?

—El mundo ha cambiado —repitió Goodwin.

—Y tanto que ha cambiado. Ahora mimáis a vuestros enemigos, invertís millones de dólares en Italia, en Alemania, en Austria, los habéis convertido en países democráticos, les habéis devuelto su independencia, su dignidad y su orgullo. Pero los españoles no merecemos tanto, no merecemos nada, aunque fuimos los únicos que luchamos contra el fascismo. O, a lo mejor, ese fue nuestro pecado, ¿no?, habernos atrevido a ser antifascistas sin contar con vosotros, sin pediros permiso, sin implorar vuestras providenciales ayuditas, esos desembarcos que no habrían valido una puta mierda si Stalin no hubiera avanzado desde el este. Como nos hemos atrevido a no deberos nada, ahora el amigo de vuestros enemigos es vuestro amigo, y los enemigos de Franco son los vuestros. Hay que joderse.

Se había acelerado tanto que notaba el volumen, el grosor de su lengua dentro de la boca, el regusto ácido que posaba en su paladar aquella verdad inmutable, que llevaba diez años sepultada bajo la ilusoria esperanza de un final feliz que nunca llegaría. Durante más de diez años se la había tragado mientras asistía impasible al llanto de cocodrilo de todos esos hombres, todas esas mujeres que se llevaban un pañuelo a los ojos al escuchar la palabra España, e imploraban su compasión ante el trágico dilema que les impulsaba a negarle su ayuda una vez más. Durante más de diez años había sacrificado la verdad a la esperanza, un océano de fe que, después de 1945, había encogido para caber con progresiva holgura en una tubería cada vez más delgada, por fin un grifo tonto, averiado, que había goteado de tarde en tarde hasta quedarse definitivamente vacío, seco para siempre, en un bar de Buenos Aires.

La esperanza acababa de morir y había dejado un huérfano que necesitaba llorarla, celebrar su duelo, despedirla dignamente. Para eso se había quedado, por eso hablaba, para presidir la ceremonia de una verdad que aquella tarde, en aquel lugar, sólo podía oficiar él. Y hablar le dolía, pero no estaba dispuesto a dejar de hablar, porque las palabras eran la última propiedad que conservaba, el único bien con el que podía rellenar su maleta de apátrida, el postrero instrumento de su memoria, que aún podía ayudarle a pronunciar su verdadero nombre, el apellido de su padre, el de su madre, la identidad que había quemado, junto con su juventud, en el ingrato altar de la esperanza. No estaba dispuesto a renunciar a esas palabras que fluían solas, como si navegaran en un río de aceite que inundara su cabeza para conectar su cerebro con su boca, como si supieran escogerse a sí mismas, precipitarse unas sobre otras hasta componer frases completas que hilaban un discurso que jamás le había parecido tan nítido, tan abrumadoramente contundente, tan exacto, como aquel día en el que la verdad ya no servía de nada, para nada.

—El fascista que triunfó gracias a la ayuda del Eje aplasta con su bota a un país entero, sembrado de cadáveres, y vosotros le dais la vuelta a cualquier lógica, le bendecís, le apoyáis, no estáis dispuestos a molestarle, ni a él ni a los criminales a quienes protege. Y los españoles seguimos siendo tan gilipollas, tan ingenuos, que nos jugamos la vida todos los días, esperando a que os deis cuenta de que existimos. Pero no, porque para nosotros el mundo no ha cambiado y no cambiará. El mundo no cambia cuando se vive bajo una dictadura. En España, todos los días son el mismo día, pero a vosotros eso os toca los cojones, ¿no?, porque siempre hay un enemigo nuevo, un asesino más odioso, un peligro más urgente. Y siempre podéis decir que la culpa es nuestra, porque la República se echó en los brazos de la Unión Soviética cuando no existía ningún otro lugar en el mundo al que pudiéramos acudir, cuando vosotros nos cerrasteis todas las puertas, cuidando de dejar abiertas de par en par las que Hitler y Mussolini usaron para ayudar a Franco. Nuestro error fue luchar, intentar vivir, no querer morir. Nos habría ido mejor si hubiéramos muerto. Con medio metro de tierra encima, sí habríamos merecido ser vuestros aliados. Eso ya lo sabía, con eso ya contaba, pero no esperaba que las pilas de cadáveres de las cámaras de gas os importaran lo mismo que nosotros. Qué ingenuidad, ¿no? Total, los judíos que murieron, muertos están, y a los que siguen vivos, ya les hacéis muchos homenajes, así que, ¿qué más quieren?

En ese momento dejó de hablar. Había dicho lo que tenía que decir y habría podido seguir hablando durante horas, pero las razones de su silencio no tenían que ver con las palabras, sino con su cuerpo. No recordaba cuándo había distinguido por última vez aquel velo húmedo que empañaba sus ojos como una cortina fea, blancuzca. No sabía cuántos años había vivido sin sentir aquella peculiar congestión en la zona alta de la nariz, la contracción de unos labios que se fruncían por su cuenta, sin que él lo hubiera ordenado. Había pasado tanto tiempo que no podía fijar, ni siquiera por encima, la fecha de su último llanto, pero estaba a punto de llorar y no quería hacerlo allí.

—Me voy —su voz se quebró contra su voluntad—, tengo muchas cosas que hacer.

Miró hacia la mesa, calculó el precio de una copa de vino que no había tocado, sacó la cartera, separó unos pesos y los dejó encima de la mesa. Luego intentó levantarse, pero no lo consiguió del todo, porque Meg le agarró de una muñeca, tiró de ella hacia abajo, consiguió que se sentara de nuevo y aprisionó sus dos manos con las suyas, como si pretendiera asegurarse de que no escaparía.

—No te vayas, Manolo —su súplica estaba envuelta en el eco gutural, casi cavernoso, que él había puesto tanto cuidado en evitar—. Por favor, no te vayas. Sigue hablando, di lo que se te antoje, porque tienes razón. Yo sé que tienes razón, y no puedo dejarte marchar así porque estoy de acuerdo contigo, porque lo que ha pasado me da tanto asco como a ti —a ella no le importó llorar delante de él—. Yo habría hecho cualquier cosa... Tú lo sabes... Dime que lo sabes.

El llanto de Meg pulverizó su rabia, limó las aristas de su espíritu, allanó su indignación para sumergirle en un pantano húmedo y destemplado, un barro pestilente, espeso, frío, que le privó del consuelo del grito. Al darle la razón, Meg se la concedía a sí misma y Manolo sabía que era sincera, pero hasta su sinceridad le dolía, le hería como un palo aguzado que, en cada uno de sus sollozos, penetrara un poco más en su garganta para remover la pena, una tristeza que se fue haciendo más honda, más densa, hasta aspirar a ahogarle en una orfandad sin límites. Sentía que no podía más, y sin embargo tenía que poder, tenía que pensar en Azcárate, tenía que pensar en Guillermo, en la mejor manera de neutralizar la operación paralela que él mismo había puesto en marcha. Tenía que hacer muchas cosas antes de quedarse a solas con su culpa, antes de aprender a vivir con el recuerdo de aquella iniciativa que le había parecido tan brillante y sólo había servido para derrochar infamia sobre la infamia, fracaso sobre el fracaso. Tenía mucho que pensar, mucho que hacer, y no podía quedarse allí, viendo llorar a Meg, dividido entre las ganas de abrazarla y la certeza de que no era capaz de hacerlo, paralizado y tan solo como si no tuviera otro igual en el mundo.

Pero Fred Goodwin tomó la palabra a tiempo, y mientras le escuchaba, Manolo comprendió que, después de aquel día, ella enjugaría sus lágrimas para volver al trabajo, como él, y ambos desempeñarían otras tareas en nuevos destinos, puestos seguros en los que se sentirían útiles mientras combatían las injusticias del mundo y dormirían de un tirón, sin asumir las culpas que nadie podría adjudicarles. Porque las guerras se ganan o se pierden, y Manuel Arroyo Benítez, cuyas culpas nunca serían perdonadas, jamás podría viajar en el barco de los vencedores. Eso no hacía a Meg menos sincera, menos solidaria ni apasionada de la causa de España, pero la intervención de su colega ahuyentó el llanto para ponerle las cosas más fáciles.

—A pesar de todo, tengo que decirte que en Washington están muy impresionados con tu trabajo —los ojos del falso jugador de polo estaban secos, su acento caribeño intacto—. Aunque tú pienses ahora mismo que no ha servido de nada, lo que has hecho es una auténtica hazaña. Mis superiores no sólo están dispuestos a sacarte de Argentina cuando quieras, mañana mismo si hace falta —y sus labios se curvaron en una sonrisa de satisfacción que su interlocutor no logró explicarse—. Me han encargado que te ofrezca además la ciudadanía norteamericana, y que te comunique sus deseos de incorporarte a nuestro equipo. Es una gran oportunidad para ti. Trabajar con nosotros sería una manera excelente de seguir presionando...

—No sigas, no te molestes.

Manuel Arroyo Benítez se levantó al fin, como si las palabras del diplomático hubieran activado un resorte oculto en su asiento y, por un instante, volvió a sentirse fuerte, aunque se dio cuenta de que la energía que le impulsaba era un torrente oscuro, un agua sucia, una mala compañía, muy distinta de la que le animaba cuando comenzó aquella reunión.

—Nunca trabajaré para vosotros. Y si algún día...

Estuvo a punto de decir en voz alta que si algún día tenía la oportunidad de trabajar para los rusos, lo haría sólo por joderlos, y era verdad, pero se la tragó, como se había tragado otras verdades tantas veces. La costumbre de la esperanza, interpretó, una milésima de segundo antes de comprender que aquel viejo hábito le había salvado la vida.

—Si algún día necesitáis algo de mí —se corrigió sobre la marcha, imponiéndose a la amargura que no le había consentido pensar con claridad—, ya sabéis dónde estoy. El año que viene cumpliré cuarenta, y estoy demasiado cansado para empezar otra vez. Por eso, en este momento no me interesa tu oferta —Goodwin le miró con una expresión tan perpleja como si le resultara inconcebible que existiera alguien en el mundo capaz de rechazar todos los términos de su proposición—. Nunca es una palabra muy grande, quizás me he equivocado al usarla. Si más adelante cambio de opinión, os lo haré saber, pero ahora tengo que irme, de verdad. Se me hace tarde.

Se inclinó para besar a Meg en la cabeza, giró sobre sus talones y echó a andar hacia la puerta, que estaba mucho más cerca de lo que había temido mientras la miraba de lejos, desde aquel bar que parecía un calabozo. Al salir fuera, se detuvo un momento, se llenó los pulmones con el aire de la calle Lavalle, y en esa pausa, ella le alcanzó.

—Espera, Manolo, pero ¿tú te has vuelto loco? —el asombro se impuso en sus ojos a las huellas del llanto para hacerlos más grandes, más claros—. No puedes quedarte solo, aquí, en Argentina... ¿Qué vas a hacer?

—No estoy solo, Meg —Manolo alargó el brazo, le acarició la cara—. Y voy a vivir, simplemente. ¿No te ha contado Fred que soy profesor de idiomas en una academia? Me acaban de ascender a jefe de estudios, gano casi el doble que cuando empecé.

—Sí, pero... No entiendo —mientras balbuceaba, mirando al

cielo, al suelo, a un lado y al otro como si no le tuviera delante, él sacó una tarjeta de visita de un bolsillo, y se la dio—. ¿Y esto?

—Para que me tengas localizado. Si pasa algo raro, confío en poder contar contigo —ella asintió con la cabeza, él la besó en los labios, empezó a andar hacia atrás y fue muy consciente de que se estaba alejando para siempre de aquella mujer—. Te quiero mucho, Meg. Llámame si vuelves por aquí alguna vez.

Echó a andar y anduvo mucho tiempo, hasta que se tropezó con el agua. Allí se sentó en un banco y lloró por fin, dejó escapar todas sus lágrimas sin intentar retenerlas, sin secarse la cara, sin preocuparse por los transeúntes que se paraban a mirarle y seguían andando sin decirle nada. A solas con su desconsuelo, sentía que su llanto desembocaba en el Río de la Plata y ese destino le parecía bien, le parecía justo. Con esa convicción se levantó y volvió sobre sus pasos para ir directamente a su casa.

Doña Encarnación se alarmó al verle llegar, y le ofreció todos los remedios caseros que se le ocurrieron para atajar una enfermedad a la que no pudo poner nombre pero de cuya virulencia tampoco podía dudar, porque no se le ocurría otra explicación para un cambio tan profundo como el que había derrengado los hombros, y apagado la piel, y sombreado los párpados de un hombre que aquella mañana estaba como una rosa. Su huésped le respondió que necesitaba dormir, nada más. Aquella noche no había quedado con Simona porque intuía que la reunión, feliz o desgraciada, sería muy larga. Cuando se metió en la cama, no sabía ni qué hora era. El sueño le fulminó casi al instante y al despertar, le extrañó el caudal de luz que entraba por la ventana. Eran casi las once de la mañana, y su cuerpo respondió mucho mejor que su ánimo al desafío de seguir viviendo sin esperanza.

Después de desayunar, se arrepintió de haberse despedido de Meg antes de preguntarle si había mantenido el contacto con Azcárate. Podría localizarla fácilmente a través de Goodwin, pero ya le había dicho adiós, y cualquier nuevo contacto, incluso telefónico, no haría otra cosa que ensuciar aquella despedida limpia y triste. Después de descartarlo, salió a la calle a dar un paseo porque andar siempre le había ayudado a pensar, y llegó a varias conclusiones.

La fundamental derivaba de su larga experiencia en organizaciones de inteligencia, donde el agente desplegado en campo hostil era siempre, como los maridos cornudos, el último en enterarse. Once meses suponían un plazo demasiado largo para evaluar un informe, por muy trascendentales que fueran sus consecuencias. En Washington habrían tomado una decisión con mucha antelación y Meg habría informado a Azcárate antes de volar a Buenos Aires, no tanto para darle la mala noticia en persona, como para apoyar a Goodwin en la misión de reclutarlo. Esa era su segunda conclusión. Los amantes siempre resultaban útiles en esta clase de coyunturas, y ella tenía muchos motivos para colaborar, porque una vez descartada la intervención en España, Manuel Arroyo Benítez era mucho más peligroso por lo que podría contar que valioso por la calidad de su trabajo, y si se iba de la lengua, Margaret C. Williams encabezaría una larga lista de damnificados.

Aquella mañana, mientras buscaba una floristería sin volverse a mirar si alguien le seguía o no los pasos, Manolo adivinó que durante algún tiempo viviría vigilado. No le inquietó, porque la venganza personal no le interesaba. Él había trabajado, se había arriesgado por su país, para lograr un objetivo concreto que no iba a cumplirse. No le resultaría difícil publicar lo que sabía, de hecho sería tan fácil como ofrecer su informe a cualquier periódico, pero la contrapartida más obvia sería la muerte, a manos de los antiguos aliados contra el fascismo, de sus enemigos nazis de ayer o de sus actuales protectores argentinos, y no estaba dispuesto a dejarse matar por tan poca cosa. Caminando por Buenos Aires en una mañana espléndida, mientras celebraba haber sido capaz de morderse la lengua a tiempo antes de mencionar a los rusos delante de Goodwin, se preguntó si alguien habría pensado en eliminarle como medida preventiva y se respondió que probablemente sí, aunque habrían descartado enseguida esa posibilidad porque no era una buena jugada. Ni siquiera Meg sabía cuántas personas estaban al corriente de su misión, y la reacción de Pablo de Azcárate desde su puesto en Naciones Unidas podría complicar demasiado las cosas. Vigilarle a distancia, para anticiparse a cualquier movimiento sospechoso antes de que pudiera culminarlo, era una opción mucho mejor.

Con esa certeza, mientras esperaba a que la florista confeccionara un ramo enorme con los dos que había escogido, Manolo pensó que el principal problema al que se enfrentaba era la seguridad de Guillermo. Los informes de Burnham siempre habían estado supeditados a la respuesta de Washington, la red Stauffer era la operación principal y su jefe, un hombre demasiado inteligente, demasiado experimentado y responsable como para usar los informes del agente de La Meridiana mientras su autor viviera en España. Estaba seguro de eso, y sin embargo, al pensar que Guillermo no sobreviviría ni veinticuatro horas si en Madrid llegaban a descubrir su impostura, sintió un escalofrío tan violento como ninguna otra sensación física que hubiera padecido desde la tarde anterior, una punzada de terror que certificó que la unión entre su mente y su cuerpo había recuperado el equilibrio.

Salió de la floristería con un ramo tan grande que sólo podía transportarlo entre los dos brazos, y volvió a casa. Después de meterlo en un cubo lleno de agua, porque no cabía en ningún jarrón, se encerró en su cuarto para escribir una carta no muy larga, que prometía una continuación más detallada. La dirigió a Mister Pablo de Azcárate y Flórez, en las oficinas de la Comisión de Palestina de la Organización de Naciones Unidas, en Nueva York, y volvió a salir para depositarla en Correo Central con la tarifa más urgente de las disponibles. Para aquel entonces, ya había recuperado la serenidad suficiente para comprender que la venta del tesoro nazi gozaría siempre del mismo blindaje que los criminales de guerra a los que Franco amparaba. La tranquilizadora respuesta de Azcárate empezaba y terminaba con una frase, no te vengas abajo, Manolo, que le hizo sonreír. Ya estaba en el abajo más hondo que conocía, y sin embargo, podría haber sido peor, porque a Simona le gustaron mucho más las flores que su propuesta de matrimonio.

—¿Te fijaste en mi pelo, gallego? —las puntas ya le llegaban hasta los hombros—. Eso significa algo, ¿viste? Yo te quiero, te quiero mucho, pero... ¿Por qué querés casarte? Así estamos bien, ¿no creés?

Manolo la miró, y mientras calculaba qué parte de la verdad podría contarle, no fue consciente de cómo estaba cambiando su expresión. El único espejo disponible era la cara de Simona, y no le hizo falta otro.

—Ya está, ya está —ella se levantó, se sentó en sus rodillas, le abrazó—. No me mirés así, gallego. Nos casamos, si eso es lo que querés, nos casamos, pero no me pongás esa cara de pena, por favor...

Cuando le dijo que sí, él se lo contó todo sin saber muy bien por qué lo hacía. Quién era, cómo se llamaba, dónde había nacido, en qué trabajaba, por qué había llegado a Buenos Aires y cuánto significaba su amor para él. Mientras hablaba, la luz del día se fue apagando, y llegó la noche, y se cerró del todo antes de que terminara de hablar. Simona le escuchó con los labios cerrados, los ojos muy abiertos, la emoción creciente de un ser que ha sido desdichado y se reconoce en la desdicha de otra persona capaz de hacerla feliz. Su silencio recogido, compacto, fue más elocuente que la humedad que se asomaba de vez en cuando a sus ojos sin traspasar jamás la barrera de los párpados, como nunca la había rebasado en la noche en que fue ella quien contó su historia. Y sólo le preguntó una cosa después.

—¿Y cómo tengo que llamarte ahora, Manolo?

—No —él sonrió—. Prefiero que me sigas llamando gallego.

—Dale, gallego. Llevame a la cama.

Manuel Arroyo Benítez siempre había tenido muy mala y mucha suerte, pero durante más de veinte años se atrevió a pensar que la primera, ahíta de desgracias, se había rendido.

Es 12 de enero de 1951 y Otto Skorzeny aterriza en Madrid. Ese día, como si de una estrella de cine se tratara, la agencia EFE informa de su llegada en un avión de línea regular procedente de Stuttgart. Poco después, el Ministerio de Exteriores pide información sobre el recién llegado a Antonio María Aguirre y Gonzalo, representante franquista en la recién creada República Federal de Alemania. Aguirre confirma que Skorzeny ha entrado en España con un visado regular que se le ha concedido por su proyecto de abrir una empresa de ingeniería en Madrid con el apoyo de un banco industrial español cuyo nombre no cita. Sin embargo, menciona entre sus patrocinadores al doctor Schacht y a la condesa Von Finkenstein. Y a continuación, añade que, al parecer, dispone de un ejército personal de doscientos mil hombres, dispuestos a trasladarse a España cuando él se lo pida. En este breve mensaje se entremezclan la verdad y la mentira que forjan, a partes iguales, la perdurable leyenda de Otto Skorzeny.

En 1948, cuando recupera definitivamente la libertad, el financiero Hjalmar Schacht, economista de cabecera del Führer, funda su propio banco y empieza a trabajar como asesor de países en desarrollo, papel que le permite mantener una estrecha relación con el gobierno de Madrid. Su sobrina, Ilse Lüthje, condesa Von Finkenstein por su matrimonio con un aristócrata prusiano, es la propietaria de la granja de Baviera donde Otto Skorzeny se esconde en el verano del mismo año, tras su misteriosa fuga de la cárcel de Darmstadt, cuyas autoridades le entregan, sin hacer preguntas, a tres presuntos oficiales aliados que le ayudan a desaparecer en lugar de trasladarle a otra prisión. Allí, y aunque él también está casado, el fugitivo y su benefactora emprenden un apasionado idilio. En esa historia de amor se pierde la pista de *Scarface* durante más de dos años.

En febrero de 1950, el diario francés *Ce soir* publica en portada una fotografía donde Skorzeny aparece en París con una mujer que no es Ilse. El escándalo le obliga a huir, seguramente en dirección a Alemania donde, el 7 de septiembre, el consulado español de Frankfurt emite un visado a favor del ciudadano alemán Rolf Steinbauer, a quien, en los dos últimos años, diversos testigos han situado ya en Madrid. En la foto, Skorzeny aparece de frente, con unas gafas de pasta cuyas sombras disimulan la cicatriz de su rostro, y el pelo teñido de rubio. Lleva la ropa que luce también en otra fotografía, una pose distinta de la misma sesión, que figura en un documento de identidad alemán emitido en Freiburg, en febrero de 1950, a nombre de Hans-Rudolf Frey. Diversos indicios, entre ellos el testimonio de un piloto de la línea aérea FAMA que lo reconoce entre el pasaje de un vuelo Madrid-Buenos Aires, sugieren que, además de pasar temporadas en Alemania y en España, Skorzeny/Steinbauer/Frey visita Argentina en esta época. Años después, cuenta en una entrevista que en 1947 no le queda más remedio que acostarse con Evita en una ocasión propicia, en la que la encuentra sola en Buenos Aires, para descartar el rumor de que el verdadero propósito de su estancia en Ginebra, durante su célebre viaje a Europa, ha consistido en retirar el dinero depositado por el Tercer Reich en diversos bancos suizos. Esta supuesta hazaña sexual de un hombre que nunca desperdicia la oportunidad de alimentar su leyenda, es el único ingrediente fabuloso del muy verosímil periplo triangular que, con la excepción de una escapada parisina, reparte la vida de Otto Skorzeny entre Alemania, España y Argentina, desde el verano de 1948 hasta el invierno de 1951.

Antes de marcharse de Alemania, Otto decide divorciarse de su segunda esposa y unirse a Ilse. La condesa Von Finkenstein, que después del divorcio sigue usando el título por su cuenta, toma la delantera para esperarle en Madrid, y cuando Otto/Rolf se reúne con ella, ha comprado ya una villa con jardín en El Viso. Hasta la muerte de él, esta casa será el hogar de la pareja que, pese a los divorcios que acumula por ambas partes, contrae matrimonio católico —el único disponible— en Madrid en 1954.

La hospitalidad que el régimen de Franco depara al «hombre más peligroso de Europa» es tal, que el 18 de mayo de 1951 obtiene un pasaporte de clase especial en el que figura con su nombre auténtico, Otto Skorzeny, la auténtica fecha —12 de junio de 1908— y el verdadero lugar de su nacimiento —Viena—, y la condición de apátrida. En el apartado de su profesión consta que es ingeniero, y como dirección se anota la de la empresa que, en efecto, funda poco después de su llegada. Que en la documentación de dicha sociedad figure como Rolf O.S. Steinbauer no supone problema alguno ni para obtener este pasaporte, ni para la muy exitosa carrera empresarial que le hace millonario gracias al apoyo de Schacht y a su papel de intermediario con las grandes compañías acereras alemanas, realzado por la abundante concesión de obra pública que consigue su empresa.

Esta es la información veraz que Aguirre transmite a Martín-Artajo en enero de 1951. Los doscientos mil hombres preparados para actuar en el instante en que Otto chasquee los dedos son una fantasía vinculada con el mito de ODESSA, la todopoderosa, opulenta e invencible organización que Frederick Forsyth hace universalmente famosa en 1972, en una novela donde toma a Skorzeny como modelo para el villano principal.

En la actualidad, los estudiosos descartan la existencia de una Organisation der ehemaligen SS-Angehörigen (Organización de los Antiguos Miembros de las SS), pero Skorzeny aparece vinculado a las redes de evasión de nazis desde muy pronto. En 1947, encarcelado en Dachau, organiza fugas de presos con la complicidad de algunos guardianes polacos. Poco después, funda Die Spinne, La Araña, red que facilita la huida de fugitivos hasta Italia, donde cuenta con la ayuda de dos obispos de la curia vaticana, el nazi austríaco Alois Hudal y el ustacha croata Krunoslav Draganović, para gestionar su evasión a Sudamérica. Aunque existen muchas otras, algunas de nombre tan pintoresco como Spanien oder Tod (España o muerte), la única organización que compite con la trama vaticana, superándola incluso por su tamaño y eficacia, es la que Clara Stauffer dirige en Madrid. Ambas redes, que colaboran habitualmente y comparten la hospitalidad que Argentina brinda a sus protegidos, son lo más próximo a la novelesca ODESSA que llega a funcionar en la realidad, un rotundo éxito de eficacia e impunidad que sólo se interrumpe en 1955, cuando un golpe de Estado militar derroca al general Perón.

Skorzeny considera que España es el lugar ideal para instalar un cuartel general anticomunista universal, y a lo largo de los años cincuenta, promueve la creación de la «Legión Carlos V», un cuerpo de ejército, integrado por fascistas españoles y nacionalsocialistas alemanes, que estaría listo para actuar en el instante en que estalle la Tercera Guerra Mundial. No lo consigue, pero sigue viviendo apaciblemente y ganando dinero a espuertas en España, mientras publica sus memorias para fomentar su fama de héroe legendario. No deja de hacerlo hasta que la muerte le encuentra en Madrid, el 7 de julio de 1975, sólo cuatro meses antes de dar cuenta de su protector.

Su celebridad le sobrevive hasta el punto de que en internet se puede leer hoy que su muerte fue una patraña. Que en 1999, después de trabajar muchos años en Estados Unidos como carpintero, vuelve a aparecer. Que en esa fecha confiesa que su última misión consiste en ayudar al Führer a escapar de Berlín, vivo y coleando, en un avión pilotado por Hanna Reitsch, después de meterle un tiro entre las cejas a su doble en el búnker de la Cancillería. Y que él mismo asesina al genial físico serbio Nikola Tesla, asfixiándole con sus propias manos en la habitación del Wyndham New Yorker Hotel donde una camarera encuentra su cuerpo sin vida el 7 de enero de 1943.

Que alguien se atreva a publicar, siquiera en una web, que un oficial de las SS pasea a su antojo por Nueva York a un mes escaso de la derrota de Hitler en Stalingrado, comete un crimen irrelevante para el curso de la guerra y vuelve a Europa ileso, como si volara igual que Superman, ilustra el cariz de las fabulosas historias y mitológicas conspiraciones que Otto Skorzeny sigue inspirando en el siglo XXI.

A primeros de mes, La Meridiana había estrenado sede, una planta baja con acceso desde la calle, situada en el último tramo de la calle Almirante, casi en Recoletos. Todavía no me había dado tiempo a abrir todas las cajas que se amontonaban en mi despacho cuando sonó el teléfono.

—Amparo Priego ha venido a buscarte hace cinco minutos. Estaba muy nerviosa y tenía los ojos hinchados de llorar, pero no ha querido contarme qué le pasaba. Sólo me ha dicho que era urgente, que había ido a Alcalá y el portero no había sabido decirle adónde os habíais mudado. Le he dado la dirección y se ha marchado corriendo. Dentro de nada la tienes ahí.

El sonido de aquel nombre en la voz de Rita representaba una incongruencia tan poderosa que me fulminó como si pudiera trazar una línea que doblara mi vida en dos mitades capaces de anularse entre sí, para desterrarme a una tierra de nadie desde la que no fui capaz de responder.

—Guillermo, ¿estás ahí?

—Pues... —aún tardé unos segundos en confirmarlo—, sí, pero... Es que no... ¿Y cómo sabe dónde vivimos?

—Adivina.

En el verano de 1950, me asombré al calcular que habían pasado casi quince años desde mis últimas vacaciones.

—Podríamos ir a Mallorca, si te apetece más —a principios de agosto, llevaba dos semanas hablando solo, Rita escuchándome como si aquello no fuera con ella—. Podríamos alquilar una casita en un pueblo apartado, cerca del mar. No creo que los campesinos pidan el libro de familia, y si pago yo...

—Tenemos que hablar, Guillermo.

Estábamos en una terraza de Rosales, disfrutando de la tregua de un atardecer nublado, ventoso, tras un día de calor infernal. Yo había pedido de memoria dos vermús de grifo y unas patatas fritas, pero ella se apresuró a corregirme y le dijo al camarero que quería una horchata. Era una novedad, pero le di tan poca importancia que cuando me interrumpió ya se me había olvidado. Lo que no me pasó inadvertido fue que usara mi verdadero nombre porque, como si hubieran llegado a conocerse, mi novia aplicaba el código que había estrenado Manolo y, fuera de la cama, sólo me llamaba Guillermo cuando tenía algo grave o importante que contar.

—Estamos hablando, Rita —rompí a sudar sin más explicación que el sonido de mi verdadero nombre y el repentino oscurecimiento de sus ojos, que mudaron de pronto, casi a traición, hasta un negro absoluto.

—Ya, pero tenemos que hablar de otra cosa.

Me miró como si pudiera mirarse por dentro a la vez. Me había dado cuenta de que, aparte de distraída, llevaba un par de días muy seria, un estado infrecuente en ella. Al principio supuse que tendría problemas en el Partido, pero le pregunté si había habido alguna caída y me contestó que no. Si su madre o cualquier otra persona cercana hubiera estado enferma, me lo habría consultado, así que creí que el motivo eran las vacaciones, aunque no entendía por qué le resultaba tan difícil decidirse. Hasta que me anunció que teníamos que hablar y mi imaginación sucumbió a un brote de pánico que la paralizó, abandonándome a una sola posibilidad. Durante un instante, estuve seguro de que Rita iba a dejarme, de que lo único que podía estar a punto de decir era que había conocido a otro hombre, un apuesto comunista legítimo, de los de antes de la guerra, un luchador clandestino que había entrado ilegalmente en el país, una pistola y una leyenda con las que yo jamás podría competir. Mientras me empeñaba en que no podía existir otra explicación, intenté imaginar mi vida sin ella y no logré ver nada, ni las hojas de los árboles que se movían al capricho de la brisa, ni los edificios que se alzaban al otro lado del paseo, ni siquiera la mesa que tenía delante. Abocado a una tiniebla sin límites, vi sin embargo cómo se levantaban sus cejas y no fui capaz de despegar los labios.

—Estoy embarazada.

—¡Ah! —el alivio que sentí no me consintió apreciar las consecuencias de aquella revelación, pero dibujó sobre mis labios una sonrisa de la que no llegué a ser consciente—. Es eso.

—Pues sí, es eso —y si mi respuesta no la hubiera asombrado tanto, se habría enfadado conmigo—. ¿Qué pasa, te parece divertido?

—No, no, no, no —me apresuré a responder—, no me parece divertido, pero es mejor que lo que... Cuando has dicho que teníamos que hablar, creía que ibas a dejarme.

—¿Que iba a dejarte? —cerró la boca, se echó a reír, y en los últimos segundos había llegado a echar tanto de menos ese sonido, que sentí que el cielo se resquebrajaba para absorber su risa, para esparcirla sobre el mundo como un premio que no merecía mi estupidez—. Hala, vete, no te caerá esa breva. ¿Tú estás gelipollas o qué?

—No. Yo, como mucho, estaré gilipollas.

—Eso he dicho.

—No, has dicho gelipollas —mi sonrisa recuperó el poder de convocar la suya—. Cuando te pones chula, no pronuncias bien, pero no pasa nada. Me gustas mucho de verdulera, ya lo sabes.

—Pues anda que... —mi reacción, pese a su torpeza, la había relajado sin extirpar su preocupación—. Y aparte de mi mala pronunciación, ¿qué vamos a hacer?

—Depende. ¿Quieres otra horchata?

Negó con la cabeza mientras yo pedía mi segundo vermú para ganar algo de tiempo, pero aunque me habría encantado poder escribir mi intervención en un papel, no me quedó más remedio que improvisar.

—¿De qué depende? —porque ella me apremió en el instante en que el camarero volvió a dejarnos solos.

—Pues depende de lo que tú quieras, y de lo que esperes de mí. Si me hablas como médico, yo... —y no fue nada fácil—. Podría intentar... Podría provocarte un aborto. No es mi especialidad, pero en estos últimos años he tenido que hacerlo algunas veces, en beneficio de tus camaradas, y ha salido bien —la miré y comprobé que mis palabras no lograban mover un solo músculo de su cara—. Eso es lo que te diría si fueras mi paciente. Tienes veintiséis años, estás sana, no tendría por qué haber problemas.

—Pero no soy tu paciente.

—Claro que no. Y por eso, si quieres saber lo que estoy pensando... A mí me encantaría que naciera ese niño, Rita. Me gustaría vivir contigo, traerlo al mundo, verlo crecer. Ya sé que tengo el defecto de no ser comunista, pero si quisieras perdonarme... Podríamos casarnos.

—Y así no tendríamos ningún problema para veranear en hoteles —sugirió con una expresión burlona que me reveló al fin lo que quería oír.

—No —respondí, acatando escrupulosamente su sugerencia—. Así, yo sería feliz cada noche al meterme en la cama, y cada mañana, al despertarme contigo. Porque nunca he querido a nadie como te quiero a ti.

—Menos mal que lo has arreglado —arrimó su silla a la mía, se inclinó sobre mí, me besó en los labios—, porque esto no estaba siendo nada romántico.

—Si quieres, me pongo de rodillas.

—Eso estaría bien, ¿ves? —sabía que no hablaba en serio, pero me levanté, y retiré la silla, y empecé a doblar una rodilla antes de que me agarrara del brazo—. Que no, tonto, que era una broma.

El embarazo de Rita habría representado como mínimo un motivo de preocupación para cualquier hombre con una sola vida, una identidad única, completa. Para la suma de los pedazos que me integraban, fue un regalo. Casi todas las semanas, yo, Guillermo o Rafael, quienquiera que fuese, volvía a asesinar a Adrián Gallardo. Una noche al menos de casi todas las semanas disparaba sobre él, sentía cómo su sangre espesa, caliente, me empapaba la camisa, guiaba su cabeza con las manos enguantadas para posarla sobre el cristal de la mesa, y descubría que el muerto era Manolo Arroyo, sus ojos sin vida mirándome con el mismo terror que le habría inspirado mi acción si hubiera seguido estando vivo. Dentro del sueño, sabía lo que iba a ocurrir, pero no podía impedirlo, evitar que el asco me despertara. Era más asco que miedo, y más largo que mi crimen, casi tanto como la compañía del sudor que me empapaba la camisa del pijama y se resistía a secarse, a dejar de oler a sangre. En esos momentos, no entendía cómo había podido vivir el día anterior, cómo podría vivir el día siguiente, pero mi corazón decidía por mí, recuperaba poco a poco el ritmo normal, convocaba al cansancio del sueño interrumpido y, aunque yo mismo no lo entendiera, volvía a quedarme dormido. Al despertar, comprendía que antes o después tendría que hablar con Rita, contarle todo lo que no sabía, y comprendía igual de bien que jamás sería capaz de hacerlo. Después, mientras desayunaba, hacía acopio de los argumentos que me convenían, me recordaba que mi novia militaba en un partido ilegal, que ilustraba sus panfletos, sus periódicos, que podría caer en el instante en que la policía descubriera una imprenta clandestina, que lo mejor para ella era saber lo menos posible. Eso era cierto. Tanto como que yo había asesinado a un hombre sin sentirme un asesino, que había trabajado para una organización de antiguos nazis, que había facilitado un comercio criminal, que había aceptado el dinero con el que pensaba pagarme unas vacaciones. Era una verdad demasiado grande, demasiado sucia y pesada como para compartirla con nadie que no estuviera a miles de kilómetros de Madrid, vivo o muerto quizás, al otro lado del océano.

Por fuera, mi novia y yo hacíamos muy buena pareja. Por dentro, la balanza estaba tan desequilibrada, mi platillo tan cargado de riesgos y de culpas que, a veces, cuando se lanzaba a hablar de su partido, de sus misiones, de los peligros que implicaban, me parecía una putada asociarla con un individuo como yo. No me sentía culpable. En sueños me daba asco a mí mismo, pero incluso dormido recordaba mis razones, los motivos que habían decretado la muerte de mi víctima, el plan que me había impuesto una primorosa colaboración con el enemigo. Aún esperaba, pero cada día de espera la meta se burlaba un poco más de mí, siempre más lejana, más dudosa e improbable que la víspera. A destiempo, cuando mi amor ya no tenía remedio, comprendí que un hombre como yo debería estar solo, que Rita no merecía cargar conmigo, que nuestro noviazgo era un error más grave que mi relación con Amparo. Pero yo no era un héroe, nunca habría reunido el valor suficiente para renunciar a mi única fuente de placer, de alegría. Antes de que nos marcháramos de aquella terraza de Rosales, mi hijo la preservó para mí, me liberó de la obligación de contarle a su madre con quién iba a casarse. A cambio de la vida rutinaria, tranquila y carente de sobresaltos que les convenía a los dos, la mía se recubrió con una nueva capa, una impostura de más, el último abrigo de un refugiado condenado a transportar sobre su cuerpo todo cuanto tenía.

—Prométeme que no se lo vas a contar a tu hermano.

Cuando se enteró de que iba a ser abuela, Caridad rejuveneció de pronto. Se levantó de un salto de la butaca donde estaba sentada y su repentina agilidad me sorprendió menos que la ambición de su sonrisa, el motor de una transfiguración luminosa y completa que encendió en sus ojos un brillo que yo ni siquiera había podido adivinar. Mientras la veía caminar por el salón de su casa, ir y venir como si se hubiera perdido en aquella noticia, me di cuenta de que hasta aquel momento jamás había distinguido el menor rasgo de felicidad en ella. Quizás por eso, porque ya había perdido la costumbre, su forma de expresarla fue tan extraña.

—Pues os advierto que no sé hacer punto... —sin dejar de llorar, ni de sonreír, empezó a caminar por el salón—. Pero puedo pedirle a la portera que me enseñe, ella les hace unos jerséis monísimos a sus nietos... —y fue a la vitrina, la abrió, la miró como si no supiera por qué lo había hecho, volvió a cerrarla—. Soy muy torpe para las labores, pero me haría mucha ilusión... —y abrió de nuevo la vitrina, sacó tres copas, se quedó mirándolas, volvió a dejar una en su sitio—. Y si no, podemos encargarle la canastilla a ella, y yo hago lo que pueda, pero tenéis que prometerme que algún día le pondréis mi jersey a vuestro hijo, aunque me quede horroroso... —puso una copa en la mesa delante de mí, otra delante de Rita y luego la cambió de sitio, volvió a la vitrina, sacó un vaso de cristal tallado—. Porque voy a querer tanto a ese niño, lo voy a querer tanto, o a esa niña, claro, si es niña la querré igual, tanto, tanto, y la enseñaré a hablar inglés, a tocar el piano, a mi nieta, o a mi nieto, claro, le hablaré de su abuelo, Andrés estaría tan contento... —entonces se quedó de pie en medio del salón, nos miró—. ¿Qué estoy haciendo?

—No lo sé, mamá —al escucharla, me volví hacia Rita y comprobé que ella también estaba llorando.

Las copas se quedaron vacías sobre la mesa. Caridad anunció que iba a buscar una botella de jerez que tenía por ahí para que brindáramos, pero no la encontró, y al volver de la despensa, la preocupación ya había recuperado su dominio sobre un ceño grave, familiar.

—Tienes que prometerme dos cosas, Ri. La primera, que no te meterás en más líos. No puedes arriesgarte a que te detengan y te den una paliza estando embarazada —su hija intentó protestar, pero ella se anticipó a sus mentiras levantando la mano en el aire—. ¿Tú qué te crees, que me chupo el dedo? A partir de ahora, que dibuje otro... Y prométeme que no se lo vas a contar a tu hermano. Si se entera, es capaz de venir y no quiero, no me fío un pelo de esta gentuza, no quiero que sepan dónde está, ni qué hace, ni... Ya se enterará de que tiene un sobrino —y cuando parecía haberse dejado arrebatar otra vez por la tristeza, la sonrisa reconquistó sus labios sin esfuerzo—, o una sobrina...

Germán Velázquez Martín, el primogénito de Andrés y Caridad, vivía en Suiza, donde trabajaba como psiquiatra gracias a que su padre le cedió su plaza en uno de los últimos barcos que pudieron salir de España. En teoría no correría ningún peligro por venir a la boda de su hermana, pero Caridad no se fiaba de la teoría, y hacía bien. Su hijo no sólo no tenía delitos de sangre, sino que había sido soldado dos meses escasos, porque se alistó a la desesperada, cuando la guerra estaba ya perdida, en uno de los dos batallones que la JSU reclutó como un gesto de apoyo, menos romántico que póstumo, a la política de resistencia de Negrín. Eso no le acarrearía un consejo de guerra, pero si volvía, tendría que hacer un servicio militar de tres años y no le dejarían volver a salir. Cuando su madre se aseguró de que eso no iba a ocurrir, empezó a hacer gestiones y resolvió enseguida el asunto de la ceremonia.

Andrés Velázquez pertenecía a una familia numerosa, pero su viuda sólo se trataba con tres de sus cuñados. Uno de ellos, Ramón, canónigo de la catedral de Barcelona, le recomendó un cura que se ofreció a casarnos en la última iglesia de Madrid que se nos habría ocurrido. El señor canónigo me lo ha pedido y no puedo negarle este favor, agradézcanselo a él, porque la verdad es que, con tantas prisas... No llegó a terminar la frase, pero yo le di las gracias igual. Rita no, porque estaba perpetuamente en guardia, al acecho de una jugarreta que daba por descontada desde el instante en que salió conmigo de la sacristía.

—Nos la van a liar, Guillermo. Antes o después nos la lían, fíjate lo que te digo...

Rita y yo nos casamos en territorio enemigo y nuestra boda fue una nueva manifestación de la derrota. El botín de los vencedores esta vez fue la tristeza, una cadena de pequeñas humillaciones disfrazadas de trámites imprescindibles, cursillos, confesiones, comuniones que se atropellaron entre sí, apretándose en el calendario para evitar que el embarazo de mi novia llamara demasiado la atención. El camino fue tan arduo que a veces tenía la impresión de que pretendían hacernos desistir, pero cuando Rita se venía abajo, yo le recordaba que al fin y al cabo éramos unos recomendados, e imaginaba en voz alta el calvario que una simple boda representaría para cualquier pareja de rojos conocidos en cualquier pueblo pequeño, hasta que logré que diera las gracias al mismo ritmo que yo. Eso era lo que quería oír aquel cura que no perdió una sola ocasión de mencionar la magnanimidad que su iglesia derramaba sobre nosotros, al concedernos el don del matrimonio como si fuera un premio que no merecíamos. Mientras le escuchaba, yo recuperaba de vez en cuando las imágenes de otra boda, otra novia embarazada, alegre y risueña, aquel simulacro de final feliz, y me asombraba de que entonces, siendo todo mentira, hubiera sido tan fácil. Pero aunque el saldo me parecía muy injusto, siempre creí que los temores de Rita eran exagerados.

—María Luisa se ha enterado, Ramón se lo ha contado todo, pero todo, con pelos y señales —y ni siquiera cambié de opinión cuando su madre añadió un requisito más a la lista de nuestras obligaciones—. Me ha llamado hace un rato. Primero me ha dado el pésame porque tengas que casarte embarazada, y me ha dicho que ella también se ha llevado un disgusto grandísimo, porque le habría encantado regalarte un vestido blanco. Después, se ha animado y me ha puesto de vuelta y media. Le he dicho que todavía no he invitado a nadie porque no sabemos la fecha, y se ha ofendido todavía más. Que si ella iba a ser una invitada como tantas, que si no pensaba presentarle antes al novio, que si le parte el corazón que no pensemos en ella, con lo que nos ha querido y nos ha ayudado siempre, en fin... Yo sé que es una faena, hija, pero voy a tener que invitarla a merendar, o algo así. No nos conviene enemistarnos con ella, ya lo sabes.

La única condición que puso Rita fue que su tía no viniera sola, y yo aproveché la ocasión para preguntarle a Caridad si tenía alguna manera de localizar al doctor Quintanilla. Así, la curiosidad de María Luisa Velázquez propició una fiesta muy modesta y mi reencuentro con uno de los hombres más importantes de mi vida. Mi maestro vino solo, porque se había quedado viudo mientras cumplía condena en la cárcel de Albacete. En una década había envejecido dos, pero aún andaba erguido, y cuando vino hacia mí, menos delgado que frágil, reconocí en su sonrisa una chispa de la energía de antaño y me emocioné más que él. Como Caridad le había contado que yo ya no era médico ni me llamaba Guillermo, el pobre no se atrevió a decirme nada mientras nos abrazábamos en el centro del salón, pero la muda intensidad de nuestro reencuentro no pasó desapercibida para la señora que entró a continuación y no necesitó que nadie la invitara a hablar.

—¡Uy! ¿Quién es, su padre? —por encima del hombro de mi antiguo jefe, vi a Caridad negar con la cabeza—. Mujer, pues lo parece, tanto cariño... —después, sin esperar a que su cuñada nos presentara, vino derecha hacia mí—. Hola, tú debes de ser Rafa, ¿no? Yo soy la tía María Luisa, dame dos besos, muchacho.

Durante aquel verano sin vacaciones, subimos a la sierra algunos domingos para comer con la mejor amiga de mi novia. Manolita Perales nunca se había casado, pero vivía en Cuelgamuros gracias a un libro de familia falso, en el que constaba que era la legítima esposa de Silverio Aguado, un preso político que redimía pena en las obras del Valle de los Caídos. Antes había trabajado durante algunos años en la pastelería de los suegros de María Luisa, y en una de aquellas comidas recordó en voz alta que, al conocerla, la tía de Rita le había parecido mucho mayor, y enseguida, más joven que Caridad. Era una descripción mejor que las que solía hacer su sobrina, pero al verlas juntas pensé que se quedaba corta. La viuda y la hermana del doctor Velázquez representaban dos modelos de mujer tan opuestos como si no pertenecieran a la misma especie, o habitaran, al menos, en planetas diferentes. Aquella tarde, mi futura suegra me pareció más que nunca un milagro, una superviviente tenaz del país de mi abuelo, la España republicana pero también burguesa, culta y sin embargo izquierdista, generosa y sin complejos, que Franco había condenado a un exterminio del que se habían salvado muy pocos ejemplares. María Luisa, a cambio, era el fruto natural de su victoria y una señora del barrio de Salamanca de toda la vida, la evolución impecable de las vecinas que me habían visto crecer, una imagen perfecta de la mujer en la que Amparo Priego se convertiría al cabo de veinte años. Mientras calculaba el sufrimiento, pequeño pero constante, que sus alardes de cariño y generosidad habrían supuesto para la viuda de su hermano, me pregunté si nos habrían presentado alguna vez o estaba advirtiendo en ella, simplemente, los rasgos de un estereotipo familiar. Todavía no había llegado a una conclusión cuando abrió un poco más sus ojos perfectamente maquillados, los párpados tan relucientes como el oro con el que se adornaba.

—Pero tú... Yo a ti te conozco, ¿no? ¿Tú no vivías antes de la guerra en Hermosilla...?

—No, yo... —la interrumpí antes de que pudiera añadir un número y seguí hablando casi sin darme cuenta, porque había preparado muchas veces, durante muchos años, las palabras que estaba pronunciando por primera vez—. Lo siento. Soy de un pueblo de Toledo, y llegué a Madrid hace poco. Debe haberse confundido.

—¿De verdad? Pues es increíble, porque te pareces muchísimo a un chico que vivía enfrente de don Fermín, nuestro notario...

—Pero, tía, ¿no estás tomando nada? —en ese instante, Rita se acercó, la cogió del brazo y empezó a tirar de ella hacia la otra punta del salón, con tal nerviosismo que cualquier espectador imparcial habría descubierto que su invitada no se equivocaba—. A ver, ¿qué te apetece?

Cuando pude susurrar en el oído de mi novia que tenía razón, que nos la habían liado, María Luisa Velázquez ya era la única persona desconocida para mí que me había reconocido desde que me mudé al otro lado de la Castellana.

El sábado 14 de octubre de 1950, a las doce de la mañana, Rafael Cuesta Sánchez se casó con Rita Velázquez Martín en la basílica de la Concepción de la calle Goya, muy cerca de la casa donde Guillermo García Medina había vivido hasta el final de la guerra. Cuando el cura preguntó si alguien tenía alguna razón para oponerse a nuestra unión, animándole a que hablara en aquel momento o callara para siempre, nadie despegó los labios, pero aquel silencio no me tranquilizó. Desde que entré en el templo llevando a mi suegra del brazo, experimenté un estado de nerviosismo peculiar, una inquietud puntiaguda, casi efervescente, que dibujaba aristas en todos los círculos y enrarecía el aire como si un enemigo invisible estuviera moliendo pimienta en el centro de la cúpula. La sensación de que mi pasado me acechaba dentro de aquellos muros no se disipó cuando besé a la novia, y se materializó antes de que conquistáramos el atrio en la silueta de una mujer cuya elegancia contrastaba tanto con el amarillo furioso de sus cabellos, como este con sus cejas oscuras. Amparo Priego abandonó el parapeto del último banco, dio un paso hacia el pasillo y sonrió cuando llegué a su altura.

—Enhorabuena, querido.

Mientras inclinaba su perfumada cabeza hacia la mía, comprobé que su olor no era ya capaz de alterarme. Un instante después, sentí los dedos de Rita clavándose en mi brazo, el suyo rígido, su respiración repentinamente agitada y no por la sorpresa, menos por los celos, sino por el miedo a que aquella aparición fuera una zancadilla, la trampa oculta, traicionera, que había esperado desde el principio. Yo no pude hacer nada para tranquilizarla, pero sabía que no se trataba de eso. Amparo había venido a mi boda para exhibirse, para ofrecerme y ofrecerse a sí misma una representación pública de su antiguo poder, el dominio que creía conservar y ya no le pertenecía. No había sido una buena jugada, y se dio cuenta al mismo tiempo que yo.

—Gracias, Amparo.

La besé rápidamente en las mejillas y seguí avanzando hacia la puerta de la iglesia sin mirar atrás. Había sido muy descortés, pero ella no me retuvo. Sin embargo, cuando estábamos ya en la calle, María Luisa Velázquez la trajo del brazo, le presentó a su sobrina y estrenó la artificiosa y distante cordialidad con la que me trataría desde entonces.

Nunca llegué a saber hasta dónde habían llegado las confidencias de Amparo con la tía de mi mujer, pero cuando se me pasó el susto comprendí que mi vieja amante no podría haber contado nada que no la implicara también a ella en la defensa del Madrid sitiado, nada que no me favoreciera a los ojos de cualquier fascista sobre mi actuación posterior. Durante unos meses, mientras comprobábamos que mi ingreso en la familia Velázquez había obrado el milagro de distanciar a Caridad de su cuñada, aprendí que Rita tenía el poder de neutralizar por igual todas mis pesadillas, antiguas y recientes. La convalecencia de nuestra boda fue breve, tan dulce que compensó todos los reclinatorios, los confesionarios y los falsos arrepentimientos que habíamos invertido en ella. Después sólo nos ocupamos de una cosa.

—¿Cómo vamos a llamarle?

Se llamó Manuel, el nombre que compartían los mejores amigos de sus padres, y me devolvió a mi hijo Guillermo después de haber vivido muchos años sin pensar demasiado en él. Cada uno de sus gestos, su llanto, su olor, los pequeños avances que se iban sucediendo día tras día, me recordaban a aquel otro bebé que también había aprendido a mamar, a agarrar, a mirarse las manos, a tensar los labios para simular una sonrisa aún inexistente, antes de desaparecer de mi vida. Mientras le veía engordar, progresar, y sobre todo cuando empezó a reconocerme, desarrollé un temor supersticioso a la barrera de los seis meses, pero Manuel los cumplió, y cumplió siete, y ocho, y un año, sin dejar de formar parte de mi vida, hasta que se impuso al recuerdo de su hermano para transformarlo en un sentimiento distinto, una nostalgia amable, cada vez más pálida. En la primavera de 1952, cuando Rita volvió a quedarse embarazada, empecé a pensar en él como en el mayor de mis hijos, aunque no lo era. La madre de mi primogénito me lo recordó al irrumpir en mi oficina cuando acababa de cumplir catorce años, en un tono tan angustioso que al verla, ni siquiera pude mirarla.

—Ayúdame, Guillermo, ayúdale —sólo escuchar su voz, el pánico—. Es tu hijo y está muy mal. Tienes que ayudarle. Ven conmigo, por favor te lo pido.

—¿Pero qué le ha pasado? ¿Ha tenido un accidente, se ha intoxicado, se ha contagiado de...?

En lugar de contestarme, se echó a llorar y me levanté enseguida, le dije a mi secretaria que tenía una urgencia familiar, salí tras ella a toda prisa sin pararme a recoger las carpetas que tenía abiertas sobre la mesa. Cuando llegamos a la calle, le propuse que fuéramos andando para que pudiera explicarme los síntomas con calma, e intentó negarse. No se lo consentí, pero tampoco logré averiguar gran cosa, excepto que todos los médicos eran unos inútiles, que no entendían nada y que sólo pensaban en sacarle el dinero, hasta que llegamos a la esquina de Velázquez con Ayala.

—Escúchame, Amparo —allí la cogí por los hombros y la sacudí hasta que me miró—. Así no vamos a ninguna parte. ¿Qué le pasa?

—No lo sé, nadie lo sabe. Uno dice que es el crecimiento, otro...

—Eso no me importa —insistí—. Dime qué le pasa, qué le duele, de qué se queja. Eso es lo que necesito saber.

—Pues... Tiene fiebre. Hasta ahora no era muy alta, pero anoche le subió bastante y esta mañana no le había bajado todavía. No tiene apetito, no come nada, pero nada, está tan cansado que no aguanta de pie y le duele... todo —me miró como si la estuviera torturando al obligarla a hablar—. Eso dice, que le duele todo, y se queja mucho, aunque por fuera parece que está bien. Por eso, su pediatra no le dio importancia, y antes de ayer le vio otro médico que me ha dicho algo de unas fiebres, pero no me lo creo, tiene que ser algo peor. Hoy me ha dicho que le duele el corazón y no sé qué hacer, estoy desesperada...

El cuerpo de mi hijo mayor ya no pertenecía a un niño, pero todavía no se correspondía con las dimensiones de un adulto. Había crecido mucho, de una forma aún provisional, desproporcionada, en los cuatro años que habían pasado desde que le vi por última vez, y la longitud de sus larguísimas piernas no aumentaría mucho más, pero su forma seguía siendo tan infantil como el torso flaco, de hombros estrechos y brazos frágiles, sobre el que se asentaba una cabeza que seguía pareciendo el calco de una imagen que yo había visto infinidad de veces, en el espejo del baño de la casa de mis abuelos, justo después de lavarme la cara para ir al colegio.

—Hola, José Antonio, ¿cómo estás? —antes de ir hacia él me detuve en el umbral, hasta que giró la cabeza sobre la almohada para mirarme—. Yo me llamo Rafa y soy médico. También soy amigo de tu madre, que me ha pedido que venga a verte.

Al cruzar el dormitorio, pasé por delante de una estantería empotrada entre dos pilares y vi muchos libros, una colección de coches en miniatura y, junto a una copia del retrato del falangista desconocido que estaba sobre el piano del salón, un tren de madera muy simple, tres cubos abiertos por arriba, que servían de vagones, pintados cada uno de un color, el cubo cerrado que hacía de locomotora de negro, igual que las ruedas. Al comprobar que me había detenido a mirarlo, mi paciente lo señaló desde la cama.

—Me lo hizo mi padre, en la guerra —su voz, un pito agudo, inmaduro, perturbado de vez en cuando por los tonos graves que anunciaban al adulto que se abría paso desde su infancia, me conmovió tanto como el bozo que sombreaba su labio superior—. No es muy bonito, pero es lo único que tengo de él.

—Entonces sí es bonito —le contradije con suavidad mientras me sentaba a su lado, le tocaba la frente y detectaba una febrícula que no pasaría de los treinta y siete grados y medio—. Dime una cosa, ¿has tenido una faringitis, o una amigdalitis, hace dos o tres semanas?

—¿Eso qué es? Que duele la garganta, ¿no? —asentí con la cabeza—. Sí, y me dolía mucho, pero debe de hacer un mes, por lo menos...

—Claro que sí —me volví hacia Amparo y volví a asentir, porque aquel precedente acababa de confirmar mi diagnóstico—. ¿Te acuerdas de lo que le diste cuando le dolía la garganta?

—Sí —aquella breve conversación la había tranquilizado lo suficiente como para devolver la serenidad a su rostro, aunque mi ánimo se había alterado tanto que me di cuenta de que la miraba igual que a una enfermera, un eslabón secundario en la cadena que me unía a aquel paciente—. Todavía tengo una caja por ahí.

—Tráemela, por favor —y me giré hacia él—. Creo que ya sé lo que tienes, tranquilo —le destapé, le incorporé, empecé a auscultarle—. Dime una cosa —añadí, cuando terminó de inspirar y espirar siguiendo mis instrucciones—. ¿Te gusta ir al colegio?

—¡No! —se rió y la risa le hizo toser—. No me gusta nada.

—Pues enhorabuena —le exploré con mucho cuidado, para no provocarle más dolor—, porque vas a perder clase una buena temporada...

Cuando terminé de examinarle, le ayudé a tumbarse, le arropé, y al cubrir su cuerpo con la sábana, un ademán que en mi caso carecía de carácter paternal, porque lo había repetido muchas veces con pacientes desconocidos, me emocioné más de la cuenta. Él estaba muy cansado, como si mi visita le hubiera agotado. Murmuró que iba a dormir un poco y giró la cabeza despacio, hacia mí, con los ojos cerrados. Le acaricié la frente, para liberarla de los cabellos que el sudor había pegado sobre la piel, y le dije que volvería por la tarde.

—No te preocupes —cerré la puerta sin hacer ruido para hablar con Amparo en el pasillo—. Voy a llamar al doctor Quintanilla para que venga a verle. Él sigue trabajando en una clínica y seguro que conoce a algún especialista. A ver lo que dicen, pero estoy seguro de que lo que tiene son fiebres reumáticas.

—Eso fue lo que me dijo el otro médico, pero... ¿Reúma? —Amparo volvió a asustarse—. ¿Con catorce años?

—La edad no tiene nada que ver, y tampoco es exactamente reúma, aunque se supone que tiene relación. Es una enfermedad bastante misteriosa, poco frecuente. Yo vi un caso muy parecido hace unos años y tuve que volver a estudiar para poder tratarlo, por eso lo he reconocido, no porque sea mejor médico que su pediatra, ni porque él sea un inútil. La verdad es que no sabemos por qué ocurre, pero sus efectos... —me paré a escoger palabras que pudiera comprender y no la alarmaran en exceso—. Es como una inflamación general, que puede afectar a cualquier órgano. El origen es una faringitis mal curada —me anticipé a tiempo a sus protestas—, no porque tú le hayas cuidado mal, sino porque su organismo no ha respondido bien a los antibióticos que le diste, o porque no se los tomó durante el tiempo necesario... O porque sí, porque le ha tocado, vete a saber, pero no tiene por qué ser grave. De momento, vamos a darle unos antibióticos específicos para acabar con los restos de la infección, que sigue ahí y es lo que le produce la fiebre. Después, el único tratamiento que existe es que descanse, que se quede en la cama uno o dos meses.

—¿Uno o dos meses?

—O tres.

El pediatra que vino por la tarde con un hombre al que yo ya había empezado a llamar Fortu, igual que mi mujer, aportó una opinión más autorizada, aunque su diagnóstico coincidió con el mío y lo expresó con menos pamplinas.

—Estará en la cama los meses que hagan falta. Parece que no hay complicaciones graves, pero cuando dice que le duele el corazón, no está mintiendo. Tiene inflamado el pericardio. Para que no vaya a más, es fundamental que no haga ningún esfuerzo, que esté acostado, tranquilo, sin alterarse, sin llevarse disgustos, y que coma bien, una dieta suave y a sus horas, hasta que remita el dolor y la inflamación de los músculos. Poco a poco, a medida que mejore la respuesta de sus miembros, él mismo se irá dando cuenta de que está mejor. Conviene hacerle un seguimiento —me miró y asentí— para comprobar el ritmo de la mejoría. No se puede hacer otra cosa, pero si sigue mis instrucciones, se recuperará y no le quedarán secuelas.

Desde el 22 de octubre de 1952 hasta mediados de enero de 1953, estuve un rato con mi hijo Guillermo todas las tardes. Al salir del trabajo iba a verle, le examinaba y hablaba con él, al principio poco y sólo de su estado, después, cuando empezó a sentirse mejor, de otras cosas. La primera semana, Amparo estuvo siempre presente, muy cerca de mí, en un estado de alerta que me resultaba irritante aunque nunca se lo recriminé, porque me daba miedo que prohibiera mis visitas. Después, su vigilancia se fue relajando. Entre las seis y las siete de la tarde casi siempre tenía algo que hacer, y además descubrió enseguida que el enfermo se había aficionado tanto a que le leyera en voz alta, que apenas nos quedaba tiempo para más.

Se me permitirá que antes de referir el gran suceso de que fui testigo, diga algunas palabras sobre mi infancia, explicando por qué extraña ma-

nera me llevaron los azares de la vida a presenciar la terrible catástrofe de nuestra marina...

—Si te cansas, o te aburres, me lo dices, ¿vale?

—Vale, pero ¿por qué has cogido ese libro? —estaba en su estantería, entre varios de sus compañeros, el lomo perfecto, las páginas tan tiesas como si ni siquiera lo hubiera abierto para hojearlo cuando alguien se lo regaló—. ¿A ti te gusta?

—Sí. Lo leí cuando tenía tu edad y me gustó. Es una novela de aventuras sobre la batalla de Trafalgar, y el protagonista es un chaval, igual que tú.

Al hablar de mi nacimiento, no imitaré a la mayor parte de los que cuentan hechos de su propia vida, quienes empiezan nombrando su parentela, las más veces noble, siempre hidalga por lo menos, si no se dicen descendientes del mismo Emperador de Trapisonda...

—¿Quién es el emperador de Trapisonda?

—Nadie, es una manera de contar que él es pobre y lo reconoce, mientras que otros habrían dicho que eran nobles o príncipes. Es como decir que alguien desciende del sobaco de Cristo.

—Eso sí lo he oído. Experta lo dice mucho.

Yo, en esta parte, no puedo adornar mi libro con sonoros apellidos; y fuera de mi madre, a quien conocí por poco tiempo, no tengo noticia de ninguno de mis ascendientes, si no es de Adán, cuyo parentesco me parece indiscutible. Doy principio, pues, a mi historia como Pablos, el buscón de Segovia: afortunadamente Dios ha querido que en esto sólo nos parezcamos...

—No entiendo eso.

—¿Lo del buscón? Es un personaje de otra novela, muy pobre también, que se ganaba la vida engañando, robando comida...

—Da igual. Sigue, me gusta mucho oírte.

Yo nací en Cádiz, y en el famoso barrio de la Viña, que no es hoy, ni menos era entonces, academia de buenas costumbres. La memoria no me da luz alguna sobre mi persona y mis acciones en la niñez, sino desde la edad de seis años; y si recuerdo esta fecha, es porque la asocio a un suceso naval de que oí hablar entonces: el combate del cabo de San Vicente, acaecido en 1797...

Todas las tardes le leía unas cuantas páginas y contestaba a sus preguntas, al principio muchas, después, cuando se empeñó en que terminara un capítulo entero antes de irme, cada vez menos. Luego, le ponía el termómetro, le auscultaba, le pedía que hiciera algunos movimientos muy suaves para calcular el grado de inflamación de sus músculos, anotaba todos los datos en una libreta que guardaba en el cajón de su mesilla, y me iba a mi casa. Nunca pasaba con él más de una hora, porque no quería cansarle, aunque me conmovían mucho sus intentos por retenerme. Me conmovió aún más comprobar que volvía a leer por las mañanas lo que yo había leído para él la tarde anterior, en primer lugar porque era un indicio claro de mejoría, pero además, y sobre todo, porque *Trafalgar* representaba una isla desierta que habitábamos los dos solos, el vínculo íntimo, secreto, que me devolvió a mi hijo perdido con una intensidad más decisiva que sus fiebres reumáticas, cuando ya no tenía esperanzas de recuperarlo.

Mi destino, que ya me había llevado a Trafalgar, llevome después a otros escenarios gloriosos o menguados, pero todos dignos de memoria. ¿Queréis saber mi vida entera? Pues aguardad un poco, y os diré algo más en otro libro.

—Ya está —una oscura, lluviosa tarde de noviembre, terminé de leerle la novela—. Se ha terminado. ¿Te ha gustado?

—Mucho.

—Podemos leer el siguiente.

—No, ya lo he empezado yo —sacó *La corte de Carlos IV* de debajo de la almohada, se echó a reír y lo celebré, porque la risa era un síntoma tan halagüeño como la lectura—. Pero podríamos hacer otra cosa, jugar a las cartas, por ejemplo.

—No, se me ocurre algo mejor.

Al día siguiente, enseñé a José Antonio Urbieta a jugar al ajedrez en el viejo tablero de don Fermín, que su madre había guardado en el maletero de su armario como si fuera un trasto viejo. Al principio no le hizo mucha gracia, porque Amparo le había enseñado a mover las piezas pero no había llegado a explicarle el mecanismo del juego. Sin embargo, cuando empecé a enseñarle las aperturas, mostrándole por qué era importante no mover los peones al azar, y hasta dónde podría llegar si escogía uno u otro camino, la comprensión iluminó su rostro con una luz casi salvaje. Al día siguiente, le regalé un cuaderno con problemas elementales, para que se entretuviera practicando por las mañanas, y antes de Navidad, cuando ya podía levantarse y sentarse en una butaca, empezamos a jugar partidas enteras.

—Menos mal que me has enseñado tú —me dijo una tarde, después de que Amparo nos descubriera y saliera bufando de su habitación, sin decir nada—. Es que con mamá me aburría un montón. Por eso le da rabia que ahora me guste tanto.

—Ya —le sonreí, aunque sólo había adivinado a medias el motivo del disgusto de Amparo—. Es que ella siempre ha jugado muy mal.

—La conoces desde pequeña, ¿verdad? Me lo ha contado Experta, que te quiere mucho, ¿sabes?

—Y yo la quiero mucho a ella.

—Por eso la invitaste a tu boda, ¿no? —asentí con la cabeza, recordando la insistencia con la que Experta me había prometido en la comida que ella no había avisado a Amparo, antes de que María Aránzazu consiguiera ponernos a todos de buen humor con sus teorías sobre la libertad de las mujeres, y él me imitó, como si quisiera darse la razón a sí mismo—. Siempre me dice que te haga caso en todo, porque eres muy buen médico y muy buena persona.

Aquella tarde, cuando me despedí de él, descubrí que su madre estaba esperándome, y me bastó con mirarla para adivinar que iba a decirme que el niño estaba mucho mejor y ya no era necesario que viniera a verle todas las tardes. Me mostré de acuerdo con ella y después, con la esperanza de prolongarlas durante el mayor tiempo posible, me ofrecí a espaciar mis visitas hasta que José Antonio se recuperara del todo. Amparo se quedó callada un instante, como si mi mansedumbre la hubiera desconcertado, y volví a adivinar que a solas, de pie en el pasillo, se había preparado para una pelea cuya ausencia la obligó a escupir la verdad.

—Tenías que enseñarle a jugar al ajedrez, ¿no? —eso era lo que la había enfurecido—. Pues ya te has salido con la tuya, ya puedes dejarnos en paz.

Galdós escribió muchos *Episodios Nacionales*, pero hasta si se empeñaba en leerlos todos, mi hijo los terminaría alguna vez, para emprender nuevas lecturas que harían que fuera olvidando sus detalles poco a poco. Sin embargo, no olvidaría jamás quién le había enseñado a jugar al ajedrez, como no había olvidado yo que quien me enseñó a jugar fue mi abuelo. Eso era todo lo que heredaría de mí, y para afianzar su memoria, le hice una última visita después de darle el alta, cuando ya estaba preparado para perderle de nuevo.

—Hola —él mismo me abrió la puerta y me dio un abrazo tan fuerte que me hizo daño—. Pasaba por aquí, y he pensando en subir a preguntarte cómo te ha sentado volver al colegio.

—Pues... —se paró un instante a pensar y se echó a reír—. La verdad es que ahora, a veces, me parece hasta divertido, ¿sabes? Pero te echo de menos.

No fui capaz de responder a eso. Me quedé clavado en el umbral de la puerta y adelanté la mano derecha para tenderle la bolsa de papel que había traído, pero él la agarró para tirar de mí hacia el pasillo.

—¿Echamos una partida?

—No, yo... —era difícil resistirse—. ¿Está tu madre?

—¡Qué va! Se acaba de ir al teatro.

El 22 de enero de 1953, me suicidé sobre un tablero de ajedrez por primera vez en mi vida, pero cuando salí de casa de Amparo, mi vencedor estaba menos eufórico por su triunfo que por el regalo que le entregué como un trofeo que certificara mi derrota.

—¿Qué es? —me preguntó, al sacar de la bolsa una caja de madera de cerezo, con dos esferas de números romanos y pulsadores de latón dorado—. ¿Para qué sirve?

—Para jugar partidas rápidas de ajedrez. Son dos relojes, ¿los ves? —el mecanismo era muy sencillo y lo entendió enseguida—. Es para ti, un regalo por haber sido tan buen paciente y haberte curado tan deprisa.

—¿En serio?

Aquel reloj de ajedrez era la última posesión verdaderamente valiosa que conservaba del baúl que Experta había llenado en abril de 1939 con lo que le parecieron las cosas más caras de la casa del comisario Medina, pero él no podía saberlo. Sin embargo, se me quedó mirando con los ojos muy abiertos, el gesto de un adulto que se estuviera preguntando por qué un médico acaba de hacerle un regalo, un objeto tan extraño, tan antiguo además. Durante un instante, sentí que me reconocía, que de alguna manera había acertado a intuir la espesura de nuestra relación, pero aquella impresión duró sólo un instante. José Antonio Urbieta tenía catorce años y yo apenas le conocía. Por eso no pude adivinar que la gravedad de esa mirada se diluiría a toda prisa en un arrebato caprichoso, infantil.

—Vamos a echar una partida rápida, una, una sola, por favor, no tardamos nada, de verdad, te lo prometo...

Jugamos tres, y las gané todas. Luego le dije que tenía que irme, le engañé al prometerle que volvería por allí de vez en cuando, y me despedí de él con un abrazo, y ningún beso, en la puerta de su casa. Cuando llegué a la mía, cogí a Manuel en brazos, como hacía todas las tardes al volver de la calle Ayala, y estuve un buen rato jugando con él, mientras Rita me miraba con tanta concentración como si pretendiera interpretar cada uno de mis gestos, de mis palabras.

—Se lo has regalado, ¿no? —me preguntó aquella noche, y yo levanté las cejas aunque sabía de qué objeto estaba hablando—. El reloj de tu abuelo, el que estaba encima de la chimenea... Ya no está.

—Se lo he regalado, sí —admití—. Seguramente no le veré nunca más. Quería que tuviera algo mío.

—Pues... —abrió los labios, cerró los ojos, y deshizo en orden la misma secuencia antes de negar con la cabeza—. Nada —pero volvió a mirarme—. Es que... Sé que no está bien, que no debería pensar así, porque ese niño es hijo tuyo y estaba enfermo de verdad, ¿no? Pero me alegro mucho de que se haya curado porque... Me sentaba muy mal que fueras todos los días a casa de Amparo, ¿sabes? Y al principio, cuando estaba grave, pues... Pero ahora... —volvió a cerrar los ojos y arrugó toda la cara, como si acabara de probar un sabor horrible—. ¡Uf! Es que me da muchísima rabia que me pase esto, de verdad, me siento fatal, pero quería decírtelo porque... —entonces tuvo una idea, volvió a mirarme y casi sonrió—. Igual es por el embarazo, ¿no? Como estoy tan sensible, y lloro tanto...

—No lo sé, pero por eso te quiero tanto, Rita.

—¿Porque lloro?

—No. Por las cosas que te pasan.

En abril tuvimos una hija, una niña que estuvo a punto de llamarse Andrea pero al final se llamó Rita Guillermina. Poco después de que naciera, nos mudamos desde la Casa de las Flores, donde habíamos alquilado un piso de dos dormitorios cuyos balcones miraban de frente a los de la casa de Caridad, a un piso más grande en la calle Marqués de Urquijo. En el salón de nuestra nueva casa también había una chimenea, que tampoco encenderíamos nunca, y sobre ella, a partir de 1955, un antiguo reloj de ajedrez de madera de cerezo y marca Junghans, muy parecido al de mi abuelo. Mi mujer no dijo nada cuando lo puse en su sitio, pero desde que cumplió cinco o seis años, mi hijo Manuel les contaba a las visitas que, cuando fuera mayor, sería suyo. Nunca pagué aquel reloj, el regalo que el mejor cliente de La Meridiana me hizo en la Navidad de 1954.

—No me extraña que no lo encontraras —y me sonrió con su cara cortada—. No te imaginas el trabajo que me ha costado conseguirlo.

Rolf Steinbauer vivía en El Viso, tenía una empresa con sede en la Gran Vía, y a veces se despistaba, y tenía que devolverle los contratos que había firmado como Otto Skorzeny para que me los reenviara con su firma falsa, la única que le acreditaba como propietario de su compañía. Desde el verano de 1951, recurría a La Meridiana para enviar o recibir materiales y documentos, y aunque no me gustó volver a verle, nuestra relación seguía siendo amistosa, sin superar nunca el grado de confianza del trato que mantenía con otros clientes.

—Ahora la agencia es tuya, ¿no? —cuando me lo preguntó, la primera vez que vino a verme, ya sabía la respuesta.

—Bueno, los herederos de don Gabino conservan el treinta y cinco por ciento, pero el resto es mío, sí.

—*Wunderbar!* —me sonrió para darme a entender que imaginaba con qué dinero había comprado la mayoría de la empresa tras la muerte de su fundador—. Porque vamos a hacer negocios... No como los de antes, claro.

—Mejor —me esforcé en sonreír, porque aquella advertencia me había asustado—. Ya estoy mayor para aventuras.

—Yo mucho más —él también sonrió—. Eso acabó.

Durante los primeros meses, comentó un par de veces que le gustaría invitarme a su casa para conocer a mi familia, pero le di largas y no insistió. Desde entonces, ni siquiera hablábamos por teléfono, porque su secretaria hacía las gestiones directamente con la mía, pero comíamos juntos un par de veces al año porque lo contrario, teniendo en cuenta el volumen de negocio que implicaban las grandes importaciones de acero de las empresas alemanas a las que representaba en España, habría sido muy sospechoso.

En aquellas comidas, que siempre pagaba yo, nunca hablábamos del pasado. Mi cliente sólo mencionó de pasada, un par de veces, a Clara Stauffer, y nunca habló de Hans Lazar, ni del procedimiento al que había recurrido para desembarazarse de un cadáver sin nombre. Yo jamás pronuncié el de Adrián Gallardo, ni mencioné la calle donde estaba la sede de la Sociedad Europea de Comercio Exterior. Los dos asumíamos por igual que habíamos tenido mucha suerte y no nos interesaba seguir dándole vueltas. Yo conocía sus motivos, él ignoraba los míos, pero la partida estaba en tablas, y sería cómoda para ambos mientras habláramos solamente de negocios, de mujeres, de restaurantes o de pequeños asuntos cotidianos, como aquel antiguo reloj de ajedrez que no encontré en ninguna parte hasta que él se lo encargó a alguno de los contactos que conservaba en Alemania, para regalármelo por Navidad.

Sólo nos veíamos dos veces al año, pero pensaba en él muy a menudo, porque su regreso me había atrapado en un bucle tan paradójico como el que desencadenó el negocio que nos había puesto en contacto unos años antes. Si el comercio con el oro nazi me había convertido en un hombre rico, el trato de favor que recibía Skorzeny del régimen al que yo había pretendido derrocar, hizo de La Meridiana una de las agencias de transportes más prósperas e importantes de España. Mi fracaso había sido mi éxito, la muerte de mi esperanza, el origen de mi riqueza. Sabía que, si hubiera podido elegir, habría escogido lo contrario. Sabía también que el destino nunca me daría esa oportunidad. Por eso, y no por igualar el patrimonio de mis hijos varones, coloqué aquel reloj de ajedrez en un lugar donde no podría dejar de verlo.

Nunca conseguí que Manuel se aficionara al ajedrez. Su hermana Rita, en cambio, llegó a jugar muy bien, sobre todo partidas rápidas, pero aunque le prometí que algún día sería suyo, no le dejé llevárselo a su cuarto. Siguió encima de la chimenea del salón, como una clave de mi vida, la de un hombre que se llamaba Guillermo García Medina y vivía como Rafael Cuesta Sánchez, la de un médico que sólo lo era a medias y en secreto, la de un rojo que se había hecho rico trabajando para los nazis, la de un empresario de éxito que habría cambiado su despacho sin vacilar por una plaza en una simple Casa de Socorro, la de un hombre que ya había dejado de esperar, pero habría dado cualquier cosa por poder seguir esperando todavía.

A finales de 1951, una remitente desconocida me había enviado un paquete desde Buenos Aires. Reconocí a través del sobre la forma de una caja de bombones y no me sorprendió haber acertado. Tampoco que estuviera vacía. Desde entonces, todos los días me acordaba de Manolo, me preguntaba cómo estaría, dónde viviría, quién se habría comido los bombones de la caja que había certificado nuestro fracaso.

Todos los días, Francisco Franco se levantaba de su cama en el palacio de El Pardo para regresar a ella cada noche.

Todos los días, Rita decía que no aguantaría mucho más, que la situación de España era inconcebible, que antes o después tendría que pasar algo.

Todos los días, cuando me preguntaba si no estaba de acuerdo con ella, yo le decía que la quería.

Y eso, al menos, era verdad.

Es 21 de diciembre de 1959 y Dwight D. Eisenhower, presiden-te de los Estados Unidos de América, está en Madrid.

Su visita es la guinda de la tarta, el cartel publicitario de un proceso que se consuma seis años antes, concretamente el 23 de septiembre de 1953, cuando el ministro español de Asuntos Exteriores, Alberto Martín-Artajo, y Mister James C. Dunn, embajador de los Estados Unidos en España, firman el Pacto de Madrid en el palacio de Santa Cruz. El ministro de Comercio, Manuel Arburúa, acompaña al primero. El segundo acude en compañía del presidente de la Cámara de Comercio norteamericana en España, Mister Max H. Klein.

La disparidad del rango de sus representantes —dos ministros frente a un embajador y el dirigente de una asociación de empresarios— basta para indicar la desigual posición de ambos países. España ha intentado en vano que este documento tenga un rango superior, pero un tratado habría requerido la aprobación por mayoría del Senado de los Estados Unidos. Consciente de que no la conseguirá, el gobierno Eisenhower opta por un simple pacto entre gobiernos, que no necesita trámite parlamentario. La repugnancia que el régimen franquista inspira en público a los senadores norteamericanos no influye en la relación, menos ventajosa que abusiva, que su país entabla con el viejo amigo del Eje. Para el dictador, las ganancias son todavía mayores. El gran perjudicado es, como de costumbre, el pueblo español que, una vez más, no se entera de nada.

La embajada norteamericana envía a un fotógrafo para inmortalizar la firma del pacto, pero la prensa española no publica estas instantáneas. El *ABC* del 23 de septiembre de 1953 no informa sobre el acto que va a celebrarse en Santa Cruz. El interés de la jornada se centra en la visita del Caudillo a Orense, donde el día anterior ha inaugurado el Seminario Mayor del Divino Maestro, afirmando en su discurso que «el servicio de Dios y la grandeza de España marchan inseparablemente unidos a través de los siglos». El día en que se firma un pacto que afectará decisivamente a la soberanía nacional durante décadas, la única noticia que compite con el viaje del Caudillo a Galicia es un alucinante reportaje que informa de que Lavrenti Beria —todopoderoso jefe de la policía política de Stalin, detenido el 9 de julio de 1953 y ejecutado con posterioridad en circunstancias aún no completamente claras— está escondido en España. Un piloto soviético que conoce el terreno por haber combatido en la aviación republicana durante la guerra civil escoge un lugar de La Mancha de cuyo nombre nadie quiere acordarse, para dejarse caer en paracaídas junto con el desertor de la Unión Soviética, que según *ABC* está escondido en un pueblo cercano, a la espera de la llegada de agentes del FBI *(sic)* para pasarse con todos sus secretos a Occidente. Esta fábula sí alude al acontecimiento histórico del día, al atreverse a afirmar que el gobierno de Washington «no quería en modo alguno colaborar en la salida de Beria del territorio español sin contar con la previa autorización española, en vísperas, precisamente, del posible Acuerdo hispano-norteamericano».

Esta memorable exclusiva, publicada sin que nadie se moleste previamente en contrastar su autenticidad, le cuesta el puesto al director de *ABC*, Torcuato Luca de Tena y Brunet, destituido fulminantemente pocas horas después. Su sucesor, Luis Calvo, guarda el mismo silencio sobre el Pacto de Madrid. La portada del 24 de septiembre es para Alfredo di Stefano, que debuta en Chamartín, en un partido internacional contra el Nancy francés que su equipo, el Real Madrid, pierde por dos goles a cuatro. Hay que avanzar hasta la página 17 para encontrar una breve reseña que informa de la llegada de un grupo de senadores y militares norteamericanos a Madrid, sin explicar las razones de su presencia en España. Sus lectores muy bien pueden pensar que vienen a entrevistarse con Beria. Nada más lejos de la realidad.

El Pacto de Madrid consta de tres acuerdos. El primero detalla el armamento que el gobierno de Washington se compromete a entregar al régimen de Franco. Se trata de material de segunda mano, proveniente de la guerra de Corea, que ha finalizado sólo dos meses antes. La delegación norteamericana lo valora en 456 millones de dólares, cifra que los expertos franquistas consideran escandalosamente inflada en relación con el grado de uso de los materiales entregados, aunque estas armas modernizan los recursos del Ejército español, que hasta entonces sólo cuenta con armamento procedente de la guerra civil. Por si lo demás fuera poco, el gobierno de Washington impone al de Madrid un uso exclusivamente defensivo de dicho armamento. A pesar de la humillación que implica, la delegación española acepta esta limitación sin discutir, porque a estas alturas el enemigo interior representa un peligro mucho más grave que el exterior.

El segundo acuerdo alude a lo que, sólo con mucha generosidad, puede denominarse ayuda económica. Lejos de la incondicional esplendidez del Plan Marshall, los Estados Unidos ofrecen a España una línea de crédito de algo más de 1.500 millones de dólares a devolver en diez años, de los que el gobierno español tampoco puede disponer con libertad, puesto que deben emplearse forzosamente en la importación de productos norteamericanos.

El tercer acuerdo es el más importante a todos los efectos. Aunque en el texto se califica de «pacto de ayuda para la defensa mutua», en la práctica consiste en la cesión de territorio nacional para la instalación de cuatro bases militares norteamericanas. Inmediatamente comienza la construcción de tres bases aéreas, localizadas en Morón (Sevilla), Zaragoza y Torrejón de Ardoz (Madrid), y una naval situada en Rota, en la bahía de Cádiz.

Tras mantener la negociación y la firma del pacto en secreto, Franco no tiene más remedio que remitir el texto a las Cortes Españolas —simulacro de parlamento fundado en 1943 para guardar las apariencias ante los aliados— el 5 de octubre de 1953. Incluso en una dictadura apoyada en una censura férrea que no permite el menor margen de oposición, y aunque la prensa, como es obvio, no publica más que alabanzas sobre el pacto, el disgusto que sus términos provocan en los pseudoparlamentarios elegidos a dedo por el dictador llega a trascender, y se comenta con insistencia en muchos círculos. Los procuradores comprueban que, de entrada, los Estados

Unidos no asumen obligación alguna hacia España, por lo que de ningún modo se puede hablar de una alianza. Y les irrita descubrir la total exención de impuestos que se concede a todas las inversiones y gastos realizados por Estados Unidos en territorio nacional, para convertir España, no sólo a efectos fiscales, en una colonia.

El Pacto de Madrid consta además de un protocolo secreto que sólo se hará público muchos años después. Sus pactos adicionales permiten, por ejemplo, que Estados Unidos decida unilateralmente la utilización de las bases, que almacene armas nucleares en ellas —como en efecto hizo en Torrejón, a veintidós kilómetros de Madrid, y en Rota—, que la ayuda económica se destine casi exclusivamente a inversiones relacionadas con sus accesos, construcción y mantenimiento, o que los tribunales españoles renuncien a juzgar a cualquier ciudadano norteamericano que haya cometido un delito civil o penal en España y contra españoles, entregándolo a la jurisdicción militar norteamericana.

A cambio de semejantes regalos, tanta humillación, Franco obtiene el bien que más intensamente anhela, la integración de España en Occidente y su reconocimiento como líder del mundo libre en su lucha contra el comunismo.

Un día antes de que la ciudad de Valencia reciba el premio gordo de la Lotería de Navidad de 1959, el dictador recibe un premio todavía más gordo, casi tan valioso como el que las potencias del Eje le hacen en el verano de 1936.

Ese día, el Air Force One aterriza en la flamante base de Torrejón de Ardoz, y Francisco Franco, que espera al pie de la escalerilla, se funde con el presidente Eisenhower en un abrazo inequívocamente cariñoso.

En una fotografía que, esta vez sí, da la vuelta al mundo, el vencedor de la Segunda Guerra Mundial absuelve de todos sus pecados al Caudillo por la gracia de Dios, protegido y aliado de Hitler y Mussolini.

El 21 de diciembre de 1959, Francisco Franco vuelve a ganar la guerra.

Los antifranquistas se quedan total, clamorosa y definitivamente solos en el mundo, pero no por eso dejan de luchar contra la dictadura.

TOULOUSE, CASA INÉS, 16 DE AGOSTO DE 1968

La cocinera de Bosost, como la conocían sus clientes más antiguos, estaba tan atareada como cualquier viernes del mes de agosto a las dos menos cuarto de la tarde.

—¡Inés! —Angelita tendría que haberlo sabido—. ¡Sal un momento, que aquí te buscan!

—¡Ahora no puedo! —gritó, negando con la cabeza desde el fondo de la cocina—. Tengo mucho que hacer.

Parece mentira, refunfuñó entre dientes sin desatender el pil-pil, a quién se le ocurre venirme ahora con una visita, y tú menos que nadie, insistió sin dejar de mover la cazuela, total, sólo llevamos veinticinco años trabajando juntas, así que... En octubre de 1944, cuando llegó a Toulouse con el ejército de la UNE que había invadido el valle de Arán en vano, Inés Ruiz Maldonado se había incorporado a la cocina de una taberna pequeñita, una cooperativa de mujeres donde todas trabajaban las mismas horas, recibían el mismo salario y se repartían los beneficios. Desde entonces, habían prosperado mucho. Ahora eran las dueñas de un local que *La Dépêche du Midi* había definido como «el mejor restaurante español de Francia» antes de que, en 1966, la Guía Michelin le otorgara su primera estrella. Pero la comida no se hace sola... Al comprobar que la salsa ya había ligado, la dejó en manos de una pinche, corrigió un par de veces el ritmo al que la movía, y se fue a mirar el horno en el que se asaban dos lechazos. ¡Como alguien haya vuelto a olvidarse del romero, lo mato!, exclamó un segundo antes de que su nariz le revelara que no había sido así. Y en ese instante, Angelita no tuvo mejor ocurrencia que volver a la carga.

—¡Inés! —esa vez no se conformó con gritar desde la puerta—. Sal un momento, mujer, no seas terca —la cocinera se puso en jarras para dedicarle una mirada desafiante, pero la *maître* no se arredró—. Es un camarada que ha venido a verte desde España, y parece que tiene mucho interés. Se llama...

—Como si se llama Miguel de Cervantes —se apretó el gorro sobre la cabeza, le dio la espalda y abrió la puerta del horno—. Ahora no puedo marcharme de aquí, ya te lo he dicho. No sé cómo no lo entiendes, de verdad, parece que no me conoces...

Angelita puso los ojos en blanco antes de desaparecer e Inés ni siquiera se volvió a mirarla, no le hacía falta. Ellas, esas cuatro mujeres a las que ya no consideraba sus socias o sus compañeras de trabajo, ni siquiera sus amigas, porque a aquellas alturas eran mucho más que eso, tan parte de su familia como su marido y sus cuatro hijos, siempre le hacían el mismo reproche. Por más que el número de trabajadores a quienes empleaban hubiera crecido al mismo ritmo que el negocio, Inés seguía considerando que la cocina del restaurante era «su» cocina. Jamás había cuestionado la gestión del local, las campañas publicitarias, las reformas o las ofertas, pero no toleraba que nadie tocara un cucharón, y mucho menos que se atreviera a tomar decisiones, por nimias que fueran, sin su aprobación. El restaurante no llevaba su nombre por casualidad. Ella había sido la única chef de Casa Inés durante muchos años y ya era muy mayor para aprender a trabajar en equipo. Era también consciente de sus defectos, demasiada soberbia, demasiada exigencia, pero no sabía hacer las cosas de otra manera, y como su actitud creaba muchos problemas, algunas veces con otros cocineros y casi siempre con su hija Virtudes, que había heredado su talento, pero también su genio, se pasaba la vida pidiendo perdón.

La posibilidad de que Angelita pudiera ser la próxima destinataria de sus disculpas no disminuyó su satisfacción por habérsela quitado de encima en el momento más delicado de un viernes de agosto. Que han venido de España, iba pensando mientras metía la nariz en todas las cazuelas, pues sí, menuda novedad... Aquel día, como todos los de los últimos veranos, Casa Inés estaba completo, todas las mesas reservadas desde hacía meses, abarrotadas de españoles que seguían viviendo en su país. Y aunque no eran ni más ni menos compatriotas suyos que sus camaradas del exilio, siempre les hacía mucha ilusión recibirlos. La fama del restaurante había traspasado los Pirineos y la prensa franquista solía incluirlo en sus recomendaciones, pero la mayoría de los clientes que llamaban para reservar con meses de antelación no venían sólo a comer. Sabían que aquel local era un santuario del exilio comunista, un monumento a la memoria de la invasión de Arán, el restaurante que Pasionaria había elegido para celebrar su cincuenta cumpleaños, el hogar de un pequeño ejército de militares republicanos y guerrilleros antifascistas que comían o cenaban allí todos los días. Al principio, las dueñas de Casa Inés se resistieron a creer que su fracaso pudiera haberse convertido en un reclamo para tantos españoles jóvenes, educados en la dictadura, que ni siquiera habían hecho la guerra. Pero, con el tiempo, se animaron a pensar que aquel inesperado desenlace tenía el poder de convertir su derrota en una victoria final, duradera, tal vez definitiva, muchos años después de que se hubieran resignado a enterrar su última esperanza. La admiración con la que todos aquellos críos se quedaban mirando las fotos que decoraban las paredes, el orgullo con el que se identificaban como militantes del Partido, el respeto con el que pedían a los camareros que les tomaran una foto, solos o con cualquier luchador al que hubieran podido conocer, había conmovido a Inés hasta las lágrimas muchas veces. Pero siempre cuando había terminado en la cocina, se dijo aquel día, siempre después, nunca antes, antes jamás... Volvió a repetírselo tres cuartos de hora más tarde, cuando por fin se quitó el gorro, y asomó la cabeza para encontrarse con que no había nadie esperándola.

—¿Y esto? —le espetó a Angelita después de hacerle una seña para que se acercara—. ¿Dónde está esa visita tan importante, a ver?

—Se han ido a comer a otro sitio. Esto estaba lleno, y como no has querido salir, no me he atrevido a llevarles al reservado. Él me ha dicho que es amigo de Galán, así que si luego tu marido se enfada contigo, no te quejes.

—¡Buah! Pues sí... Que se atreva —volvió a ponerse el gorro

y se lo encajó bien sobre la frente—. Avísame cuando vuelvan, si es que vuelven.

Volvió a los fogones para supervisar los postres y se olvidó de los visitantes hasta que Angelita entró a buscarla. Entonces se quitó el gorro, se atusó el pelo, se miró un momento en el espejo que había colocado cerca de la puerta para esas ocasiones, y la siguió dócilmente al exterior. Eran más de las tres y la cocina estaba tranquila, aunque los últimos comensales acababan de sentarse a la mesa.

Los encontró de pie, junto a la barra, y los ojos de la mujer le impresionaron más que el aspecto del hombre, un español inequívoco, de su misma edad. Alto, delgado, de piel cetrina, tenía el pelo oscuro, la cara muy larga y gafas de pasta. Estaba absolutamente segura de que no le había visto nunca, pero se equivocaba al pensar que no le conocía.

—Hola, tú debes de ser Inés, ¿verdad? —le extrañó un poco que la tuteara de buenas a primeras, pero estrechó la mano que le había ofrecido con una sonrisa que también le pareció excesiva—. Yo soy Rafael Cuesta.

—¡Joder!

Lo dijo en un murmullo, y confió en que el visitante se diera cuenta de que aquella exclamación tan descortés no iba dirigida a él, sino a sí misma. Porque un simple nombre, un apellido, habían bastado para convencer a Inés Ruiz Maldonado de que acababa de meter la pata con quien menos lo merecía.

Rafael Cuesta había sido una persona importantísima para una joven cocinera española a la que el aceite de oliva no dejaba dormir por las noches desde que llegó a Francia. No podía cocinar con mantequilla sin desvirtuar el sabor, el aroma de todos sus platos, y el aceite francés, malo, escaso y carísimo, no era una buena alternativa. En la segunda mitad de los años cuarenta, cuando su marido empezó a trabajar como clandestino en el interior, intentó que le mandara aceite de oliva desde España en todos sus viajes, pero sólo lo consiguió una vez, y el suministro le siguió quitando el sueño hasta la primavera de 1949. En junio de aquel año, Comprendes, el marido de Angelita, guió hasta Toulouse a una veintena de guerrilleros de la Sierra Sur de Jaén que habían huido con sus familias. En aquel grupo llegó Fernanda, que siempre había sido carnicera pero se incorporó de buena gana a la cocina del restaurante, y se echó a reír el mismo día en que Inés estuvo a punto de echarse a llorar, al comprobar lo poco que quedaba en el último bidón que Galán le había mandado desde Zaragoza.

—Pero ¿qué es lo que quieres tú, aceite? Pues te vas a hartar, hija mía, porque mira... En Fuensanta no tendremos otra cosa, pero lo que son olivas... Para hartarse de verlas, no te digo más.

—Oye, Fernanda —Inés fue a buscarla un mes y pico después—. Ese amigo tuyo, Pepe, el que nos ha comprado el aceite... ¿Te fías de él?

Como de mi misma madre, contestó ella, pero ni siquiera esa respuesta tranquilizó a su jefa. Tenía razones para estar preocupada, porque en menos de seis semanas había recibido dos cartas de un tal Rafael Cuesta Sánchez, en sendos sobres de la misma agencia de transportes de Madrid. La primera era un simple albarán que acompañaba al envío de noventa litros de un aceite de oliva virgen de extraordinaria calidad. Pero en la segunda, el señor Cuesta Sánchez se dirigía directamente a ella para comunicarle, en el tono de una carta comercial, que había encontrado unas cajas de sidra El Gaitero y se las estaba guardando hasta que se le presentara la ocasión de enviárselas en buenas condiciones, porque eran muy frágiles.

Cuando Inés leyó estas palabras, hacía ya muchos meses que Galán, cuyo primer nombre de guerra había sido Gaitero, se había marchado a España, y no había vuelto. No volvió hasta el 28 de noviembre y entonces, entre otras cosas, le contó a su mujer que seguía vivo gracias a un médico clandestino que trabajaba en una agencia llamada La Meridiana, el mismo hombre que no había dejado de mandarle aceite cuando se presentó en Casa Inés para que ella no quisiera salir a saludarle y tuviera que irse a comer en otro restaurante.

—Perdóname, lo siento muchísimo, de verdad —después de haberle dado la mano, abrazó al recién llegado con todas sus fuerzas—. Es culpa mía, es culpa mía, yo no podía saber... Lo siento, lo siento en el alma...

—Pero... —el visitante se quedó mirándola con la boca abierta—. ¿Qué es lo que sientes?

—Pues que os hayáis tenido que ir a otro sitio a comer. Con todo lo que has hecho por mí, con la cantidad de aceite que me has mandado, y yo... —apretó los ojos como si le doliera seguir mirándole—. Y eso sin contar lo que pasó en Madrid, con Galán, en el 49...

Él le quitó importancia a lo que había pasado, le aseguró que habían comido muy bien, añadió a tiempo que estaba seguro de que allí habrían comido mucho mejor, y le presentó a su mujer. Cuando la cocinera agotó sus disculpas, le contó que había venido desde Madrid para ver a su marido. Quería comentarle un asunto y, como suponía que estaría de vacaciones, se le había ocurrido pasar por el restaurante, por si estuviera comiendo allí.

Al escucharle, Inés se dio cuenta de que estaba preocupado, adivinó que las noticias que traía para su marido no eran buenas y se absolvió a sí misma de todos sus pecados. Sin pedirles perdón ni una sola vez más, les guió hasta el último comedor del restaurante, al que sus dueñas llamaban el reservado de la familia, y tocó con los nudillos en la puerta para empujar el picaporte antes de obtener respuesta. Rafael Cuesta y su mujer entraron tras ella en una sala bastante grande, que albergaba una mesa ovalada para unos veinte comensales, muchos hombres y varias mujeres que en aquel momento fumaban mientras se tomaban una copa.

—Sentaos, por favor —se limitó a decir mientras arrimaba dos sillas a la cabecera donde estaba su marido, y al escuchar su voz, él se volvió a mirar a los recién llegados.

—¿Rafa? —primero se puso las gafas que llevaba colgadas de un cordón—. ¡Rafa! —después se las quitó a toda prisa para lanzarse a abrazarle—. Rafa...

Hacía casi veinte años que no se veían, pero hablaban por teléfono a menudo. Cuando el marido de Inés escapó de la policía atravesando el escaparate de una confitería, se quemó para el trabajo clandestino. Al regresar a Francia, después de darle muchas vueltas, acabó montando una empresa de importación y exportación, un negocio en el que solía recurrir a La Meridiana, que tenía una flota de vehículos mucho más grande que la suya, para envíos pequeños, cuyo volumen no hacía rentable el uso de un camión. Además, aunque Rafa nunca había llegado a afiliarse al Partido, se hacía cargo de muchos de los envíos que circulaban entre España y el exterior.

Inés, que sabía todo esto, les dejó para volver a la cocina y encargar unos postres. Antes de recogerlos, se quitó el delantal, anunció en voz alta que se iba al reservado y, como nadie dijo nada, preguntó si había algún problema en que les dejara solos. Su hija Vivi puso los ojos en blanco, ni más ni menos que Angelita dos horas antes, antes de contestar que no, que ninguno.

—Ya sé que habréis tomado postre, lo sé, lo sé —se anticipó a sus invitados mientras ponía los platos entre los dos—, pero os he traído esto, por si os apetece probarlo.

—Claro que sí, muchas gracias —Rafael Cuesta sonrió antes de retomar su conversación con Galán—. Lo que pasa es que es un favor un poco delicado. Por eso no me he atrevido a contártelo por teléfono...

Al día siguiente, los subordinados de Inés celebraron los terapéuticos efectos que aquella visita parecía haber desarrollado sobre el carácter de su jefa.

Angelita, que la conocía mucho mejor, pronosticó que la mejoría no duraría demasiado, y acertó.

Al cabo de dos semanas, la chef de Casa Inés volvió a decidir incluso el ritmo al que debían machacarse los ajos en los morteros de «su» cocina, pero nunca dejó de asomarse a la puerta cuando le anunciaban que tenía visita.

MADRID, 26 DE OCTUBRE DE 1968

Creía que estaba preparado, pero cuando Ricardo aparcó el coche en la zona reservada para los abogados, la fachada de la cárcel me devolvió una sensación casi olvidada, como si sus ladrillos tuvieran dedos capaces de penetrar en mi garganta para obligarme a regurgitar el poso agrio de una mala digestión de la que creía haberme librado mucho tiempo atrás. No había vuelto a detenerme en aquella estación, a mitad de camino entre el miedo y la náusea, desde la remota primavera de 1939, mientras deambulaba por la ciudad sin descanso cada día, para no volverme loco en un cuarto del hostal Moderno del Puente de Vallecas.

—Tranquilo —Ricardo me apretó el brazo izquierdo mientras sonreía—. Ya sé que impresiona, pero no te preocupes. Todo va a salir bien.

Seis meses antes, el 11 de mayo de 1968, sábado, había ido al cine con mis dos hijas. Rita tenía que asistir a una asamblea donde iba a discutirse la postura del Partido en las protestas que estaban sacudiendo la Complutense, y antes de celebrarse, aquella reunión arrojó ya una consecuencia importante para mí. Te quedas con la niña, me advirtió mi mujer, porque Manuel, que tenía diecisiete años, salía los fines de semana por su cuenta, y Rita, que acababa de cumplir quince, solía quedar también con sus amigas. Sin embargo, aquella tarde decidió venirse con Andrea y conmigo aunque la cartelera no daba mucho de sí. La única película de estreno para todos los públicos que encontré era un musical inglés, *La mitad de seis peniques,* que ponían en el cine Paz.

Llegamos con tiempo para encontrar buenas entradas, compramos palomitas y vimos una película larguísima en la que me dio tiempo a dormir un rato. Andrea, que tenía siete años, se aburrió bastante, pero su hermana, en la plenitud de la edad del pavo, se emocionó como una tonta con el repentino millonario que permanece fiel a la promesa de amor que le hizo a una muchacha pobre, guapa y buena, cuando era un simple obrero sin un céntimo. Sin embargo, aquel musical quedó grabado para siempre por igual en la memoria de los tres. No por su argumento, ni por sus canciones, sino por una banda sonora diferente, aunque no tan distinta del espíritu de la novela que la había inspirado.

—¡Obreros y estudiantes, unidos y adelante!

Antes de llegar a la glorieta de Bilbao escuchamos esa consigna multiplicada por un coro de voces jóvenes, airadas, cuyo eco provocó una estampida en una acera repleta de peatones que entraban o salían de los cines. A través del hueco que abrieron al dispersarse, vimos que un centenar de personas habían cortado el tráfico de la plaza, invadiendo el primer tramo de la calle Carranza.

—¡El hijo del obrero, a la universidad!

Andrea se asustó, me cogió de la mano, empezó a lloriquear.

—¿Qué es eso, papá? —y se escondió detrás de mi abrigo—. ¿Quiénes son esos?

Hacía muchos años que no veía, y aún menos escuchaba, algo semejante, y el espectáculo me dejó tan atónito que ni siquiera me acordé de contestar. Lo hizo mi hija Rita, con un desparpajo que terminó de aturdirme.

—No pasa nada, Andrea. Estos son los buenos, los amigos de mamá.

—Sí, bueno, son... Son los buenos, claro —me pareció tan raro decirlo en voz alta, que ni siquiera me pregunté cuántos años habían pasado desde la última vez que me había atrevido a hablar de política en la calle—. Vamos a verlos.

Nos acercamos hasta el borde de la acera y no éramos los únicos, pero nadie nos disputó la primera fila.

—¡España, mañana, será republicana!

Eran muy jóvenes, estudiantes universitarios de los primeros cursos, apenas dos, tres años mayores que mi hijo Manuel, y había casi tantas chicas como chicos, ellas con el pelo corto o larguísimo, las piernas enfundadas en pantalones muy anchos o descubiertas por faldas muy cortas, ellos con la nuca oculta bajo las greñas y los faldones de la camisa visibles bajo el jersey, por fuera del cinturón. Lo que estaban haciendo se llamaba salto, Rita me lo había contado, pero hasta aquel día no había visto ninguno. Pensaba que, una vez más, mi mujer exageraba, que se dejaba llevar por esa incombustible pasión que la impulsaba a fabricar montañas de fe con granos de arena, y sin embargo, al verlos actuar me pareció que estaban bien organizados, hasta acostumbrados a cortar el tráfico. El ruido de las primeras sirenas que se acercaban desde la izquierda me lo demostró, porque en un instante, sin necesidad de coordinarse, sin dar señales de desconcierto ni esperar a que alguno diera la orden de retirada, salieron disparados en todas direcciones. Estaban entrenados, corrían muy rápido y daba gusto verlos, pero al distinguir un estrépito de cascos de caballos que se aproximaba desde la derecha, recuperé la cordura a tiempo para agarrar con una mano a cada una de mis hijas, pedirles que corrieran y alcanzar con ellas el refugio de un portal.

Desde allí no podía ver nada, pero el ruido de las sirenas y las bocinas me sugirió que los coches taponados por los manifestantes tardaban en arrancar más de lo que le habría gustado a la policía. Antes de que terminara de pensarlo, una pareja entró desde la calle. No tendrían más de veinte años y venían jadeando, el chico tirando de la chica, que avanzaba a la pata coja porque se había torcido un tobillo. Cuando nos vieron, se asustaron y frenaron en seco, mirándose entre ellos como si no supieran qué hacer.

—Tranquilos —les dije en voz baja—. Entrad, poneros detrás de mis hijas.

—Gracias, señor —murmuró él.

—De nada, pero métete la camisa dentro del pantalón porque está bajando alguien por la escalera.

Eran dos mujeres, una anciana que avanzaba con dificultad y una mujer de unos cincuenta años, con aspecto de sirvienta, y las dos se asombraron por igual al descubrirnos, los cinco muy juntos, agazapados contra la pared.

—Buenas tardes —respondí a su saludo y les hice una advertencia de propina—. Yo que ustedes no saldría a la calle ahora. Ahí fuera está la policía, ha debido de haber una manifestación o algo...

—¡Ay, por Dios! —la anciana se tapó la cara con las manos—. ¡Jesús, María y José!

Habían bajado andando, pero subieron en ascensor al primer piso. Cuando el motor se detuvo y escuché el ruido de una puerta que se cerraba, me dirigí a los chicos.

—¿Cómo os llamáis? —sólo después de averiguarlo me volví hacia mis hijas—. Alberto y Cristina, tenéis que acordaros. Ellas se llaman Rita —la señalé con el índice—, y Andrea. A ver, Andrea, ¿cómo se llaman?

—Alberto y Cristina.

—Muy bien, repítelo tres veces... —lo recitó como si fuera una lección, los ojos apretados de concentración—. Alberto es tu primo, ¿vale?, y Cristina es su novia.

—Pero si yo no tengo primos...

—Ya, pero ahora tienes uno —y se lo señalé con el dedo—. Él —mi hija sonrió, como si le gustara mucho la idea, y me presenté a los desconocidos—. Yo me llamo Rafael, Rafa para vosotros, que vais a ser mi sobrino y su novia, ¿de acuerdo? Hemos ido todos al cine Paz, a ver una película que se llama *La mitad de seis peniques,* ¿entendido?

—Ya la he visto —comentó él, y al mirarle con más atención, me fijé en que llevaba un jersey de cuello de pico, azul celeste, que mostraba en negativo la huella de la corona de laurel que alguien, tal vez él mismo, había deshecho, levantando el hilo con la punta de unas tijeras, para liberarlo de la infamia de la marca—. Es un coñazo.

—¡Qué va! —protestó Rita—. A mí me ha encantado, es muy romántica y...

—Eso luego. Ahora vamos a salir de aquí. Si nos pregunta la policía, hemos ido todos juntos al cine, hemos entrado a las cuatro, hemos salido a las seis menos diez, y nos hemos encontrado con el salto. No, con el salto no —recordé a tiempo—. Vamos a decir mejor manifestación... —me quedé pensando—. No, tampoco. Jaleo. Nos hemos encontrado con el jaleo, o con el barullo, o con el follón, lo que más os guste, y nos ha dado miedo seguir en la calle porque Andrea sólo tiene siete años y se ha asustado mucho. Por eso nos hemos metido en el primer portal que hemos encontrado. Lo más importante es que no os pongáis nerviosos. Y si os piden el carné, lo enseñáis como si tal cosa, ¿de acuerdo? —miré a Alberto, a Cristina, y mientras asentían, estuve ya seguro de que ambos provenían de buenas familias burguesas—. ¿De acuerdo? —miré a mis hijas y solamente Rita movió la cabeza.

—Yo es que no me he enterado muy bien —dijo Andrea—. Sólo de que tengo un primo...

—No importa, cariño. Tú no hables, ¿vale? Pase lo que pase, tú tienes que estar callada.

Salimos del portal con una expresión risueña. Cristina llevaba a Andrea de la mano y jugaba a balancearla, pero nuestra idílica estampa familiar no evitó que una pareja de la policía armada nos diera el alto, con mucho respeto, eso sí.

—Buenas tardes, señor —el que se dirigió a mí se llevó la mano a la gorra a modo de saludo—. ¿Viven ustedes en ese edificio?

—No —le respondí, y repetí palabra por palabra la historia que había contado en el portal, con un par de jaleos incluidos.

—¿Me permite su documentación?

—Naturalmente —se la di, y mientras la estudiaba, Andrea se puso tan nerviosa que me desobedeció.

—Mi primo Alberto —le dijo al otro policía— dice palabrotas —entonces le miró—. Has dicho que la película es un coñazo, y coñazo es una palabrota.

—¿Y qué hago? —era un hombre joven y la ocurrencia de mi hija le hizo gracia—. ¿Le regaño?

—Sí —Andrea se echó a reír—, regáñele.

—No se dicen palabrotas, Alberto.

—Gracias, señor —su compañero me devolvió la documentación y no pidió ninguna otra—. Buenas tardes.

Mientras nos alejábamos, Alberto iba diciendo que Andrea era una chivata aunque le prometía no decir palabrotas nunca más, pero al cruzar Fuencarral para enfilar la calle Hartzenbusch, todos dejamos de hablar al mismo tiempo. Giramos a la derecha en Palafox para desembocar en Luchana y seguimos andando, tan serios y concentrados como si formáramos parte del cortejo de un entierro. Mis protegidos todavía estaban asustados. Yo, mucho más que ellos.

Hasta aquel momento, siempre había tenido presentes las instrucciones que Manolo Arroyo me dio más de treinta años antes, procura no meterte en líos, y si no te detiene la policía, todo irá bien. Me había metido en muchos líos, pero mientras actuaba como médico clandestino, los riesgos que corrían mis pacientes justificaban los míos, y cuando él mismo me reclutó para la organización Stauffer, Clara y sus amigos me cubrían las espaldas, Steinbauer hasta el final. Aquella tarde, sin embargo, me había expuesto a una detención sin red, sin ninguna necesidad y con mis hijas de la mano. Sabía que la identidad de Rafael Cuesta Sánchez estaba demasiado consolidada, avalada por treinta años de buena conducta y presente en multitud de documentos públicos, como para resultar sospechosa a aquellas alturas, pero mi imprudencia me alarmó, y el orgulloso placer que me había inspirado me asustó mucho más. Mientras intentaba serenarme pensando que, al fin y al cabo, todo había salido bien, el súbito llanto de Andrea me rescató de mi pensamiento.

—Perdóname, papá, lo siento mucho —era la que más se parecía a su madre y había heredado su talento, una cautivadora facilidad para hacer el payaso incluso en los momentos más dramáticos, un don que hacía muy difícil que yo llegara a enfadarme con ninguna de las dos—. He hablado, he hablado, yo no quería, pero he hablado...

Su estallido aportó un final risueño, hasta divertido, a nuestro encuentro.

—Muchísimas gracias, señor —Alberto me tendió la mano y sonrió—, tío Rafael.

—Eso —mientras se la estrechaba, sonreí yo también—. Mucha suerte, y hasta otra.

—Muchas gracias —Cristina, más expresiva, me dio un abrazo cauto y un beso en la mejilla, pero no se alejó de mí más de dos pasos—. ¿Puedo hacerle una pregunta?

Su amigo, que ya había empezado a andar hacia el metro, se volvió de pronto, como si hubiera adivinado tan bien como yo de qué pregunta se trataba.

—Claro.

—Es que me gustaría saber... ¿Es usted... —bajó la voz como si la palabra que estaba a punto de decir le diera miedo— rojo?

—Pero, Cristina, por favor —la regañó Alberto—, ¿cómo se te ocurre...?

Levanté una mano en el aire para disculparla, porque no me había ofendido. Tampoco me resultó difícil verme con sus ojos, con los del policía que acababa de tratarme con tanta consideración. Yo era un señor de cincuenta y cuatro años, vestido con una americana de cheviot, pantalones de *sport*, camisa beige y corbata de seda, todo perfectamente burgués y de tanta calidad como la educación de sus hijas, la menor con un vestido blanco estampado con flores burdeos, a juego con su chaqueta de punto, la mayor con una minifalda blanca, pero no tan corta, una camiseta de rayas y sandalias rojas, como un anuncio publicitario del grado de rebeldía estilosa, incluso elegante, que podía permitirse una buena chica de la época, el mismo código al que se atenía la vestimenta de la propia Cristina. Eso también formaba parte de mi impostura, la cobertura que me había permitido llegar sin tropiezos hasta aquel día y le había ahorrado disgustos a mi mujer, pero aquella pregunta no llegó a los oídos de Rafael Cuesta Sánchez. Antes de alcanzarlos halló otro camino, un desvío que conducía directamente hasta Guillermo García Medina, el hombre desaparecido, inexistente, que nunca había llegado a olvidar que era nieto de su abuelo. Y fue él, mi yo verdadero, quien respondió.

—Lo soy —contesté en voz alta—. Desde mucho antes de que tú nacieras.

Cristina asintió con la cabeza y ninguno de los dos comentó mi respuesta. Les miré en silencio hasta que se metieron en el metro, y paré un taxi porque no tenía ganas de andar. Al ver el portal de mi casa, decidí que tampoco tenía ganas de subir. Estaba demasiado nervioso, demasiado excitado como para dar aquella tarde por concluida. Para prolongarla, invité a mis hijas a merendar en una cafetería.

—Oye, papá —Andrea abrió una boca manchada de nata y del chocolate que había escogido para comerse las tortitas—. ¿Es verdad que tú eres...?

—¡Cállate, Andrea! —intervino su hermana—. Eso sí que no se dice.

—Eres una mandona, Rita. ¿A que sí, papá, a que se puede?

—Pues... —escurrí el bulto como pude—. Oye, al final no hemos hablado de la película. A ver, ¿tú qué opinas? ¿Es un coñazo o no es un coñazo?

Andrea, a la que nada apasionaba tanto como las palabrotas, se echó a reír y no volvió a sacar el tema. Cuando llegamos a casa, se fue a jugar a su cuarto mientras Rita y yo echábamos una partida en el salón.

—Y tú... —murmuré antes de mover—. ¿Cómo es que sabes tanto?

—Papá, por favor —negó con la cabeza varias veces, como si no pudiera creer lo que acababa de escuchar, y me contestó en voz alta—, que tengo quince años. ¿Tú qué te crees, que soy tonta?

Llevaba las blancas y ganó, porque cada vez analizaba mejor y porque nunca logré concentrarme en aquella partida. Le pedí la revancha y no me la concedió. Sí, hombre, exclamó, para una vez que te gano... En ese instante, Rita abrió la puerta y la seguí hasta nuestro dormitorio.

Cuando volvió para anunciar que la cena estaba lista, detecté en sus ojos un brillo burlón que no había visto antes, mientras me contaba cómo había ido su reunión. Yo correspondí con el relato del salto, pero antes de que pudiera completarlo, Manuel, que acababa de llegar, nos interrumpió para preguntarle a su madre si se podía comer lo que había traído de la calle. Ella respondió que no, que era todo para cenar, y como no se fiaba mucho de su propia autoridad mientras el mármol de la cocina estuviera lleno de paquetes, salió disparada hacia allí para vigilar sus compras.

—Has hecho una gilipollez —aquella noche nos costó mucho trabajo quedarnos solos, pero al filo de la medianoche, mi mujer se puso una copa, me dio otra, y se sentó a mi lado en el sofá del salón—. Lo sabes, ¿verdad?

—¿Quién te lo ha contado, Ri? —nos habíamos acostumbrado a llamarla con aquel diminutivo que a su madre siempre le había parecido ridículo, para no confundirlas.

—Claro. Si tengo que esperar a que me lo cuentes tú...

Al mirarla, comprobé que ella era, con mucho, la más insensata de los dos, porque la gilipollez que había hecho le inspiraba una satisfacción más completa que la rotundidad con la que había aparentado censurarla.

—Total, unos pobres chicos —resumí—. Estaban muertos de miedo, y a mí, ¿qué me iba a pasar? Nos hemos escondido antes de que los grises se bajaran de las lecheras y ellos han llegado al portal tres segundos después, así que... Estaba seguro de que no nos habían visto —le di un sorbo a mi copa y la miré—. ¿Qué habrías hecho tú?

—¿Yo? —mi pregunta la sorprendió más de lo que yo, quizás también ella, esperaba—. Me habría ido corriendo, desde luego. Eso no quiere decir que me parezca mal lo que has hecho, me parece muy bien, como puedes suponer, pero yo no habría sido tan gilipollas, ni tan valiente, y estando con las niñas, menos. Ni siquiera me habría metido en un portal. Habría torcido por cualquier bocacalle y me habría largado de allí echando leches.

—¿En serio? Bueno, pero porque tú les conoces, les has visto más veces, te han detenido. Tú estás siempre pendiente de los grises, pero yo... Yo no había vuelto a estar en una manifestación desde 1939, ¿te imaginas? Y me he emocionado tanto al verles, y sobre todo al oírles... España, mañana, será republicana, decían —ella sonrió, asintió con la cabeza—, así que supongo que me he vuelto un poco loco.

Desde que tuvo a Manuel, Rita era extremadamente cuidadosa, pero así y todo, acumulaba dos detenciones. La primera vez, a mediados de los cincuenta, había caído en una redada indiscriminada, había logrado persuadir al juez de guardia de que ella sólo pasaba por allí y la habían soltado enseguida. La segunda vez, en el verano de 1960, estuvo retenida más de veinticuatro horas. La policía había irrumpido en una reunión que se celebraba en casa de una actriz, que había tenido la precaución de repartir copias de una obra teatral entre los asistentes. El comisario no se tragó la bola de que los detenidos eran un grupo de teatro aficionado que se había reunido para preparar un montaje, pero al registrar el piso, sus hombres no encontraron nada. Mientras ordenaba un segundo, luego un tercer registro tan infructuoso como los anteriores, yo hablé con el primogénito de don Gabino, subsecretario en el Ministerio de Agricultura, le conté que Rita estaba embarazada de cuatro meses, y conseguí que saliera a la calle dos días antes que los demás. Cuando fui a recogerla, me prometió solemnemente que no volverían a detenerla nunca jamás, y hasta aquella noche, había cumplido su promesa.

—No, si claro que me lo imagino —dictaminó después de pensar un poco—, que te hayas emocionado y eso, porque la verdad es que es muy emocionante ver a gente tan joven gritando esas cosas, pero lo que me extraña... —hizo una pausa, miró su copa, por fin a mí con una expresión cautelosa, casi tímida—. No te ofendas, pero me parece raro que te haya dado por ahí precisamente a ti, que nunca has querido meterte en nada.

—¿Que yo nunca he querido meterme en nada?

—Vale, como médico sí —se corrigió a toda prisa y me di cuenta de que había malinterpretado mi asombro, confundiéndolo con una indignación que no existía—, digo en otras cosas. Tú nunca has querido militar, ¿no?, y por eso... Que lo que haces es muy valioso, que conste, más de lo que hacen otros, pero...

—Mira, Rita —la interrumpí antes de que siguiera dando vueltas al mismo argumento, igual que un burro enganchado a una noria—, llevo veinte años buscando el momento de contarte una historia, una parte de mi vida de la que no sabes nada.

—Pero que no hace falta, ¿eh? Que tampoco te lo tomes...

—No —volví a interrumpirla—. Sí hace falta, a mí me hace falta. Voy a explicarte por qué nunca se me ha ocurrido militar, así que cállate y escúchame.

Arranqué desde un principio que ya le había contado, ¿te acuerdas de mi amigo Manolo, el secretario de Azcárate al que Negrín le pidió que viniera a Madrid en el 37?, y llegué hasta un final tan reciente que desembocó en el restaurante donde había comido con Rolf a finales de enero, y donde quizás volvería a citarle en un par de meses.

Antes de empezar, no estaba muy seguro de hasta dónde quería llegar, pero lo confesé todo sin habérmelo propuesto. Hablé y hablé durante casi tres horas, sin más interrupciones que las imprescindibles para rellenar las copas o ir al baño, y me sentó tan bien que mi cuerpo fabricó para mí un perfecto espejismo de ligereza. Mientras los episodios más turbios de mi vida se disolvían en mi boca para ascender como un gas sucio, caliente, abocado a condensarse, a recobrar su forma y su estructura al topar con el techo del salón de mi casa, yo hablaba mirando al reloj de ajedrez que reposaba sobre la chimenea. No quería ver las nubes negras que ensuciaban la blanca tersura de la escayola con su color tétrico, tormentoso, pero sentía que mi lengua arrojaba lastre con cada palabra para crear en mi interior huecos nuevos, húmedas y confortables cavidades que antes no existían. Muy pronto percibí que mi repentina liviandad tenía un precio. A medida que mi cuerpo perdía peso, casi podía ver cómo su gravedad se iba transfiriendo poco a poco a la delicada silueta de mi mujer.

Ella apenas habló, sólo para aclarar un nombre, alguna fecha. Atendía a mi monólogo con los ojos muy abiertos y una expresión rítmicamente cambiante, como si su ánimo fuera un péndulo condenado a oscilar sin pausa entre varios círculos concéntricos, el miedo y la admiración, la tristeza y la melancolía, el reconocimiento y la extrañeza. Y aunque se rió algunas veces, con tantas ganas como si el español mexicano de Meg, mi pánico a montar en burro o las cursilerías que le escribía a Miss Murray le hicieran mucha gracia, a medida que mi historia avanzaba, la tristeza iba ganando la partida. Su victoria era tan inexorable que cuando su cuerpo empezó a encogerse, para adaptarse al hundimiento de su espíritu, dejé de mirar al suelo para hablar con los ojos fijos en los suyos, pero no conseguí verlos más. Su ausencia no me inquietó. Comprendí que necesitaba estar sola para escuchar, para creer, para sumergirse en la hondura de una pena que no podía compartir con nadie. Ni siquiera conmigo.

En el primer tramo de mi confesión, lo que más me asustaba era presentarme ante ella como un asesino, pero sólo al afrontar la descripción del crimen clavó su mirada en la mía. No la apartó ni un instante mientras yo evocaba los detalles, el peso de la cabeza de Adrián Gallardo sobre mi estómago, el calor pegajoso de su sangre, el temblor de mis manos, el miedo, la culpa y aquella camisa húmeda de la que me desprendí en la plaza de Ópera, mientras ella se arreglaba en casa de su madre para cenar conmigo media hora después. Sus ojos inmensos y extraños, a los que el paso del tiempo no había arrebatado ni un ápice de su belleza, su turbadora semejanza con los que habría trazado sobre un muro el antiguo pincel de un artista egipcio, expresaban tanta compasión como si pretendieran absolverme de todos mis pecados, pero la paz que transmitían no duró mucho. Cuando ya no había vuelta atrás, me pregunté si tenía derecho a hacer lo que estaba haciendo, si Rita, tan perfecta en su inmaculada pureza de luchadora alegre y candorosa, merecía escuchar una verdad tan grande, tan sucia, tan fea casi siempre, después de haber vivido conmigo y sin ella durante tantos años. Al terminar, ya había encontrado la respuesta.

—Perdóname —ella seguía callada, agachada e inmóvil, mirando hacia abajo—. No debería haberte contado esto. Tenías tú razón, no hacía falta...

—No —se incorporó, se movió hacia mí, me abrazó, y sus brazos me parecieron tan fuertes, tan sólidos, como si su voluntad me estuviera rescatando de un abismo, del fondo del mar, del filo de un precipicio—. No me pidas perdón, soy yo la que tiene que pedirte... —escondió la cabeza en mi pecho, la movió para negar con ella y desde allí siguió hablando—. ¡Qué horror!

Aquellas dos palabras lo resumían todo, porque todo había sido un horror, y unos minutos antes de las cuatro de la mañana, nos fuimos a dormir sin decir muchas más. El sueño me fulminó antes de que pudiera darme cuenta, y no me desperté hasta que Andrea levantó la persiana y se nos tiró encima. Rita me dijo que iba a quedarse en la cama un poco más porque no había dormido nada, pero todavía no me había dado tiempo a terminar el café cuando vino a buscarme, con muy mala cara.

—He estado toda la noche dándole vueltas, y... No lo entiendo —me dijo en un susurro cuando nos quedamos solos—. ¿Qué pasó al final?

—Nada —sonreí, interpretando el sentido de su pregunta sólo a medias—. No pasó nada, porque no salió bien. Por eso me mandó Manolo una caja de bombones vacía. No puedo contarte los detalles porque no los sé.

—Pero... Pero ¿cómo es posible que ese hijo de puta siga en El Pardo? —y me miró con ojos de Andrea, la expresión de una niña de siete años que no comprendía lo que estaba sucediendo a su alrededor—. ¿Qué más tiene que pasar para que le echen? ¿A cuánta gente más tiene que matar, a cuántos asesinos más tiene que proteger, qué más tiene que hacer? —la abracé para ahorrarle una respuesta que conocía tan bien como yo, pero no se rindió tan fácilmente—. Y nosotros... ¿Qué hemos hecho nosotros para que nos vaya peor que a los nazis? ¿Por qué no valemos nada? ¿Por qué nunca le importamos a nadie?

La mantuve abrazada en el centro de la cocina, besándola en la cabeza como a un bebé, hasta que se le pasaron las ganas de seguir haciendo preguntas, y mi silencio la acompañó de vuelta a la cama, de la que no se levantó hasta la hora de comer.

—Estoy muy orgullosa de ti, que lo sepas.

Se había duchado, se había vestido y se había pintado, una decisión insólita en ella casi siempre, más un sábado por la mañana. El maquillaje no era tanto una promesa de entereza como una táctica para borrar las huellas de una debacle que aún se advertía en la lentitud de sus pasos, en la torpe articulación de sus movimientos, en la inflamación que sobrevivía en sus ojos a un disfraz de lápiz negro y mucho rímel. Me besó en los labios, y al separar su cabeza de la mía, sonrió con una trabajosa convicción antes de hacerme una pregunta más, la última.

—¿Nos invitas a comer por ahí, como si fuéramos nazis?

Al volver de la taberna de Argüelles donde habíamos cenado tantas veces cuando éramos novios, todo parecía haber vuelto a la normalidad. No era cierto. Entre el 11 y el 12 de mayo de 1968 cambiaron muchas cosas, y no sólo dentro de Rita, que tardó más tiempo del que yo esperaba en recobrar la fe, la inmarcesible confianza en un futuro feliz que yo había arruinado al abrir en su superficie grietas que nunca llegarían a cerrarse del todo. También cambiaron dentro de mí. Porque si al salir del cine Paz no hubiera pasado nada, habría acompañado a mi mujer igual, el sábado siguiente, al concierto de Raimon, pero no habría podido presentarle a Alberto y a Cristina, que vinieron a saludarme, muy sonrientes, y sobre todo, no habría leído con tanta atención la edición del *Informaciones* que, unos días más tarde, publicó la lista de los detenidos por las protestas de la Universidad Complutense, y entre ellos, junto a las iniciales J.A.U.P., el alias de un profesor de Económicas, militante comunista, que era también conocido como Guillermo García Priego.

—¿Qué pasa, le conoces? —mi amigo Federico, el único clandestino con quien mantenía un contacto ininterrumpido desde que Pepe Moya me reclutó como médico en 1941, porque sólo podía moverse en una silla de ruedas y nunca le habían detenido, me miró con extrañeza.

—Creo que sí —nunca le había preguntado por nadie, pero tampoco quise explicarle los motivos de mi interés—. Las siglas coinciden con un nombre que conozco y el alias también me suena.

—¿Y qué quieres saber?

—Pues no sé, cualquier cosa que me ayude a estar seguro de si es él o no... —me paré a pensar—. Su fecha de nacimiento, por ejemplo, y el nombre de su madre. Con eso bastaría.

Tres días más tarde, me entregó una copia del primer folio de la instrucción de la causa abierta contra un subversivo nacido el 11 de septiembre de 1938, hijo de un tal Juan Urbieta Campos y de Amparo Priego Martínez.

—Me lo ha dado su abogado, que es muy buen chaval —y de repente, se dio cuenta de algo más—. Oye, y yo creo que también le conoces, ¿no? Bueno, a él no, pero... A ver si lo digo bien —se paró a pensar como si necesitara coger carrerilla—. Ricardo, el abogado este, es sobrino de la mujer de aquel camarada que tuvimos escondido hace veinte años, ¿te acuerdas? El que atravesó el escaparate de una pastelería, y tuviste que operarle no sé cuántas veces en casa de Cipri y Carmen, en la calle Buenavista...

Ricardo Ruiz Aguilar, primogénito del hermano mayor de Inés Ruiz Maldonado, tenía la misma edad que mi hijo mayor, treinta años. Cuando nos encontramos por primera vez, quince días después de mi regreso de Toulouse, le identifiqué por su aspecto, la cara afeitada, el pelo moderadamente largo, una camisa clara con dos botones abiertos y ni corbata ni chaqueta, sólo un jersey ligero sobre los hombros. Aquella vestimenta, calculada para distanciar a su dueño tanto como fuera posible del atuendo de los jóvenes franquistas sin llamar demasiado la atención, le daba un aire infantil, como de niño grande, que él mismo se encargó de desmentir a tiempo.

—Lo primero que quiero que sepas —se inclinó sobre la mesa para hablarme de cerca aunque a las cinco de la tarde había poca gente, ningún oído próximo, en la terraza de la plaza de Santa Ana donde me había citado— es que lo que vamos a hacer no es sólo ilegal. Es una conducta tipificada como delito. Por lo que me han contado de ti, supongo que te da lo mismo, pero yo soy abogado y tengo que decírtelo.

Cuando comprobé que J.A.U.P. era mi hijo Guillermo, mi primera intención fue ir a verlo a Carabanchel sin más, cualquier día de visita, pero Rita empezó a contar con los dedos de una mano para advertirme que sería imposible.

—Un preso del Partido, en prisión preventiva, esperando juicio en un TOP, sin ningún parentesco probado contigo... —y le sobró el pulgar—. Olvídate. Aunque fuera él quien lo pidiera, jamás lo autorizarían.

Federico, a quien nunca llegué a explicarle mi relación con aquel preso, confirmó la opinión de Rita y me propuso que le escribiera una carta.

—La van a leer, se van a enterar de todo antes que él, pero si te importa tanto... Es lo único que se puede hacer.

Habría sido lo único si mi hijo hubiera tenido otro abogado, si yo no hubiera tenido un amigo en Toulouse, si Inés y Galán no hubieran querido ayudarme, si Ricardo no hubiera sonreído mientras me explicaba que lo que íbamos a hacer era un delito.

—Vas a entrar en Carabanchel como abogado, no hay otra posibilidad, pero no te preocupes que yo me encargo de todo. Lo único que necesito es una foto tuya para ponerla en el carné de un compañero con el que, en teoría, compartiré desde ahora la defensa de Guillermo —a partir de ese momento dejé de escucharle—. Tú entrarás en la cárcel conmigo, como si fueras él, y...

—¿Le llamas Guillermo? —mi voz se ahogó ligeramente mientras lo preguntaba.

—Todo el mundo le llama Guillermo, nunca usa otro nombre —Ricardo me miró, volvió a sonreír y negó con la cabeza—, pero no te pongas nervioso antes de tiempo, ¿vale? Ya he notificado al juzgado que otro abogado va a incorporarse a la defensa. No van a rechazarlo porque es algo normal, sobre todo teniendo en cuenta que yo llevo más de veinte casos parecidos al de tu hijo, pero no sé cuándo contestarán. El abogado que nos va a ayudar está colegiado en Madrid pero no suele llevar casos penales. Vive en Alcalá de Henares y se dedica a cosas pequeñas de abogado de barrio, como redactar contratos, testamentos, cosas así. Es simpatizante del Partido pero no está fichado y en Carabanchel apenas le han visto. Tiene cuatro años menos que tú, pero supongo que no te molestará rejuvenecer un poco...

A lo largo de mi trayectoria de médico clandestino, había sospechado muchas veces que el PCE era lo único que funcionaba bien en España. Lo confirmé al enterarme de que Ángel Valverde Roldán iba a prestarme su carné del Colegio de Abogados de Madrid sin conocerme de nada, para guardar durante unos meses en su cartera una falsificación tan excelente que, según Ricardo, nunca llegó a creer que no fuera el documento auténtico. Con esa tarjeta, y un papel del juzgado que acreditaba a su poseedor como abogado defensor del recluso José Antonio Urbieta Priego, entré en la cárcel de Carabanchel el 26 de octubre de 1968 sin ninguna dificultad.

—Las comunicaciones con abogados no se hacen en el locutorio general —me explicó Ricardo antes de bajar del coche—. Cada recluso se entrevista con su defensor en una habitación dividida en dos por un tabique que tiene una ventanita en medio. En la mitad del preso está presente un funcionario que esperará a que tú te sientes. Después, lo normal es que salga al pasillo, aunque dejará la puerta abierta. Si hablas bajo, no se enterará de nada y Guillermo te escuchará perfectamente —hizo una pausa para sacar una carpeta de su cartera—. De todas formas, dale esto. Dile en voz alta que son unos documentos que tiene que revisar y mientras él hace que los lee, podréis hablar tranquilamente. Tienes veinticinco minutos. ¿Alguna pregunta?

Negué con la cabeza y él asintió, porque no podía saber que le había mentido. En realidad sí tenía una pregunta, la más importante de todas, la que precisamente por eso nunca me había atrevido a formular. Lo único que necesitaba saber era cómo le había anunciado Ricardo mi visita, pero me daba tanto miedo escuchar la respuesta que dejé pasar, una vez más, la ocasión de averiguarlo. Cuando traspasé el portón de entrada, en cada paso que daba por un pasillo estrecho y mal iluminado, mi incertidumbre fue creciendo, hasta desembocar en una sensación tan angustiosa que estuvo a punto de convencerme de que yo no tenía ninguna necesidad de estar allí. Me bastaría con girar sobre mis talones y desandar unos metros para salir al aire libre, parar un taxi, irme a mi casa, pero aún no me había dado tiempo a pensarlo dos veces cuando Ricardo se dirigió a un funcionario de prisiones y me señaló con el dedo.

—La número tres —el funcionario señaló a su vez una puerta tras comprobar mi documentación, mirar el reloj y apuntar la hora en un impreso—. Tiene veinticinco minutos, señor Valverde.

La habitación era bastante pequeña. Las paredes estaban desnudas, desconchadas, el suelo sucio, y olía a comida, un aroma triste y desabrido, a verdura cocida, que me devolvió a las salas de la planta baja del hospital de San Carlos en ciertos mediodías oscuros, lluviosos, de una guerra perdida. Todo eso registré antes de atreverme a mirar hacia delante, al hueco cuadrado, enrejado, tras el que me miraba una versión de mí mismo en la que ya no pude reconocerme con tanta precisión como otras veces porque, aunque estuviera preso, mi hijo llevaba el pelo más largo de lo que yo lo había llevado jamás.

No fui capaz de decir nada. Bajé los ojos hasta la silla, la separé del muro para sentarme, y al levantar la cabeza de nuevo, descubrí que la imagen de la ventana había cambiado. El preso había estirado el brazo derecho para apoyar la mano abierta sobre la reja. Supuse que era una forma de saludo, pero aún no me había decidido a corresponder cuando el murmullo de su voz me sacudió como un grito.

—Hola, papá.

Le miré y me pareció que estaba mucho más tranquilo que yo. En aquel momento, sonreía. Luego dejé de verle bien.

—No llores, papá —el tono de su voz me confirmó que no había dejado de sonreír—. Los abogados no lloran.

—Ya supongo —acerté a responder, mientras bajaba la cabeza para limpiarme los ojos con las mangas de la americana—. Claro que no —y carraspeé antes de levantar la voz—. Toma, te he traído unos papeles que tienes que mirar...

Hice un canuto con ellos para pasarlos por un agujero, y sus dedos tocaron los míos a través de la reja y no se retiraron, prolongando el contacto durante algunos segundos de más.

—Muchas gracias —desenrolló los documentos, los dejó sobre el mostrador y volvió a mirarme—. ¿Estás mejor?

—Sí, pero es que no entiendo... ¿Lo sabes? Yo creía que... El nombre sí, pero yo... No sé, no me esperaba esto...

En el invierno de 1958, José Antonio Urbieta estaba repitiendo primero de Económicas. Desde que cumplió doce años no había vuelto a aprobar en junio, pero al llegar a la universidad, en lugar de centrarse, como esperaba su madre, se desparramó en todas las direcciones excepto la del estudio. En el primer curso de la carrera sólo aprobó una asignatura, y en el segundo intento, el resultado de sus exámenes parciales no auguraba una cosecha mucho mejor.

—Total —resumió para mí diez años después, tratándome con la naturalidad risueña y firme que no habría dirigido a un simple conocido—, que mi madre me cerró el grifo a finales de enero, y como nunca he sido ahorrador, me había gastado ya hasta el último céntimo de lo que me dieron en Navidad. Pero necesitaba cuarenta duros más que comer, ¿sabes?, porque había quedado con una chica que me gustaba mucho, la había prometido llevarla a bailar. Entonces, me acordé de que un amigo del colegio me había contado una vez que su madre guardaba el dinero en el cajón de las bragas. Sonaba muy mal, era muy feo, pero pensé que, precisamente por eso, debía de ser un buen escondite, y una tarde que estaba solo en casa, vacié el cajón de las bragas de mi madre. Allí no había dinero, pero encontré otras cosas muy bien guardadas dentro de un sobre.

—Tu partida de nacimiento —aventuré, y él asintió—. Jamás se me habría ocurrido que no la hubiera quemado.

—Ya, pues ahí estaba, con un libro de familia republicano... ¡Republicano! —y se echó a reír—, joder, es que ni me lo podía creer... También encontré la foto de una nota suya pidiendo perdón por algo que no se entendía, y otra de ella embarazada, con un ramo de flores en las manos, cogida del brazo de aquel médico que había venido a verme todas las tardes, cuando estuve tan enfermo, y me había enseñado a jugar al ajedrez.

—No se te había olvidado.

—No, y eso que estabas más joven y, sobre todo, mucho más delgado, delgadísimo... Pero fuiste lo único que reconocí al principio. Tardé un rato en darme cuenta de todo lo demás. Aunque al fondo se veía a dos soldados, aunque no estabais en una iglesia ni mamá iba vestida de blanco, esa foto sólo podía ser de una boda, y por la fecha del libro de familia, de una boda celebrada en Madrid, en plena guerra, o sea, todo lo contrario de lo que me habían contado a mí. En aquella época, yo no sabía nada de historia, ni de política. La verdad es que sabía muy poco de casi todo, pero estaba claro que tú no llevabas uniforme de falangista y que no estabais en la catedral de Burgos. Y luego estaba la partida de nacimiento que acababa de encontrar, la única que había visto en mi vida. La fecha de nacimiento coincidía, pero por lo demás... Pensé que no tenía sentido que mi madre guardara con tanto cuidado un montón de documentos falsos, así que, si los que estaban en aquel sobre eran auténticos, los datos de mi carné de identidad, los que había escrito en todos los impresos que había rellenado en mi vida, mi nombre y mi primer apellido tenían que ser mentira. Y eso significaba que yo mismo, de principio a fin, era una puta mentira —hizo una pausa, encendió un cigarrillo, negó con la cabeza—. No puedo explicarte lo que me pasó. Guardé todas las bragas deprisa y corriendo, me metí en la cama vestido, me tapé la cabeza con la sabana y apagué la luz. No me levanté para cenar, no me desnudé, pasé muchas horas en vela y después me dormí, y no amanecí hasta la una de la tarde del día siguiente.

—Y Amparo se dio cuenta de todo, ¿no? —en las primeras visitas, él hablaba y hablaba como si sólo esperara de mí que le escuchara, pero yo intervenía de vez en cuando para que el funcionario distinguiera el eco de dos voces distintas—. Al abrir el cajón, veía que alguien había desordenado lo que había dentro.

—Pues no sé qué decirte, porque la verdad es que se portó igual

704

que siempre. Me puso el termómetro, encargó que me hicieran arroz blanco para comer y me dijo que había quedado con sus hermanas. Cuando se marchó, fui a su cuarto, metí la mano en el cajón con mucho cuidado, saqué el sobre y volví a vaciarlo. Tenía la esperanza de haberlo soñado, de que fuera una pesadilla, yo qué sé... Pero no. Todo seguía estando allí.

Tres semanas después de su detención, a mediados de junio de 1968, un Tribunal de Orden Público había condenado a José Antonio Urbieta Priego a ocho meses y un día de cárcel, por haber convocado y participado en asambleas universitarias. Entre el 26 de octubre de 1968 y el 12 de febrero de 1969, cuando lo pusieron en libertad con los habituales días de cárcel de propina, fui a verle a Carabanchel media docena de veces. Las visitas siempre duraban veinticinco minutos, aunque algunos días me echaban antes de que llegaran a cumplirse y otros sobrepasaban la media hora, según el humor del que estuviera el funcionario encargado de supervisarlas. La suma de aquellos ratos de charla parecía demasiado corta para que dos personas se conocieran, pero mi hijo y yo tuvimos esa oportunidad y nos sobró tiempo.

—Yo no me parezco nada a mis primos Priego. Nunca me había parecido a nadie de mi familia y todavía menos al Urbieta ese que estaba encima del piano. ¡Joder! —se rió al pensarlo—, si el tío era rubio y todo, yo no sé de dónde lo sacaría mamá, cómo no encontró algo mejor... Podría haberme dado cuenta mucho antes, la verdad, pero hasta que vi tu foto, nunca se me había ocurrido pensar en si me parecía o no al resto de mi familia. Luego sí. Luego, sentado en la cama de mi madre, rodeado por montoncitos de bragas blancas y negras, me acordé de que, al conocernos, la chica a la que quería llevar a bailar, esa que me gustaba tanto, me había dicho que, si tuviera el pelo liso, sería igual que «El caballero de la mano en el pecho». Cuando la escuché, me quedé pensando, ¿y eso de qué me suena? ¿A quién conozco con la misma pinta? Tenía la sensación de que yo había pensado lo mismo de alguien alguna vez y no até cabos, ¿te lo puedes creer? Pero al fijarme bien en la foto... ¡Pues claro!, comprendí, a este me parezco.

—¿Y cómo te fue? —me miró como si no entendiera la pregunta—. Con la chica. ¿La llevaste...?

—¡Qué va! Al final, ni siquiera quedé con ella. Estuve todo el fin de semana en casa, encerrado en mi cuarto, como si hubiera pillado la gripe. Bueno —me sonrió—, la verdad es que, aunque no me dolía nada, me sentía igual que si la hubiera pillado. Al principio estaba como atontado, pero luego, dándole vueltas a las cosas, todo empezó a encajar. Después de aquellas fiebres yo siempre he estado bien, pero mamá había tenido hacía poco una pulmonía bastante jodida y su médico venía a verla todos los días, pero se quedaba cinco minutos, a veces ni eso, así que... Que un médico privado estuviera una hora con un crío todas las tardes, durante tres meses, leyéndole *Trafalgar* y jugando con él, no debía de ser muy normal, ¿no? Y que nadie en casa hubiera vuelto a hablar de ti, que mi madre no te hubiera hecho un regalo, que le diera tanta rabia que me hubieras enseñado a jugar al ajedrez... No sé, eran muchas cosas, y demasiado raras como para que no fueras mi padre.

Poco después de que Guillermo se curara de las fiebres reumáticas, Amparo había emprendido un noviazgo tardío y muy confortable con un empresario, heredero de un emporio industrial siderúrgico, que vivía entre Madrid y Bilbao. La edad de la novia, que pasaba de los treinta y cinco años, y la prestigiosa opulencia de su prometido, que oficialmente seguía viviendo en su ciudad natal, habían envuelto su relación en una cáscara de respetabilidad conveniente para ambos. Cinco años después, sin embargo, ella descubrió que estaba cansada del chalecito de El Viso donde se citaban y empezó a plantearse la posibilidad de casarse con él. Su único hijo, que siempre había sido el pretexto para no dar antes ese paso, no sólo no se opuso, sino que aprovechó la oportunidad para intentar sonsacarle información.

—Ya había hecho algunas averiguaciones por mi cuenta, no creas. Cada vez que Experta venía a vernos, la acorralaba en la despensa y la freía a preguntas. Al principio no quería contarme nada, pero cuando le pregunté si quería que le enseñara la foto de la boda de mis padres, para que comprobara que ella aparecía al lado del novio, muy sonriente, se ablandó un poco... Ya me había contado quién eras y que antes vivías en el piso de enfrente. Después de prometerle que nunca jamás la delataría, me contó algunas cosas más. Que mi bisabuelo había muerto en plena guerra, que tú le habías enterrado, que habías escondido a mi madre, que habíais vivido juntos hasta el 39... Que eras mi padre. Y que eras rojo.

—Y que pinté para ti el tren de madera que tenías en tu cuarto, al lado de la foto del Urbieta ese... ¿Eso no te lo dijo?

—No jodas, no —me miró con los ojos muy abiertos—. Eso no lo sabía.

—Pues fui yo —y al declararlo sentí un alivio profundo, desproporcionado con el tamaño de aquel simple juguete de madera—. Ese tren había sido mío, me lo regalaron en un cumpleaños, de pequeño. Cuando tu madre se quedó embarazada, lo encontró en un maletero, lo pintó con esmalte de uñas y le quedó fatal. Al día siguiente, cuando fui al hospital a trabajar, cogí del almacén una brocha y unos botes de pintura, y lo lijé, le arreglé las ruedas y lo volví a pintar. Aunque tampoco es que fuera una maravilla, así que... Igual lo has tirado y todo.

—No, lo tengo todavía. Mamá siempre decía que era la única cosa que conservaba de mi padre, lo que no entiendo es... —se quedó un rato pensando—. Cuando me dijo que estaba pensando en casarse con Iñaqui, intenté tirarle de la lengua. Nunca me había contado nada de su primera boda y eso, sólo que mi padre se llamaba Juan Urbieta, que se había ido a la División Azul y que había muerto en Rusia como un héroe. Cuando le pedí que me contara más cosas, ya tenía veinte años. Le dije que era mayor, que tenía derecho a enterarme de todo, que comprendía que habían sido unos años muy duros, muy difíciles, que en una guerra tenían que pasar cosas que no pasan en tiempos de paz, yo qué sé... Se lo puse tan fácil para que me contara la verdad, que tuvo que darse cuenta de que sabía algo, pero no abrió la boca, y acabó enfadándose conmigo. Y sin embargo, había guardado ese tren, me lo había dado, habíamos jugado a rodarlo por el pasillo muchas veces... Experta me contó que si las cosas hubieran sido de otra manera, si la República hubiera ganado la guerra, mi madre nunca te habría dejado. Que te abandonó porque estaba segura de que iban a fusilarte, y no quería que nadie supiera que habíais vivido juntos en el Madrid rojo. En el 39, ella fue contando por ahí que había estado escondida en un pueblo de la sierra, en casa de una amiga.

Pero nadie la había visto allí, nadie conocía a esa amiga, y mamá tenía mucho miedo de que a la gente le diera por preguntar, de que la relacionaran contigo, con tus amigos, sobre todo con un médico extranjero que hacía transfusiones de sangre. ¿Eso es verdad? —asentí con la cabeza y él respondió negando con la suya—. Pues ya ves, yo nunca me lo creí...

Cuando se recuperó de la verdad, Guillermo decidió que su vida no podría seguir siendo la misma de antes. Hasta entonces, nunca le había interesado la política. El fantasma de su padre falangista era muy débil, su ausencia demasiado vaporosa como para empujarle hacia sus camaradas. Los estudiantes del SEU le caían gordos, porque eran muy meapilas, aparte de castos y empollones, atributos de los que él se sentía equitativamente distante. En los comunistas ni siquiera se había fijado, porque la clandestinidad les obligaba a ser muy cautelosos, y sin embargo, contactar con ellos no le costó tanto trabajo como había calculado.

—Al principio, no querían saber nada de mí, claro. No entendían a cuenta de qué venía tanto interés de repente, debían de pensar que yo era un infiltrado del SEU o, directamente, de la policía. Pero entre ellos estaba una chica de mi curso con la que me llevaba muy bien. A ella le conté la verdad, que acababa de enterarme de quién era mi padre, que no podía encontrarle porque vivía con un nombre falso, que quería entrar en el Partido porque era la única manera que se me ocurría de conocerle... Si hubiera sido un tío, a lo mejor me habría mandado a tomar por culo con mis pamplinas sentimentales, pero ella me entendió, se puso de mi parte. Me dijo que iba a ver qué podía hacer y me preguntó cómo te llamabas. Le di tu nombre auténtico, el único que sabía, el que aparecía en los documentos, y le dije que eras médico, aunque no ejercías, que te llamaban Rafa y que trabajabas en una empresa de camiones. Eso me había contado Experta, y no era mucho, pero una semana después mi amiga vino a buscarme, me dijo que los camaradas más viejos, los que habían hecho la guerra, sí te conocían y hablaban muy bien de ti, que habías sido una especie de héroe en los años cuarenta... —levantó las cejas mientras sus labios se curvaban en una sonrisa irónica—. Fíjate qué suerte tengo, todos mis padres son héroes.

—Bueno —le devolví la sonrisa, y la ironía—, tampoco es que lo mío sea para tirar cohetes. Es verdad que trabajo para el Partido como médico desde el 41, y le he salvado la vida a muchos comunistas, claro, pero no a más que cualquier otro cirujano que hubiera estado en mi lugar. Y luego, como trabajo en una agencia de transportes, pues echo una mano de vez en cuando para meter cosas y sacar personas del país, pero no es nada heroico porque... —me paré a buscar una manera de explicarlo mejor—. Yo estaba siempre en un despacho. No pasaba la frontera, no me registraba la policía. En realidad, los héroes eran los camioneros, aunque casi nunca sabían lo que llevaban en la trasera.

—Pero si hubieran detenido a alguno, tú habrías ido a la cárcel y ellos no.

—Eso sí —sonreí, porque era divertido reconocerlo en aquel momento, en aquel lugar—. Pero nunca fue así.

—Ya, el caso es que a mí me contaron que eras un héroe, y claro, no me quedó más remedio que hacerme comunista —me miró, y nos echamos a reír a la vez—. Dicho así, parece una frivolidad, pero eso fue lo que pasó. Yo nunca había echado de menos tener un padre, pero desde que supe que lo tenía, que estaba vivo y por qué lo había perdido, me resultó imposible mantenerme al margen. A veces, yo mismo pensaba que lo que me pasaba era muy raro, sobre todo porque nunca dejé de querer a mi madre. Si lo que decía Experta era verdad, ella también había sido una víctima de Franco, ¿no?, yo mismo era una víctima. No sé, hacerme comunista me pareció la mejor solución para seguir queriéndola a ella y comportarme como un hijo tuyo al mismo tiempo. Ni siquiera se me pasó por la cabeza odiarte, avergonzarme de ti, al contrario. Yo ya te conocía, de los tiempos de Trafalgar, y me caías bien —se echó a reír y me reí con él—, claro que eso no podía contarlo en la facultad. Tampoco es que tuviera mucho tiempo para conversaciones, no creas, estaba todo el día estudiando. Tuve que leerme *El Capital*, hacer un curso de marxismo y empollar un huevo, entonces y después, porque los comunistas siempre teníamos que ser los mejores, los primeros de la clase, sabes, ¿no?

—Pues tu madre estaría contenta.

—Como loca, y eso que ella quería que hiciera Económicas para colocarme en una empresa de su novio, ya ves... El caso es que descubrí que estudiar no se me daba mal. Como nunca había practicado, no tenía ni idea, pero cuando me puse, aprobé lo que me quedaba de primero y la mitad de segundo en junio, con buenas notas. Luego, mamá se casó, empezó a pasar temporadas en Bilbao y tuve mucha más libertad para moverme, pero nunca te encontré.

—Claro, porque no soy del Partido. Mi mujer es comunista, la mayoría de mis amigos son comunistas, me temo que hasta mi hija Rita está a punto de hacerse comunista, pero yo nunca he llegado a afiliarme. Soy eso que llamáis un compañero de viaje.

—¿Y por qué?

—¿Por qué...? —hice una pausa mientras meditaba por dónde empezar.

—Sí —insistió él, mientras el funcionario de turno entraba por la puerta para poner fin a la visita del señor Valverde—. ¿Por qué no lo hiciste nunca?

Aquel día no tuve tiempo para responder a aquella pregunta, y en el siguiente encuentro, nuestro diálogo cambió de dirección.

—He estado pensando en lo que me contaste el otro día —le confesé después de poner mi mano encima de la suya a través de la reja—, y hay una cosa que no entiendo bien. ¿Por qué no me buscaste? Habrías podido venir a verme, Experta sabe dónde trabajo.

—Ya, sí, y lo pensé muchas veces, pero... —esquivó mi mirada y me pregunté si sería posible que se estuviera poniendo colorado—. Te va a parecer una gilipollez, pero... La verdad es que me daba miedo —me miró y comprobé que en efecto se había sonrojado—. Me daba miedo haber cambiado de vida por ti y que tú... ¡Yo qué sé! —cuando el color de sus mejillas rozaba ya el cárdeno, sus ojos volvieron a escaparse—. Yo sabía que estabas casado, que tenías más hijos, Experta me lo había contado, y a lo mejor... Si aparecía en tu despacho un buen día, pues tú podías pensar, y este gilipollas... ¿Qué pretende? ¿Cómo se le ocurre venir a complicarme la vida a estas alturas? Yo ya era muy mayor para ir de huerfanito, ¿no?, y luego, tu mujer, igual... No sé. A veces, las mujeres hacen cosas raras. Cuando me detuvieron, mi novia no hacía más que pedirme que nos casáramos, todos los días, a todas horas. Y cuando no llevaba ni tres meses en el trullo, me dejó por otro camarada, así, por las buenas, y acaba de casarse con él... Tu mujer, igual, tampoco habría querido que entrara en tu vida de ahora un hijo de tu vida de antes, ¿no? Total, que no me atreví.

Hice una pausa para poner en orden lo que acababa de contarme y avancé la única conclusión posible.

—Tenías miedo de que te decepcionara. De haber hecho tanto por mí y de que yo no quisiera hacer nada por ti.

—Sí —confesó al fin—. Por eso me sentí tan orgulloso cuando me enteré del lío que habías montado para entrar aquí —entonces, sin que sus mejillas hubieran recobrado aún el color normal, se echó a reír—. Los camaradas que se enteraron me decían, ¿pero tú padre está loco, o qué? Anda, que como le pillen, sí que va a tener tiempo para verte en el patio, todos los días... Nadie lo entendió, pero para mí fue muy importante.

—Para mí también —reconocí, y el sonrojo traspasó la barrera de la reja.

—No sé, yo pensaba que algún día nos encontraríamos en una asamblea, en una reunión, en casa de alguien, y que podría decirte quién era yo, lo que me había pasado, sin que pareciera que iba a pedirte algo, ¿no? Pero nunca te vi.

—Y sin embargo estuve en el concierto de Raimon, en tu facultad.

—¿En serio? —y sonrió, mucho más tranquilo ya—. Pues yo me escondí esa misma tarde, fíjate. Estuve seis noches durmiendo en la calle Moreto, en el taller de una modista, madre de un camarada que es profesor en Filología Hispánica. Me iba a la calle media hora antes de que las chicas llegaran y volvía a entrar cuando las veía salir, pero el día 24 tenía una reunión de Departamento para fijar los exámenes de junio, y fui porque pensé que sería más arriesgado no aparecer. Me trincaron en la puerta de la facultad, no llegué ni al vestíbulo.

—Mala suerte.

—Ya me tocaba —volvió a sonreír—. Llevaba diez años militando sin una sola caída, y además... Si no, igual nunca habríamos vuelto a encontrarnos.

Después, Manuel me devolvió a su hermano mayor por segunda vez.

Tardé más de un mes en invitarle a comer en mi casa, porque tenía miedo de que el encuentro no saliera bien y Guillermo acabara convirtiéndose en una obligación incómoda, una especie de pariente de pega al que Rita invitara de vez en cuando sólo por no desairarme. Para mí habría sido mucho más fácil prolongar una relación paralela, al margen de mi casa, de mi mujer, de mis otros hijos, pero no podía hacerlo sin que pareciera que me avergonzaba de ser su padre y, además, sus hermanos estaban empeñados en conocerle. Cuando cedí a su insistencia, todos se dieron cuenta de que ni siquiera él estaba tan nervioso como yo, pero la rigidez de las presentaciones no duró mucho.

—A mí me habría gustado más que fueras mi primo, porque hermanos ya tengo, pero... —apenas el tiempo que Andrea tardó en encontrar una manera airosa de darle la bienvenida—. Fíjate, mamá llama a papá Guillermo, aunque nosotros tenemos que decir que se llama Rafa. Y papá te llama Guillermo a ti, aunque nos ha dicho que te llamas José Antonio, así que... Sí que debes ser de esta familia.

Durante aquella comida, Manuel estuvo todo el tiempo pendiente de su hermano. Se sentó a su lado, rió todos sus chistes, y alabó sus comentarios con un entusiasmo que no me pareció fingido. Aunque nunca me había parado a pensar que pudiera echar de menos un igual, otro chico con el que compartir una fraternidad semejante a la que unía a sus hermanas entre sí, tuve la impresión de que estaba sucumbiendo al hechizo del hermano mayor, la tentación de crear una minúscula cápsula masculina que albergara una alianza privada, especial, para ellos dos solos. Como si quisiera darme la razón lo antes posible, al día siguiente, domingo, cambió de equipo de fútbol sin pensárselo dos veces, y empezó a ir con Guillermo al Manzanares para animar al Atleti.

El calendario de la Primera División aseguró, con mucha más facilidad que el parentesco, un contacto fluido y natural entre mi hijo mayor y mis hijos pequeños. Los domingos que su equipo jugaba en casa, Guillermo venía a buscar a Manuel y se iban juntos al campo. Algunos domingos le invitábamos nosotros a comer, y otros invitaba él a su hermano en alguna tasca, cerca del estadio, y las niñas se ponían celosas. En la siguiente oportunidad, después del partido, se iban a merendar los cuatro juntos y a ninguno se le ocurría invitarme. A mí no me gustaba el fútbol, pero en aquella época, el fervor de mis hijos llegó a darme envidia. Sin embargo, cuando le dije a Manuel que estaba pensando en hacerme socio del Atleti para acompañarles, me dijo que no era buena idea. Así me enteré de que Guillermo estaba empezando a salir con Laura, la hija mayor de Manolita, a la que había conocido en el estadio, porque era tan forofa como él y no se perdía un partido.

—Ya tiene bastante con ligar delante de Silverio, el pobre. Si empiezas a venir tú también, con lo que le impresionas, le vas a cortar el rollo.

—¿Y tú? —le pregunté, muy sorprendido—. ¿Tú no se lo cortas?

—Papá, por favor, yo soy su hermano —al responderme parecía más sorprendido que yo—. No es lo mismo.

Aquella respuesta me gustó tanto que no insistí. Tampoco llegué a arrepentirme, porque unos meses después, en el verano de 1970, la lucha libre me dio la oportunidad de compartir una afición con mis hijos.

Guillermo había conocido en la cárcel a un preso común llamado Juan Gómez Gómez, un gigante que cumplía condena por haber matado a un hombre en una pelea. Medía casi dos metros, tenía una fuerza descomunal, y siempre había alegado que su crimen había sido un accidente, porque no pretendía matar a su víctima cuando la estrelló contra el suelo. Nunca logró convencer de eso a ningún juez, pero la formidable apariencia que le había perjudicado en los tribunales le ayudó a encontrar trabajo al salir en libertad. Desde entonces se ganaba la vida en los espectáculos de lucha libre que calentaban el ambiente de las noches de boxeo, con el nombre artístico de El Demonio de Acero. Era muy inocente, pero por más que intentaba cambiar de nombre, y de destino, sólo le salían contratos para ir de malo y perder contra los buenos. Para compensar su desgracia, mis hijos y yo nos convertimos en sus seguidores más tenaces, e íbamos a verle siempre que actuaba en Madrid o en los alrededores. Ya le habíamos visto caer derrotado un montón de veces cuando por fin le ofrecieron una victoria, en el segundo combate de la velada que se celebraría en Las Ventas el 15 de junio de 1974.

—Está loco de contento, el pobre —mis hijos fueron a buscarle a su casa para acompañarle a la plaza y esperarme allí—. Le hemos explicado que no se haga ilusiones, que tiene que ganar de vez en cuando para que la gente le odie todavía más, pero no lo entiende.

—Qué va, dice que va a tener un gran éxito...

La plaza estaba hasta los topes, porque en el combate principal se disputaba el Campeonato de España. Cuando ocupamos nuestros asientos, mis hijos ya sabían que no me quedaría a verlo. El boxeo no me había gustado nunca, ni siquiera antes de que Adrián Gallardo se cruzara en mi vida, pero la lucha libre era una pura representación, una especie de ballet brutal, una comedia salvaje donde todo, los golpes, el dolor, la victoria y la derrota, eran fingidos, tan falsos como las manchas de salsa de tomate que florecen en el pecho de los actores a quienes les toca morir un segundo antes de salir a escena a saludar. Sin embargo, aquella noche, en Las Ventas, había alguien que parecía no haberse enterado.

—¡Destrózale la cabeza, hijo de puta! Así, en la nuca, más fuerte... ¡Mátalo! ¡Mátalo ya!

Aquellos gritos insospechadamente violentos, insólitos en una pelea cuya violencia pactada, ficticia, era conocida de antemano por el público, llamaron nuestra atención tanto como lo que estaba sucediendo en el ring, aunque al principio no fueron otra cosa que un nuevo motivo de diversión.

—¿Pero qué se ha creído ese gilipollas? —Manuel se rió en voz alta—. ¿Que están pegándose de verdad?

—Joder, qué tío más loco —Guillermo le dio la razón mientras me lo señalaba—. Mírale, ese es, el de la gabardina...

—¡Mátalo, cabrón! —seguí la dirección de su dedo hasta un hombre muy alto, que se había puesto de pie para dar puñetazos al aire y provocar un tumulto de protestas en las sillas situadas detrás de él—. ¡Sácale los ojos!

Antes de que un acomodador le obligara a volver a sentarse, ya le había reconocido, pero no dije nada. Mis hijos siguieron riéndose, aplaudiendo, chillando, mientras El Demonio de Acero subía al ring con una capa roja, como los cuernos de su gorro y el tridente de cartón con el que amenazaba al público.

—¡Vamos, Demonio, a por él! —Manuel se desgañitaba para imponerse a unos abucheos casi unánimes—. ¡Ya es tuyo!

Sus gritos no lograron tapar los de aquel hombre al que todavía no se le había ocurrido mirar hacia arriba. Guillermo empezó a chillar tan fuerte como su hermano, pero yo no les acompañé. Ni siquiera contemplé la victoria de El Demonio de Acero, después de haberle visto perder tantas veces. Estaba pendiente de una gabardina, ciento noventa y cinco centímetros de furia impostada, una representación dentro de otra representación, en el centro de una tercera representación que había sido mi vida.

Cuando Juan alzó los dos brazos con los puños cerrados en nuestra dirección, para brindarnos su triunfo, Otto Skorzeny me vio, me reconoció, me saludó con la mano.

—¿Le conoces? —Guillermo se dio cuenta—. ¿Quién es?

—Es...

Nunca le había explicado por qué no había querido afiliarme a su partido, y lo primero que pensé fue que al fin había encontrado la oportunidad, pero inmediatamente después comprendí que no iba a aprovecharla.

Luego miré a mis dos hijos. Guillermo tenía treinta y cinco años, se había casado con Laura y ya era padre de un niño. Manuel tenía veintitrés y acababa de terminar la carrera. Los dos habían nacido en España, vivían en España, tenían toda una vida de españoles por delante y, por más que intentara explicárselo, nunca llegarían a entender lo que me estaba pasando en aquel momento.

—No es nadie, un conocido.

Porque me dio vergüenza contarles la verdad. Y no por mí, ni por Manolo, por nuestra ingenuidad, aquel manantial de esperanza que no se agotaba nunca mientras nos dejábamos zarandear por unos y por otros, sino por el país en el que vivían y en el que iban a tener que seguir viviendo. Me dio vergüenza contarles quién era Skorzeny y por qué estaba aquella noche allí, en Las Ventas, disfrutando de su dinero y de su libertad, gritando como un energúmeno. Me dio vergüenza evocar mi propia impotencia, la debilidad de mi causa, la fortaleza de mis enemigos. Rita me había preguntado una vez qué habíamos hecho nosotros para que nos hubiera ido peor que a los nazis, y no quise legar a mis hijos en herencia esa pregunta y todas sus respuestas, las coordenadas del lugar que su padre había ocupado en el mundo.

—Voy a por una cerveza, ¿os traigo? —les pregunté a cambio. Y los dos contestaron que sí.

Es 24 DE MARZO DE 1976 Y UN GRUPO DE GENERALES ARGENTINOS DA UN GOLPE DE ESTADO EN BUENOS AIRES.

Los golpistas derrocan a María Estela Martínez de Perón, la primera mujer en la historia de Occidente que ocupa el cargo de presidenta de una nación. La viuda del general es más conocida como Isabel, o Isabelita, por el nombre artístico —Isabel Gómez— con el que actúa como bailarina en el cabaret Passapoga de Caracas cuando, a finales de 1955, comienza su relación amorosa con Juan Domingo Perón, exiliado en Venezuela tras haber sido depuesto en septiembre de ese mismo año por sus compañeros de armas. Isabel comparte su destierro en diversos países hasta instalarse con él en Madrid, donde contraen matrimonio en 1961. A partir de 1965, viaja varias veces a Buenos Aires para preparar el regreso del general, que gana las elecciones presidenciales de 1973 con una lista en la que su mujer ocupa el segundo puesto. Pocas horas después de la muerte de Perón, el 1 de julio de 1974, la vicepresidenta asciende a la presidencia de la República Argentina, en la que permanece durante más de un año y medio. Tras detenerla y confinarla en una villa de la provincia de Neuquén, en la remota Patagonia, los responsables del golpe instauran una dictadura que se bautiza a sí misma como Proceso de Reorganización Nacional.

El nuevo gobierno está presidido por un triunvirato integrado por representantes de los tres cuerpos de las Fuerzas Armadas. El teniente general Jorge Rafael Videla asume el poder en condición de Comandante General del Ejército, el almirante Emilio Eduardo Massera, en la de Comandante General de la Armada, y el brigadier general Orlando Ramón Agosti, en la de Comandante General de la Fuerza Aérea. A pesar de esta triple estructura, el general Videla actúa como líder del Proceso hasta 1981, cuando esta primera junta es sucedida por otra, con un nuevo triunvirato a la cabeza, presidida por el teniente general Roberto Eduardo Viola. Dos juntas más se suceden en el poder hasta que la derrota en la guerra de las Malvinas, la generalización de las protestas en el interior y la falta de apoyo internacional obligan a los militares a entregar el poder y convocar elecciones, que se celebran en octubre de 1983.

En marzo de 1976, Argentina es el único país del Cono Sur que conserva un régimen democrático. En Uruguay, el político ultraderechista Juan María Bordaberry implanta una dictadura con el apoyo del Ejército en 1973. Ese mismo año, el general Augusto Pinochet da un golpe de Estado que le permite asumir todo el poder en Chile. Sigue el ejemplo establecido por el general Hugo Banzer, dictador en Bolivia desde 1971. En Paraguay, sin embargo, el general Alfredo Stroessner ejerce una dictadura personal desde 1954. En Brasil, Humberto de Alencar Castelo Branco instaura en 1964 una dictadura militar que otros generales prolongarán tras su muerte —por accidente, en 1967— hasta 1985.

Este contexto resulta esencial para comprender la naturaleza de la dictadura argentina, que representa un nuevo éxito de la denominada Doctrina de Seguridad Nacional, línea política asumida por la diplomacia estadounidense en Latinoamérica con el objeto de combatir a cualquier precio a los movimientos y organizaciones de izquierda en todo el continente. De acuerdo con el espíritu de la Guerra Fría, el instrumento ideal para conquistar la victoria internacional contra el comunismo consiste en la implantación de dictaduras militares, favorecidas y apoyadas desde Washington con todas las consecuencias posibles y hasta inimaginables. En este sentido, el 26 de marzo de 1976, a las cuarenta y ocho horas del golpe, William P. Rogers, hasta hace poco secretario de Estado del presidente Richard Nixon, opina que «creo que debemos esperar bastante represión, probablemente una buena ración de sangre en Argentina antes de que pase mucho tiempo. Creo que van a tener que buscar bien, no sólo a los terroristas sino a los disidentes de los sindicatos y sus propios partidos». Más cariñosas resultan las palabras de Henry Kissinger, sucesor de Rogers, quien declara que «cualquier oportunidad que tengan [los golpistas], necesitarán un poco de apoyo [...]. Porque quiero apoyarlos. No quiero darles la sensación de que son acosados por los Estados Unidos».

Esta actitud explica la absoluta impunidad con la que el Proceso convierte el terrorismo de Estado en el eje principal de su política. Antes del golpe, la presidenta María Estela Martínez de Perón es ya tan consciente del contexto internacional que, en un intento de garantizar su compromiso anticomunista con la esperanza de prolongar su estancia en el poder, emprende una persecución política sin precedentes en la historia del país. El 5 de febrero de 1975 dicta el llamado, literalmente, primer decreto de aniquilamiento, en el que se funda el Operativo Independencia, una intervención militar, destinada en teoría a acabar con la guerrilla en la selva de la provincia de Tucumán, que en la práctica le permite dividir el país en cinco zonas militares. Los jefes de cada área reciben un poder ilimitado para reprimir a los subversivos. El general de brigada Acdel Vilas, comandante en jefe de las operaciones, sostiene desde el principio que el objetivo del Operativo Independencia es «eminentemente cultural», al considerar que la guerrilla es sólo un aspecto, y no el más importante, de la subversión. En consecuencia, desata una oleada de terror contra la población civil, profesores, estudiantes, intelectuales, artistas, científicos e incluso religiosos residentes en San Miguel de Tucumán. Por su intensidad y metodología, el Operativo Independencia puede considerarse el prólogo de la represión que se intensifica y perfecciona durante el Proceso de Reorganización Nacional.

Entre la primavera de 1976 y el otoño de 1982, la dictadura argentina es culpable de la desaparición forzada de miles de personas. Aunque las cifras varían, dado que en un gran número de casos los cadáveres nunca han aparecido, se estima la suma de las víctimas en unas treinta mil. Es un volumen acorde con las declaraciones que el general Ibérico Manuel Saint-Jean, gobernador militar de la provincia de Buenos Aires, hace a *The Guardian* en mayo de 1977, para explicar, sin pudor alguno, cuáles son los objetivos del nuevo régimen: «Primero eliminaremos a los subversivos; después a sus cómplices; luego a sus simpatizantes; por último, a los indiferentes y a los tibios».

Para lograr este ambicioso propósito, la dictadura argentina no se conforma con implantar un estado de sitio indefinido, apoyado por una legislación represiva brutal, que suspende todos los derechos y libertades de los ciudadanos y les niega la posibilidad de abandonar el país, sino que instaura una estructura de represión clandestina que funciona como una perfecta industria de la muerte. Los miembros de esta organización criminal se reparten en los denominados «grupos de tareas», unidades especializadas en una actividad concreta. Ejemplos de las funciones que inspiran esta división del trabajo son los secuestros y desapariciones, los centros de detención secretos, la tortura de los detenidos, las ejecuciones, la desaparición de los cadáveres, los paritorios clandestinos donde las detenidas dan a luz a bebés que nunca vuelven a ver a sus madres, o las oficinas encargadas de borrar la identidad de estos niños robados y gestionar su entrega en adopción a familias de militares o civiles afines a la dictadura. Un caso extremo de especialización son los llamados «vuelos de la muerte», en los que pilotos militares transportan en sus aviones de caza a prisioneros vivos, atados y drogados, que son lanzados en alta mar desde miles de metros de altura.

El terror desencadenado por la dictadura comienza la misma noche del 24 de marzo de 1976, en la que se producen ya centenares de detenciones ilegales. Desde ese momento, la prioridad de miles de argentinos es encontrar una forma de abandonar su país para ponerse a salvo.

La nación que recibe más exiliados es México, un territorio relativamente próximo y con una larga tradición de tierra de acogida. La segunda es, paradójicamente, España, donde acaba de morir Francisco Franco, primero protegido y después protector del general Perón, cuya figura es reiteradamente ensalzada, adoptada como ejemplo y reivindicada como modelo por los dictadores latinoamericanos de la segunda mitad del siglo XX, que asumen técnicas, como el robo de niños a las presas políticas, que ya han demostrado su eficacia en la posguerra española.

Un capítulo particularmente cruel de la historia de los refugiados argentinos en España es el que escriben los españoles republicanos que, tras exiliarse en 1939, logran forjarse una nueva vida al otro lado del océano y, al cabo de casi cuarenta años, se ven obligados a afrontar un nuevo exilio que les devuelve a casa como extranjeros, y con las manos vacías.

BUENOS AIRES, 30 DE NOVIEMBRE DE 1976

A las seis y media de la mañana, la cola doblaba ya la esquina. El día anterior había llegado unos minutos más tarde, había ocupado un puesto parecido y se había quedado fuera. Manuel Arroyo Benítez siempre había tenido muy mala y mucha suerte, pero aquella mañana, cuando abrieron las puertas del consulado de España, fue derecho al mostrador de Información sin pensar en ninguna de las dos.

—Buenos días, señorita. Soy ciudadano español y necesito conseguir pasaportes españoles para que mi familia pueda salir conmigo del país.

—Como todas las personas de la cola —la funcionaria le sonrió con amabilidad, porque todavía era muy temprano—. Lo siento, tiene que esperar.

Hacía justo una semana que los milicos habían ido a buscar al novio de su hija Simona, un fotógrafo que compartía piso con un periodista de *La Nación,* el mismo diario donde trabajaba ella. No lo habían encontrado, pero se habían llevado a su compañero, y eso que él ni siquiera era izquierdista... ¿Y cómo sabés vos eso, Simona? ¿Cómo sabés si es izquierdista o no? En lugar de responder a su madre, la hija se abrazó a un cojín y empezó a llorar. Pero Charlie no hablará, murmuró entre sollozos, si le encuentran, no hablará, y José Ignacio no sabe nada, ¿qué va a decir, pobre, si no sabe? Hasta ese momento, Manolo había estado mudo, inmóvil, tan ausente como si las palabras de su hija le hubieran transportado a un lugar íntimo y remoto, un recuerdo en el que ningún miembro de su familia podía acompañarle, pero al volver en sí, se acordó del hombre que había sido una vez y extrajo de su memoria una serenidad asombrosa incluso para sí mismo. Dime sólo una cosa, Simona... Sin levantar la voz, sin alterarse, agarró un taburete, lo llevó hasta el sofá, se sentó en él para mirar de frente a los ojos de su hija, y desprendió sus manos del cojín que abrazaba para estrecharlas con las suyas. Sólo necesito que me digas una cosa, repitió, ¿José Ignacio sabe que Charlie y tú sois novios? Simona asintió con la cabeza. Pues entonces, dime otra, y el corazón se le encogió tan deprisa como si el miedo lo hubiera convertido en un garbanzo negro y seco, un guijarro semejante a los que rellenaron su boca para ahogar la voz con la que hizo la pregunta definitiva. ¿José Ignacio sabe que tú militas con Charlie? Su mujer chilló al escucharle, pero él ni siquiera se volvió a mirarla mientras su hija negaba con la cabeza. ¿Seguro?, insistió, y Simona habló por fin. Seguro, sí, dijo. Yo nunca iba a las reuniones que hacía en su piso, porque... Levantó la cabeza al escuchar los sollozos de su madre, que se había hundido en una butaca para llorar con las manos sobre la cara, y no soy una terrorista, vieja, ¿entendés? Luego volvió a mirarle, decile vos, papá, explicale que no soy una terrorista, que no estoy en la guerrilla, mi organización... Eso no importa ahora, Simona, mírame, contéstame. ¿Estás segura de que José Ignacio no puede contar nada de ti? Sí, estoy segura. Eso está muy bien, Manolo aprobó con la cabeza, se levantó, percibió que su corazón se había expandido hasta recuperar el tamaño que le correspondía, y fue a sentarse en el brazo de la butaca donde lloraba su mujer, pues ahora vamos a hacer lo que yo diga... Simona se le echó encima y él rodeó sus hombros con un brazo, le acarició la cabeza con la otra mano, miró desde allí a sus tres hijos. Todos vamos a hacer lo que yo diga.

—Discúlpeme, señorita —una semana más tarde, la funcionaria del consulado ni siquiera le miró mientras empezaba a colocar papeles sobre su mesa—, pero no creo que mi caso se parezca al de ninguna otra persona de la cola. Si quiere echarle un vistazo a esto...

—Pero... —ante sus ojos había media docena de documentos de identidades, países y épocas distintas, que sólo tenían una cosa en común—. ¿Qué significa...? —porque todas las fotografías eran retratos del hombre que la miraba desde el otro lado de su mesa—. ¿Quién es usted?

Al principio, su plan no tuvo éxito. Pará, viejo, yo no puedo hacer eso. Su hija volvió a llorar cuando escuchó que al día siguiente tendría que ir al periódico a despedirse, con la excusa de que no sabía que su novio era un subversivo y la noticia le había afectado tanto que necesitaba tomarse un descanso. Vos no sabés, no entendés... Olvidalo, nadie va a creerlo. Claro que sí, insistió él, todos se lo van a creer. Pensarán que eres una cobarde pero no importa, Simona, en una dictadura lo corriente es ser cobarde, no van a extrañarse por eso. Y luego hablarán mal de ti, sí, te llamarán traidora, pero tú no vas a enterarte, porque mañana, en cuanto que te despidas, nos vamos todos a Fortín Tiburcio. ¿A Fortín Tiburcio?, su mujer le miró como si aquellas dos palabras no le entraran en la cabeza. Pero ¿te volviste loco, gallego? ¿Qué vamos a hacer allá? Veranear, fue su respuesta. ¿Veranear?, pero no te puedo creer, ¡si hace años que no vamos! ¿Y qué?, contraatacó él, la casa es tuya, ¿no?, cuando los niños eran pequeños íbamos casi todos los años. Si alguien te pregunta, le dices que Simona está destrozada porque no sabía a qué se dedicaba su novio, su hija resopló pero él siguió hablando sin volverse a mirarla, que Guille y Juan ya han acabado los exámenes, que vas a poner en venta la casa y que has ido para arreglarlo todo. Y si encuentras un comprador, mejor todavía. ¿Vender esa casa?, repitió Simona, ¿y quién va a comprarla? Sin las tierras ya no vale nada, ¿viste?... Pero yo no acabé los exámenes, viejo, intervino Guillermo, al que sólo le faltaban dos asignaturas para terminar Ingeniería Industrial. Tengo el último el día 22 del mes que viene, así que no puedo irme a ese pueblito del orto. Yo tampoco, le apoyó su hermano, yo tengo cosas que hacer acá... Manuel Arroyo Benítez les miró, tomó aire antes de volver a hablar. ¿Quieres desaparecer, Simona? Ella no contestó. Él miró primero a su mujer, después a sus otros dos hijos. Y vosotros, ¿queréis que desaparezca?

—Yo llegué a la Argentina como agente de la República Española en el exilio, para desempeñar una misión diplomática que no tuvo éxito. No vine por mi voluntad, sino para servir a mi país, y me quedé atrapado aquí. Ahora mi familia está en peligro y creo que tengo derecho a volver.

—Espere un momento —la funcionaria recogió los pasaportes antes de levantarse—. Voy a hablar con el cónsul, ahora regreso.

Yo sé lo que es un golpe de Estado militar, sé lo que es una guerra civil, yo he pasado ya por todo esto... Mientras lo decía, pensaba en el lugar donde estaba, su casa, el piso de la avenida del General Las Heras, casi en la esquina con Callao, por el que Simona había abandonado su querida Balvanera. Aquella casa estaba cerca, a apenas seis cuadras, de la sucursal de la Academia de Idiomas La Europea que Manolo dirigía en la avenida Santa Fe desde hacía casi veinte años. La viuda de Bley había invertido buena parte del dinero que recibió por las tierras de Fortín Tiburcio en un negocio que, desde el primer momento, funcionó mejor que el establecimiento original de la calle Lavalle. Su marido se preocupó por adaptar los cursos al nivel de vida de los vecinos de Recoleta, y aparte de cultivar el inglés para negocios, firmó convenios con instituciones y universidades extranjeras que, por una parte, le permitieron ofrecer títulos oficiales, y por otra, comprarle su parte al señor Brioschi a principios de los sesenta. Él nunca había pensado en quedarse a vivir en Argentina, pero Buenos Aires era su hogar, el único que había tenido desde que se marchó de Robles de Laciana. Tenía una buena vida, un buen trabajo, una buena casa, una buena situación económica, un buen amor, una buena familia, una buena jubilación por delante. Demasiado que perder para un hombre que nunca había tenido nada. Demasiado para perderlo todo de golpe, incluso sabiendo de antemano que no le quedaba otro remedio.

—Bienvenido, está usted en su casa —el cónsul que se levantó para darle la mano era un hombre joven con pelo largo y barba, el típico aspecto de los «progres» españoles a quienes Manolo sólo conocía por los reportajes que había leído en la prensa—. Siéntese, por favor, señor... —se volvió hacia su mesa para mirar los pasaportes del visitante, colocados uno junto a otro como las piezas de un rompecabezas, y sonrió—. La verdad es que no sé cómo llamarle.

—En realidad, me llamo Manuel Arroyo Benítez —respondió él, señalando su pasaporte más antiguo—. Pero tengo tres hijos que se apellidan Pacheco, así que lo mejor será que conserve ese apellido.

Escúchame, hija mía, porque sé de lo que hablo. Si están buscando a tu novio, lo más seguro es que, antes o después, lo encuentren. Y él se negará a hablar, eso no te lo discuto. Dirá que no piensa delatar a nadie, se propondrá resistir hasta el límite de sus fuerzas y quizás lo consiga, no te digo que no. Pero sus torturadores lo llevarán mucho más lejos de ese límite, le romperán primero los huesos y después todo lo demás, los nervios, la dignidad, la conciencia, hasta que deje de ser una persona, hasta que no se acuerde de que te quiere, hasta que ni siquiera sepa cómo se llama. Son unos expertos, así que Charlie hablará, te delatará, y no tendrá la culpa. Por eso no pueden encontrarte aquí, no pueden encontrarnos aquí a ninguno... Su hija había dejado de llorar y le miraba con los ojos enrojecidos, hundidos en las cuencas, las mejillas de cera y un gesto de terror que le espeluznó y reconfortó a partes iguales, porque no habría querido tener que verlo jamás, porque le ponía las cosas mucho más fáciles. Esto va también con vosotros, se volvió hacia sus hijos, porque si vienen a por vuestra hermana y no la encuentran, os llevarán con ellos, siempre lo hacen, nunca se van con las manos vacías. Y os interrogarán aunque no sepáis nada, y no se conformarán con que no sepáis nada... En España fue igual, siempre es igual, yo lo sé porque ya lo he vivido. Hizo una pausa para mirarles a todos, uno por uno. Sabéis lo que está pasando, ¿verdad? Si queremos seguir estando juntos, si queremos seguir estando vivos, no nos queda más remedio que marcharnos. ¿De Buenos Aires o...? Su mujer estaba a punto de volver a llorar. Él fue hacia ella, la abrazó y no se atrevió a responder a su pregunta.

—¿Y ya ha pensado qué va a hacer cuando vuelva? —después de rellenar los impresos necesarios para solicitar sus pasaportes, el cónsul español en Buenos Aires inscribió a todos los miembros de la familia Pacheco Gaitán en la lista de residentes españoles en Argentina, para proteger a Simona, y confesó a su visitante que le encantaría invitarle a comer para escuchar su historia—. ¿Le apetece otro café?

—No, gracias —Manolo sonrió a aquel hombre que se había comprometido a acelerar todos los trámites antes de corresponder a su relato con una historia familiar de hombres fusilados y mujeres rapadas, tan conocida, tan triste como la de tantos otros descendientes de republicanos españoles—, ya tengo demasiados problemas para dormir. Y respecto a mi vuelta, voy a instalarme en Madrid. Tengo un amigo allí que va a ayudarme.

Todo había sido muy difícil. El martes, 23 de noviembre de 1976, al entrar en el coche después de despedirse del periódico, Simona le advirtió a su padre que nunca se lo perdonaría. Su madre no dijo nada porque estaba demasiado preocupada por Guillermo, que la noche anterior se había ido a dormir a casa de un amigo después de anunciar que él se quedaba en Buenos Aires. Juan, furioso por no haber podido imitarle, dedicó la mitad del viaje a echarle la culpa de todo a su hermana, hasta que la hizo llorar, y no volvió a despegar los labios después. Llegaron a su destino en un silencio que atronaba más que los gritos, y Simona fue la única que accedió a salir a dar un paseo con su marido. Eso bastó para que los vecinos se enteraran de que estaba pasando unos días con los chicos, de que quería vender la casa y de que su esposo tenía que volver a trabajar a la capital, aunque regresaría a tiempo para cenar con su familia en Nochebuena. Manolo le pidió a su mujer que le llamara todas las noches para intercambiar novedades, pero cuando volvió al norte con el hijo que faltaba, aún no habían tenido nada importante que contarse. Charlie seguía escondido mientras el padre de su novia repartía pasaportes y billetes de avión. Guillermo se guardó los que le correspondían, pero repitió que no iba a marcharse a España.

El 28 de diciembre, la familia Pacheco Gaitán al completo regresó a Buenos Aires por última vez. Aquella noche cenaron en casa de la tía Adelina, con la que su cuñado lo había arreglado todo para que representara sus intereses en el país durante su ausencia. Simona le había hecho prometer que no venderían nada aparte de aquella casa de campo a la que no le tenía demasiado cariño, pero accedió a alquilar su piso de Recoleta. Manolo, con mucha más experiencia en exilios, sabía que no podría mantener esa promesa durante mucho tiempo, pero firmó un poder para que su cuñada se encargara de la venta de una casa, del alquiler de la otra, y de recaudar los beneficios de la academia. Antes de sentarse a la mesa, su suegra se lo llevó a una esquina para prometerle que estaría pendiente de todo, y a Manolo le emocionó comprobar que aquella anciana era la única que había pensado en él. Ya no vas a poder jubilarte, pobrecito, le dijo después del postre, cogiéndole de las manos, y su yerno le dio la razón. Sabía que tendría que seguir trabajando, y que a su edad, tras tantos años de ausencia, tampoco encontraría un empleo demasiado bueno, pero ahora no puedo pensar en eso, reconoció en voz alta. Ya nos las arreglaremos, añadió después de un rato sin dar más explicaciones, y el eco de esas palabras acompañó a su familia hasta la que aún era su casa. Al día siguiente, un cielo radiante contrastó con el lluvioso silencio en el que hicieron el equipaje sin hablar apenas, abismado cada uno en su propia tristeza, tan absorto en su duelo privado como si no compartiera con los demás una desgracia común. Cuando Guillermo fue a buscarle para decirle que había dejado su maleta en el recibidor, Manolo adivinó que el mérito correspondía a su suegra, pero después de abrazar al hijo que no iba a quedarse atrás, se sintió mejor.

—¿Puedo comprarme una caja de alfajores? —su hija le cogió del brazo al pasar por la tienda del aeropuerto—. Me gustaría llevarla de recuerdo.

—Claro que sí —su padre la miró, la abrazó—. Vamos a comprar dos y nos comemos una en el avión, ¿quieres? —ella asintió con los labios fruncidos en un puchero infantil, y a su padre le dio tanta pena que escogió aquel instante para empezar a mentir en voz alta—. No nos vamos para siempre, Simona. Volveremos lo antes que podamos, te lo prometo.

—Ya —Juan sonrió con una esquina de la boca—, pues como tardemos lo mismo que vos... —su padre se le quedó mirando, sin saber qué decir, y él se puso tan colorado como si no acabara de cumplir dieciocho años—. Perdoname, viejo, soy un boludo, ya lo sabés.

Sin soltar a Simona, abrazó a Juanito. No se atrevió a decirle que tenía razón, que el destino de los exiliados es conocer solamente una fecha, la del día que abandonan su país, nunca la de su vuelta, pero percibió que él ya lo sabía. Quizás por eso, en aquel instante, abrazado a su hija mayor, a su hijo pequeño, recordó sin querer a Clara Stauffer, a Magda Ivanissevich, a Walter Kutschmann, aquel comité que le dio la bienvenida en Ezeiza casi treinta años antes, cuando contaba con los dedos los meses que le faltaban para volver a España como vencedor de una guerra que había vuelto a perder. Apurate, viejo, están llamando a nuestro vuelo... La voz de Guillermo le liberó de un recuerdo que le estaba haciendo daño, y lo demás fue más fácil, comprar alfajores, pasar el control, abordar un avión de Iberia, acomodarse en cinco asientos de la misma fila, y volar, alejarse de casa durante muchas horas, cruzar el océano e intentar dormir, conseguirlo apenas. Cuando el avión aterrizó en Barajas, todos estaban tan cansados que hasta sus hijos se alegraron de haber llegado de una vez. Ingresaron oficialmente en España como españoles, con sus pasaportes nuevos, impolutos, y a él no le extrañó menos que a los demás, porque el aire no supo abrazarle como la primera vez, y sus oídos no se emocionaron al escuchar el acento áspero y seco de su propia voz.

—Dale, gallego —su mujer se dio cuenta y procuró animarle—, ponete contento. Te lo merecés, vos ya volviste a casa.

—¿Tú crees?

Entonces distinguió una cabeza gris, un semblante adusto, la sonrisa que desbarató su seriedad en un instante, y se alegró mucho de volver a ver al doctor García.

Sobre todo porque su aparición le ahorró la amargura de llevarle la contraria a Simona.

Las cicatrices duelen con los cambios de tiempo

Cuando entré en el Café Lion y le vi sentado al fondo, en la mesa de siempre, nos habíamos dado muchos más abrazos que explicaciones.

—Es una puta pesadilla, Guillermo.

El 26 de noviembre de 1976, a última hora de la mañana, mi secretaria me preguntó si podía atender una conferencia. Le pregunté quién llamaba y me respondió que era un señor que no había querido decir su nombre, sólo que estaba en Junín, Argentina. Yo no sabía que existiera un lugar llamado Junín y no pude relacionar ese nombre con nadie, pero me intrigó tanto que decidí contestar. Sólo después pensé en Manolo.

Hola, soy yo. Lo dijo en el mismo tono que habría empleado si siguiera trabajando de portero de noche en un edificio de la Gran Vía, si nos hubiéramos emborrachado juntos la noche anterior, si no hubieran pasado veintiocho años desde que me telefoneó por última vez, y su voz se apoderó de la mía, me la robó para dejarme mudo. Soy Manolo, aclaró antes de devolvérmela, sin darme la oportunidad de decir que le había reconocido, sigo en Buenos Aires, aunque te llamo desde un teléfono público de otra ciudad, no tengo mucho tiempo. Dijo todo esto de un tirón y luego hizo una pausa. Supongo que ya sabes cómo se han puesto las cosas por aquí.

Claro, acerté a responder por fin. Sabía cómo estaban las cosas por allí, lo leía todas las mañanas en el periódico, veía la cara del hijo de puta de Videla en la televisión todas las noches, pero ni

733

siquiera eso impidió que me dejara avasallar por el asombro, la emoción de hablar con él, de saber que seguía vivo, que me había encontrado. Debería haber comprendido que, a miles de kilómetros de distancia, una dictadura nunca es el mejor comienzo para una llamada de cortesía, pero me lancé a hablar de mí, a contarle que me alegraba muchísimo de oírle, y cuánto me había acordado de él, y cómo le echaba de menos, hasta que el clamoroso silencio que coseché al otro lado me impulsó a formular, demasiado tarde, la que debería haber sido mi primera pregunta.

—¿Cómo estás?

—Mal.

Pronunció aquella palabra como si le estuviera quemando la lengua, antes de añadir que estaba viviendo una puta pesadilla. Y habíamos compartido tantas que, más allá de la sorpresa, de la confusión, del tiempo y la distancia, comprendí qué esperaba de mí.

—¿Puedo hacer algo por ti?

—Mucho, porque no me queda más remedio que volver —el tono de su voz era tan sombrío que ni siquiera celebré la noticia—. Es la misma mierda de siempre, ¿sabes? Todo igual, aquí y allí, siempre igual, lo mismo en todas partes...

El 30 de diciembre de 1976, en la puerta de Llegadas de la Terminal Internacional de Barajas, nos dimos el primer abrazo. Yo tenía el pelo gris, él completamente blanco. Yo había engordado, él se había convertido en el más flaco de los dos. Yo iba a cumplir sesenta y dos años, él había cumplido sesenta y seis. Ni sus hijos ni los míos llevaban los apellidos de su padre, y ambos teníamos edad suficiente para ser abuelos de los más pequeños. Su cuerpo estaba bordado de cicatrices y eran mis manos las que lo habían cosido. Ninguno de los dos usaba su verdadero nombre, aunque cada uno llamaba al otro por su nombre auténtico. Yo le debía la vida, él me la debía a mí. Al vernos, sanos y vigorosos todavía, dos padres de familia vestidos como señores, nadie habría adivinado que nos habíamos hundido juntos, que habíamos tocado el fondo de la última derrota con las plantas de los pies. Ambos éramos conscientes de aquel largo fracaso compartido, pero durante un instante volvimos a ser fuertes, volvimos a ser jóvenes y poderosos, tan intactos como nuestra fe, la esperanza que nos había unido para siempre antes de abandonarnos en la cuneta donde lloriqueaban los pobres imbéciles, los niños torpes, los adultos sin suerte. Todo eso significó nuestro primer abrazo.

—Tenemos que hablar —me dijo en un susurro cavernoso, antes de soltarme.

—Sí —y mi voz tembló al borde de su oído—. Tengo muchas cosas que contarte.

Pero no nos resultó fácil encontrar el momento. Rita, que había asumido el mando de las operaciones desde que le confesé que en la primera llamada no se me había ocurrido preguntarle a Manolo si venía solo o con su mujer, si tenían hijos o no, y de qué edades, había reservado para ellos un apartamento de tres dormitorios en un aparthotel de la calle Princesa. Esto sólo de momento, le anunció a Simona mientras salíamos del aeropuerto, porque he estado viendo pisos de alquiler en nuestro barrio y he encontrado algunos muy interesantes... La mujer de Manolo asintió con la cabeza antes de mirar en su dirección como si no pudiera verla, y la mía, experta desde la adolescencia en redes de solidaridad y comités de acogida, tomó el relevo de los abrazos. No te desanimes, yo sé que esto es muy duro para vosotros pero no estáis solos, no vamos a dejaros solos, te lo prometo...

Al escucharla, mi amigo me miró, sonrió.

—¿Qué esperabas? —murmuré—. Al final, tuve que casarme con una comunista. El mercado no daba mucho más de sí.

Respondió con una carcajada y escuchar su risa me sentó bien.

Luego tuvieron que instalarse, deshacer el equipaje, comprar todas las cosas que habían olvidado, aclimatarse al invierno repentino y a la idea de recibir un año nuevo en otro país, llorar juntos y a solas. En Nochevieja, sin embargo, cenamos en nuestra casa todos juntos, y tuvimos que alargar la mesa del comedor con un tablero y tres caballetes, traer sillas de mi oficina, hablar todo el rato en voz alta, brindar por los Guillermos, por los Manueles, y reírnos por cualquier cosa, reír hasta que nos dolieron las mandíbulas para aturdir a los recién llegados, para envolverles en las burbujas de una trabajosa y bienaventurada efervescencia, para derramar sobre ellos un torrente velocísimo de chistes y anécdotas que les impidiera pensar, comprender dónde estaban, y por qué.

Después de las uvas, los jóvenes se marcharon y Manolo me pidió la revancha.

—Como me dejes ganar, te doy dos hostias —sonrió mientras me invitaba a mover el peón de rey, porque le tocaba jugar con negras.

—No te hagas muchas ilusiones —los dos habíamos bebido tanto que acertamos a repartirnos las victorias, pero ninguno de los dos se atrevió a hablar todavía.

A la cuatro de la mañana, nos abrazamos en la puerta de mi casa y fui yo quien le recordó que teníamos una conversación pendiente. Él me aseguró que no la había olvidado, pero después de Nochevieja llegó Reyes, y hubo que patearse las tiendas de media ciudad, comprar regalos, encargar roscones, llevar a mi nieto a ver la cabalgata y abrazarse otra vez, muchas veces. Aquel día, Simona ya se había decidido por un piso alto y luminoso, en la calle Altamirano, y Rita, que seguía estando al mando, decretó que aquella mudanza la íbamos a hacer entre todos. Por fin, el 11 de enero de 1977, mientras íbamos a cenar después de habernos deslomado moviendo sofás, camas y electrodomésticos durante toda la tarde, Manolo me anunció que al día siguiente me esperaría en el Lion cuando saliera de trabajar. Y al verle sentado en la mesa del fondo, ya no sentí la necesidad de volver a abrazarle.

—¿Cerveza? —se limitó a preguntar, mientras levantaba la mano para llamar a un camarero.

—Cerveza.

A su lado, en el banco donde le gustaba sentarse para vigilar de frente la puerta del café, había una gruesa carpeta de anillas, tan repleta de papeles que sus tapas azules dibujaban un perfecto ángulo obtuso. Cuando el camarero nos dejó solos, la puso encima de la mesa y la empujó en mi dirección.

—Toma, esto es para ti —la abrí con cuidado, como si algún monstruo oculto en su interior pudiera saltar y engancharme por el cuello, mientras mi amigo arrancaba a hablar—. Es una copia del documento que escribí en Buenos Aires. Goodwin, el de la embajada yanqui, lo llamaba el Informe Pacheco, que suena de puta madre, pero para lo que sirvió... La primera parte, más o menos, te la sabes, aunque allí averigüé algunas cosas más, pero a partir de la página doscientos, o por ahí, escribí todo lo que había ido descubriendo en Argentina.

Dentro de aquella carpeta había más de cuatrocientos folios mecanografiados a un espacio y casi un centenar de fotografías, fachadas de edificios, interiores, documentos y, sobre todo, personas, muchos hombres, algunas mujeres.

—Ahí está todo, nombres falsos y auténticos, direcciones privadas y profesionales, fechas, lugares, líneas marítimas, aéreas... Hasta el número del vuelo en el que llegué yo. Si hubieran querido, en una sola noche habrían podido detener a un centenar de criminales de guerra en Madrid y en Buenos Aires. No tendrían que haber hecho nada más que ir a buscarles.

Clarita Stauffer, Ingrid Weiss, Eberhad Messerschmidt, Hans Lazar, Johannes Bernhardt, Ante Pavelić, Walter Kutschmann, Jean-Jules Lecomte, Darquier de Pellepoix, Léon Degrelle, Otto Skorzeny... El informe era tan exhaustivo que ni siquiera faltaban nuestros alumnos de español, sus dos conversadores croatas, el muniqués y el húngaro que venían a mis clases, y al verles allí, me asaltó una pesadumbre infinita por la soledad de mi amigo, por la inutilidad de su coraje, la magnitud de aquel fracaso monumental.

—Pero no quisieron —resumí.

—No —sonrió—. No les salió de los cojones, ya ves. Me alabaron mucho, eso sí, pusieron mi trabajo por las nubes. Con decirte que intentó reclutarme la CIA...

—¡No jodas! —al escuchar eso, me asusté.

—Pues sí —él en cambio se echó a reír—, ¿qué te parece? Me puse chulo, dije que no, y después pasé mucho miedo, no creas. Tanto que durante un tiempo hasta me arrepentí de haberme quedado con una copia. Esto —acarició la tapa de la carpeta azul con la punta de los dedos y tanta delicadeza como si no fuera un objeto inerte— no había servido de nada, nunca serviría para nada, pero me daba tanta rabia pensar que el original habría acabado en la trituradora de papel de un despacho de Washington, que me la quedé, ni siquiera quise mandársela a Azcárate. Cuando me casé con Simona, compré una caja fuerte, la empotré yo mismo en una pared y se tiró allí un montón de años. Luego, en el 55, cuando cayó Perón y los nazis que estaban en Argentina dejaron de estar tan protegidos, me alegré de no haberla destruido.

Mientras le escuchaba, había seguido pasando páginas, leyendo nombres, números, líneas subrayadas, fechas, crímenes, centenares, miles, millones de personas asesinadas, deportadas, desaparecidas, Dachau, Gusen, Birkenau, Jasenovac, Mauthausen, Auschwitz, también Klooga, el crimen de Adrián Gallardo, mi propia víctima, el hombre al que yo maté para salvar mi vida y la de mi amigo, el protagonista de la pesadilla que aún me atormentaba de vez en cuando, que seguiría torturándome quizás hasta mi propia muerte aunque en aquella carpeta apenas era un muerto más, un asesino insignificante.

—Luego, cuando se me pasó el miedo, a veces pensé en mandárselo a Wiesenthal o a cualquier otro cazador de nazis. Pero ya me había casado, tenía hijos pequeños... Me había costado mucho trabajo desconectarme de los nazis de Buenos Aires pero todos me conocían, no habrían tardado en localizarme, así que publicar esto seguía siendo muy peligroso para mí, y sobre todo... —hizo una pausa, señaló mi vaso, levantó el brazo con dos dedos estirados, esperó a que el camarero asintiera con la cabeza—. Pensé que si lo hacía, si al final detenían a alguno de estos hijos de puta gracias a mí, en España no iba a pasar nada, ¿no? Franco se descojonaría de risa, así que... Esa no era mi guerra, Guillermo, y nadie había querido mover un dedo por nosotros, nadie, nunca jamás. Estaba tan hundido, tan asqueado de todo que pensé, ¿no somos siempre los malos?, pues a tomar por culo, si esto no ha servido para ayudar a los míos, que se jodan los demás. Ya sé que ese pensamiento no me deja en buen lugar, pero... A estas alturas, la justicia universal me toca mucho los cojones, qué quieres que te diga.

—No hace falta que me digas nada —esperé a que el camarero se llevara los vasos vacíos y dejara los llenos para explicarle por qué—. A mí me duele todavía, ¿sabes? Cada vez que ponen en la televisión una película de Hollywood sobre nazis asesinos, la apago. No espero ni a ver el título.

—Ya... —asintió varias veces con la cabeza como si, más que a mí, se diera la razón a sí mismo—. Nos jugamos la vida para nada, ¿no? Creíamos que se habían dado cuenta de que éramos los buenos, que por fin íbamos a poder ir con los buenos, y ni por esas. Pero en las películas que tú dices seríamos héroes, así que... Hay que joderse.

—Jodidos ya estamos —reconocí por los dos, batiendo mi propio récord de velocidad como bebedor de cerveza.

—Desde luego... —él batió el suyo y se acordó de algo—. Te voy a contar una cosa. El día que nos veníamos, cuando estábamos haciendo el equipaje, saqué la carpeta de la caja fuerte, le pedí a Simona que la metiera en la maleta y tuvimos una bronca. Estábamos todos fatal, muy nerviosos, y ella muy triste, además, porque su madre ya es mayor, porque no sabe si volverá a verla... Por alguna parte tenía que estallar, y fue por la carpeta. Ni hablar, me dijo, de ninguna manera, así que estamos todos renunciando a lo imprescindible, ropa, recuerdos, objetos valiosos —hizo una pausa antes de imitar a la perfección la voz, el tono, el acento de su mujer—, ¿y vos pretendés llenar media valija con esos papelotes? Pues saca mi ropa, le dije, sácalo todo, me da igual porque yo ya he perdido una guerra, ¿sabes? Yo sé lo que es importante y lo que no, llegué a Argentina con lo puesto y lo único que quiero llevarme de aquí es esto. Total, que mi hijo Juanito, el pequeño, nos oyó discutir y después de un rato vino a buscarme. Oíme, viejo, me dijo, vos, en la guerra de España, fuiste de los buenos, ¿no? Y le contesté, pues verás, hijo mío, yo en aquella guerra fui de los buenos, pero sobre todo de los pardillos, en todas las guerras he sido un puto pardillo... Y tuve que explicarle lo que significaba la palabra, claro.

—Pues va a aprender una mejor, porque esa se ha pasado de moda. Ahora, a la gente como tú y como yo, los jóvenes nos llaman pringados.

—¿Pringados? —se echó a reír al escucharlo—. ¡Qué bueno!

Entonces, a bocajarro, le conté que Adrián Gallardo Ortega había vuelto de Alemania a finales de 1949, que había venido a mi despacho para hacer preguntas, que no me había quedado otro remedio que matarlo, y cuándo, y dónde, y cómo lo había hecho. Él me miró al principio con los ojos muy abiertos, después entornó los párpados, luego los cerró del todo y por fin volvió a mirarme.

—¿Whisky? —dijo solamente.

—Whisky.

—¿Doble?

—Claro.

Aquella noche tuvieron que echarnos del Café Lion. Cuando salimos a la calle hacía mucho frío. Estábamos tan borrachos que no podíamos andar en línea recta, pero cuando nos abrazamos en medio de la acera, sabíamos por qué lo hacíamos.

Éramos dos pringados y nuestra vida no había sido una película, pero los muertos no pueden emborracharse.

La historia de Guillermo
Nota de la autora

El 22 de julio de 2013, compré un cuaderno con tapas de color verde claro en una papelería del centro de Rota, el pueblo de la bahía de Cádiz donde paso los veranos. Al volver a casa, anoté en su primera página la fecha, el título y el subtítulo de esta novela y, antes de escribir nada más, tecleé en la barra del navegador dos palabras, Clara Stauffer, que había escrito muchas veces. Mi búsqueda arrojó contenidos que ya conocía y, en quinto lugar, una flamante referencia que me dio una alegría e, inmediatamente después, un disgusto.

Clara, a la que perseguía desde hacía años, sólo había estado ausente de mi pensamiento durante la primavera de 2013, mientras terminaba *Las tres bodas de Manolita*. Y mi suerte, tan buena y tan mala como la de Manuel Arroyo Benítez, quiso que precisamente en ese periodo, cuando no podía pensar en otra historia que la que tenía entre manos, una librería de viejo de Madrid pusiera a la venta un álbum de fotografías realizadas por la propia Stauffer entre los meses de diciembre de 1948 y 1949, durante un largo viaje por Argentina, Perú, Bolivia y Chile. La web, que reproducía íntegramente su contenido, anunciaba en la última línea de su descripción que había sido vendido el 19 de marzo de 2013.

Comparto mi vida con un bibliófilo, y su biblioteca, desde hace más de veinte años. Sé que los libreros de viejo a menudo conocen a sus clientes y me puse en contacto con este a toda prisa para decirle que estaba dispuesta a recomprar el álbum a cualquier precio, a pagar incluso para que su dueño me permitiera verlo, tocarlo, fotografiarlo, pero ni siquiera logré averiguar su nombre. El librero me contó que lo había vendido muy deprisa, y lo único que pudo añadir fue que su comprador había sido un hombre más afortunado que yo.

Lo recogió en la tienda, lo pagó en metálico, y ahí se acabó la historia. Ni era cliente suyo, ni sabía cómo se llamaba, ni había vuelto a verle por allí.

Pensé en escribir un artículo, y hasta en poner un anuncio, pero ambas opciones me parecieron igual de patéticas y equidistantemente condenadas al fracaso. Si el comprador era un coleccionista, no estaría interesado en compartir su tesoro conmigo. Si era un fanático de la obra de Clara, yo sería la última persona a la que querría hacerle un favor. Se me ocurrieron otras opciones y ninguna era buena, así que me contenté con capturar las imágenes, ampliarlas tanto como pude y estudiarlas con atención, para escribir en mi cuaderno verde los nombres y fechas que pude descifrar entre las pulcras anotaciones realizadas por la propia Stauffer, con lápiz blanco sobre cartulina negra.

Entre los recuerdos de su viaje estaban las fotografías de dos bodas, dos contrayentes, hermano y hermana, con los mismos apellidos. No fui capaz de identificar el nombre femenino. El masculino, en cambio, se leía con mucha nitidez, pero mi búsqueda en internet sobre Hannibal D'Angelo Rodríguez no arrojó resultados. Entonces recordé que Clara Stauffer había estudiado en Alemania. Probé con la grafía española del mismo nombre y acerté en un grado que casi me consoló por la pérdida de un álbum que nunca había sido mío.

El 3 de agosto de 2003, el diario argentino *Página/12* reprodujo, en un artículo titulado «Testigo inesperado», el contenido de una carta que Aníbal D'Angelo Rodríguez —sin hache y con una sola ene— había enviado a su director, Sergio Kiernan. En ella, se presentaba como hijo de Magda Ivanissevich de D'Angelo Rodríguez, maestra argentina de origen croata, autora de un libro de memorias, *La ciudad de mi infancia*, que alcanzó cierto éxito como semblanza nostálgica del barrio porteño de Villa Urquiza. El apellido de soltera de la madre de Aníbal no era un dato irrelevante. Su hermano, Oscar Ivanissevich, había sido dos veces ministro de Educación en gobiernos de Perón.

La semana anterior, *Página/12* había publicado un reportaje sobre la desclasificación de los archivos de Migraciones, que habían proporcionado numerosa información acerca de los nazis que huyeron a Argentina a partir de 1945. En ese texto se mencionaba a Magda Ivanissevich en relación con un criminal de guerra de origen belga llamado Jean-Jules Lecomte. Unos días más tarde, su hijo Aníbal escribió al diario para reivindicar orgullosamente su participación en aquellos hechos. El primer párrafo de su carta es tan elocuente por su tono como por su contenido.

> Querido Sergio: Muy entretenido tu artículo sobre el camarada Lecomte. En efecto, mi madre y yo contribuimos a salvarlo de los «libertadores» que lo querían fusilar. ¿Sabés qué pasa, Sergio? Que no todos tenemos la suerte que tienen Uds. los zurdos, que pueden asesinar a cien millones de personas y no tener ni uno solo de los asesinos juzgados y condenados. Entonces, sí, no fue solo Lecomte. Conozco e intervine en muchos casos más a pesar de tener por entonces solo 19 años. Y en efecto, como todo el mundo sabe, en el primer peronismo hubo mucha gente que —como yo— se enorgulleció (y se enorgullece) de haberles arrebatado algunas víctimas.

Yo ya conocía a Lecomte, famoso, además de por sus crímenes, por haber sido el prófugo nazi que la red Stauffer puso a salvo en Argentina en fecha más temprana. La carta publicada por *Página/12* no sólo confirmaba ese dato, sino que daba un sentido concreto, y muy poderoso, a las fotografías que acababa de descubrir. Clara Stauffer había viajado a Sudamérica en el periodo más fecundo de su labor para supervisar las actividades de su organización y asistir a las bodas de dos hijos de una de sus más estrechas colaboradoras de ultramar. Así, un álbum que nunca había tenido entre las manos se convirtió en uno de los ejes principales de esta novela.

Como todos los libros de la serie *Episodios de una guerra interminable*, *Los pacientes del doctor García* es una novela de ficción edificada alrededor de hechos reales. Algunos de los hilos que tejieron la coyuntura histórica en la que se apoya mi relato se narran en las breves piezas de no ficción intercaladas a lo largo de sus páginas. Estos textos, narrados en presente histórico, cuentan acontecimientos rigurosamente

745

auténticos, pero no más que otros hechos y figuras que interactúan con mis personajes inventados en los capítulos de ficción. Entre ellas, la más relevante es, sin duda, Clara Stauffer.

Cuando leí el artículo de *Página/12,* hacía alrededor de siete años que le seguía los pasos. Ese era el plazo que había transcurrido desde la publicación de *La guarida del lobo. Nazis y colaboracionistas en España,* una investigación del periodista Javier Juárez que compré por un impulso irrefrenable, como si, desde su portada, un joven, apuesto y, aunque parezca paradójico, desfigurado Otto Skorzeny, me estuviera llamando a gritos. El libro de Juárez fue la puerta que me franqueó el acceso a una historia clandestina, tenebrosa y fascinante, irresistible y aterradora a partes iguales. Como ocurre con todas las buenas investigaciones, sus páginas me proporcionaron, además de mucha información, pistas acerca de los caminos más idóneos para profundizar en determinados aspectos. A pesar de la generosa bibliografía adjunta, no fue fácil.

Entre todos los adjetivos que he utilizado para calificar la red Stauffer, el más relevante es *clandestino*. El régimen franquista jamás reconoció oficialmente su relación con la obra de Clara, quien por supuesto tampoco hizo público, en ningún momento, documento alguno relacionado con su misión. La clandestinidad en la que su red permanece hasta hoy incrementa el mérito de los autores que la han estudiado. Por eso me impresionó tanto la carta de Aníbal D'Angelo Rodríguez. Nunca había dudado de la autenticidad de aquella trama, pero el arrogante testimonio de uno de sus colaboradores, tan vivo como belicoso en el siglo XXI, aportó un estremecedor espaldarazo de realidad, de actualidad, a un relato de gravedad casi inverosímil.

A partir del libro de Javier Juárez, otros me han resultado imprescindibles para escribir esta novela. No lo habría logrado sin Carlos Collado Seidel, cuya obra *España, refugio nazi* aporta una información fundamental, no sólo sobre las implicaciones diplomáticas, sino también sobre el trabajo de Johannes Bernhardt y los vínculos económicos entre la España de Franco y el poder nazi alemán antes, durante y después de la Segunda Guerra Mundial.

El libro de José María Irujo, *La lista negra,* que reproduce íntegramente ese documento, también conocido como Lista de los 104, me resultó tan útil en ese aspecto como en lo que se refiere a las relaciones entre la Iglesia católica española y los prófugos del Tercer Reich.

En lo relativo a Argentina como destino final de los protegidos de Stauffer y otras redes, no habría podido aspirar a nada mejor que la exhaustiva investigación que Uki Goñi publicó en dos volúmenes, *La auténtica Odessa* y *Perón y los alemanes*. Agotados durante muchos años, sólo pude leerlos gracias a la ayuda de mi amigo Héctor Delgado, que desde su porteña librería Los Siete Pilares, especializada en libros antiguos y agotados, tuvo la paciencia de buscarlos, la habilidad de encontrarlos y la generosidad de enviármelos a Madrid.

Por un camino semejante llegó a mis manos *Hunting Evil,* un libro del periodista británico Guy Walters sin traducción al español. Gracias a la ayuda de Luis Domínguez, responsable de la librería Marcial Pons de la plaza del Conde del Valle de Súchil de Madrid, pude acceder a una descripción muy completa de las actividades de la trama, que incluye además la transcripción de buena parte de la entrevista que Sefton Delmer hizo a Clara en Madrid en 1948.

Pese a ser una novela de ficción, en *Los pozos de la nieve,* de Berta Vias Mahou, encontré una interesante semblanza de la familia Stauffer.

Y aunque su contenido no está reflejado explícitamente en esta novela, en *El franquismo, cómplice del Holocausto,* de Eduardo Martín de Pozuelo, comprendí mejor la posición oficial del Estado español que hizo posible los hechos que aquí se narran.

Una vez más, la ayuda de mis amigos me ha resultado imprescindible para escribir *Los pacientes del doctor García.*

Hace muchos años, antes de que esta novela tuviera título, aún menos subtítulo, mi amiga Belén Guerra, vieja compañera de activismo republicano, me prestó su ejemplar de *El fin de la esperanza,* de Juan Hermanos. El libro me impresionó tanto que me lo regaló. Nunca lo olvidé, y cuando planifiqué esta novela, decidí que la descabellada y emocionante rebelión estudiantil de diciembre de 1946, ignorada por todos siempre y desde siempre, merecía un lugar en ella, aunque las viejas armas de sus protagonistas no brillaran tanto como los galones de los SS.

Cuando llegó el momento, mi amigo Eduardo Becerra me facilitó el contacto con el profesor Francisco Caudet, autor de la magnífica introducción de la edición española del libro de Hermanos. Él contestó a mis preguntas con tanta paciencia como amabilidad, y me autorizó a contar la historia de Marc —Marcelo— Saporta, que intentó en vano mantenerse oculto tras su fraternal seudónimo durante toda su vida.

A mi querido Rafa Reig le debo, aparte de su amistad, días estupendos en Cercedilla, excursiones a Camorritos y la Fuenfría, comidas en Casa Gómez y largas conversaciones en Peña Pintada, la casa rural que una vez fue una fonda. Sin su ayuda y su entusiasmo, Manolo y Guillermo nunca habrían subido en burro a casa de Herr Messerschmidt. Gracias a Rafa, lo único que he tenido que inventarme es el nombre español —don Eduardo— del nazi más famoso de un pueblo donde abundaron mucho más de lo que se merece.

Como los personajes de esta novela española llegan a vivir mucho más lejos de España que los protagonistas de mis restantes Episodios, he tenido que recurrir también a la generosidad y sabiduría de algunos amigos extranjeros, a los que quiero y me quieren lo suficiente como para soportar el abuso de mi curiosidad. Gracias a ellos he podido situarlos correctamente en el tiempo y en el espacio.

Así, desde Berlín, Dieter Ingenschay escogió el barrio, Schöneberg, y hasta la calle, Winterfeldtstrasse, donde vive la familia Müller, y no sólo calculó el tiempo que Agneta tarda en caminar desde su casa hasta la Puerta de Brandemburgo, contando con los escombros, sino que añadió que ese barrio de Berlín, donde él vivió y yo le visité hace ya muchos años, fue famoso por una canción en la que un chico cuenta cómo besó a una chica allí, en el mes de mayo. Cuando escuché la versión de Marlene Dietrich, no pude resistir la tentación de convertir esa canción en un personaje con el que no contaba.

Nunca podré agradecerle bastante a Elena Boledi lo que hizo por instalar a Manolo Arroyo en Buenos Aires. El mérito corresponde también a Adolfo González Tuñón, que se dejó arrastrar por ella y caminó a su lado mientras escogía para mí el barrio de Balvanera y la zona del Palacio de Tribunales, dándome coordenadas exactas para una pensión y una academia, y mencionando al final la existencia del maravilloso Café de los Angelitos. Elena fue también quien decidió instalar la estancia Bley en los alrededores de Junín, cerca de donde nacieron ella y Eva Perón. Los capítulos porteños de esta novela habrían sido peores y mucho menos auténticos sin su preciosa ayuda.

En la primavera de 2014, un desconocido contactó con mi marido a través de Facebook para ponerse a mi disposición. Tenía una historia fabulosa que contarme, y resultó serlo tanto que, con la emoción, se me olvidó anotar su nombre en mi cuaderno verde. Recuerdo que era profesor de alguna materia relacionada con la Agricultura en la Universidad Autónoma de Madrid, pero no he sido capaz de encontrarle por ese camino, aunque tengo la impresión, quizás errónea, de que se llamaba igual que su padre. Este, Jesús del Cerro García, hizo un extraño servicio militar a mediados de los años cincuenta. Protegido por un capitán del Ejército llamado Antonio Rico, su única obligación había consistido en presentarse de vez en cuando en la sacristía de la parroquia de la glorieta de Iglesia de Madrid, vestido de civil, para recoger un sobre y llevarlo a una dirección, siempre la misma, donde vivía una señora cuyo nombre había olvidado. Recordaba, a cambio, que esos sobres incluían partidas de bautismo con nombres extranjeros, que a él le sonaban a los apellidos de los futbolistas alemanes, y que el capitán Rico le había prohibido expresamente entregarlos al portero de su destinataria, que debía recibirlos en mano.

En el invierno de 2017, el compositor Bernardo Fuster, que siempre ha usado su apellido materno para evitarse el trabajo de deletrear el paterno, me confirmó que la parroquia de Iglesia había jugado un papel fundamental en esta historia. Como si fuera el protagonista de una novela mía, Bernardo había descubierto, a la muerte de su padre, que Bernhard Feuerriegel, a quien siempre había creído un soldado que, tras ser herido en el frente ruso, fue enviado como profesor de música a los campamentos de las Juventudes Hitlerianas en España, había sido en realidad el jefe de esta organización y como tal reclamado por los aliados. Y me contó que cuando él era niño, su abuela materna, que acogió a su padre y posiblemente a otros soldados en su casa, estaba en contacto permanente con el párroco de esa iglesia.

Otro testimonio personal muy valioso para mí fue la imagen, más que la anécdota, que me regaló Juan Antonio Méndez al recordar haber visto a Otto Skorzeny gritando como un energúmeno durante una velada de lucha libre en Las Ventas, a mediados de los años sesenta, con tanta violencia como si desconociera la ficticia naturaleza de aquellos combates. Esa imagen me resultó tan irresistible que no he resistido la tentación de apropiármela.

Más decisivo y precioso aún resultó el testimonio de Juan-Ramón Capella, cuyo libro de memorias, *Sin Ítaca*, tuve el privilegio de presentar en Madrid en junio de 2011. Aunque era lo último que esperaba al leer los recuerdos de un catedrático de Filosofía del Derecho, Moral y Política, sus páginas y la memoria de su autor me ayudaron a construir el personaje de Clara Stauffer más y mejor que cualquier otra fuente. Los padres de Juan-Ramón eran vecinos de veraneo de Clara en Sitges, y a menudo sus hijos jugaban con ella en la playa. Hasta que una noche, los señores Capella descubrieron que en el desván de su casa había dos hombres escondidos y rompieron sus relaciones con la responsable. Además, él recuerda haber escuchado una anécdota que yo no había leído en ninguna parte. Según su memoria familiar, Clara habría estado comprometida con un hombre español, más joven y de extracción social más baja que la suya, un chófer con el que se habría casado si no hubiera aprovechado, precisamente, la red de su novia para emigrar a Argentina en el último momento. Gracias a la memoria de Juan-Ramón, me he atrevido a incorporar un pequeño idilio frustrado en la biografía ficticia de un personaje real.

Un día de 1953, Luis Zori Martínez estaba bajando por la Gran Vía cuando, a la altura de la iglesia de San José, en el número 43 de la calle Alcalá, le hicieron una fotografía en una acera llena de gente.

Muchos años después, se fotografió conmigo en un par de actos, cuando ninguno de los dos podíamos adivinar que esa foto en la que está tan guapo se convertiría en la portada de esta novela. No sólo quiero agradecerle que sea mi lector y que me haya permitido usarla. También le agradezco que haya consentido que le convirtamos en un señorito, planchándole la americana y poniéndole una corbata que no existía en la imagen original.

Entre los atrevimientos que me he permitido en *Los pacientes del doctor García,* uno que seguramente tiene más valor para mí que para el lector consiste en la incorporación de distintos registros lingüísticos de mi propia lengua.

Para la variante porteña, he contado con la complicidad de mi editora y sobre todo amiga Paola Lucantis, responsable de Tusquets Argentina.

Para la variante mexicana también había buscado un cómplice. Mi amigo Ignacio Padilla se ofreció a corregirla la última vez que nos vimos, en el festival Centroamérica Cuenta, celebrado en Managua en mayo de 2016. Tras su abrupta y dolorosa muerte, en el verano del mismo año, renuncié a buscar otro corrector. Los errores que comete Meg Williams al hablar español en esta novela, serán siempre mi pequeño homenaje personal a Nacho Padilla.

Los lectores de otras novelas de la serie habrán advertido los estrechos vínculos de *Los pacientes del doctor García* con mis Episodios anteriores. Es lógico, puesto que, tras la lucha armada y el comienzo de la resistencia política en el interior, la vía diplomática fue el último recurso de los republicanos en el exilio para intentar que los aliados se acordaran de que seguían existiendo. En la realidad, este intento se concentró sobre todo en la declaración de la ONU de diciembre de 1946. Yo me he atrevido a llegar mucho más lejos sin olvidar que, si la norma de la Historia es la verdad, la norma de la Literatura es la verosimilitud.

Manuel Arroyo Benítez es un personaje de ficción, pero Enrique Moradiellos, biógrafo de Negrín, me confirmó que le parecía verosímil que el presidente del gobierno republicano enviara a un hombre a Madrid en septiembre de 1937, para averiguar si podría reproducirse allí la rebelión de Barcelona. En la medida en que ya he conseguido apropiarme por completo de algunos «hombres de mi vida», como Juan Negrín y Jesús Monzón, para convertirlos en personajes de ficción, quiero reiterar mi gratitud hacia sus biógrafos, Moradiellos y Ricardo Miralles en el caso del primero, y Manuel Martorell en el del segundo. Y renovar mi agradecimiento a Xavier Moreno Juliá, que me ha enseñado todo lo que sé sobre la División Azul y su sucesora, la Legión Azul.

Siempre estaré en deuda con los historiadores españoles que han devuelto nuestro país a la normalidad al reescribir el relato de la guerra y de la dictadura franquista desde una perspectiva rigurosamente democrática, porque sin ellos jamás habría podido avanzar. Y aquí, sobre todo, con Ángel Viñas, a quien me atrevo a llamar mi maestro, aunque nunca haya sido su alumna, hasta tal punto soy deudora de su monumental obra sobre la diplomacia republicana, las implicaciones internacionales de la presidencia de Negrín y la labor de Pablo de Azcárate ante el Comité de Londres.

No en vano uno de los libros de Ángel lleva por título la misma expresión con la que Marcelo Saporta concluyó la nota que escribió para *Les Temps Modernes* en 1949. Esas mismas palabras escojo yo para terminar esta novela.

Por el honor de la República
Madrid, 22 de mayo de 2017

Los personajes

(En esta lista sólo aparecen los personajes que intervienen en los capítulos de ficción de esta novela. Los nombres en cursiva identifican a personas reales.)

Tres impostores

GUILLERMO GARCÍA MEDINA, nacido en Madrid, en 1914, conocido como RAFAEL CUESTA SÁNCHEZ a partir del mes de abril de 1939.
También conocido como ÁNGEL VALVERDE ROLDÁN entre octubre de 1968 y febrero de 1969.

MANUEL ARROYO BENÍTEZ, nacido en Robles de Laciana, León, en 1910, conocido como RAFAEL CUESTA SÁNCHEZ desde el 21 de junio de 1937 hasta el 25 de enero de 1938.
Simultáneamente conocido como FELIPE BALLESTEROS SÁNCHEZ desde el 7 de noviembre de 1937 hasta el 17 de enero de 1938.
Adopta de nuevo la identidad de FELIPE BALLESTEROS SÁNCHEZ, apátrida, entre el verano de 1939 y el 10 de septiembre de 1946.
Conocido como PETER LOUZÁN VALERO, ciudadano norteamericano de origen español, desde el 10 de septiembre de 1946 hasta el 7 de junio de 1947.
Conocido como ADRIÁN GALLARDO ORTEGA a partir del 7 de junio de 1947.
Simultáneamente conocido como JOSÉ PACHECO HERNÁNDEZ a partir del 1 de julio de 1947.

ADRIÁN GALLARDO ORTEGA, nacido en La Puebla de Arganzón en 1917, conocido como boxeador profesional con el nombre de EL TIGRE DE TREVIÑO, desde el verano de 1937.
Adopta la identidad de ALFONSO NAVARRO LÓPEZ el 2 de mayo de 1945.

En un hospital del Madrid sitiado

FORTUNATO QUINTANILLA, jefe de la planta de Cirugía del hospital de San Carlos.
BERNABÉ, portero del hospital.

NORMAN BETHUNE, médico e investigador científico canadiense que acudió como voluntario para defender Madrid en el otoño de 1936.

ANDRÉS VELÁZQUEZ, psiquiatra, amigo del DOCTOR QUINTANILLA, miembro del Comité de Dirección de la Junta de Defensa de Madrid como responsable de Sanidad.

PEPE MOYA AGUILERA, conocido en su pueblo como PEPE EL PORTUGUÉS, militante comunista, soldado republicano y paciente del DOCTOR GARCÍA.

IGNACIO FERNÁNDEZ MUÑOZ, estudiante de Derecho, militante comunista, soldado republicano y asiduo paciente del DOCTOR GARCÍA. Tendrá una nieta llamada Raquel Fernández Perea.

En Hermosilla 49

GUILLERMO MEDINA ACERO, comisario de policía, dramaturgo, autor clandestino de letras de cuplés y vodeviles bajo el seudónimo de FEDERICO RAMOS. Abuelo materno del DOCTOR GARCÍA, y propietario del principal derecha.

FERMÍN MARTÍNEZ, notario, propietario del principal izquierda.

EXPERTA FERNÁNDEZ HERNÁNDEZ, criada de la familia Martínez.

AMPARO PRIEGO MARTÍNEZ, nieta de DON FERMÍN.

AURORA SARMIENTO GUTIÉRREZ, esposa del COMISARIO MEDINA, abuela del DOCTOR GARCÍA.

MIGUEL SALCEDO, amigo de GUILLERMO GARCÍA MEDINA.

ERNESTO MARTÍNEZ, hijo de DON FERMÍN, tío de AMPARO.

ROSA MEDINA SARMIENTO, madre del DOCTOR GARCÍA.

GUILLERMO GARCÍA BONET, neurólogo, médico y después marido de ROSA MEDINA, padre del DOCTOR GARCÍA.

SUSI, corista del Teatro Eslava.

CANDI, compañera de SUSI en el coro del Eslava.

GUILLERMO GARCÍA PRIEGO, nacido el 11 de septiembre de 1938 en Madrid. Inscrito por segunda vez en el Registro Civil, a los seis meses de edad, como JOSÉ ANTONIO URBIETA PRIEGO.

Desde Robles de Laciana hasta la retaguardia del Madrid en guerra

JUAN NEGRÍN LÓPEZ, fisiólogo e investigador científico. Presidente del gobierno de la República desde mayo de 1937 hasta el final de la guerra.

JUAN ARROYO, vecino de Robles de Laciana, padre de MANUEL ARROYO BENÍTEZ.

GERTRUDIS BENÍTEZ, su mujer, madre de MANUEL ARROYO BENÍTEZ.

JUAN, TORIBIO, TULA y ASUNCIÓN ARROYO BENÍTEZ, hijos predilectos de GERTRUDIS.

HERMENEGILDO, MARÍA y LEOCADIA ARROYO BENÍTEZ, hermanos de MANUEL y, como él, hijos no deseados.

DON MARCOS, párroco de Robles de Laciana.

Francisco Fernández Blanco y Sierra-Pambley, intelectual progresista. Fundador, en 1886, de un colegio para niños pobres en Villablino (León).

Pablo de Azcárate y Flórez, político y diplomático español, alto funcionario de la Sociedad de Naciones de Ginebra hasta 1936. Embajador del gobierno de la República Española ante el Reino Unido hasta el final de la guerra.

Margaret Carpani Williams, diplomática norteamericana, auxiliar del Departamento del Mediterráneo de la delegación del gobierno de Washington ante la Sociedad de Naciones de Ginebra.

Hank Williams, congresista del Partido Demócrata por el estado de Texas, padre de Meg.

Celsa, joven inmigrante española que trabaja en un café situado cerca del Barnard College de Nueva York.

Lord Windsor-Clive, presidente del Comité de No Intervención en España, también conocido como Comité de Londres.

Francisco Largo Caballero, dirigente del PSOE, presidente del gobierno de la República desde septiembre de 1936 hasta mayo de 1937.

Andrés, o Andreu, Nin, fundador del POUM, asesinado a manos de la NKVD soviética en una fecha incierta, probablemente junio de 1937.

Basilio Rodríguez, comisario de policía.

Jesús Romero, capitán de Infantería del Ejército Popular destinado en el Servicio de Inteligencia Militar (SIM).

Entre La Puebla de Arganzón y el puerto de Bilbao

Antonio Ochoa Gorostiza, capitán del Ejército franquista, aquejado de una misteriosa enfermedad.

José Luis Barrios, teniente del Ejército franquista, amigo del capitán Ochoa.

Alfonso Navarro López, falangista y soldado del Ejército franquista, boxeador *amateur* antes de la guerra.

Fernando Villa Ruiz, falangista navarro opuesto al decreto de Unificación, detenido y encarcelado en abril de 1937.

Don Carlos Ortega, heredero de la legendaria estirpe de los Garrotes, abuelo materno e ídolo infantil de Adrián Gallardo Ortega.

Doña María Ortega, hija menor de don Carlos, madre de Adrián.

Don Teodoro Gallardo, padre de Adrián.

En la enfermería del cuartel de El Pardo

Fermín Cuadrado, comandante del Ejército Popular, destinado en el cuartel de El Pardo en noviembre de 1937.

Felipe Ballesteros Sánchez, artillero de la IV Brigada Mixta, muerto en combate el 7 de noviembre de 1937.

Deja una viuda, Marina González Manzano, y una hija de seis meses, Elena Ballesteros González, que será recluida en un hospicio de Madrid cuando su madre muera en un bombardeo. Su abuela, doña Elena Manzano, la sacará de allí para llevarla a vivir con ella a Carmona, después a un pueblo de la provincia de Jaén llamado Fuensanta de Martos.

ISIDRO y GLORIA, matrimonio encargado de la custodia de las instalaciones del Instituto Canadiense de Transfusiones.

FRANCISCO ARRIETA, pediatra y falangista, asume la dirección del hospital de San Carlos el mismo día en que las tropas de Franco entran en Madrid.

El último cartucho de una mujer desesperada

MARÍA EUGENIA LEÓN, que pierde a su amor antes de ganar la guerra.

PILAR PRIMO DE RIVERA, Jefa Nacional de la Sección Femenina de Falange Española.

ESTEBAN MAROTO, patrocinador del golpe del 18 de julio de 1936, marido de Geni.

MANUEL HEDILLA, sucesor de José Antonio en la Jefatura Nacional de Falange Española, arrestado el 25 de abril de 1937 por oponerse al decreto de Unificación.

CLARA STAUFFER, aquí responsable de Prensa y Propaganda de la Sección Femenina, colaboradora y amiga de *PILAR PRIMO DE RIVERA.*

Un almacén de granos en Buenos Aires

JAN SCHMITT DE WANDALEER, militante de las Juventudes Hitlerianas y de la Legión Flamenca, soldado de Europa nacido en Buenos Aires.

MARIJKE DE WANDALEER, concebida en Amberes, nacida en La Boca, criada en un conventillo de San Telmo, madre de JAN.

PETER DE WANDALEER, inmigrante flamenco, dueño de un almacén de granos en Buenos Aires, padre de MARIJKE.

KLAUS SCHMITT, inmigrante alemán en Argentina, marido de MARIJKE, padre de JAN.

MARTIN SCHMITT, hermano de KLAUS, caído en 1917, en la batalla de Verdún.

JOSEF SCHMITT, mellizo de MARTIN, herido en combate poco después.

JOHANN SCHMITT, el primogénito, se suicida después de arruinarse en la crisis que sucede a la derrota alemana en la Gran Guerra.

MARTÍN SCHMITT DE WANDALEER, segundo hijo de KLAUS y MARIJKE.

JOSEFINA SCHMITT DE WANDALEER, tercera y última de sus hijos.

En un palacio de los zares de Rusia

ERNESTO JUNQUERA, capitán de la División Azul, amigo y admirador del TIGRE DE TREVIÑO.

EL TENIENTE GUTIÉRREZ, otro de los oficiales que lo admiran y protegen.

EL PADRE ARRIBAS, capellán de la División Azul.

JUAN MANUEL SUÁREZ, PIRULO, ex legionario, ex boxeador profesional, entrenador del TIGRE DE TREVIÑO en la Gimnástica Ferroviaria de la calle Barbieri de Madrid.

MAX SCHMELING, boxeador alemán, campeón del mundo de los pesos pesados en 1930.

ANNY ONDRA, estrella de cine alemana de origen polaco, esposa de *MAX.*

ANTÓN OÑATE, boxeador, rival del TIGRE en el Campeonato de España de 1941.

AGUSTÍN MUÑOZ GRANDES, comandante en jefe de la División Azul, condecorado por Hitler con la Cruz de Caballero de la Cruz de Hierro con hojas de roble.

DON FERNANDO, propietario de la Gimnástica Ferroviaria.

Al otro lado de la Castellana

ELENA o *ELENA OLMEDILLA,* nombre que usaba en la clandestinidad la militante comunista *PILAR SOLER,* pareja de *JESÚS MONZÓN* en Madrid.

FACUNDO, propietario del hostal Moderno, situado en el Puente de Vallecas.

DOÑA ENRIQUETA, que alquila habitaciones en su piso de Españoleto 24.

MARÍA ARÁNZAZU, su sobrina, que no consiente que la llamen Arancha.

MERCEDES SARMIENTO GUTIÉRREZ, hermana de DOÑA AURORA, tía abuela del DOCTOR GARCÍA.

MERCEDES FERNÁNDEZ SARMIENTO, hija de MERCEDES, tía segunda del DOCTOR GARCÍA.

MILAGRITOS SAN SEBASTIÁN, cantante lírica, huésped de DOÑA ENRIQUETA.

MATÍAS, portero de Españoleto 26.

DON GABINO DE LA FUENTE, dueño de la agencia de transportes La Meridiana.

AMADOR FERNÁNDEZ, huésped de DOÑA ENRIQUETA, después marido de MARÍA ARÁNZAZU.

LA SEÑORA BENIGNA, portera de Apodaca 5.

JESÚS MONZÓN REPARAZ, secretario general del PCE en Francia y en España durante la Segunda Guerra Mundial. A partir de la primavera de 1943 ejerció el cargo desde Madrid, donde residió clandestinamente hasta el verano de 1945.

En un bosque del norte de Estonia

ERNST KLEIBER, Hauptsturmführer, grado equivalente a capitán, del III Panzerkorps de las SS.

HEINRICH BEYER, soldado alemán de reemplazo, encuadrado en el III Panzerkorps.

ESTHER, prisionera judía del campo de Klooga, asesinada el 20 de septiembre de 1943.

En una trinchera de la Wilhelmstrasse

AGNETA MÜLLER, dirigente juvenil de la Liga de Muchachas Alemanas (Bund Deutscher Mädel).

RUDOLF, RUDI, MÜLLER, portero del Ayuntamiento de Schöneberg, padre de AGNETA.

BEATE MÜLLER, perteneciente al círculo fundador del Partido Nacionalsocialista Obrero Alemán (NSDAP) en Schöneberg, esposa de RUDI, madre de AGNETA.

ROSWITHA DOHRN, amiga y vecina de la familia Müller.

FRITZ WEBER, soldado alemán del III Panzerkorps, compañero de ADRIÁN y JAN en Klooga.

LAZLO, voluntario húngaro de las SS, encuadrado en el III Panzerkorps, compañero de ADRIÁN y JAN en Klooga.

ROBERT COLLARD, voluntario belga de la 28.º División de Granaderos Valones, encuadrada en la Legión Valona, destinada a la defensa de Berlín.

THOMAS DOHRN, hermano de ROSWITHA, teniente de las SS.

MICHAEL SCHNEIDER, soldado de la Wehrmacht, defensor de Berlín.

En el despacho del congresista Burnstein

SAL, nacido SAUL, BURNSTEIN, inmigrante originario de la Galitzia polaca, congresista del Partido Demócrata de los Estados Unidos.

ABBY, su secretaria.

LEWIS, nacido ELYAHU, BURNSTEIN, hermano mayor de SAL, emigra a los Estados Unidos a finales de 1918.

ABRAHAM BURNSTEIN, asesinado en Korczyna en 1919, padre de SAL.

SARA BURNSTEIN, de soltera BERKOWITZ, esposa de ABRAHAM, madre de SAL, muerta en el campo de concentración de Plaszów.

AGAR, hija mayor de ABRAHAM y SARA, casada, residente en Cracovia, muerta con toda su familia en el campo de concentración de Plaszów.

EFRAIM, hijo de ABRAHAM y SARA, emigra a los Estados Unidos en 1919.

DAVID, hijo de ABRAHAM y SARA, casado, residente en un pueblo cercano a Cracovia, muerto con toda su familia en el campo de concentración de Plaszów.

LINKA, hija menor de ABRAHAM y SARA, maestra, residente en Varsovia, muerta con sus hijos en el campo de concentración de Auschwitz.

REBECA, hija de ABRAHAM y SARA, casada, residente en Varsovia, muerta con toda su familia en el campo de concentración de Auschwitz.

MOSHE, marido de LINKA, muerto en la rebelión del gueto de Varsovia.

SAMMY COHEN, hijo de un magnate de Wall Street, miembro de un *lobby* judío y amigo de SAL.

LOUIS, nacido ELYAHU, BERKOWITZ, hermano de SARA BURNSTEIN, emigra a los Estados Unidos en 1907 y se establece en Nueva York.

WILLIAM, BILL, MATTIOLI, senador del Partido Demócrata, suegro de SAL.

GLORIA BURNSTEIN, de soltera MATTIOLI, hija de BILL, esposa de SAL.

Un *weekend* en Taplow

ROBERT, BOB, MCKAY, agente de la CIA residente en Gibraltar.

SOLEDAD, SOLE, RUIZ, inmigrante española en Nueva York que antes de salir del país trabaja como criada en Madrid, en la casa de *CLARA STAUFFER*.

JEAN-JULES LECOMTE, burgomaestre de Chimay, Bélgica, durante la ocupación nazi, miembro del Partido Rex y de las SS. Criminal de guerra.

HORST CARLOS ALBERTO FULDNER, ciudadano alemán nacido en Argentina, miembro de la Sicherheitsdienst, o SD, organización de inteligencia de las SS.

WALTER SCHELLENBERG, general de brigada de las SS, dirigente de la SD y jefe de Seguridad de la Gestapo.

En una taberna de la calle Barquillo

RAMÓN MATEOS, estudiante de Ingeniería Industrial, militante antifranquista.

PACO CONTRERAS, afiliado al PSOE desde antes de la guerra, antiguo cronista de espectáculos que se gana la vida como corrector de pruebas. Padrino de SILVERIO AGUADO GUZMÁN e íntimo amigo de su padre.

JUANMA GÓMEZ, militante antifranquista, amigo de RAMÓN MATEOS y paciente del DOCTOR GARCÍA.

En Berlín tras la derrota de Hitler

EL PADRE SCHULZE, sacerdote católico de origen suizo, confesor del prisionero ALFONSO NAVARRO LÓPEZ.

JOHANNES GRUNWALD, policía municipal del distrito de Schöneberg.

AGNETA GRUNWALD, de soltera MÜLLER, su mujer.

RUDI GRUNWALD, primogénito de JOHANNES y AGNETA.

Entre Galileo 14 y el valle de la Fuenfría

CLARA STAUFFER, aquí dirigente de una red que ayuda a nazis y colaboracionistas perseguidos por la justicia a instalarse en España o emigrar a un tercer país.

INGRID WEISS, amiga y colaboradora de CLARA STAUFFER.

EBERHARD MESSERSCHMIDT, agente de la inteligencia naval del Tercer Reich destinado en la embajada de Madrid, posteriormente asesor del Ministerio de Marina español, reclamado por la justicia aliada. Conocido en Cercedilla como DON EDUARDO.

LÉON DEGRELLE, fundador del ultraconservador Partido Rex, más tarde oficial de las SS. Juzgado en ausencia en Bélgica, en diciembre de 1945, y condenado a muerte por crímenes de guerra.

LOUIS DARQUIER DE PELLEPOIX, comisario general de Asuntos Judíos del gobierno de Vichy. Juzgado en ausencia y condenado a muerte en 1947 por sus actividades antisemitas y colaboracionistas.

JOHN ANGUS MACNAB, miembro de la Unión Británica de Fascistas, detenido y encarcelado en 1940. Tras fugarse de la cárcel en 1945, se refugió en España.

MARJORIE MUNDEN, fascista británica residente en España. Novia de JOHN ANGUS MACNAB, con quien convivió en Madrid durante muchos años.

MIRIAM DI SAN SERVOLO, nombre artístico de MARIA PETACCI, actriz italiana, hermana de la pareja de Benito Mussolini.

HORIA SIMA, político fascista, líder de la Guardia de Hierro, fundador del Estado Legionario de Rumanía. Criminal de guerra.

WALTER KUTSCHMANN, militar alemán, a cargo de un grupo de exterminio que operó en Polonia en 1942. Criminal de guerra.

ANTE PAVELIĆ, político y dictador croata, fundador del grupo terrorista fascista Ustacha (Movimiento Revolucionario del Levantamiento Croata) y después dictador del Estado Independiente de Croacia, títere del Tercer Reich. Criminal de guerra.

ABRAHAM KIPP, oficial de policía de La Haya durante la ocupación. Condenado a muerte en ausencia en 1949 por la justicia holandesa. Criminal de guerra.

JOHANNES BERNHARDT, empresario alemán afiliado al NSDAP que actuó como mediador entre Franco y Hitler en julio de 1936. Alcanzó el grado de general honorario de las SS. Amigo y patrocinador de CLARA STAUFFER.

JOSÉ FÉLIX DE LEQUERICA, político y diplomático fascista español. Ministro de Asuntos Exteriores desde agosto de 1944 hasta julio de 1945, ayudó a numerosos nazis y colaboracionistas a refugiarse en España.

VÍCTOR DE LA SERNA Y ESPINA, y su hijo, VÍCTOR DE LA SERNA GUTIÉRREZ-RÉPIDE, periodistas fascistas españoles, relacionados con las redes de evasión de prófugos nazis, colaboracionistas y criminales de guerra.

MARCOS, refugiado croata, antes destinado en el campo de concentración de Jasenovac, alumno del grupo de conversación de RAFAEL CUESTA. Criminal de guerra.

FRIEDRICH, nombre falso de WILHELM, refugiado alemán, alumno de conversación de RAFAEL CUESTA. Criminal de guerra.

ATTILA, refugiado húngaro, dirigente de la Cruz Flechada, alumno del grupo de conversación de RAFAEL CUESTA. Criminal de guerra.

OLIJ, refugiado holandés, miembro de las SS, alumno del grupo de conversación de RAFAEL CUESTA. Criminal de guerra.

OTTO SKORZENY, ingeniero y militar austríaco, coronel de las SS, al mando de un grupo de operaciones especiales durante la Segunda Guerra Mundial. Paradigma de ídolo nazi, durante y después del conflicto.

ROLF STEINBAUER, identidad falsa que OTTO SKORZENY usa en España.

OTTO HORCHER, propietario de Horcher, lujoso restaurante alemán de Madrid.

JOSEF HANS LAZAR, agregado de prensa de la embajada del Tercer Reich en Madrid. Reclamado por la justicia aliada.

En la capital del general Perón

RODOLFO, RUDI, FREUDE, amigo íntimo y secretario personal de JUAN DOMINGO PERÓN.

MAGDA IVANISSEVICH, ciudadana argentina de origen croata, activista de las redes de apoyo y evasión de nazis.

PEDRO RICARDO OLMO, sacerdote carmelita español que regala su pasaporte a WALTER KUTSCHMANN para que emigre a Argentina.

RADU GHENEA, embajador en Madrid del dictador rumano Ion Antonescu, reclamado por la justicia de su país, huido a Argentina, donde asume la dirección del Servicio Argentino de Recepción de Europeos, SARE.

SOFÍA FERRETI, funcionaria argentina adscrita al SARE.

LUDWIG FREUDE, empresario multimillonario argentino de origen alemán, miembro del NSDAP, padre de RUDI FREUDE.

PIERRE DAYE, periodista y político belga de ideología nazi, juzgado en rebeldía y condenado a muerte en Bruselas, en 1946, por sus actividades antisemitas y colaboracionistas.

CISSY VON SCHILLER, ciudadana alemana que emigra desde Madrid a Buenos Aires, donde dirige una organización de acogida que colabora con la red Stauffer.

JAN DEGRAAF VERHEGGEN, identidad falsa que consta en el pasaporte español con el que JEAN-JULES LECOMTE entra en Argentina en mayo de 1946.

FRED GOODWIN, agente de la CIA destinado en Buenos Aires.

HELEN MURRAY, señorita británica, titular de un apartado de correos en Burnham, Buckinghamshire.

En Velázquez 16

DOÑA SARA VILLAMARÍN, esposa de don ANTONIO OCHOA.

SARA GÓMEZ MORALES, que en 1949 tiene dos años, ahijada de doña SARA VILLAMARÍN DE OCHOA, que la cría y educa como si fuera su propia hija hasta que, al cumplir dieciséis, la devuelve a sus padres.

En la Casa de Campo

ZACARÍAS GONZÁLEZ PEÑA, pastor, vecino de Aravaca.

MARI, su mujer.

ROBERTO CONESA ESCUDERO, inspector de la Brigada Político-Social de Madrid.

JERÓNIMO, sepulturero del cementerio de La Almudena.

En la Casa de las Flores

RITA VELÁZQUEZ MARTÍN, una aguja en un pajar.

CARIDAD MARTÍN, viuda del DOCTOR VELÁZQUEZ, madre de RITA.

MARÍA LUISA VELÁZQUEZ, hermana del DOCTOR VELÁZQUEZ, tía de RITA.

FERNANDO GONZÁLEZ MUÑIZ, conocido como GAITERO, después como GALÁN, militar comunista, invasor de Arán, infiltrado clandestino en España, paciente del DOCTOR GARCÍA.

GERMÁN VELÁZQUEZ MARTÍN, psiquiatra exiliado, residente en Suiza, primogénito de ANDRÉS y CARIDAD, protagonista de «La madre de Frankenstein».

MANOLITA PERALES GARCÍA, la mejor amiga de RITA.

SILVERIO AGUADO GUZMÁN, militante comunista, preso político que redime pena en el destacamento penal de Cuelgamuros, marido de MANOLITA.

Manuel Cuesta Velázquez, nacido en 1951.
Rita Guillermina Cuesta Velázquez, nacida en 1953.

En Rockport, Massachusetts
Michael Morrison, congresista del Partido Demócrata por Rhode Island.
Andrew Sanders, adjunto al portavoz del Partido Demócrata en el Congreso de los Estados Unidos.
Sarah, camarera de la Bearskin Inn.

El Café de los Angelitos, en Rivadavia y Rincón
Simona Gaitán Peroni, una mujer que no se puede resumir en una línea.
Don Héctor Brioschi, propietario de la Academia de Idiomas La Europea.
Doña Encarnación Rodríguez, que alquila habitaciones y es hermana de Doña María, la esposa de Brioschi.
Artemio, camarero del Café de los Angelitos, aficionado a hablar con los clientes.
Juan Gaitán, inmigrante español, nacido en Galicia, padre de Simona.
Adelina Gaitán Peroni, su hija mayor.
Simona Peroni, porteña de padres italianos, esposa de Juan, madre de Adelina y Simona Gaitán.
Renato Bley, propietario de una estancia en Fortín Tiburcio, cerca de Junín, provincia de Buenos Aires, primer marido de Simona Gaitán.
Augusta y Salomé Bley, hermanas de Renato.
Pedro, marido de Augusta.

En Casa Inés, Boulevard d'Arcole 54, Toulouse
Inés Ruiz Maldonado, la cocinera de Bosost, mujer de Fernando González Muñíz, alias Gaitero, alias Galán.
Angelita, amiga y socia de Inés, mujer de un guerrillero comunista conocido como Comprendes.
Virtudes González Ruiz, cocinera, hija de Galán e Inés.
Fernanda, carnicera de Fuensanta de Martos que en la primavera de 1949 huye a Francia con su marido. Amiga de Pepe el Portugués.

De la glorieta de Bilbao a la cárcel de Carabanchel
Ricardo Ruiz Aguilar, abogado comunista, sobrino de Inés Ruiz Maldonado.
Andrea Cuesta Velázquez, nacida en 1961.
Alberto y Cristina, estudiantes universitarios, manifestantes antifranquistas.
Federico, militante comunista, minusválido, amigo del Doctor García.
Ángel Valverde Roldán, abogado colegiado en Madrid.
Laura Aguado Perales, hija mayor de Silverio y Manolita, socia del Atlético de Madrid.

JUAN GÓMEZ GÓMEZ, profesional de la lucha libre, conocido como EL DEMONIO DE ACERO.

De Buenos Aires a Madrid

SIMONA PACHECO GAITÁN, nacida en 1952.
GUILLERMO PACHECO GAITÁN, nacido en 1953.
JUAN PACHECO GAITÁN, nacido en 1958.
CHARLIE, fotógrafo *free lance,* novio de SIMONA PACHECO.
JOSÉ IGNACIO, compañero de piso de CHARLIE.
Y el CÓNSUL de España en Buenos Aires en noviembre de 1976.